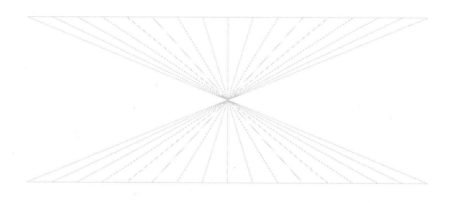

盡頭

唐諾——著

目錄

說明

盡頭，這次這個書名倒是我自己取的，沒有麻煩任何人，惟實際的內容絕沒有此一書名顯示的這麼「巨大」，當然更不會像看起來這麼悲傷這麼抒情。

不是所謂的全書主題，這只是這兩年半書寫時間裡自始至終徘徊腦中不去的有用概念，我以為是有用的，甚至是必要的，不管當下想的寫的是什麼，如同一種根本的意識，一種時時處處的自我提醒，因此，我特別記下它來。寫上一本《世間的名字》當時，我一直想著的是「極限」，太陽會燒完自己，小說會哪天寫完它的全部，各種自然的、以及人的事物各自能做的和做不到的邊界究竟何在，包括其空間的（何處）和時間的（何時）邊界，凡此種種——但《世間的名字》末尾，我開始自省到自己的不自量力部分，事物極限的思索，其實應該由更專業的人來想來說才是，其中的潛力潛質、其中隱藏的諸多猶有可能，最終只有在日復一日專注如只此一途的實踐中才（被迫）有所發現，或者說有所發明。我自己稱此為希望，一處一處具體的、確確實實的希望。

另一面，極限的思索可能也是個太「奢侈」的思索，其實我們通常等不到它到來，也就無須憂慮它。也因此，這樣的思索結果遠比想像的要乾淨透明，不僅不可懼不威嚇，甚至還太過美好；相對於我們現實人生，你不是感覺被無情截斷，而是居然還延長延伸出去，不是少掉了，而是多出來——很快的，我們便會發現，這樣的思索只一兩個大步就越過了眼前的實然世界，進入到本來有可能發生但實際上尚未發生、不會發生的這「一截」多出來的世界之中。更多時候，再觸到我們的並不是它的終歸有限，而是它果然「美好得不像是真的」，賈西亞・馬奎茲聽到「你屬於我所熱愛的那個世界」這句話當場熱淚盈眶，我相信，那一刻因此被叫喚出來、讓人以為置身其中的，就是這一截多出來的世界。

極限的思索，讓人曉得自己其實可以更好。

惟極限不會到來，事物總是在用盡自身可能之前、之很前就提前抵達盡頭，這是因為現實世界同時會有很多事發生，先一步打斷它中止它替換它並遺忘它。比方，民主政治本來還可以再好一些再睿智一些就像小彌爾講的那樣，但實際上有另外更大的力量拉扯下它限制住它；電影做為一種藝術創作形式，至今仍未用盡自身全部可能，但昆德拉指出來它實際上走向另一種發展（成為一種令人變笨的東西），以至於電影做為一種藝術創作形式的這一道歷史已提前殞沒了，凡此。極限的思索讓我們箭一樣射向遠方，但注視它實際上的力竭停止之處，轉而追究它「本來可以發生卻為什麼沒發生」、「已堪堪發生卻退回去復歸不會發生」，則讓我們老老實實落回此時此地來，這比較迫切，也有更多不舒服的真相，尤其是人自身的真相。

事物在此一實然世界的確實停止之處，我稱之為盡頭。在這裡，一次一次的，最終，總的來說，揭示的是人的種種真實處境。

書寫工作，我仍很偶爾會想起年輕，還「無法進入到這個世界」（昆德拉語）的時日，當時，現在想來不知從何而生的空氣中彷彿有個神奇的允諾，好像這是個接近無所不能、或至少足夠自由輕靈到可以一再穿透各種界線、時間界線、空間界線、乃至於人生死界線的太好東西，也許曾經、或本來可以這樣沒錯。多年之後，我漸漸相信並且認定，在原來這也不能那也不能的實然世界之中，書寫仍有這樣一件事可以做而且得做，接近一種責任，那就是——此時此地，書寫者至少得奮力的說出人的當下處境、他自身的處境。世紀交迭，萬事發生，惟這一刻我們站在哪裡，記得什麼，看著什麼，知道些什麼，意識著什麼，猶期盼什麼。仔細看，這其實是書寫時間長河中一代一代的連續工作，所以說像是個不懈的責任。

這本書，我麻煩了我的好友詩人初安民為我寫序，從《文字的故事》以來這已十年以上時間，除了朱天文朱天心，他是始終在場、冷眼看著而且一直以各種必要方式協助我的人，沒有他我大概還是會寫，只是很難想像會是個什麼光景，我於是用這樣讓他麻煩、讓他困擾的方式來表達我的感激，並紀念這一段逝去時光，但悲傷的是，十月裡安民的母親以八十五之齡溘然長逝，這當然比這篇序文重大，所以安民的序也只能留到我的下一本書。初安民把他幾十年的生命時間多用在文學編輯工作上，我們都一起來到這個年歲了，時間所剩不多，未盡之志一堆，我仍然希望他回來認真的書寫，像個詩人、像他本來應該的那樣子寫。

溫泉鄉的屍體 路仁娜

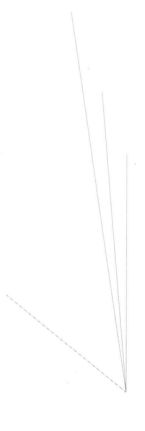

《賦別曲》很顯然是昆德拉較容易看的一部小說，一個封閉性的單一場景，五天時間，八個人，一次死亡或說謀殺。事實上，這部小說順時間分五個章節，創世紀般以「第一天」「第二天」……命名，到第五天因死亡而終結，這幾乎已是推理小說的標記——當然，昆德拉這個強烈而且複雜難馴的書寫者名字不真的令我們錯覺（或期待）自己正讀著一本推理小說，但我想，如果書出版時發生了這個那個意外，以至於作者名字被誤植為阿嘉莎・克麗絲蒂那會怎麼樣呢？

我不相信昆德拉不是有意的，你看，故事設定在昆德拉故國某個健康療養勝地的溫泉小鎮裡，封閉、遺世獨立，這是典型到令人生氣的謀殺舞台，這種地方在小說裡不死人那才叫奇怪；故事的啟動開關是一次不恰當的懷孕，療養院的年輕護士路仁娜堅信這是兩個月前的一夜情結果，男方是聲名如日中天的喇叭手也是樂團領導人柯利墨，路仁娜拒絕墮胎息事，而柯利墨有著病弱但依然絕美如昔的妻子，他深愛她且自誓要照顧她一輩子，所以被害人（屍體）也第一時間準備好了；接下來，相關人物一一登場如演員上台或說嫌犯指認，每個人都有他臉譜也似的極其安定身分、性格、年紀和他唯一想做成近乎附魔的那件事，有嗅聞出外遇不祥氣味追過來的妻子卡蜜拉，有異想天開一直暗中執行他生育改造世界計畫的產科醫生史克塔，有妒火中燒像個四處移動炸藥的在地年輕情人胡南特，有只是路經此地即將去國不返如昆德拉自己的政治犯良心犯賈庫，有賈庫監護超過十年、身世坎坷、腦子遠比胸部發育成熟的小女孩歐爾佳，此外，療養院還住著一個錢多得要命、該說優雅得很噁心還是優雅得很殘酷的美籍老人富豪巴雷夫（我感覺自己好像又回到擔任推理小說編輯的老日子，正負責寫著某本書的封底誘惑文字）可能的凶手也全數就位了；事實上，凶器一直就在我們眼前晃著，昆德拉不斷特寫它，這是一顆劇毒藥片，泛著淡藍光輝，擁有者是政治犯賈庫，配藥人是醫生史克塔：「我擁有這顆藥已經有十五年以上。我在獄中待了一年之後學到一件事：一個囚犯至少需要有這種把握——那就是，他主宰自己的死亡，能夠選擇死亡的時間和方式。當你有了這種把握後，你就幾乎能夠忍受一切。你始終確知，你有力量在自己所選擇的時間結束自己的生命。」「在這個國家之中，你永遠不知道什麼時候有這種需要。除此而外，我認為這是一種原則。我認為，每一個人一旦成年之後，就應該擁有一顆毒藥，並且要舉行隆重的贈與毒藥典禮。這並不是為了引誘人們自殺，相反的，是要讓他們生活得比較平靜，比較安全，讓每個人在生活中都有一種把握，即他們是自己生命和死亡的主人。」

這使我想起但丁・加布里埃爾・羅塞蒂讀了《咆哮山莊》後寫給朋友信中的精采話語：「事情發生在地獄，但不知為什麼全都是英國地名。」——當我們活著的地方是監獄，或是地獄，這樣的一顆藥片便成為一把鑰匙，我們隨時可跟自己說夠了開門離去。

用死亡來保護生命，波赫士也有相似的想法，他沒藥片，但他用跟自己約定自殺來替代（「如果××事沒改善，兩個月後我就自殺。」云云），一種唯心的劇毒藥片，波赫士說做成這個約定總讓他精神振奮，不懼陷入更糟的未來，也再沒有超過忍受極限的未來。現實之中，我認識的人唯一擁有藥片的是一位旅居紐約的前輩作家，他也是半生緊緊攜帶著如同某個有實體有重量的生命信念，更像陪著他水裡來火裡去的守護神，只是他認為我當時還太年輕，拒絕了我的請求，我是沒敢像昆德拉（或只是賈庫）說的主張人人該有一顆，但我確實覺得自己應該擁有。

好，謀殺開始，人們天南地北來到此地；謀殺完成，大家一一握手道別各奔西東，讓時間恢復流動，讓生命重拾它們原先的路徑暨其樣態繼續不回頭前行——

誰殺了路仁娜呢？

8－1＝7，這七個人裡，究竟誰殺了路仁娜？總有人得負責當凶手的；還是說，我們不該這麼快把這個1（路仁娜自己）給減掉，如果你推理小說看得夠多，已成為某種風聲鶴唳型的讀者了，你一定不會那麼快排除路仁娜自己動手的可能，她可能只是自殺，也可能會謀殺了自己，為著某個更惡毒更復仇天使式的企圖。

很神經是吧？的確是但沒辦法，生活裡通常我們不會這樣，只有我們讀著某部小說時、如踩進了某種小說陷阱時才不由自主這樣。依波赫士，是愛倫・坡創造了推理讀者，亦即創造出這樣接受暗示讀小說的我們。

於是，最典型最神經兮兮的推理小說總包含著這誇大的、遙遙相望的兩端：一端是最終必須有明確的、排除的、單一執行的凶手，惟人數可以是複數無妨；另一端則是，通常會下英雄帖般召集全世界都可能殺此人的嫌犯，從當下利益糾結到沉睡百年的家族恩仇，附帶著諸如此類阿嘉莎式的陰森森喟歎：「是啊，我常奇怪為什麼每個人都會殺人。」但其實更奇怪更虛張聲勢的是（但願只是虛張聲勢而已），為什麼每個人都有這麼多人可能殺他。

近年來，音量頗大的響著一種對此小說單行道結局的質疑聲音，依附在平等、多元、民主、開放云云這一團我們這個時代最無可阻止的思維主流裡因此更顯理直氣壯，其積極實踐形式便是所謂開放性文本的書寫嘗試，大家一起來，多歧路的人生不是只一種可能，小說也就不是只允許一種結局，我們自己提筆就可以改變它。所以，安娜．卡列尼娜不是非死不可，從她和伏隆斯基發生戀情到她跳向火車之間有足夠長時間，而且還是呈樹枝狀展開而非單行道形狀的時間，也有足夠多的偶然阻止她或供她做出不一樣的抉擇，這也才是完整的人生事實，我們眼前結了婚又忍不住談起戀愛的男女不比比皆是嗎？所以，大白鯨莫比敵克也可以轉過頭來由牠天涯海角獵殺阿哈船長，這樣也許更好玩更溫暖更富節奏變化甚至有機會帶出更複雜的善惡寓意，或者也可以考慮讓這一條如此珍稀的白鯨列入瀕臨絕種動物名單得到保護，失業的阿哈可以改行上岸寫小說如康拉德船長那樣，或應徵上「全世界最好的工作」成為南太平洋某小島的海洋巡邏員，由他負責照顧莫比敵克，一人一鯨，死生契闊從此過著幸福快樂的生活。

當然，這兩個例子都很不好，因為《安娜．卡列尼娜》和《白鯨記》這兩部鉅著太厚了，玩開放性文本的人不會選擇它們，這是有確確實實理由的，甚至這才是關鍵所在。一般而言，他們會選擇短而輕而明確的東西，因此童話和寓言優先考慮，至多到那幾本其實看電影或看電視即可的流行小說；我們隨便走進一家書店或上網看其成果也的確如此，有不化為泡沫和沒成為回收物資的小美人魚和快樂王子，但並沒有不自殺身亡的安娜，有變臉令人戰慄的小紅帽或青鳥，但並沒有學會寬恕的阿哈和莫比敵克。

這難免令人悵然若失甚至奇怪，理論上，敲開封閉硬殼，打斷宿命鐵鍊，讓自由和其他無限可能宛如天起涼風吹灌進來，我們有理由期待、甚至有理由要求，應該獲得另一本乃至於一排更好或至少不遜色的《安娜．卡列尼娜》或《白鯨記》，但何以我們只得到這些比報紙上四格漫畫稍微有意思一點點的東西而已？雷聲隆隆的解放卻是荒漠一片的成果？如果原因是夠好的書寫者沒參加，那我們仍得回答，何以這麼動人的解放主張不吸引他們，他們不是最要求無限自由而且永遠缺乏好題材的一批人嗎？究竟什麼阻止了他們？

總之，不管問題怎麼問，都是福爾摩斯所說的，「奇怪的不是為什麼深夜傳來狗吠，真正奇怪的是狗為什麼沒有叫」。

好，誰殺了路仁娜？小說裡我們可以就說是流亡的賈庫，但當然不是典型推理小說式的殺法，而是用昆德拉自己的方式來，有鬼使神差的味道——第四天，路仁娜把裝鎮靜劑的玻璃藥管忘在酒店桌子上（典型推理小說讀者會第一時間注意到鎮靜劑和毒藥相似的淡藍色，從第一天就開始盯著這管鎮靜劑），被賈庫撿拾起來，「這幾個小時是他在祖國的最後幾個小時，甚至最微小的事情也具有不尋常的意義，並且轉變成寓言的戲劇。他在心中自問：偏偏在這一天，有一個人留給我一個淡藍色藥片的管子，這是什麼意思呢？為什麼留給我這個管子的人是一個很特殊的女人——迫害者的侍女、劊子手的朋友？難道她是想告訴我說：我還需要淡藍色的藥嗎？或者，她是在提醒我毒藥，為的是肯定她無止盡的憎意？或者，她是要讓我知道：我離開這個國家是一種投降的行為，就像吞下背心口袋裡那顆淡藍色的藥？」然後，是接連而來讓人不及反應的意外，先是已知道有這顆毒藥存在的少女歐爾佳進來，正比較兩種藥片色澤和大小微差的賈庫下意識的把真正的毒藥也收入管子內，馬上路仁娜又去而復返，不容分說奪回多了一顆藥的管子揚長而去，並在十八小時之後吞下它。這很冤枉，吞藥當時她已和美國富翁巴雷夫共度一夜，新的生活花朵綻放般豁然打開，眼前一片亮光，她已準備好墮胎重新開始。

這十八小時，賈庫為何不追回這顆可能害命的毒藥？這是典型推理小說說不通的地方，但在人生現實卻是成立的，也總是小說中特別好特別深刻的片段；推理小說並不信任人個別的思維和反應，它相信一般性，這是它的基本限制——賈庫在路仁娜吞藥之前就開車離境，此時他已傾向於相信毒藥是假的，是他老朋友史克塔醫生的一個溫暖的玩笑（「他曾經相信：那小張衛生紙一直包著死神，其實，它只包著史克塔沉默的笑聲。」）；他也回頭檢視著自己內心最深處那一絲順勢的殺意，持續想著杜斯妥也夫斯基《罪與罰》中以斧頭砍殺放債老婦的雷斯科尼可夫，思緒順著鄉村的車行清風往上飄，從自身，到國家，再到人類歷史和世界，具體的死亡乃至於禍福逐漸稀釋並隨之蒸發——

《賦別曲》，從戲劇結構來說搭建得非常巧妙，太巧妙了，一種誇大的、難能置信的、但偏偏一切就如此準確的巧妙，每一人每一物每一個稍縱即逝的時間點和人心念頭都被撿起、被嵌入、被利用並且得到解釋；結局也擺放得文風不動，每個人都得其所哉，滿心安適的離去。但和典型推理小說最顯著的不同在於，這不是凶手的精妙設計步步為營結果，因為這個戲劇性主結構的完成包含了、而且依賴著太多無可預期的、不必然發生的意外和人不確定的心思。對推理小說而言，偶然是流沙是雜質，是建築結構裡不合法的材料，當然，好一點的、膽子大一點的推理小說也會試著馴服一些偶然，讓小說顯現出某種見機而作的機智（還有人沒看過電影傑生•波恩三部曲嗎？尤其是第三集開頭波恩護衛著英國記者逃避狙殺的經典一段，波恩利用的全是現場隨手抓來的物件和那些一閃即逝的時間差隙縫，這於是成為一次無法重現的逃亡），但這裡仍有某一道天條也似的界線存在，越過這界線，戲劇結構就崩塌了，人也失去了駕馭能力乃至於自主能力，交給了命運的鬼使神差，它會更像是我們現實人生而不是一部小說，也就是波赫士曾經指出的，某本書裡存在著一個這麼難以解釋的角色，原因在於這最可能是照著真人寫的，某些事只在我們人生現實裡才發生。

昆德拉知不知道《賦別曲》是個太巧妙以至於太脆弱的故事？我得說，我自己在小說閱讀時好像一直聽到他不懷好意的笑聲。他曾經比較過托爾斯泰的《安娜・卡列尼娜》和喬哀斯的《猶力西士》，指出來這兩部小說都正面向著無時無刻源源不絕襲來的偶然碎片，這些某一時刻在人腦際閃過、到下一秒就完全消失的東西，在喬哀斯那裡這只是人心迷航但什麼事也沒發生的尋常一天，而在托爾斯泰筆下卻促成安娜突如其來的自殺悲劇。昆德拉以為，托爾斯泰做到了比較困難的事。

我們也可以就這麼直說，既然你我所有人都早曉得偶然近乎無限的存在，這也就意味著所有傻傻寫小說的人一樣都早知道了不是嗎？但知道偶然存在是一回事，想方設法捕捉它、看清楚它是什麼東西、追蹤它鬼魅般的變化軌跡及其微量影響、並成功在自己的書寫理解它消化它，這又是另一回事。後者是只能一點一點、一次一次精密從事的工作，而且危險，因為小說要收納、消化愈大量愈捉摸不定的偶然（想像它每一個都不一樣大小、都長不同樣子），便得被迫一再改變自己破壞自己，一直到小說被逼到自身存在樣式的臨界點，如安博托・艾可講的，你永遠無法製成一張跟現實一樣大小、一樣保有全部細節的地圖，因為那直接就是現實世界了，小說也就喪失了自身的邊界泯滅了。所以《猶力西士》的真正成就不在於小說這才首次發現了數量無限大且不斷岔生的偶然存在，而是它極具說服力也虛無的宣告幾世紀以來這道小說之路的到此終結，小說永遠無法一次馴服全部的偶然，同時，不會也不再需要有下一部《猶力西士》。

也就是說，早在《戰爭與和平》書裡托爾斯泰所揭示的歷史微積分，做為小說認識的一種極限，事隔百年，喬哀斯打造出這個偶然的大博物館，實證的將它們一次展示出來。

回到《賦別曲》來。誰殺了路仁娜？既然路仁娜之死是一連串偶然參與的結果，而偶然又全是可替換的（B偶然取代了A偶然，酒店裡歐爾佳先一步進來撿走了鎮靜劑云云），因此凶手也就不必然非賈庫或路仁娜自己不可了，當然也可以是小男友、富翁這兩個一樣和她有性關係的人或路人甲；甚至，死的也不一定非路仁娜不可，誰說最像死者的人就得真是死者，讓劈腿的柯利墨得到報應不好嗎？或這顆毒藥繞一大圈、浪子返鄉般回頭毒死創造它的醫生史克塔不更好玩嗎？還有，可以從頭到尾根本沒有人死不是嗎？大家誤會一場，在這溫泉勝地愉快渡他幾天假，只有我們這些手心冒汗的讀者知道，死神的鋒利鐮刀曾怎麼堪堪從這些人頭頂上掃過。

多年來，我自知自己是沒能耐寫小說的人，想像力嚴重不足；但如果連我都能在三分鐘內想出一堆其他可能，相信我，那些專業的小說書寫者只會察覺得更快更多。

整部小說史就是一部開放性文本

這裡我們就可以大聲回答稍前那個問題了——為什麼夠好的書寫者很少被時下這種開放性文本書寫遊戲所吸引？因為，他們本來就一直這麼做了；因為，這之於他們不是新概念新發明，而是他們每一天奮力周旋的職業性現實，幾百年如一日，你以為今天有人如夢初醒、第一次曉得並大聲宣告是地球繞著太陽轉，這會感動哪個物理學者呢？因為，說到底，每一部小說都是開放性的，小說家也許只能選其中一種可能發展它消化它（這是他書寫時往往最費思量之處，所謂選擇最難），但其他被擱置被凍結的可能並未因此消滅，可能還因此更浮現更被提醒（如我們讀小說時會猜誰是真凶），而小說每跨前一步，往往又樹枝狀引發更多新可能，這是一些原來看不到以及被遮擋住的東西及其潛能，人唯有前進到某個新位置才顯現出來，視野是一種不斷前行、也不斷展開、不停生長的東西。唯就像《聖經》說的，小說耕種者不會將他田裡的穀子全收光（也做不到），每一次耕殖會遺留下足夠的細碎穀粒，供那些沒田沒種籽的人撿拾。一部小說的書寫，讓另一部乃至於另一連串小說的書寫成為可能，只是有些很明顯很直接，有些曲折蜿蜒但書寫者自己心知肚明。

開放是書寫的基本事實，書寫者面對攤開的潔淨稿紙，沒人規定他寫什麼以及往哪裡寫去（當然，政府、出版公司或宗教團體偶爾認為他們可以這麼做，比方要求凶手不可以是公職人員或神父修女）；而可能卻是逐步找出來、創造出來的，這一點非常非常重要——即便是那種先設定好結局的小說書寫方式亦然。在你認真朝終點奔去這一路上，總一而再再而三有始料未及的變化發生，那是再縝密的腦子都無法預先掌握的，也許你仍安然抵達你原來要的結局，但依循的卻是曲折不同的路徑，以至於這個依然的結局往往有著（或比較好的說法，「獲取了」）不大一樣的意思和光采；更多時候是小說走向了不同的結局，更好，或者很懊惱原來那是此行走不到的地方（也許下一部小說可以吧）。好的書寫者（大概除了納布可夫）會衷心喜歡這樣，即使這樣比較疲憊，所以波赫士才講，一部小說的結局如果跟預想的完全一樣，那是一件最讓人沮喪的事。

有沒有那種妄想把田裡穀粒全搜光不留給人的小說家呢？有的，這樣守財奴也似的小說書寫者通常集中在類型小說裡，尤其是那些寫推理小說的。

之所以如此，是因為推理小說確確實實創造出這種「一個封閉場景，八名嫌犯，一具屍體」的神經兮兮模式。這八名所謂的嫌犯都有動機、有機會而且可能還真心要殺，差別只在於其中某人先動了手其他人來不及而已，法律上這有罪無罪天差地別，但小說深切關懷的人性意義層面可以是全然同等的，甚至沒殺人的可以比殺了人的更壞或說罪孽深重。我們從書寫者這一側來看，那意思是，在最終破案結果揭露之前，書寫者得奮力平行的、分配盡可能勻稱的發展至少八種可能（就別算交叉衍生的了），想想，好的、可成立的小說題材何其珍貴，書寫何其不易，你幾乎寫了八部小說（往往只差最後一章），卻只能完成一部，收一部小說的錢，這浪費到令人心痛不是嗎？所以說聽到這種開放性文本書寫遊戲，我想，心情最複雜難言的一定是阿嘉莎・克麗絲蒂式的推理小說家。一方面是，原來祕密糟糕被發現了，這有點令人緊張，曝光了推理小說長時以往的執業機密，篡奪了他們私藏的接下來小說題材，讓他們原本好整以暇的書寫人生風急雨驟起來；可另一方面，這些傢伙以為這算世紀新發明是嗎？這完全是外行人的天真無邪，有點好笑。

正常來說，我們不會等《賦別曲》II，期待昆德拉再寫一本妻子卡蜜拉殺第三者路仁娜的小說（等電視新聞還快些），但阿嘉莎呢？坊間很容易買到阿嘉莎・克麗絲蒂的全集，也不少人本本不漏的全看了，沒發現她正是這麼搞的嗎？——只要不惑於表象的微差（療養院換成火車廂或沙漠中遺世獨立的考古營地云云），很容易發現雷同到絕非巧合的地步，以至於我們常懷疑自己一定錯拿了已經讀過的。阿嘉莎多產的祕密之一是讓這本書的嫌犯成為下本書的凶手，輪舞也似的，等這八個人全殺完這一輪，還可以兩兩配對的來，更可以八個人有志一同的來（《東方夜快車謀殺案》，實際上不只八個），最後還可以讓理應置身事外的「我」跳進來殺人（《羅傑・亞洛伊謀殺案》，利用了我們讀者「敘述者≠小說中人」的慣性視覺死角）。阿嘉莎筆下的老太太神探瑪波專注但不複雜，她固執的以一個小模式看待芸芸眾生，這個小模式就是她住了幾十年、比人類學田野調查還詳盡的小鄉村，她將村子裡的人以及彼此的關係網絡提昇為某種「原型」，也就是她的基本生命圖像，整個大世界不過是這個小村落的函數，是這個小村落的變奏和展開。阿嘉莎自己也是這樣，她自己的世界並不大，《東方夜快車謀殺案》差不多已一次展示完她的眾生構圖，老貴族、新富豪、寡婦、繼承人、管家、外國籍的家庭女教師、醫生律師等專業人士、殖民地歸來的老上校、迷人的浪子惡棍、以及女傭和司機云云，她儉省的用一輩子、用幾十部長篇外加一些拾遺補闕的短篇來完成今天網路上粗手粗腳一夕就用掉的東西。

但我們稍微往下想、尤其是實際寫一篇阿嘉莎式的推理小說就會發現，這種八個平等的嫌犯其實是個太矯情的模式，真相是，他們每個人和被害人距離遠近不一，關係深淺不一，可能的利益糾葛程度也大大不同，比方妻子、丈夫或繼承人可能因一次謀殺獲利幾十幾百萬英鎊，但一個女傭只是獲贈幾千塊錢還得重新找工作，當然，為幾千塊也可殺人（現實如此，小說亦如此），但要說服讀者得多加一道或好幾道處理；此外，不同的職業身分各有其基本社會內容，從年紀、所得、教育程度、技藝到活動方式及其範疇，各自約束著人的可能性，一個司機和一名藥劑師的殺人機會和方式很難是相同的云云。嫌犯的不等值，意味著這種輪流當凶手以及複數組合的凶手，並不等於數學的排列組合，而是愈遠的、愈到後面的愈難說服人，這使得推理小說書寫者通常不會愈寫愈好，更常見的是，他的巔峰之作就出現在前三本，或甚至是處女作（如《褚蘭特最後一案》），熟練的、晚期的作品失敗率不降反升。但話說回來，推理小說最燦爛的成功，便是把某種不可能（或說更困難的可能、尚未被實現的可能）寫成可能，比方為一百萬英鎊殺人就只是合理而已，但為一千英鎊就殺人，這會是更辛酸的殺人，或更愚昧的殺人，或更突如其來如附魔的殺人，如果它成立的話，它極可能更富意義，把我們引領到人心更深、更遠、更幽微處，看到某個正常生活眼力不可及的東西。

所以阿嘉莎最讓世人難忘的小說總是這三部，一是《東方夜快車謀殺案》，所有人都是凶手；一是《童謠謀殺案》，每個出場的人都死了如浩劫，顯然包括了凶手和破案偵探；以及，《羅傑・亞洛伊謀殺案》，「我」就是凶手。嚴格來說，前兩部都有些勉強，不能完全說服我們，如台灣已故名導演楊德昌講的，某種太過巧妙的笨拙，只有《羅傑・亞洛伊謀殺案》堪稱完美（就古典推理小說並不嚴格的標準而言）。世人慷慨的不多計較，也許正因為，我們也意識到這比較難、比較驚險，如奧運會體操比賽，在「冒險性」「創新性」這兩項得到額外的加分。

唯一實現的一種結果

安博托・艾可在人類最古老的亞歷山大圖書館演說「書的未來」時，也回答了有關書寫無限可能和開放性文體的此一喧騷問題，狐狸多知的艾可當然只會比我們更知道這絕非新發現新發明，所以他提出一系列早已發生的例證，包括馬拉美所說「書」的理念（也是波赫士一提再提的）；包括雷蒙・格諾發明的組合算法，借助可能性，從有限的句子創作出百萬首詩歌；包括馬克斯・薩波塔的小說，變換其頁碼順序，我們便能組合成不同的故事；還有即興的、隨機變奏的爵士樂云云。最終，艾可果不其然把一切推回原點，把可能性放到最大，他提出了「字母表」，幾千年以來，大概除了中文，人類所有的書、所有的作品、任誰窮其一生也無法看完的全部東西，不都是寥寥幾十個符號組合而成的嗎？事實上，我們還繼續組合下去，打算一直用到世界末日為止不是嗎？

是啊，要談開放和組合，何不乾脆就談字母，還有什麼比這更自由更接近無限的呢？——艾可博學的、耐心的、謙和的說話方式，裡頭絕對藏著他比誰都尖刻的笑聲。

但無論如何艾可一直保持著禮貌和溫和，他甚至沒像我們逼問這樣書寫方式的真正成果，沒計較那些組合而成的百萬首詩哪些能看哪些不能看（可不可能和好不好完全是兩回事），也許他以為接下去的話才是重要的：「一部超文本的和交互式的小說允許我們去實踐自由和創造。……但是那種確已寫出來的小說，如《戰爭與和平》，所面對的不是我們想像力的無限可能，而是掌握著生與死的嚴格律法。」「一本書給我們提供一個文本，它在對多種解讀開放同時，告訴了我們某種無法改變的東西。」

所謂無法改變的東西是什麼？一開始而且最多時候它就是事實，尤其是那些已然發生的事實，這是人所面對最沉重、最讓人窒息的東西，它在未來仍是事實嗎？是無可撼動的嗎？艾可以雨果《悲慘世界》（昆德拉嗤之以鼻的鉅著）書寫的滑鐵盧一役為例：「雨果從上帝的觀點來描寫這場戰役，……不僅知道發生了的事，而且知道可能會發生的、以及實際不會發生的事。他知道，如果拿破崙得知聖約翰山頂那邊有一道深溝，那米約將軍的重甲騎兵就不會崩潰在英軍腳下，然而當時他的情報是模糊的或缺失的。雨果知道，如果替馮・布羅將軍當嚮導的牧羊人指了一條不同的路，那普魯士援軍就無法及時趕到並擊敗法軍。」所以為什麼可能改變實際上不能改變？「悲劇作品的魅力，是讓我們感到書中英雄有逃脫其命運的可能，但卻未能如願，原因在於他們的脆弱，他們的驕傲或是他們的盲目。此外，雨果告訴我們：『這樣一種暈眩，這樣一種錯誤，這樣一種毀滅，這樣一種讓歷史為之震動的失敗，難道是某種無因之果嗎？不……對即將到來的新時代而言，偉人的消失是必然的。某個無人可反對的人掌管著這一事件。……上帝從這裡經過，上帝走過去了。』」

這裡，雨果不肯說出或不願屈從於「偶然」，用「上帝」來替換它，把全部偶然包裹起來成為一種必然，一個絕對意志。

像是雨果感染了艾可，艾可回答得如此詩意。艾可說原因在於人的脆弱、人的驕傲或人的盲目，這是文學家意有所指、以具體深刻來替代周全的典型說法；換成我們一般人的話是（我們如今活在一個較在乎周全、懼怕深刻的世界），原因在於我們是人，六尺之軀七十人壽，一種常依本能行事卻又擁有特殊回想能力懊惱能力的古怪生物，又活在一個處處是慣性事事是制限（水往低處流，輕煙升上天，日夜交替草木榮枯云云）的小星球上。尤其，每一次我們總是得在最窄迫的時間縫隙中和最不合適的心緒之下做出生命中也許最難回頭的抉擇；以及，總是在最沒知沒覺中做成多年之後才知道何其致命的決定。

一種籠統的開放自由，如果真是小說家不假分說永遠排名首位的可欲之物，那《悲慘世界》或《戰爭與和平》會是很笨很奇怪的書寫選擇，幹嘛要重返一場勝負已定、結局先知道且無法修改的戰爭呢？所謂的歷史小說將成為最荒謬的小說，反清復明不會成功的，暗殺希特勒的英勇行動誰都知道這些人只是赴死，任何天衣無縫的計畫就像阿契力士的腳跟一樣最終一定準確無趣的一箭射進來，它自宮式的先截斷結局的開放可能，所為何來呢？甚至，小說回歸書寫者自身的童年、自家的老房子、自己年少當時始見廣闊世界模樣的無可替換歲月，這所謂「幸福題材」的書寫，同樣也都變得可疑而且無甚意義。

「悲劇作品的魅力，是讓我們感到書中英雄有逃脫其命運的可能，但卻未能如願。」艾可這兩句話很明顯並陳了兩個完全背反的東西：無休無止的遍在偶然和唯一實現的結果，這兩者的激烈拮抗才是我們真正的問題所在——我相信，如果我們有很多次人生，或更正確說，有那種隨時可退回去、可按鍵重來的人生，這所有一切就不會困擾我們，數學家的愉悅（或無情）計算也將取代小說家的艱辛追索以及我們每個人或歡欣或懊惱、時時悲喜交加的回憶。可惜我們生命處境不長這樣子，而這個「唯一實現的結果」，拿破崙兵敗滑鐵盧，安娜跳向進站火車，路仁娜成為一具屍體，我們莫名活成眼下這副模樣云云，都不僅僅是透明性的機率之一而已，哪有這麼風涼的事，它同時是唯一的，是全部。

所以我一名老友非常聰明的指出來，一切水落石出了，所謂開放性文本書寫遊戲對當下的小說書寫沒意義也不好奇，它順利找到自身的沃土並且取得巨大無匹的現實成就，那就是GAME，從電動玩具到網上遊戲，原來這才是它的正確歸宿，它的本來面目——我玩過一小段時間的「三國誌」遊戲，用所有人包括西涼不毛之地、幾乎沒錢可建構軍隊的馬騰，都成功統一過只有司馬家完成的彼時中國。我的經驗是，這只需要一點點訣竅，完全不需要什麼想像力。

有一種相當準確但不免尖酸的講法是，當執政者（或某專家學者）告訴你，某某事是文化問題或社會問題，通常代表到此為止了，他其實什麼都不知道，也無意再多知道什麼。機率、偶然云云也是這樣不具體的、非指稱性的用詞，我們一般人習慣使用它，是為著結束某一個想不清楚的困惑，但對某些人這才是工作的開始，所以雨果問，這一切是無因之果嗎？《戰爭與和平》裡甚至更進一步，托爾斯泰以為訴諸偶然云云只是人無知的、自我安置的遁詞，一切都是因果，他堅信因果之鍊，凡事（也許除了創造之始、第一因、上帝，因此遲早會追索到祂）皆有其來歷的因和其引發的果，但麻煩而且永遠無望徹底解決的是，我們人無法捕捉住這些數量接近無限大、個別作用又可能無限小的全部之因，並且還要準確分別出每一個因的大小不等作用值，建立起算式，來求答案的果。人類的歷史微積分，我們只能從概念上勾勒它的可能模樣，但實際上無法成立不能演算。這裡，不就預告了多年之後《猶力西士》這部小說嗎？當然別忘了，還有中間福婁拜的《布瓦與貝庫薛》，這道由小說最多疑的心靈（托爾斯泰、福婁拜云云）所走出來的孤獨冒險航程，讓卡爾維諾讚歎不已（總得有幾個人肯不顧一切去做最危險的事吧），但他同時也告訴我們，航程的壯麗終點處必然是一連串的海難，只因為越過了某一道難以言喻的界線，「淵博」與「虛無」會混同起來。

我一直有幾句提心吊膽的話忍著沒講——依我個人的閱讀經驗，《猶力西士》極可能是所有偉大小說之中最無須一再重讀的，你一旦看懂它就是懂了，往後的重讀只是欣賞讚歎，像再一次面對某一個工藝精湛的、毫芒微雕的寶物，或更像是已知道答案（某個原理）的上千頁證明過程，此外，就是知識、語言文字的解字謎遊戲。書裡頭那些下一秒就復歸消滅、微中子般不斷穿透過利奧波爾德・布盧姆一九〇四年六月十六日星期四這尋常一天的東西，同樣沒事穿透過我們往後每一天的閱讀和記憶，這或許正是喬哀斯希望做到的，也不可思議的成功做到，不留存，不反應化合，不隨時間轉動出不同面相不同意義，拿它們當真只是絕望的徒勞。我們也可以說，小說這些無止無休的細節，只陳列不編織，看似最具體最親切，但其實是全然無情的，是一紙長到無法駁斥的證物清單，不管它們原是印象、念頭或者知識，都只有（或只剩）同一個立場和意義，而且全數朝著同一個方向和目標，為的是回答小說自身這一個最多疑的極限詢問，和我們遍在的現實生命疑問完全無關。

只實現一種結果，這才是我們迫切的人生現實，這也是人深刻而且可持續思維的真正基礎，包含著我們絕大部分的歡愉和悲傷，以及特殊的憤怒和不平，後者也許是書寫更直接的驅動力量，如法國詩人忍不住重回這一場拿破崙和法軍的歷史決定一敗，終結了他們的某個熠熠發光的年代及其想像。小說可不可以改寫這一難受的結果呢？當然可以而且再簡單不過了，但這麼做有什麼意思？書寫者自己最知道，避開痛苦（包括情感的悲苦和日日工作的艱苦），他所剩的東西也就不多了，所有這一切瞬間化為一縷青煙，小說成為一種遊戲（電動玩具那種意義、那種認真程度的遊戲），無所不能，但也什麼都不是。

人有焦點、有認識熱度和意義的思索，總是截斷時間朝向背後的，如本雅明所說被歷史的暴風倒推入未來，而非天真的、漫無目的的向前。《猶力西士》書中，漫無目的的心思漂流構成沒事一天的人是布盧姆，而不是書寫者喬哀斯，他是完全知道此一小說結果並精確控制這一切的人，這些凌亂隨機的偶然碎片是由一個精密、嚴肅、悲苦的心靈所指使所步步為營安排的，我們甚至感覺太機械性了。當時，喬哀斯自願離開愛爾蘭祖國時曾立下如此誓言：「以我所擁有的三件武器：沉默平靜、離鄉背井和嚴謹細緻去創作一部經世著作。」

只專心寫一種可能

很多人（好像太多人了，如昆德拉所說，如今到布拉格人人身上一件印著卡夫卡肖像的T恤）熱愛卡夫卡，有關他《蛻變》這部夢魘般的小說，波赫士指出來，其實只有一件神奇的事發生，那就是可憐的格里高爾一覺醒來發現自己變成一隻大甲蟲，除此之外，整個世界完全保留原狀，格里高爾的家人也仍像昨天之前一樣對待他，更妙的是，格里高爾自己除了身體異變之外也還是昨天之前那個格里高爾，他第一件擔心的是這個新身體下床不易，可能上班會遲到。然後，我們才一次一次慢慢看到，這個巨大的蟲子身體如何引發一連串有條不紊的變化，幾乎像科學實驗般的控制和記錄。

波赫士以為這是聰明的，神奇的事一次最好只發生一個，這樣我們才能看清它，也才能掌握它的變化和作用；而且，神奇的事最好用平靜的話語來講。大家都神奇、都大聲嚷嚷，那就跟通貨膨脹一樣，神奇不僅貶值到一無意義，還多引發災難。

數學告訴我們各種無限數列的存在，比方正整數，但我們說，一道無窮的數列究竟從哪一個數開始算進入無限所統治的範疇呢？不能這麼問對不對？因為無限不在任何一個數裡（除非某種隱喻或某種太過玄妙的說法），無限也不在數和數的關係裡，無限是總體思索生成的一個概念，來自推演或說額外的發明；每一個數都是具體的，是可以用N+1的方式明確寫出來的。

波赫士一生迷戀各種難以窮盡的可能，比誰都耽溺其中，但最懷疑無限這類用詞的也是他，認為這麼說是誇大，也無從有效感知；他最喜歡的正是N+1這樣具體明確的數，是精準數字的不斷加一向前，是確確實實事物仍不停生出的可能和機會；而且，這個新數字（新的可能和機會）同時是受原數字約束的，約束的另一面意思是指引，兩者是有聯繫關係的，可說明可確信乃至於是可預測的。這裡，於是包含著人已知和未知的不斷交換和進展，呈現出人的認識之路及其步步為營的獲取和省思。否則，無限只是一團，是汪洋一片，甚至更接近某個黯黑無光的洞窟，無法分解無法編碼也無法進一步描述，含混成一堆的棄置著所有我們沒想清楚和無法真正想清楚的東西，取消了極限（或界線）這個極富現實迫切意義的更重要認識概念。無限這個洞窟，物理學者一進來都成為神祕論者。

N+1，多愛你一天，多讓親人活一年，一百公尺跑快0.1秒，去個從沒去過的國家或城市，買一本新書或一件魂縈夢繫的新衣服，從又一個清晨醒過來，觸摸不可觸及的星辰，這才是我們每一刻人生現實的真正模樣，也是我們時時的想望和處處會撞到的無形厚牆，而且撞起來還真的很痛。某種意義來說，人類的發明和創造，人的各式工具以及在漫長歷史裡一點一點練出來的精湛工匠技藝，都試著在推動這面厚牆，也還真的一再推動了它，比方人壽便被我們推了一倍之遠。但同時很令人懊惱的是，我們直接從每一次奮戰經驗知道，我們不活在無限數列裡（秦始皇不智的相信，他的帝王編碼正是一道無限數列的夢，但才到2就被死亡和毀滅打斷，比起來《賦別曲》還撐到第五天），極限可以前推，卻無法真正取消，更慘的是，邊際上每前進一分都比之前阻力更大（物理學者和經濟學者也都在現實世界早早發現此事，並各自形成法則），還可能帶來讓人措手不及的種種副作用——無限從不是真正的工作目標，它甚至不存在我們專注不懈的操作時刻；無限是冥思，或是夢想和補償，或只是某種意義的心思休憩，是我們暫時放下手中工作時放鬆肩膀鎮定心神的一聲長長歎息，洋洋乎美哉，逝者如斯不舍晝夜，孔子當年這麼歎完息，便掉頭回現實的魯國繼續工作。

小說書寫是人確確實實的工作，也許沒辦法都像卡夫卡那麼冷靜，但工作要展開，通常你一次只能做一件事，盯住一個人，牢牢記著心中的一個圖像（賈西亞・馬奎茲所說，一對穿著喪服的母女走在午後太陽炙烈的街上或碼頭邊焦急但強自鎮定等待郵船到來的體面老者；卡爾維諾所說，一個裂成兩半的人或一具空無一物卻像騎士一樣行動的鎧甲；福克納所說，一個小女孩爬到樹枝上看著進行中祖母的喪禮，渾然不覺自己露著髒污的內褲。……），也就是說，聚焦的、實質的、徹底的一次只發展其中一種可能，努力讓我們看到這單一可能的完整極致模樣。擔心可能性太少嗎？不會的，他知道這一路走下去還會生長出多少原先看不到或不存在的新可能來，不加節制的話甚至會淹沒他，就像當年寫《布瓦與貝庫薛》的福婁拜被淹沒一樣。

一次寫一個可能，就像我們一次只實現一種人生，但又不止如此，因為現實生活中事情通常是沒頭沒尾的（也因此反省不易，更難以賦予意義），而且我們會疲憊、會力竭、會閃躲、會中止下來原地停留、會活得不夠久等不到結果、會跟自己說算了。在這單一可能被實現的路上，小說可以更無各種物理性阻力更一意孤行的衝到底，抵達一個一個合情合理但實際經驗裡我們不容易（不能、不願、不忍……）抵達的陌生之地。笨拙的小說書寫者會把它寫成誇大不實，但其實原來不是這樣，原來只是不加阻攔的完成因此自然變得巨大，厄運會連鎖擴張成為羅網般的命運，惡意會實踐為謀殺，《事情的真相》裡斯高比心中那一點點善良的錯誤和欺瞞最終會一步一步把人引進煉獄裡，《愛情的盡頭》裡在盡頭處我們會找到一個你非反叛祂不可的上帝云云。小說，就算貼著現實寫，它頭也不回的繼續前行，會一路叫醒現實裡殞沒的東西，最終形成小說和我們現實人生的「再脫離」，以至於小說總比我們的人生現實或更純粹、或更荒誕、或更恐怖、或更加不可收拾云云。畢竟，事物包括我們自身（情感、欲念、乃至於只是身體）的單點徹底放大模樣，總有著一堆我們不好逼視不堪承受存而不論的鬼東西，惡禁不起這樣，善其實也禁不住這樣。

這個小說和我們人生現實的再脫離現象，愈到近代一定愈明顯愈嚴重。因為人一代一代出生死亡基本上是重來的，克魯馬農人得處理他青春期的身體躁動，幾萬年後今天的你我一樣得處理；而小說（以及其他人的思維創造成果）卻可以而且必須直接從前人的已推進之處開始，這是優勢卻也是沉重的限制，好走的大路已絡繹不絕全被走光了，方便當凶手的都已殺人無數了，當代小說被迫走上旅蹤較稀之徑，不僅愈來愈難成功，也愈來愈難取信於人。而且一旦成功，小說書寫者很容易發現自己站在一個四顧無人之地，深入的距離已非一般人普遍生命經驗所能及，人們會覺得小說陌生、不正常、樣子可怕以及這些關我什麼事。一直以來，小說是人類歷史裡最貼近一般人的書寫，但今天，小說書寫者和讀者宛如唐吉訶德和桑丘・潘札結伴冒險而行並挨揍的幸福日子極可能一去不回了，接下來書寫者得隻身再前行，這是當代小說幾乎無解的困境和其質變。因此，跟合理相信太陽遲早會燒光自己一樣，有人不免提前擔心小說終會寫完所有可能瞌眼長逝，我自己倒不憂慮這個，我想的是，在那個隆重的日子到來之前，之很前，小說大概已成為一個說著自己難解語言，沒人聽懂也沒人願意再試著聽懂的古怪東西，在它用盡自己之前，就已先被遺忘、先被驅趕出這個猶有陽光照臨的世界。

讀《猶力西士》、或更不智還讀他《芬尼根守靈夜》的讀者也許會說這是什麼啊，甚至懷疑這個作者到底會不會寫小說是否騙子，但你要不要回頭看喬哀斯宛如回憶的《都柏林人》呢？一樣的，不少人跟我一樣很受不了日後走向原始、變得句句話乖張殘酷的D. H.勞倫斯，但你是否也讀過他〈菊花香〉這個年少短篇，安詳的寫一頓晚餐、一個等她礦工丈夫下工卻遲遲沒回家的婦人？這都是沒跟我們「再脫離」的喬哀斯和勞倫斯——如果他們早生個一百年左右，或生在加拿大、美國中西部某個不問世界加速變化的日昇日落山居小鎮上，相信我，他們會是你我愉悅閱讀、那種兼有著溫柔和睿智之光的善解人意小說家，為我們講出、描繪出那些只距我們一步之遙、滿心想法卻說不成的話。但小說的幸福題材已一再寫盡了，或更正確說，相應於每一個人只一次的人生以及只一次如此震顫於心的成長歲月，如今每個小說家仍允許保有一次配額，不定在自己哪個書寫階段，可不問意義可拋開世界回頭寫一次自己的幸福題材，這是很奢侈的，其餘時候，他有未完的每一天工作。

我想起香港老朋友鍾曉陽特別喜歡的歌〈Stand by Me〉，站我這邊，夜晚降臨整個世界漆黑無光我都不害怕不流淚，是啊，就連只負責嚇人的通俗作家史蒂芬・金也寫了他幸福題材的這篇小說，四個小男孩異想天開沿著長長的鐵軌去看一具屍體，然後什麼事也沒做的只靜靜回到忽然變得小了一點的小鎮。我還想到，腦子長得跟別人不大一樣的徐四金，也寫了他《夏先生的故事》——

對抗上帝的作品

王爾德這個總是把美弄得浮誇、弄得渾身令人不安香味的人，說過不少我喜歡的話（我仍以為這兩件事是相干的，這是他孤注一擲自己生命的獎賞），包括這一句：「一本沒有理想國存在的地圖集是不值一顧的。」——當然，王爾德不真的是一名地圖繪製師傅，他是書寫者，繞一圈說話，引傭兵入關攻打，他要說的仍是文學。

但我們可能也因此想到，以前人們奇奇怪怪繪製成的那些古地圖，甚至想起中國的奇書《山海經》，它本來就是一部用文字畫出來的地圖集。到今天，最吸引我們目光的，是其中那些我們已知道現實世界不存在的東西（真的不存在了嗎？），一條大河，一座城，一個比例全然不合的孤島，一個被刻意標示如熠熠發光的國，也許還加上幾隻奇形怪狀的活物，比方海浪裡露著大腦門的怪魚或長出翅膀的獸等等。《神曲》中猶力西士晚年的再一次告別綺色佳出航，這是多出來的一次，也是最後一次，依循的應該就是這種地圖，進入到這樣一個世界。跟隨他的皆是上了年紀的水手，他們先抵達大力士赫克力斯劈開的直布羅陀海峽，這是地中海的終點，也是他們熟悉已知世界的終點，再往前是未知的大洋。猶力西士說服了他的夥伴，他要大家去看無人的世界和地球背面無人航行過的海洋，要大家牢牢記住自己的身世、記住自己不應像野獸般渾渾噩噩的生活，應該追求「美德和知識」。據說他們最後航行到南半球，看到那裡滿天不一樣的全部星辰（波赫士驕傲所說，比你們北半球美麗太多的星空），還有一座前所未見的巨山（南極裂解出來的大冰山嗎？），這正是煉獄的聖山。這次他再沒回家了，船在風暴中的第四個大漩渦沉沒，不曉得當年先知應允他毫無痛苦的幸福死亡，指的是不是就這樣。

這些對我們而言異想天開的東西，對當時繪圖的人就只是理所當然，甚至還是最重要、畫得最費心的，因為他們相信一個完整的世界就應該而且還非有這些東西存在不可，少掉它們怎麼能稱之為完整的世界圖呢？他比較不規矩的只是，他找處空白就硬塞進去；或者，他把已知世界縮小，四方好留出大片空白，再一樣一樣裝進去這些他堅持的東西。

至今，小說家的世界圖仍是這樣的古地圖，痛苦是仍然空白處處、會難以百分之百精準且不免迷航，但好處是可以保有希望，甚至硬塞入希望。希望極可能就是我們生而為人所能有的最好東西。

我們說過，可能性從不均勻不平等，指的不止是妻子女傭謀殺機率的這層次不平等而已，真正的不平等來自於我們自己，諸如我們對於美的看法，對於善的看法，對於公平正義的看法，以及更多難以抑止的渴望和某些依依難舍的情感。我們於是會嚴重偏愛其中某些種可能，期待這幾種勝出成真，也因此會厭惡另外一些可能，不僅因為它們殘酷醜惡，更因為它們排擠、覆蓋、取消了我們的殷殷希望。這遠從我們童年聽第一個故事開始（問誰是好人誰是壞人，希望公主王子從此過幸福快樂的生活云云），也遠從我們第一次懂得憤怒、懊悔和悲傷大哭那個記憶猶新的日子開始——

因此，真正有意義的、激動我們的可能性不是無事無色的幻想成果，倒更像是一次一次認真吵架吵出來的，帶著不屈服不甘休；我們其實也沒要擁有無限多的可能（試圖列舉無限可能的《布瓦與貝庫薛》和《猶力西士》已證實這通往虛無），這只是我們吵架的手段及其虛張聲勢，以多打少，以無盡來反駁、來稀釋唯一，用來對抗雨果所說那位「無人可反對」的上帝，對抗唯一被實現的這個現實世界。內心裡，我們其實都知道用不了這麼多，我們有限而且大概就只此一回的生命也裝不下這麼多。更多時候也更迫切的是，我們喜歡一個人，想完成一份工作，察看明天天氣能否放晴，拜託利比亞交戰雙方停止殺害彼此云云，這一個一個目標都是具體的、明確挑揀出來的，我們想知道的是如何可能，以及，為什麼不可能。

納布可夫晚年受訪時話說得很平靜，因為這對他、以及對小說家而言只是工作：「一個有創意的作家必須仔細研究競爭對手的作品，包括至高無上的上帝的作品。他不僅生來必須具備重新組合特定世界的能力，而且生來必須具備再創造這一世界的能力。沒有知識的想像力不會比後院的原始藝術走得更遠，充其量不過是孩子在圍牆上塗鴉的東西，或市場上商人的訊息。藝術從來不是簡單的。」

真的，天底下大概再沒有比現實世界更讓人類全體更不滿意的東西了，也再沒有更需要我們反對的東西了，除此之外，開放性還能是什麼呢？

回布拉格開同學會的 伊蓮娜

「不多久前，台北第三高女召開同學會。日治時代，第三高女是台灣最優秀的女子學校。辜顏碧霞現在是第三高女聯誼會會長，李登輝的太太、彭明敏的太太、黃信介的太太，都是我的同學，二二八受難者吳鴻麒的太太楊毛治則是我們的刺繡老師。我們不分什麼主流派非主流派，也不分什麼國民黨反對黨，同學就是同學，大家聚在一起，不談政治，只說一些兒孫的事。都已是近黃昏的人了，如果一定要說彼此有什麼不同，她們或許比較好命，我就不一樣。我本來可以很平順，很幸福，做個平凡的女人，環境使然，慢慢就有了不同的人生走法，現在六十八歲了，還不能止歇，還要一直奮鬥下去。

「我是林至潔，郭琇琮的妻子。」

郭琇琮是二二八受難者，一九五〇年被捕旋即於同年槍決，只活三十二歲，林至潔也同時候入獄，坐了十年牢，人生自此踽踽於途。

當年這一對秀異的年少夫妻，原都是所謂好人家的兒女，也念到了彼時社會條件所能應允的最好最高等學校。但糟糕多了一些敏感正直和夠柔軟的心，還相信了一些彼時社會不能允許的東西，以至於被殘酷的時代辨識出來孤立出來。林至潔歷歷在目如發生在昨天而已的回憶（可見幾十年來時時勤拂拭），他們第一次約會居然在彼時的大酒家江山樓，地點是郭琇琮刻意選的，只是不在笙歌夜裡而是破敗、真相畢露的白天時分。原來是學醫的郭琇琮定期到那裡診治這些飽受性病梅毒折磨的風塵女子，清理包紮爛瘡，自己花錢為她們打當時絕不便宜的抗生素云云，惟這事不可聲張，因為會妨礙這些可憐女子的生計。郭琇琮樸直的請求林至潔一起做這件事，這非常非常動人，彷彿他相信這最汙穢最可怖的勞動同時也是最潔淨最光榮的，因此這樣的請求可以是禮物，把自己最好的東西贈予最心儀的女子。我記得朱天心翻開書給我看這一段時欲言又止，我當然知道她想什麼，她一定想告訴我若自己生在當時也收到這份禮物，可能也無可遏止一定會走上同一條不平順也無法幸福的人生路，成為幾十年後同學會裡沒那麼好命的那個人。朱天心不好說出口，一部分因為這麼說有點自誇。

同情不進則退，同情再往前走會成為憤怒，再更往前就不容易回頭了。

同學會，尤其是三十年五十年之後彷彿生命已水落石出、答案全部揭曉的同學會，感覺總非常刺激，如同推理小說看到了最後一頁。米蘭・昆德拉的小說《無知》裡頭也有一場同學會，但沒時隔這麼久，是一九八九年俄國占領軍「輕輕悄悄、彬彬有禮」退出捷克之後，流亡法國的伊蓮娜再回布拉格和昔日的高中同學聚會。昆德拉讓這場突如其來、彷彿是歷史不懷好意召開的同學會，有個極狼狽的開頭並找到了隱喻之物——這一狼狽的隱喻之物是十二瓶波爾多紅酒。伊蓮娜滿懷喜悅的精心準備了紅酒，是她流亡法國帶回家的禮物，盛裝了她法國的二十年，但「她的朋友都很不自在，大家呆望著那幾瓶酒，直到其中一個朋友發了難，這個朋友自信滿滿，很以自己的單純為傲，她直截說了她比較喜歡喝啤酒。這個直腸子的女人讓眾人的精神為之一振，大家都表示同意，於是這位虔誠的啤酒信徒就把服務生叫進來了。」

由此，這場同學會的進行打開始就是捷克啤酒式的而不是法蘭西紅酒式的；也就是米蘭・昆德拉真正要告訴我們的，只存在二十年前那個還住捷克的伊蓮娜，沒有任一名老同學對「法國這二十年的伊蓮娜」有興趣，沒有人想知道伊蓮娜經歷了什麼、想些什麼。事實上，伊蓮娜自己是很想講的，不只因為這對所有人而言是特殊的（新奇乃至於有種種意義、有助於認識這段捷克奇異歷史云云），同時這就是她生命遭遇再無法替換、結結實實的時光，就是現在的她。但她發現沒有人要聽，就算她小心順著大家話題試圖轉到她要講的話也沒用，每一次都輕輕滑開。

這樣事，和誰細講？——章詒和之前的書賣得很好，很多人讀並傳送談論，有一定的熱潮，但章詒和仍取用這麼一個孤獨的書名，她也寸心知道有多少東西在熱烈的氣氛中滑開了是不是？

有點像這些紅酒。這十二瓶孤伶伶如哨兵的紅酒最後呢？小說家昆德拉沒忘記它們——最後，在一片爛醉之中，仍由那位叫啤酒進來喝的同學發現了紅酒直挺挺的存在，大呼小叫的「我還是得嘗嘗你帶來的酒！」於是所有人把啤酒杯換成高腳杯。新酒新容器，但仍以啤酒的豪情方式來喝，很像在我們台灣；也就是說，紅酒不過是酒精濃度較高、更讓人快快興奮起來的深顏色啤酒而已，已然麻痺粗大的味覺嗅覺細胞不能也無意細膩分別它的不同香氣和味道，因此仍沒有那二十年法國，仍只有捷克。

這讓伊蓮娜更沮喪、更知道不可能了，也才出現了這段O. S.——伊蓮娜感覺自己身體變成個詭異的模樣，她被這景象震懾住了：「起初，她們對伊蓮娜曾經在外國生活這回事絲毫不感興趣，她們就這樣給伊蓮娜做了截肢手術，把她二十年的生命截去。現在，她們又搞了個審訊大會，想把她久遠以前的過去和她當前的生活縫接起來。這麼做，就像是把她的兩隻前臂截去，然後把她的手掌直接固定在手肘上；像是把她的兩條小腿截去，把她的腳掌接在膝蓋上。」

這如同截肢般被棄去的二十年，呼應了《無知》一開頭就提到的另一個二十年，那是希臘狐狸也似英雄猶力西士離開故鄉綺色佳的全部時間，分兩半，前一個十年打特洛伊，後一個十年返鄉迷航。但其實後十年分配極不均勻而且有點不好聲張，大概正因為這樣所以大家有意無意的滑開它，猶力西士真正面對風浪、面對妖物、面對追殺他的眾神比方波塞冬其實只有三年，後面七年他安住於女神卡呂普索的小島上，和她過著夫妻般的生活。昆德拉仔細再讀過這部史詩，以為這是很快樂而且平靜怡然的七年。

如果我們佐之證之以人的經驗、人的情感構成及其自然變化來重看這段神話旅程十年，會清晰看出端倪來——前三年，他的確心急如焚，生命中只有回家這件事；後七年，隨著心裡可焚燒的東西慢慢燒完，原先不願多看一眼的當下處境會逐漸成為厚墩墩的現實，會成為某種生命處境，供應著很難長期凍結的其他生命需要，其中也包含著某種帶點負咎的歡樂以及他種可能，這是卡呂普索之於這七年的猶力西士。這七年，他儘管仍悲傷（但更遙遠）的想著綺色佳和妻子珮妮羅普，但生命確實已出現新的具體可能而且還已裝填了可抗衡的實質內容了。這段壯麗航程的最後一程，由天神介入才促成的，極其有意思，忽然不再像是個神奇故事了，妖物怪事全都退場，平順得無話可說，更像是依照事實，荷馬告訴我們，其實還是在猶力西士酣睡中完成的如同我們今天搭車搭飛機。費埃克斯王派給他的水手將他連同床罩褥墊一起抬上綺色佳島的老橄欖樹下，也小心沒吵醒他，是的，就連最後陪他回家的都是奉命如空中小姐的異國人，他自己的手下早已一人不剩。悠悠醒來的猶力西士孑然一身，一時不知自己身在何處，好半天（故事中是雅典娜幫他驅散濃霧）才回魂也似認出這是故鄉這就是那株橄欖樹，如果換由波赫士，他一定又要說這也可能只是年輕新婚的猶力西士牧羊時睡了一場莊子式的午覺，從來沒特洛伊沒塞壬也沒地獄裡那些亡魂說話，波赫士就喜歡這樣，事實上，喬哀斯後來借名字寫的《猶力西士》也差不多就這意思，更厚的一部小說只是一天發生的，是人心思的不斷觸礁漂流迷航，同時也隨之消失遺忘。我們這裡只說，如果猶力西士最後一程是醒著的，他會改變心意嗎？他會在最後一刻下令掉頭航回卡呂普索那兒嗎？這個比較難傳頌難解釋的可能性仍是存在的，只是沒能夠而且從此永遠不發生了而已。所以，我們也就可以講這趟航程的結束並非百分百出於人的自願，猶力西士的睡眠輕輕打開了一個謎樣的缺口，我們其實並不知道猶力西士最後的真正決定，猶力西士自己也不知道，如同我們每個人的現實人生。卡呂普索和她的洞窟於是封存了起來，成為未實現的另一個世界，一個只剩猶力西士知道但仍會遺忘的世界。

荷馬講這兩個故事都是半途切進來的，《伊里亞德》開始於阿契力士格調不高的憤怒，《奧德賽》則是猶力西士已安然長居於卡呂普索島上時。我們所知道的所有九死一生迷航，其實是後來費埃克斯王在筵席上問出來的，是猶力西士的記憶，或他的想像編造，因為參與的人都已死了。但猶力西士洋洋八卷的回憶戛然中止於他和卡呂普索的相遇，「從此我又漂流九天，直到第十天黑夜，神明把我送上奧古吉埃島，說人語的可畏神女、美麗的卡呂普索在那裡居住，她熱情招待我。我何必把這些再重新述說呢？」

猶力西士為什麼不說下去或說不下去了呢？是因為故事高潮已過？是因為他意識到費埃克斯人想聽的和不想聽的？還是因為他和卡呂普索的更長七年太私密太個人了，不好說也不知語從何起？更因為他（這裡得加上說故事的荷馬）知道，這會讓所有一切變得太複雜，破壞了這趟旅程、這個故事的清晰意義，讓所有人困擾、混亂，更利於遺忘？

無論如何，這較長的七年在《奧德賽》故事裡因此只一筆帶過，如日復一日，我們確確實實的歡樂悲傷沒相繫於它們的具體事件。但活過二十年流亡歲月的昆德拉感同身受，他想確認這段總被一筆帶過的時間，由此也認出了卡呂普索是整個故事中最寂寞的人，所以昆德拉不無憤懣的如此寫下，是大聲說話的句型和語氣：「人們激情頌讚的是珮妮羅普的痛苦，人們嘲笑的是卡呂普索的眼淚。」

年紀很重要，是其關鍵

回布拉格開同學會的伊蓮娜當時幾歲？大概四十歲出頭，你看，她二十歲結婚，沒多久就流亡，20＋20，再補上點零頭。

至於在台灣開同學會的林至潔，她自己講了，是六十八歲，「已是近黃昏的人了」。

猶力西士則介於兩人之間。

這裡，我以為年齡非常非常要緊，幾乎決定了他們回頭開同學會時的心思、反應和行為語言。《無知》裡昆德拉尖銳的指出來，沒有人（除了異國的費埃克斯人）有興趣，沒有人會請求「說給我們聽吧」；但一樣無法說出自己與眾人不一樣、或者正是最珍貴生命構成的這一段時光，四十歲出頭的伊蓮娜感覺是不能，是一再碰壁、一再被封口，她被迫只能講講最原初的高中共同記憶和最當前的生活打算這兩端；六十八歲的林至潔則是不願，算了，人家又沒要聽這些，她柔婉不驚動的順服大家，也一樣只是最原初的高中回憶和當下「一些兒孫的事」，要還有什麼，我猜，就只是彼此身體和養生之法云云。其致一也，現實頑強得幾無例外可言，伊蓮娜和林至潔的不同只在於人的態度和心境。我所說年齡是這一切的關鍵，指的不是不同年齡有什麼不一樣的現實撼動之力，改變這個不想聽你講的事實，沒這等好事，而是年齡決定著人在其中的自我樣貌；我想確認的是這樣一道連續性的軌跡變化，年齡不是時間徒然流逝而已，時間的刻度同時也是人心變化的刻度，它在每一個階段帶給我們不同的生命圖像，它最不容易察覺也最不容易討論的，從前提、從認識的源頭，先一步改變了（或說限制了）我們看待世界的方式，從而變更了我們所有的行為反應。

也許有剛剛才參加了同學會的人願意幫我們證實此事。我們說，伊蓮娜和林至潔是兩個很不一樣的人，更是想不在一起的人，但我們試著把伊蓮娜的時間再往後推二十年，比方捷克的解放晚二十或她自己耽擱了返鄉時間云云，如此，變成林至潔年紀的伊蓮娜，我相信她應該也會說同學就是同學，大家就談點兒孫的事吧。

所謂人的生命圖像，也就是我們看待世界的基本位置及其使用材料、參照材料，一般認為是人過去的整體遭遇、人的經驗總和如一幅油畫般一層一層塗抹的結果，但恐怕不止如此，因為還得再加上我們對未來的預期和描繪，包含著一大堆想望的、期待的、乃至於我們以為是應然性的東西。向著未來的這一部分，由於受限於我們所能擁有未來的時間長度及其容量，其實是最不穩定的、時時隨年紀修改的（如果不加以特殊的、額外的抗拒，如奮力拉縴逆流的船）；進一步說，人的既有記憶、既成事實，和人的未來預期有著超乎一般以為的極緊密關係，因為我們絕大部分的經驗其實並未「完成」，比方喜歡一個人或二三十年日復一日的工作云云，它們的意義猶未完全確定，仍進行中轉動中，隨時有不同的強調和忽略。決定我們記憶遺忘與否的，如同我們丟掉某一張名片或抹消掉某一張見過但無意義的臉孔，其深處取決於我們對未來的想像。

年齡的計算方式由出生算起，像一條不知伸向哪裡的數學線；年齡的另一種較迫切計算方式則倒過來，改由死亡處回推，時間封閉起來，算法不精確但毋甯更具實感，這來自於人對時間的冥冥意識、對時間終點的感知，是人獨有的，也較影響人的思維和行動。基本上，我們每朝死亡多走近一分，我們生命圖像上的某些東西也同時剝落一分，每少一年，我們便清倉一般把裝不下的那些較無用較不可能東西扔掉，以至於當我們以為死亡隨時會到來（我們只能猜測，當然也會猜錯），往往人會奇特的悠閑起來，因為和未來有關的部分全扔走了，生命圖像只剩遼闊的逝去時光，剩那些早已完成、不再隨時間變動的東西，這最多是童年回憶，純純粹粹的回憶，所以才稱之為幸福時光。

四十幾歲的伊蓮娜急著說，五十幾歲（姑且這麼猜）的猶力西士被動回應費埃克斯人的詢問才說，而且只挑奇幻精采、如好萊塢大成本大製作那部分（十分之三），很禮貌很節制；到了六十幾歲的林至潔，就算你知我知有這段獨特經歷她也只是笑笑坐在那裡——我不以為這是偶然，這比較像一道軌跡。

八十幾歲的大人類學者李維－史陀說：「我老了，早已學會謹慎從事，任何題材廣泛的綜合性大課題的研究任務我都不會再承擔了。」——當然，李維－史陀猜錯了，後來他又活了二十年，活到超出了一百歲，但他怎麼會知道這個呢？

一般而言，我們比較容易看到的是人的外在態度變化，因此我們傾向於把它描述成一道從激烈到緩和、從不滿到怡然、從有事到沒事，宛如都卜勒定律般愈遠去愈低頻瘖啞的軌跡，不容易察覺其中的質變。事實上，質變的進行往往是深刻的而且激進的，人察覺出自己（被迫）變成不同的人，丟下自己最不願丟下的東西，把某一個珍貴的希望判定為不可能，乃至於對思索守護一生的價值信念有了不一樣的甚至是完全背反的現實體認，這怎麼可能都很平靜很鬆弛呢？

米蘭・昆德拉在《無知》的第三十四章跳出來這麼寫，很短但很衝的一章——《無知》是二〇〇〇年世紀交換時寫成的，彼時昆德拉超過七十歲了，恰好嵌在林至潔和李維－史陀之間，他讓我們果真看到一個激烈的老人，如卡爾維諾所說準備做一個「滿懷怨氣的死人」，這是非常珍貴的，尤其在老人愈來愈馴服的我們這時代。

「人的平均生命大約有八十歲。大家都是用這種方式來想像、規畫他的一生。我剛剛說的這事，眾人皆知，但我們很少意識到，我們的生命可以分配到多少年，並不只是一個單純的數據，或是一個外部的特徵（像是鼻子的大小，或是眼睛的顏色），這數字其實就是人的定義的一部分。如果有個傢伙可以使出渾身解數，活到我們兩倍的時間（也就是說，一百六十年），那麼，這傢伙跟我們就不會屬於同一個物種。在他的生命裡，沒有任何東西跟我們會是一樣的，愛情不同，抱負不同，感覺不同，鄉愁不同，什麼都不同。假使一個流亡者，在外國生活了二十年，之後回到故鄉，而他眼前還有一百年可活，那他根本就不會感受到屬於偉大回歸的那種激動，說不定對他而言，這也算不上是什麼回歸，只能說是他生命的漫漫歷程之中，諸多曲折繞行裡的一次迂迴罷了。」

以下，昆德拉挑釁了祖國這一概念，連同故鄉、流亡、鄉愁云云這更大一塊；這其實也是自我挑釁，因為這樣的命運、情感和思維原是他大半生之所繫不是嗎？因此這簡短的話語有掀動一整個人生的力道——「因為祖國這個概念，在它高貴又感傷的字義裡，與我們的生命相連相繫，這相對短暫的生命給了我們太少的時間，以至於我們無法去依戀另一個國家，依戀更多其他的國家，其他的語言。」

接著是性愛和愛情，另外兩個（或同一個）他珍視而且書寫不絕的好東西——「性愛關係可以填滿整個成年之後的生命。但這生命若是太過漫長，厭倦的感覺會不會早在體力衰退的許久之前，就窒息了興奮的能力？畢竟第一次？第十次？第一百次、第一千次或第一萬次性交之間有極大的差別。過了邊界，重複若不是變成刻板印象，就是變得可笑，甚至無從發生，可是邊界究竟在哪兒？一旦跨越邊界，男女之間的情愛會變成什麼？會消失嗎？或者剛好相反，戀人們會把他們生命裡的性欲期，當作真愛到來之前的野蠻時代嗎？要回答這些問題還真是容易，就像要去想像一個未知的星球上，那些居民的心理狀態。／愛情的概念（偉大的愛、獨一無二的愛）應該也是在上天賜給我們極為有限的時間之中誕生的。倘若這時間沒有極限，約瑟夫會如此依戀他的亡妻嗎？我們這些早早就得死去的人，我們什麼也不知道。」

米蘭・昆德拉這一口氣就停在這裡，但高興的話我們儘可談下去，像一千零一夜的珊佐魯德那樣，把我們珍視並認為是自身或人類自由自主發明的東西一樣一樣如法檢視，比方道德比方親情，只要我們有一顆夠強到接近殘酷的心，直到死亡打斷我們為止。

死亡可真是巨大無匹，因為它不僅僅是時候到了的終點而已，它會不斷以各種面貌各種方式提醒我們它的存在（病痛中、歡笑裡……），它會逐步走近，如鹿群聽著獵人的腳步聲音；它負責劃下無可逾越的界線，給我們就這麼大的生命活動空間（「給了我們太少的時間」），以至於我們有很多事情其實由它決定，或至少因它而生並由它操控變化，我們在愈靠近它時愈發現此一真相。

八十幾歲快到邊界的波赫士確信了一件事，那就是他「不再相信人有自由意志」這東西。其實這個念頭我們在他二十年、三十年前的書裡就看到了，只是當時加了問號，為自己保持著模糊和希望。最後，它以肯定句（或否定句）的形式浮現，讓波赫士斬釘截鐵的寫下來，當然是非常激進的。

還有一樣八十幾歲時的歌德，他勸年輕的詩人記得在自己每一首詩、每個作品後頭註記書寫時間，×年×月×日云云——以前我以為這是意圖存留和書寫彼時現實世界的聯繫，存留一個巨大的現實背景，但刻舟求劍，現在我比較相信他是在算時間，記錄時間的不疾不徐腳步聲音。

人的一生裝不下的東西

米蘭・昆德拉這席話，我們也從相反一面來想，人類過去，是否也曾不經意的、或僥倖的、或英勇頑強的，發明過或從事過這太短生命時間裝不下的東西？比方說，現在就去種下一小株紅檜樹苗，等它長一千年。

我們來看這一個愚人故事。曾經有一位神學家花了一輩子時間做了一件荒謬而且是殘忍的事，那就是他用了不當的方式試圖證明上帝的公義，結果神沒得到證明，人卻被他在屍體上狠狠加補一刀，比死更死——事情大致是這樣，曾經在歐陸某地發生了一件吊橋斷絕的意外，摔死了十來個天南地北、彼此並沒相干的人，這樣一樁令人難受但不難平息的尋常災變，我們知道，如果硬拿來逼問上帝（以及算命先生）會很狼狽很麻煩。這位虔信到目中無人又不自量力的神學家，不容許這幾人的不幸死亡有損上帝公義且無所不能的形象，於是他展開地氈式的尋訪，深入到每一名死者的來歷、身家、親友仇敵以及其人格作為，結論先行的想證明，那就是這十幾個人注定在同年同月同日同時走上這道吊橋，而且「必須」一起死去，沒僥倖，不是意外，而是上帝的奇妙公義作為；換句話說，這些人「該死」。

最近，我自己則反向做了件不敬神的事，因為不當說了實話——汶川大地震當時，我一位虔信的朋友正好居住四川，她回憶那場天搖地動，當場跪下來禱告祈求：「主啊，救救他們吧！」我更正了她：「你應該講，主啊，是你幹的對不對？」

我說這名神學家不自量力，是包含他的極不用功，他不讀聖奧古斯丁的《天主之城》嗎？他甚至不念《聖經・新約》嗎？他不知道在上帝不容瑕疵的公義和我們荒唐可憐的人生之間，這一難以和解的緊張關係兩千年下來已被討論到什麼地步了？他以為末日審判是為什麼有、幹什麼用的？

《天主之城》面對的同樣是何以上帝讓這麼多人同年同月同日死的疑問，但他處理的是西羅馬帝國覆亡當時更鉅額、暴烈而且直刺人心的死亡，不信神（或說還信其他神）的蠻族獲勝，信神而且貞潔的人被屠戮、被強暴、被折磨云云，善惡一百八十度逆轉（從基督信仰的立場來說），不處理不消化會持續構成信仰危機，遑論在塵世中建造神的城、神的國，不像我們的吊橋神學家沒事找事。奧古斯丁的做法正一模一樣，他要我們別短視，把目光從當下死亡移開，用更長時間、用受害者一輩子的來龍去脈來理解上帝的作為及其公義。

證明過程從略，只說結果。一千多年前奧古斯丁的此次努力完全失敗，因為善惡果報這美好的東西在我們現實人生並不成立，一如我們的常識和生理感受；但我們何妨也可以說，善惡果報太巨大太耗時了，我們每個人的人生很明顯不夠長，裝不進去，如果我們非相信它不可，我們就需要下一輪人生，或傳交子子孫孫好幾代人（「家祭勿忘告乃翁」），再不能，那就得把時間拉到成為永恆那麼長，讓仍不完成的公義，最終在末日審判一次結清——這當然有點賴皮了，但也許賴皮比虛無要好些。

由此，我們也很容易想起來，不只公義這一項而已，而是幾乎每一樣夠好夠有意義的東西，放眼望去包括某種信念的實踐，某種專業技藝的大成，某個問題的解決，乃至於只是想種出一株夠大夠美如棲蘭山那裡活著的、莊子書裡寫過的大樹，我們用一生時間大概都來不及等不到——這些年，京都人拚命在搶救他們圓山公園那株幾百歲的老去大垂櫻，幫它殺菌幫它保暖幫它補充「榮養」一如加護病房插管（日本人營養寫成榮養，這比漢文漂亮，而且榮字最開始就是花開滿樹的象形樣子）。京都人大致已放棄希冀它四月天還能開成一整個天空華蓋如夢、花瓣迎風雪一般飄降的模樣了，但至少要它繼續活下去吧。原地重種一株？當然可以也可能哪天非如此不行，這並不花錢，更不費工夫，但就是遠比紐約人在九一一雙塔原址復原一幢新摩天大樓還難還無可奈何，問題就是時間，必須耐心挨過少輒五代十代人的寂寞無解日子，尤其每一年四月櫻花祭，冠蓋滿京華，每年這時候京都人都會觸景悲傷一次憔悴一次，提醒你有某個最美麗的東西永永遠遠等不到了，每年，會真的像艾略特講的，四月是最殘酷的季節。

多年前（究竟是幾年前我忘了），哈雷彗星再次造訪我們太陽系，這個美麗但總被人類誣指為不祥的傢伙守信的七十六年來一次，加減七十六的很容易知道它上一次，以及下一次來的時間。我永遠記得有個朋友講著講著居然熱淚盈眶，自己都不好意思起來，是啊，但就這一次了，我們在座沒有人七十六年之後還能活著，這個奇怪的生離死別如此好笑，但卻又千真萬確。

似曾相識燕歸來——

讓時間恢復流動

「多年後，奧瑞里亞諾．布恩迪亞上校面對槍斃行刑隊，總會想起父親帶他去找冰塊的那個遙遠的下午。當時馬康多是一個小村子，只有二十幢磚房，建在一條清水河岸上，河水順著史前巨蛋般又白又大又光滑的石頭河基往前流。世界太新，很多東西還沒有名字，要陳述必須用手去指。」這當然是賈西亞・馬奎茲《百年孤寂》的一開頭，好些人已隨時背誦得出來的一段話，這麼自然，自然到喚得起每個人自身的經歷，但又是這麼美妙的時間魔術，簡簡單單兩句話就把時間揉成一團，過去現在以及未來全擠在一起，卻忽然光一樣退到最遠處，時間完全安定下來，像個全然靜止的畫面，世界然後才緩緩開始。

林至潔的同學會，的確很像上校提前面對行刑隊，某種提前的判決——同學會聚集起一群關係其實非常奇怪的人：過去，我們是乾乾淨淨的、從同一個點出發、而且幾近全然平等的人（同學校、同一身制服、同時間作息、考同一張考卷、依循同一個世界規則……）；現在，我們只能說是彼此相識的人，而且歪斜不一，要找個其他交集點出來還真難；而過完今天大家揮揮手再聯絡，未來，我們「世路多歧人海遼闊」（小學畢業歌的兩句四字箴言，說得可是一點也沒錯），又是準陌生人了。時間斷然截成這三塊，由於失去了漸層的聯繫，遂成為各自獨立、全然異質還難以化合的東西，數學函數般各自對應著完全不同的社會內容。是的，你知我知同學會是沒有明天的東西，事實上有部分人還真怕有明天得借錢或幫人找工作不是嗎？因此我們光一樣退回去，一起回到「當時馬康多是一個小村子，只有二十幢磚房……」那最早時候，青青校樹萋萋庭草欣霑化雨如膏筆硯相親晨昏歡笑奈何離別今朝，於是，同學會遂更像判決了，是多年後我們宛如考同一張考卷的答案終於揭曉，對錯成敗，大家彼此打量探詢你考幾分我考幾分，是不至於槍斃，但好像真有個老師在場給分數。

林至潔的同學會，是一場很誇張的同學會，誇張到令人心生不滿。這群昔日的水手服少女知道生命會這樣分別對待她們嗎？有人錢幾輩子花不完，有人朝不保夕，有人是國家供養到死的第一夫人，有人是監獄供養怕你不死的政治犯，有人莫名其妙活在榮光中，有人一生如黯夜的踽踽行路者云云。虛假的東西最禁不起放大，虛偽一誇張就成為笑話，這是文學、電影乃至於電視脫口秀都會的最簡單最常用揭穿手法。林至潔的同學會，因此讓我們看出蹊蹺來了——這樣子公正嗎？是誰、而且憑什麼做成這麼荒唐的生命判決？

事實上，我們還可以火上再加油一點——依我個人的閱讀經驗，以及更多我對台灣的這個那個了解，我無需膽量就可以判斷並且講出來，林至潔毫無疑問是這群昔日高校女生中品質最好的一個，一朵最早開的花（但的確太早了，在還不適合開花的環境和季節裡），在生命這紙考卷上她也最認真作答，但成績公布，她考得最差。我們服不服氣這個判決？我們要不要、能不能尋求其他判決？

> 赫拉克里特啊，我們就是你說的長河。
> 我們就是時光。它那不可更改的流逝。

賈西亞・馬奎茲把這一切倒置過來，如同伸手把一枚沙漏鐘翻了個身，為的是讓已停頓的時間時間流動起來——仔細看，這裡其實原本沒有「未來」，「多年後」是遙遠過去那個找冰塊下午的多年後，它所代表的未來是假的，其真實身分是現在是當下，真正的未來可能被一聲槍響截斷但還沒真的發生，猶包裹在未知的迷霧之中（面對行刑隊的上校究竟死了沒？）。但時間的此時此刻被一下推回到原點，「現在」遂變身成為「未來」，有著未來的不確定性滲進來了；不止這樣，連同「過去」、也就是時間原點到現在這一截時間亦一併變身成「未來」，以至於所有已知的、已發生的、已無法後悔的又活了過來動了起來，它鬼使神差通往行刑槍斃這一天，但這不再是單行道了，毋甯更像是數不清楚由人和不由人的偶然顫危危堆成的，因此，這個行刑判決不是「答案」，只是內戰（暫時）戰勝一方對敗戰者的處罰而已，一如林至潔的同學會，我們不是早已知道政治和商業本來就是兩塊公平正義的最不毛之地嗎？

這樣的時間魔術也許改變不了上校面對行刑隊的事實，但這不是重點，重點是我們得以從當下宛如中了魔咒的凍結狀態掙脫出來，並清醒過來，回到光天化日之下——在我們長河般的一生之中，這不過是其中一天而已，如果以一個人活七十二年來計算（4的倍數方便掌握閏年），它的真正分量是26,298分之一，彈指即逝，就算這一天稍微特殊一點人容易感傷一點，林至潔心血來潮去和老同學喝咖啡，上校在他數不清的敗戰中這次輸得較慘被活逮，也就是這樣而已。當然，上校這一天比較非比尋常的是死亡逼上來了（亨利・詹姆斯的遺言據說是：「死亡，這件非比尋常的事，現在終於來了。」），但讀《百年孤寂》我們知道，之前上校曾一再神奇躲掉暗殺、中過劇毒、生過病，還有賈西亞・馬奎茲不以為值得一提但其他隨時可襲來的各式死亡，死亡追躡他一直比追躡你我要緊迫要腳步聲清晰可聞，如果換另一種死法，比方說心肌梗塞，除非做為醫學檢討案例（該死者生前生活習慣極度不良，不注重衛生，暴食暴飲，長時期熬夜，染有抽菸惡習，不定期健康檢查，生病胡亂服食草藥偏方云云，簡單說，這人找死），我們不以為人的死法可解釋他的一生所為，其錯誤，以及其價值。壞的解釋，比不解釋要糟糕。

上校死了沒？就跟杜斯妥也夫斯基的真實遭遇一樣，行刑在最後一刻戲劇性取消，時間大河繞過這一塊死亡巨巖繼續往前流；但上校也還是死了，他停止打內戰，改鑄小金魚，又像珮妮羅普反覆把小金魚鑄了融、融了鑄，最後頭埋入肩膀小雞一樣縮著死去。這次的死法好多了（事實上，就書寫意義來說這是小說史上難能一見寫得最好最深情款款的死亡之一），它和上校豐饒的一生鬆開來，不再帶著判決的誘惑，僅僅就是死亡，是上校這個人的生物時間用完了而已不及其他；而且，昆德拉以一個書寫同業的職業性警覺指出來，如此漂亮而且重大的死亡居然並不結束小說（昆德拉引用的是母親歐蘇拉的死而不是上校，但一樣），賈西亞・馬奎茲大河也似繼續寫布恩迪亞的下一代、再下一代，而布恩迪亞家族的奇特命運是（昆德拉判斷，賈西亞・馬奎茲是故意這麼寫的），他們不僅名字是繼承的、混淆的，就連他們的身材容貌、表情、人格和遭遇都是持續的、我們再再似曾相識的，如同歐蘇拉一眼就認出來上校的十七名私生子一樣。

這裡，帶點被啟示的神祕意味，如果我可以鼓勇來說（我相信自己日後很可能後悔，就跟每回忍不住講了超過的大話一樣）——所謂讓時間長河恢復流動，其極致便是連同這次真的死亡也繞過繼續前行。也許不是全部時間，無法包括黏附著我們身體的這部分時間；但那些本來我們一生就裝不進去的東西呢？心智的、信念的、夢想的云云，裝不下是否意味著它們本來就不是我們獨有的，是我們歸屬於它而非它歸屬於我們，它們自身就是一道河、一道不可更改的流逝？

信任時間，信任的嚴苛意思大致是，就算你已不在場無法親眼看到，你還是相信；而且就算此事已被死亡攔住你無法做下去，總還有活著的人並且有機會比你更聰明更堅決或運氣更好云云。這說簡單可以非常簡單，不就跟你可以放心相信你不在時照常日出日落一樣；但非常困難的地方在於，你一生慣看日出日落而且以為已掌握其規律，就跟一道開放數列1 2 3 4放心遲早會跑出98 99 100一樣，可是在你的人生中，比方就說公平正義吧，其實你並沒見過足夠數量成其規律的公平正義，若有規律可言，你看過的極可能是另外一面，是幾乎和日出日落一樣穩定可靠的不公不平不正不義，人們在其間一個個滑落、變形、蒼老獰惡不復昔日模樣，你已達自欺欺人程度的堅持要相信，是這樣吧。

活得久，但時間變短了

信任時間，不讓死亡截斷，讓時間豐沛的、充裕的前行，於是只能在現實世界之外另想辦法。過去人們的確有著各種或精巧或粗鹵的方式好說服自己，最簡明是全相信一個遲鈍但仍可信的神或神祕規律（「善惡有報」這類的循環報應系統）；然後是無窮數列也似的輪迴，放心我們都還有下輪、下下輪可用的人生，大家相遇會到；也可以就直接相信人死後有知靈魂不滅，依然可以程度不等的參與世間之事，或至少有機會看到一件一件事的結果，凡此種種。

不乞援神祕，人也可以試著打造出一個自身的是非善惡審判機制，用歷史筆則筆削則削的嚴正評價來持續追索、修正、補償人活著來不及完成的公平正義；或者更文學、更捉摸不定的，比方莊子便以他的觀察及其千奇百怪的想像力來抹消、來進出死亡界線，「楚之南有冥靈者，以五百歲為春，五百歲為秋；上古有大椿者，以八千歲為春，以八千歲為秋，此大年也。而彭祖乃今以久特聞，眾人匹之，不亦悲乎。」時間的景觀完全變了，就像我們在人類學報告常讀到的，死亡變得可疑而且輕巧，死亡也許什麼都不是，是莊周是蝴蝶，是某個古埃及人在尼羅河邊歌唱的一個夢，是某種生命形式的轉換而已，是我們進入到一個更巨大時間世界的一次跨步，物與我皆無窮也——至今，我們置身在棲蘭山的神木群中，或站在京都青蓮院前那幾株六百歲了、還舒服伸展著枝椏每年生出新葉、隨時都感覺比我們年輕的大楠樹下，我們仰頭看，想著它們的生命經歷，悲喜交集，但奇怪總有一種從容，有一種無法計較，有一種幾乎是有形有體的鎮靜，幾乎是英勇。當年莊子，一定也是個沒事喜歡看著大樹的人對吧，他的想法是確確實實的。

置身在這樣的時間世界裡，我們就不只像昆德拉所說那名使出渾身解數活一百六十歲的人（彭祖活八百歲，莊子都想像他算夭折）、讓同樣生命內容如祖國故鄉如愛情和性愛全改變意義而已，而是，那些一次人生裝不進的所有好東西（公平正義只是其一），這樣就源源本本收納得進來、恢復了成立，人可以安心的、確實的、日復一日的做每一種一次人生做不完的事，周正方圓，一絲不苟，不必省略，也就不用強調，不急於完成，也就不用詭計。時間到了，你換另一種工作另一個生命樣式和任務，這裡自有二代目三代目接手（「指窮於為薪，火傳也，不知其盡也。」）。

我們還會發現，原來我們通常過度強調的自我意識，「也是在上帝賜給我們極為有限的時間之中誕生的」，看起來自由高傲，其實多半是不得已的，還是孤單無援的。如今我們意識到失去就是永遠失去，生命切線般只一個只一回，我們無人可託六尺之孤，我們沒有真正可信任的人。

所以尼采在這上頭是對的，「上帝之死」的確是歷史大事，死的不是星期天早上教會裡那個上帝而已，一起死的還包括上帝所負責支撐、所保證、靠祂才成立的全部東西。其中的關鍵正是時間，沒有了死後復活、人死之後的永恆天國、末日公義審判這些延長時間的裝置，這是完全不一樣的世界，新世界空蕩蕩的，這也是完全不一樣的生命圖像，人的生命忽然陷縮成幾十年沒再多了，孤島般環繞著無光的四下空無淵面黑暗。

但今天我們可以比尼采看得更清楚的是，他所說的上帝之死其實包含在一個更整體更持續進行的大除魅之中，在非基督信仰的其他國度，類似的時間延長裝置同樣一個個拆穿崩落——神祕的宗教和總是誇言的文學不用說，歷史呢？如今我們已普遍不信任歷史了，以為歷史的記載和評斷詐偽謬誤的成分居多（確實有充分理由懷疑）；我們近取乎身，看著自己家人，也不再相信只是基因傳遞有什麼進一步意義可言（也確實有充分理由這麼想），薪盡同時火也盡，一切就又止於我們一身了。我們切斷了自己和「我們存活之後的未來」的一個個關係，無可避免的也一併切斷掉自己和「我們存活之前的過去」的一個個關係，如此所剩下的時間及其意義，很接近所謂「永恆當下」，這是純生物性的時間感，最早並未和其他動物分離的人們就是這樣遊蕩過百萬年的太古悠悠歲月，也因此，我們當代的文明進展，總帶著難以言喻的返祖性，潛藏著蒙昧和原始。

所以頗弔詭的，人的壽命是延長了，時間卻急遽減縮；我們使盡渾身解數多活廿年卅年這做到了，卻又遠遠不夠彌補我們一次的損失，這個尷尬不已的不對稱時間感，我以為才是當代人們的普遍處境，很現實的，就在每天生活中，就在我們的尋常意識裡——如今，我們一方面感覺好像每件像樣點的事都太長太耗時，來不及做成，也看不到頭尾，卻又百無聊賴；時間既催趕而且晃眼就沒了，卻又沉悶如牛步如滴水如刀割，永遠在等人等睡眠等明天同一時間的電視節目；我們既恐懼死亡，怕早一步進入那全然的空無，卻又時時感覺彷彿生無可戀，生命最深摯的聯繫而且最大的歡愉，也許只是和一隻貓乃至於一個皮包一支手機的關係，活著再沒有其他更多意思，像個義務，或僅僅是個習慣。

尼采以為這樣沒上帝的世界，嚴酷到只有他口中「北方淨土」的高貴蠻族英雄後裔、亦即他所謂的超人才欣然活得下去並接手統治新地球，這完完全全是錯的，而且錯到完全相反的那一頭去。事實上人活下去並不難，生物性的時間並沒消失而且仍在增長，真正變得脆弱的是那些人生命裝不下的東西，因此處境險惡起來的反而是尼采自己這樣「想太多」的人。一般人並不用先弄清楚全部意義、找到第一因、確信道德有支撐、真理不漂流、善惡可分辨可確認才決定活下去；更多時候，生命愈是矛盾愈曖昧不明，反而愈被人緊緊抓著如僅剩之物，最終甚至如昆德拉所說的「人只剩自己身體」。所以昆德拉小說每到山窮水盡處，總以一樣荒涼難言、狂烈但又溫度不足的性愛收場，繞一圈像D.H.勞倫斯，其實是縮回去當代文明核心的原始蒙昧。

誇大點來說，人不是活不下去，而是不能死。

會消失的不是生存層面的東西，而是生存層面往上去的東西。時間變短，另一個說法是終點變得比較近，問題不在於你活多久，而是你還剩多久（如波赫士講的，時間究竟從過去注入現在，還是逆向由未來迎面流向我們？），前者自然順流，後者我們彷彿感覺到它的衝擊力量，這是另一種迫切的年齡計算，常發生在過了生命折返中點的老人，但也是有事想做的人計算時間的方式。因此，就像八十幾歲當時、合理認為自己命在旦夕的老李維－史陀，我們會把做不完的事一一刪除，把這些裝不下的東西從生命清理出去，時間反倒空出來了、退休也似的悠閑下來了；我們也不會再輕易開啟一次宏大企圖和規格的冒險（尤其是心智層面的思索探勘，因為這遠比現實之事不確定且耗時），而代之以某種現實的、世故的明智，傾向於接受當下世界的既成樣態，或者說息事甯人的願意接受世界肯給我們看見的模樣。

「我們還年輕，卻生在一個如此蒼老的世界。」——是的，這些確確實實都是我們一般所謂的老年期特徵，一個低溫的、平坦許多的、原地打轉周旋的世界，完全和尼采所預言的不同。當前的這個世界反而是比較「安全」的，大量減少未知遠端的探勘行動及其熱切激情，我們其實比歷史上任何時刻的人們都不容易犯錯，倒是多了不少當下的警覺，有點像那種大呼小叫、動不動就懷疑自己馬上會發病死掉的很煩老人（我們或許不算是人類歷史上自認最接近世界末日的人，但我們確實是最把「末日」一詞的其中救贖成分剝除殆盡、只留光禿禿毀滅意思的一代人，因此感覺最真實最恐怖）。嚴格來說，我們如今較容易犯一種現代類型的錯，源自於我們和「我們存活之後的世界」此一關係的切斷，不真的在乎我們死後的世界比方說是否還有足夠土地、資源或陽光空氣水云云，這形成一處思維死角，要說會闖出什麼不可收拾的、前人未有的禍，大概也只會在這裡。這樣的錯誤可能是不知不覺犯下的，因為同樣對未來無知，我們比起歷史上的人們少了某種擁有感，以及隨之而來的責任和保衛之心，產生不了足夠的關注，也就喪失了必要的敬畏和保留；這樣的錯誤也可能是明知故犯的，因為也有人詭詐的察覺（這不難），完整的是非獎懲一樣是延遲、人一生裝不下的，真正的懲罰珊珊到來時，我早已經死了不是嗎？所以管他的。

時間截斷，困難的、耗時的事再難成立，最終，在普遍層面上，我們說世界等於提前一步抵達了盡頭。這裡所謂「提前」的意思是，一直以來（至少幾世紀時間了），人們其實普遍相信某種一般性的進步或說改良，比方人會自然累積著經驗和知識、事物會緩緩修改調整得更細膩精緻、思維會光一樣一路朝深向處照射、技藝會更精湛更精確、社會會更開明更公義更自由更什麼什麼、一如我們兒女我們的下一代人總是會比我們更聰明更健康強壯云云。稍前，我們不祥的一一察覺，原來事物的進展各有其極限，並不具無限延展性，而今，我們進一步察覺，會先到來的是我們人自身的極限。需要實際證據的人可找一處夠大的書店或圖書館看一下（但別停在只賣暢銷書和期刊雜誌的一樓拜託），沒要你買書或夸父追日般讀書，只流覽一下四壁書名，給自己一個完整圖像，能夠的話，再注意一下那些角落的、積塵的、彷彿已被人遺忘的書，翻翻它們的目錄，試著讀兩段文字，你或許會驚訝，原來人類「曾經」知道過這麼多事情，你以為的新知（昨天才從電視新聞看來的），原來一百五十年前或三千年前已有某個人寫得更完整更深刻而且更正確；但你更可能望而生畏，老天光要抵達這裡、弄懂這已知的一切需要多少時間，我瘋啦？！

聆聽者先一步消失

當然，這世界一定有瘋子，有某些不和整體世界亦步亦趨的人，但事情沒這麼簡單。

從伊蓮娜的同學會，到猶力西士的漂流返鄉，先消失的不是有這樣特殊經歷的人，而是聆聽者，所以昆德拉真正想告訴我們的是：「沒有人會想到要對他說：『說給我們聽吧！』」

聆聽者非常非常重要，他們是構成這完整生態不可或缺的一環，包覆著、保護著這少數特別的人，讓他們不至於絕種，並延續他的記憶——最直接講，聆聽者負責提供足夠的養分，正如同當年聆聽猶力西士故事的費埃克斯人，他們在宮殿裡什麼好吃好喝的全拿出來，盛情接待這名破破爛爛的漂流者不疑，聽完故事費埃克斯人不僅同悲同喜，還贈送他一堆珍寶，派船隻和水手送他回綺色佳，甚至肯冒著得罪他們得罪不起的海神波塞冬的危險（費埃克斯人是航海者），事後也真遭到懲罰，一艘大船被波塞冬化為海上巨巖。這基本上是經濟部分，但不止如此；其次，聆聽者不只發出最開始的詢問，他們持續存在，構成一個持續對話場域，即便在他們各自四散回家之後，這些探詢的聲音和熱切目光仍留在、仍迴蕩在此一場域，形成一個「對象」，讓說話的人知道怎麼繼續想下去講下去；再來，比較隱晦的，他們會發生某種校正、檢視以及翻譯的功能，說話者依據他們的表情驚疑恍知變化（實際的、以及想像裡的）自省，調整自己的語言和聲調，選用好溝通的明亮實例，填補話語的不同縫隙，和現實世界保持著最起碼、最低限的聯繫。沒有聆聽者的中介，長期孤獨無友的說話者很容易喪失基本的講話能力，說出口的會是沒人聽得懂、不知語從何起不知道是哪一國的話，甚至只是一種聲音而已；最終也是最重要的，聆聽者其實是「二軍」，是下一個說話者，是把這個點延展成線打開成面的人。我們說，語言的死亡不必等到使用此一語言的人全死光，只剩一人能說能聽時就已是全然死亡的語言了，只出現一次的東西是幻覺、是夢，惟有通過聆聽者的重現、追隨和實踐，才能把這些異想天開的發現、這些鬼使神差的命運和經歷收納回我們這個世界。用魯迅著名的那幾句話說，世上本來並沒有路的，是人而且許多人持續的、反覆的走，這樣才有了路；這也意味著，只有單獨一個人走過的路不成其為路，它馬上會被荊棘蔓草重新占領，跟從未發生過一樣。聆聽者的追隨身分，給了最原初說話者希望，希望兌換成當下就需要的英勇，幫他證實「他存活之後的世界」時間是存在的、成立的、源源不絕的。

依昆德拉，完整的猶力西士迷航故事，不收存在他故鄉綺色佳，而是收存在異國的費埃克斯，因為只有費埃克斯人請求他「說給我們聽吧」——綺色佳人或許仍擁有所有權或品牌，但費埃克斯人擁有內容，內容才有意思不是嗎？

一九八一波赫士的《天數》

今年初，朱天心和我答應去了某大學談話，跟專業科系的學生用一個半小時籠統講文學講閱讀——火車上，我想著剛剛才當過該大學駐校作家的老友林俊穎好心告訴我們的，如今文學科系的學生也不怎麼讀作品了。林俊穎的說法和我的時間計算方式如出一轍，他精確的估算，他們幾無例外只讀大自己十歲到小自己五歲此一區間書寫者的作品，一種永恆當下的明確模樣，所以舉例子說明時可能得留心一些，別把《白鯨記》《基度山恩仇記》云云這些曾經如陽光空氣水的東西當理所當然，至於納布可夫、霍桑、斯湯達爾那就千萬不必了。

時間再截得更短了——只一個半小時，只剩頭尾十五年的作品（有誰呢？），除了認真混過去，究竟能多講什麼呢？我有一種幽閉恐懼的感覺。

朱天心是創作的人（但今天的創作者絕大部分構造成分其實是聆聽者），也許還可直抒胸臆；而我是純純粹粹的聆聽者，如同我帶火車上看波赫士《天數》這部書序言所講的：「經過這麼多年的實踐，我終於明白自己創造不出優美旋律、奇幻比喻、驚人感歎。」但我讀過、知道、並認真篩選（依我的能力限制和記憶容量）相當數量諸如此類的動人作品。波赫士說他只能寫些文人詩（轉述性的再創造），而我能做的只能是源源本本的轉述，這一直是我的工作，而且隨著年歲逐漸固化為某種生命任務。我因此對聆聽者這個族裔的變化、這塊世界的土壤下陷消失是戒慎的、過敏的。

這樣事和誰細講——我見過章詒和本人幾回，沒敢太打擾她，只做個讀者遠遠看著。她其實是個很剛強的人，真正的典雅同時也是尊嚴，最不能做的事就是自傷自憐。因此，她選用這樣有著歎息聲音的書名，我相信仍是英勇的、抬著頭的，其中的那點哀傷成分，我以為並非對著眼前這個不知好歹的世界而發的，她是面向著那些隨時間消失而一一消失的好東西，她看過的、身在其中過的、試著收藏保護過的。

《天數》是波赫士一九八一年的詩集，他一八九九年生，所以是八十歲前後寫的。詩裡多是已死去的朋友和很快會死去的自己（「我是地球上唯一的人，而且很可能沒有任何土地、人乃至於神能夠將我欺騙——」、「人生在世行程有限，／你該走的步數已經走完，／我是說你死了。我也棄絕人寰。——」），但更多是那些浮在死亡上頭的東西，如同一道一道柔婉的光。我很想每一首都抄下來給人看（但幹什麼呢？會要看的人到書店買不就是了），時間空間很有限，我前後翻看再三選了〈布萊克〉這首——

那無意在你手裡散發出幽香的玫瑰
現在可能會在什麼地方？
不在顏色，因為花沒有眼睛，
不在那綿綿的芳菲，
也不在瓣片的分量。
這一切只是些許瀰散的回響。
真正的玫瑰非常遙遠。
可能是一塊柱石或一次戰役
或一片天使聚居的天空
或一個神祕而又必需的無限境地
或一個我們看不到的神祇的歡欣
或另一塊蒼穹裡的銀色星系
或一個沒有玫瑰形狀的
碩大無朋的物體。

特洛伊十年後的 海倫

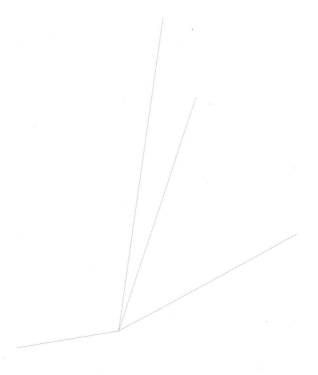

這裡，我們要說的是一種我稱之為閱讀魔法的東西，悠閑一下。

波赫士曾在某篇文章中冷不防這麼問我們——海倫後來呢？當年希臘人為她打了整整十年血戰，犧牲了諸多英雄（或者海賊），僥倖沒戰死的又在歸途海上死去另一批，但誰記得海倫哪去了？這個美到不祥的絕世佳人後來還做了什麼？受什麼懲罰？她也死了嗎？或過著哪樣的人生？

我稱之為魔法，是因為它如此神奇但通常非常簡單，簡單到好像你自己應該早看出來，它一直在那裡，自始至終就在那裡，換個位置轉個角度，你當下就看到而且接下來你自己都會了，只是你不是所有人，你永遠無法擁有所有人的位置和視角及其生命經歷，這是基本限制。但做為一個老讀者你其實心知肚明，事情不止這樣，這也許需要一點運氣，如靈光一閃，但有意義視角的獲取來自持續的閱讀和持續的思索關懷，是人一生的成果，因此它總是來得太晚，如奧拉弗・史塔普列頓說的：「當我一腳踏在思想成熟的門檻上時，我發現我另一腳已踩進墳墓了。」你或者已來不及再轉述給別人聽，或者說聽得懂的人可能又都太老了。

這裡，我們先來看海倫——我自己當下一愣，我相信大部分人也跟我一樣，是啊，我們非常清楚不笑的褒姒從此消失在攻進城的犬戎之禍烽火中，愛泡湯的楊貴妃則婉轉吊死在馬嵬坡的某株大樹上。當然，某些不死心的日本人堅信她偷渡去了日本，並終老於京都東山之南、深秋有血一樣楓葉的東福寺裡，最美麗的東西最終只能安置在最冷清、最低溫的地方，像某種活性太強的化學元素，現實世界裝不下也承受不起。日本人接收了後來的楊貴妃，其實只是延續神話而非人間的好奇，利用的大概就是白居易〈長恨歌〉誤留的口實對吧，忽聞海上有仙山，山在虛無縹緲間……。海倫是否也跟她這兩位同等級的姊妹一樣，故事結束了，角色消失了，靜靜退場我們不用再管她？而且還非退場不可，這樣才能畫上句號，讓世界恢復平靖？

其實並沒有，如同現實人生總持續延伸沒有句點。在下半場的《奧德賽》故事裡，同一個海倫仍明明白白、大大方方的現身，也講了一些話，但奇怪也念《奧德賽》的人就是容易視而不見，或心有其他見到了轉身就遺忘。這說來倒是閱讀常發生的事，我們不知不覺會跟隨著書寫者、跟隨著說故事人亦步亦趨的走，有點像被斑衣吹笛人笛聲催眠的幼童，整個世界凝縮成一條單線路徑，不記得其他，就算路旁坐著這麼個美麗的海倫也一樣。

所以說書至少一定得重讀，同一條路走兩次三次四次，你就有多餘的心思才有機會注意到別的。

海倫的再次出場，是因為猶力西士之子特勒馬科斯急欲知道父親是生是死，女神雅典娜向他說出「有翼飛翔的話語」，引領他乘坐「殼體發黑的快船」（防水處理過的船）四處打聽，他輾轉抵達斯巴達，恰好逢上斯巴達王、也就是海倫之夫、金髮的墨涅拉奧斯為自己一雙兒女同天辦婚禮喜筵，其中女兒是海倫出走前親生的，她嫁的是已故阿契力士的兒子，真不知道這對新人怎麼樣想、怎麼消化上代的恩怨。在此，荷馬（或是稱之為荷馬的希臘人）仍給海倫超級巨星般的待遇，她稍稍延遲到眾人坐定、談話進行中途才緩緩走出來，容顏如光依然，現場一切暫停下來，阿德瑞斯特替她搬座椅，阿爾基佩拿羊毛氈，女僕菲洛提來裝滿精紡毛線和金紡錘的銀籃放她腳邊，「海倫在椅上坐定，椅下配有擱腳凳。」我們由此也窺見了她的坐姿。

放海倫腳邊的銀籃很有意思，大概當年希臘婦女居家也是隨時打毛線的做女紅的，即使貴為王后，這就像中國人說絲織品是王后嫘祖負責的一樣，日後還演化成某種儀式。

這其實是《奧德賽》全詩氣氛非常獨特的一場，大家劫後一起回想特洛伊往事，一路講到仍不知人在何處的猶力西士，所有人頓時哭成一團。比較冷靜的墨涅拉奧斯王先止住眼淚，要眾人停住悲傷，重新洗手用餐，也就在這時候，海倫做了件很特別的事，她拿出一種藥汁滴入眾人酒裡，「那藥汁能解愁消憤，忘卻一切苦怨。如果誰喝了她調和的那種酒釀，會一整天的不順面頰往下滴淚珠，即使他的父親和母親同時亡故，即使他的兄弟或兒子在他面前被銅器殺死，他親眼目睹那一場面。」

沒錯，這是嗑藥，不為祭祀降神的純嗑藥，而且藥效持續二十四小時。經歷特洛伊不容易回首的日子，如今海倫顯然隨身攜帶著這藥物，這還是她特地從埃及女波呂達姆娜那兒學來的。

海倫有一個好丈夫，這救了她，也讓她有下半場，還讓她不僅僅是個美女而已。在充滿妒恨、夫妻隨時隨地算計相殘的希臘神話中（上從宙斯和赫拉），這位金頭髮的斯巴達王可真特別，只是好得容易被忽略。他戰陣上如獅，卻是個溫柔無比的丈夫，兩部神話故事中，我們沒聽到他對海倫講一句重話，人前人後，相較起來，猶力西士對他審慎貞潔的妻子珮妮羅普就壞多了、不信任多了。我們回想當時他和情敵帕里斯王子在戰陣上放單決鬥，所求的也就只是讓海倫好好回家，不必勞師開戰，不需要多害人命，荷馬有時用「擅於吶喊的墨涅拉奧斯」來替代「金髮的墨涅拉奧斯」，顯然他是個嗓音嘹亮而且敢於大聲說話的人，但他當時講的是：「現在請聽我說，我心裡特別憂愁，我認為現在阿爾戈斯人（即希臘聯軍）和特洛伊人可以分手，你們曾經為我的爭執、和阿勒珊德羅斯（即帕里斯）的行為忍受許多苦難。我們兩人中有一個注定要遭死亡和厄運，就讓他死去，其他人趕快分手回家——」

除了跟著妻子海倫用藥物克服記憶、平息內心，墨涅拉奧斯顯然也借助了命運和諸神，這是另一種藥物。海倫以受了美神阿芙羅狄蒂（即維納斯）的捉弄來寬容自己闖禍，墨涅拉奧斯也接受同樣解釋，把這場婚變和惡戰歸諸於眾神的操控——這是有神時代的明顯方便之一，把人的犯錯丟給不可測的神負責，人禍轉為天災，人比較容易為彼此都留一點餘地，要回頭、要改過重來相對有台階；藉著神的介入，打斷掉錯誤的因果邏輯鐵鍊，人得以離開某道直指煉獄的單行道，喪失一點點高貴和尊嚴，來換取新生的可能。所以基督教常說驕傲是某個不赦的重罪（因此喪失赦免可能之罪），但換一種說法如葛林在《事情的真相》講的是：「只有真正用心高貴的人才犯這種錯。」

特勒馬科斯此行有打探出什麼來呢？完全沒有，斯巴達人知道的還不及他原來的多，真正知曉一切的女神雅典娜要他白跑一場究竟是什麼意思？我們可以更現實的把這看成是一個兒子絕望的努力，但我們其實也可以選擇相信，這「多出來」的一段完全是為了海倫，荷馬記掛著她，一如三千年後的波赫士記掛著她，在所有人已沉落在遺忘的時間之流時。

編織自己罪狀圖像的海倫

我們再多看海倫一點，這終究是歷史難再得的一個美人。

我們說，如何寫出一名絕美無匹的女子呢？第一筆該如何開始？第一筆總是決定了往後的語調和說法。《伊里亞德》中，「她發現海倫正在大廳裡織著一件雙幅的紫色布料，上面有馴馬的特洛伊人和身披銅甲的阿開奧斯人的戰鬥圖形，那都是他們為了她作戰遭受的痛苦經歷。」這是我們所見到的第一個海倫畫像，而且還是再通過報訊的女神伊里斯的眼睛，整個畫面極甯靜，而海倫顯然是悲傷的受苦的。紫色染織在當時昂貴珍罕，只有王室階層的人才用得起，這給了這個「女人中的女神」輕輕髤上一層光澤；但真正會讓人心頭一凜的是她織布的圖樣，居然就是她挑起的、而且此時此際正在城外如火如荼進行中的戰爭，她是最重大的關係人但卻也是記錄者。海倫這是默默在存留自己的滔天罪狀是吧（「你可以選擇沉默，你所織的圖樣都可能成為歷史的呈堂證供——」），而這也同時呈現著絕佳的所謂後設效果，我們感覺好像還有另一道平行的時間之流，另一雙抽離這一切的不仁眼睛，另一種命運及其無可拒絕安排，我們甚至會一半同意，海倫是在執行某個更巨大的意志，她和其他所有人並不完全同在一個生命平面之上。

女神伊里斯捎來的緊急訊息是她前後兩任丈夫馬上要進行這一場贏家全拿的決鬥，此刻海倫「心裡甜蜜的懷念她的前夫、她的祖城和她的父母」，她以一方白巾遮頭，流淚走上城牆望樓。第二個海倫畫像，仍然是通過他者的眼睛，彷彿荷馬真的不敢直視她，如同只有鷹才能直視太陽——城樓上是特洛伊王和一干長老，「他們年老無力參加戰鬥，卻是很好的演說家，很像森林深處爬在樹上的知了，發出百合花似的悠揚高亢歌聲。」但此刻面對遮著臉的海倫，他們全放低聲音只彼此聽到，彷彿話語的鋒芒會割傷她：「特洛伊人和脛甲精美的阿開奧斯人，為這樣一個婦人長期遭受苦難，無可抱怨，看起來她很像永生的女神。不過她儘管如此美麗，還是讓她坐船離開，不要成為我們和後代的禍害。」

無怨無悔了這是。也許真正溫柔的不是斯巴達王墨涅拉奧斯，而是因為海倫自身的緣故。海倫從頭到尾稱呼自己是無恥的人，但特洛伊老王喚她「親愛的孩子」，安慰她且同樣把過錯全歸天神；特洛伊第一勇士也是最高貴英雄的赫克托對自己弟弟帕里斯毫不留情，說他是誘惑者、色鬼、長著俊俏臉孔的懦夫，但轉頭向海倫卻永遠只說最溫暖的話（日後我們還會聽到海倫親口證實）——荷馬沒真正說出海倫容貌，海倫露面的機會其實也不多，但只要有海倫，我們發現荷馬立刻會更換一種說故事的語調。她走在的地方，時間會緩慢下來，話語聲音會降低，煙硝味消失，空氣變得很乾淨，人的憤怒也暫時止息，只留下單單純純的不幸和悲傷。現實生活中，我們或許不見得對海倫這樣的女子沒意見，但荷馬幾乎說服了我們，所以我們說，一切溫柔的真正源頭，其實正是心中想著海倫的詩人荷馬自己吧。可是這個詩人明明是個瞎子（如果我們全相信的話），想想歐洲幾千年來排名首位的美女，居然是由一個瞎子講述出來的，或者說，是由一個瞎子一次又一次想出來的。

我們不清楚海倫真正容貌，倒是通過她雙眼才看清希臘這一干會戰死、會平安回家主帥的個頭和長相，包括將在續集獨挑大樑的猶力西士。猶力西士很顯然是那種說起話你才感覺出他奕奕神采的特殊之人：「他立得很穩，眼睛向下盯住地面，他不把他的權杖向後或向前舞動，而是用手握得緊緊的，樣子很笨；你會認為他是個壞脾氣的或愚蠢的人，但是在他從胸口發出洪亮的聲音時，他的言辭像冬日的雪花紛紛飄下。」城樓上，特洛伊老王手指阿伽曼農、猶力西士、埃阿斯等分別問她這是誰，海倫也一一據實回答，但她極心細的注意到有兩名應該在場卻不在場的希臘故人，她的同父同母兄弟卡斯托爾和波呂丟克斯。海倫心知這只有兩種可能，一是他們並未隨軍遠征，另一是「由於畏懼涉及我可羞的輿論和許多斥責而沒有參加戰士的行列。」躲在後頭不好見人。不管哪一種，海倫知道她的兄弟在希臘全地已無立足之地，所以跟著她說：「但是在他們親愛的祖國，拉克德蒙的土地已經把他們埋葬。」這是海倫最心痛的話。

比起褒姒或楊妃，海倫很顯然不是一紙美人圖而已。我們讀整首〈長恨歌〉（幾乎是中國最仔細的一首美人敘事詩），其實並不真的知道這個讓大唐盛世為之傾頽的美人想些什麼，只有人們看她而從沒有她看別人這種事，好像美麗一旦超過了某個臨界點，她的眼睛就不再有生物性的視覺功能了，成為玉石或星辰，只是某個巨匠的鑲嵌裝飾之物，只是美麗的必要構成一部分；海倫不同，她很大一部分是真人，是會愛上他人還會因此昏頭拋棄一切的一名女子（相對來說，一顆寶石或一幅名畫，只有你愛上它走向它，沒有它迷戀你奔向你這等事不是嗎？），是一個妻子，以及人家的女兒姊妹云云。我們可以察知她看著什麼想著什麼，包括在決鬥前這樣最迫切也最為難的夾縫一刻。這是她迎風站在城樓上的身姿，遮著臉的白巾必定也不時飄起，而城下決鬥的正是她前後兩任丈夫，她對兩人的情感也重疊存在，並不相互替代（寬容的說，同時喜歡兩個人這應該還是可能的吧）。因此，美麗果真不祥，它會把人尋常的、可理解且不那麼困難收拾的錯誤或僅僅是一時衝動（我們一生誰不會有呢？），放大成只犯一次就毀天滅地傾國傾城，這非常非常危險。所以歸咎於美神阿芙羅狄蒂也許是再對不過了，美麗會是人承擔不起為之受苦的東西，而且讓人變得易碎，連同方圓之內的全部東西。

我自己比較喜歡的是《奧德賽》再一次現身的海倫（波赫士是因為這樣才提醒我們的嗎？），海倫還在，這讓人很感安慰，仔細想，她犯的也並非什麼不可饒恕的錯，而且除了墨涅拉奧斯一人深情款款，這場戰爭的真正本質也許只是奉海倫之名的規模空前海盜行動，阿契力士的憤怒哪裡是因為海倫、向著公義呢？他的標的物清清楚楚是其他東西，就連親族身分的阿伽曼農也是這樣。特洛伊十年灰飛煙滅，有人賠上一命有人大豐收回家，有罪各自承擔，惟海倫必須嗑藥必須催促遺忘的降臨，這恰好說明了她是一個保有記憶、肯為自己人生一場負責任的人。一般而言，不必到她這麼美的人都會覺得自己該有某種人人為我的特權，理直氣壯得令人難受，我自己這般年紀的人，環顧四周，知道肯這樣不放過自己的人其實不多，相信我，此事並不容易。

不下雨的拉曼查以及生病的柏拉圖

波赫士的魔法（不止他一個人能），不只問了後來的海倫而已，我記憶裡至少還發生過另外兩次。

一次是他同樣冷不防的，仍像隨口丟下一句話的說：「你知道一整本《唐吉訶德》書裡並沒下過一場雨嗎？」——這一樣讓我第一時間尋回這本讀過不下五次十次的書，「不久之前，在拉曼查地區的某個村鎮，地名我就不提了，住著一位紳士。這種人家通常都有一支豎在木架子上的長矛，一面古盾牌，一匹乾瘦的劣馬和一隻獵狗——」不為著證實塞萬提斯真的沒寫過任一場雨景（這我信任波赫士），而是忽然感覺這是一本全新的書，或更確切的說，我自己是一個全新的人。因為這樣一句話，整體書的模樣或說線條全變了，如同整個世界被誰靜靜的轉動了一下，說不清楚哪些東西顯露出來了，生活中偶然會發生類似的事，某個特別時辰某條不常繞過的路徑，你看著自己的家會如同到了一個陌生的地方。我依然記得波赫士之前所說的「我喜歡塞萬提斯的諷刺意味、小心謹慎和一致性。」原來這一整趟荒唐的冒險全在晴朗日子裡進行的，沒用過雨水來遮擋折射光線幫助幻覺，也沒靠雨水來增添騎士的滿面愁容，拉曼查一地從不下雨嗎？——

我曾經到過這裡，

什麼時候、怎麼來的，卻說不清；

我認得門後那一片草地，

那陣陣襲來的濃郁香甜，

那聲聲歎息，

那普照岸邊的燦爛光線……

另一次，也發生在我們熟知熟讀的書，那是柏拉圖的《斐多篇》。但這回更有趣，因為波赫士告訴我們，其實發現者另有其人，是卡夫卡的朋友馬克斯·布羅德，他只是重述給我們聽而已，於是波赫士的角色往下降一階，變成早一步的此時此刻我們，是同樣被人嚇一跳、忍不住重新讀重新想、更忍不住要把好東西告知更多人的轉贈者。

我找出原文，是這樣的——

「全部哲學中最感人的篇章莫過於柏拉圖的《斐多篇》。這篇對話說的是蘇格拉底的最後一個下午，當時他的朋友們已得知德洛斯島的船已到，蘇格拉底那天將飲毒芹而死。蘇格拉底在監獄裡接見他們，他明知即將被處決。他接見所有的朋友，只缺少一人。這裡，我們讀到了正如馬克斯·布羅德指出的那樣，柏拉圖生平著作中寫下的最激動人心的一句話。這句話是這麼說的：『我相信，柏拉圖病了。』布羅德指出，這是柏拉圖在他洋洋灑灑的長篇對話裡唯一一處提到了自己的名字；總之，這給我們一種不確定的感覺；這偉大時刻，他是否親身在場。

「據推測，柏拉圖寫下這句話是為了更超脫，似乎在告訴我們：『我不知道蘇格拉底在他生前最後一個下午說了些什麼，但我很希望他說過這些話。』或者說：『我可以想像他說過這些話。』

「我認為，柏拉圖掌握了說話的最佳文學美感：『我相信，柏拉圖病了。』」

打岔一下，在全部對話錄中，這其實並不是唯一一次提到柏拉圖之名，稍前蘇格拉底受審答辯時，蘇格拉底叫了他名字，也讓我們知道他當時在場聆聽——這類無關宏旨的記憶差池，很多人非常在意而且擴而大之，甚至成為某種道德指控，但其實這是沒關係的。波赫士應該也發現這裡不對，但他一言略過，為的是專注於應該專注的地方。

好的。的確，就單單從日後才一一確立的小說書寫技藝來看（比方某種後設手法），柏拉圖也做到了最好，而且這麼自然、這麼深情款款，讓我們再次回憶起來，原來技藝最早不因為炫耀，只是要更準確更周全的說出微妙的事實，包含著當下可見的事物真實加上不易看見的人心裡頭真實；由於某事某物某情感是如此不尋常，讓人得動用某種非比尋常的方式和語調來特別說出它，我們甚至得費心找尋乃至於額外發明，盡力用未曾用過的語言和語法好講出我們以為未曾發生過的事實，這是中國古代賦體「使用全部文字」（借用波赫士講喬哀斯的說法）的真正理由，和後來的文字堆疊、乃至於如今書寫者的虛張聲勢刻意神奇是不一樣的——柏拉圖不怕（或說為著更重大的理由，怕也沒辦法）我們知道，原來他老師蘇格拉底講最後一席話（我們一般很容易把最後直接想成是最重要），他並非親身聽見，只可能是通過轉述並佐以自己的想像和重新描述，尤其是蘇格拉底說話時的表情和姿態。對話錄不是口述歷史，而是柏拉圖自己的書寫和創作；他也不擔心或無法擔心人們會因此一併懷疑了他全部對話錄的權威性，擴大我們一直以來對這種錄音機式對話體、以及無所不在聽話者的必要和無聊懷疑。「柏拉圖病了。」《斐多篇》裡的柏拉圖，於是連同了全部對話錄裡隱身的柏拉圖，從此不再幽靈般永遠在場無所不知，物理性的限制全回來了，他原來仍是個也會生病也會悲傷，或甚至禁不住悲傷逃避前去目睹老師死亡的柏拉圖。於是，那些雄辯、那些或周全或武斷的層層論述、那些狀似亙古真理模樣的話語，遂也失去了上帝般的不恰當力量，只是某個人、或某一對師徒薪盡火傳的持續思索。這是一個事事認真不懼、毋甯猜測太多的老師，一個認真回憶已離他而去老師的學生，在一個曾經確實存在至今猶令我們神往不已的城邦，一個人類曾經有過的奇妙說話和思維場域，真人真事真地真的死亡和回憶帶回來了時間，凝凍於歷史深處的時間之流恢復了流動，我們伸腳進去，因此也感覺自己是可以加入的，是他們其中的一個人。

於此，我自己是有過確確實實經驗的，也曾在某篇文章寫過——很長一段時日以來，我總是想著我的老師朱西甯，碰到某些事，尤其是某種信念糾結的難題時刻，我也一樣會問自己，對此老師曾說過了什麼？他如果還在會怎麼想？怎麼判斷怎麼決定？並且會用什麼方式提醒我？我這一生見到過不少人，朱西甯老師是我所知人格最光潔的一人，為此他也許得損失或說收斂起一部分的現實世故，因此，我倒不是事事聽從他，過去就這樣現在也仍這樣，惟那種我以為更珍罕的心志支撐力量、以及某種再沮喪再生氣都不該放手的最終一點堅信和寬容，多年下來我仍然難以從別處獲取，還有，當然就是一種老師還在身邊的安慰。此外，各個時間階段，我也很自然的會停下來想他，像在不確定的陌生路口時時檢查腳步校準方向，並且像可以把我新的認知和憂慮報告給他聽（老師是個事事興味盎然的人，而且他通常還會想辦法稱許我）；我會想，在我這年紀，四十五歲四十八歲五十歲了，老師已做到了什麼？正埋頭做什麼？以及還想做成什麼？我諸多的懷疑和不必要的灰心很簡單就可以暫放一旁。

老師沒能活過七十二足歲，我不確定自己是否也能活到那個年歲（希望不會），真超過那年紀，屆時就只能全靠自己的想像和猜測了，屆時就孤單了。

這一個思維漣漪，被「柏拉圖病了」這顆石頭為圓心所激起的，可以不只是停止於柏拉圖對話錄裡而已，我們或許還可以想到比方孔子和他學生說話的《論語》也是這樣，或是佛陀和他一干弟子以及那些以「如是我聞」（我是這麼聽到的）為開頭的佛經——「大師說過」，也許大師生前並未或並沒來得及真講了這句話，但他一定會這麼說。通過我們對他熟悉無比講話聲音、語氣、習慣句法的模擬，通過我們的懷念，我們確信他會這麼告訴我們，這句他死後才說出的話，帶著非比尋常的視野和力量。

「大師說過」，波赫士告訴我們，這源自於更早畢達哥拉斯（死後）的學生：「這並不等於說弟子們因大師說過而受到束縛；恰恰相反，而肯定了他們有自由在大師思考的基礎上繼續思考。……畢達哥拉斯的軀體死亡了，而弟子們，由於某種輪迴的緣故（這是畢達哥拉斯所喜愛的），仍在他思考的基礎上繼續進行思考再思考；每當別人指責他們說了某些新話時，他們便抬出這句話來辯解：『大師說過』。」

甚至孔子自己也有他的大師，最多是周公旦，他也把自己一些新話新主張歸給大師，認定自己只是個再思考者再轉述者；他甚至要我們相信大師會持續託夢講話，在一個全新的歷史時刻，如同一直活著，直到他自己很老了（或自己超過了周公旦的年歲了），不再能作夢了。

有關米蘭・昆德拉的一個魔法

這種針尖一樣一句話的、如一聲咒語打開一個新世界的魔法，很容易被體認為反向的、顛覆的、頑皮的思考，是那些較為桀敖不馴的年輕讀者才做得來的，但其實不是，而且恰好相反，這是虔信者才會的魔法，而且是在虔信的長期相處裡才能發現的。他相信某一首詩、某一本書、以及書裡頭的某個人為真，而不再只是一些語句和符號的聚合，一個單面而且由線條組成的形象，一種特定意義和教訓的傳遞及其表演。當書裡的海倫（或唐吉訶德、蘇格拉底……）在我們心中成為真的人，我們這才和他們成為同種質料、同等構成的存在，你害怕的東西他也會怕，他的傷害你也會感覺痛苦，你的和他的經歷、情感以及面對的未來威脅，彼此可直接交換替代補充銜接，因此，你對他的了解會隨時間逐漸遠遠超過了書中的陳述，書只是他生命的大事記，只是他連續生命之流的點狀標示，你會自然而然把它們一一聯起來，成為空白一處處消失的完整存在，於是你對他的關懷甚至不會停止於書的間歇和書的結束，一如真實世界裡你也逐漸知道了人不會因順利結了婚、從戰場歸來了、完成一次旅行或從某次生命重大危機掙脫出來就從此沒事，你對他持續的關懷和憂慮（關懷的核心方式總是憂慮不是嗎？）也逐漸遠遠超過了書中的陳述，也正因為這樣，你會放心不下，會不斷發現某處裂縫，會警覺出某個該有的東西為何沒有，該發生的事何以遲遲沒發生云云。所以，海倫回家後怎麼辦？已一身是病的吉訶德先生騎他那匹不比他強壯的瘦馬碰到暴雨暴風雪撐得住嗎？換成你自己是柏拉圖，你才目睹了老師的死刑宣判這一場，你要如何面對老師的死刑執行呢？等等等等。

也許，通過某種機智加上運氣，我們也會不意的看到同一處裂縫，但不相信，不關懷不憂慮，沒有自身足夠的生命經驗事實來撐開它持續它，這樣的發現總是隨見隨丟，不足以駐留人心，更不會更替視野，讓閱讀者發現者自身的生命經歷也彷彿被提醒一次、洗濯過一次（水清濯我纓，水濁濯我足）、重新擦亮一次。它最多就止於機智，成為某種調侃，某個笑話，某次用後即棄的語言炫耀，就這麼多而已，而且就這麼短暫。

往往太急於賣弄人有限聰明的福爾摩斯小說全集，在〈銀斑駒〉這個短篇裡，福爾摩斯倒是問了他生平最好的一句話：「真正奇怪的，不是深夜裡為什麼傳來狗吠，而是為什麼狗沒有叫？」——深夜狗吠，人只要有耳朵都聽得見，知道有事發生或想拿東西砸牠；但狗為什麼沒有叫，這來自於之前一連串事實的掌握，包括百萬名駒不見了，管理員遭重擊慘死當場，地上有凌亂的蹄印和足跡顯現經歷了好一番搏鬥掙扎，而守夜的狗好端端就在現場而且安安靜靜，為什麼？狗沒有叫，是人完整理解了這一切才赫然看出的一處巨大空白，是思維連續鐵鍊的斷裂，它不是真的簡單，它的簡單其實是準確，一種直指人心、喚起回憶、每個人都能印證它並由此接手思考下去的準確，就像我們都懂了，狗沒叫，因為犯案的必定是熟人。

我最近的一次閱讀魔法經歷，魔術師不再是波赫士，而是米蘭・昆德拉。某天，朱天心攤著《相遇》這本書（第四十六頁），要我讀一下他怎麼看《百年孤寂》，一個我們信賴的小說家談論另一部我們熟悉熱愛的小說，這本來就有點讓人緊張，而朱天心複雜但帶點莞爾的表情，我曉得是有很特別的事發生了——

昆德拉從這樣一個我們想不到的角度直接開講：「重讀《百年孤寂》的時候（果然，昆德拉也是重讀），一個奇怪的念頭出現在我腦海裡：這些偉大的小說裡的主人翁都沒有小孩。世界上只有百分之一的人口沒有小孩，可是這些偉大的小說人物至少有百分之五十以上，直到小說結束都沒有繁殖下一代。」以下，昆德拉從拉伯雷《巨人傳》的龐大固埃開始列了一紙長長的不育名單，說：「這貧瘠不育並非緣自小說家刻意作為，這是小說藝術的靈（或者說，是小說藝術的潛意識）厭惡生殖。」

然後，昆德拉要我們仔細想，「唐吉訶德死了，小說完成了，只有在唐吉訶德沒有孩子的情況下，這個完成才會確立得如此完美。如果有孩子，他的生命就會被延續，被模仿或被懷疑，被維護或被背叛。一個父親的死亡會留下一扇敞開的門，這也正是我們從小聽到的——你的生命將在你的孩子身上繼續，你的孩子就是不朽的你。可是如果我的故事在我自己的生命之外仍可繼續，這就是說，我的生命並非獨立的實體；這就是說，生命裡有些十分具體且世俗的東西，個體立基於其上，同意融入這些東西，同意被遺忘：家庭、子孫、氏族、國家。這就是說，個體作為『一切的基礎』是一種幻象，一種賭注，是歐洲幾個世紀的夢。」

他這才講回《百年孤寂》：「有了賈西亞・馬奎茲的《百年孤寂》，小說的藝術似乎走出了這個夢，注意力的中心不再是一個個體，而是一整列的個體，這些個體每一個都是獨特的、無法模仿的，然而他們每一個卻又只是一道陽光映在河面上稍縱即逝的粼粼波光；他們每一個都把未來對自己的遺忘帶在身上，而且也都有此自覺；沒有人從頭到尾都留在小說的舞台上；這一整個氏族的母親老歐蘇拉死時一百二十歲，距離小說結束還有很長的時間；而且每一個人的名字都彼此相似，阿加底奧・荷西・布恩迪亞、荷西・阿加底奧、小荷西・阿加底奧、奧瑞里亞諾・布恩迪亞、小奧瑞里亞諾，為的就是要讓那些可以區別他們的輪廓變得模糊不清，讓讀者把這些人物搞混。從一切跡象看來，歐洲個人主義的時代已經不再是他們的時代了，可是他們的時代是什麼？是回溯到美洲印第安人的過去的時代嗎？或是未來的時代，人類的個體混同在密麻如蟻的人群中，我的感覺是，這部小說帶給小說藝術神化的殊榮，同時也是向小說的年代的一次告別。」

請先注意，《百年孤寂》完成於一九六七年，而昆德拉這篇名為〈小說及其生殖〉的短文是近作——我相信昆德拉當年必定在第一時間讀《百年孤寂》，因為這本書、以及它挾帶的拉丁美洲小說大爆炸，是當代小說最璀燦奪目的大事，至少，不會晚於一九八二年諾貝爾獎的頒發，果然，在《簾幕》一書我們看到了，昆德拉首次閱讀是一九六九年蘇聯占領捷克三個月後；也就是說，這個「奇怪的念頭」來到昆德拉腦子裡，足足延遲了三十年以上時間，這簡單嗎？不，這半點也不簡單。

其次，我們讀小說的人原來知不知道布恩迪亞家族的代代生殖繁衍呢？我們有人覺得這很奇怪嗎？

這個延遲三十多年才出現的空白，狗為何不叫，布恩迪亞家族何以生殖，只有放到幾百年來的小說書寫世界大圖中才顯現異狀、才被比對出來，或確切的說，只有等昆德拉把它置放到自己對現代小說的獨特思索、獨特的詢問和雄辯裡才成其空白。

我們會不由自主跟著回憶自己讀過的所有偉大小說，印證甚至也自己看出更多異狀，比方說，托爾斯泰是否也早早察覺某個東西，《戰爭與和平》的結尾明顯多寫了一段，是很煞風景、很破壞性的一段，那就是皮耶和娜塔莎並沒中止於法俄戰爭的結束或兩人的結合，他們違背小說藝術之靈的生了滿地亂跑的小孩，微微發福的娜塔莎由獨特的美人降為尋常的斯拉夫家庭主婦，皮耶則胖大得幾乎就是遺忘了，歷史的鋒芒如同匕刃一閃，人短暫的成為獨一無二的自己，但真的是這樣子嗎？還是說這只是歷史的神對我們一次偶然且特殊的使用？還是說在昏昏欲睡的漫長時間之流裡，人只能作個短暫就醒的夢，夢見自己獨一無二的存在？

我並沒要堅持只有昆德拉一人看得出這裡是空白，我相信總還有某些人會依循自己不一樣的思索之路、或重或輕、或強調或恍惚的察覺它，尤其經由昆德拉的提示之後。我試著想講的其實是我自己總是伴隨這個驚喜而來的沮喪，很甯靜也有點孤單的沮喪，好像被自己閱讀極限之牆撞了一下的某種輕微疼痛感——老天昆德拉想了多久、讀了多久而且準備了多久？簡單的魔法背後靠著多少東西？我們知道，至少從《小說的藝術》這本書之後我們便不斷看到了，昆德拉幾乎是單獨的思索現代小說之為物，不停的檢視追問它的能耐、極限，當下每一種處境、其挫折暨其可能的死亡。我們說「單獨」，是因為昆德拉不是把現代小說僅僅看成一種文體、一門手藝、一個行當、乃至於某種平行於其他的認識世界方式，他（冒犯世界的、不懼挨罵的、賭自己迷信的）以為小說超越這一切，小說孤獨的、只剩它一個的仍在叩門並試圖回答的是所謂「存在」的人總體問題，而這甚至是它唯一的任務、它存活的唯一理由。如卡爾維諾也說的，如今所有的學科都只給自己局部的、可置身事外的有限目標，只剩小說（或最多擴大到文學）的任務是「無限」的；而在如今這樣一個加速時間的歷史時刻，就連我們的親身經驗都只能是片段的、不見頭不見尾，唯有小說還可望能「復原」世界的連續完整模樣。我們必須尋求並保有一道進入整體世界、認識整體世界的路徑，否則意義將不免持續剝落流失，意義只有在整體的掌握中才有機會發現。

只是，意義是否是人生存的要件？像食物衣服、像陽光空氣水那樣的東西？

因之，魔法大概就只能是魔法吧，一直停留於魔法的階段，並沒有假以時日天下文明成為普遍認知的可能。魔法不是人類經常性的東西，它的這一面有點高傲，是只有少數人才學得來、才擁有的神奇之技；但另一面則很寒傖，它也一直是極少數人才願意賭自己一生去學的不太理性之物。宮崎駿電影《神隱少女》裡，好的巨頭魔女錢婆婆說的最有意思，她不講魔法創造的東西只是幻象，她說用魔法造出來的東西不堅固不好用而且很容易壞，非常生活現實的理由，所以少女荻野千尋從那個世界帶回來的髮帶是勞動生產物，而且就是那個晚上她親手編織的。魔法世界存在的證據只是髮帶一次彈指的閃光，她的父母從頭到尾沒發覺。

誰是人類歷史上最美的人

我們還是回到海倫來。

這裡我們來問個有礙魔法的簡單問題——為什麼我們常馴服的、不多思索的也就認為，海倫就是整個歐洲歷史上最美的人（頂多加上之一），就像我們總是講中國歷史的四大美人是褒姒、西施、王昭君和楊貴妃？

這個任誰都可以自行回答的問題，問題的另一面是，為什麼歷史最美的人此一頭銜停止於歷史遠遠的某一時間點？很不公平稍後以及我們眼前滿街都是的美女再沒角逐比試取而代之的資格？

是的，特洛伊十年之戰不會是人類歷史上最重大（其規模、影響、傷亡人數……）的一場戰爭，海倫也就不會正正好是人類歷史的第一美人，從事實、從邏輯乃至於從機率來看這全是不可能的。這裡面，真正絕無僅有的是《伊里亞德》和《奧德賽》，是盲詩人荷馬，是那樣曾經有過的希臘人世界及其全部夢想——讓海倫不當贏取后冠的不是選美大會的品頭論足逐項評分，說真的，我們從不知道她的確實容貌身材三圍，真正獲勝的是史詩、是文學。

仿用昆德拉的說法是，文學的獲勝奧祕，從不是它運氣好萬世一時的碰到史上第一美人並盡職的描繪她，而是由此直接觸及到美人的「存在」，是美人和她所在那一個世界的合而為一「人與世界連在一起，就像蝸牛與它的殼；世界是人的一部分，世界是人的狀態。」輕紗引風般成為一個美人和一個世界兩者交織交纏、相互曝現相互解說的「命運」；打動我們的也不是視覺印象，甚至不是一般感官也不包含情欲（因為不再只是一個美人，還加上一個世界一個時代），而是我們無可遏止的深深不安以及面對毀壞的可靠預感，你已把美推高到最頂點了，它再無處可去，它再來的每次變化、每一行動都只剩下降、傾頹、瓦解並朝著死亡。

所有這樣的美人都有她的故事才行，故事遠比容貌重要。而且，比方說中國四大美人，除了出塞、漫天大雪裡彈琴回望的王昭君、其哀傷凝縮為一個富有天下的君王忽然發現自己保衛不了一生所見過最美麗最不舍的東西，其他三人全伴隨著某個強大王國的衰亡。這說起來是經濟學了不是嗎？最美麗的人也就是最昂貴的人，她的定價等同於一整座城市、一整個國家乃至於一整個時代。從歷史的基本正義來看，把這樣巨大且複雜的覆亡，從君王的荒唐、官吏的腐爛、戰士的懦怯云云，全歸結為某一名女性的不愛笑或太愛洗澡，這當然是汙蔑，是典型的替罪羊，這樣的詭計不可能永遠得逞，也必定而且必須在我們對歷史的理解長進中一一被糾正。因此，海倫這一級的美人是有歷史生產期的，當她不必再承擔那麼大而且不實在的罪名，她也就不再能或不需要美到這種地步了。

葛林說我們很難愛某一個真理、某一個「無」，所以人們總是需要一個上帝做為可感可針對的對象好實實在在的愛它；也許，我們對某個王朝、某個杳逝時代的全部懷念，同樣也需要這樣創造出一名遺世獨立的美人來，其實不想歸罪，而是某種難舍難言的情感，白居易的〈長恨歌〉，他和我們有真的恨過楊貴妃嗎？無論如何，當一座城、一個國、一個時代如此和一個美人合在一起，就不再是個用木頭石塊、用銅鐵金銀、用各種沉重堅韌材料（包括宗教信仰、官僚系統、生產體制云云）堆疊出來的世界了，它失去了所有的重量和堅實感，成為極纖細極易碎的東西，成為有時間性的東西，其實用不著誰魯莽的、愚昧的或壞心的摧毀它推倒它，它本來就稍縱即逝，如同那個不世的美人，如同我們自己。

仔細看仔細想，《伊里亞德》裡和尤其《奧德賽》裡的海倫，其實已抵達這樣歷史美人的險險邊界了——海倫不是一朵高嶺之花般立於塵埃所不及、人人只能抬頭瞻望之處，她甚至不夠自戀，也沒拿自己的美麗作為武器。情感或直接說情欲，她是被誘惑者而非誘惑者，我們感覺她迷戀帕里斯的程度超過了帕里斯迷戀她（我們有看錯嗎？）；家庭生活中，我們也同樣感覺她低自己丈夫墨涅拉奧斯一階，寬容者溫柔者總是站在稍高的位置，身姿是俯瞰的，這是他的道德贈禮。更重要的，海倫開始合情合理的觀看、思索和回憶，逐漸成為一名具體起來的女子，這使她和她所在的大世界開始分離；而且，她還如昆德拉指出的居然也生育，同時女兒大到出嫁了，美人最終回到斯巴達成為母親（說是丈母娘就更糟了），完美的美人生命敞開了一扇門，會「被延續，被模仿或被懷疑，被維護或被背叛」，如果再多寫清楚一點，那真的就是托爾斯泰不懷好意筆下的中年娜塔莎了。

中國的絕世美人終止於〈長恨歌〉的楊貴妃，往後文學自己洞穿了丟開了這一古老詭計，之後的美麗女子命運和大世界脫鉤，她們的錯誤和悲傷無法再撼動一整個世界，只能選擇一隅而居，爆破威力僅止於方圓三里五里之內，比方文藝青年的林黛玉，或悍然深入情欲的潘金蓮。

《伊里亞德》始於阿契力士的憤怒，卻終結於赫克托的勇士火喪，像是荷馬原來想歌詠這個英雄，卻不知不覺發現真正的英雄另有其人。當時的喪禮，領唱哭泣輓歌的是婦女，海倫是第三個，也是最後一個，排在赫克托的妻子和母親之後，這不知道是特洛伊人過人的寬大，還是荷馬的意志使然：「赫克托，在所有的伯叔中，你令我最喜歡，我的丈夫是那個神樣的阿勒珊德羅斯，他把我帶到特洛伊，但願我早就歸陰去。自從我從那裡出走，離開祖國以來，已經是第二十年頭，但沒有從你那裡聽到一句惡言或罵語；如果有人——你的弟兄姊妹、穿著漂亮的弟媳、或是你的母親在廳堂裡開口斥責我，你父親除外，他對我很溫和，有如生父，你就苦口婆心，對他們再三勸說，用溫和態度、溫和語言阻止他們。因此我為你和我而悲歎，心裡很憂傷，我在這遼闊的特洛伊再也沒有別人對我很和藹友好，人人見了我都發顫。」

從早期說故事的角度來看，《伊里亞德》這樣結束於赫克托之死、不再交代大戰結果和特洛伊的陷落，不免讓人微微一驚，但這樣的收尾卻又讓人感覺如此自由，又如此的「現代」。而且夠了，我們其實已預知一切，我們知道阿契力士的死，斷氣之前的赫克托靈光般說出了預言（「不管你如何勇敢，也請你當心，我不要成為神明遷怒於你的根源，當帕里斯和阿波羅把你殺死在斯開埃城門前。」）；我們更知道了特洛伊城的最終命運，它已失去了守護者赫克托，而且兩方打了一架的天上諸神已做成了決定——

就只剩哭泣的海倫何去何從，我猜，就是在這裡，波赫士為我們問了這個問題。

畫百美圖的俠客 金蒲孤

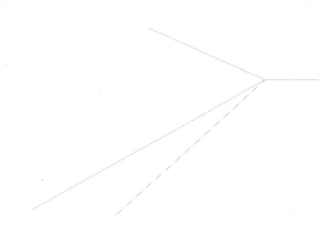

金蒲孤是一名一登場就已聲震全武林、完成品式的青年俠客，這意思是，作者司馬紫煙並不交代他的成長歲月，沒兒時被哪個無名老人帶走，或身負血海深仇掉落懸崖而在某山洞找到絕世祕笈之類的，這種必要奇遇的從略往往是武俠小說書寫成熟期甚至進入晚期的徵象，隱隱顯露出此一書寫極限的預兆。因為一連串不合理但驚心動魄的奇遇所構成的尋寶之旅（找兵器、找絕世武功、找某一神人云云）原是此一類型書寫的最早迷人之處，我們看吉卜齡的《吉姆》最心動的也是老喇嘛和小男孩的那趟神奇旅程（找世尊當年洗滌罪惡、大智大悟的箭河）。一旦書寫者感覺用盡了它，讀者也厭煩它拆穿了它，這部分便可以大家你知我知一句話帶過了，同時也封閉起來不再開發新尋寶路徑了。

金蒲孤使用的不是有氣質的三尺青鋒之劍，而是一副特殊的強弓和神箭，奇怪武器的使用，也是武俠小說書寫另一個成熟期的徵象。這副弓箭之名和他姓名同音，相互呼喚，是為金僕姑，這倒是大有來歷的，直接出自《左傳》：莊公十一年，公以金僕姑射南宮長萬。很顯然，寶物神兵有靈，可抗拒悠悠時間的浸蝕分解力量，還彷彿有自主意識，最終像找到自己真正主人也似的抵達金蒲孤手中——我們倒無法說準金蒲孤是哪時代的人，武俠世界同時是時間的迷途之鄉。

金蒲孤輝煌人生的最大對手是老人劉素客，這是一個自己完全不會武功、卻對全天下各大門派武學無所不知、將黑白兩道所有人玩於指掌之上的大陰謀家，他收有三名義女，分別以日、月、星為名，當然都非美若天仙不可，故事最後也必定奉武林大義和愛情之名背叛他。事情便發生在金蒲孤和這三名女子的一場比試，其中一個題目是繪製百仙圖和百美圖，抽中百仙圖的劉日英，工匠技藝精湛無匹的不到半時辰便天上人間的以針繡完成，但這邊金蒲孤卻只信手揮了幾筆而已——

劉日英將信將疑的走到案前，劉星英也好奇湊過去，她們都不相信金蒲孤在三筆兩劃之下，會完成一幅百美圖！

金蒲孤的書紙是反過來的。

劉日英伸手將它翻轉過來，卻見白紙上只畫了一個半圓形，圓弧上畫了幾筆像亂草一般的墨跡，半圓中間則是一個大叉。

她們看了半晌。

劉日英才道：「金公子這是……」

金蒲孤一笑道：「這是一幅寫意百美圖，嚴格說起來，不過是土一堆草一堆，交叉白骨紅顏淚……」

劉日英呆呆的不作聲。

金蒲孤又笑道：「千古美人今安在？黃土白骨青草中，我這一幅百美圖足以為千千萬萬絕色佳人寫照……」

稍微解釋一下。這段原文之所以分段分行如此劇烈到不負責任的地步，其實是當時武俠小說有點辛酸的標準作業，不僅比較好寫不必多交代細節，更關係到稿費計算的迫切現實問題。日後古龍更把此推向極限，幾乎已達一字一詞占一行的地步。

大致上止於民國六十年，武俠小說是早期台灣唯一本土自製成功的類型小說，總產量其實還不小，彼此也就存在著追逐競爭，儘管基本上仍套公式寫，但總會因此冒出些較特別的東西。金僕姑挖掘自《左傳》不起眼的一角，這對彼時多少有國學底子的武俠小說作家倒不算奇怪，更有趣是歐美新東西新事物的偷偷滲入，像柳殘陽的《金雕龍紋》就是大仲馬《基度山恩仇記》的改寫，書裡父親被逼死、美麗妻子失貞改嫁、飄流到無人島上找到復仇寶物的浪子楚雲當然是基度山伯爵艾德蒙・鄧蒂斯；古龍自承「楚留香系列」直接取用於伊安・佛萊明的007情報員龐德；更厲害的是獨孤紅的《武林正氣歌》，書中赫然有個複姓西門的「斑衣吹笛人」角色，改都不改一下，多年以後，我才知道這原來是個歐洲人外國人，真的就是西方民間傳說故事裡那個以催眠魅惑笛音拐走全村小孩的傢伙。

迢迢來時之路——半世紀前的台灣，貧苦蒙昧封閉，人容易慨然有廣大世界之志卻不容易有通向世界的道路、配備和盤纏，一知半解使得廣大世界比任何時期都更像個誘人之謎，人各自以他僅有的、鬼使神差的方式奮力接聽、窺視、捕捉和猜想，知識不僅破破碎碎而且通常二手三手扭曲變形真偽難分，半首歌、一句話、幾個人名、沒頭沒尾的一截故事、一張語焉不詳的照片云云，都被人視若珍寶的收藏和不斷炫耀傳頌。因此，那年代的台灣社會的確有著一抹武俠小說世界也似的身影，人也會武俠中人也似的行動，有祕本，有畢生獨門絕藝，有遠方傳說中的高人，啟蒙學習彷彿得從收拾包袱、告別父母親人、下定決心此去不回頭開始。

今天來看，成果當然是可疑的而且通常並不划算（比方大仲馬或佛萊明之書都算不上什麼可託終身之志的東西），甚至風險極高讓人捏把冷汗，但這有什麼辦法呢？就只有一點，那就是人心的溫度較高，人的力氣用得較足不保留，有某種興高采烈，於是，運氣好的話，會有某些我們今天不容易再有的東西跑出來。

好，百仙圖V S.百美圖這場比鬥究竟由誰勝出呢？劉日英當場把自己精繡的百仙圖給撕毀，不出意料的承認金蒲孤的鬼畫符「境界」較高；也許自知是絕代佳人的她也真的被觸到了某一處最柔軟的心事吧——「生乏黃金買圖畫，死留青塚使人嗟。」我們說，不是就連李白來都會說金蒲孤贏了嗎？這可不僅僅是武俠小說世界的基本約定而已，在中國千年的文人詩畫世界裡，也一直都是這麼判決的，尤其後來還有所謂的禪學不是嗎？

我只是自己胡思亂想——如果這樣一場比試我也在現場，我很想提議兩人重新再比一次，而且題目不換人不換仍是百仙圖和百美圖。再一次，金蒲孤會怎麼做？會一樣再畫大圓弧和大叉嗎？或至少把那個洩底的、讓人尷尬不已的大叉給省略掉？

讀武俠小說於夏天颱風日子

有一本其實有點噁心的薄薄奇書叫《幽夢影》，其作者張心齋很顯然不是個太讀書的人，我們很容易看出來他對女色的興致遠遠高於書籍幾乎臨界飢渴，人各有志這其實也沒關係，但令人比較難受的是他極喜歡表演讀書，有一堆奇奇怪怪的身姿、花招和心得，比方說讀書還得嚴格配合周遭事物和氣氛（當然，排名第一的仍是他所謂的解語花，也就是說，讀書居然還要有小姐坐檯），且依時辰、天候天色和季節來決定念什麼書，所以冬天讀經，夏天讀史，秋天讀諸子，春天讀諸集云云，不曉得萬一時間一到書沒讀完怎麼辦？我們的困擾不會是他的困擾。

我回想自己的閱讀經驗，倒還真有一種書符合張先生的如此要求，那就是我武俠小說最多是在夏天讀的，尤其是夏天颱風來襲的日子，此事發生在我十四歲以前，當時我還住在宜蘭——

事情是這樣子的，我有兩個喜歡武俠小說如命的哥哥，平常日子不解數學題不背英文單字多少有顧慮，只能偷偷摸摸，便只有夏天颱風時，學校放假，父母親也相應放小孩假，雙重假日便成為堂而皇之沒日沒夜只有武俠的絕妙時光。彼時我們家離宜蘭氣象測候所不遠，一旦確定颱風登陸便高高掛起兩顆或三顆黑色的颱風球（當時並非家家有收音機）。就跟人類某些歷史經驗一樣，災難的訊息也是某些人解放的訊息，我這兩位該死的兄長第一時間便搶著騎腳踏車衝出門，在劉日英繡成百仙圖的半小時之內，你就會看到他們兩個各自抱回一大疊武俠小說笑嘻嘻的，還會順便去買那種最大支的、其實是用於喪事的不祥白蠟燭。

跟所有只用一次的東西一樣，武俠小說當時是只出租的，租書店可以大得、搜羅完整得像座武俠圖書館。如此，八九年下來的夏天暑假，八九年持續的颱風，我幾乎看完彼時出版過的每一部武俠小說，或正確的說，除了所有第一冊以外的幾乎全部武俠小說，原因很簡單，我只能從第二冊看起，而且時時後有追兵，非得搶在他們兩人之前分別看完他們的第二冊不可，我後來讀書速度稍快成為毛病，大概跟此事有關。日後我讀卡爾維諾為導演費里尼寫的序文，講到他童年瞞著父母看電影的往事，因為得搶在父母親回家前神不知鬼不覺在家，幾乎每一部電影都無法看到結局，每一部電影結局都由他自己編完，差不多就是這麼回事。

其實是不只沒回頭讀第一冊而已，從小學識字伊始就胡亂讀武俠小說，一定有一些字跳過去，一定有一些情節看不懂，一定有一些關鍵之處沒弄清楚，唯一的優勢是當時記憶力真的太好，記憶容量大而且才剛開始啟用，不會不懂不清楚的東西還是全記得下來，如同全本下載，或更像一頁一頁卡嚓拍下照片一般，因此就跟從此把書帶在身上時時翻閱重讀一樣，理解遂也跟身體消化作用一樣自己會漸漸完成，並不困擾——這其實跟我當時以及日後一生讀其他書沒太兩樣，就直接讀了，不等待（等什麼呢？還真的等秋天來嗎？），沒什麼準備好這回事，書讀不懂是常態，只要你不是只看這一遍就行了。一生只讀一次的書對我個人而言，意思比較接近是淘汰。

當時的武俠小說常常還有另一種空白，那就是每一部總會在特定的關鍵處被撕走幾頁，符合經濟學所謂的「公共價值消散理論」，使用者不是擁有者，東西就容易損毀破壞，就跟我們舉目可見的公共設施一樣——但這其實是頗好笑頗辛酸的撕毀。原因是，每部武俠小說多少會觸及性愛，最常見是男主角身中淫毒（一朵花、一條蛇或某個心懷不軌練採補之術的妖女搞鬼），女主角只好銀牙一咬犧牲自己當解藥，然後，然後接下來那一兩頁就不見了，成為某個先租這部武俠小說者的窖藏，你能看到的就是一連串急怒攻心的咒罵，以各色手跡留言在書頁的空白處，諸如「撕此兩頁者絕子絕孫」之類的。其實當時的社會尺度和書寫的基本典雅要求，一般而言這兩頁只是點到為止很快由各自想像接手，少這兩頁，只是更想像而已。

多年武俠小說租看下來，我們家三兄弟遂也有著自家的童稚排行，我記得的前三大致上是最正邪難分、殺聲震天幾乎每一頁都死人的柳殘陽（尤其是《銀牛角》，鬼手秋離，應該就是他寫最好的一部），集中於反清復明、滿漢代代情仇的獨孤紅（關山月、玉翎鵰、南海郭家、關外燕家云云），還有就是最使用推理詭計、陰謀一層層剝開但往往收不了場的司馬紫煙。古龍在我們家中不怎麼受歡迎，早期平庸後來又太亂來，我們喜歡的是他的《浣花洗劍錄》，書中方寶兒一柄木劍遊歷天下，其實全為著十年後約定再來的東瀛劍客那場決戰，地點在波濤拍打、沒時間印記無人知曉的沙灘，當然就是宮本武藏巖流島的翻版了。至於神話般的金庸，因為本人心向北京，很長時間在台灣是禁書，但還是化整為零租得到，最多是借司馬翎之名混進來，書名人物名也全改了，比方韋小寶不叫韋小寶，而是任大同。小時候讀金庸，會覺得溫吞不過癮；二十年後武俠一空，唯剩金庸以排山倒海之勢重來，但我自己讀小說的標準已變了，也漸漸知道了小說是什麼、可以好到什麼地步、可以寫到哪裡云云，無法回轉成單純小孩的樣式、再像那些夏天颱風夜那樣子讀武俠了，因此又覺得金庸遠遠不夠好，有點上不上下不下的尷尬味道。

只是金庸武俠好壞，這不是什麼個有意義的問題，無需爭辯，爭辯了也帶不出什麼有趣的理解和進展，就跟我不會想重回四十年前去說服那時的自己一樣。這些年斷斷續續有人問起，甚至有出版社金庸迷朋友慷慨要送我全套金庸（就不相信你讀了會不說好），我自己總簡單選擇閉口不言，當自己是個從不看武俠小說的局外人，靜靜等該過去的自然過去。

是有類型小說的確可以寫出類型小說之上，上達純粹好小說的高度，但那是比方說間諜小說裡的勒卡雷，或偵探小說裡的卜洛克。

「武林有正氣，隱然若有形；能補天道闕，能佐王道行……」——當然那些夏天還擠滿了很多名字（諸葛青雲、蕭瑟、臥龍生、上官鼎、慕容美、東方玉、雪雁、田歌云云）、很多故事，燭火搖曳不定，但這些都只是回憶而不是問題，回憶到這樣可以了，已經超過了。

如果再比一次會怎樣？

再畫一次百仙圖和百美圖？我想，這對劉日英原本並不難，這次她可以繡得更精密更準確更有經驗，就跟任何一名工匠、一個創作者每天每時做的事一樣，把自己的作品一次一次修改到最成熟；但金蒲孤這邊怎麼辦？再畫一次青塚圖嗎？一個稍微好看的青塚嗎？這就有點可笑了。

但我們可能也會警覺起來，被金蒲孤這麼一鬧，劉日英可能也隨著尷尬起來，她變得很難再繡了，再繡一次百仙圖同樣變得好笑，而且徒勞，彷彿某一道路已封閉，彷彿這事已提前抵達了終點。

嚴格來說，金蒲孤的百美青塚圖並不是一個作品，而是作品的否定，一如死亡是生命的否定；或者我們稍微鬆開一點來說，這樣的事只能久久做一次，這樣的作品基本上只需要、而且就只能留下一幅，在一定的時間空間裡。它之所以成立，是因為之前長段時間裡人們曾不懈的、眼花撩亂的、窮盡一切可能的繪出過百幅千幅萬幅的不一樣美人圖（以畫、以詩歌、以故事和傳奇、以各自不可遏止的想像奔逐；在畫布上、在器物中、在文字裡、以及有聲的歌和無聲的千古思慕云云），人們一個個、一次次以有涯逐無涯，青塚圖既是這所有美人的最後歸宿所在，也是這些描繪者歌詠者疲憊的最後休息之地，兩條河流共同的終點。

從冷血點的一面來說，這也是除魅，把人從已過度耽美、已妨礙正經事的迷醉中冷水澆醒，讓你直接看結果，膽小點會驚嚇會作噩夢的結果，由你決定要不要這樣追逐下去。

所以說，青塚圖也就是歷史上這一系列數不清美人之圖的死亡，最後一幅，到此為止。其實，我們任誰都早曉得人生自古誰無死，但對某種美好事物的埋頭窮盡，往往會讓人心生迷執，忘卻現實，好像美麗的東西一旦超過了某個不可思議的界線，不就應該也一併超過了死亡的冰冷獰惡界線嗎？美好到一定程度的人（其實也不只是美人這一項而已，比方說卡爾維諾）居然對死亡沒特權這一真相，是人類亙古以來的代代殘念，桂棹兮蘭槳，擊空明兮泝流光，我們甯願狐疑、甯可相信她一定是去了哪裡或者就說她回去了，她原來就不同於我們這樣的生物構成，而是某個神，或說天仙小謫，或某個無盡輪迴的生命跟我們特殊的相遇及其暫別而已，藉此躲開我們已經知道但冰冷到難以接受的死亡。像蘇格拉底最後一次對話的《斐多篇》，馬上得飲酒死去的蘇格拉底神祕的和眾人討論起靈魂和輪迴的問題來，我們說，如果這真的是蘇格拉底所言（他一直以來並沒熱衷神祕之學），那他可能是在安慰這群哀慟送行的學生友人，也為自己打氣，為遠行豫備；但如果是當時不在場的柏拉圖假借添加的，那我們就更容易理解了不是嗎？柏拉圖拒絕相信他的老師化為跟所有人沒兩樣的全然空無，他不想撐到最後一關還是得讓老師灰飛煙滅於芸芸眾生之中。換是我們，可能也會這麼做。

因之，對我們觀者而言，我們的心思總有點複雜。百美青塚圖的真正魅力從不只來自如此單調、平凡、你偶爾車過某處墓園一樣會看到的畫面本身，你甚至不會多留意細節（所以金蒲孤畫成這樣仍成立），而是總合著歷史上全部美人，這所有的生之繁華絕美；不止這樣，它在我們心中喚醒這一切同時，也就在我們眼前摧毀這一切，連同我們全部的一廂情願。我們的驚醒也就帶著驚懼，我們的某種清爽潔淨之感同時也包含著一無所有，正因為我們內心裡本來就知道是真的、知道遲早會這樣，因此感覺更巨大真實到帶著狼狽，像那種抵死不從的罪犯，看到這一張棄屍現場的證物照片，這一張森森白骨的證物照片，再無法狡賴裝死，心防瞬間瓦解。

從觀者推己及於畫者，我們差可想像，這第一幅被繪出的百美青塚圖必定比我們更加不舍更一言難盡，我們只是目擊者，最多是共犯，但畫者比較像親手扼死了她們——作畫的人和她們關係不同，相處時間不成比例的不同，投進去的情感和想像也全然不同，事實上我們很難說清楚，這些美人，究竟是他依樣（依什麼樣呢？）畫成的，還是他一分一分創造雕塑出來的。這麼講也許很煞風景，但我們觀者驚懼式的哀慟也許來得又大又快，卻也就消退得很快，不超過某種觸景傷情，某個漣漪生成、擴大到復歸平和如鏡的時間；但畫者不一樣，那真的是確確實實意義之下的死亡之圖，無法回頭，無法讓枯骨復原為生者遑論美人，就跟CSI節目裡那種死者面容復原的泥塑或繪圖總是可怖的、除不掉死亡氣息一樣。因此，這一整塊工作領域完結了，連同所有的相關技藝，這部分無以平復，更是從此失去，不止作畫的那一個人失去，往往連同所有的同行都不得不一併失去；也就是說，一畫萬骨枯，毀損的不是一人，而是公共財。

我們可以把《唐吉訶德》這本小說為百代偉大騎士的一幅青塚圖，藉由這個在生病中、在瘋狂裡死去的鄉間紳士阿隆索·吉哈德，把歐陸幾百年來的所有騎士、連同他們（已過度）驕矜的教養、情感、信念和行動這一套一起埋葬，《唐吉訶德》以後，即使有人再寫騎士小說，也不再被當真、不重要了，所以波赫士才直接說《唐吉訶德》就是騎士小說的最後一部。但波赫士甚有把握的猜想，作為凶手本人的塞萬提斯內心裡必定是喜愛這一切的（不喜歡哪能累積知道這麼多、這麼細節豐饒？），他引述了保羅·格羅薩克的證詞：「塞萬提斯粗通拉丁文和義大利文，他的文學教養主要來自俘虜囚禁期間閱讀的田園小說、遊俠小說和娓娓動人的神話。」這本來不是拆解，而是自自然然的終點，一路往前不停下來必定會走到的，頂多只是對此無可避免的騎士死亡，用比較調笑、比較不傷感不屈服的方式說出來，好活絡血脈，驅除那種令人窒息的黑暗。所以波赫士說的是：「《唐吉訶德》與其說是這類虛構作品的解毒劑，不如說是對它們依依不舍的私下告別。」

望風追逐，求情於鐵石，用禮於野人。

但怎麼說呢？不是有這講法，說這樣的事第一次發生是悲劇，第二次如法泡製就只是喜劇了。百美青塚圖，第一幅是依依告別，那第二幅呢又會是什麼？

依依告別

今天，做為一名觀者，站在某個當代的大作品前面，我們常心生某種素樸不文的疑惑，只能以彼此竊竊私語的方式來問——這位鼎鼎大名的畫家（或舞者、或書法家、或如同過江鯽魚的當代藝術家表演者云云，或就是安迪・沃荷），他究竟是不是真的會畫？還是其實跟你我一樣，只是一個或更機智、或更敢？或口才更好、或運氣絕佳、或人際關係經營有成的你和我而已？有時我們得努力壓下諸如此類的無禮衝動，想開口請求他就簡單畫顆蘋果給我們看。

我們也許一時說不清楚第二幅青塚圖是什麼，但我們確確實實就活在一個第二幅青塚圖的時代——這的確喜劇，甚至黑色幽默。這麼說應該相當接近事實：以前，我們以一百比一的懸殊比例，在美到令人厭煩、美到令人再分不清誰是誰的百名美人中清晰畫出一具青塚，要自己清醒；如今，我們仍以一百比一的懸殊比例進行，我們就站在亂草蔓生的墳墓堆裡，如果運氣好看到一名完完整整的美人，而我們第一感也許是見鬼了，當她是某一縷幽幽芳魂，像《聊齋》或明清筆記小說裡冒出來的那樣。

畫青塚當然遠比畫美人快、容易而且無需技藝準備，這幾千年來早不是祕密了，過去我們說的是畫鳥獸難畫鬼神易。（這我們已經進化了，如今是談鬼神易談鳥獸難，也就是說，不畫了）。這裡，我們想追下去的仍是「依依告別」這件事，這比較有意思——賈西亞・馬奎茲寫上校無可避免的死亡，因為時間到了，但這卻是《百年孤寂》全書時間腳步放得最輕最慢、每一物每一事描述得最仔細、最具體細節的一段，以至於有經驗的讀者，彷彿先聞到空氣之中大海的鹹味那樣，知道有事情要發生了，知道有東西就在不遠處、馬上要撲面而來了，知道整個世界即將完全不一樣了；這不是猜測而已，而是一種身體血肉能感覺出的變化。《百年孤寂》裡的上校之死，在我們經歷過小說歷史上數不清的各個精采主人翁之死，仍如此獨特、奪目、動人，彷彿第一次看到那樣。賈西亞・馬奎茲當然只是在拖延時間，而不為著炫技（惟技藝因時間拖延的嚴厲要求而被不斷逼生出來，如同《一千零一夜》裡珊佐魯德為著延遲處死，每一天晚上都得想出新故事來，一停止就死了。被逼生的技藝總是比自戀自我無限繁衍的技藝要準確且富想像力，這是技藝較好的模樣）。而在寫了上校如小雞般縮著翅膀死去，做為描述者創造者本人的賈西亞・馬奎茲放下了工作，躲回去臥室床上像個小孩般傷心大哭起來。我們無法得知塞萬提斯寫《唐吉訶德》一路上的情緒變化，只能依據我們實際看見的東西合情合理想像，塞萬提斯從頭說起，寫得很長，不是只講出一個意念而已，不是只畫一個阿隆索・吉哈德先生的墓給我們看。事實結果也是，讀小說的人得到的也不是否定而已，日後人們甚至把吉訶德先生看成是肯定式的人物原型，極可能還是最純粹的一個，作不可能的夢，打不會贏的戰爭，伸手去觸摸誰都曉得捉摸不到的星辰，某個艱難的、代價不菲的、得下定生命僅剩的那最後一點決心如出清存貨才堪堪敢於放手一搏的肯定，彷彿通過英勇死去騎士軀體的焚祭，我們看到那一縷上達的青煙回去了雲端，我們也得以撿拾回某個更古老的遺物。騎士小說也許就此死亡，但同時也去了更高的地方，我們感覺這是某種還原、某種歸返，讓人送行者般不禁悲喜交加。

第二幅以後的青塚圖之所以更容易，也是因為他們已無需先畫成百幅美人，甚至根本沒畫過；第一幅青塚圖的畫者處死的是自己的美人，使用的是私產，第二幅以後的畫者殺的則是別人家的美人，消耗毀損的是公產，肆無忌憚，所以手起刀落，不亦快哉。這兩者，真正有別的不是道德，而是時間，豐饒只能發生於時間之中，沒有時間，寸草不生。

弘一的字和初安民的不安

弘一法師晚年的字，沒有鋒芒，不生波瀾，不起變化，每個字都安安靜靜置放在那裡，像躺臥不動不食不飲的老者，卻也奇怪會讓人想起才出生、洗得乾乾淨淨的小兒。我們很難從傳統法書的技藝層面來具體討論，好像它們已脫離了這一檔次，因此，寫字看字的人通常讚歎不已，想的是空靈、境界、更高智慧悟得等等這一串東西，但我也知道有些人不作此想（比方北京的阿城），理由跟我們剛剛所說的很接近，這是已經「死去」的字，已封閉一路走來的技藝、杜絕任何新的可能、不允許它再起的字；甚至可以說，寫字的人心思已完全不在字上頭了，它成為某種其他目的其他意義的行為，某種修行項目，比方說打坐冥思或直接就說抄經，因此寫字一事還是某種可供時時檢視自己身心狀態的儀器，心電圖血壓計什麼的，你寫著字，但凡察覺到還有某一絲火氣、某個浮動遊離的心思從筆端洩露出來，造成字的變化，就得擱筆停下來，靜靜等它潮水般退去，等我心寂然。

我自己的看法比較簡單直接，我以為弘一法師的字正是字的百美青塚圖，這樣可以較妥適解釋我們捉摸不定的諸般看字感受，也可以平息兩端字好字不好的困擾。事實上，我以為這樣還可以一併說明，何以日後不少人愛學弘一法師寫字卻無成，我們實際上一再看到的是，學弘一法師寫字的人通常是「天外飛來」的，較多是其他專業有成之人但來不及練字、卻急於找到某種和自己身分地位可相襯的字（總有簽名、題字乃至於各種風雅時刻的需要），這樣的字必須無關於一般技藝層面，一來不必耗時從頭老老實實練起，二來有形有款有高貴出處但不必接受技藝檢驗，大家都同在某個更高的地方，都在境界裡，都不落言詮歡喜讚歎。這樣寫字一如《幽夢影》書中張心齋讀書，技藝小道，就連內容都是小道，是俗事，是會流汗的粗活，是想不開的人才孜孜勤勤分辨在意的，那些猶有不當競逐之心的壯夫也許還會去做，但真正心如止水的典雅智者不為也，因為都是空啊，一切都是空。

但技藝什麼都可能是，就無法是空的，更多時候，它的確是粗活沒錯，要用盡一身力氣、要爬上爬下，無可避免的會弄髒自己，還一不小心會弄傷自己，不僅僅是全身痠痛而已。技藝者身姿之美，不因為他一身大汗，可也更不是一塵不染，我相信莊子講庖丁解牛的故事，真正要我們看的是他專注、準確、如臨大敵的模樣，以及對牛筋骨肌肉的認識和掌握。

弘一法師本人，我們問，何以完全一樣的字要一寫再寫？滿室滿目青塚所為何來？我相信這正是弘一法師獨特的依依不舍私下告別，已不只是昔日之字了，更多是昔日的自己。「告別，是每次都死去一點點」，也只能每次死去一點點，他真的是從最繁華處硬生生走出來的人，幾乎可用掙脫來說；和那些蜻蜓點水般的、沒什麼真感覺的風雅之士不一樣，弘一法師是真心喜愛一切好東西、喜愛世間繁華的人，不只痴迷，而是界臨軟弱的地步，以至於這些該舍去的一切並非身外物，幾乎就是他大半生的實質生命構成，已成為自身血脈骨骼之類的東西，這些仍會時時甦醒，會一抬眼又在那裡，會夜深忽夢少年事，只告別一次是遠遠不夠的。

我的老朋友詩人初安民，是寫一手好字的人，更喜歡看字而且議論，但講起弘一法師的字，卻像個不識字的、急著偷偷問旁人這字到底是好是壞的人——解救了老初的是某一本雜誌找出了弘一法師還不叫弘一法師的早年之字，各形各狀淋漓酣暢，一幅一幅字真的就像一個一個栩栩活著的不同美人，其中一幅臨張猛龍，不是因為特別好，而是因為和他晚年的字落差最大，以至於不像美人倒像故國武將般跳出來，生猛、雄強、痛快如刀斧劈下卻又帶著時間風蝕蒼老之痕，要氣概有氣概，要技藝有技藝，慣看日後弘一法師字的人真的會嚇一跳，而且至此難忘。老初把那本雜誌珍藏下來，他說他這才「放心」了，弘一果然是「真的」。

我以為我聽得懂他說什麼，但還是非常好玩，因為字的「真假」（已不是好壞了）判別居然不來自字本身，而是偷雞般得間接依靠我們對他生平的了解，用他之前的、猶可分辨技藝高下的字來「證明」現在的字，以至於詢問的已不像是這樣寫字是好是壞，而是寫字的人究竟有沒有「資格」這樣寫；也就是說，我們得親眼看過你畫完百幅美人，我們才敢相信你這幅青塚圖是有道理的、是真品。這種分辨方式是什麼意思？不是觸犯了我們一堆最基本的信念嗎？不看作品只問資格這樣會不會太超過了？

當然，一定有畫得好一點、所以也就有差一點的青塚圖，如果你是較相信那種武俠小說式技藝神話的人（比方年幼練字的王獻之寫了個「大」字，王羲之只幫他加了一點成為「太」字那個故事），可能會堅持，即使只是信手一揮，真偽高下立判，躲不過真正厲害的眼睛，就跟王獻之之母、王羲之之妻照眼就認出那個點一樣（「你這一點寫得特別好，不輸你爸爸了。」）。但我們得說，由於青塚圖的核心意義是純意念性的，對技藝的要求不大，它可堪負載技藝、表現技藝、乃至於發展新技藝的可能空間極其狹窄，因此，那樣一點點的技藝微差既不易分辨也不值得分辨，更容易「仿造」，只要金蒲孤願意拿出他昔日練箭的決心和毅力，找個好老師，絕不難三五個月後就畫成像模像樣的一幅好青塚圖來。因此，青塚圖終結了美人圖，但這卻不會是新一波技藝的開始和演化，沒必要也再沒這樣的足夠創作彈性去畫出一百個或更多不一樣的墳墓出來（幹什麼呢？做為金寶山之類喪葬業者的推銷型錄嗎？）；也就是說，美（曾經）是豐饒的、多面貌的、可耐心一一探究的，化為人一生日復一日的不懈工作，但白骨長得都一樣，青塚只一種面貌，一次認知一句話就完結了，畫面本身頂多只有刺眼不刺眼的問題。

更進一步說，「正確」的青塚圖本來就不應該留戀、回頭表現原有的技藝，因為它要做的，正是以「都一樣」（白骨一堆）來取代「不一樣」（百名美人），以「不變」來取代「變」，並暴現這一組技藝面臨自身發展極限的困窘，以及隨之而來的虛妄和徒勞。要揭穿美，就得適度的獰惡；要揭穿精緻，就得適度的草率；要揭穿痴迷，就得帶一點不禮貌不尊敬，否則如何能刺激反省呢？

所以，應該就不是初安民個人看字認字的眼力能否更厲害的問題了，而是我們可能得老實承認，我們大概是處在於一個由好壞鑑賞全面轉向真偽鑑定的年代了，這裡，真正沉重的、令人不安的是「全面」這兩個字。

使用全部人生

從好壞轉向真偽，長期來說，這原本是無可避免的，因為有生有死，每一門、每一種技藝都各自緩緩走向自身的極限。技藝極限的基本圖像是，已故的古生物學者古爾德揭示得最簡單明白，一方面，新技藝的突破不容易再發生了，可另一方面，原有的技藝已在反覆的使用實踐中被整理出來，可以有步驟有方法的快速模仿學習，有為者亦若是，所以最終大家全擠在發展極限的右牆邊，除了叫名字並檢驗身分證，很難分清楚誰是誰了。

比方說，今天名畫的真品贗品鑑定就早已脫離畫本身了，更多時候不僅是史料的（如初安民那樣），而且是精密科學的，輔以一堆儀器和技術，像CSI犯罪鑑識那樣，這我們就不多談了。畫家法蘭西斯·培根在一次訪談中談到，他以為畢卡索之後，「我就不知道了。現在在皇家藝術學院有一場畫展……看到這些畫作放在一起的時候，我們什麼也沒看到。我覺得裡面什麼也沒有，那是空的，完全空的。」語氣如此沮喪；但如果根據畢卡索本人的證詞，這一極限撞牆的時間還得再稍稍提前，因為「我十四歲時就跟拉斐爾畫得一樣好了」——這絕不是一句自誇的話，而是一句無可奈何並尋求有識者尤其是你知我知畫家同業們寬容的請求之語，因為漫漫幾十年往後人生我總得想辦法再活下去再畫下去不是嗎？我也不得不破壞、不畫出青塚圖來逼得大家跟我一起抵達終點云云。而在現實世界中，這句話說的同時是，即使沒有畢卡索那樣的天才和生命際遇（尤其是沒有他的那樣一個父親），日後很多人也不難在二十八歲就可以畫得跟拉斐爾一樣好。

中國書法，如果我們說的是二王父子這組指掌之間的筆法技藝，最晚到唐朝就撞牆了，就開始轉向認真偽了。

因此，奇怪的不是轉向，而是「全面」，想想怎麼可能每一門、每一種技藝全約好也似的一起抵達終點呢？這從經驗上、以及在邏輯裡都講不通的，跟所有人不同日同時生卻（求）同日同時衰老並死去一樣不可思議。諸如此類的同步死亡，我們說，通常意味著有災難發生，而不是根據各別年歲和人壽的自然死亡，歷史經驗裡，最為常見是發生了傳染性的瘟疫，就像薄伽丘《十日譚》當時佛羅倫斯所發生的黑死病，死去的不分男女老少賢智愚庸，死亡多麼平等，卻又何其不公平。

我們說，由於人心的種種奇妙作用，人原本就能提早預知事物的終點——人能感知，人能推理，人能夠而且總是忍不住猜想未來。技藝是日復一日累積之事，但人心卻是我們人身裡最接近時光機器的東西，它在時間連續之流中有一定的縱跳能力（儘管仍多有限制，儘管也一直被誇大），可深情的回憶，也會急躁的直接猜測結局，就像那種不耐煩的長篇推理小說讀者一樣，忍不住要翻到最後一頁偷看兇手究竟是醫生或管家。所以沒有誰是真的埋頭活到六十歲、七十歲或被推進急診室那一刻才恍然知道原來人生有死亡此事；所以我們極可能在寫第一首詩、第一封情書當天就相信自己已直面著死亡；所以年紀輕輕的太宰治寫成了《人間失格》；所以，如果你看過柏拉圖的《斐多篇》或托克維爾的《美國的民主》，你必定會在在的驚奇，他們在文字書才剛剛冒出來、才啟用的三千年前，以及在人類才堪堪建造出第一個民主國家的十八世紀末，當下對文字書、對民主機制所提出的斷言和預言，比起日後有充分實踐經驗和教訓的我們還尖利準確，尤其是某種縱觀全景的清澄目光，更是我們日後深陷其中不容易保有的，彷彿多我們一種不在此山中的恢宏視野。

但這些奇妙的作用仍是個別的，只說明我們感染疫病的可能，真正蔚為全面性的傳染，有更簡單更快速的途徑，那就是我們人心同時聯結著其他各種感官尤其是視覺和聽覺，我們的所思所想可以不必來自個人的真實經驗，甚至不必來自認真費勁的推理和思索，我們就只是看見和聽見而已——未知生，先知死，孔子當年不願回應年輕學生這個問題，因為這問題不是真的、不是有內容有所體認的。一開始只須要某種機智（如金蒲孤）、故意往相反方向想去的小小機智就夠了，稍後還更簡單，因為傳染的機制接手了，它先是成為某種基本知識，然後常識，然後人云亦云，再然後流行。與此同時，人類世界進展最快的事物之一便是大眾傳播能力，而大眾傳播正是直向著我們視覺和聽覺來的不是嗎？

米蘭・昆德拉在論法蘭西斯・培根的文章裡，特別引述到這兩段話，我相信他是非常非常有感的——在被問到安迪・沃荷時，培根的回答是：「對我來說，他不重要。」（好答案）；然後，「如果抽象畫只是一些形狀的組合安排，您如何解釋有些人，就像我，有時候會對那些象形的作品有發自肺腑的反應呢？」培根的回答更簡短了：「時尚。」（太好的答案）而昆德拉自己說的是：「今日有太多畫作想讓我們恐懼，而我們卻感到無聊。恐懼並不是一種美感，而我們在托爾斯泰的小說裡感受到的恐怖，從來就不是在那兒等著嚇我們的；傷重而性命垂危的安德烈・包爾康斯基沒有麻醉就開刀，這驚心動魄的畫面並未將美剝除，正如莎士比亞從來不將美從任何一場戲中剝除，正如培根從來不將美從任何一幅畫作中剝除。」

由此，我們有必要回頭建立一個比較正確的基本時間圖像，好驅除掉這種種不好的氣味，賣弄機智的氣味、自鳴得意的氣味、一心想嚇唬人的氣味云云。在一個個人認真搏鬥的領域裡，機智從來都只是個小角色，能做的事並沒那麼多——不管是第一幅、第二幅乃至於第N幅青塚圖，之前有太多人並非不會，而是不肯；不是全不知覺，而是不願聲張；不是害怕面對、說出死亡，而是不屈服，這裡頭有著很英勇的成分。

依依不舍的告別意味著延遲，意味著努力延長時間，意味著甚至一再錯過出發時刻、該搭乘的火車一班班都開走了，只因為人心裡頭還有某些模糊的希望，有某些捉摸不定的可能性，期待在最後一刻仍會有某件神奇的事發生。有意思的是，我們證諸歷史事實知道，最終不得已把第一幅青塚圖畫出來結束這一切的人，通常並不是那種魯莽、殘酷、享受破壞吸引目光的傢伙（第二幅以後才是），反倒是比較柔弱、比較敏感多汁、比較老靈魂型抵拒不了死亡的人。說寂滅為樂的昔日印度王子悉達多是這樣的人，寫字的弘一法師是這樣的人，喝酒的李白是這樣的人，打從年幼就一直聽著死亡的誘引笛聲、忍不住一再起身而去、自殺了好幾回的太宰治很顯然也是個這樣子的人。

波赫士常常想到自殺，但他終究順利活完他的生命。對於《唐吉訶德》這部書，尊崇之餘，波赫士是有微詞的，他知道這樣一本書寫出來的代價，耗用了什麼、截斷了什麼、永久不回頭的改變了什麼。稍早還中年時候，波赫士曾語焉不詳的說，塞萬提斯本人也許是喜歡神祕神奇東西的人，但塞萬提斯並不一定相信，至少在寫這本書時，他選擇把現實和夢境對立起來，諸如吉訶德先生看到的巨人，在塞萬提斯自己眼裡只是確確實實的一具風車，吉訶德先生的夢並不是書寫者本人的夢云云。言下之意可能是，塞萬提斯終究是個站在這一切外頭理性除魅的人，而不是那種「賭自己迷信」（借葛林之語）、人生只此一途走到底的人。這兩者在此一特定世界裡終究會呈現不一致的內容深度和密度，尤其在需要拚命的特殊時刻更會大大不同。從來人類最難、最沒條件最沒成功機會可言、最後的那一步突圍和發明，都得不到而且還必須擺脫理性的支援，這種時刻理性的人總正正好站在相對的另一頭，如屠格涅夫所指出的，他不會是西班牙鄉紳唐吉訶德，而是丹麥王子哈姆雷特，在這顆文學地球上，這兩人正好是對蹠點。波赫士可能也帶點抱怨，塞萬提斯你自己睡醒沒關係，但別人好夢方酣，幹嘛非要動作這麼大吵醒全部人呢？你不知道先前這樣醒來的人都只自己禮貌的靜靜走開嗎？晚年的波赫士對《唐吉訶德》只講讚譽這一面的話，好像隨著時間流逝和塞萬提斯緩緩取得和解，更可能隨時間改變的是眼下世界，如今遍地是不依依告別、更粗暴更大聲嚷嚷的唐吉訶德了，以至於這第一幅的騎士青塚圖成為不再有的珍罕真品，如今得分辨它並保衛它了，如同初安民之於弘一法師的字。

另一次有趣的微詞指摘來自三島由紀夫，他曾說提早投水死去的太宰治「弱氣」，但稍後，他自己寫成《天人五衰》當天下午就趕赴那場鬧劇也似的兵諫切腹自殺，不到五十歲的自殺指責不到四十歲的自殺柔弱，除了有點好笑之外是什麼意思？他說這樣無情自噬的話當時，自己豈不是已滿心徘徊不去的死亡意象和念頭嗎？延遲十年如何可能恰恰好是柔弱之死和剛毅之死的界線？三島這個看似自作自受的矛盾嘲諷，其實是最誘人的謎也是最有趣最不會讓人錯過的一條思維小徑——《天人五衰》是三島「豐饒之海」四部曲（真好的書名）的終章，此時書中的本多繁邦（從二十歲起）已是八十歲老人了，和他一路同行對話的久松慶子也是垂垂老婦，死亡已不用再召喚再猜測更無從懼怕了，甚至無須一場大病，而是像本多那樣，死亡就只是每天的睡眠、喉嚨裡的一口痰、靜靜瓦解熄滅中的身體而已。四十幾歲拚命練身體的三島，憑藉著他的感受、觀察、同情、知識（醫學和佛經云云）和想像，撥快自身的另一枚時鐘，依循小說之路的進入和變身，提前走完（或自以為走完）老年。而這極可能就是死亡最無奈、最無趣、乃至於絲毫無夢可言的樣式，因此，尤其對於還沒這樣身體可相處可習慣的壯年之人、青年之人，感覺會是最恐怖的，或直接說，是最難看的。三島其實有著和太宰治不相上下的柔弱敏感，但他的確做了太宰治沒做或沒敢做的事。太宰治的死是結束，做為逃出自己煉獄般人生的越獄手段，死亡本身並沒有真正內容；三島則提足勇氣逼近它瞪視它，死亡被抹除掉太宰治筆下那種歸去的、可自己選時間地點和樣式實踐的浪漫神采，死亡連某種自由、某種不負責任的傲岸叛逆都談不上。也因此，《天人五衰》讓人不安、難言，年輕不開心想死的時日，大家較方便揮舞的總是太宰治而不是三島，讓自己同時既是綁匪又是人質，你們再不怎樣怎樣我就處決掉「人質／自己」給你們看。我們年輕時也是這麼玩的，能夠威脅世界（社會、父母、學校、女朋友等）的籌碼不多，每回都只好動用生命。

我和朱天心曾一次在奈良的老街小博物館裡意外看到日本小說家的手稿展覽，一旁展出的居然還有日本歷史最有名的那把寶刀、也就是當年夏之陣冬之陣真田幸村所用的「妖刀村正」。三島的手稿正是《天人五衰》，刻意的要我們看最後一頁，那個赴死的早上，三島卻每一字都寫得清楚、有力而且筆筆送到非常漂亮，和一旁川端的、谷崎的奄奄一息全然不同。也許我們可以很方便說這正是更大的瘋狂，但不全然這樣也不只這樣，《天人五衰》乃至於貫穿整部「豐饒之海」的軸心是佛家輪迴，或者說三島以自己方式體悟、解釋並且乞援的輪迴，他這是在賭自己迷信了，這個訴諸理性但並非說得通的思辨讓他可以克服死亡，還讓他可以提前去死，不必如本多繁邦那樣黏附著老年的死亡無休無止；但三島最厲害的是，他在最後的、眼看著完成的一刻，卻自己破壞了它砸毀了它，《天人五衰》中做為輪迴再生的年輕男孩安永透，儘管他左側腋下清清楚楚排列著三顆黑痣，獵戶星座也似的理應就是《春雪》松枝清顯、《奔馬》飯沼勳、《曉寺》月光公主一路下來的轉世輪迴印記，但已走到死亡跟前的本多卻忍不住懷疑安永透是贗品（又是贗品！），而安永透也服毒自殺卻死不成，他糟透了的弄瞎雙眼，並從此不言不語，無休無止的活下去。

天人，佛經說，居住於、翱翔飛舞於欲界六天和色界諸天，看起來沒什麼其他事可做。他們有男有女，體形輕盈，纖塵不染，目光炯炯，而且身體自己發出光亮，其實正是人最年輕美麗時日的樣子，如朱天心《古都》一開頭的那四個回想，年輕那時的身體會自我修復自我潔淨，流出的汗是水質的（這有生理學依據），一個黃昏風起馬上會吹走無蹤，連氣味都不留下。而天人的五種衰敗，三島整理了佛經告訴我們，「一是原來潔淨的衣服沾滿汙垢，二是盛開的頭花枯萎凋零，三是兩腋流汗，四是周身發出惡臭，五是不喜安居本座。」我們稍稍撥開那一點點文字修飾及其隱喻，再清楚不過就可以看出來這就是老年了，或者說，人過了生命折返點、像三島彼時年歲（太宰治還沒）無可避免一樣一樣開始出現的難看難受東西。

所以，儘管也同樣「弱氣」的自殺了事，但五十歲不到的三島就是比四十歲不到的太宰治硬生生多出十年時間，還是天人開始衰敗腐爛的那十年時間，讓死亡繼續它在時間裡變幻不定的道路。十年，對我們這樣的尋常人可能只是單純的時光流逝和忍受而已，但書寫者，尤其是有召喚精靈特權、可夜間飛翔的小說家，是有事可做有路可披荊斬棘前進的，就像猶力西士或但丁那樣，打開冥府，詢問陰影般的亡靈，死亡有多重面貌多種可能，甚至像但丁看到的，還居住在不一樣的地方。這延遲的十年，讓三島小說的死亡實際起來，有厚度和質料而且變得捉摸不定，死亡可以是真品但也可能是贗品，是人無盡希冀的回家休息或者竟是進入到完全的虛空。這些都是太宰治小說沒有的或說來不及的，他只隔遠遠的畫出墳墓而已。是啊，死亡如果像他們所說那麼重要那麼可欲乃至於是全部解答，這怎麼能不加懷疑呢？

文學不是宗教，文學除了虔信還得加上狐疑和質疑才行。說到猶力西士，波赫士曾提醒我們，冥府裡先知提瑞西阿斯給予猶力西士英勇此行的最大幸福竟然是，允諾他將毫無痛苦的死去——是的，對死亡的察知和認識絕不自今日始，死亡在三千年前就可以是禮物，而且就算到我們今天，依然是新鮮欲滴、比什麼都準確都體貼人心的一份生之贈禮。我由此相信當年這位同時誕生在七個不同城市的盲詩人荷馬（就當是他吧），真的是個老者，是個和死亡、和身體各種病痛日夜相處的人。

所以，但願我並沒太誤解波赫士對《唐吉訶德》的咕噥不滿意思。有關死亡的察覺與否，並非就只有大聲嚷嚷和不知不覺這兩大行為選項而已，那些知道了卻不畫出青塚圖吵醒我們的人，也不全然都只膽怯的諱言死亡而已，他們更可能是想再多看清楚，因為死亡的形貌不一，腳步的快速緩慢不一，我們也實際看到，四十歲波赫士詩裡文章裡的死亡，和八十歲口述給瑪麗亞・兒玉的死亡，真的是不一樣的。事實上，波赫士曾為一本名為《死亡的名稱》的短篇小說集作序，這本書包含十四個故事，「死亡之神日日夜夜在窺伺著人們，方式則無窮無盡。瑪麗亞・埃斯特爾・巴斯克斯深刻的感受到死亡這個核心的不解之謎，她的每一篇故事都是對某種方式的一種圖解。」

這也讓我想起來美國小說家馮內果喜歡引述的某大學校長在畢業典禮上的簡短致詞：「我以為有意義的話應該分四年慢慢來說，而不是留到最後一刻才講出來。」說完就瀟灑的走下台。一樣的，有意義的死亡，從我們提早（我們總是提早，這不用懷疑）察覺那時起，應該用之後半生的時間來說，慢慢說，耐心的說，分解開來的說，各種角度各個面相每一種可能的說。它不見得每一次都是主題，更多時候，它只是一直在那裡，它是我們思維的背景，思維的全部允諾和限制，以及每一種、每一次思維無可排除也不可或缺的要素，我們將它揉入到每一天、每一次的工作之中，以至於每一個作品、每一幅畫裡其實都或多或少有它。說到底，沒有它的作品怎麼能稱之為淋漓盡致、怎麼能稱之為竭盡一切所能呢？誇大點來說（仔細想也不見得誇大），人類的全部文學歷史、藝術歷史乃至於所有存在著時間意識的所有作為，最核心的那一點知覺，也就是負責啟動一切的那一個點知覺，本來就是死亡，是人單獨的對死亡的沉默察知。

北方有佳人，遺世而獨立，一笑傾人城，再笑傾人國——一幅夠好的美人圖，所謂的栩栩如生，意思是她重新喚醒我們心中的時間流動，她於是成為（或說復原為）一個故事，或更絕望的，是流逝時間大河裡一個絕美但纖弱的信物。一幅夠好的美人圖從不須附帶青塚圖，她本來就包含了青塚圖，其實還可以包含衰老或腐朽，只是我們（畫者和觀者兩造）通常不忍心這樣，我們大家說好一起按下遙控器快轉，連屍身都跳過，直接就是墳墓了，天朗氣清，澗戶寂無人，紛紛自開落，很乾淨，是這樣吧。

真正來說，青塚圖不會怎麼太嚇到我們，只是證實我們原有的恐懼，更多時候，它反倒是人藝術的一個詭計，一種偷天換日的安慰，死亡無法躲，但其他總可以吧；如果真要嚇到我們，金蒲孤至少應該畫一百名各種病痛纏身的老嫗（但他可能太年輕了，更重要是他根本沒這技藝），有一種說法不是嗎？說魔鬼的模樣（及其氣味）是老人。

我自己對愛照鏡子的人通常有點戒心，但不包括林布蘭——這個有意思的大畫家，每隔一段時日就仔仔細細畫一次自己，從漂亮的年輕到壯麗豪奢的中年再到又像丑角又像魔鬼的老去自己（但不剝除美、不取消技藝），也許是啟始於自戀的凝視，但最終是英勇不懈還幽默起來的觀察，詩人緩緩轉變為人類學者，這是認識之路。

回想起來，中國可能是個太愛畫、也太快畫青塚圖的國度，文人畫中的老者，要不是哲人隱士就是神仙了，而且通常個頭極小的置身在高山巨巖雲嵐飛瀑的空闊天地之間，臉都看不清，只看得到身姿，其實是一種仍會呼吸會走動的墳墓，一種用參悟和歎息洗得一塵不染的死亡。從詩歌來看，字數不長反短，賦體的快快消失或日後只供說假話說好話的人使用，到唐代所謂最高峰時日已凝縮為八句的律詩和四句的絕句，詩的畫布尺寸變這麼小，當然會逼生出極特別極盡精巧的某些奇技，但終究能裝進去的東西也就不多了，寫詩的人再不用仔細觀看世界，聰慧的點到為止、拿走你夠用的那個點就可以了，太仔細太耐心觀看的豐碩細節只徒亂人心製造寫詩的困擾而已；時間也不可能細說從頭裝進去，故事於是消失，只能直接講結局講結論和感想，而人生拉直來看就只是出生和死亡了沒錯吧。所以，閨怨是歎息聲音，沒有不一樣的丈夫和妻子；流年消逝是歎息聲音，沒有人在崎嶇現實世界的種種遭遇；死亡就是個死，一坯黃土一場夢一聲長一點的嗟歎了。

其實很可惜的，這麼多認真生活人而且又這麼多書寫不懈的人，一定有太多話被詩的樣式給排除、被人的某種意識給擋下來吞回去，尤其是老年，和死亡距離最近、其實生命也一大部分和它重疊糾纏的老年。

人可不可以有一種「使用全部人生」的生命方式？一種不畫青塚圖、不為自己人生一場做成結論畫好句點的生命方式？不怕作品寫才一半不到（比方說我的老師朱西甯的《華太平家傳》）、不擔心自己某事沒想完忽然死去（如卡爾維諾小說中的帕諾瑪先生和真實世界的他自己）、一種把事情做到最後一刻沒所謂「餘生」的人生？——我從不敢輕估死亡，正因為如此我才以為更難的是你究竟有沒有這樣可一路做到底的事。這樣的事必須是真的、飽滿豐碩到幾乎沒所謂完成，而且最根柢是歡愉的，否則不足以讓你驅趕掉耳邊嘮叨不停而且愈來愈吵的死亡干擾聲音，讓你明明在下坡路段、身體也佝僂時還抬得起頭，緊盯住某一顆明亮的星，這就不僅僅是意願了，還要求能力，也許，借用晚年的海明威所說的，還多需要一點好運氣。

抄寫在日本墓園裡的 王維

日本的墓園是我所知道人類世界最不可怕的墓園，事實上，有些大型墓園還挺好玩的，像高野山，昔日日本巡禮僧人發願走完全日本的起點和終點，從亡者的歷史分量來說，這無疑是日本第一的墓園，喜歡日本戰國歷史的人在這裡可以像尋寶一樣，他們都在這裡。

基本上，高野山的墓園並沒明確的圍籬圍牆，你也不會特別感覺自己跨過了某個界線，跨進到某個異樣的世界或社區什麼的，只是順著一道好走的、鋪了水泥的小徑進入樹林子裡，大小、形制、年代、方向不一的墳墓自由的散落兩旁，得一個一個看才知道躺臥者是誰，真田幸村，妖刀村正的主人，大坂城冬の陣夏の陣差點奇襲成功殺了德川家康改變日本歷史的人；武田信玄，風林火山的霸者，現代槍炮接管戰爭史之前最後的無敵騎兵建造者，還好他死得早，沒親眼看到騎兵靶子一樣覆亡的這一幕；超級大物、天下得而復失的織田信長人也在這裡，最終的官銜是正一位，也就是中國古代官制頂點的正一品，有趣的是，本能寺之變一把火背叛他弒殺他的明治光秀就落腳不遠處，果然大家相遇會到，這恩恩怨怨這樣幾百年比鄰而居要怎麼算呢？光秀是每天晚上按時被扁嗎？我找到明治光秀時還發現有人供了一盒牛奶在墓前（明治牛奶祭奠明治光秀？），非常突兀，也許他們仍有後人倖存下來吧，這些打打殺殺的所謂英雄豪傑，總會讓人想到生物學所說自殺基因什麼的，他們在歷史某一刻孤注一擲，他們知道這押下去的可能不只是自己一個，而是連同子子孫孫嗎？就像隋末太原李淵拗不過次子李世民，長歎一聲起兵，說把家化為國的人是你，讓家族萬劫不復的也是你。我想不清楚，這樣仍算是演化的森嚴淘汰作業，把某些不安的、好亂的、危險的基因剔除？還是說人類基本上已成功甩開生物性的單調命令，可以不理會自身的基因存續，從而解放開來有機會做更特別的事？

幾乎一個不少，連伊賀甲賀的著名忍者都有，全在這裡，只除了豐臣秀吉和德川家康，這兩人成功開了幕府，升級葬入自己的家廟之中，於是乎，高野山的古老墳墓群遂多了一樣東西、一層顏色，那就是未竟之志，聚集著所有就差那麼一點點的人，星辰下，松濤裡。

寸土寸金的東京市熱區裡至少保有兩個大型墓園，一是青山，另一是日暮里，地名看起來都極合適當墓地，但還是很難想像，尤其是青山那個（有興趣的人可去查一下青山一帶的地價和租金，可想而知有多少王八蛋動過這些亡者的腦筋，埋骨何必鄉梓地，人間到處有青山）。無論如何，這群朽骨已打贏了他們死後最困難的一仗，從肆虐幾十年且無堅不摧的現代化中挺下來，最危險的歷史時刻應該已經過去了，這麼說，一方面是因為城市人口的大擴張期（包括外來的和自生的）在東京基本上已止歇，人對城市的諸般想法也滿徹底變了且從此不回頭；另一方面，這兩個大墓園自己也很爭氣，持續的讓自己愈長愈美麗，可以不再被視為浪費的墓地，而是窒息大城市用來呼吸（各種意義的呼吸）的所謂綠帶，意識形態的弱勢逐步轉成強者。墓園的主樹種仍是櫻花，吉野櫻，最適合一開就鋪天蓋地不知如何是好那種，日暮里的谷中靈園便一直是東京最好的賞櫻點之一，平日綠葉子靜靜覆蓋非常清寂幽深，四月初那幾天可就吵死人了，櫻花滿開同時吹雪般紛紛落下、生者亡者，墓園裡每年是有嘉年華的。

更多小墓園也安然藏在一般人家住宅區內，通常是佛寺一角，靠宗教力量來保護（但保護費仍是要繳的）。可能因為離家很近走走就到了，後人很難有藉口不來，因此沒荒煙蔓草，倒一定有幾束才置放的鮮花——你孫女長牙了，你孫子要考大學了保佑他吧，你孫女又談戀愛了這次對方還不錯，你孫子天天打柏青哥這樣下去怎麼辦才好，你孫子終於要出獄了謝天謝地……，不一定會到這樣，但和死去的長輩說話的確遠比活著的長輩容易，容易無保留的開口，而且保證不聽到你不想再聽的各式昏瞶失智回答，死亡自動把人升級，亡者彷彿得到了某種貫穿時間、看得見完整事實（尤其是未來）、知道結果的智慧，也許還有某種可堪作用於生者、解除我們當下困境的靈力云云。但說真的，就算根本不會有任何具體的神奇好事發生，這樣生者和亡者坐下來靜靜對話十分鐘或半小時本身就是神奇的，尤其對於居住在大城市裡的現代人而言。

現代人的生命基本困境有很多種描述方法，其一（米蘭・昆德拉式的）是，人不斷困於走馬看花的當下，生命經驗支離破碎，沒有什麼事物是有頭有尾的，由於缺乏某種稍稍完整的世界圖像，人很難祛除某種迷失感，永遠像活在一個太大的、陌生的、看不到邊界摸不清規則的世界，我們不知道該怎麼想，不曉得最壞的結果、最無可彌補的損失究竟伊于胡底，這才一直是人最深的恐懼之一；但在這裡，喏，這不就是死亡嗎？死亡清清楚楚讓我們看到它的樣子了，就在這個乾淨且近在咫尺的墓園裡，這麼明確，而且離家不遠，人的所有底線、人的終極損失也就這個模樣這種狀態而已不是嗎？除了杳冷的悲傷，也再沒有更多承受不起的東西，更沒有那種無止盡的墜落。通過亡者，人得以站到了時間終點處回看著自己，生命有了邊界，事事物物也都有了邊界，那些我們攜帶而來的當下現實難題，進入到這樣悠長的時間之流中，像是各自歸位打回原形，原來就只是生活裡絮絮叨叨的煩憂而已。

路徑熟悉進出方便，真發生什麼事可隨時掉頭回家，而且有一定站你這邊的親人在那裡，這不會是一個太可怕的冥界。

日本早先的墓石，佛家信仰關係，要不就是有輪迴意義的五重塔，要不就是那位發願守護亡靈到最後一個的地藏王菩薩，如今通常只豎一具光滑的方碑，清簡刻上××家的字樣，以家族為單位，並不凸顯個人，因而死亡一事必然而平靜，不是個體的特殊不幸，死亡離開了工作。墓石後頭豎一排近人高的木條，是有趣的大號木簡，通常以二王瀟灑的行書體書寫，而不是後來日本獨有的那種肥厚如披掛鎧甲的字，我留意過幾回，發現同一墓園裡的字明顯出自於就那一兩人之手，應該是寺方的統一作業。

寫什麼字呢？不記述亡者生平，也不是生者的哀悼和祈願之詞，而是兩句一組的佛偈和詩，感覺上像是生者和亡者站一起，一起吟誦，一起清明的看著想著生與死這件事。佛偈其實就那尋常兩則，比方說菩提本無樹明鏡亦非台云云，這種時候你就可看出來禪師禪僧們的工作成果有限不怎麼爭氣，可能是他們懷疑閃躲文字的代價，還是得乞援於詩人才行。詩則幾乎全數是王維的，我們熟悉到會背的那個王維。「行到水窮處／坐看雲起時」「明月松間照／清泉石上流」「著處是蓮花／無心變楊柳」「一向石門裡／任君春草深」，當然也有不是王維寫的但百分之百王維風的，像這著名的兩句：「風定花猶落／鳥鳴山更幽」。

日本的美學根本上是王維的，比起中國，日本人把王維推得更極致，使用得更全面（包括他們寫只十七個音的俳句，微形之詩）。這很容易把不同美學思維的西方人嚇一跳，對此，梵谷驚異過，本雅明驚異過，波赫士也驚異過（他最終還娶了瑪麗亞•兒玉不是嗎？），不限於直接的藝術表現，還進入到人生活中的一器一物一飲一啄，乃至於波赫士一干人等所再三讚歎的，人的典雅溫文和謙懷。王維無所不在，但日本人把王維的詩抄寫在哪裡？就在墓園裡，用王維詩來幫他們處理死亡。

死亡不處理，人活起來會很困難，這是每一個民族無可迴避的大事情。

我自己一直非常喜歡王維（有人不喜歡他嗎？），也多少能體認他怎麼想詩想世界，但是，就站到參差的墓石群裡重新一字一字讀王維，還是滿驚心動魄的，如水落石出，一切顯得如此明白具體——這些詩，抄寫在死亡之前，抄寫在時間終點處，感覺好像回家了，好像它們原本就該在這兒，正是為此地此時而寫的，每個字每個詞都自動找到自己的路走進去，成為一個一個溫柔的隱喻。生命太多事了這一言難盡，有時光是回想都會讓人疲憊不堪，這裡，詩如一陣清風吹過，也像汩汩的清淺流水，死亡變得很乾淨，很光亮透明。

用二十個字看世界寫世界

王維晚年，詩愈寫愈短，《輞川集》裡絕大多數是五絕，從頭到尾就二十個字而已，或應該這麼講才對，是四次五個字，每句話都限定自己得五個字講完，而且只能說四次。為什麼選擇這麼做呢？一般而言是炫技，但王維不是這樣的表演者，他有一種質地真實的虔信，他一定是覺得適用才做此選擇，這透露出某種生命態度，某種人和世界的應然關係，隱含著一種主張。

我們先來想想看，二十個字究竟能寫什麼？從尺寸來看，只能是最小的、芥子般的、接近至小無內的東西，我和世界只輕輕一觸，我對這個世界需求不多，也不必事事看進眼裡；但很有趣的，二十個字也一直能寫最大的、近乎至大無外的東西，比方生命本身，生命推到底我們能說的、能計較的原本就不多（「活著而已」「不過就是出生和死亡而已」云云）——但我們有事發生的現實世界，卻總是個既不夠大也不夠小的世界。

也就是說，在我們這個不大不小的現實世界裡，寥寥二十個字能做的其實不多，不夠抒情，更無法寫實，根本的說，這裡容不下有形有狀的真實時間，因此別說情感和故事了，就連人心片刻的搖晃和遲疑都很難勉強裝進去，所以說，這裡面其實沒有真正第一感的東西，所有第一感的東西都蕪雜龐大，都猶有不好安裝的稜角和裂紋，是未經處理的初級材料，你得用大倉庫來堆放，而不是嵌入二十個字的精密詩中。王維詩中乍看像是第一感的、素樸到近乎無邪眼光的視覺印象，石頭、山水、各種花草樹木、月光、鳥叫聲蟲鳴聲云云，其實是極有意的、準確如針尖的捕捉，並經過人心層層濾淨細細整理打磨的結果，它們絕不是始生的，而是某種完成品、某種思維下的特殊「還原」，並且讓時間就停在完成這一刻。世界暫時不再變動，遂進一步失去了實體厚度，成為「一層」，因此說是寧靜可能不太對（清泉還汩汩流著，鳥叫聲也還在），而是世界和人的分離，世界整個往後退，人被留在外面，成為一個遠遠的觀看者。日後蘇軾用畫來說他的詩是非常非常準確的，王維的五言詩，呈現的不再是我們眼中的三維世界，而是一幅一幅二維的畫。

從開元到天寶，從盛世到亂世，從年輕到老年，王維倒也不是一直這樣子寫詩，他一樣關懷過時局，感傷過遭遇，使用過長短不一的各種詩體，尋求各種介入世界的途徑，和當時其他寫詩的人沒兩樣；年輕時（據說是十九歲時）還寫過〈李陵詠〉這樣急怒攻心的激烈東西，我們知道，李陵這個悲劇（背叛）名字時不時出現在後世詩裡，這是最後的武器，已臨界於政治尺度邊緣，自認懷才不遇到失去耐心的文人用他來對瞎了眼的君王下通牒，要用要剮二選一，豁出去了。但「完成品」的王維，不止詩短，我們實際來看，他最終連有著歷史掌故的字詞都不使用了（使用掌故一直是詩尤其是短詩的重要手法，可用最少文字裝進最多東西，一字一詞便能魔咒般叫喚出一排亡者，如站在歷史厚實的肩膀上書寫），彷彿洗掉最後一抹時間的汙漬，讓文字完全透明，讓文字失憶不再受苦，讓文字不沾附任何牽牽掛掛的東西。我實在不知道該怎麼說王維的文字，說是晶瑩如玉都顯得太大顆太沉重也太有形了，木末芙蓉花，山中發紅萼，磵戶寂無人，紛紛開且落，世界重新開始，才正要開始，世界就是你此時此刻看到的樣子，再不是別的。我唯一想到的是「水木清華」這四個字。

只用二十個字看世界寫世界，當然得有精湛的技藝才行，但純粹從詩、從文字技藝的進展角度，卻很難解釋最後甘於只這樣寫詩的王維。人的生命經歷總是增加的，對世界的認知是堆積的，書寫技藝也是展開的、四面八方試探的，最終，如果不是全無可能，以書寫做為一生職志的人，還是會想奮力告訴世人，他這一生所見到的、所周旋不休的這個世界其大致完整模樣究竟如何，應然實然也許理不清楚但也沒關係，惟語調總是叮嚀的、哀傷的。王維這種減法的、清空行囊的書寫，卻給我們一種連晚年都成功甩開的異樣感覺，他甚至帶著欣喜，還不時透露著好奇，古木無人徑，深山何處鐘，這像是重新有遠行打算、甚至已上路已進到某個新的天地的人所做的，但他究竟看到什麼聽見什麼？人的晚年後頭還有什麼樣一個柳暗花明的世界等著呢？

「一向石門裡／任君春草深」。說真的，日本人用得也沒錯，這兩句詩的確怎麼看都像說死亡，人跨過某個界線，走進一個不回返的地方，年年春草把時間拭去把足跡湮沒，但它其實只是〈燕子龕禪師詠〉的末兩句。這首五言古詩寫一名深山獨居、可能自耕自食兼原始採集的老禪師（「種田燒白雲／斫漆響丹壑／行隨拾栗猿／歸對巢松鶴」，還學猴子一路揀拾栗子不是嗎？）；禪師何許人什麼來歷不曉得（或無所謂），禪師想些什麼悟到什麼也沒說（仍無所謂），重點是這麼一處特殊之地，字數有限的文字幾乎悉數用來確認這個地方的自成天地，確認的方式是描述它的隔絕、它的四壁界線，還有落石、噴泉以及生長不停的樹林藤蔓如何阻止人，好像說的是，幸福的奧祕不在於人，而是在於這個地方，這個地方像某種沃土，什麼樣的種子落下來都慷慨接納都可自然生長，管你是張三李四或姓禪名師，眾生平等；然而話說回來，曉得要找這處地方以及真的拋擲一切經歷險阻走到這裡，這大概就不是人人能夠了，這又得先有某種「智慧」、某種澈悟之後的英勇之心不是嗎？

隱逸一直是中國詩的重要主題，到唐代尤盛，它並不像隱逸這兩字顯示的這麼悠閑，事實上正好相反，它激烈得不得了，這一主題的重要性正在於它逼問人自己和世界的終極關係，並由此截然二分的決定完全不一樣的生命樣式，而且具體到以接近「要錢還是要命」的二選一方式，迫促的要求書寫者自己回答。但根本上，起碼到唐代為止隱逸仍是第二選擇，是否定性的，是不得已的，是認輸，像李白〈行路難〉那樣，書寫者也許會祭出一些傳說中的大名字（許由、張翰云云），並誇張他們此舉的睿智和日後的自在幸福好撐著自己，但他真正關懷的、計較的仍是這個他口中糟糕透頂惟可能還有點機會的現實世界，無意對另外那個世界多理解並更多描繪；他其實也心知肚明這第二選擇幾乎就是最後選擇，進入那個世界後基本上不會再有事發生，這兩個世界是全然隔絕的，就算有事也傳送不回來，比方說如此智慧的老子出了函谷關之後呢？他是從此不思不想還是像維根斯坦那樣多年之後寫出《道德經》之後更進一步的東西？這樣和老象離群獨自走向死亡究竟有何不同（事實上很多人本來就認定老子出關就是老子之死的傳說變形）？因此但去莫復問白雲無盡時，送行如同送喪，詩也只能寫到此人背影消失為止。但燕子龕的小山徑，儘管路不成路險惡難行，卻似乎不再是單行道了，起碼王維本人必定是記得清清楚楚的，他也必定不像陶淵明的捕魚人只走過一次因此如同幻覺。任君春草深只是說他不好太常去打擾人家，同時也是有點感慨似有所悟，他一個人終究對抗不了大自然的生長速度或還原速度，這是確確實實的經驗。但就像魯迅所說的，日後人多了，路也就清晰了穩定了愈來愈好走了，這事要等到宋以後。

如果說這仍隱喻著死亡，那也就不是原來那個單行道、只去不返的死亡了不是嗎？而是某種可出來、可再進入、每天睡眠作夢又醒來那樣子的死亡。

我自己以為，這是王維詩最特別的成就，影響力比一般以為的要深遠，他一人率先穿透了隱逸詩的書寫極限右牆，讓書寫者和世界的關係不卡在那裡焦躁不堪，就像他自己詩句寫的那樣，行到水窮處，坐看雲起時，眼前一清，人呼吸都順了起來，也許不是全部答案，但至少這詩是可以往下寫了。《輞川集》中，我們並不困難看出來，詩不再伯夷叔齊的一一點名了，因為隱者已不是他者，隱者就是我，書寫的主體不一樣了；這事也不再只是言志只是嚮往，而是此地此時正在發生的事，時間從遙不可及未來轉變成現在，空間也就確確實實出現了，可以用觀看來替代想像，給予可感的實物內容。也就是說，王維率先轉了個身，讓此事成真，當同儕還是從此岸焦慮的遠眺彼岸，王維卻是從彼岸回望過來，他的目光因此有點異樣，有某種童稚性的天真和新鮮，但不真的是第一次，毋寧像是記憶消失之後的重新認識，裡頭仍有一抹恍如隔世的熟悉感、尋覓感，他知道自己要看什麼。

蒼老世界的詩

「我的朋友，當你我年輕的時候，世界已經很老了。」這是英國的切斯德頓講的，在他一封寫給愛德華・本特利的信中，時為二十世紀初，有趣的是，這樣的斷言好像並不是切斯德頓個人的特殊感受，只是由他先說出來而已，至少在那之後也沒人感覺世界年輕或重新年輕起來。世界也和我們人一樣真的青春一去不返嗎？我不記得中國歷史上有誰這樣直通通講過，但類似的感懷化為各式詩行你我都讀過一堆（陳子昂不就是一個嗎？），尤其是盛唐之後的詩；也就是說，有關世界已經很老了這事，在中國，可能還得再提前個五百年一千年的。

如果說唐朝實際發生過什麼掀動起所有人、宛若把一整個世界翻轉過一次的大事情，大概就是天寶年間那次天下大亂——偌大中國，當然不至於人人不幸身在烽火路線上在災區裡曾有過生命之憂，但有一種更普遍、人不必在現場的受創，那就是人的世界圖像、人所以為的乃至於所期待的自我和世界的關係，未來被狠狠砍了一刀，這種心智層面的重傷害對文人尤其有效。我們說，光是天子狼狽出走以及天下第一美女連活命都不可得這兩件事（或同一件事），就已經太刺激了，對彼時慨然有天下志的文人而言，天子不僅僅是統治者而已，天子至少還有另一個身分，那就是基督教聖彼得那樣天堂之門的看守者和資格認定者，是人生命裡從理想、信念到世俗過好日子云云之終極所繫，天子幾乎就是唯一的買家，這條路一斷（從現實的敗壞阻絕到思維的懷疑），遂如同生命可能性的一次完結；未來一消失，現在當場就荒謬起來，人的一生像莫名其妙給自己打造一條死巷子。

說起來，王維還比較不幸正是彼時留在災變現場的人，他因此「陷於賊」坐過牢，想想這麼一個清儉喜歡乾淨的人？是否因此下了另一種決心不知道，但從此他一路不回頭漸行漸遠是真的。

但此種大災變倖存者的「末世感」（波赫士用此語來說切斯德頓），還是和那種根深蒂固的、平靜而蒼茫的世界老去之感有一點點不同，我以為天寶亂事，比較像某種強大的記憶觸媒，也許還是一個難以駁斥的鐵證，再次證實長遠人心裡那個揮之不去的想法。這事可能至少得怪司馬遷（當然不只他，還可一路上溯到重視歷史、自已動手整理過歷史的孔子），我指的是，中國不僅僅是有比較長的歷史而已，重要的是，中國還相當成功且相當完整的保留下來這些歷史記憶；更進一步說，中國的歷史整理工作，其好奇心很快的「內折」，搜羅、記敘、存留事件本身不再是工作的完成，歷史同時只是史料，也就是下階段更困難工作的材料，人對此有更宏大的企圖，試圖穿透偶然、隨機、紊亂無序的事件表象，找出來某些更穩定、更深刻的所謂本質性東西，至少要能歸納出它的某些基本規則，其起伏韻律和走向，能夠的話，最好連同歷史每一次轉折（所謂興衰治亂）總會重複出現的信而有徵點狀現象（人言行的異常、日月星辰的異常、乃至於更神祕的比方動物行為的改變云云），由此，歷史也就獲取了一部分反射、照見並據此推測未來的能力，其隱喻之物是鏡子，人可以據此改換自身的形貌和行為，避免受害或受苦。這個對未來的穿透、預言可能，可以很幽微深奧難以驗證，如某種歷史哲學；但也可以非常簡明實用，如某種巫術。後者其實就是人經驗的直接擴充和移用，因此可以在具體經驗的層面上聯繫起當下和未來，無須思考的介入和銜接，最終甚至不需要更多的經驗（這一點最有意思，最重視歷史經驗的人最終反而最不需要新的歷史經驗），而是把目光集中在某些徵兆的出現和掌握，就像你我多少都會不假思索斷言今天下午會不會下雨一樣。

我們常說學歷史的人容易顯得老，但和自身年紀最不成比例的蒼老人物是誰？極可能是莎士比亞筆下的年輕丹麥王子哈姆雷特。哈姆雷特始終受困於他過長過重的記憶（父親的死、母親的改嫁……），但他真正的麻煩來自於未來的提前揭露，他由此（自以為）知道了每一種行動的結局，波特萊爾把這說得很可怕：「要是生活可以壯麗的展現在我們面前，要是我們依然年輕的眼睛可以瀏覽這些走廊、仔細視察這種旅館的大廳和房間——這些都是未來的悲劇和等待著我們的懲罰將發生的場所，我們和我們的朋友們，我們大家，就會害怕得顫抖著後退！……正如我們中某些人已經了解的那樣，既然知道了生命是什麼，那麼，誰能直面他出生的時刻（假設他事先得到了通知）而又不顫慄呢？」這是真的，就像卡爾維諾這樣祥和的人都以為未來你能期盼的只是「沒有更糟糕的事發生」，但我以為，就算我們對生命的基本看法好一些，就算結局本身並不是附帶懲罰的悲劇，就算不可怕，這一切仍是乏味的、無聊的，這才是哈姆雷特蒼老的真正祕密。結局意謂什麼？結局只能容許「一個」，它是排他的，所有可以如繁花盛開的可能性它就只留下一種，這是人想像的大滅絕；而一種不裝填內容、直接出現的結局，更回頭把生命的展開收束為單行道，一個純粹耗時疲憊但全無意義、不真的有事發生的過場，以至於最合理的方式只是儘量縮短它甚至跳過它，如同今天我們搭長程飛機的經驗。我們實際看，哈姆雷特的目光裡並沒有恐懼，只有無盡的興味索然，就連戀愛的激情迷惘、連生物性的情欲都箭矢一樣穿透，這讓我想起我們年輕時愛開的沒品味玩笑——你知道最有效維持單身的方法是什麼嗎？很簡單，每一回你察覺自己似乎談戀愛了危險了，第一時間就到對方家裡去，依性別看女友的母親或男友的父親，認真想一下這就是你要嫁要娶的人很快會變成的模樣，如此如此，這般這般。

波赫士講過，我們有兩種看時間大河的方式，一種是時間從過去，不知不覺穿行過此刻的我們，向未來流去；另一種比較刺激，它迎面而來，從未來，你眼睜睜看著它越過我們，消失於過去。我們也講過，人的年紀同理有兩種丈量方式，一種從出生開始算，里程數一樣累積你和起點的距離；另一種則從死亡處算回來，估計你離終點還有多長——前者也許比較精確，但後者比較具體、比較有事可想。我們對世界的蒼老感受，使用的是第二種方法。

詩到唐代，格律進一步明晰起來也封閉起來，確立了八句的律詩和四句的絕句，當然也還寫不在此限的所謂古詩，通常是要說的話比較多時，或流水般斬不斷得一氣直講出來時（「前不見古人／後不見來者／念天地之悠悠／獨愴然而泣下」云云）。從字數來說，其大致的走向是收束，畢竟最長的七言律詩仍只7×8＝56個字，是比20個字稍鬆些，但仍遠遠不足以應付變動中的偌大世界、真正進入到第一現場、有頭有尾講清楚一件事。所以白居易要轉述一名彈琵琶女子可悲憫的身世給我們聽時，或杜甫像轉播麥可．喬丹籃球賽般、血脈賁張想完整重現公孫大娘一場劍舞不舍得遺漏每一個鏡頭（仔細看，詩中其實多是慢動作精采重播），還是得像脫掉裹著身子的厚重大衣般不絕不律，讓文字奔放開來，止於不得不止。除了一直不受拘限的李白而外，唐代最動人的一批長字數古詩，花一樣短暫綻放在天寶亂後那些年，這是很可思議的，畢竟，眼前世界瞬間如此劇烈翻轉，人離心般一個一個被甩出來，遍地是故事，是從沒見過的命運和行為，書寫者不能不有猝不及防的、被整個世界沖刷淹沒之感，暫時自憐自戀不起（比你慘的人滿地都是），也很難不老老實實把自己親眼所見的想辦法記錄下來，如同記下這個世界最後一次的模樣；所以這也大概是唐詩中書寫者最「無我」的時刻，詩短暫的、局部性的回復古遠的敘事。〈長恨歌〉破紀錄的用了840個字仔細書寫一個時代隨著一名絕世美女的殞落而光采盡去（只是仍恪守七言一句的「規矩」到底，因此節奏不免有些單調，有些地方也切割得太方正勉強，踢正步一樣從人間一路直到天上），這事稍後用五言絕句來寫，大概就只剩一聲歎息了，比方說像這樣：「寥落古行宮／宮花寂寞紅／白頭宮女在／閑坐說玄宗」——

教我讀詩的老師胡蘭成，我記得他講過，他有一度人心思寥落，讀唐詩都讀出火氣來，包括他最喜歡的李白，說哪來這麼多嗟歎，嗟歎個沒完——嗟歎，在詩裡頭的學名稱之為「怨」，或至少是興觀群怨四大家族排行最末怨這個家族的一員，一種方式。

詩曾經試圖做很多種不一樣的事，可以興，可以觀，可以群，最後才是可以怨，這四個加在一起，便構成了一個面向完整世界的書寫企圖。意思是，詩最早並不特別感覺有什麼它做不到、不能做的事，彼時世界也還沒切割開來，這裡是靈魂拯救問題，那裡是不允許價值判斷的市場供需問題云云，大家都單獨的、但直接的面對世界。如果再仔細一點看，「興」「觀」「群」「怨」這四個字也是書寫者本人的四個不同「行動」，但不大像發生在同一時間平面上，而是一系列的裡外動靜不同變化，我們用縱的時間串接起來，感覺就合理了，可以看出來這是一個（或一次）認識世界、向著世界走進去的有頭有尾過程，以興起開始，以反思完成，或者更直接講，以興高采烈開始，以某種難以窮盡之感不得不暫時結束，我們知道自己離某個事實、某種真相永遠不夠近，得失寸心自知。這四個不同階段的行為變化，呼應著人對世界認識的進展，所以其實也是人和世界關係階段性的有機變化。

我們或許可以這麼描述——人感覺自己眼睛明亮起來，知道有事發生了，或知道自己看見了神奇的某物或者某物的神奇，人伸手指出來，從而分離它記住它還能將它刻寫下來從而擁有它，這像個神蹟，帶著難以言喻的興奮喜悅之情，此一激情日後也一直是詩的核心情感並沒有完全消失；延長時間的「看見」便成為「觀察」，人於是可進一步記錄、敘述甚至具體描繪此事、此物在時間中的持續變化及其形貌，這就是認識的進展，認識的縱向深入；再來，認識深入到一定程度，也開始橫向展開，讓人不斷憶起相類似的經驗和印象（形狀、顏色、聲音、氣味云云），從而漣漪般不斷觸及距離稍遠的事物，旁及鳥獸蟲魚及其他，彼此參照比對解釋證明，分類於是有了雛形，萬事萬物呈現出高低遠近的秩序，物從其類構成初步的完整世界基本圖像，至此，認識跨越出個體的人，可以開始討論、修改、爭辯，人在其中分離聚合，找到自己的同伴、找出「和自己作同一種夢的人」，並肩回應世界，付諸實踐，並抵禦不同看法的人，蔚為集體性的行動，有機會做成功一個人做不到的事情；而這樣的一趟認識旅程，最終仍得折返人心，在諸如「究竟發生了什麼事」的自問中整個的、從頭到尾回想一次，畫好句點，如此事情才告一段落，人也才能脫身如從某個夢中醒過來，重新做回自己（已稍稍不同的自己）。然而，人從認識的旅程回來，看到了一個既開展又富縱深的更大世界，但能具體擬結為文字的成果相對來說總是很有限的，人更多豐碩的感受微粒般懸浮著，這意味著未完成，是的，認識從不以完成告終，而是如蘇東坡說的止於不可不止，時間到了，太陽下山了，累了，想不下去了云云，也因此，詩的怨、詩的嗟歎，如果以畫面來呈現，通常是一個太大的世界和一個太小且孤獨個人的難以平衡關係，以興奮始，以哀傷止歇。

有一件有趣的事，那就是盛唐時候武則天的稱帝，曾引發起一場悲憤但烏合的討逆行動——米蘭・昆德拉細數中歐東歐乃至於全世界各地的歷史經驗，總結的告訴我們，集體性的歷史行動，從戰爭、抗暴到每一次革命，其本質就是一首大抒情詩，往往也實際上配置著一個（至少一個）代表性詩人；這個抒情詩人不僅是集體的、國族的情感最高象徵，有時候還直接就是領導者本人了（也因此，詩人成為統治者，成功的風險往往不比失敗小）。但我們看，整個大唐滿地是寫詩的人，討武后檄這篇處心積慮就是要激動人心的起義文字，書寫者卻是駱賓王，一個之前不重要、之後也沒重要起來的人。天寶之後天下大亂更如此，沒抒情詩的勤王行動，沒抒情詩的抗暴和禦侮戰爭，沒抒情詩人參與的歷史存亡繼絕時刻，沒抒情詩人揭示的國族命運和允諾應許世界。當然，不從文學成果來說，這也許是進步，因為人比較理性也比較專業。

宋以後，中國歷史更是整個暴現在一次比一次強大的外族鋒刃之下，我就是整個世界的中國復原成我只是國族之一的中國，這是更合適生產這種詩人的溫床，但可以稱之為國族抒情詩人的，大概得直接跳到千年之後的魯迅。

詩不再觀察發現認識，不再用於敘事，不再負責描繪世界的完整模樣，甚至也不負責激發集體激情、讓世界開始讓事情發生的吹起號角任務，詩減去「興」「觀」「群」，比較完整剩下來的就是怨了；換句話說，詩不再站時間起點，不再進入到時間大河之中和世界俯仰變化，詩上岸了，詩直接等在時間終點處的岸邊，連同寫它的人。

沒有人真的想成為詩人

「我曾想創造新的花、新的星星、新的肉體、新的語言。曾自以為獲得了超自然的神力……現在我應該把我的想像和我的回憶埋藏起來。藝術家和小說家的美麗桂冠被奪走了。我又回到了人間。給我吧！給我，我曾夢想成為魔術師或天使……」這番話是詩人蘭波寫的，這個緊緊懷抱著詩，但是十六歲開始就不斷出走、原來不止是逃家而是無可抑止想認識世界更完整模樣、讓詩有更廣闊空間可伸展的天才詩人——這是寫詩做為一種志業的終身之憂，無法真正解除的，因為它並不來自詩的失敗，反倒在最成功那一刻、成功的頂點處清楚襲來。是的，我曾夢想成為魔法師和天使，我也真的做到了，然後呢？世界仍無際無垠的向前延伸，我人也還活著，接下來我還能怎麼寫詩？是否還有另一種或很多種不一樣的詩？尤其是某種非魔法師非天使的詩，好讓我持續跟上這個世界，進入到那些魔法不成立天使不降臨的空白土地？

這和李白「知我者謂我心憂／不知我者謂我何求」不大一樣，李白的憂煩只是因為行路難，因為現實世界不給他機會，寫詩（以及喝酒）反而是他暫時的歇腳避難之處，用以調節血脈消解愁悶，他不逼問詩和世界的關係，也不追問詩的負載選擇和能耐、詩的極限——蘭波的核心問題是詩，李白的問題很明顯在詩之外。

我手中的全唐詩，十二鉅冊，字印得很小，密密麻麻的名字，多到難以從頭到尾一首一首細細讀完的詩（感覺上像讀字典，或高中時日瘋掉了拿英文字典背單字），我相信這還只是一部分而已，流失的、淘汰了、不好拿出來見人的必定比存留的多很多。但很奇怪，這麼多寫詩的人，而且動輒寫一輩子，數量高達幾百上千首，生活中每個稍稍重要的時刻（搬家、離別、歡宴、遊山玩水、看見美麗姑娘人妻、或天候異常的夜晚等等）都會寫首詩，詩在人整個人生命中占領著如此鉅大的時間和空間，但這裡面，以我們今天的標準大膽來說，卻沒有一個真正的、純粹的詩人。

這些寫詩的人，他們的身分自覺，一直是我們所謂的士人文人，而不是詩人，包括那一個個有著驚人文學稟賦和觸感的天才詩人，自己都不怎麼珍視此一上天慳吝的祝福。他們很謙卑的相信（連王維這樣的人都相信了大半輩子），生命中有更重要的事，不是寫詩；而他們更常不自量力的相信，自己真正的能耐乃至於天命，也不是寫詩，而是還沒被君王看見、還沒歷史大舞台可顯露的那部分。這奇異的謙卑和自大，往往在漫長的等待中、在一次一次希望和幻想裡合而為一（如基度山伯爵告別我們時的贈言：「等待和希望」），成為唐詩乃至於往後詩人的重要詩作主題。李白便相信他更大的才華是既能帶兵殺人又能經世治國，倒是政治內行人的唐玄宗，即使是在晚年較偷懶放鬆的狀態下，仍很輕易就看出來李白真正的價值何在，讓他做類似莎士比亞或歌德的事，但這樣的優遇，今天任何一個書寫者夢寐以求可安心寫詩的環境，李白卻覺得委屈，甚至覺得侮辱。

我自己實在沒辦法一首一首唐詩像背字典一樣讀過，實際的冊數和字數不是問題，也不是因為閱讀上真碰到什麼困難，反倒是流水般太容易了，大多數的詩如波赫士說的「寫得特別的流暢和隨便」，長年來的閱讀經驗告訴我，這會是一種毫髮無損式的閱讀，你步履穩定節奏不變的穿越過此一文字的枝葉疏落幽谷，發現自己進去到出來完全一樣也沒風雨也沒晴，記憶連晃都不晃動一下。

研究唐代寫詩文人的經濟生活應該是頗有意思的題目，但起碼從詩的實際呈現來看，這不是一群朝不保夕、有衣食之憂的人，相對於當時的生活水平，他們過得不錯，吃得也不錯，如果更考慮到書寫者總是超乎常人的敏感易傷、詩的誇大渲染云云（也就是說，真有什麼風吹草動的困難，寫詩的人自己會第一個大聲叫嚷出來），那就更加不是個問題。從詩的實際內容來看，比較有憑有據困難的人是杜甫，惟有他真正寫出貧窮，具體的餓和冷，但他的麻煩，一半是當下的暴烈歷史機遇，記錄的是兵荒馬亂逃難時的幾次斷糧（〈彭衙行〉裡的「痴女饑咬我／啼畏虎狼聞／懷中掩其口／反側聲愈嗔／小兒強解事／故索苦李餐／一旬半雷雨／泥濘相牽攀／既無禦雨備／徑滑衣又寒」，幼女餓得咬起人，卻又怕她哭聲驚動虎狼野獸，必須掩住她嘴巴，假充懂事的兒子，大概還摘了些不能吃的東西，這是整個唐詩最辛酸的畫面）；另一半則是他長時間的貧窮，妻兒丟遠方託給別人或讓他們自己想辦法（杜甫因此也是整個唐詩中妻兒最具存在感的書寫者，他的亂世描述因此有焦點有真正擔心安危的人，絕不浪漫），但老實說這泰半是杜甫自己的行為使然，就跟杜斯妥也夫斯基得為他自己亂七八糟的人生負絕大部分責任一樣。他們其實都碰到過真正欣賞他們且無怨支持他們的人，也都有過絕非一般人可有的機會，但他們都是頑固偏狹又高傲無匹的人，非常不好相處侍候，永遠覺得自己很衰，永遠覺得世界對不起他們，即使命運向他們展露笑顏，他們仍會認定這不夠甜美，不相襯於他們的價值所應得，最終還會親手毀掉它。但文學就是這麼奇怪，杜甫（杜斯妥也夫斯基亦然，畢竟都是姓杜的）原是最不溫暖最不富同情的人，但他不智的把自己逼落到其他寫詩之人不容易去到的世界裡，某個該說是比較真實普遍或比較煉獄模樣的世界，在那裡，他自身的經驗和他者的受苦經驗直接聯通起來，沒什麼不易理解的東西，他看到的不會是一個個孤立且閃逝而過的不堪畫面而已，他很自然知道該看其中什麼，也知道那是什麼意思，他甚至可從一個影像裡看到它的來歷、過程以及接下來的處境和結果，成為一個完整的故事，因為這一部分就是他自身的經歷以及他的當下。「長安城頭頭白烏／夜飛延秋門上呼／又向人家啄大屋／屋底達官走避胡／金鞭斷折九馬死／骨肉不待同馳驅／腰下寶玦青珊瑚／可憐王孫泣路隅／問之不肯道姓名／但道困難乞為奴／已經百日竄荊棘／身上無有完肌膚——」就像這樣，宛如一陣漫天煙塵過後，便只有這個走不動、也根本沒能力單獨活在這樣一個世界的可憐王孫站在那兒，他怎麼也不願說出自己是誰，但杜甫從他的長相、他的行為舉止輕易的就猜出他的身分及其遭遇，惟誰也救不了誰，連關心垂問的時間都是奢侈的，只夠談兩句安慰的話，「不敢長語臨交衢／且為王孫立斯須」。

今天，任何一個稍稍認真的書寫者都知道，我們多難擁有一個完整、不受干擾、肆無忌憚、不憂愁吃什麼穿什麼如耶穌所保證的那樣書寫人生（「你們不要為生命憂慮，吃什麼，喝什麼；為身體憂慮，穿什麼。生命不勝於飲食麼？身體不勝於衣裳麼？你們看那天下的飛鳥，也不種，也不收，也不積蓄在倉裡，你們的天父尚且養活他，你們不比飛鳥貴重得多麼？……你們只要求他的國，這些東西就必加給你們了。」）。我們總得分出一部分時間心力並折損一定比例的理想去和世界打交道，好養活自己的書寫：做另一份工作，在書寫中加入一些好看好懂好煽惑情感的東西或至少減去深奧的部分，不放棄在公眾面前露臉表演的機會，或最新的作法，慈眉善目經營部落格臉書什麼的、貼妻兒家居照片乃至於適時適量自我爆料，回答和文學全然無關的詢問，只為了耕耘一批你出新書就會去買的有交情讀者（「我又出新書了，大家都會去買對不對！」）云云。這要做到什麼地步因人而異，或更準確來說，端看你對文學書寫的認知底線和對生活水準要求的底線這兩者交鋒而定，你可以仿經濟學試著畫出兩條曲線來，一是你的文學書寫信念，一是你對生活水平的美好期盼，兩道曲線交會的那一個點大概就是你可採行的那最適一點。

我們看回去，唐代這些寫詩的人，的確比我們像天空飛的鳥——這麼說，指的並不僅僅是他們好像不大憂愁吃什麼穿什麼這一點而已，更是他們的某種集體「生態」。我們實際從他們詩中顯示的言行，生命軌跡，他們和世界的相對位置，他們和世界的關係暨其對應伸縮之道等等，大致可看出來這是一個特殊的、相當程度封閉的、候鳥也似的群體，如果要為他們找出一個最鮮明的共同圖像，我自己會選擇「征途」，包括直指的，也包括生命隱喻的。這是一批始終動來動去的人，每一次停歇感覺都是暫停，他們以某種鳥瞰的角度和時間節奏看世界看萬事萬物，多恢宏而少單一焦點，多驚異而少追究理解，而這同時也意味著多半是第一眼印象而非持續綿密的觀察。他們見到的人，老農、牧童、婦女云云，也多是邂逅的、不識的、無名的，他們對這些人所在的世界並沒進一步好奇，或說心有其他；但他們彼此之間，看起來卻又如此親密、歡快、相互關懷休戚與共，好像大家都是同一心性、同一種生命質料構成的人（這不可能吧），今天你來看我，明天我又含淚目送你繼續前行。我們知道，真正朝夕相處的人會發展出一言難盡的千絲萬縷關係，人的個性遲早會跑出來，其中必然有著難以事事嵌合的磨擦，不會只有如此純淨的好意和祝福而已。大約只有一種狀態下方能如此，那就是大家不真的常常見面，乍見翻疑夢相悲各問年，見面是相隔足夠時間的歡聚，而且歡聚的時間又不長出到用完積存的好意、不長到足以回歸家常生活（我們也都知道，有多少好朋友一起旅行超過三天從此成為寇讎的）；也就是說，大家都不停下來，且彼此理解彼此寬容我們都還不在某種可站定腳跟的生命階段，明朝挂帆席楓葉落紛紛，大家都是東西南北人，隨緣好去各自努力吧。這種感激之情，其核心是一種不常有的特殊知心，與其說是好友不如說是同一種命運的夥伴，是這個世界跟我做同一種夢的人，所以遠離時你會想著他們記掛他們好感覺不孤獨不狼狽，見了面可以彼此打氣彼此嘲笑彼此取暖（漢娜．鄂蘭所說那種特殊封閉群體身體擠一起的「物理性溫情」），還可以實質的交換情報和心得，哪裡有門路，哪裡正在找人，皇帝剛下了什麼詔書，或誰誰大概撐不下去打算找個地方閑雲野鶴云云，像螞蟻在行進間用觸鬚彼此告知，如此如此這般這般。

人和世界處於這樣移動的、懸而未決的關係，其中包含著這樣一種心緒，那就是「真正的時候還沒到」，人還在等，不會在這裡講終極性的斷言，不會在此階段用出生命最後那一分力量來，還不必跟世界攤牌——卡爾維諾有一個稍稍嚴厲的說法稱之「暴烈的觀光主義」，這原是他用來詳述海明威那種快速略過、一地寫過一地的小說；卡爾維諾也同時指出來海明威真正的書寫奧祕便是保持「輕描淡寫」，這兩者其實是同一件事。唐人的詩，基本上多是即興應景之作，書寫者並不那麼主動選題目，而且深刻的程度一般不會超過所謂的當下感觸深入到人的真皮組織底下，也通常得在眼前的景物改換、感觸浪潮般退去之前快快寫完，這樣子寫的詩，真正使用的是人本身的才情和當下的機智，大家對著同一座山、同一條河、同一個歡宴夜晚、同一番世事如此的感慨書寫（或該說即席吟詠而成），詩的根本聲音是共同的，用波赫士的話來說，這聲音是時代的，而不是個人的。也因此，大致上除了杜甫經常顯得勉強、顯得左支右絀、隨處有那種不顧一切硬碾過去的敗筆之外，唐詩其實看不到什麼真正的失敗之作，如果我們說哪首詩並沒寫好，呈現的通常並不是刺眼的、力有未逮的劣作，而只是平庸，在於這樣的詩大可不必寫下來留存下來，它跟我們喝酒聊天所講的諸多話語一樣，說過就好了。

像韓愈的「聖代即今多雨露／暫時分手莫躑躅」，聖代不是今天我們說的某種華美冰淇淋食品，這兩句詩說的是，在當今這樣一個聖明天子在位的時代，恩寵雨露般惠及所有人，因此遲早會輪到你我的，我們一時失志不必怨歎一時落泊不必膽寒——是不是？這樣純場面話的詩，分手完成背影消失那一刻就該忘了。

困難其實非常重要，它有另一個特殊的、積極的面向、意味著某件非做不可的事、非想方設法攻它下來的眼前目標，因此，終極的說，困難同時也是人志業的標誌物，是人生命中最主要做著的、沒退休、沒替代、無法丟下逃走的那件事——但這不是唐人寫詩的處境，唐人寫詩的困難，一般止於某種字詞推敲嵌合的層面、某個字詞的暫時難以捕獲，通常不像會困擾書寫者超過一兩個晚上的歎氣拔頭髮時間，這是很典型的一朝之患而不是終身之憂，僅止於就那一首詩的麻煩（可放棄不寫，也可換首會的寫，如李白登黃鶴樓），而不是寫詩這件事。事實上，詩寫太苦、太慢，在當時是被笑的，可能代表你才華不夠，或者掃興，總不能為了等你寫出來，把分手這事延長成一星期一個月大家放慢動作告別。

然而，美好的作品一揮而成這種事，也許在人的書寫一生中會天啟般發生個幾次，但真正以書寫為一生職志的人，不會期待更不會放心這樣的作品——真正重要的作品，是書寫者自備的、攜帶的，它啟始於書寫者自己心中某個特殊的圖像、某個異樣的聲音、某個依稀恍惚的東西，這釘住你不放卻又一直躲開你，要完好的捕捉它絕不容易，書寫者總是得歷經相當的時日才緩緩取得放手一搏的信心，而且心知肚明這次不見得成功，或如海明威所說的「運氣好的話會成功」；同時，一個以書寫為一生職志的人，總會帶著驚心也帶點沮喪的察覺，他真正會的、能寫的東西就這麼多，對他個人而言這何其珍罕，怎可隨隨便便寫掉。也因此，真正書寫的人遲早（而且恐怕不能太遲、不能遲過中年）得實實在在站定下來，試著切斷外頭世界的光線、聲音以及一切善意惡意的干擾，選擇自己腦袋最清醒、體能最堪負荷、專注力能持續最久的狀態下和時間裡來寫（所以不可能在醉酒尋歡之後，那只有上床好好睡覺一途），這通常就是早晨了，每一天的早晨，你不能傻等事情發生，等世界告訴你可以寫什麼，寫詩是書寫者自己的事，而且是日復一日不懈工作，這幾乎是鐵律了。

有興趣的人可試著去判讀一下，整個大唐這麼多詩，可能有哪些是早晨時光寫成的？這裡，我還想提另一件事——中國歷來的書論不算少，幾乎每一個重要的、寫到某種高度的書法家，總多少會回頭討論這一門專業技藝本身；但除了日後的蘇軾，寫詩的人基本上是不怎麼討論寫詩這件事的，儘管他們比較常聚會常交心談天，彷彿寫詩一事毫無技藝門檻、無技藝層次可言。這麼多詩，這麼貪眷的詩論；這麼豐碩美麗的創造成果，這麼簡單平乏的反思，這一奇怪的對比也許並不重要，但也可能是個很有趣的徵象。

隱逸詩的下一步

當時，詩是陽光空氣水也似的東西，寫詩的人困難不在詩，而是另一種古老的瞻望——中國留存著一堆這些人的名字和其激動人心故事，傳說、伊尹、姜尚、管仲、韓信、諸葛亮等等，人原本在最低處，當奴隸當建築工人當漁夫當農人當儒夫當仇敵，君王的眼睛探照燈一樣照見他，他就一身光華瞬間拔昇到最高層，致君堯舜上，這是那些樂觀的有志之士的大樂透。

說是古老的瞻望，因為這裡有著歷史的時間差，所以一部分已是神話是夢境了。今天我們回頭看唐代的官制及其運作實情，這已經是一個相當複雜、專業分工的科層系統，人的進入、晉陞有一定管道，名賢禮士這種事不算斷絕，但也受著制度的約束，能提供的職位不會太高，施展的空間有限，一般不過是參謀幕僚的工作而已，其實並不過癮——現實如此，寫詩的人不至於全不明白，但怎麼說？不是一直到二十一世紀今天的無夢台北，仍然有一堆人還是認為自己可置身現實的規則之外，直接想當君王的策士、當國師（我們誰都認得好幾個這樣的人不是嗎？），並且相信自己從經濟、外交、軍事、司法、教育到處理流行性感冒病毒每一樣都會不是嗎？

當然，歷史永遠有破口，尤其是天下大亂、既有權力系統鬆動瓦解、世事如棋重開之時，所以不見得非當今天子不可，也可以像呂不韋當年投資的「奇貨可居」下一個可能君王，這樣的事也仍在今天台北反覆上演不是嗎？李白最終捲入政治官司流放到那個以自大出名的夜郎大致就是如此。

這個大夢，跟所有的夢一樣，總會在現實的湛亮天光射入之後，仍殘留一定時間。我們實際讀詩的內容，宋以後就慢慢接受現實了，唐詩是這個夢境的最後高峰，唐代的寫詩之人成為集體傳頌這些古老故事、自己也忍不住信其為真的最後一整代人。

真正的困境不在詩，是這裡——寫詩的人徘徊在兩個世界的邊境，一個進退維谷的暫立之點。你熱切瞻望的那個世界已逐漸遠去，如今門窄迫得如同穿過針眼如同進入天國，或者說，它實質上已緩緩變異成另一種世界，森嚴、硬實、無趣，玩的是另一種遊戲，你得下定決心把自己變成另一種人，「從基層幹起」，只是一種人生，而不是一個特別的夢；另一個你拿來當籌碼、多少丟給當權者一些道德罪名（賢人在野不仕云云）、歸去來兮的那個世界，實質下還未出現，意思是，除了活著，以享天年，這不是個有事可做的世界，你進去了，任君春草深，其實是對生物性存活之外一切的揮別，甚至不會再寫詩了，寫詩無從發生意義。

《基度山恩仇記》故事最後頭，艾德蒙·鄧蒂斯完成了他的復仇，他昔日的戀人梅黛絲回到了嘉太蘭漁村故鄉，丈夫費南度畏罪自殺了，兒子把自己賣給阿爾及利亞騎兵隊，她孑然一身只剩餘生。梅黛絲對鄧蒂斯說：「要說我住在這裡，像從前的梅黛絲一樣用勞力來換取麵包，你也不會相信，不過除了每天祈禱之外，我也沒有精力做別的事了，而且已沒有必要做了，因為你埋在花園裡的那筆錢，我已經找到了，足可以用來維持我的生活了。關於我的謠言也許會很多，猜測我的職業，談論我的生活方式，這些對我都不重要。」

曉得梅黛絲當時幾歲嗎？三十九歲。而且她原本就是嘉太蘭村的漁女，勤奮聰明堅強，習慣靠自己雙手過活，但十幾年巴黎的伯爵夫人生活（並不奢華並沒惡習）之後，才三十九歲的她，卻是以走入修道院走入墳墓的心情回到嘉太蘭。

唐代這些寫詩的人，動輒宣稱要回家去，但說真的，這些通常比梅黛絲老、又比梅黛絲四體不勤、一堆生活惡習而且從沒勞動一技在身的人，要說一身老病時日才打算改行耕地捕魚養活自己，是很難讓人相信的——除了老莊的、抒情性大而化之的、我們聽慣的那幾句話而外，寫詩的人並無意對自己打算回去、所謂舒服自在得不得了的那個世界進一步描述，極可能也是還不知道該怎麼說，因為還沒實踐，因為它仍只是真實世界的否定，仍是一個鏡子裡的世界而已。他們也都不擔心之後的生計問題，甚至連酒都不打算戒（「且樂生前一杯酒」），這可能是真的，當時的社會不難吸納支撐化整為零的讀書人，也仍然非常敬重他們，大不了找禪寺住進去跟著吃喝，過簡單一點的生活云云。倒是最熟悉底層生活的杜甫不做此想，他似乎是窮怕了餓怕了，在他這種檔次、詩寫得認真可信的書寫者中，杜甫是極少數不玩隱逸詩二選一遊戲的一個人，他連姿態都不做，擺明了就是要出仕作官，經國治世之外也是迫切的要改善生活水平，「難甘原憲貧」，話講得粗鹵明白，世界就只這一個。

困境不在詩，解答自然也就不在於單純的詩好詩壞了——一直以來，我們慣於把李白杜甫當唐詩的兩座最高峰，這基本上是公允的，儘管有點低估了王維，但這無妨也不是真正關鍵。歷史已走到某一個必須攤牌的時刻了，寫詩的人原來想望的、一生為它做準備的那一個世界遠去了，詩不再是芝麻開門的咒語，而是愈來愈像某種「多餘的才華」，璀璨奪目依然可打動某些人心但無用，可能還不好管理（李杜皆然），能提供的職位不是仲父，而是某個鳥籠，讓你待裡面只負責唱美麗的歌；但可以替代的另一個世界還沒來，或者說之前一直沒認真想過、還不知道怎麼創造出它來，讓它可以和我們失去的那個世界相抗衡，讓它真實可居，更重要的是讓它有意義。所以詩要順利往前行，探向這個還沒真正出現的世界成為唯一的可能之路，人得重新整個想過，包括他站立的位置，他和世界的關係，他對自己生命的期待和想像，他想成為的人以及他可以過的生活等等，其間有著一系列的取舍，就像我們今天都已知道的，詩的路、文學書寫的路通不往萬國榮華之地，選擇這門行當這個身分，你頂好先把那一堆亮晶晶的東西從生命裡刪除，奇怪的是，這種事看得最清楚、最不心存幻想的通常還不是書寫者本人（至今，仍不少書寫者僥倖的相信自己可以是例外、像華歆那樣第一時間撲向繁華笙歌之處），而是他的父母，記不記得？那樣的愁容早在大學聯考填選文學科系當時就已出現過了。王維後期的詩，刪除掉君王（可能是唐詩中出現最多次的人物），刪除掉那一排傳奇名字和故事，這絕非偶然，這是這個新世界應然的模樣。

日後的詩，不可能走李白的路，不管大家對他如何折服。這不只因為他無從仿寫的天才並沒有所謂李白的路，而且他正是最代表性卡在這兩個世界夾縫之中的人，有點像本雅明所講的，他站在那艘歷史沉船的桅杆上，他的詩是那個即將殞沒時代所傳回來最後的清晰聲音；走杜甫其實有可能，如果困境是詩本身的話（詩的既有書寫可能已耗盡、詩的必要創新云云）。杜甫詩的每每失手另一面也是詩的展開，一次一次伸向那些原來「不入詩」的陌生對象和題材，調用那些我們都知道有但不用來寫詩的文字。和王維的挑揀舍棄恰恰好相反，杜甫的書寫是「加法」的，他極可能是整個唐代把最多文字帶進詩裡來的人，攪盡腦汁但肆無忌憚。這裡，不知道有沒有人願意為大家做件傻事，實際統計一下，王維，尤其是《輞川集》的王維，一共用過多少字、哪些字；還有，杜甫寫詩又用過多少字、哪些字。

但是，「杜甫不是我們這邊的人」不是嗎？——這個人，和大家處境不同，迫切想要的東西不同，行為舉止不同，事實上，他就連笑聲都和大家融不在一塊兒，杜甫的好笑不是文人一派輕鬆的機智幽默，鬧笑話的是別人；杜甫的好笑是突梯的狼狽的，帶點下生活的粗野味，以及生活中人不停被命運追弄的無可奈何，滑稽的是自己。像他寫〈茅屋為秋風所破歌〉那個被掀掉飛走討不回來的屋頂，寫〈羌村〉久別回家時鄰居掛滿牆頭上觀賞他們一家子哭泣團聚的畫面，這都不是靠想像能寫出來的東西，這種好笑是果戈里式的，絕不是托爾斯泰、屠格涅夫式的。杜甫有點誤打誤撞闖出來這些詩的新書寫可能，當時人們也許察覺得出來，但不見得樂意追隨，當時的時代空氣，就像米蘭．昆德拉講的，「文學史上有很長的時期裡，藝術並不尋求創新，只是重複舊的東西，將傳統加以強化，以確保群體生活的穩定性。」更何況，要能寫杜甫詩的前提是，人得過杜甫這樣子的生活，而這可能是唐代文人最不願意做的事。

所以不是原地徘徊的李白，也不是新的路才剛剛打開、遙遙無期且不知究竟通往哪裡的杜甫，而是王維，這才是彼時詩更自然的下一步。這個王維既是個人的，但某種意義也是集體的，至少該說他的詩是花一樣開在集體夢境、集體詩作成果的土壤之上，否則我們很難思議，王維詩的美學成就暨其高度，如何能夠一個轉身就這麼成熟、這麼接近完美；也很難解釋，空山不見人，為什麼這麼清寂的、單音的聲音裡，仍隱隱有著人語浮動。李白詩說話的就是李白，杜甫詩說話的就是杜甫，不會搞錯，但王維詩中的那個「我」，沒有個體特殊經驗的著色，最終甚至沒有身體，透明到幾乎只是一雙眼睛；也已經不在任何特定的時間裡，比方大唐天寶年間的某一個清晨；這只是一種看世界的方式，人跟世界的關係只有位置，沒有時間，所以山可以是任何一座山無妨，溪澗就是溪澗，特定的命名得而復失，這樣一個世界於是可以是（或說可以轉換成）任何一個人眼前的世界，或者說某種永恆的世界，也許還是跨過死亡邊界的世界——死亡，除了有沒有知覺這一點有爭議，不正是這樣喪失了時間、只剩位置的狀態嗎？

這在當時看起來頗為自然的一步，今天我們知道了，其實是人類歷史裡一次非常奇特的選擇——日後，中國那個獨有的、不在朝也不在野、也實在也虛浮、人既認真過活又縱情遊戲、宛若某種夾層的所謂文人世界，沒有這一步、沒有王維，很難想像如何能成立，至少不知道會是哪種風貌。

鴨子和蘇東坡

「春江水暖鴨先知」，某個不喜歡蘇軾的傢伙吵架說，鵝也一樣先知為什麼非鴨不可？——如果我們當真來計較，這兩種生態接近、林氏分類學上亦相去不遠的禽類，在當時詩裡的確是兩種非常非常不同的東西，互換起來會是相當不一樣的景觀，春江水暖鵝先知比較接近唐詩接近原來，春江水暖鴨先知則幾乎一看就是宋詩，是新的。

我們就以這樣一隻浮在水面上的禽類來說吧，唐詩的底線大概到鵝為止，大隻點潔白美麗點，樣子可聯想到鶴，一種既真實存在卻又朝九天神話飛去的鳥；而且，因為相傳當年王羲之不惜手抄一整部道德經來換鄰人一群鵝（以唐代的蘇富比拍賣價換算這值多少錢啊），鵝也有了自己的神話，聯繫著中國歷史上最美麗且無緣一見的那五千個字、也是最深奧幽玄難以讀懂的那五千個字，不像鴨子，從頭到尾就是那隻聲音難聽的鴨子而已。

唐詩裡大量出現的鴨子是大雁，野鴨子，或日本人說的真鴨。但這可不是生物學分類，這是詩，雁鴨同科但在詩中是完全無關的兩種生物，一如這兩個字的發音聲韻在我們腦中迴盪不同。鴨是地面的、豢養的，雁則是長空的、無所隸屬的、音聲蒼茫的（距離遠近的確會改變我們的聽覺感受，把煩人的鬼叫化為悲涼的聲音）。空間上，雁來自於我們看不到去不了的遠方，只是暫時飛過我們有限的世界而已；時間上，它又如此忠誠不懈的依循歲月季節，彷彿聽見、遵行著我們聽不見的某種召喚，和日月星辰更鉅大的命運有某種神祕的聯繫。雁大概是中國詩裡最富時間象徵意義的生物了，尤其在唐詩裡，想想那些總是在征途中寫的詩，總是移動中、找尋中的寫詩之人，想想他們抬頭看著的那一片天空——

雁門關當然不可以替換成鴨門關，一如武俠小說裡，那些落拓飄逸的青年俠士乃至於美麗但英氣的俠女，姓名裡只會有雁字不會有鴨字，台灣職棒選手陳雁風你把他名字改成陳鴨風試試看，他會跟你拚命的。然而也因為這樣，這隻走起路來搖搖擺擺、呱呱亂叫的鴨子遂顯得更滑稽更煞風景，可以幫我們叫破某種噁心的夢幻回到現實生活裡來，像華德・迪士尼當年創造出唐老鴨，他把自己所知道一切人的缺點放在這隻鴨子身上，「集我一生討厭的人之大成」，但這卻是迪士尼童話甜膩不堪世界中最生動最豐富的一個角色。

唐詩裡那些難能一見的、或人們以為擁有特殊力量的、乃至於出入神話界線兩邊的似真似幻生物（大鵬究竟是想像的、還是指某一種鳥？），到宋詩緩緩替換成家禽家畜。但更有趣的是，即使是同一種動物，也可以有完全不一樣的意思，比方牛羊，我們看，唐詩的牛羊通常出現在北方大地，背景是胡笳胡歌胡語的遙遠陌生之國，風吹草低的無邊荒漠，看著牠們的是戍邊遠征隨時會丟下妻兒死去的人，牛羊的意象是敵意的乃至於死亡的；宋詩的牛羊則是資產，一旁通常跟著個荷杖或吹笛子的牧童，太陽下山之前就會乖乖回家，場景不同，就連配樂也大不相同。

由此，我們也看到了，唐詩中的大江大河高山深谷，彷彿時間的緩緩消蝕作用，在宋詩裡，山明顯矮了下來，河也小了緩了，更多時候是架了橋的溪磵，而且離家不遠，人走走就到了。前者像一整個世界的隱喻，後者只是確確實實某個地方，甚至只像一幅畫，因此同樣遊山玩水，過往那種遊歷天下、想找某個不尋常的人、發生不尋常的事、尋求不尋常世界的宏大企圖消失了，這只是散步只是探訪，當日往返或三天兩夜，那個山寺主人是大家每隔一陣子就聚一次的老朋友。

這是什麼？這是一整個世界的緩緩浮現出來，一個可以和失去世界相抗衡的真實可居世界，人終於可以站定腳跟，和它日復一日相處。我們知道，這個世界不是憑空冒出來的，它就是所謂的民間世界、人的生命第一現場，遠遠早於、長過於有文字的歷史，但巴赫金反倒稱之為「第二世界」，平行於有文字描繪記載解釋思索的所謂「第一世界」，人得「重新發現」它。這意思是，這個理所當然存在的世界（昆德拉提醒我們「愈理所當然愈不容易被看穿」）一直被忽視、不進入到人有意識的思維裡、不被納入到文字記憶的主流歷史之中，事實上，之前它不僅不發生意義，還一直被看成是某種桎梏之地如柏拉圖所描述那個用鐵鍊鎖著人的黯黑洞窟，意義發生在人生物性存有之外之上的地方，人唯有掙斷它、走出它來才有機會看到真正的東西。在歐陸，乃至於稍後連鎖反應的及於全世界，「重新發現」民間世界是歷史大事，尤其對文學詩歌而言，因為這是一整個「全新」世界的撲面而來，文字得耐心聽取語言，地氈式為萬事萬物一個一個重新命名；而且，這還是一個務實、紊亂、精粗不等碎片構成的不一樣世界，一個巴赫金所說「雜語」的世界，沒辦法簡化為單一的聲音，因此，衝擊最大的是詩，文字不解開自身的格律限制，不放棄單人的、統一性的說話方式，不脫去它神聖典雅云云的華麗大衣，讓自己保持最大可能的靈動，並敢於讓自己破碎、粗俗、骯髒、冗長、矛盾衝突並陳（如拉伯雷《巨人傳》那樣），是進不去這個新世界的。民間世界，從總體世界圖像、人的想事情方式到具體事物，有太多東西是難以入詩的，不只是一隻鴨子而已。

在歐陸乃至於日後全世界，這就是散文化的真正開始，也是現代小說書寫的開始，小說取代了詩肩負起面對完整世界（第一世界加上第二世界）的古老文字任務。而這樣的事，在中國宋代只有限度的發生，詩稍稍鬆弛開來，但基本上卓然不動，就連非格律的散文，其核心仍是詩的，一直到我們今天，華文書寫的所謂散文仍專指著那種詩化的小品美文，和西方散文泛指一切非詩非格律的書寫文字（自然包括小說在內）不同，因此我們還得有「雜文」這個曖昧的、疑似的、不曉得該不該當真的文類。

宋詩的折返生活現場，大致與歐陸民間世界的重新發現時間同步，但不大一樣的是，這裡並沒有「發現」，沒有那種人面對一整個陌生世界的驚訝，沒有認識的斷裂和虧欠內疚，也就激不起從頭全面來過，人重新分解世界攻打世界、重組生命總體圖像、並重新思索文字和世界關係的熱情暨其種種嘗試（如別林斯基乍讀果戈里、如一堆人乍讀拉伯雷的激動興奮之情）；也就是說，我們所說散文化關鍵那一點的人心變化在此並沒真正發生，人和世界的主客關係維持本來的樣子不翻轉，世界仍是取用的，這樣的文字替換和稍稍擴大，仍在詩的承受範圍，也沒超出基本的美學意義太多，用艾略特的話來說，書寫者考量的仍限於美與醜而已（「詩人最重要的是能夠看到比醜和美更遠一些的東西，看到厭煩、恐怖和壯麗。」）

這有一些中國的特殊歷史背景，舉其著者，一是，從詩經國風開始，文字已進入民間世界，這個（限於彼時歷史條件）相對程度稍小但仍璀璨奪目的爆炸已發生過一次，其能量釋放的尖峰時日是諸子百家的春秋戰國，農民的工匠的奴隸的商賈的浪人的巫者的難民的話語各自表述，精采豐富得不得了，這最終收納為司馬遷有帝王將相也有一般庶人的鉅幅歷史書寫；另一是，至少從孔子和他一干學生開始，中國的書寫者從不是封閉的、隔絕於民間的上流貴族身分，他們不會認為民間世界是新的是得重新認識的。因此，從唐到宋的這道詩之路，不是開啟，而是結果；不是出發，而是實現；人不是進入一個全新的世界，而是「回家」了。我們順著王維看下來，「這氣就順得不得了」（借小說家阿城之語）。

雲無心以出岫，鳥倦飛而知返，歸去來兮的人總隨身帶著某種終極性的生命結論，他是從現實時間大河上了岸的人。我們看，唐詩多煩多憂的常以嗟歎收尾，意思是人仍留有不解不平難以嚥下的成分，至此已一個一個轉成了某種澈悟和哲思，意思是人已緩緩找出生命的和解之道，知道怎麼和它好好相處，宋詩因此有一種很特別的晴朗和溫暖，低溫的、世故睿智的、柳暗花明的、大事化小小事化無的，詩的年紀感覺比唐代大了一二十歲，且跨過了一個生命階段。人以為自己回到了一個更熟悉更舒服更有把握的世界，或更像回返自身的昔日幸福時光，眼前不識的人、眼前新鮮的東西，通過如此鄉愁，都成為原有的、親切的、久違了的，就跟當年吳中張翰秋風吹起忽然憶起的家鄉菰菜蓴羹鱸魚膾一樣。其實並沒有我真正不知道的、讓我不安的東西，只有一些我不記得有、原來如此的東西。

蘇東坡便是這樣救了自己。同樣是曠世英才，也一樣獲罪被貶到南方當時所謂的蠻荒瘴癘之鄉，蘇東坡就是比李白有辦法應付——他說自己心念一轉，為什麼不能就想我本來就是一名惠州在地秀才呢？為什麼不能說我其實只是赴京考試不第回家的呢？為什麼不把眼前的陌生人都當是自己家鄉父老呢？這讓他和世界回到一個熟悉怡然的關係，當然，也意味著這個全新的世界魔術般消失了，人去除了絕大部分的好奇，以及必須消化掉它的持續艱難思索。但重要的是避免受苦避免發瘋，而不是窮究真相要求正義。

記憶裡的世界，在最深最細微最纖毫清晰處所呈現的，其實是空間的、靜止的、乃至於就是二維的畫面，以遺忘的四面汪洋包圍起來，你得用回憶，或波赫士說的，用想像，來重新啟動它補滿它，它才成為故事，才回到當下世界，這就是喬哀斯的書寫方式，把過去呈現為「接續不斷的當下時刻」，沒有什麼事真正結束，沒有什麼東西真的離開你，包含所有的懊悔和折磨。遺忘截斷了時間之流，從而截去了時間洋洋前行必然發生的變異、不確定和種種消蝕毀壞，歲月靜好，人可以躲開現實世界的鋒芒不受傷害，這可能原來是人的自衛本能，但人也可以有意識的應用為自身救贖，像王維那樣，不只不去補記憶的空白，不串接成故事，還倒過來，把眼前的世界一樣一樣減去抽走，把時間打斷，讓當下連續性的世界二維化，成為記憶，成為印象，成為一張一張獨立的靜物畫。

〈前赤壁賦〉裡，我們也看到了，這一趟泛舟重返歷史殺戮現場之旅，很奇特的居然可以某種輕喜劇收場，儘管一度陷入巨大的悲傷之中，而且逼問到令人絕望的大哉問，更奇特的是，這居然還有簡潔俐落的「解答」，由哭而笑何其快速。人究竟怎麼掙脫出來的呢？蘇東坡勸我們換個視角，別去看歷史的瞬息萬變而是看它的安然不動，「自其不變者觀之」；也就是說別進入別逼視別特寫，而是退回來，把鏡頭拉遠，拉遠到細節一個一個消失，鵲橋俯視人世微波，你人在一定距離之外，孤舟嫠婦的瘖啞哭聲就聽不到，人的表情也沒有了，只剩剪影，你人在五萬呎高空之上，別說荒唐的一百五十米高大海嘯（紀念台灣一次神奇的預言），就連雲層風暴都已在你腳下，以張愛玲的雲端無情話語來說，這就連廝殺都看不見了，以至於同情的痛苦沾不上你，進一步，連人硬起心腸迴避的殘酷感及其內疚都再沾不上你，世界乾淨如洗。這是納布可夫說的，故事結束了，「世界退到了遠處，停在了遠處某個地方，像畫中畫一樣懸在遠處。」

十年生死兩茫茫，不思量，自難忘，千里孤墳，無處話淒涼，縱使相逢應不識，塵滿面，鬢如霜。昨夜幽夢忽還鄉，小軒窗，正梳妝，相顧無言，惟有淚千行，料得年年腸斷處，明月夜，短松崗——這是蘇東坡的〈江城子〉，寫得好極了，極可能就是中國古來悼念亡妻最好的詩或直接就是最好的詩之一（當然，之前悼妻的詩並不多見，大概還是因為這種情感被想成太私密太個人化了。還是也因為男性容易先死？），這樣確確實實的、如此自然又這麼沉慟的情感也是我們在李白那裡找不到的。蘇東坡遠比李白多學多能，人本身也遠比李白溫暖富同情，是個更好的朋友或可以談一天二十四小時的朋友（但你得聽得懂他的笑話才行）；還有，他是有年歲刻度的，「老夫聊發少年狂」，讀蘇東坡的東西你往往也會想知道這是他什麼年紀時寫的，更好的是你愈讀愈容易猜中，因此，他還有李白所沒有（或一生抵抗，因為可能會失去某種力氣、會失去某種純粹性）的世故，一種可分解的確實生命經歷，一種對生命有層次有微調有一一校準的認識，以及由此隙縫中才源源而生的真正幽默。他真的是個太聰明太厲害的人，幾乎就是中國歷史排名第一的那隻狐狸，也是你在每一處夠長的人類歷史裡總會看到僅此一名兩名的那種人（比方達文西），當然和稍後那種硬充內行、硬要表示自己又讀書又學劍、琴棋書畫樣樣來的文人雅士不一樣，蘇東坡會的東西同時也都是頂尖的，而且好像連其中硬碰硬的技藝養成都不大需要時間，有你我不知道的捷徑；更氣人的是，就像波赫士說某個奇特詩人：「他的嫻熟技藝使他邈視文學，把它看成過於簡單的遊戲。」「這是一位放棄施行巫術的幸運的大巫師。」不管書法書畫詩詞乃至於經國治世，他很容易一眼洞穿其極限，以及極限之後的虛妄和隨之而來人的種種造作虛假，不幸的是，對往後成形的所謂中國文人傳統，這些洞見一一說中了，他隨口說出的勸告和嘲諷成了最早的預言，哈姆雷特式清醒但不免讓人非常沮喪的預言。

有這麼多藏不住、壓不下的聰明，活在那樣一種很身不由己的時代怎麼會不危險呢？裝瘋裝傻裝弱裝成全身破破爛爛又真的太難看了，人的尊嚴其實是人對自己的要求，毫無尊嚴的示弱另一面往往是沒什麼事做不出來的殘酷和自私，更多時候出現的並不是老莊想望的通達睿智哲人，而只是惟權勢力量是從的單純壞蛋，這我們在自己人生中都看過、打交道過好些人不是嗎？人如何能維持自己最起碼的英勇不屈、最低限度的存在呢？人得以全身而退，的確總有些幸運的成分，但蘇東坡的多樣才藝，的確也是他的一個個狐狸洞窟，致世之路會走不通，字數有限的詩詞終究承載不起一整個世界（蘇東坡已是用詩寫最多東西的人了，他甚至拿來說理論），事事有險阻有時而窮（這原也是意料中事），但既然都不是惟一的，就不會是致命傷就不是絕境。

只是，今天我們可不可以這麼問，有關賈西亞・馬奎茲所說「人一生最主要做著的那件事」，對蘇東坡而言究竟是哪件事？真正不能棄守無法退休的最後一個洞窟是哪一個？我們可不可以純粹好奇的進一步想像，這麼厲害一個人，如果他孤注一擲，如果他不怕失眠，不在乎樣子狼狽，不惜拆毀自己「生命的房子」以此磚石來打造某一物，不懼憂患絕望纏住人十年二十年不放，他會衝出什麼來？會衝到哪裡？

一個時代的邊界，其實並不難丈量，通常就是這樣一兩個人力竭倒地或知趣停下來的地方不是嗎？

但我們一定得附帶說的是，比之陷過賊的王維、逃過難的杜甫、獲過罪的李白，最終，生命際遇對待蘇東坡要嚴酷多了，儘管他看起來活得遠比他們欣然。蘇東坡追加式的一貶再貶海南島，這可不是今天經濟起飛充滿可能性的海南島，北宋當時，不用說這就是極南、就是世界盡頭，再往下去空無一物，章淳這些人是擺明了不要他活著回來，我們這個追問，可能殘忍了點。

走進死亡

台北故宮有蘇東坡的字，還有他的畫，有關繪畫他常被引述的兩句詩是：「論畫以形似，見與兒童鄰。」意思是，繪畫並非如實的、仿真的摹寫世界的外表形貌，那是幼兒才做的事，小孩才問畫得像不像，就跟他們常先問這是好人還是壞人。關於仿真，這今天我們已討論太多了，不是困擾，這裡我們只反過來問，什麼情況下，人會彷彿回轉小孩的樣貌，人會感覺自己必須先耐心的、謙卑的、先不把自己置放進去，只依眼睛所看，盡全力去摹寫每一物，盡全力把眼前世界形貌不遺漏的、能多細節就多細節的先畫成再說？

看過達爾文、華萊士時代生物學者的新物種動物植物的手繪圖吧？那是生物學開向全世界的時刻（包含在歐陸一系列廣義的散文化行動裡）——有一種情況，那就是人發覺自己進入一個全新的世界之時，很多事物還沒有名字，人從「變者」（異質的）而不是從「不變者」（相似的、同一的）的角度來看，得先觀察先認識先記住，至於要想要提出看法要怎麼使用那是稍後的事。

事物的奧祕的確並不止於表面，因此蘇東坡的小兒說也沒錯，這的確只是認識世界的初始階段，帶著啟蒙意味。從此一階段意義回頭來說，宋代文人畫的不求形似強調所謂自己寫意，也就意味著他們並沒有進入新世界的感覺，這個所謂的「意」不是新的奧祕，而是他們攜帶來的，是一種大而化之的歷史結論，是他們對世界一種結晶性的特殊體認、掌握及其態度，還是一種泯除事物個別界線的雲煙狀東西。所謂的「意在筆先」，是你已先一步完全知道，下一筆該怎麼寫怎麼畫，筆深往哪裡帶。沒有夠分量的新工作發生，也就不太要求不積極逼生新的工具、新的配備、新的技藝和新的創作形式。

民間世界的出現，在歐陸，叫喚出來是人激烈的行動，整個改變了文字書寫的形貌；而在宋代中國，人們得到的是某種寧靜，創造出一個準二維的世界，一個詩中有畫畫中有詩的明亮世界，一個如波赫士所說由那幾個隱喻所構成的世界。

近年來有一本我很喜歡的書，是中國大陸當代書法家孫曉雲寫的《書法有法》，我尤其喜歡她說自己只是「手藝人」，是「文化技能者」，專注的從技藝乃至於紙筆工具的相關演進來重說書法，不像坊間那些說玄道禪裝神弄鬼的東西（比方蔣勳）。書末她也談到了宋代開始成形的文人畫，指證歷歷告訴我們，文人畫其實是「用筆入畫」，也就是用寫字的這套筆法來畫，「竹桿用書法的楷書寫『豎』之法，竹葉用寫『撇』之法，梅花瓣用漢簡草法，蘭葉用懸腕加轉筆，等等。說穿了，這種大寫意，就是按照書法的左右轉筆發力的勢的趨向，來將就形象；反之，是用大致的形象去套不同的書法用筆。」

世界以一組固有筆法的應用來呈現，同時，世界也通過這組筆法來篩選，惟其真正的演化核心是有條不紊的書法而不是凌亂變動的世界，世界合則來不合則去，最終還可以不需要這個世界。所以，「而文人畫最終要表現的，像元代大畫家倪瓚：『僕之所謂畫者，不過逸筆草草，不求形似，聊以自娛耳！』這種完全的筆墨遊戲，純粹是在玩書法。明代大家董其昌言『以草、隸奇字之法』，其中『奇字』二字說得十分準確，亦耐人尋味。即指文人畫不外乎就是用書法將字寫離奇、寫誇張，繁而衍之而已。」

孫曉雲以這個有趣的回憶收尾：「一個朋友說，七十年代末，劉海粟，在中央美院講話時說，中國畫過去是『紙抄紙』，總是臨摹前人，現在，我們要寫生。朋友說，他後來回憶起來，『是啊，中國畫還真的就是「紙抄紙」』。」

米蘭・昆德拉也說了這番話：「只可惜，奇蹟維持的時間不會太長，凡是起飛的，有朝一日總要著陸。我的心裡升起憂慮，我想像著哪天，藝術不再追求不曾被表現過的東西，然後馴服的成為群眾生活的奴隸，接受指令，只完美重複舊的東西，只幫助個體在和平安樂的氛圍中融入生存的一致性裡。／畢竟藝術的歷史會斷絕，而藝術的絮絮叨叨卻是永恆的。」

紙抄紙，其實是一路傳遞著這二維的、隱喻的世界，這個世界愈成形，就愈不需要新的經驗新的材料，這最終是書寫完全自給自足、絮絮叨叨的世界，有點像那種生態均衡、不必餵飼料、不必換水的封閉性水族箱，現實對它反而是威脅、會破毀它得來不易的平衡。如此，寫詩會進一步變得容易，不需要眼前有對象，還不需要心中自生的某個憂思，就只是試試看某個新詞新韻而已，小紅低唱我吹簫，我的老朋友張大春一度想寫成整整三百首閨怨詩，取名「春詩三百首」，不要誤會大春家有什麼淒豔難言的婚姻生活問題，沒事的，他只是自娛娛人、順帶可用來揮毫寫字送人而已。

某種意義的歷史蒼老和終結，不再容易生出新的目標新的工作，通常就是一整個大遊戲時刻的來臨了，這是昆德拉所說、我們親眼所見且身在其中的當下普世實況。有趣的是，宋以後的文人早已預演了此事，一個大遊戲時代，當他們和君王守門的那個現實世界進一步脫離，原來唐詩那樣的緊張關係解除如同卸下重擔，所剩的便是遊戲了，或較正確的說，每一件做著的事都不免一一化為遊戲。

也許，只剩一個最根本的緊張關係永遠無法真正解除，我說的當然就是死亡。尤其在中國，民間世界浸泡在務實的、泛靈的信仰裡不大是問題，但從孔子的不可知論開始，中國始終懸而未決一個「有學問」的宗教，來幫這些讀了書、總得講得道理、要求起碼的尊嚴、且不那麼輕信的文人處理死亡。

死亡不處理不行，否則不只不知如何死，嚴重起來還會不知如何生。這也許才是王維詩、王維這道詩之路及其走入的世界更持久且難以替代的意義，觸及到某一塊人最深藏的心事——站在日本的墓園裡一句一句讀王維，我的確很欣羨像王維這樣的人，如果他寫的他自己都相信的話。這樣的人，無須發明天堂和地獄，不必在死亡面前否認自己一生所作所為，不必在最後一刻把自己改換成另一個人，死亡是可以直直走進去的，帶著自身所煥發微弱但可信的光，更好的是，人甚至仍保有疑惑，保有持續些許思索的可能，也許還有不尋常的疑惑發生，古木無人徑，深山何處鐘，是吧。

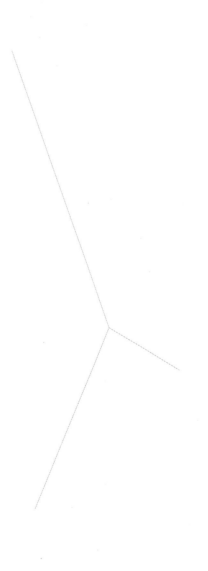

擺攤的寫字先生

臥雲居士

有人送我們一部香港早年的短篇小說選，三大冊，朱天心當理解一個時代從頭讀了（波赫士說，小說應該像一個書寫者那樣寫，而不要像一個時代那樣寫。這是赫胥黎的問題，也是陳映真等不少人的問題，我還想起魯迅他們那一代人）。惟其中有一篇，作者秦牧，發表於一九四九年四月（顯然正是華人世界的歷史劇變日子），題名為〈情書〉，卻寫得好看極了，如其間一顆珍珠。我猶豫再三，仍決定把它完整抄錄下來，引文不怕破壞文學鉅著，也許還有某種開路引領的效果，至少人們不難回頭找到一本完整的《白鯨記》云云；但我擔心一般人並不易完整讀到這篇〈情書〉，引文的肢解於是很難彌補了。

「寫什麼呢？」縣城城隍廟側的寫字先生「臥雲居士」側著頭問，他已經架起銅邊眼鏡，在信紙上面寫起「亞榮夫君愛鑒」六個字，現在正等候顧客，寫字攤對面坐著的鄉下婦人陳述這封信應寫的內容。「臥雲居士」業務範圍很廣，除了寫信，還兼營「詳解靈籤」，「擇日看命」，「買賣契約」，「婚喪禮帖」。……他，人並沒有名字所表現的悠閑，現在縮處在這鬧市的一角擺攤子，滿嘴黃牙，自然，這是鴉片煙膏的業蹟，從銅邊眼鏡裡他射出一種看透一切，對一切感到淡漠的眼神，挺直身體靠在破藤椅裡，捻著鬍髭，一面等著那婦人開腔，一面煩躁地在心裡想道：「這筆生意又是難做的了。」

榮嫂挑菜進城賣，賣完了！就下了決心私自寄一封信給丈夫，她現在把籮筐扁擔都放在牆角，低頭想著要說的話，那個盤著頭巾，老實，結巴嘴，上顎掉了兩個牙齒，丈夫的影子在她腦裡清晰地出現了，她歎一口氣，說道：「先生，你就這樣寫吧！說自從你跑開以後，家中大小都還平安，就是記掛著你，你來信說，對婆婆要孝順，我又不是沒分寸的人，叫做她年紀老，愛多說話，我就讓她，不過老實講一句哪，亞榮亞榮，你亞媽有時真沒理講，好像前天吧！我在炒菜，她一踏進廚房就罵我『敗家精』，說我一燒燒四條柴出力抽去兩條，你想想，兩條柴怎麼架得起來？隔壁二嬸送糕來，雖說他家二叔過世了；但也已過了百日做了百日忌，給小孩吃一件，她又罵了半天，不過量大福大，我也不去頂她就是了！阿婆腿生瘡，舂了幾次扁柏給她貼，現在好點了！就是老毛病，老是發昏，榕樹腳的二先生說是血虛。大仔肚子多毛病，三天兩天拉爛屎，就是溼熱，現在瘦一點了！我已經托人寫了張紅紙條貼到榕樹上，契給榕樹爺。」說著，看見臥雲居士並沒有寫半個字，只把筆在拇指甲上按著，察看那雞狼毫的筆毛，她畏怯地說了一聲：「先生，就這麼寫吧！我不會講哪。」臥雲居士打了一個呵欠，就寫道：「一日不見，如隔三秋，家中大小平安，阿媽大兒雖有小病，尚幸托天之佑，已漸告痊，賤妾自知孝順婆婆，夫君可釋錦念。」寫後，畢剝一聲彈了一下指甲，翹一翹下巴：「怎樣啦？」

榮嫂在他寫時呆呆望著他的筆桿，神往於丈夫現在的行蹤，二個月前那一個黑夜，丈夫背個包袱到香港去了！香港是怎樣一個地方？在她腦子裡這是個花花世界，男男女女都愛裝扮，這似乎是個發光的有香味的城市，亞榮就住在街尾一間客棧歇腳……，禁不住臥雲居士一問，她定一定神道：「這麼說吧！日子艱難自然艱難，不過下田的事，你不在，我也可以擔當得起，現在佃李家的那一畝七，就種菠菜、芥菜和黃蘿蔔，只是李家想賣田，要來吊佃，你走後，鄉公所又要錢又要米，本來吃是夠吃的！就是這點艱難，那隻豬，現在也有四十斤！將來賣了還地租，或者也夠的，三月三日大家插秧，我想兩塊田有一塊還是種禾好，我要叫隔壁的七嬸來幫手。現在就是只掛你，唉，我也不知你在外頭怎麼了？人出去三個月，就只接到一封信，你說心焦不焦，我說啦，阿榮阿榮，甚麼錢都可以省，這寄信的錢省不得，家裡老的老，小的小的一家都牽腸掛肚。」說到這裡，不禁眼眶一熱，立刻用藍布衫的下幅揩著眼睛，又清了一下鼻涕，甩到地面去，心想現在他可不知道怎樣了？是穿得整整齊齊坐在人家鋪子裡當夥計呢，還是在做小買賣？他做的湯圓是吃好的，但香港人也愛吃湯圓麼？敢情是變了心？敢情是病了？她眼睛微紅，吞一吞口水，繼續道：「就是牽掛他，叫他在外要小心，『一條蟲有一片葉』，一個人只要不懶，飯總有得吃，不過也不要太拖磨了！出外人，有錢就寄幾個回來，誰家不想要幾個錢，現在雖說我一個人辛辛苦苦，一餐乾一餐溼，有得吃，若然外頭有幾個錢回來幫補，屋頂可以修修，免得下雨天時像個水潭一樣，唉，就不知道你在外頭怎樣，婆婆托人寫信要你回來，你可千萬莫聽她，她老人家，就只想見兒子，那會思前想後，她給你的信說鄉下現在平靖了！哪裡會平靖呀，又在抽丁，這一次抽得更凶，老二，坤兒，廉叔都拉去了！」頓了一頓想起丈夫也許會因為她規勸他不要回來而懷疑，有一陣極淺的紅暈泛上她那黧黃白的面頰，她說：「一家團圓，有說有笑的，誰不想呀！叫做這種年情，沒辦法，鄉下大家都在說，龍脈走了！天變地變，就希望真是變得成，到時你平平安安回來，我們燒豬還神。」臥雲居士仍在捻著鬍髭，他想起了悅來棧新到了一批煙膏，是正式的雲土，他又想起他妻子究竟一天買菜瞞著他儲蓄了多少錢，並不很注意這位顧客的囉嗦，聽到這兒，卻不禁輕輕點頭，跋起拖鞋，頓頓腳，又振筆疾書，一大段話，在他看來，只不過是簡單的幾句罷了：「耕事賤妾自知打理，在外小心為要，有錢望多寄家用，現在鄉中不靖，夫君仍宜在外奮鬥。」寫完了又向榮嫂道，「講話講簡單點，這又不是兩口子在房裡聊天，是信呀！告訴他兩地平安，有錢寄回家來，鄉下家裡有甚麼事，一便一，二便二，說一聲，就得了，明白嗎？」

「我們鄉下人不會講話」，榮嫂歉然地破涕一笑，想起寫字先生指點的話，就沉吟道：「你和他說鄉下就是整天派丁派糧，觀音山出了老虎，自從他出了門以後一連咬死過兩個人，我們割山草現在不敢走得那麼深入啦，有人說，這是上天放下來收拾人的，有人說，四鄉男人走得多了，沒人打獵，虎就來了！山草割得少倒無謂，就是那些中央軍呀，一過境住到你堂屋裡來，看到灶頭沒山草，椅子也破來燒，那隻三腳椅，本來請人配隻腳就好用的，好死不死，給那些保安隊劈去當柴火燒，三更半夜，你又怎敢出房來瞧一瞧呢？那隻狗也給紅燒了！他們一來，我把豬都拖到床下底呀，一言難盡就是了！你先生對他說，千萬不可回來，鄉下不成世界啦！」臥雲居士一面聽，一面用手摩著他桌上的龜殼，點點頭，這次不再寫什麼了，只在已寫好的「現在鄉中不靖，夫君仍宜在外奮鬥」幾個字旁畫上圓圈，榮嫂當他動筆時，心內有一個念頭在起伏著，就不知道說好還是不說好，最後終於歎了一口氣，沮喪地說：「你和他說，他在外頭不可聽信人言呀，也不知道外頭的人把那事說成怎麼樣了。」臥雲居士的眼睛不禁一亮，微笑問道：「甚麼事啦！」榮嫂簡直哭泣的聲音回答道：「鄉公所那個死鬼隊丁老七咯，斬頭鬼，棺材鬼，亞榮出香港不夠二十日，我從田裡做完活路，走過官路，好死不死的，他走出來拉我一把，死不要臉講些不三不四的話，喊了起來，有人趕來他才走開，當時我不喊就好啦，事情就不會傳開。」她的面上有一陣熱潮，又歎息道：「好難講的，你不喊，沒有人來，他又怎肯走開呢？人是清清白白的，但是名聲不好聽啦！我婆婆去向鄉長交涉了幾回，要燒爆仗，賠金花紅綢，但是人家的嘴天生是橫的，他說：『混帳混帳，又沒出事情，賠甚麼金花紅綢。』我們婦人家怎夠他說呀！這事情就這麼壓死了，在鄉下現在倒沒人講甚麼閑話，就是他在外頭，不知道聽人家講成怎樣子？也不知道是不是為了這件事！他來了一封信就沒有第二封，明明去了足三個月呀，去時是十一月二十六，現在三月都開初了！先生，你對他說我不是壞女人，我進了他謝家的門，就不會玷辱他謝家的神主牌。叫他在外頭好的照料自己，不可吃生冷，煙嘿，一枝兩枝無所謂，也不可食太多，一個月喝幾次涼茶，街上沒有涼茶，就買些麥冬、藕節、金銀花來熬水飲，很容易，滾幾滾也就行了！現在就企望他在外頭身子好，萬一他有個三長二短，這個家就不像個家啦！」說到這兒，喉嚨像給甚麼東西塞住，又落下淚來了，臥雲居士歎息道：「別哭咯，香港地，不知道多舒服，你牽掛他做甚麼？還有麼？」榮嫂搖搖頭表示沒有了！臥雲居士就咳了一聲，寫下最後的幾句：「賤妾素知自愛，鄉下強徒雖思非禮，惟賤妾矢志堅貞，恪守婦道，但蜚短流長，夫君萬勿聽信流言，在外一切珍重為要，兩地平安。」最後，側起頭問她姓甚麼，榮嫂囁嚅道：「姓王」，他就寫下「妻王氏斂衽」幾個字。

最後問地址寫信封，榮嫂從腰兜裡掏出一個紙團來，裡面包著一封破舊的信，臥雲居士勉強辨察字跡，發覺那上面寫的是香港一條巷的「翠香茶居」留交，並沒有直接通訊處。

榮嫂放下錢，拿了信，揣在懷裡，一路問著人家「先生，郵政局在哪裡」，挑著空籮筐擠在墟期的人叢中，感到滿懷溫暖。

這封信到了香港的「翠香茶樓」，連同其他信擺在台後的架子上，一直放了十多天，仍然沒有人來取，那個每夜在附近街道上鋪四張報紙睡覺，經常給大皮鞋踢醒的咕哩不知道到甚麼地方去了！但也有的咕哩說，亞榮在香港捱不下去，已經回到鄉下，說是思前想後，跟鄉親們上山也好。

好，我們整理一下，這封「情書」的完整內容是：「亞榮夫君愛鑒：一日不見，如隔三秋，家中大小平安，阿媽大兒雖有小病，尚幸托天之佑，已漸告痊，賤妾自知孝順婆婆，夫君可釋錦念。耕事賤妾自知打理，在外小心為要，有錢望多寄家用，現在鄉中不靖，夫君仍宜在外奮鬥。賤妾素知自愛，鄉下強徒雖思非禮，惟賤妾矢志堅貞，恪守婦道，但蜚短流長，夫君萬勿聽信流言，在外一切珍重為要，兩地平安，妻王氏歛衽」。總計，臥雲居士收錢寫了一百四十三個字。當然，這一百四十三個字仍有浮誇裝飾賣弄的部分，也就是說，一定要更簡短也還行。

但我們多少有被澆了下冷水的感覺，對照回去，我們若非先一字一句聽榮嫂講話，能復原得了嗎？臥雲居士的確沒漏聽也沒漏寫什麼，但我們看，地名不見了（從頭到尾沒香港），具體的指稱全不見了，遑論那把三腳椅、那隻紅燒的狗、那隻吃人但仍不如苛政的老虎、那隻藏床底下的大豬；時間也消失了，適用於幾千年來千千萬萬個王氏乃至於其他×氏，明朝哪個婦人託明朝哪個臥雲居士寫也可就這一封一字不易；還有，聲音語調表情通通沒有了，今天我們知道了這有多要緊，有多少重要的東西藏放在這裡面，尤其那些直接碰觸身體碰觸皮膚的東西。我們甚至已無從察覺這原是一封「情書」，而它千真萬確是一封非常非常動人的情書不是嗎？再講白點，我們對這樣一封信看都不會想多看一眼，也不會被任何書籍所收錄，不會被選進國文課本裡不是嗎？

作者有點狠心的（或說時代就是這樣經常性普遍性的殘酷）不讓謝亞榮收到這封信，這封榮嫂一路緊揣懷裡感覺這麼有溫度的信。但我們假設一下，如果亞榮收到了呢？在香港異地請托個臥雲居士這樣的人也念也解說給他聽（亞榮看這光景應該不易讀懂這麼文謅謅的信），他會聽出什麼來呢？至少，他極可能是唯一有機會還原出一部分實人實事實物實情的人，因為他才擁有那些被省略掉的記憶，因為「婆婆」正是他媽，「大兒」真的是他那個不好養大的兒子，機靈點，搞不好亞榮還能猜中意圖非禮的所謂「強徒」，八成就是鄉裡那個色鬼老七不是嗎？

「榮嫂↓臥雲居士↓香港另一個臥雲居士↓亞榮」，這樣就構成一個模式，也是一趟人心的崎嶇現實旅程。我們看出來，故事通過語言以及文字來傳送，但這三者的大小形狀並不相等，每一轉換之際都難保有東西不見了，也必然有東西變形了（因此也無可防止的有什麼莫名多了出來）。語言和文字，所以說原來都是隱喻，而隱喻極不穩定而且對接聽者觀看者有所要求有所期待。某種意義來說，整個人類的書寫歷史就是對此不斷察覺並持續修補改良的過程，大體上，人心的演進變化已歷時幾百萬年之久相對小相對穩定，語言緊隨著人的出現因而次之，文字只幾千年時光，是最新的也是最生澀的，因此文字的擴張、追趕、變異和調校必是最大最劇烈的；也因此，人類的書寫歷史同時是一個文字緩緩疊合向人心的過程，文字範疇的擴大，讓過去非得省略的不必再省略，文字的持續嘗試和琢磨，也讓過去我們以為難以捕捉的、無望捕捉的成其可能，這甚至還改變了我們對哪部分重要哪部分不重要的認知。

我想起偉大小說家賈西亞．馬奎茲也幹過哥倫比亞的臥雲居士，他年輕未發時曾短期滯在某個住滿妓女的廉價旅店（他因此同意福克納所說，作家最完美的家是妓院，早晨寂靜無聲，入夜歡聲笑語；用他自己話講是「上午在一個荒島，晚上在一座大城市」），幫過那些妓女免費寫信。這一經歷日後進入到《霍亂時期的愛情》小說裡，阿里薩也在「代筆先生門洞」免費幫人寫情書，為的是消化他對費爾米娜的情思潮湧（「在百無聊賴中，只好把愛情送給那些目不識丁的戀人」），有趣的是，其中有一回他的兩名顧客居然是一對情侶雙方，於是兩邊情書往返、攻防詭計猜測拆解全由他一人包了，如左手和右手猜拳，而且左手右手還談戀愛。

和臥雲居士不同，阿里薩替人寫的信很長，非常長，比任一個上門的哥倫比亞榮嫂講出的話遠遠要長，如同他自己寫給費爾米娜的第一封情書密密麻麻七十頁。「對新主顧，他連問題都不用問，只要一看他們的白眼球，就明白他們的心理狀態。他一封接著一封寫愛情洋溢的信，萬無一失的方式就是寫信的時候始終想著費爾米娜，除她之外什麼也不想。第一個月之後，他不得不建立預約制度，免得心急如焚的戀人們使他難招架。」

臥雲居士是中國典型的那種亂世落魄讀書人，對文字的體認基本上忠於悠長的文人傳統，保持著早期人心和文字的大小懸殊比例關係，其核心是詩的，從王朝傾頹美人遲暮到人生一場也就是歸結於一聲長歎一點澈悟的那兩句話，每次特殊的經驗都像只是印證；但賈西亞・馬奎茲是寫小說的，習慣穿透文字乃至於語言自己回轉生活第一現場，是昆德拉所言「事情一定比你想的要複雜」的那種書寫者。現實裡，他替妓女代筆的信當然不至於荒唐如阿里薩（會嗎？），但我想，他也一定會忍不住的添加、補充，猜想，連同那些說不出來的、那些「我們鄉下人不會講話」的（這裡，文字終於可以大過、超越過語言的範疇了），連同他自己的同情和想像都寫進去。如果榮嫂挑著籮筐找上的是他，可想而知絕不會就這一百四十三個字。

只可惜世人無緣看到這些信，收信的哥倫比亞眾亞榮們不可能預知代筆者是日後的賈西亞・馬奎茲，這是一封會隨時間增加其價值的信，不只是攜帶著某個妓女隨風而逝的愛情而已。

如果沒有現實的磨擦和阻止，輕煙會昇上天，石頭會落到地面，萬事萬物如亞里士多德所說回到自己本來的位置，如史賓諾莎所說喜歡保有自己原來的樣子。所以，有兩種代筆情書，一種是古老的詩的情書，另一種是現代小說的情書。

最原初的文字書寫

臥雲居士高姿態的教訓了榮嫂，這是段有趣的話：「講話講簡單點，這不是兩口子在房裡聊天，是信呀！告訴他兩地平安，有錢寄回家來，鄉下家裡有甚麼事，一便一，二便二，說一聲，就得了，明白嗎？」

「是信呀！」或者說，是文字呀！這我們至少可聽出兩層意思來，或說兩種特殊的限制——其一是，臥雲居士毫不猶豫事情有所謂重要不重要的判別，從現實到語言（兩口子房裡聊天）再到文字書寫（信），其範疇急劇縮減，因此也得是個不斷舍棄的過程，至於哪些事重要哪些不重要幾乎是自明的，重要的事必定是明晰的、可一便一二便二明白說出來的；其二是，寫信是不尋常之事，要占用額外的時間，要耗用紙張筆墨，也許拿到郵局還得秤重多收錢，換句話說，文字書寫是有不尋常成本的，甚至曾經非常昂貴，極其可能還得包括臥雲居士忍著沒說出口的，比方「你以為老子會讀書寫字是天生的，是不花錢的嗎？」

由此，我們還可多看見一件事，那就是臥雲居士和榮嫂並非我們今天「顧客永遠是對的」這種關係，錢照收，但這不是售價而是敬重的謝禮，兩人對坐的身姿呈現的是更古老讀書人和庶民的上下等差畫面，其關鍵在於會不會使用文字。

這些，都讓我們想起最從前。

我們說，中國最早的臥雲居士是誰呢？在什麼時候？我以為是《詩經》，尤其是民間採集的國風部分，我們差可想像，當時這些銜命把各國各地榮嫂故事寫成文字攜回給周天子姬亞榮看的人，這兩個限制只會更嚴苛。一是治國大事，更不可以像兩口子在房裡聊天；二是書寫成本更昂貴、更篇幅有限，竹簡木簡從製成到使用到搬運皆是頗沉重的事，至於像更早商代占卜用的獸骨龜甲那更是天價，一枚珍稀又以為靈驗的龜甲是傳國重寶，要代代使用，所以記錄的文字更得是特技表演，不只字小，還得用字精簡到可辨識的極限。

也就是說，從現實↓語言↓文字，和我們今天處境大不相同。我們今天，語言和文字的重疊面較大，比較嚴重的隙縫及其必要舍棄出現在現實轉入語言的此一環節，總還有太多我們說不成的東西，伸手去指都沒用，只能轉成滿心的激動和寂寞；但曾經（其實也沒多曾經，不過才幾十年百年，如榮嫂故事是一九四九），更大的縫隙一直在於語言固化成文字的這一環節，很多語言是沒有文字的，這是生活實況和生活配備使然，不是美學選擇，把話寫短，一開始真的是不得已的。

文字書寫既然得舍棄掉這麼多東西，它於是很難成為人記憶存放的主體，更遑論拿文字來思考，來和那些方興未艾的、未成個形的東西周旋（現代文字書寫更多時候是思考過程而非事後記錄）；也就是說，很長一段時間，人的發現、人的認識、人的訊息傳送和存放，基本上仍發生在「現實↓語言」此一範圍內，記憶仍得靠人身自己，珍稀而昂貴的文字毋甯是輔助的、提示的，扮演語言的隨從或祕書之類的，它只負責記下所謂最重要遺忘不起的事，乃至於只是最重要之事裡最關鍵的部分，如同一枚牢固的釘子，或說是一道深鑄的、水洗風蝕不去的刻痕，好繫住那些會不曉得整塊擺哪去的記憶和會隨風吹走的聲音。因此，沒真要求文字一五一十完全收納起來，只是要它負責提醒，如我們說睹物思人，一字一句，火光般點亮起我們心裡的完整無缺記憶畫面。我的老師小說家朱西甯一生記日記不輟，但和他動輒大河般展開的小說書寫不同，老師的日記只條列式的記事，今天誰來，購原子筆兩打多少錢，天文感冒請假云云，沒細節沒過程，也不附帶感想感受，是的，還幾乎完全沒副詞形容詞和語尾助詞，最多只大筆加個註記，比方「冒失」「可喜」「是可忍孰不可忍」之類的，所謂微言大義，跟我們讀春秋這樣寫於竹簡木簡的早期國史一樣。日後朱天心也這樣寫日記，還有，魯迅一直寫到活著最後一天、半途力盡停筆的日記，看起來也是這樣。

早先的這些臥雲居士有沒有意識到這些舍棄呢？其實是的，而且有趣的是，比起後代文人理直氣壯的舍棄不顧，他們反而透露著婉惜和懊惱，反省自己而不是教訓別人，是沒辦法而不是我有辦法——詩言志的說法就是如此，「言志」，看前言後語很清楚，不是豪勇的強調自我、告訴全世界我要做哪件偉大的事成為美國總統云云，這裡討論的正是詩的長短大小篇幅問題，文字寫的詩裝不進太多話，只堪堪以斷語的方式來說話，言志的意思是直通通的、跳到結論的只說出「我是這麼想的、這麼相信的」，押上自己的存在和信用來支撐話語，沒辦法完整講思維過程，沒辦法一一解釋證明，沒辦法說理，遑論交代一路想來層層疊疊其間的捉摸不定心思和情感（「一便一，二便二，說一聲，就得了。」）。我們今天再讀《詩經》，倒也還不感覺窄迫如是，一詩可寫一物一事一人，橫向展開、分割的一塊一塊去認識世界倒不太是問題，就像國風那樣，不是只有書寫者「內心的聲音」而已，真正的限制在於縱向的深入，一次要求較大的篇幅，所以說言志的另一面是言之不足，人對某一物一事一人認識愈深，其實也就是愈多愈長，不是這樣嗎？

詩言志，歌永言，聲音的歌相對就好多了，它可以拉長，拉長的真正意思不是講更多別的乃至於遠方鳥雞國種種，而是較細心、較緩慢綿密的說，放大人的感官倍數、以更接近口語說話的方式、更貼近完整事實的來說；但聲音仍不足以講出全部尤其是足夠深刻的事實（如我們看到榮嫂仍言猶未盡），所以聲音總不知不覺伴隨著手勢，情急之下還動用到身體，以身體傳送經驗的、作用的血肉之身的確確實實感受，甚至用動作來模擬來重現當時發生的種種。小說中，職業倦怠的臥雲居士眼睛亮起來、甚至露出微笑，便是在榮嫂表情身體明顯起了變化之時。

王爾德有過一個非常有意思的猜想是波赫士很喜愛的，他以為希臘人把詩人荷馬說是一個盲人，是為著提醒人們聲音的重要，詩原來是歌，或說最原初是歌的記錄、歌的一部分；台灣小說家紀大偉也有過一個小而精巧的有益建言，他提醒書寫者別太理所當然直接使用歌詞，因為書寫者自己心中是有旋律的，連續的、完整的、起伏盤桓的旋律補滿著文字的隙縫，但閱讀者看到的只剩歌詞，而歌詞，由於尚未脫離旋律獨立，通常是尚未成形、破碎的、前言不搭後語的「詩」。

詩最早是歌，是歌的一部分；或者說，最原初的詩，完整來說應該直接聯繫著音樂乃至於舞蹈戲劇，文字的部分也就可以簡約，可以輕靈，可以縱跳，可以點睛般一便一二便二，不必太顧慮文字自身的連續性（也就不會有什麼「因為」「所以」「畢竟」「然而」等等這些文句黏膠），更多時候，詩的主體就是名詞，一系列擺放於正確位置的名詞，也就是實體實物本身（實物和實物之間必然有間隔），這可能是有原因的，也是有所恃的，因為大河般的連續形狀和樣貌自有音樂會呈現會完成，音樂的形狀本來就是（同於、來自於、跟隨於）時間的形狀，文字是此一河水上面突起的嶙峋巨岩，它在時間的流淌和無盡刷洗中挺立住，好抓住我們猶豫不定的、或淡漠沒焦點的目光，它破壞時間的流水催眠節奏，往往才讓我們清醒過來也似的，凝神注意到時間對萬事萬物、並及於我們自身的種種無情作用。

日後詩獨立於歌之外，但此一聯繫仍遠近不一、不絕如縷，詩甚至把音樂直接內建於自身，以它的句型、它的發音、它的格律聲韻。也因此，詩從來不是純文字的，詩很大一部分的瞻望、工作和有所獲取是在所謂的語調中、在聲音裡，也因此它對文字最計較，不只意義的準確，連同某一字一詞的發音和形貌，像那種以貌取人的勢利眼傢伙。這部分毋甯是音樂的而不是文學的，音樂如波赫士所說是唯一不需要空間的藝術形式，它在成形的意義之先，甚至在哀樂云云的成形情感之先（嵇康的〈聲無哀樂論〉是一篇被中國歷史超級嚴重低估的文章，他對聲音的此一洞察，如同他斬首前最後一次彈奏、歎息至此失傳的〈廣陵散〉，是中國人的一場夢），所以好的詩甚至可以是「沒意義」的，如李白王維，說遙遠不負責任一點，它只是一種美，一種無法再割分的美；說切身實在一點，它越過文字（協助以及阻攔），直接對我們身體發生作用，打中某一個我們這輩子被打中這麼多次、但還是弄不清是究竟何在的身體某個深處。所以波赫士說詩是身體的，他同年所生的同學納布可夫要我們不是用腦（意義的）、不是用心（哀樂情感的），而是直接用脊椎來讀。

知道嗎？波赫士還翻譯過《詩經》（究竟共譯成幾首不得而知），其一是〈詩經・國風・麟之趾〉，這首輾轉經歷了好幾個不同國度（中文、英文、西班牙文）的詩，它少小離家老大回的再次中文模樣是這樣子的——

獨角獸的頭顱！
大王的子民蜂擁而至。
啊，獨角獸！
獨角獸的前額！
大王的親戚蜂擁而來。
啊，獨角獸！
獨角獸的獨角！

大王的子女蜂擁雲集。

波赫士毫不猶豫的說，這是「戴著面具的舞蹈家跳的舞」——是啊，我們後來常在書寫文字裡不知不覺忘掉了，這真的是昔日的一場豐慶祈福的舞沒錯，把音樂和動作補回去一切就完整了。它的聲音、它的語詞內容和形貌、它的節奏起伏，尤其是它心跳一樣的腳步，這怎麼會不是一場酣暢淋漓的舞呢？

沒真正打開的世界

《詩經》基本上是四言的，但總有些地方有點勉強，像言猶未盡，像有些話硬生生被截斷，像某些情感才要起來就被攔阻下來；南方來的《楚辭》便不是這樣，較長的字句保留著較多原來歌的永言模樣，還墊入了虛字以模仿其節奏轉折，長太息以掩泣兮，哀吾生之不永，我們較能鬆開自己身體跟著它呼吸、跟著它欣喜、跟著它悲傷、跟著它順流而下——我們大致可以如此認定，並非當時北地諸國的歌謠奇怪的長成豆腐乾也似的四四方方樣子，這是負責記錄的西周這群臥雲居士幹的；也就是說，縮短字句，儘量使用最少文字（四個字幾乎是構成一個完整句子的極限），並非只用於《詩經》而已，我們看，《易經》也是這樣子寫，《尚書》也是這樣子寫，所以說這並非只是詩的獨特句型，這毋甯就是文字書寫最原初的基本樣式。

研究食物歷史、烹調歷史的人告訴我們，諸多烹調技藝，其實最原初是食物的某種特殊保存方式，煙燻、曬乾、風乾、鹽漬、控制發酵腐敗、在酒中加糖云云，在那樣一個還沒電冰箱、也沒真空包裝的年代。說回去這個，並不是要一筆抹消演化、還原為那種可厭的單一功利性，恰恰好相反，這是為著想多知道些這一路而來究竟發生了什麼事，人艱辛的做成功什麼事——一方面，某種特殊技藝的發生是為著克服當時某個現實限制，但它通常不會只停在這裡，它會順此繼續前行演化，最終，某一地的特殊限制，往往還會成為最富意義的推動力量，把此一技藝推到某個奇異的遠處和高處，而且自身完成豐饒完整的美，再不容易讓我們看出來已被它包藏於核心深處、第一顆小石子般的原初功利目的；可是另一方面，特殊推動力量的此一限制也仍是限制，它也同時攔住了某些其他可能，就算時移事往，原有的現實限制早已消失已解除，它也不見得大赦般願意回頭而且就能夠回頭，只因為技藝是堆積的、自我累進的，還是人用以安身立命的。尤其，當它在第一階段成功克服了此一限制，對它而言，此一限制已經等於不存在了、不再被意識到了，往下百年千年的工作，是它自己在這一基礎之上、這一範疇裡面不斷生成發現的新目標，它單獨走自己的演化之路。通常，某一特殊技藝走得愈遠，成果愈斐然傲人，會愈不容易破壞掉重新來過，其中還得再加上人性的成分。像日本特有的神社木匠就是這樣，基本上他們是不用鐵釘的，也許一開始是意識到難以解決鐵釘氧化對木頭的腐蝕，也許更簡單只是當時鐵的相對昂貴珍稀難以確保供應不乏而已，但此一限制很快就轉化為推力、再轉化為驕傲、再轉化為身分表徵，特技表演般發展出各式各樣華麗但更堅牢的木頭接榫密技，掌握每一種角度可能，每一種木材的不同紋理、密度和彈性，每一種強人所難的美學要求云云，技藝包含著一系列向深奧處探入的知識和鑑賞力。但今天，你要不要白目的上門和他們懇談一番，談現在金屬的防鏽處理已完全不是問題了，談鋼鐵比木材更易得更便宜還更好彎折處理造型，以及談談有關森林保育減碳環保的人類當前大課題？神社木匠是國寶級的匠人，自成封閉性的小集團乃至於家族，主要在京都奈良一帶，守護者般代代負責維修改建這些也是國寶級、人類遺產的大大小小神社；但國寶的另一面意思通常是，不再量產不再擴張乃至於不管世界怎麼變化我就這一個工作。神奇的木頭接榫技術有各種限制，京都東寺的美麗五重塔高五十五米，把一整座木刻大佛裝進去的奈良東大寺高四十七米，這都已接近極限了，然而，當京都車站得改建得更高更大好接納更多世界各地來此參觀參拜的人，當多摩市杜甫大夢般想廣建一大片平價公寓好讓更多人避風遮雨面露歡顏，乃至於東京都誇耀的豎起六百三十四米高的天空樹，這些就都和神社木匠無關了，他們留在另一個悠悠歲月之中，不再伸腳進入到這種奔流不居的時間之流裡。

其實就文字書寫最原初的限制而言，理論上，中國算是解除得較順利的，木簡竹簡的使用，相較於比方說羊皮卷，材料俯拾可得，而且只需簡易加工，何況，稍後中國還領先發明了紙，發展出印刷術——這不僅有助於文字字數的解放，也讓民間的、私人的書寫著述得到空間，不必太依賴集體，不必靠統治者或歐陸中世紀的教會修院那樣，要寫部大書先得打造好一整條生產線，從大量養羊、屠宰剝皮到一道工序也不能省的羊皮卷加工作業，昂貴麻煩得不得了。建議讀一下艾可的《玫瑰的名字》，非常非常好看的小說，還能確確實實看到，每個抄寫員背後得有多少財富撐著、站著多少個工人僕傭，這樣的書寫哪可能太自由呢？怎麼可能暢所欲言呢？書寫文字的成本下跌，部分解釋了春秋戰國如繁花盛開的著述，這是中國再沒有過的大雄辯時代，其中不少人、不少全新的視角和經驗材料直接來自民間、來自不同的生命現場（工地、農地、牧地、戰地云云）。事實上，沒有歧異何來雄辯，而歧異的發生，正因為不同生活地點、不同職業身分、不同生命經歷的人得以較完整講出他們的故事，提出來他們的主張和看法。所謂的諸子百家，並不是平行的、對等的、分立的學派（如經濟學學派或佛家各門各宗那樣），概念上毋甯比較接近「所有人」，從最根本的生命圖像、價值設定到當下的處境暨其迫切欲求都不一樣，沒有共有的、彼此同意的前提存在，也就不會有最終判準（諸子百家連有神無神、連宗教都不一致，比古希臘還無序），所以一時之間產生不了持續性的彼此對話、產生不了蘇格拉底那樣的對話錄。所謂的雄辯云云是生命和生命的直接撞擊，交鋒處的言詞或有高下，水花般美麗卻遠遠構不成說服（孟子常自詡自己辯贏了，但沒用），看似彼此競逐，但其實是各自表述。

這也部分解釋了司馬遷這個人和他的《史記》。《史記》是那樣一種時代不可思議的一部鉅細靡遺大書，司馬遷本人，我們知道，他很多看法和解釋方式和當權者並不一致，甚至形成尖銳的對抗，因此，他的民間採擷工作，其企圖、其規格和深度完全不同於先代，不是讓世界附屬於王朝（「普天之下莫非王土」），而是這個世界包含了王朝；不是負責攜回治國所需的訊息，而是試圖超越統治者，直接指出一個更大也更久遠完整世界的存在，當前王朝暨其全部勝負得失，不過是這大世界的一小部分、這大世界暫時的一天而已。司馬遷轉過身，用一部書對抗一整個王朝，乃至於一整個時代，當時他的身影其實是全然孤獨的，所以也是危險的，《史記》列傳部分是其間最激進的書寫，既是這個大世界實存的證據也是其延伸的邊界，或說當時極目所能及的地平線。春秋戰國這繁花盛開一場的價值和歷史地位因他的書寫得到確認，被他保護了下來，儘管日後千年以上時光仍有不少人不死心想斥之為異端邪說，而列傳邊緣所謂雞鳴狗盜引車賣漿之徒的故事正是一個個亞榮榮嫂的故事，他們可以在王朝的詢問之外單獨成立（刺客、任俠、商賈、滑稽云云），司馬遷甚至還溫柔的、鄭重的記下來他們的名字，有別於詩經國風那些「沒有人知道他的名姓」、個人具體故事被提煉成某種風俗、某種集體處境、某種民意調查報告的曠野歌者。

但很弔詭的，《史記》這樣拮抗的、不馴服的、向著某個更廣大世界探進去的書寫，後來卻成為歷代王朝官方正史的起點，成為二十五史之首。他們採行的是司馬遷的體例框架，卻根本的扭轉了他的書寫方向，整個才要打開的大世界圖像陷縮回來，列傳故事重新為王朝服務，恢復成原來風淳俗厚的證明，仍是治政的成果考察，乃至於現實治政提供不起的善惡不爽果報，比方誰家父慈子孝所以五代同堂果然過著幸福快樂的生活云云，最新鮮的成為最腐敗的，最異質的成為最馴服的，最好看的成為最難看的，最不容易解釋最耐人尋味的成為最扁平最無趣的，不是這樣嗎？日後正史中最不值得一讀的正是這部分，僵固成樣板孝行故事（連寫史的人都這麼認為，寫得奄奄一息的），最虛偽的也是它，每個過過家庭生活的人都心知肚明，那種幾十個人擠一個窄小封閉空間、而且不問是非不講道理的聽命於某一個昏聵老人發號司令（亞榮母親才這樣，榮嫂都快受不了了），十年二十年三十年不見天日沒有盡頭的黯黑甬道，真叫人不寒而慄，這是真實世界裡我們所知道最接近地獄的東西之一。

文字書寫的物質性限制成功打開了，但時代卻在一個更巨大的歷史浪潮之中，從秦到漢，當時最迫切的大事是一統王朝的建構和持續集中強化，何事重要哪一部分才重要皆由它說最後一句話；也就是說，中國的文字書寫早千年以上時間伸進到民間世界，從詩經國風到諸子百家再到司馬遷，借用波赫士的話來說是，這本來可以是一條路，可以發現、認識、思索一個更大的世界，可以整個翻轉文字書寫的內容、意義並因此創造出更多樣的書寫形式出來，可以讓現代小說提前出現，最終，還可能召喚出一個不由王朝壟斷的世界、一個人的作為和思維不由它設定亦不由它裁決的世界，但這一切沒持續發生，只到司馬遷為止，像作了一個夢。

詩倒不是沒有過「短暫」（歷史時間尺度）的跟著展開拉長，比方漢代的賦體，但事情似乎是這樣，當歷史可以像司馬遷這樣無制限的書寫，史詩就很難發生了，連同它較完整描述世界的這部分「職能」，有一大塊東西早早的從詩的書寫切割出去獨立出來（中國的歷史書寫不僅切割了詩，也實質替代了一部分宗教的功能），詩不再苦苦尋求這部分的書寫可能暨其相應形式和技藝——日後，世界不斷以更巨大、更多樣、更多人多物多事的模樣前行，但詩很快就放棄了跟隨，中國再沒真正出現比賦更長的詩體（除了很後來的元曲寫出了幾部長篇羅曼史也似的娛情東西），賦體成為詩長度及其覆蓋面大小的右牆，日後寫詩的人甚至選擇回頭寫比詩經更短的詩。還有，我們知道也一再看到，書寫進展的瓶頸，每隔一段時日總會逼人回頭找尋反省，撿拾回那些沒使用殆盡就遺棄的東西，重新挖掘它的可能性，像文藝復興重讀古希臘。維吉尼亞・吳爾夫透露，她當代前代的歐陸大詩人，幾乎每一個都嘗試回歸莎士比亞、回歸維吉爾和荷馬，而且當成是自己寫詩人生的最終大事、當成最後一搏，英勇的投入五年十年時間想寫出一部一次面對一整個世界、交代一整個人生的史詩長詩大詩，即便在現實似乎已證明小說比詩更合適做這種事的年代（波赫士說這是格律的代價），其結果只是成不成功、拿不拿出來、我們看不看得到而已。這樣的企圖和不死心，在中國日後幾千年該說數以萬計或數以億計的詩人身上，好像也並沒發生。

中國的詩走了另一道路，比較像我們所說神社木匠那樣的路。

換一種跟得上世界的文字

「散文，這個詞不僅指不用詩律的語言，它還意味生活中具體的、日常的以及實質的那一面。所以，把小說看成是『散文藝術』並不是什麼玩笑話。這個詞將小說藝術最深層的涵義定義出來了。史詩作者荷馬可從來沒想過，阿契力士和阿傑克斯等《伊里亞德》英雄在多次的肉搏戰以後是不是還能保有一口完整牙齒。相反，對唐吉訶德和桑丘而言，牙齒可是他們始終一直掛心的事，鬧牙疼啦，牙齒掉了等等。『桑丘，你要記得，就算鑽石也不比牙齒珍貴。』／可是散文不只用來描寫生活粗鄙難過的那一面而已，它還是美的泉源，只是到那時代還一直被忽略罷了……」

昆德拉這個散文指稱，跟稍前維吉尼亞・吳爾夫的說法相近且呼應，顯然他們都意識到同一個誤解，或說同一個記憶的殘留（這在中文書寫世界尤其嚴重）——不是的，散文不是指某一種特定的文體形式（某種小品、某種美文、某種不押韻不分行的詩……），而是包含詩之外所有非格律的文字書寫，就是文字的解放，吳爾夫甚至不怎麼在意它究竟有沒有所謂的文學非文學終極界線存在，她說的包括了寫信、記帳、日記等等。文字必須解放開來，乃是因為書寫轉向了、進入了「生活中具體的、日常的以及實質的那一面」，吳爾夫進一步指出，由於實質生活中有太多汙穢的、黯黑的、隙縫的、幽微的各種角落，文字非得不怕髒不怕煩不怕苦不怕破碎不可，因此，根本來說散文是非形式的，形式是稍後因需要生出來的沉澱出來的，或者說只是其中某一種有效的、可重複使用的捕捉方式。

也就是說，散文（包含了小說）和詩並非兩種平行並置的文體，就像今天書店裡的書架陳列那樣，而是，我們絕對一點來說，它們代表著兩個不同歷史階段時間看世界想世界描述世界的主體方式，其背景是一趟人類認識世界的歷史進展過程；從詩到散文，也就是巴赫金所說的散文化，指的便不是另一種文體的出現（因為非詩的文字書寫早已有了），乃至於以一種文體來更替一種文體，而是更根本性的，文字意圖再一次捕捉世界、重新一次面對完整的世界。

詩這樣受限制的格律、得大量舍棄的古老書寫形式，其形式的變化彈性有限，遲早一定跟不上世界的進展，也不必，它可以背過身去走自己特殊、切線般飛出、無可替代的路（惟過程中跟不上和不想跟上仍是兩件事，也會得到不同的結果）；但文字書寫仍得想其他辦法跟上去，發展改變既有形式、或創造出新的形式（比方現代小說）、甚至（暫時）不要或顧不得形式——所謂世界的進展有兩面，一是世界的確不斷變化，朝更擴張更複雜這方向，新東西不斷冒出來；另一是人自身的認知也起了微妙但方向穩定的持續變化，什麼該強調，什麼可省略（波赫士講，整部文學書寫歷史不過就是強調和省略的不斷交換和選擇罷了）。就像今天聽榮嫂口述再看臥雲居士書寫，我們愈來愈難同意這樣，我們，依自己內心溫度的高低起伏，確確實實感覺文字一再放走最鮮活、最觸動人心的那部分，更重要的東西止於榮嫂絮絮叨叨的聲音裡，只臥雲居士一人聽到，真是浪費，而臥雲居士本人並非無情，無情的只是他所學的、所相信的這種文字書寫形式和方式而已。

這是我所說人的認知「方向穩定變化」的真正意思——不是更替，不是橫移，而是進展，人的認知一樣一樣掙開限制（物質的、意識形態的云云），向著一個比較對的東西、向著真相的方向不斷趨近。

「各位大名鼎鼎的酒友，還有你們，各位尊貴的痲子臉……」，這是巴赫金喜愛的拉伯雷小說《巨人傳》，學文學的人都知道，便是在這裡，巴赫金找到了他一生最重要的東西，或說他文學論述最重要的佐證和示範，一個全然不一樣的世界，一個「狂歡」的世界，一個由巴赫金命名的所謂「第二世界」。

究竟這是什麼樣一個世界呢？其實就是榮嫂所在的那樣世界。

和中國文字書寫早早滲透入民間不同，在歐陸，臥雲居士所在的文字運行無礙世界（第一世界）和榮嫂所居的始終停留於口語世界（第二世界）一直是隔絕的，持續到中世紀獨占文字和知識、壟斷全部意義解釋、由他們幾個人決定人類何事重要何事不重要還動輒因此殺人燒人的基督教會統治結束為止。因此，文字解放開來的所謂散文化，累積了巨大無匹能量，係以一種戲劇性、較接近歷史斷裂的超級大地震方式發生，讓我們可更清楚看出來，這不是某一新事某一新物的發明和增加，而是兩個不同世界撞擊在一起，巴赫金看到的是這奇妙的景觀，更早別林斯基看到的也是這樣，他當時乍讀果戈里小說《狄康卡近鄉夜話》裡一則一則俄羅斯的榮嫂故事，便準確無比的指出，這不僅僅是另一種文字書寫而已，這是一整個更大更厚世界的撲面而來：「習慣於馬爾林斯基的語調和風格的讀者，不知道該怎麼來看果戈里的《夜話》，這是一個嶄新的創作世界，過去根本沒有人料想到它可能出現。」直到今天，昆德拉講《好兵帥克》，也還是這樣的用詞和語調。

今天我們冷靜下來知道，所謂「第二世界」的說法當然是可議的，這其實就是民間世界，或更根本的說，就是我們總的生命現場，每天每時發生所有事的地方，人的世界，人的基本生命處境云云，這在未有文字之前，已如此悠悠百萬年時光，也就是說，巴赫金所說的第二遠早於第一幾百萬年存在。因此，第二個真正意思其實是「再發現」，指的是文字的覺知和進展，我們說，臥雲居士（不寫字時）知不知道榮嫂這個世界的存在呢？當然知道，他一大部分自己就活在其中，他每天負責買菜並落下點私房錢的老婆更活在其中，他擺攤的位置，他每天拿筆看著的，不就都是這個世界？他只是認為這瑣細不文不重要不值得一寫而已（「從銅邊眼鏡裡他射出一種看透一切，對一切感到淡漠的眼神。」），這一切理所當然到透明了，毫無奧祕可言；也就是說，所謂的再發現，便不是這才第一次知道，而是重新認識，是人心、人的思維終於跨過了某個臨界點，「原來這是一個這樣的世界」，一個同樣有意義甚至更豐厚更富意義的世界，這帶著驚喜，可能也帶著點虧欠，人重新把這個被忽略已久的世界置於自己的關懷底下，這才開始認真並愈來愈認真的追索它描繪它理解它，由此，人重組了他的完整世界圖像（第一加第二），新的世界圖像有太多的空白、太多懸而未決的東西、太多文字全然陌生的事物，文字有了一連串新的工作，也有了全新的要求，它原本習慣的、會的已不敷使用了，文字必須改變。

同樣的，狂歡這個煙火般強烈但終究煙花般太單薄的用詞也是大有問題的，長期來說也會有錯誤的強調和暗示，好像說我們的榮嫂賣完菜會轉身換裝跳起森巴舞一樣。即便巴赫金自已稍後想為狂歡這個詞裝進更多意思，比方說他努力仍用狂歡來解釋杜斯妥也夫斯基小說云云（當某一個詞的意義無所不是，也差不多就等於毫無意義）。人的生命第一現場，因其務實無序的緣故，的確有一堆滑稽突梯失控的東西，容易第一時間抓住文字世界之人的眼光，更方便借用來揭穿、顛覆、嘲弄秩序井然窄迫的原來文字世界，像《唐吉訶德》便放聲嘲笑了當時那些喬張做致的騎士小說，但《唐吉訶德》哪裡只是這樣而已，生命現場有更多笑不去的艱難，有更多人本質的、躲不開的、無法藉由某種文字詭計文字煙霧化解的硬生生限制，人整個的暴現其中，揭示著人終須面對的生命處境及其全部真相，所以卡夫卡更多是瑣細的沉悶的「機械化」的（波赫士的微詞），是令人痛苦不堪的真相如此，而米蘭・昆德拉說《唐吉訶德》那番話的下半截正是：「唐吉訶德的死因為用散文來寫（也就是說不具任何激情成分），因此顯得更動人。死前他已立好遺囑，接下來的最後三天，他在愛他的人的陪伴下度過臨終；然而，家裡有人臨終，『卻不妨礙他的姪女吃東西，女管家喝飲料，而桑丘的心情也滿愉快，畢竟能夠繼承一些東西這一件事總會沖淡或者消除大家對死者應該表現的哀傷』。／唐吉訶德向桑丘解釋說，荷馬和維吉爾並不『如實描繪人物，而是刻劃他們理應具有的形象，以便做為後世模仿的英德榜樣。』可是唐吉訶德本人卻不是一個值得讓人學習的榜樣。小說裡面的人物並不要求別人來崇拜他們的美德，他們只期盼別人理解他們，這兩件事是截然不同的。史詩裡的英雄常是征服者，如果他們被征服，至少也會在嚥下最後一口氣以前維持他們壯闊的格局。唐吉訶德被征服了，可是卻看不到什麼壯闊格局。因為突然之間，一切顯得明白清楚：實際的人生其實是場挫敗，也就是我們所稱呼的生命，我們唯一能掌握的就是嘗試去了解它，這就是小說藝術存在的理由。」

我們不會有人想變成榮嫂，榮嫂也壓根沒要成為誰的楷模（「自知孝順婆婆」、「耕事賤妾自知打理」、「矢志堅貞，恪守婦道」等等），她說這些只是努力想讓離家三個月的丈夫知道她的現況和處境、不誤解她而已，不是這樣嗎？

榮嫂（王氏），我們只知道她臉頰顏色是黧黃白的，有某種勞作者的斑紋感，五官長相從缺，但我們可合理的假想，她大致是三十歲左右的少婦，惟耕地、養豬、打理一家老小還得挑擔外出吆喝賣菜，身軀部分可能會增一分的顯得粗壯，容顏則可能減一分的有點憔悴並風霜雨露的顯老，至於敷粉施朱是否太白太赤之事大概不易發生，動輒流汗的生活方式既沒空閑也不適合，會糊成紅紅紫紫一團非常難受難看——這當然不是一個美人，甚至直說，這是一張「不入詩」的臉，我們記憶裡，詩中女性應該並沒有類似的一張臉。

中國詩的高峰在唐，唐代那些男性寫詩之人，很奇怪非常愛寫女性的閨怨詩，但除了大而化之控訴一下戰爭和戍邊是一個時代題材之外，通常並沒故事沒具體情節（〈琵琶行〉和〈長干行〉勉強有一些），但除了詩本身的文學哀感之美而外，被描述的女性本人也都得是很美的（沒臉孔，但就是美），好像長得不夠美就沒資格想念自己丈夫似的，更有趣的是就連棄婦都美得不得了，比方〈琵琶行〉裡被長年冷落但色藝雙絕的奇女子，或杜甫〈佳人〉裡直接被遺棄的孤伶伶獨居佳人，是怎樣？這要告訴我們男性的可惡至極不知饜足呢？還是春花朝露、美是短暫的易逝的而且只是某種皮相，終究抵禦不了嚴酷的時間和人心變異？沒一個榮嫂，全都是×氏，這毋甯只是一張一張反覆繪製、代代摹寫的「悲傷流淚仕女圖」。由於連自身起碼的反省都沒有（比方凜然一驚想起自己對待自家妻子有所虧欠，趕快收拾行李回家一趟云云），同情的成分遂顯得非常稀薄而且可疑，我們明顯的察覺出寫詩之人的不懷好意，閃過一抹詭異的笑。

這是詩的問題還是寫詩之人的不是？——我們也許可以說，原本是榮嫂，但入了詩便整形美容成為漂漂亮亮的×氏，這樣的文學詭計之說並非不成立，詩也仍然可以寫得好甚至成為千古絕唱，但穿過這樣詩的針眼，終究，這個有著較粗壯身軀的榮嫂連同她全部的心事和煩惱全沒有了，只剩幽幽一縷芳魂，而且還不真的是她那有點沉重的靈魂。

從一次準確到很多次準確

談起唐吉訶德的臨終和死亡，我們來談另一個死亡——賈西亞・馬奎茲小說裡出名的上校之死，以及朱天心一次失敗的仿寫及其心悅誠服的發現。

賈西亞・馬奎茲讚美過海明威《渡河入林》裡的上校死亡方式（「那麼平靜、那麼自然」），那是海明威筆下寫得最簡短的一次死亡；但賈西亞・馬奎茲自己的上校，奧瑞里亞諾・布恩迪亞，同樣死得平靜死得自然，卻是最緩慢、緩慢到不可思議程度的一次死亡。

和我們所有人的閱讀經驗一樣，在《百年孤寂》一書中，朱天心也一眼就注意到上校之死這段書寫得非比尋常——這是，就像你聞到空氣中的獨一無二鹹味，就曉得大海到了，大海隨時一個轉身就整個平靜攤開在你眼前，以我喜歡的宋碧雲中譯本來算，至遲至遲在整整四頁（三千多字，差不多就是秦牧寫榮嫂故事的字數）前，我們已完全確認了文字裡的這股鹹味，知道上校馬上要死了，或更正確的說，上校「正在」死去，界線已一腳跨進去了，死亡已經啟動且倒數。這神奇無匹的三千多字，多出來的三千多字，以一個穩定的長鏡頭直接到底不晃動不再移開，像一次凝視，像什麼也打斷不了它阻止不了它了，像最後一個終於不會再醒過來的夢；時間以某種難以言喻卻魔幻般精確的全然均勻方式分解開來，周遭的聲音該在的都在，歐蘇拉也還跟他講話，上校也一樣能回答，但聲音完全不再有穿透力也失去了黏附化合力量，小石子般紛紛掉落下來，如人夢裡聽到的聲音，一切安靜得驚心動魄。這樣吧，我們還是來讀這最後一小段：「走回工藝坊途中，他看空氣漸漸乾爽，認為正宜洗澡，可惜阿瑪蘭妲比他先去了。於是他著手做那天的第二條小魚。他正要替魚尾裝上小鉤鉤，太陽出來了，威力好猛，光線像漁船般晃動。連下了三天的小雨，空中飛蟻很多。此刻他想小便，硬拖到小金魚做完才去。四點十分他來到院子裡，聽見遠處有銅樂器、低音鼓和兒童喊叫的聲音，少年時代以來他第一次墜入懷舊的陷阱，彷彿又回到吉普賽人前來、父親帶他去看冰塊的那個下午。聖塔索菲亞・狄拉佩達撇下廚房的工作，跑到門口。／『是馬戲團，』她嚷道。／奧瑞里亞諾・布恩迪亞上校沒走向板栗樹，他也趕到臨街的門口，跟別的觀眾一起看遊行。他看見一個穿金色衣裳的女人坐在大象頭上。他看見一隻穿荷蘭少女裝的大熊用湯匙和平鍋打拍子。他看見小丑在行列末端騎大車輪。等樣樣都過去以後，眼前只剩一條大街和滿天的飛蟻，唯獨幾名觀眾正窺探無常的深淵，他再度看出自己孤寂的面貌。於是他一面想著馬戲團，一面走向板栗樹，小便時儘量回想馬戲團的事情，卻再也想不起來了。他學小雞，把腦袋縮在兩個肩膀中間，前額頂著板栗樹幹一動也不動。家人一直找不到他。第二天早晨十一點，聖塔索菲亞・狄拉佩達到後面丟垃圾，發現有幾隻兀鷹飛下來，這才看見他的屍體。」

我們當然可以大筆一劃，用四個字「上校死了」來替代，甚至就一個字「死」，如胡適之說張愛玲一部十萬字的《秧歌》就只寫一個「餓」字（我真的太喜歡胡適之這個例子了，經典），但我們真的要這樣做嗎？賈西亞・馬奎茲本人這麼講自己書中人物的死：「我從不讓我的人物死去，是我筆下的人物離我而去，儘管我試圖阻止他們死去或者設法把他們殺死，但都無能為力。書中的人物撂下作者死去，就如現實生活中一些朋友自然的永遠離我而去一樣。」

做為一個小說書寫同業，朱天心比我們一般讀者多了件事可做，也由此得到了進一步的經驗和體認——她心嚮往之，牢記此事如攜著一把寶劍一部祕笈，有回終於等到機會也想讓她小說中的某人像上校一樣的死，但寫了幾天後朱天心坦白告訴我，帶著打了場敗仗但心服口服的莞爾神情，不行，做不到的，她怎麼樣都無法讓她的人物撐那麼久不渙散不衰竭，或者說，她才寫五百字左右就發現自己彈盡援絕了，此人在死亡之中能看的能想的能駐留到那一刻的有意義東西幾筆就寫完了，你當然不能無意義的拖長，那會變成海明威《戰地鐘聲》書末那樣長而滑稽的死亡。原來這真的是能力的問題，更是實質內容多寡的無以僥倖問題，不是光靠書寫技藝或某種書寫詭計所能彌補的；甚至，這嚴格到幾乎可以量化的換算出來，海明威所說而賈西亞・馬奎茲再三讚歎同意的，書寫者所思所想所看到所記憶的書寫準備是冰山，書寫者真正能寫的只是其十分之一露出水面的那部分，這樣我們就明白了，要寫奧瑞里亞諾・布恩迪亞上校這樣的死亡，賈西亞・馬奎茲儲備了多大一座冰山。

認為短的比長的難寫、短的比長的高級甚至深奧，這是至今驅之不去的書寫迷思，也是一個沒被正確更新的古老記憶。我猜事情是這樣子的——最早，在我們所說那個文字寫在龜甲獸骨或狹窄且長度有限竹簡木簡的年代，如何在就這麼大的空間寫下最多舍棄最少，這是書寫當時的第一要求，遂成為最古老的一項書寫技藝。需要證據的人可考慮跑一趟台北外雙溪故宮博物院，青銅器展示那裡，讀一下毛公鼎、散氏盤、宗周鐘上的美麗銘文，就這麼一塊地方，要再大也沒有了，你必須表功封土，記下某一人或某一部族的重大貢獻事蹟，確認時間地點，還要瞻望遙遙未來，大家用盟誓綁一起或至少相互勉勵別變心別在悠悠時間有意無意的遺忘云云，這當然是某種特技表演了，文字吝惜到已接近密碼了，非事件中人，不知來龍去脈的人很容易被排除在外，跟瞪著一塊符號亂碼一樣。

讓我們別裝神弄鬼的回到暖暖太陽底下的最基本事實來，短怎麼會比長反而講得多講得深入呢？這其實不是真的深入深刻，而是沒說，是沒敘述沒交代沒解釋因此難以看懂而已，是某一些人訊息斷絕望之生畏所感歎的深奧，而不是文字本身真正窮盡事理不懈深入的深奧。「奧」字倒是真的，某一個好東西仍保留在無光的洞窟最深處。正確來說，這樣的深奧與否是相對性的，甚至是技藝性用詞，其必要前提是大家有著相同的字數限制，大家一樣都寫一首二十字的短詩，是李白是王維或是合適拿來包魚包油條的紙一望可知。

短的東西必須非常準確，像針尖一樣刺中要害一點，但長的難道就不必？長的東西也一樣必須非常準確，如米蘭・昆德拉所說小說書寫必須不斷寫中核心，像更多的針尖一連串的刺中要害——準確，是一切書寫的根本要求，基本上來自於書寫者的認識能耐、專注不失和追究到底，是另一種必要能力，和文字是長是短沒關係。很多次的準確當然勝過只一次的準確，一如籃球場上投中一球是兩分或三分，連著投入十球則是二十分到三十分，前者板凳球員都做到，後者則得是麥可・喬丹他們那種人。尤其今天我們知道了，事物複雜微妙多面，並非只一層意義一個核心一處要害，它不斷移動變異，有點像那種神話裡長很多個頭而且砍一個生兩個的魔龍，你刺它一次殺它一次往往是不夠的。

使用（或說利用）隱喻的確可適度幫助我們，藉由文字自身的不同形貌、觸感、色澤、聲音，以及最主要的，文字在時間大河裡的經歷和記憶刻痕、文字所攜帶的往事和故事，光暈般輻射及其他，讓寫一物一事不僅僅只是一物一事，可以在有限的文字裡面收納更多東西，指稱、聯通更多東西，因此，這種文字的敏感和選用，儘管也是所有書寫者一樣得具備的另一種基礎能力，但的確，寫詩比寫小說強調此事，這另一面來說是不得已的，詩終究受著較多的限制。但文字和世界的某事某物終究有著穩定的、素樸的對應指稱關係，桌子的確可有不同喻義，但絕大部分時候、絕大部分比例，這字這詞說的就是你我都知道都看到的那個東西，字詞不是可任意變形高興說它是什麼就是什麼的東西，也不具無限的延展性、解釋力和裝填容量，因此隱喻也是有限的，隱喻並非兩種東西界線從此消失的直接等同直接合而為一個，也沒要建立兩個東西穩定、長時間的所謂分類關係，它只是兩個不同東西暫時的、其某一面或某一點的一次特殊相觸，發生於僅止於此而且可能一閃即逝、即分離的相似性上頭。因此，隱喻一般無法替代書寫得步步踏實的正面進展，只能是其「補充」，無法是意義的主調，而是其美麗的泛音，以纖巧的隱喻觸及和以堅實的文字寫到，這是兩件完全不一樣的事，一如一則百字寓言和一部《戰爭與和平》的不同及其無法相互取代（惟很奇怪的，還是有不少人認為可以這麼做）。波赫士晚年在哈佛大學諾頓講座演講說詩時甚至建議我們，不要勉強發明新的隱喻，這話不太容易講清楚，但卻是他一生書寫的確實經驗加上冷眼旁觀一堆書寫災難的好心建言。我們說，一方面，隱喻不具任意性操控性，它仍得是文字自己「再生」出來的，它比較像一株大樹而不是一個人工製品，要長成有意義的樣子就得放它長十年二十年，很難是書寫者當下的立即發明，隱喻比較接近是書寫的收割，而不是書寫的製造；另一方面，準確仍是書寫真正不可違逆的第一要義，好的、漂亮的隱喻可以豐富它強化它並讓觀者藉由自身的經驗和記憶接近它（隱喻不止但同時也是一種解釋），但隱喻也會搖晃它稀釋它模糊它，破壞人的專注，更多時候，困擾認真書寫者的反而是文字不穩定的、歧義的、會亂跑亂竄這一面，他更常做的是努力洗淨文字收束文字固著文字，讓心思的清明和文字的清晰聯成一線。混亂無法及遠，混亂不會有縱深更建造不起高度（所以波赫士說混亂最好寫，「它來得容易」，可以寫得「特別的流暢而隨便」。台灣現在逐漸在流行一種扔文字、扔色塊但不肯想清楚的書寫，一種「混亂美學」，卡爾維諾說這是當代的文字書寫「瘟疫」），寫混亂不必也不能有真正的目標，書寫者只要有才華，而且一心想嚇唬人就行了。

文字書寫從不是件容易的事，所以有失敗的短，也有失敗的長，有沒道理的短，也有沒道理的長。像彌爾頓的《失樂園》便沒必要寫這麼長，當代可畏的香港小說家董啟章也一直有這個問題——但說真來計較，短的東西較不易失敗，因為一見之得凡人有之，人漫漫一生哀樂迭起悲喜交集，總多多少少可凝結出一些真的、晶瑩的東西，絕對足夠人寫好幾篇短文短詩；而且，短容易掩飾容易藏拙容易保有一種言猶未盡餘音裊裊的神祕誘人況味（這是非常簡單基本的書寫小技巧），書寫者對自己寫的東西不必想清楚，更不必想下去，一整疊鈔票，只要最上頭那一張是真的就可以了。

長短問題，詩最敏感——詩一拉長，你就無法只精心揀用那些長相、聲音、紋理都很美麗的字，你也得想辦法使用那些不好看不好聽、聲如劈竹如豺狼、個性頑固彆扭、跟誰都會吵架的字，也就是所謂不入詩的字，這正是白居易而不是王維的煩惱。不止如此，像〈長恨歌〉那樣，詩要敘事，要稍微完整的、保有實物細節的講好故事，要說原因，要描述過程起伏變化，要追蹤反省討論結果及其他可能，就非得有過場、有不得不交代的東西，會難以消滅「因為所以但是而且」等等這些討人厭的文字鐵釘零件，可能還得像榮嫂故事那樣，非得講到婆婆生瘡兒子下痢、拉到床下的那隻大豬以及那個斬頭鬼棺材鬼的死鬼老七這些不雅東西不可。比起王維《輞川集》，但丁《神曲》、歌德《浮士德》、莎士比亞的全部悲劇，都有這些我們可稍快讀過、你知道書寫者也沒要你看太仔細的部分，事實上，超過一定尺寸的通體晶瑩如玉、全沒接縫沒裂紋是不可能的，其實也是怪異且不好卒讀的，有一種無法順利呼吸的缺氧之感，或像用跑百米的方式跑馬拉松，彌爾頓的《失樂園》基本上就犯這樣的錯，成為太巨大的一塊玉、好長的一首短詩不是嗎？

還有，德昆西告訴我們，真的東西，總是有稜角有裂紋的。

所以今天小說家也反覆告訴我們，只可能有完美的短篇，不會有完美的長篇，寫長篇你必須忍受必須耐煩必須做非常難以做到的長時間心思專注清明（以年為基本單位），一如你得咬牙和不乾淨不雅而且喧亂個沒完的現實世界周旋一樣。波赫士因此體貼的勸人「不必勉強」寫長篇，但波赫士更重要的話是，他指出來追逐通體完美的書寫可能是大有問題的，因為完美是「消極的」，它其實只是避免出錯而已，因此，先發生的總是書寫者自身的膽怯然後大舉退卻，書寫者只敢停留在已充分開發充分安全的小小範圍內不伸頭，無意遠行無意探勘無意有所發現。

棒球場上最華麗最鏗鏗鏘鏘振動人心的是打擊（因此不少有教養的球迷會說守備更好看），但我很喜歡一位溫和、不動輒指責打擊手的打擊教練，他以為打擊是非常非常精巧的一門技藝，並不容易成功，有另外一種說法是，「他們給你一根圓滾滾的棒子，用盡全力丟過來一顆圓滾滾的球，卻要求你在電光石火間方方正正的擊中它。」的確是，圓和圓的真正接觸就只有一個點而已，這是再基本不過的幾何學。因此揮不中揮不好其實是常態，一場球三到五個打席，一般不超出十五次的帶著猜測揮棒，能確實擊中一兩球就很可以了，打擊者得不失英勇，得學著不害怕不沮喪。文字書寫豈不是更難更精巧的事呢？他們給你一根渾身缺陷、斷裂空白處處、形狀彎彎曲曲的文字球棒，朝你丟過來一個龐雜、無序、沒見過無法預知更無從事先練習鎖定其變化的世界，要你反覆擊中它針尖大的那一個點，這怎麼會不打空打歪掉出棒過早或過晚呢？書寫者唯一的優勢在於他可盡量的、不限次數的揮棒，在他體力、精神、以及經濟狀況容許的範圍內。如果大家都有足夠的美國時間（比方你可活個三百年左右），我們可以一個一個了不起書寫者、一部一部偉大著作的來地毯式挑揀，看看裡頭有多少講錯的話、沒說清楚的話、誇大不實虛張聲勢的話、力竭失敗的話云云，甚至像福婁拜的《包法利夫人》，這樣的文字巨匠居然可在前三頁就犯敘述人稱錯誤的所謂低級錯誤（很容易避免也很容易檢查出來的，福婁拜是否心思一直專注於其他呢？）。如果由我來說，我會說錯誤失誤得看情形，有不可饒恕的，但也有是「積極的」，它們是書寫者奮力想擊中某一個不容易擊中目標的代價及其表徵，要某人英勇你就得給他這樣的自由空間，這同時也是文字解放、文字散文化另一個珍貴且應該善加利用的贈禮；文字書寫真正難以忍受的是平庸，這才是問題所在，什麼都不是什麼也沒有，文字整個攤平在那裡，像急救病房已回天乏術跳也不跳一下的心電圖，令人絕望。平庸背後，通常先是書寫者的膽怯，然後懈怠了，然後固化為習慣性的、廢退的完全喪失感覺。

最早的文字限制，本來是不得已的，並非書寫者期期艾艾不願把話說清楚（否則早年這些了不起的智者書寫者都成了故弄玄虛的可鄙之人），這原是來自書寫外部的一種「多餘的限制」，人類用了幾千年時間，從政治、經濟到科技，才一點點突破它擺脫它；但今天，這個古老不散的幽靈又回來了，而且有變得更巨大更蠻橫的跡象，「把文字寫短」愈來愈像個當代書寫的無上命令——我自己一直是個編輯，基本上知道這是怎麼回事，書寫文字的成本再次昂貴破表，書寫長度一路陷縮（三千字，八百字，三百字，兩句話……），從不好不宜不可到不准，是因為要順利嵌入市場商品的規格之中，是的，限制仍來自於書寫的外部，惟這回下命令的直接就是資本主義大神，我們這個時代最難違逆、最什麼都管的那尊大神。

書寫者自己，哀矜勿喜，為什麼要高聲附和這個外來統治者的聲音呢？

全部語言・全部文字

我自己很喜歡讀吉卜齡的小說（他的詩就不必了，吉卜齡的詩是頗糟糕的東西），但不大樂意太誇大他個人的價值，因為吉卜齡其實是遍在的、自然而然的、每一國度每一大小地區都存有的「一種」人，幸運的是他在英國殖民的印度，莫名其妙反而最接近以英文為基本語言的現代文學中心。同樣有他天花亂墜說故事能耐的人，只能留原地好花般自開自落，如今更只是失業的、凋亡的、有電視有電影就無須他們存在的大街小巷說故事人；曾經，每個地方都有他們的吉卜齡。

相對的，我自己則不怎麼喜歡讀喬哀斯小說（有人真的讀出趣味來嗎？），除了《都柏林人》這本早期短篇集子，以及一小部分的《一個青年藝術家的畫像》。鼎鼎大名的《猶力西士》一書，應該只讀一次就可以了（這背反著我自己一貫的重讀主張），小說中那些方生方死、這一秒冒出來下一秒就永遠消失、微中子般完全穿透過主人翁普通平凡日常一天的東西，一樣穿透過做為讀者的我們，一樣在我們記憶裡留不住也不起任何化學反應。因之，《猶力西士》毋甯更像對現代小說書寫極限的一次示範演出、一次攤牌，一張青塚圖，一個極其精密、煩瑣、漫長的證明過程，「對它的證明看來好像並不會引導出更深刻的東西……而且似乎也不會有助於證明其他任何的猜想。」

但我非常非常喜歡一個無獨有偶的講法——有人讚譽吉卜齡的說故事，說他如同喚醒我們記憶也似的使用著「全部語言」；也有人敏銳的指出，在《猶力西士》那樣不願遺漏每一個旋即復歸消滅的全部印象和念頭微粒背後，喬哀斯是否有著一個更恢宏的企圖？那就是他放棄文學書寫的強調，嘗試著掌握並使用「全部文字」，或換一種說法，他仰靠的、賴以思索的直接就是文字本身，這些微粒唯一的可凝結形式、唯一還能讓我們找到並恍惚重現的地點就是文字了。稍後，他在《芬尼根守靈夜》書寫時，更進一步越過邊境的使用了還不存在的文字，嘗試著自己也鑄造出一些理應可以存在、或有必要存在、有助於我們說出尚未順利說出來（我們總還有諸多難以言喻的東西，找不到語言來說文字來寫的印象、念頭、事物關係乃至於發現發明云云）的文字實例。

全部語言，全部文字，對吉卜齡對喬哀斯，這當然是太華麗的說法，也不可思議，不管吉卜齡或喬哀斯的書寫都是做不到的，對任何個人都不可能。書寫者漫漫一生，能有效使用的永遠只是語言和文字的一小角，或更正確的說，書寫者只有效使用自己知道的、學會的語言和文字的其中一小角。有多少話語我聽過但一輩子從未跟著說過，有多少字詞我識得但從此一生再沒寫過一次，這些話語這些字詞之於我的存在我的人生是什麼意思？是無用的記憶？是錯誤的學習？是隔絕不起反應的元素？還是某些我總是因為這樣因為那樣始終去不了去不成的地方？就跟這個世界有太多我知道但無緣去到的地方一樣，儘管我也曉得它們的存在絕不虛幻，那裡有人跟我們一樣開心或艱辛的一代一代生活著。福婁拜先喬哀斯一步的著名小說《布瓦與貝庫薛》便在書寫進行中跌進了這處大縫隙裡，這兩個異想天開的傢伙原是知識狂是研究者，但很快發現自己只能是個抄寫員，也就是從自己可使用的文字世界跨進自己可知但不使用的更大文字世界，但即使只是不加進自己的純抄寫，這仍是力竭無法窮盡的，最終如卡爾維諾說的是「一場船難」，是一趟英勇但令人不禁絕望的旅程。卡爾維諾是帶著讚佩、帶著心嚮往之的語氣說這段惋惜評語的。

這些我知道但不使用、無法使用的語言和文字，我們愈仔細想它們會愈覺有趣誘人，很容易引發我們一連串正正當當的好奇——它們究竟是怎麼被說出來被發明出來的呢？被誰？是些什麼樣的人？何種情況什麼需要之下？他們那時候看到什麼想著什麼？要告訴別人什麼？告訴誰？……

一如《布瓦與貝庫薛》之後又有《猶力西士》，這個好奇也是個跳板，如果我們不阻止它，它會把我們帶到一個更大的好奇前面，成為這一更大好奇的一部分——是的，還有更多的文字和語言，全部的文字和語言，我們呼之欲出的這些疑問，同樣可以一個一個拿來詢問它們，它們的存在一樣是確確實實的。

文字當然是人獨特的創造物，其實語言也是，只是語言太自然了、太緊緊黏著於人的生理構造，我們總感覺它是本能的而已。但這不是以自身為目標的發明，更不會如《聖經‧創世紀》所說把整個世界叫到亞當跟前由他一個人命名分類完成（今天事實證明，這是猶太人極糟糕而且不斷被濫用的一個錯誤記憶、一個失敗隱喻），在那個當下，人（複數的，所有人）甚至不意識到自己在創造什麼，人的眼睛、人的心思專注向著世界，人只是努力想說出來，努力的想描繪、解釋並記憶某事某物而已、這某事某物可能是「新的」，或至少他並不知道有人也見過而且說出來了；這某事某物也許他已知道有誰講過，但他或者不同意要提出反駁或修正，或以為不充分得有所補充乃至於更進一步說明，或僅僅只是轉述傳頌不知不覺有所轉動添加如本雅明所說印上了自己的手漬；這某事某物他甚至自己也說過了，但不同的另一天，不同的明暗天光和乾濕空氣，不同周遭的人，不同距離和角度的站立位置等等，他又看到了並重新有所察覺，發現之前略過的面向和其某處有趣細節，也或許這些都沒發生，純粹只是他莫名失眠了半夜，想出來某個較清晰較完整的說法而已。如此如此這般這般。

人的發明物創造物，總會重複發生，會失敗，會有優質劣質之別，也必定存在（一部分）彼此取代的可能，尤其是新的淘汰舊的（這是我們愈來愈信之不疑的一個神話，已成功固化為判準）云云。這些個麻煩語言和文字全都有，但我們得先說，所謂語言和文字的失敗不宜太誇大，純粹的、一無意義的失敗語言和文字是不存留、不會再被聽到看到的，我們今天還能聽見看見的，意謂著有一批足夠數量的人曾同意過它並使用過它，因此總有它最低限度的意思和某些東西藏於其中；而語言和文字最有趣、最特別、再沒有任一種發明物可匹敵的，正在於它的重複發生重複創造，幾百萬年（語言）和幾千年（文字）隨時隨地隨人，重複的最高極限是所有的剎那加上所有的地點再加上所有的人，同一個太陽（？），同一片星空（？），這是一個無法全部收攏也無法終極有效評比的次數，誰也消滅不了誰，也就是再沒有單一一種完全勝出的統治性說法；當這樣的重複次數多到超出了某個臨界點，我們心中的圖像於是完全變了，不再適用一般那種追逐性的發明創造模式，甚至用演化來說都還嫌太線性太單調也太急躁了，全部語言，全部文字攤在我們面前，我們也許會想像出某個大海也似的遼遠畫面。也許語言和文字真的就是人類最大也最後的一片海洋而不僅僅是一種隱喻的說法，這裡才真的匯聚了且最終存留著人類曾經有過的全部記憶，包含所有一閃即逝的、編纂不起來的、追憶不回來的東西，以及所有這些東西之所以能進入人心裡所走的路徑、所依循的觀者思維方式，喬哀斯努力的揭示其中的一天，一九〇四年六月十六日某個愛爾蘭男子的一天，海浪持續的、綿密的、重複不休的拍打，上去又退回來，如此沛然莫之能禦，但又有一種永遠無法抵達、站到了卻無法停駐的徒勞。

我與始皇同看海／海中仙人笑是非——

這裡不該有禁令，或者說，除了我們身體的物理性禁令，我們生命長度的時間禁令，以及我們理應擁有的有所選擇權利之外，再沒有其他禁令不是嗎？

波赫士（以及不少人，還有更多沒把話直講出來的書寫者）告訴我們，所以並沒有兩個完全重疊、可百分之百替換的字和詞，也不存在一部完美的、和整個世界函數般一對一的大辭典，他這些話都是積極的，不完美意味著還有某些新的字詞、更好更準的字詞仍掙扎著要發生；但這裡我想說比較小些、比較具體實例的事，納布可夫用英文和俄文寫作，得反覆的進出這兩組不同的語言文字，分別以兩者不一樣的途徑及其精準方式表述他獨特的、可能是同一個的、而且總是針尖般尖細的心思。納布可夫說，英文的確有較多現代、專業、分割小塊，如同一對一特殊打造的辭彙，在俄文中往往找不到對等的、類似焦點思索的語言和文字，俄文有一種古老的朦朧；但如果要表述某一種狀態，某一個完整的情境，或某一整個無法切分的情感時，俄文就顯得現成、精確而且豐富。這意謂著俄國人熟悉這樣的東西，經常性的感受出某種生命處境，一代代人重複想它說它切磋琢磨它，由此，我們會想到這個古老沉鬱難以轉身的國家，它不可思議的幅員，它的嚴酷自然生存條件，它的獨特宗教，它的歷史遭遇、命運和統治方式，還有它冰封的、漫長的、從極北永夜覆蓋而來的冬天，這樣一代代生活的人們一定有著不同於我們的生命危機，不同的難忍難解心思，不同的相信和懷疑，以及看出去不同的整個世界圖像，隔絕生長出某一些很不一樣的東西。十九世紀當時，用E.M.佛斯特的驚歎講法是，全世界當時最會寫小說的人幾乎全在這裡，漫漫長夜，無法做其他事的時間比我們多不是嗎？
這也是我們全部語言、全部文字的小小一部分。

不那麼擔憂電視的

錢永祥

在我自己《世間的名字》書裡我曾稍稍提到過此事——錢永祥，這位介於我的師長和朋友之間的可敬學者，考問過我，當前台灣民主自由的最大困境我以為是什麼，我當時很認真的回答：「電視。」

這個答案真的太俚俗了，而且，就連樣式都不符合老錢（我們都假裝不那麼尊敬的喊他老錢）的期待。我知道，老錢所說的「當前」意思比較接近「截至目前為止」，是一種時間長河式的回望和整理，這樣看似沒頭沒腦的大哉問，是站在人類豐厚的歷史經歷、知識成果、世界各國各地參差不齊實況、以及我們台灣自己這跌跌撞撞幾十年利鈍得失等此一基礎之上再次追問的；換句話說，指出「當前」反而是要離開當前、不受困於當前，如澄清人心話說從頭，老錢要的本來就不是「一個答案」，而是恢復視野的引出往下的思索和討論。我們的確常不知不覺受困於眼前的具體問題，以至於做太多策略性的事，看似積極務實，卻往往不知不覺的迷路，忘記代價忘記初衷忘記最後那一點必要的堅持，所以當年莊子要打斷它，要我們回到原來的橋上，請循其本。

我的二字回答，有點像民國五十幾年時我大哥同班同學考大專聯考鬧的笑話，事實上他還比我多說一個字——在那個才剛開始、很多人還搞不清楚大專聯考是什麼的年代，該年作文題目是「從台灣看大陸」，此人信心滿滿這一定對的寫下三個大字：「看不見」。完全正確，但零分。

由於第一時間就被打了零分，遂失去了往下講話的機會，其實當時我接著要說的，是米蘭・昆德拉插入《無知》這部小說的這一番話：

西元一九二一年，阿諾・荀白克宣稱，因為他的貢獻，德國音樂將持續在未來的一百年主宰世界。十五年後，他卻不得不離開德國，一去不回。二次大戰後，他在美國躊躇滿志，他始終相信那輝煌的榮光永遠不會離棄他的作品。他指責伊格・史特拉汶斯基太過關注同時代的人，而忽略了未來的評判。荀白克把後世當作他最可靠的同盟。在一封寫給湯瑪斯・曼的信裡，他語氣尖刻的以「兩、三百年以後」的那個時代作為後盾，他說，到了那時候，時間終將清清楚楚的顯現，湯瑪斯・曼和他，究竟誰比較偉大！荀白克於一九五一年去世。在他死後的二十年裡，他的作品受到推崇禮讚，宛如二十世紀最偉大的作品，最傑出的年輕作曲家都尊崇他的作品，以他的門徒自居；但是接下來，他的作品就遠離了音樂廳，遠離了人們的記憶。現在，到了世紀末，誰還演奏荀白克的作品？誰還會跟他攀親引戚？不是的，我可不是要在這裡傻乎乎的嘲笑他的自大，然後說他高估自己。絕對不是！荀白克並沒有高估自己，他高估的是未來。

他是不是在思考上犯了什麼錯？不是的，他想的都對，只不過他生活的領域，層次太高了。跟他談天說地的都是德國的大人物，巴哈、歌德、布拉姆斯、馬勒，雖然他們的對話如此睿智，但這些精神層次高高在上的討論，總帶著近視眼，遙望人間那些既無理性又沒邏輯的事情：兩支大軍為了神聖的事業誓死相殘；但是把交戰雙方擺平的，卻是一種微小的黑死病菌。

荀白克倒是意識到了細菌的存在。早在一九三〇年，他就寫到：「收音機是個敵人，一個冷酷無情的敵人，它所向披靡，任何反抗都是無望的」；它「把音樂塞給我們……不曾問過人們是不是想聽，人們是不是有可能領會」，以至於音樂變成單純的噪音，成為種種噪音裡的一種噪音。

收音機是一條小溪流，一切都從這裡開始，接著，其他的技術也來了，複製聲音、增殖聲音、放大聲音，小溪流於是變成一條無垠的大河。從前，人們聽音樂是因為對音樂的喜愛，今天，音樂則是到處嘰叫，在電梯裡，在街上，在等候室，在健身房，在塞著隨身聽的耳朵裡，片片段段的搖滾樂、爵士樂、歌劇——重新改寫、重新譜寫管弦伴奏、截短的、五馬分屍的音樂——在空氣中飄蕩，一切都混雜在一起，人們根本不知道作曲者是誰（變成噪音的音樂是無名的），人們無法分辨音樂始於何處、終於何處（變成噪音的音樂根本不知形式為何物：音樂的濁水，音樂的喪身之處）。

荀白克知道細菌是怎麼回事，他意識到了危險，但他在心底並沒有賦予它太多重要性。我剛才說過，他生活在層次非常高的精神領域，他的自豪遮蔽了他，讓他沒把如此渺小、如此粗俗、如此可憎、如此可鄙的敵人當回事。唯一夠格與他匹敵的偉大競爭者，他卓越的對手，就是史特拉汶斯基。荀白克在那兒劈刀揮劍，為了爭逐未來的恩典，他的對象正是史特拉汶斯基的音樂。

可是未來，那是一條大河啊，音樂的洪水氾濫，上頭漂著作曲家的浮屍，雜在殘枝敗葉之間。一天，荀白克的屍體在洶湧的波潮裡漂蕩著，撞上了史特拉汶斯基的屍體，兩人在這遲來且可恥的和解之中，繼續他們的旅程，漂向虛無（漂向絕對嘈雜的音樂，漂向音樂的虛無之境）。

這番話，老實說，只用來談荀白克和音樂是太可惜了，電視難道不是更厲害、更全面致死的一種黑死病菌？——我想指給老錢看的，正是昆德拉這番話，這樣一條未來大河，老錢也必定看得到，上頭漂滿著托克維爾、馬克思、小彌爾等一堆老錢熟悉的屍體。

從多出來的東西到必需品

在台灣，我們這些還活著的人，是還親眼看見過電視搬進我們生活裡面來的一代人，如同父親帶著上校他去看去摸某一塊冰的多年之前那個下午。這曾經是一個奢華的、夢一樣的、設著拉門得小心翼翼打開的魔法盒子，前面站滿著迫不及待的人們——這終究是很不一樣的生命圖像構成，在我們記憶已不常再被翻出來的遙遠角落裡，我們還是可能偶爾想起一個沒有電視存在的世界樣貌，電視仍是個異質的、「多出來的」東西；稍晚我們十年左右出生的人便不是這樣，那成了本來就放在那裡的東西，電視融入了沙發、餐桌、牆壁之中，透明了。

一個沒電視的世界／一個想都不會去想怎麼沒電視的世界；或者說，一個「世界一定毀滅過一次」才可能沒電視的世界，至少，一定是你比方說發生了山難或莫名其妙被騙到某孤島上才暫時幾天沒電視的世界——這不知不覺是兩種不盡相同的想事情方式，也會不知不覺指向很不一樣的世界期待。

昆德拉在他近日的作品裡跟我們講述一本捷克的小說《爆炸的怪物》——這部我們都沒看過的小說是我們不知道的賈洛米爾・約翰此人寫的，完成時間早在一九三二年。所謂「爆炸的怪物」指的是當時才出現的馬達噪音，尤其是汽車和機車所發出來的那種。書中主人翁恩格貝爾特先生被這聲音快逼瘋了，為找尋寧靜，他只能一直搬家，搬出城市，搬進鄉間旅館，搬到遙遠老同事家借住都沒用，最後睡在夜行的火車裡，「火車那種古老而溫和的聲音令他這個到處被噪音圍剿的人比較能夠享受一頓睡眠。」

我當下想著的是我那位同樣受苦也同樣一直遷居的老朋友藍博洲，他現在是否也正安睡在某一列異鄉的長程火車上？米蘭・昆德拉則眼尖的注意到時間，一九三二年，當時，「大概可能平均每一百個布拉格市民才擁有一輛汽車，或者不是一百，而是一千也說不定。在那時代，噪音現象（馬達的噪音）還很罕見，但卻是令人驚訝的新奇事。」

稍後，昆德拉又多告訴我們一部小說，仍是一個我們並不知道的奧地利作家阿達爾貝・史迪夫特，他所寫的一部我們一樣知都不知道的厚厚小說《夏季之後》，一八七五年，講的正是要整整半世紀以後才被馬克斯・韋伯以提前預言方式說出來的，他稱之為「理性鐵籠」、人類世界無可避免官僚化科層化的此一最沉重無光東西；也當然比卡夫卡噩夢迷宮故事的《城堡》要早。我們說，一八七五年奧地利當時能怎麼科層化呢？但依昆德拉描述，書中主人翁的反應反而比後來的馬克斯・韋伯和卡夫卡的K更接近現在的我們，他不反抗或以為這已無可反抗了，以至於連人陷身不醒噩夢的荒謬感都沒有，這是確確實實的人生現實，人能調整的只是自己，所以他從那個體系引退下來，回到自己莊園裡度完餘生，彷彿只是平靜跟朋友解釋何以退休回家。

「一個社會現象是在它初生之際，而不是在它擴展之際，也就是在它還弱、還不成氣候的時候最容易被敏銳察覺。」昆德拉以為這是通則，的確這是一個精巧但常常被忽略的重大通則。但我仍持續想著藍博洲，一九三二年當時的捷克人恩格貝爾特先生儘管天涯地角的逃命，但他是正常的，也有權氣憤，怪物不是他，怪物是追躡他的馬達噪音；今天，噪音還得再加上無所不在的音樂，但要說還有怪物存在，很抱歉只能是藍博洲自己了，最溫和的說法是你病了，某種可憫的精神症狀，要不然，大台北市幾百萬人哪個不好好的誰像你這樣？我還想到，要不是藍博洲幾十年來鮮明不退讓的左翼反抗光采及其實際書寫成績，鎧甲也似保衛著他，換個人，事情一定更糟，比方你不僅有病，還病得狼狽活該，不必同情遑論尊敬，只是個輸家，或就是個過時、自己看著辦吧的人。

昆德拉指出來一個門檻，一小塊窄窄的時間地帶，用我們平常的話來說，正是某物的進入到成為「必需品」的轉變過程。說稍縱即逝也許誇大了些，但基本上只需一代人時間就完全夠了，因為這是他們生來或至少有意識以來就有的，他們生活於其中，他們並沒有一個沒此事此物的另一個世界可供參照比對，不特別仔細去想的話其實跟天雨天晴天熱天冷不是差別太大的東西；也就是說，這不再是某一特殊現象或新創造物了，人不容易再從外部、整個的看它想它，而是平淡無奇且一望無際的現實如此，這變成人的新生命處境、新的生活前提，人配合著它，重新安排自己的生活，就像今天的住家房屋自自然然的會有電視放置的位置、有其電路配線一樣，也就是昆德拉所說「人重塑了自己」。誰說天雨天晴天冷天熱都很舒服、不必忍受、不侵害我們呢？二〇一二年冬這波疑似小冰河期到來的寒流凍結半個地球，光是日本這個現代化生活配備完整的國家幾天內就冷死六十個人，但我們並沒看到哪裡掀起來反對抗議批判的聲浪（向著上帝嗎？），人們最多咒罵兩聲趕快調整自己的生活作息，如此而已。

當某物跨過了此一門檻，融入我們生活之中，我們宣稱它是生活必需品同時，也就放棄了對此物完整思索的可能，那個沒有此物的世界被留在門檻之前，化為某個人的甜蜜記憶，化為田園詩——曾經，電視還有機會做為「一個」整體問題來想，彷彿還來得及考慮要不要接受它或拒斥它，人還有選擇餘地也似的；但今天，我們談的已不真是電視這東西了，而是這兩天的某節目、某主持人某記者、某個男男女女仍互搧耳光的荒唐劇情云云。再嚴厲、再恨電視入骨的批判，其浪頭都自動止於此一門檻如無可逾越的堤岸，再沒有「沒電視的世界」此一選項，最多只剩「你自己可以不要看電視」，這是新世界的地平線。

就像快一百年前的《爆炸的怪物》、快一百五十年前的《夏季之後》、荀白克早早對收音機的危險意識一樣，事實上，我們還可想起半世紀前才有電視時，日本人所說「這是個把整整一億人（當時日本總人口數）變成白痴的東西」，這些察知也只能跟著留在原地，留在上一代人那個駐足不前的古老時間裡。你大可以一直重複說它，因為此一察知並未被解答，更沒因遭駁斥而消滅，事實上，它往往還是最精準最正確的如神諭如咒詛，日後的現實進展每一天每一地都在證實它，但這會怎樣？

小彌爾告訴我們（他已比古老真理信仰年代、相信善會得勝的人世故的退後一步了），說真理會被擊敗甚至會被徹底殲滅，但真理有個美麗的頑強特質，那就是它總會再被說出來，也許相隔一段時日在另一個地方由另一個或另一些人，如此一次一次直到它獲勝實現或至少站穩腳跟為止。我非常非常喜愛小彌爾這段話，但願他說的完全對，但他是否也是個高估未來的人呢？小彌爾顯然沒意識到此一門檻的確確實實存在，這切開了時間，分隔成兩個不同思維方式暨其語言的世界，重複講一百遍的同一句話也許會成為真理（據說連謊言都能不是嗎），但只能是一種擾人的、過時的、毫無力量毫無火花的真理，其中最致命的是「過時」，我們這個時代最凶殘的莫須有處決罪名，借自於從不必交代道理的流行時尚業，於是，它再找不到反駁它的人，建立不起討論，話語一去不返，遂也跟你說天氣會冷熱陰晴一樣，完全正確可也完全無聊；睿智的洞見轉而成為個人頑固陳舊的抗拒，說話的人只感覺自己是個「倒行逆施的人」（波赫士的用語），要繼續再講第一百零一次需要非常非常特別的人格和臉皮，所以相隔百年昆德拉說了和小彌爾非常不一樣的話，非常沮喪：「但是一年過了一年，這種批評在現實的對照下顯得落伍到可笑的地步，以至於一提起它，人們還會覺得難為情。我們必須提到另外一項通則：如果現實一再重複卻沒有人難為情，那麼思想在面對不斷重複的現實時終會沉默下來。」

所以這個門檻也是個遺忘的門檻，時間一閃即逝，某一扇門才打開旋即永久闔上，也許人類某一部分的認識其真相就是如此，也許某些事物我們注定的就不會知道得更多，也許人的認識之路有一面提早會撞上的右牆，不取決於心智能力的極限，而是人身人心的承受能耐，這使得人的某些認識永遠不可能是現實的、公眾的，只有單獨的人心能裝住它，它前行到一定距離就得和世界以及人群告別。

「就像一個詩人，寫著他最偉大的詩篇，使用的卻是某種特別的墨水，寫下的字跡瞬間消失無蹤。」

知道的人愈多，並不自動累積成覺醒，更常出現的其實是厭煩。如當代某社會學者講的，厭煩這一心緒，可能是當代社會觀察、文化觀察一個非常決定性卻一直被低估的因素，這種否定並沒積極性，而且比單純的無聊沒行動力沒主張，厭煩只是一種放棄可能、不累積力氣和想像的無聊。厭煩只排斥不決定。

艾可所說的全新現象和統治形式

當我們說，電視是微小細菌般的、偷偷摸摸進入到世界，並非我們忘記了童年的興奮之情，而是荀白克那樣「在心底並沒有賦予它太多重要性」，我們不知道它日後會長成這個樣子，洛克、托克維爾的思維沒有它這是當然，但我們看，以撒・柏林、雷蒙・艾宏的討論裡也仍然沒有它是吧。

這是因為電視進入到人類世界，最初是被視為偏向享樂的東西，比諸真正的新聞傳媒，或某種社會基本知識載體，乃至於每日每時形塑人行為、思維的東西，電視毋甯更接近電影，一種送到家來的、更粗陋更別太計較、去除掉創造性和任何進一步企圖的電影，彼時人們相信而且要求的仍是書籍，然後是雜誌報紙。電視從這樣一扇小門閃進來，使用的是人休閑的時間，有別於人做正經事的時間，正確的時間排序在後，這樣的意識一直到今天還沒完全消褪。也因此，電視收視時間的持續拉長並移往優先，仍是偷偷摸摸的，人自知是自己抵不住誘惑（你可以不伸手去拿遙控器，沒人逼你），坐電視機前人總揮不去某種墮落感負疚感。

享樂的東西容易被隨口指責，但卻也因此可以躲掉不少真正嚴格且咬住不放的思省批判。做為同時是一種新聞傳媒乃至於社會基本知識載體（它當然是），一直以來，人們總較寬容的看待電視，不會升高到對待報紙雜誌那樣的專業檢討水平；另一方面是，製作電視新聞乃至於知識性節目的工作者（在台灣，我們很容易識得一堆這樣的人），他們往往沒有專業新聞工作者、知識工作者的完整身分自覺（本來有的也被要求得放棄），他們屬於電視，這意味著他們並不繼承也不想接手此一專業工作的完整內容、規範和責任，相對於報紙雜誌，電視是「另一種東西」，也仍然是一種「新東西」（就傳媒意義而言。這裡，另一個通則是，當某人再三使用「新」這個字，通常代表他想豁免於一切根本規範和責任，拒絕被檢驗），偶爾批評的火勢才要冒起來，就可以用「我們做的是電視」來瞬間澆熄它。事實上，由於電視頻道的開放特許和控制問題，人們對電視新聞及其相關節目的疑慮，一直以來聚焦在它做為當權者宣傳、操控、社會洗腦的工具云云這一點上，人們往往甯可要電視不嚴肅，更粗鄙更可笑更耳光打來打去都無妨，來對抗來破壞那種令人呼吸都困難的虛假神聖，這包含在偉大的民主前進之路上，新一代的馬克思學者還不斷賦予此事更深刻的歷史意義。而且，至少我們還有報紙雜誌不是嗎？

但「我們有報紙雜誌」這句有恃無恐的話恐怕不好再說了，今天，現實早已不是如此（在台灣），或至少消長大勢已相當明確且持續推進之中（世界各地）——報紙雜誌是衰退最快的東西。我倒從不認為報紙會很快被消滅（雜誌還危險些），事情一時還沒這麼糟，我說的是主客易位已完成，報紙不再雄踞公共傳媒中心，如今已換成了電視。量變背後的質變是，過去公共傳媒的遊戲規則依據的是報紙，電視只是報紙的煙花；但今天，我們對公共訊息的選擇、掌握和述說（何事重要、怎麼報導、話說到什麼地步云云），攝影機已全面取代了筆（從而，眼睛也取代了腦子）。怎麼樣都止不住下跌如狂瀉的報紙，儘管心不甘情不願，也不得不一步一步、一塊版一塊版修改自己，朝電視化的方向演化，順應新的遊戲規則來玩，這原是它最看不起的東西，舊日的報紙工作者也成為當代最愛酸楚回憶、最自憐自傷的一群人。今天，愈像電視的報紙看來銷路愈好，因此我們這樣落井下石的來講起碼在台灣並不誇張，報紙，愈來愈像是電視的智庫資料庫，電視的苦力，電視節目的前置作業。我自己便親眼看過很多次，著名的電視政論節目主持人們評論者們（複數，不止一個），什麼其他準備都不必，只在現場節目播出前頂多半小時，靠一份當天晚報和一支紅筆圈點畫線就夠了。這樣談民主進程、說天下大事，過去只可能在家裡餐桌上發生，而且通常會被辛苦作飯的老婆厲聲制止，專心吃飯，別顧著講話，會影響消化。

其他領域的人倒也還好，哲學物理學數學云云，他們本來就不在這裡頭；就算是較貼近一般人、貼近現實世界的文學，我們知道，文學撤離公共媒體久矣，很早就學會不依賴不存奢望，事實上，比較令人害怕的反而是電視忽然在某個不方便收看的時段好心擠出半小時來談書說文學，胡言亂語遠比不說糟糕。說到底，文學的基本工作單位是個人，從發想、實踐到完成，更多時候它是背向世界的，尤其還非得從集體、從群眾、從一般性的流俗成見那裡掙脫出來不可。一個書寫者當然對外頭世界、對讀他書的人有所期待，但不是以這種集體形式規格、這種集體性語言，所以波赫士對滿座聽他談詩談文學的人說，我不是跟「你們」說話，我是在跟「你」說話，我們是一對一的，我們都是完整獨立的個人來到這裡，「人群並不存在」「人群只是幻覺」；賈西亞．馬奎茲調侃自己《百年孤寂》一書「賣得跟賣香腸一樣」，這不是矯情，一個夠好夠認真的書寫者對此都該緊張該有所警惕，要不是這個世界有太多的誤解（否則對一部小說的需求怎麼會相似於對香腸的需求？），那就一定是自己做錯了什麼事（是否我把一部小說寫成了一截香腸？）。因此，從報紙雜誌到電視，文學只是更不存奢望罷了，如同暮色降臨籠罩下來，人糟糕的話語連同糟糕的話語接收方式（這當然是雙向的）果不其然持續擴大，並一步一步取得難以撼動的正當性。

但談政治、尤其談民主的人不能這樣，如今，我們可以說民主就是通過電視進行的（稍稍用點預知和想像能力），「這是一條大河啊」，不是說電視改變了民主實踐的哪一點哪一面，這是新的生態，牽動了整體，要求全面的調整和適應，比方（這極可能是錢永祥最掩耳不願聞的），幾百年來那些偉大的民主論述者，有誰稍微認真討論過人的容貌身材衣裝之於民主實踐的沉重影響呢？——我們說，再來的民主思索和討論，若不嚴格的、時時處處意識著電視的如此存在及其限制，必定是不切實際的；這也提醒我們，再重讀過去幾世紀的相關偉大著作，一樣得時時處處加入電視這一要素，夢想和現實的界線由此重劃，未來大河般有新的流向及其限定，有些事可能永遠不會發生，有些遠景因此就是烏托邦了。

把電視看成某種會被汰換、會消失的東西因此只要忍受無需調整，這可能太樂觀也太高估未來了——昆德拉寫荀白克這段文字時，人們（除了開車時）已大致不再使用收音機，起碼他人在的法國必定如是，他說的當然不是收音機這一工具形式，而是由收音機開啟的這一條未來大河（「一切都從這裡開始」），有點像《星際大戰》第一集導師歐比旺被光能劍擊中時所說的，具體形式的消失和轉換，只會讓我更強大更輕靈更無所不在，哪裡都有我；我們今天再難得看到收音機了，但音樂的噪音更大更如影隨形，我們每天所在的現實不是這樣子了嗎？最近台灣譯出了安博托‧艾可的新書《倒退的年代》，是他二〇〇〇年到二〇〇五年新世紀開始的政論文章和演講集，內容如他自己說正是「政治與大眾傳媒」，其核心正是電視，艾可不囉嗦從序言的第一頁開始，撲過去也似的直接談的就是電視的進入及其演化，從「那個巨大笨重、霸占房間的盒子」，一路談到付費電視和網際網路為止，艾可的下手很重，他由此說「人類的步履是倒著走的」，「本書的文章將會突顯向後倒退這個主題。總而言之，其數量多到可以名正言順以它來做為書名。反過來講，至少在義大利也出現了某種新東西：建立在大眾傳媒民粹主義上的統治形式，因為私人企業的利益而使這種統治形式能綿延下去，這是歐洲舞台上前所未見的經驗，而且在技術層面上要比第三世界的各種民粹主義更上軌道更有效率。／這本書裡的幾篇文章便是以上述現象做為主題，那是我在面對這個全新現象浮現時，心裡所感受到的不安和憤慨（至少反映出我將這些文字交付出版商時的心境），而且這個全新現象完全沒有阻擋它的東西。」

艾可還強調，「我毫不遲疑便選用『統治』一詞。」

艾可的話包含著預言，白話來說是，即便當下情況沒嚴重到如義大利（或我們台灣，兩個莫名其妙在此事領先全世界的國度），沒十七年來有個叫貝魯斯柯尼的精明蠢蛋既是媒體超級大亨又是國家總理兩頭怪物，整個世界遲早都會是這樣子，「完全沒有阻擋它的東西」。

是的，時間一閃即逝，我們可能已永遠失去了把電視逐出這個世界的機會了（或仔細想想，我們真有過這機會嗎？），只能死心跟它相處下去。你少看電視（如錢永祥）甚至家裡沒電視（如小說家舞鶴）說真的都不大有用，它已不止是那個「在黑暗中發出幽慘光芒」的笨重盒子了，它是一種統治形式，一個世界；革命呢？打爛掉整個世界讓一切重來，但為消滅電視發動一場全球革命？這聽起來很神經，像是說為消滅微波爐洗衣機進行流血革命——熱愛民主的人其實不必太哀怨，從一道小溪到一條大河，從一個科技盒子到成為一整個巨大世界，這個演化其實包含在人類幾世紀來壯闊的民主浪潮之中，是民主實現的一部分，它的根蜿蜒但牢牢扎於民主的根本思維裡，尤其是托克維爾以為是民主思維真正核心、民主發動機的普遍平等原則（托克維爾一樣說這是「不可阻擋的」，只是比艾可早說二百年）；換句話說，儘管始料未及（說是始料未及，就沒要怪罪誰也無從怪罪），但真的不能再把問題只丟給電子業、傳播學者乃至於影劇記者了，這是民主思維釋放出來的並一路伴隨相互滲透，也正因為如此才這麼難纏。

貝魯斯柯尼，從一九九三年就開始出任義大利總理直到二〇一一年，超過十七年時間，其間下台過兩次但皆順利重來。我們說，一個老牌的、成熟的民主國家選出貝魯斯柯尼這樣的人為總理

（在此同時美國也選出小布希、法國也有沙克奇、日本則已達滿街找人誰都可當幾天首相的地步……），這或許還可說是民主政治的一時走眼失誤，但超過十七年，而且還兩次逐出又回來，這就一定觸碰到某些更深沉的東西了，該稍微鄭重其事再來想民主了不是嗎？

艾可把網路放入這道電視大河之中，以為是其演化的又一階段或說更強大形式，但也有比較樂觀、比較存留希望的人不作此想，他們寄望寄情寄夢網路，願意暫時不多聲張其失序、狂亂、淺薄、嗜血等一堆問題，賭它是人類目前所可能擁有乃至於終極性的解放東西（帶著某種負責任的不安和孤寂之感）。這尚未完全揭明，且讓我們稍稍保持耐心，不必很久自會有答案，我們已身在一個運轉速度不斷加快的世界。

相較於電視，網路也許是新的，但說真的，截至目前為止網路這一場，我們又何其眼熟，而且感覺何其簡單、古老乃至於原始——這其實是某種初始狀態、某個初始階段，我們在人類歷史的各個角落不斷可找到它，比方某個新事物始生未明、未馴服的曙光時刻，或社會崩解開來秩序不再「那時沒有王，人人任意而行」的特殊時日，乃至於就是某個廣場，某處街頭，某一個狂歡的球場或演唱會現場云云；我們也已有足夠的了解，有豐碩的、遠遠超過於此的經驗和討論（光是探討群眾現象的精采書籍就有多少），這（暫時）是個平坦、同質、遂一眼可看到其盡頭的東西，包括它全部的美好和黝黯，包括它簡單直接如原始生物本能的強勁力量，包括它能做的和不能做的。只除了人在其中、人賦予它模糊的或深不可測的夢想。無政府是個非常非常迷人的東西，如人的某種亙古鄉愁，尤其當我們身在一個層層疊疊、太多規矩太多限制的寸步難行世界時，是的，當大人太累了，我們想回歸童年、回轉成小孩的樣式，狂暴破毀倒退，但本質卻是一首抒情詩。

然而，這也就不是一個穩定的、可一直駐留的狀態（我們或會想起《浮士德》，這馬上就是魔鬼梅菲斯特現身的時候了），往下，要不春花朝露一場，要不就得（被）整理編組起來，好正式進入世界——更可能的是，能夠整理編組起來的在這邊，春花朝露的在另一邊或我管你在哪一邊，同時分頭進行，統合和淘汰這也是我們最熟悉的下一階段事物進展標準作業，資本主義市場機制接手，或直接講吧，全球寥寥可數那五六家猶待一決勝負、誰取得統治權的超級大企業接手。

由此，我們便看出電視的「進步」，看出來何以到二十一世紀今天艾可仍說它是「某種新東西」，是某一「全新現象」，艾可指的當然不是科技層面的再進展再突破，而是電視和現實世界、尤其資本主義（「私人企業的利益」）精巧無比的結合，乃至於更深一層的，和人們普遍心理暨其行為（該不該屈服的就稱之為「人性」呢？）的美妙結合。

台灣的電視進展再實際不過的、數字性的告訴我們，三家電視台（尤其係由國家直接控制，多一層不民主的難忍色澤）太少，但一百多台又真的太多了，用不著，遑論無限大。確切的數字也許難以斷言，但二十到三十應該就夠了，就夠讓絕大多數人滿意且不造成困擾，同時把剩餘的、數量不足不達一定規模的需求連同其不滿反抗推至邊緣、推到構不成任何威脅的自生自滅角落裡去；更重要的是電視遙控器，這個每天被使用最頻繁、找不到它很難生活的東西（台灣的統計調查，每家每天平均按超過一萬次是吧），可能是當代人自由選擇的最精妙象徵物，它代表一種平衡，在自由和明確之間，在自主和被動之間，還透露出人願意為自由選擇所付出的基本代價，其用力程度大小、方式及其內容。如今如果一根大拇指就能完成，人幹嘛要用全部身體、用頭顱和滿腔熱血呢？

我的看法，純粹是我自己的看法而且還真心希望是錯的，網路的整理編組統一作業（已展開了，所謂的「雲端」不就是打造中心、打造唯一主神嗎？），最可能是依循電視的原則及其基本模式——而且，由於有資格爭逐的不是國家而是企業，繞從實用性的市場之路，往後多樣多元多種的逐步剝除消失，甚至不會引發我們民主思維這一塊的警覺；就算有所警覺（某些想太多的個人）也無從說起，這更進一步成為昆德拉所說「層次太高」的東西。

雲端還在雲氛霧氣之中，但對網路心懷解放希望的人，iPad的出現和席捲世界可能是一個極不祥的具體徵象，至少有挨了一棒的痛苦感覺，這個低階的、什麼都止於一般性、而且真的只需兩根手指頭的東西，宣告了我們的諸多遼遠希望多麼脆弱、不實際不是嗎？人們要的真的不多也容易被換取。iPad所揭示的新世界圖像，我們稍微認真來看來想，和我們熟悉的電視世界圖像，多麼類似又多像是它的延續。

每次三分鐘的世界

整個世界是否如艾可所言的倒退，這我們可以保留；我自己比較關心的是，究竟有什麼東西退回去了，像浪潮那樣打上來、觸到了又退回去。而浪潮只是整片大海裡極小一部分海水不是嗎？——近幾年來，這一浪潮圖像對我個人非常重要非常有益，我愈來愈常用它來想事情尤其事後的一一檢視，它不斷提醒我個人和群體的森嚴界線，乃至於人種種合理、遼遠、精細可能（說無限可能就太誇大了也不是真的）和窄迫可實現世界的森嚴界線，哪些認識僅止於個人，哪些思維就是沒辦法化為常識拉不動世界，哪些話語無法轉化回來或說只能是其中哪一小小部分，哪些事確實發生了但只能當它是一夕的花開，哪些東西人獲取了、已握在手中了但就是無法保有無力傳遞，哪些具體堅實的存在，其實只能在此界線之外，穿越過它，就變形了虛幻了遺忘了，凡此種種。萊布尼茲說我們眼前的世界可能是可實現世界的最好樣式，是否就是這個意思？否則他如何可能這麼鎮定（這的確有助於鎮靜人心，因為不僥倖不失望），把自己一輩子最精采的發現和厚厚一堆著述（已經都寫出來了）鎖進抽屜裡，至死都不拿出來，不放它們穿越這條界線？

我還是想回頭來講文字和語言，這是我比較熟的東西，我很確定這部分是倒退的，滿核心部分的倒退，影響可能比一般以為的要大——原來，它前進的路是這樣子的，從圖像到語言再到文字。文字尤其來得極晚而且不必然，它只占幾百萬年末端的最後五千年左右，這也顯示出文字於人的不自然不親切，距離人的生物構成、人的原始本能較遠，某種意義而言是「身外物」，人本來可以不必靠它存活。

大約六七年前或更早些，當時民主在台灣是一個激烈迫切而且掀動社會所有人的大議題，每個人都感覺自己有所義務，像應該先放下手中工作去當兵去上戰場一樣，不像今天這麼令人厭倦。錢永祥上過好幾次電視談話節目，連我都不幸去過兩回，我相信我們不再去的理由差不多——因為我們不稱職，表現並不好，讓人家節目冷場，總回答不出主持人想要的話語，尤其配合不了那股快速的激情（還一直徒勞的想拆解它冷卻它）云云。製作單位想必也很快發覺此事，兩邊一起喊停。

但我想，如果你無法讓錢永祥談彌爾、談霍布士、談馬克思、談以撒•柏林，也不回頭問他希臘城邦，問他這幾百年人類的各式各樣民主實踐經歷及其結果，至少問他清末民初、問冷戰那些年、問殷海光雷震等等，都不可能，那你找老錢幹什麼？或乾脆說，老錢究竟和其他人有什麼不同？我的意思是，這樣一個人之所以如此特別，正在於他所擁有這一大個睿智豐饒的世界，一個唯有通過文字的記述、反省、討論、探索和發現才得以獲取、才沉厚堆疊起來的世界，否則我們看到的只是個溫文、頭髮少了些且動輒遲疑沉吟（他總努力的想，給他三分鐘的時間該講些什麼，結果時間都耗在刪除和選擇上）的長者而已；話說回來，切斷和這一睿智豐饒世界的聯繫，民主還剩多少？通常只剩一些激情，剩一些本能性的衝動，剩一些最基本的常識和反反覆覆原地打轉的話語，民主成為濫用多數、如波赫士所說「濫用投票箱」的遍在遊戲。這是我們這些年在台灣親眼所見的，不借助文字來攀爬，民主很難逃離落底的民粹陷阱，它會一直停留在伊始階段一再重來，而且把社會其他方面的已有進展拉回去，以至於我們居然只能寄期望、寄民主的升等於厭煩，靠厭煩來擋下激情和衝動，把世界虛無化以取得平靖。

波赫士談史家吉朋和他的《羅馬帝國衰亡史》時說：「他並不特別推崇煽動的激情，以為這會摒棄更加必要的理解和寬容。」這本來是兩句我最想用來形容錢永祥其人的話，但我發現，這可能也是某種文字效果，文字是遠比語言大塊而且濕冷的木頭，又距離我們內心的火花稍遠，不容易瞬間點燃起來，這處隙縫，給了我們迴身的餘地，可以再多看一下想一下設身處地一下；人類過往這最後五千年，如此不同於之前的太古悠悠歲月，多出來數不清的可能，多出來太多非生物性的東西，讓人逐步走出原始蒙昧，其實都跟這個隙縫的出現、人五千年來一次次的多看多想多設身處地的遲疑有關。

你知我知，或說你我都讀過昆德拉這段著名的話，唯每次再看仍如此讓人動容，我們或可大膽把話中的「小說」改換為「文字」——「每一部小說都對讀者說：『事情比你想像得複雜。』這是小說的永恆真理，但是在簡單快速回應的喧譁之中，這樣的真理越來越少讓人聽見了，喧譁之聲先問題而行，並且拒斥了問題。」

電視播放的時間冗長、反覆，台灣上百個頻道幾乎都是二十四小時不收的，但總是簡單快速反應的喧譁。我們圖像的來說，如此鉅量的時間，只是由很多個不相交駁化合的各三分鐘所組成，是的，很像霍布士《巨靈》一書那個充滿喻義的著名封面圖，一個怪物般巨大無朋的東西，仔細看，是由一個一個原子般的小小人像拼湊疊合起來的。

三分鐘，是講話而不是書寫的時間單位，真正能夠使用的僅止於語言，文字進不來也幫不上忙；三分鐘的世界，其實是一個不會有文字的世界。而沒有文字做為厚實背景及其內容材料的語言，很快問題就走到了盡頭，詢問不下去，遑論討論。但電視時間又這麼長怎麼辦好呢？那就剩表演了，問題進一步被拒斥被消滅被壓扁成為舞台，天下之大，舉凡政治、科學、經濟、法律、環保、考古云云，盡付表演藝人，常常還是同一個表演藝人。

我們很嚴肅的、絕不帶任何譏誚的來建議，至少我們的政治相關科系，是否該不逃避的增加表演必修課程，並且把容貌和身材列為招生要件？——這樣，我們起碼還能部分的保護，我們未來的國家領袖、我們政治領導人仍有政治專業的可能，讓政治做為一種志業這句話仍有部分可能。

不產自語言・是產自文字

讓我們稍稍認真的再來看文字和語言，尤其文字復歸殞沒、回到語言，有可能發生什麼事——先說，這需要超過三分鐘的時間，而且難免沉悶、拖沓、臃腫，當然，我盡力避免如此。

語言直繫人心人身，靈動生猛，但隨風而逝如感官，說這句不容易記得才三句之前的話語（說者聽者皆然，「剛剛我們講到哪裡——」），又無法回頭翻閱，「由於總是被實景實物左右，我們不去注意如何表達或如何清楚的加以解釋。」（聖西門語），比較合適在實體世界隨機穿梭縱跳，橫向拉開旁及其他，大量產出我們對眼前世界概括的、初級的、零散的、一般而言不踩深兩三步的描述和思索（遂也很快會說完、會耗盡世界），難以編纂難以建構記憶來垂直傳遞。也因此，語言遂有一再重返生命第一現場的傾向，一次一次從頭發現、描述和思索，一代一代人重來，人的生物性限制（尤其是死亡）於是成為人認識世界的右牆，很難踰越——基本上，在人類發明出文字之前的漫長幾百萬年時間大致就是這樣，並非萬古真如長夜，並不是那幾百萬年的人比較笨、無感或不思不想（這是錯覺），更不會是人的生物構造忽然在距今五千年左右起了什麼戲劇性變化，而是因為並沒有文字，認識成果難能留住隨人消亡，盡頭來得早，一代代人都從起跑點開始，一樣前行到一定距離，也一樣差不多就是該死的時候了。

文字並非單純的記錄語言工具，或者說，一開始可能打算是，或人理所當然的以為是，但語言可以因此「固化」處理，磚石一樣大量存放而且堆疊（堆疊比單純的存放有趣、有變化），記憶可以隨時翻閱查詢，這便是多出來的東西、未曾有過的新東西了，成為接下來全新的演化條件，帶進來前所未有的可能性。蘇格拉底（或其實是柏拉圖）早早敏銳察覺出來文字和語言這兩者非從屬、不全然重疊包含的這一部分，尤其清楚指出文字脫離生命現場的此一傾向，他感覺這裡有危險（也許危險之感正來自於不確知、不曉得會走去哪裡，但柏拉圖還是用文字把這個擔憂留存下來），但並未賦予此一強大記憶新能力足夠的重視，特別是未來的開拓力量這部分。今天我們已知道了，記憶的大量保存堆疊並非如蘇格拉底所憂心把我們僵直的困在某一個已消逝、已事過境遷的時間裡，喪失掉與時俱進、持續盯住流變不居世界的必要注意力和靈動微調能力；可能恰恰好相反，文字脫離生命第一現場，從另一面來說正是，文字「不必」屢屢回轉生命第一現場，不必一再重複做人之前做過的事，經驗可直接嫁接（當然，如蘇格拉底擔憂的，會有所流失，更會走樣），後來的人可直接從前人力竭停止處開始，這樣的新演化從此是拉馬克式的而不再是達爾文式的（即後天的學習經驗成果可「遺傳」），或如達爾文忠誠信徒古爾德說的，達爾文式的生物演化當然仍在進行，只是太緩慢太細微而不重要了，未來會豁然打開，會加速，文字帶來的真正危險不是僵固，反倒是變動，一種不再有生物性機能時時伴隨、一種往往全無經驗拉扯校正規限的變動。

也就是說，從文字看似乖順擔任語言記錄忠僕同時，它遠比語言強太多、多太多的記憶稟賦，讓文字悄悄生出「異心」，很快便使它得以觸及某一些語言難能企及、或碰觸到但難以占領難以確實周全理解如海潮退去之地；一部分文字伸頭出去，不必再通過語言的前導自己直接面對世界——這一道無聲的、潛行的新認識演化之路，可能從人的思維改變啟始。人的思考原是語言性的，或至少相類於語言，同樣源自於、嚴格受限於人的生物構成，也一樣會不斷被當下世界的豐碩實物所誘引所破壞。專注力的長時間持續自古以來都是最困難的事之一，所以孔子始終不放心也不鼓勵沉思，不以為這是人學習、亦即認識展開的好方式，他訴諸自身經驗的說一整天的沉思成果甚至還不如幾分鐘的實際學習操持。人心如野馬、如奔騰流竄的無岸之河，或如《西遊記》所說「心猿」這樣一隻很難馴服、總一記筋斗雲就十萬八千里遠的野猴子（更有趣的是，硬要馴服它的緊箍咒代價是劇烈難忍的頭痛不是嗎？）。人的閉目沉思，更多時候是「減法」的，是自我療癒性質的，為的毋甯是整理心情穩住自己，而非多學多能，當然，也常常真的就打盹收場。

我女兒謝海盟提醒我（我問她好確認筋斗雲的飛行距離），十萬八千里正正好就是唐僧取經的步行里程數，這應該不是巧合。意思是，故意讓千山萬水、滿是妖物阻攔的取經作業只等於孫猴子的一記縱跳，毋甯是凸顯兩者有趣的不同和無法替代，否則唐僧的旅行在抵達五行山、揭開封印那一剎那就夢一場般完成了；唐僧騎乘的不是「心猿」而是「意馬」，那隻由小白龍幻化、一步一步走、代表日復一日堅實意志的勞役馬。這個再明白不過（明白得有點尷尬）的隱喻，今天背包旅行、每一處都走到看到吃到還拍到的年輕人應該都懂。

思維的決定性改變為何？我以為就是書寫，文字開始直接面對世界，不必語言做為中介了。文字築成的河岸，文字豎起的航標，思維從此有了焦點、約束、路徑和方向，過去只有心思最沉靜、意志力最安定的人，或某些怪病比方自閉的人亞斯柏格症的人，才堪堪擁有的長時間思考能耐，從此變得簡單，靠文字、靠手中一支筆如杖策，一般人都不難做到了——這同時也是我個人這十幾年來確確實實的、且愈來愈清楚不疑的經驗，書寫不是想完了才開始寫，不是記錄、兌現思考的結果；書寫就是思考本身，就是思考完整的步步為營過程，就是思考的最精純樣式。如果說，一篇文字耗時一個月兩個月，一本書得三年四年才寫完，這意味著，你的思考不再只持續三分鐘了，而是綿密的、集束的穿透過年月星期，你甚至不怕被生活瑣事、被有限度的噪音、被吃飯睡覺和突如其來的夢境給打斷，每一天早晨你都能重返它、再接續起它；不擔心三句話前自己講了什麼，三千句話前的都能找回來，不就翻到那一頁、那張稿紙嗎？海明威告訴我們，最好每天寫到明天要如何接下去寫「心裡有數時」停筆，然後就可以放心去喝酒、尋歡或尋仇找人比拳頭，想想這麼浮誇沒定性的人都能，這世界不能的人其實就不太多了。

京都大原的美麗三千院（小說家林俊頴最喜歡的寺廟之一）後頭有一道瀑布，名為「音無の瀧」，相傳是因為瀑布水聲嘩嘩不絕，打擾了寺裡某大禪師冥思悟道，遂帶著詛咒命了此名，要它自己知趣閉嘴做個沒聲音的瀑布。這對我這樣一個在咖啡館裡寫、沒修沒為、時時曝露在城市千百種噪音之中（最吵的是「女性家長」）的人簡直不可思議，不是鳥鳴山更幽嗎？不是說旗不動風不動只有你自己心動嗎？水聲是多好求之不可得的聲音，咱們要不要換一下？這不是牽拖會是什麼？我也是這樣才發現，原來文字書寫不僅可以讓你離開生命第一現場、不受實景實物實聲左右，更好的是，你因此「敢於」隨時折返生命現場，重新接納實景實物實聲，校正自己，微調自己，好恢復完整的感受，讓所思所想有機會保持在人間，不必一開始就悲壯的二選一，不必封閉自己其他感官，不必把自己判刑般關入黑壓壓的個室或甚至蒙住耳朵刺瞎雙眼。文字是聯通自我和外頭世界的一扇任意門，隨時可開可關，讓人放心。離開生命現場太久的沉思其實是有沒頂風險的，人容易變得狹隘，變得頑固不通人氣，變得，呃，有點神經病，更糟糕是變殘忍（因為生命喪失了實體之感，成為某種抽象的東西，或名稱性的東西），聖經舊約那一堆獨居幾十年的曠野先知，他們的狂亂和無視人命犧牲大約就是這麼發生的。

文字，以記錄語言為始，轉而自己面對世界，此事日後在人類歷史又重演了一回，至少在歐陸很清楚是這樣子，這回可讓我們看更仔細些——一如波赫士提醒我們的，詩本來是歌；我們何妨也說，現代小說原來也（打算）是話語，是更多無法順利編織成詩歌、第一波文字形式無法捕捉記錄、只跟一時一地生命現場緊緊黏貼並隨之變動流失如在地新鮮蔬果的話語。我們所說歐陸領頭的「散文化」，便是人們（再次）意識到這些詩歌運送不出來話語的價值，要文字再努力一次。

現代小說之醒目不同於詩歌，一開始，便在於文字的全面話語化，而且不只書寫者一人講話——巴赫金所說的雜語性，便在於小說對話語原原本本的、盡可能不加裁切的保留，包括每一個不同講話的人（詩統一轉換成單一說話主體，即詩人自己），包括其原始完整語句（小說使用斷開的、獨立的對話交談樣式，還佐以符號分隔），還試圖一併存留其原音語調（於是使用了一堆只模仿聲音的所謂虛字如重新牙牙學語，最駭人的例證可能是中國民初胡適之一干書寫者，他們有點弄錯了，模仿起青春期少女來）、其表情手勢和身姿（皆視為完整話語的一部分）、其話語速度（文字模擬其疾徐、停頓、轉折、縱跳云云，甚至還模擬口吃）、乃至於重現話語當時的確切情境（時間、地點、光影氛圍，還有聽話者誰）等等。現代小說一開始的強烈寫實要求，其實並非一個突如其來的獨立美學主張，不是某一人某一派，這包含於人認識世界的延續之中，是文字的一個階段性、特殊性的全面工作，文字「暫時」放棄自身的獨立性及其思考，重新回去當語言的忠僕，先不忙著胡思亂想的把所有聽見的聲音（連同第一感的視覺印象，即圖像，比語言更原初的東西）盡可能記錄下來再說。是的，某種意義而言，這就是日後人類學者的田野工作，如朱天心在她《想我眷村的兄弟們》和《古都》書寫所重新意識到並明言指出的，差別只在於現代小說的田野工作就展開於自身的社會之中，由近及遠，所以提前幾百年開始，並且以更綿密更拆解也更肆無忌憚的多樣方式工作，畢竟小說家面對的是遠較複雜也更處處危險的認識對象，遂也更難提出一般的、普遍的、有序的結語。如果由我來說，我會講現代小說正是日後人類學的先驅，還先於人類學前身的社會學，就人和其認識對象（眼前新世界）的基本主客關係、意識及其延續性而言是一致的，儘管這麼說對人類學者似乎有一點點冒犯。

人類學者的工作當然不僅止於聽寫記錄，這只是期待完整認識展開的某一初步搜集工作，小說也一樣。賈西亞・馬奎茲不愛寫對話，朱天心也一直是，寧可把對話解開來置於敘述之中，把話語重新融入文字裡；賈西亞・馬奎茲的說法是：「因為西班牙語的對話總顯得虛假造作。我一直認為，西班牙語的口頭對話和書面對話有著很大的區別。在現實生活中，西班牙語是優美生動的，但寫進小說就不一定了，所以，我很少寫口語。」

但這極可能不僅僅是西班牙語的特殊問題，而正是語言和文字的必然分離，是所有語言共有的、且很快會撞上衝不過去的極限問題。這裡，我們只談一點，那就是幾乎所有小說書寫者早晚會碰到的，有些必要的話，內容深奧一點的、情感綿密一點的、感受微妙一點的，如何能再化為口語說出來？該安排由什麼樣的人來說？如何讓書中人物合宜的、合理的、不顯得神經病發作或神靈附體的順利說出口？於是，我們會一再看到某種神奇的小說，包括日本大氣球村上春樹在內，書中隨處是智者哲人，流浪漢、十五歲翹家女孩、大樓警衛、小山鎮客運司機、路旁老農婦、酒吧夜班酒保女侍、乃至於深夜依約造訪的應召女，每個都談人生，還滿口尼采、康德和黑格爾，都能跟你進一步討論馬克思商品拜物教和德希達符號漂流問題，必要時，就連樓頂被人棄養的一身傷疤黑貓都能說量子力學黑體輻射，或更簡單，作夢，指定夢出一個什麼都知道又肯說（上帝有時不太肯說）的人——

《戰爭與和平》，書中皮耶、安德烈公爵乃至於美麗的娜塔莎等等，都是知識程度高一般人一截、有想事情習慣且身處一個時時處處逼人想事情歷史時刻的人，書寫者托爾斯泰又是小說史上技藝最佳那寥寥可數一層的巨匠人物，但在《戰爭與和平》書裡，這些話由托爾斯泰自己跳出來說（也就是由托爾斯泰以文字直接寫出來），而不是套招般由書中人物裝著討論、裝成無意中發現。

根本的原因其實很簡單，這些「話」，本來就沒有人能說出來，這些本來就是文字的而不是語言的，是幾千年時間文字的獨力工作成果，語言無法上達。一定要「翻譯」回口語說出來，一定要把語言硬往上拉，這是強語言所不能，不得不顯得如賈西亞・馬奎茲說的「虛假做作」。文字第二次全面重返生命現場（或巴赫金所說的民間世界），但這已然是有著幾千年自身思維成果和扎實記憶的文字了，很多事物它已知道得遠比表層性的語言深入而且完整，就算沒見過沒想過的新東西它也很容易（很快）有看法有判斷力還有意見；文字可以新來乍到的謙卑有禮，但很難真的一直裝傻裝天真，所以現代小說書寫的發生，其實是敘述的而不是單純口語的，它一開始就無法滿足於只是口語。

我最近在一趟旅途中帶身上重讀李維－史陀的《人類學講演集》，這其實不是一般演說，更不是親切的說話，而是他在法蘭西學院的其硬無比講座課程內容，封閉於一群極專業、有深厚文字閱讀準備的高等人類學學生中（李維－史陀要求絕不准錄音錄影）。其中，像圖騰制度和野蠻人的思維、生食熟食、從蜂蜜到煙灰、餐桌禮儀的起源、裸人、面具之道等等，日後都寫成了文字專書，因此，我的閱讀其實是時光倒流的，像是重返只有鷹架的建造時日，彼時書寫者猶在想、在猜測、在試探，遠比日後的成書還難看懂。李維－史陀解釋：「我把尚未成熟的材料拋給聽眾的主要理由，是我默默的保證最終會為他們提供成品。他們知道我沒有浪費他們的時間和注意力來從事無聊的遊戲或進行沒有前途的嘗試，他們在課堂上的默默無言但可以察覺的反應幫助我澄清概念，理清並發展我的思路。我希望以後出版的書籍至少是對他們幫助的回報。他們以他們的耐心或不耐煩的表情間接的對這些書籍做出了貢獻。」

這其實和賈西亞・馬奎茲一樣。賈西亞・馬奎茲不在採訪時談自己正在寫的東西（「老實說，我對那些在採訪時大談其未來作品情節的作家感到有點可憐，因為這證明，他們的事情進展得並不順利。」），如同李維－史陀要求的不准錄音錄影流出；但賈西亞・馬奎茲和他的知己好友關門說，也如李維－史陀的封閉課堂，「我是要他們幹一件苦差使。……用這種辦法，我就能發現哪兒寫得成功，哪兒寫得還有缺陷，這是黑暗中認清前進方向的一個訣竅。」

最終，李維－史陀以一句話結論——他的口語課程是，「付諸文字之前的討論」。

也就是說，真正完成的成果是他所謂的「以後出版的書籍」，是文字。這不是偏好，更不是美學選擇，而是人類歷史早已完成的認識規格問題。人類的認識之路，早已越過了鬆垮的、大而化之的、或可稱之為童年期的口語階段，至遲從柏拉圖以後就已是這樣了。

重新搜集更多材料，重返語言現場，原來並不是要退回之前那個階段。李維－史陀，被稱為田野做太少、書又讀得太多的人類學家，他也告訴我們，美洲的聽寫記錄人類學材料，可供現在將來的人類學者安心的在其上工作幾十年，這意思是，真正深層的研究思考工作這才待開始而已，由文字接手。

現代小說的出現和進展，快速的、具體而微的重演了這一認識之路。語言淺而廣、且大量重複的特質，其搜集工作其實遠比想像的進行得快，一代人就足夠了；我們換由小說書寫這一面來說是，以這樣語言性的書寫方式，這些看似才剛冒出來滿地都是的新材料，其實並沒那麼禁得起直寫，很容易耗竭。這解釋了這些年我們一再親眼所看到的小說書寫「火耕者」現象，東歐、中南美、非洲，一塊一塊新沃土的消失快得令人沮喪，令人絕望（人的生命現象，從大自然的考驗到人的發現應對之道，如李維－史陀指出的，兩邊招式並沒太多樣，舊大陸新大陸是高度重疊的）。賈西亞・馬奎茲寫他一個人的生命經歷和見聞，但這同時也是百萬人千萬人的共有生命經歷和見聞；莫言每完成他一部小說，很多人也就來不及且不大可能再動筆了，或說明明忠實於一已親身親眼親耳經歷的作品都只能是抄襲模仿之作，這情何以堪？眼前有景道不得。地球真的很小很小，表面積尤其就那麼一圈而已一覽無遺，人可以存活以及小說可以存活之地再沒有所謂的祕境，這事已故的不可思議小說家格雷安・葛林最知之甚詳。

人不存活的地方也許還可能有詩，把詩像發射火箭射過去，但不會真有小說，這無關乎虛不虛構。

小說書寫若還有可能，那就得離開表面往深處探勘挖掘，這是基本數學，三維和二維的大大不同，大非常非常多。往深處去，事物、人心、生命本身云云，如此，每前行一步，語言能跟上、能抵達、能幫忙的愈來愈少，文字得獨自思索，獨力面對。所以賈西亞・馬奎茲這麼說，他描述的顯然是一種靜默無語的、一念清明的、隻身探入的文字工作形貌：「實際上，我認為，在文學創作的征途上，作家永遠是孤軍奮戰的，這跟海上遇難者在驚濤駭浪裡掙扎一模一樣。是啊，這是世界最孤獨的職業，誰也無法幫助一個人寫他正在寫的東西。」

王安憶，以及中國大陸一干小說家有個質疑——人在上海的王安憶注意到小說的「失語」現象，所謂「失語的南方」，指出來大陸（尤其北方）的小說家用語言書寫，台灣的小說家則用文字書寫，彷彿是一種光譜式的地域差異，或就是緯度差異，像日照或溫度的變化也似的。如此，上海大致落在南北中點交壤之地，像古希臘那隻後來餓死的驢子，是語言是文字，左顧右盼何去何從，所以這可能也是此時此刻王安憶自己確確實實的煩惱。

但這樣的質疑（我以為質疑者包含著某種自衛／不安之心），還是有點何不食肉糜的味道——我承認自己有等著看好戲的心理，看著好了，大陸的小說書寫者一樣很快會發現（也許年輕的、城居的小說書寫者已開始了），除非滿足於某種原地打轉的不斷重複，或乾脆轉向某種享樂的、消耗品意味的通俗小說，否則，朝文字毅然走去應該是唯一的可能，這是不得已的，也是積極的；「南方」不是失語，而是在小說書寫上已接近耗盡接近完成，這件工作，南方走得比北方快。

關鍵不在空間差異，而是時間——圖像，語言，再到文字，出現在人類世界的時間不一致，這個簡單的歷史事實或許正告訴我們，三者並非平行的選擇，並不是可任意相互替代的工具，而是一趟人不解認識的百萬年旅程。此一歷史事實，以及箇中道理無可逆轉，如納布可夫說的，我們離事實永遠不夠近；但人或許可以，人可以喊停，甚至退縮回去，回去一個比較輕鬆比較怡然的位置，做起來也很簡單，你截斷文字、忘掉文字、不去叫醒文字（如愛默生所說）就可以了。

先解決監視器吧

高估未來，意思是我們預期未來的收益，其中有多出來的部分。昆德拉以為這樣的高估並不算犯錯，那是因為從文字鋪成的路來看，這部分是成立的，某些比較好的未來是合理的，這甚至不算什麼了不起的高遠夢想，僅僅就是下一步而已，荀白克才顯得如此篤定有把握，彷彿時間一到錢就自動匯入你戶頭似的；但在昆德拉所講既無理性又沒邏輯的現實世界裡，這樣的未來拐了個彎實際上並沒發生，而且還讓我們就此感覺永遠不會發生了，狗為什麼沒有叫呢？那也是因為，根本的來說，文字不斷的被驅趕出去，連同那些因文字才發生、才得以存有的記憶（包括書籍和書寫者），因文字才得以顯現的未來，因文字才可堪觸及、才生成的想像，乃至於我們說的文字思維，也只能一一跟著殞沒——我們和未來的合約，原來是文字寫成的。或說，我們一直以為自己手握這樣一份不錯的合約。

可是未來，那是一條大河啊，話語的洪水氾濫，上面漂著的可不僅僅是作曲家的浮屍而已——多出來？對人來說，文字是不是個其實多出來的東西？我還不確定自己要不要這麼相信，這還只是個掙扎中的念頭而已——再仔細點想，文字不只才五千年而已，事實上，在初民的社會，只有百分之五比例發明出它來。我想起我童年當時，這也不過才五十年前而已，生活周遭還多是不識字的大人老人，以至於才念小學幾年我就不只五次十次的幫他們念過信、看各種通知書，報紙當時還是奢侈品，書基本上就是課本，讀書一事是特殊的，只發生在學校內，是一種義務（民國五十九年起此一義務由六年加長為九年）。日本人有意思的把努力讀書寫成漢字「勉強」，還真是滿勉強的，這個曾經很用功的國家，如今電車上咖啡館裡還看書的，倒過頭來是寥寥幾位老先生老太太，宛如一整個時代、一個歷史階段的完結及其落日遺跡。我看他們「全能住宅改裝王」這有趣的電視節目，居家現代化更新的重點之一便是生活必需品激增擠壓所發生的迫切收納問題（當然還有衛浴的打造），鞋子、衣物、餐具、玩具、乃至於衝浪板腳踏車釣魚竿等等，但除了一對夫妻教授，書從不是重點（有回是幾千本漫畫），每一人家都沒幾本書，這真實不欺到一種地步，就是每天每人的現實。給家中在學小孩巧妙擠出的個人新空間，書的收納也就一個小書桌足矣，書只是書桌裡的一小部分；事實上，如果是國高中女孩，設計者（稱之為「專家」）貼心的贈禮且引起尖叫的，必定是化妝配備機關，書桌裡有面隱藏的鏡子，底下可放一堆瓶瓶罐罐。

人類（不是個人，個人太自由太不可測）是否莫名其妙走上這道文字之路？或至少已走得太遠超過某種負荷？是否一直有他真正合適舒服的位置，跟上升的輕煙和墜下的石頭一樣，其實有他喜歡保持的位置及其原來模樣？是否，除了身體構造幾乎完全沒變之外，還有更多其他部分，人類仍舊是文字之前的那樣的人，尼安德塔人？或克魯馬農人？始終有一個強韌的、比什麼都持久的回歸力量作用在他身上，如同黃昏時呼叫遊戲的小孩回家？

或我們換種說法，文字，以及因文字才有、才發現的所有東西，對人類來說始終是異質的、不夠親切的，和人最根深柢固的生命構造、生命樣式不真的能化合起來，是他稍一鬆手就復歸遺忘的？過往這五千年，撐住我們這趟迷途之旅的，也許是某些執念，是某個人、某些人成功說服了所有人跟著如此，就跟第一代的老阿加底奧一樣，他其實是為了逃開悲傷的鬼魂普魯丹西奧才糾合大家出走，由此建造了馬康多；第二次，他要找尋更大的世界，大家也還跟他，在歷經了幾十天再看不到太陽的原始森林迷途之後，抵達了汙濁起泡的大海，發現天殺的馬康多原來四面八方被水包圍，哪裡都去不了；第三次，就連他的妻子歐蘇拉都不願走了，要他不如管管正悄悄長大、驢子一樣野的小孩。我們曉得，最終，賈西亞・馬奎茲還讓馬康多從地球復歸消失，就在第五代的奧瑞里亞諾破解遺稿的那一剎那，這是一段極美麗的文字，我們看中文譯成後仍這麼好，文字真的是好東西不是嗎？「……此時一陣風慢慢吹起，是新生成的風，暖洋洋的，充滿過去的聲音、古天竺葵的呢喃、壓過鄉愁的幻滅歎息。當時他正在發掘自己存在的第一個先兆——看到好色的外公跋涉虛幻的高原，尋找一個不能給他幸福的美女——所以沒發現那陣風。奧瑞里亞諾認出是寫誰，便追察此人子孫的祕徑，發現某一個黃昏在滿浴室蠍子和黃蝴蝶之間，有個技工滿足了性欲，有個女孩子為反叛而獻身……結果懷下他這個胎兒。他看這一段看得很專心，第二陣風呈圓柱狀吹來，吹鬆了門窗的鉸鏈，掀起東廂的屋頂，弄垮地基，他還一無所覺。此時他才發現阿瑪蘭坦・歐蘇拉不是他姊姊，而是他阿姨；法蘭德斯・德萊克爵士攻打里奧哈察城，只是要他們在最複雜的血統迷宮中互相追尋，生出害家脈斷絕的神話動物。下面的事實奧瑞里亞諾已經知道了，不想浪費時間，就跳過十一頁，轉而譯他自己目前的活動報導，預知他將要譯遺稿的最後一頁，活像照一面有聲鏡子似的，此時馬康多已被聖經的颶風化為一渦一渦可怕的塵泥和沙礫。於是他又跳幾頁，提早看最後的預言，想確知他死亡的日期和情況。可是他還沒看到最後一行，就明白自己永遠踏不出這個房間了——書上預言他奧瑞里亞諾，巴比龍尼卡譯完遺稿的時候，此一幻影城將會被風掃滅，由人類的記憶消失，而書上寫的一切從遠古到將來……永遠不會重演，因為被判定孤寂百年的部族在地球上是沒有第二次機會的。」

我得說，錢永祥遠比我這樣的人處境困難，需要更強的一顆心臟，原因很簡單，文學可以是一個人的事，而且幾乎一個人就可完成，但政治、民主從來不是，這從來就是集體的，如吉卜齡所說還津津樂道的「大遊戲」——集體比較脆弱且窄迫，脆弱很多，總是隨時代而轉；相對的，個人的分歧性、變異性大，存活的成本低，反而有機會存留可能存放希望，就像我們都有的經驗，再貧乏再奄奄一息的社會，總還有那麼幾個有意思的人，至少有那麼幾個老阿加底奧似的瘋子，願意不理性的去做大家都不會再去做、以為已不可能的事，就像聖經說的，再惡貫滿盈的城裡總還有那幾名義人，有比方羅德一家人尤其是他那個深情款款、因不舍回望化為一根鹽柱的妻子（小說家馮內果說之動容的羅德之妻）。養活一個人的文學書寫暫時還沒那麼難，只要書寫者本人不胡思亂想，不以為有那麼多「必需品」，你相當相當程度可以不理會這個世界說什麼要什麼，並且，你也還找得到最低限度的讀者聆聽者（或說他們找到你）。這所謂最低限度的意思是，可以在心志、信念層面撐住書寫不至於陷於全然的虛無，還可在現實經濟層面撐住你仍有機會成書出版。但養活荀白克的音樂，養活侯孝賢的電影，以及養活像錢永祥這樣對民主政治的關懷和殷殷希望，成本的計算就完全不一樣，比方你自己是否粗衣糲食意義不大，至少得問別人（夥伴、受眾云云）想過的是什麼樣的生活。從工作成本大小，到工作必要的協同規模，再到最終對受眾人數多寡的依賴，每多往集體靠近一步，回歸的作用力量也就愈大，未來也就愈禁不起高估。

數學好的人，也許可據此幫我們建立起一個基本公式來，好估算每一個工作領域、每一種被高估未來的剝落時間，我們好先有所準備。

最終，不只收音機和電視，我還想多跟老錢說個小東西，監視器，一樣來自米蘭・昆德拉。

昆德拉在他《不朽》這部美妙小說裡創造了一個奇異的人物，阿弗納琉斯教授，穿梭在兩層世界裡，他既能跳出來和書寫者昆德拉直接討論那些難以置入小說的較深奧文字東西，也隨時轉身進入故事中當個觸發或目擊某事的路人甲。教授懷裡總是揣一把尖刀，像是遙遙呼應著故國那位害怕汽車馬達噪音四處流竄的翁恩格貝爾特先生，教授用這刀子刺穿巴黎街上夜間停放的汽車輪胎，廢了它們，像從事一樁每天準時上工的大夜班。他得意的告訴昆德拉本人，只要糾合十五個人十五把刀（三個五人小組），他有把握在一個月內讓巴黎馬路上跑的車子完全絕跡，語氣豪壯得很像葛林《喜劇演員》中的騙子瓊斯少校，在戰火烽起、政府軍和祕密警察大舉搜捕的海地，「給我一支五十個人的部隊，我會帶著他們像一劑瀉藥般通過這個國家。」

但這是不可能的，最起碼在我們今天的大台北市已絕不可能了，可見的未來更不可能，不出三天教授和他那把罪證確鑿的尖刀必定出現在某警察分局裡——教授（或昆德拉）知道有一種叫監視器的東西嗎？另一種微小、廉價、低階科技、繁殖力強得不得了的新黑死病菌？我和朱天心每天晚上餵養流浪貓，每三公尺就有一隻小細菌（不是老大哥）的灼灼眼睛瞪住你搜集犯罪證據，有些還伴隨那種感應的、逮到你了吧的探照燈光。我們那三條窄巷子，文明得很，幾年內沒聽過有內衣竊案什麼的，而這些春筍般的監視器，要不是以興昌里民權益奮力爭取預算來的，就是住戶自己慷慨掏腰包裝設的，也就是說，全是民主成果而不是集權迫害。

「為什麼不調閱監視器畫面呢？」這是我們幾乎每天都能聽到（尤其從電視上）的一句話，說來悲憤，說得當權者啞口無言自覺怠忽職守，這到底怎麼回事啊？人類拚死拚活幾千年，才有限度的遮擋住當權者的監視、竊聽和跟蹤，讓祕密警察及其相關族類成為這個星球最見不得人的東西，但他們轉個身全堂堂皇皇如王師回來了，在簡單快速回應的喧譁聲裡。

於此，我們有什麼可說的呢？我們有，有一整塊近乎無邊無際的文字析理思辨成果，理性、精緻、睿智而且英勇站在一般人民權益這邊（但一般人民跑另一邊去了），這種初級層次的問題早已想清楚也全處理妥當了，我們可以講基本人權、講正義、講憲法、講權力本質、講國家和社會究竟何物、講消極自由私人空間等最終不可讓渡底線、講人類歷史一次又一次經歷及其可靠結果和其可信代價後果等等，這一堆，足以塞爆一整座大圖書館，或堪堪構成一個錢永祥，但麻煩你三分鐘內一次講完。

也許在討論電視之前，我們容易的先來，應該先討論監視器是吧。

每天都在查禁書的 唐諾

今年（二〇一一）九月，我和朱天心應邀參加台北《思想》雜誌的一場座談會，主題不大容易說清楚，大致上是「文學與時代」「文學與社會」之類的。這是學者的談話場域，有他們特殊的關懷、期待以及其一貫論述線索，基本上和實際的文學書寫是平行的、不相交駁的，你要參與得換一種心思，是你去，而不是他們來；甚至你感覺自己是某種業界代表，比方檢討交通問題時請兩個計程車司機、砂石車司機到場之類的。在那裡，文學被擺放的位置怪怪的。

第一時間，我想起的是二十年前老朋友詹宏志講過的幾句話：「之前我最喜歡的是七等生，但我談的最多的是陳映真；當代小說家中，我最喜歡的是東年，但我說的最多的是張大春。」——當然，三十來歲當時的詹宏志有他一己的文學鑑賞和偏好，這部分我不負責也不推薦。這幾句話有意思的地方在於，詹宏志經驗的、統計性的證實，很久很久以來，我們談論文學的方式，更多時候並非哪部小說寫得好，而是哪部小說有話可說；換句話說，文學並不怎麼創造它自身的話題，文學不真正被看成有什麼可信的發現力量認識力量，是社會先有某一個發現在那兒並持續討論（由誰發現呢？），比方說三班制生產線勞工被剝削，或與時俱進些，城市居民普遍有睡眠不佳現象或學校大欺小霸凌事件愈來愈嚴重，所以，上吧文學，去蹲點去追蹤去描述去做成個稍微有血有肉有因果情節的完整報告回來，最好就是個感人肺腑的故事。文學書寫仍被視為是落後一大步的，它是反映的、補充的，然後是柔化的（這可能才是文學如今最被期待的部分），技藝的要求是純表現性的，用某個特殊（但不可讓人看不懂）的方式再講一次我們都已經完全知道的事及其內容，所謂動人並沒超出直擊催淚的意思太多，多了我們也不要或不信任（文學總是誇言的、編造的、焦慮過頭的不是嗎？不符合知識的基本樣貌），大致是這樣。

我真的有點厭倦這種談論文學的方式了，已接近大家不必讀小說就可以談論小說的地步了，這於是衍生出另一個現象，那就是先立項再充填內容，以類聚以群分，所有人不管才智愚庸忽然平等的擠同一平台上——比方談鄉土文學，劈里啪啦列七八個一排小說家或小說名字；談新一代書寫，一樣也是七八個一排名字，只是換成三十五歲以下；談女性書寫，又一排；談同志書寫，再一排；談酷兒小說（這是個什麼呢？），還是一排。問題是，這為數七八個只剩前後順序（依水平？依年資？依姓氏筆劃？依記憶先後？）的名字，其中極可能包含了三到四個不同檔次、可用天差地別來形容的書寫者，有你三年五年反覆讀反覆想並天天期待他快交出下一部作品還祈禱他健康長壽的，也有你根本沒當他存在甚至好心想介紹他另一個工作的；他們真的是完完全全不一樣的人，絕不因為他們都把某一部小說設定在某個人口不滿五百的小山村或彼此年齡相差三歲之內，就自動生出有意義的、千絲萬縷的緊密關係來。

讓他們擠一起，最終呈現的是一個沮喪的圖像，一種往下拉扯的公約數圖像，真正成立的、成為主體的就是其中最差最底層的那個，超出來的、異質的全被刪除，這是基本數學；這因此也是個最馴服的文學書寫圖像，文學就算抵抗著A，也只能是B的打手或刺客而已。也難怪納布可夫會這麼生氣，納布可夫在被問到這種立項式的法國新小說時，他很不爽的回答哪有什麼新小說不新小說的，只有一個名叫羅柏-格里葉的天才，和後面跟著一排對商業利益、對社會名聲有所期待的模仿者追逐者。

我和朱天心還是去了，朱天心如今有個理性計算原則，「當拒絕比接受更麻煩時，那就死心選擇接受」。

我去，其實只想說出這兩句話，這還不是我講的，是波赫士：「小說（當然不止小說）應該像一個書寫者那樣寫，而不要像一個時代那樣寫。」我唯一想添加的是，由於時代的形貌起了變化，如今書寫者可能得更進一步，還要抗拒著時代那樣子寫。

出版書的唐諾和查禁書的唐諾

在如今這麼一個時間大加速的時代，我們愈來愈容易出現某種集體性的記憶殘留現象，頑強的、緊抱不放的，像羅密歐與茱麗葉這兩家人的天長地久仇怨，像勒卡雷小說裡那些仍相信二次大戰並沒打完的情報人員，你一心瞄準的敵人已不存在了或至少萎縮到不成威脅了，但他們仍堅持和那個巨大的幻影作戰。

也有清醒但壞心眼的人察覺此事，但選擇不揭穿它，他們利用這個社會執迷，可想出各種有利於己的詭計。

文學的集體世界裡，難以更新的古老記憶至少有這兩個，一是有關性的書寫，另一是敢於對抗國家的書寫。這兩個有寫就有、就自動被加分的「正確」，通常我們會在這兩種集體之地找到最多，一是上述的這種文學討論場合，另一則是文學獎——我曾經在一次小說獎的決審時駭然發現，十五篇左右的入圍作品中，居然有七篇寫到女孩的初經，紅通通的一片，跟規定一樣。問題是，誰也無意藉由這一生理現象再多說點什麼、再往下探問什麼，而我們今天誰都有這個基本常識了不是嗎？這構不成啟蒙，也很抱歉製造不出絲毫驚嚇；這只剩無聊，很無聊。

我想起波赫士轉述的，據說一整部《古蘭經》並沒一次提到駱駝。先知當然是騎駱駝四處宣揚真理的，但先知並不覺得需要交代他的交通工具。

這給我們一個很錯亂的時空圖像，以及一個很土的文學樣貌——當我們再次回轉二〇一二年此時此刻的台北市，會有某種今夕何夕從哪個洞窟探出頭來的感覺。即便如我這樣較古舊的、諸如此類資訊並不發達的人，都知道有網路有電視政論節目還有名嘴，還知道老早就有老光華商場滿滿性愛光碟鋪成如極樂天國的地下樓層（當然，也隨著新光華商場的進駐而消散了，歷史又快快翻過這一頁，如今大家直接從網路下載觀賞，更自由更私密更隨時隨地）。老光華商場這一層，天國設置於更像是地獄的位置，曾經是台北最後一處舊書攤聚集之地，承接著更早的牯嶺街，我手中一堆書包括台灣銀行版全套上百本經濟學名著譯叢，就是在此以十塊錢二十塊錢一本湊齊的。老光華商場從舊書到性愛光碟的變身，我算是在場目擊其消長過程的人，我們說，這是市場法則使然，但懂資本主義奧祕的李嘉圖、凱因斯、熊彼得、米塞斯敗給、讓位給管你什麼叫供需原理、邊際效益遞減法則的已故AV女神飯島愛，這還是滿好玩的，像個極誘人的無可拒絕命令，像個水落石出後的真相畢露。

當然AV界本身不知道又已更新了幾代，包括人、包括各式技藝，願飯島愛安息。

我一直是個出版編輯，我來說自己較熟悉的東西——在書籍的幾千年歷史中，一直有一種叫「禁書」的東西，這類不該被看到、不小心印出來也該第一時間燒掉或回收的書，係由國家和掌權的宗教認定。這當然是個罪惡行為，事關人的言論自由和思想自由（言論自由絕對是思想自由的必要構成部分，這我們已充分理解了），人們很早就普遍有此認知並作成結論，遠遠早於十八世紀以後的一系列白紙黑字莊嚴宣告，比方說美國憲法第一修正案云云。因此，禁書的歷史其實是一長段落日也似的連續歷史，由明轉晦，由大而小，由激烈而緩和，由殘暴到怯懦的緩緩變化過程；白話來說，很長一段時間，國家和教會在查禁某一本書同時，其實也心知肚明自己是不光采的，而且有其代價，得忍受人們敢怒且程度不等敢言的指指點點，得臉上貼著諸如「我是王八蛋」的標籤，這方面，俗世的國家又比屬靈的宗教遠遠敏感、在意且識時務調整。海峽兩岸才開放那幾年，我曾不止一本買到或可稱之為「局部查禁」的書，每隔幾頁總有某一處文字、某兩句話用粗黑的奇異筆塗蓋掉，老天這是什麼啊，這樣逐本逐頁逐行逐句的精密作業，令人憤怒（尤其它還一併蓋掉背面的純潔如天使文字），但也讓人覺得很可憐，至上的、偉大的、什麼都能做的國家意志剩這麼一點點空間，而且就算動用國家機器的全數力量和資源，這麼幹夠你遮去多少東西？負責執行的人真看得懂嗎？分辨得出真正有威脅、對人心具爆破力腐蝕力的地方嗎？這光有權力和意志力是不夠的，還需要見識，作為一個讀者，我是完全不相信的（台灣以前還發生查禁《毛詩正義》和《馬氏文通》的笑話，以為這必定是馬克思、毛澤東本人或其親族寫的）。今天，我們都曉得比方談中國大陸猶不死心的採行一種「勸導」作業，不明言查禁，而是下令給通路和書店賣場某書不宜或不許販售，這種做法，由於知之者相關者甚眾，風聲實質的更易走漏，往往反而成為國家慷慨協力的最佳促銷手段，國家說不能看的，那就非看不可了，肯定是最好看最刺激而且還是最真實的不是嗎？我們從青春期以後都已知道了，最好看最逼真的東西總是藏抽屜深處、藏床底下不是嗎？

台灣現在一年出版三到四萬種新書，再不擔憂國家和教會查禁或燒毀任一本，即便時間往回推到比方說戒嚴時代的最後那十年，禁書數字也低於總體出版數的千分之一。我要說的是，相較於這古老的千分之一比例，如今還有誰可以大量的、臉不紅氣不喘的宣告某一本書無法出版？誰每年定期大量銷毀已出版已印好的書籍？答案是「我們」——這個「我們」，包括作為編輯的我本人，包括我工作的出版社全體，包括往下游去的經銷商和書店，願意的話，還包括讀者，包括一整個社會。是的，包括一個時代，如今負責查禁書的就是時代。

這幾乎是我們天天在做的事，在市場大神的護持下，我們只需說「這本書不能賣」就行了，俯仰無愧。如果你以為一個編輯是品管員，只負責向下把不良品挑揀掉淘汰掉，那可能就大錯特錯了，我們同時也向上淘汰，書每多厚一分、深奧一分，我們的神經也就多抽緊一下，知道數學函數般對應著市場又減去了多少個掏錢的讀者。

我離開出版社前負責選編的「一本書」系列叢書（「書是一本一本看的」）的真實經驗就是這樣——真正困擾我的從不是爛書，而是某些太好但深知不宜的書，永遠在向上試探邊界；今天事後結算，我出的書只占原書單的三成左右，尚不包括偶爾動心起念的，意思是，我親手查禁掉其中百分之七十的書。仗著年齡、資歷和壞脾氣，我還算順利的出版了幾本契訶夫、屠格涅夫、葛林、波特萊爾、康拉德等人較不為注意但絕對值得一看乃至傳世的書，然而這大約也就是屋頂了；再往上去，是一批我已選定甚至還寫好了書前引介文字、卻從此沒消沒息的書，它們迷路在接下去的出版社作業中，包括福克納的《八月之光》、葛林的《一個燒毀的痲瘋病例》、梅特靈克的《青鳥》等等，我當然知道怎麼回事，這是出版社一個柔婉的勸阻；再往上，便是更大一批我自己都不好意思提出來的書，比方拉伯雷的《巨人傳》或赫爾岑的《我的過去與思想》或塞萬提斯的《訓誡小說》、福婁拜的《情感教育》等一堆，我一直在等一種時機，那就是這個系列有哪本書忽然瘋掉了大賣，也許我就能在樂觀昏頭的短暫歡樂氣氛中偷塞進去，把一片葉子藏進一片林子裡，只是神蹟一直沒有降臨——

果戈里精采的《狄康卡近鄉夜話》前後兩卷（我一樣已寫好引介文字了）和托克維爾比誰都準確的《美國的民主》倒是在其他出版社推出了，圈內大家都認得彼此心知肚明，這兩部書得以冒出來絕非深思熟慮做足準備的結果，這毋甯帶著冒失、帶著某種非理性，是某個人的奇特意志使然。我當然很開心，但也有點悲傷，事情仍像屠格涅夫當時談哈姆雷特和唐吉訶德，而且已不是推論，是每天的事實，人要相信某些東西並實踐某些東西，難道非得是個瘋子不可？而且，跟我現實人生一次又一次的經驗一樣，我的憂慮永遠比我的期盼容易實現，憂慮對未來有著不成比例的高預言命中率，果不其然這兩部書都沒賣好，很快就連書店都找不到了。

我不是抱怨出版，相反的，我一直相信而且事實也如此，出版界是較保留那幾個該說是義人還是瘋子的地方，這絕對是有原因的，我在別的地方談過，根本的原因是它的成本較低（人的成本、書的製造成本云云），所以它仍維持著不可思議的多元多種多樣。換是其他地方，這些「義人／瘋子」老早被當病患一車子載走了。

作為一個編輯，你很難避免一種大撕裂感，始終有兩個確確實實的自己在拉扯著在吵架，一個是你個體自己，另一個是你作為集體一員的自己。但這並非一種恆定的靜力狀態，後者那個自己力氣較大且不斷增強中，而且並非只是單純的野蠻力量而已，它其實有更完整的各式強勢理論支撐（經濟學、社會學及至於心理學醫學云云），以至於還莫名其妙產生一種簡明無比的新道德力量。長期維持平衡並不容易（包括為什麼要維持），個體的自己要抵拒這個拉力，甚至得靠體力，得保持某種良好的健康狀態和精神狀態才行，因此，如果再多考慮時間流逝這個必然因素，個體的自己這邊還得再加一種大不利，也因此，有些想做的事想寫的東西還真不能等，時間並不站你這邊，我已習慣不聽「等我怎樣怎樣我就這樣這樣」那類的話。

《聖經》裡，睿智的話並非總是來自神來自先知，我以為最佳的話語之一是汙鬼講出來的；諸多神的話語，比方說山中寶訓，不是什麼說對說錯的問題，而是已隨著人類歷史又兩千年的持續前行更新而光采盡去，但這兩句「鬼話」卻一直保持強有力的現實揭發力量，愈來愈深刻有味道，所以說豈止是不可以人廢言而已。杜斯妥也夫斯基當年深有感覺，一字字抄下來並據此寫成他《附魔者》（即「群鬼」）一書，今天我們甚至比他想得更深更廣更多，附魔的豈僅是某個昏了腦袋的年輕激進革命團體而已，群體本身就是附魔狀態，這才是這兩句話的原意——我名叫群，因為我們多的緣故。

我的日本小說家朋友星野智幸，是當前日本中壯代深被期待的中堅人物，被譽為是「旗手」（意即隊伍領頭的持大旗者），幾年前拿下三島由紀夫賞，接下來就剩芥川賞了，只等他再交出新小說。我詢問他的書寫狀況，星野親口告訴我，他的新小說正和出版社編輯相談中，我這才知道，原來就算到他這樣層級的小說家，仍無法自由決定下一部小說寫什麼，得先經出版社核可；更過分的是，長度現階段嚴格限定在八萬字以內。可是我們看一堆日本推理小說、通俗小說有這樣的限定嗎？哦，他們有市場的支援——

說真的，這讓我嚇壞了，我的這方面記憶沒更新，仍停留在之前的日本大小說家那裡。我知道川端康成過怎麼樣的日子；我看過一堆有關三島由紀夫的照片，包括他住的屋子，他的書房，他寫小說用的鋼筆，他日常使用的和收存的，套用北京阿城的慣用語是，「全都是好東西啊」；晚年的谷崎潤一郎就住下鴨神社邊，這是京都最美麗的地點之一，有一整片糺の森供他呼吸散步，六月葵花時節還有最美麗的祭典，仿中國東晉公卿敷粉乘坐牛車出遊，美到臨界奢靡頹廢；志賀直哉故居完好保留在奈良公園那兒，每回去返新藥師寺白毫寺都會路過，我最記得漫天大雪那次，就是那次，我們追著大雪走到山邊的白毫寺前，朱天心看到了寺門上的那方字跡剝落木牌，南都一望——這也是首次，我感覺台灣的書寫處境原來比較接近天堂。這事我常轉述給台灣此起彼落陷於自怨自哀的小說家朋友聽，當然不確定他們各自從中聽出什麼樣的安撫和啟示，重新調整出什麼樣的書寫心思和方向（從日後結果看，老實說，沒什麼用）。後來星野去了早稻田大學兼課教創作，好養活自己以及小說，變得比較忙，也比較憔悴。

有這樣的出版社，不，應該講有這樣社會集體、這樣時代撐腰的編輯唐諾，你還需要什麼禁書的政府和教會？

有關競爭的神話

過去，我們對此並沒很擔心，因為出版社不像國家只有一個，出版社和書店有百家千家，他們彼此是競爭的，此處不留爺，自有出版販售爺處云云。但事情有這麼簡單嗎？或說，事情會一直這樣嗎？

我們有必要稍微認真的來想競爭這件事，其中有神話的部分。

當然不是說如今國家有好幾個政府或出版社、書店只剩一家，而是說，世界已緩緩改變著形貌，如今數量已不一定再代表分歧、代表差異，數量也可以統一，穿起一致的制服，就像我們今天台灣的數以萬計連鎖超商一樣。更進一步說，我們都親眼看到了，我們有好幾個不同系統的超商，各自隸屬於不同的企業集團，但除此而外它們有何不同？它們彼此真正的微差毋寧只是經營能力和效率的高下而已，以及，它們和你我所在位置的距離遠近，還有，就是集點兌換的公仔、吊飾、文件夾等受歡迎程度不同。因此，這已超越了單一老闆、單一擁有者意志的所謂獨占問題，還超越了所謂寡占的聯合壟斷問題；不是的，它們自然的趨於雷同、趨於一致，無需那寥寥幾名大老闆表面裝出彼此競爭其實每天晚上密謀協商這一套，它們有更高而且更簡明的統一指引，來自於同一個市場法則及其邏輯，來自於人們日趨一致的消費行為和生活方式，來自於一路被編組起來的社會，一個逐漸被夷平的時代。

是否這樣？「這家超商沒有的，另一家超商也沒有」，此一模式正逐漸取代我們有恃無恐的「這家出版社不要的，另一家出版社也許會要」。事實上，這個發展稍稍拐了個彎，它先發生在書店，「這家書店不賣的，另一家書店大概也不會賣」。

競爭帶來數量，數量又代表著多樣多元多種，遂保證著安全和自由。這是幾百年前資本主義對現實世界的一次猜測，並且把它對世人的美好允諾（尤其是自由，資本主義總大言的把自由這兩字冠自己頭上），建立在這個不可靠也未證實的基礎上。

所謂的「開放」「競爭」，其實是很籠統的把兩個不同東西結合一起——真正帶來數量的是「開放」這兩個字，先發生立即效果的也是它，像打開閘門，所有長期禁錮的能量、資源、想像力和欲望衝洩而出，如春天花開，我們所說的數量就是這麼來的，像台灣我才念高中的民國六十幾年就呈現過這般光景，當時乍乍打開鎖國，人們開始可以（政治上）而且有能力（經濟上）走出去，那短短幾年內遂瘋掉了一樣開了幾萬家所謂的國際貿易公司（記憶裡，經濟部登記數超過四萬家，但太久遠了，精確數字存疑），一間二十坪不到辦公室裝一個老闆和一名十項全能的女祕書（會收帳作帳，會報關，會押貨，會跑工廠，偶爾還能就老闆的家庭問題提供有益的建言和安慰，並順便接送看護下課後的老闆家小孩云云），我兩名學商的姊姊當時就是這樣的工作。競爭是接下來進行的事，競爭的真正效果正好倒過來，是所謂的兼併，是臥榻之上把其他的酣睡之人趕下去，是消滅數量，這需要一段相當時日才慢慢看得出來。今天，我們所說的成熟行業，竟即充分而且長期競爭後的行業，有意義的存活數量往往不超出三家；但真正的重點不在表面數量的存留多寡，而是此一行業已被編組起來封閉了起來，阻絕著自由創業（沒法令規定不行，但你要不要試試開發另一種可樂品牌？），取消掉開放這兩個字。

今天，全世界通吃的蘋果公司已完全是另一種神話了，且讓當年賈伯斯兩名年輕人、兩個腦子、一點零用錢，以一個車庫對抗一整個ＩＢＭ藍色巨人的那個創造神話徹徹底底封存起來，從原初那個耽溺的、充滿想像力到不實用的麥金塔，走到今天的iPad（技術低階，執行的工作內容及其程度更是最低階的，建立在對人、對生活和生命的低階圖像上），我們都是這趟奇妙旅程的完整目擊者。也因此，我們聽賈伯斯抱病回到大學跟年輕人的那番談話的確有輕微噁心之感，他後來真正所做的是吸納、占取、消滅這一類可能，滅絕掉昔日的自己。

那個咬了一口的蘋果Ｌｏｇｏ，非常漂亮，曾經是桀敖不馴的符號，來自創世紀，代表背叛、代表不聽神的話，但也代表使人類眼睛明亮起來的智慧不是嗎？

幾百年來，資本主義仍持續傳頌這個古老的競爭神話，一來，這直接聯繫著它以自利心為一切核心的根本思維，邏輯緊到切割不開更替不了，何況這對已贏得競爭的人是個太有利的護身說法，包括解除他們多少有顧慮的道德困擾，郭台銘當然極樂意宣稱和你「自由的公平競爭」；二來，世界仍不平坦，有太多地方仍是「國家只有一家」的老式封存光景，此一競爭神話仍大有用途，它簡明「易懂」（意思是已深植人心，已成為某種自動正確的常識東西），而且依然帶著昔日那種向下的、平等暗示的、大家都有機會的民粹性強勁力道，不難一地一地仍複製出最早在歐陸已證實的璀璨衝決效果。

在那些以打破國家壟斷為第一要務的心急如焚國度裡，就連不想經商沒要創業賺錢的比方文人、學者、知識分子云云都歡迎這個神話繼續，起碼此一階段樂意策略性的配合傳頌。但有夠長實踐經驗的資本主義者這邊當然知道競爭早不是他們描述的那樣（他們的委婉說法是不存在完全競爭），但仍保留為某種基本概念、某個柏拉圖式的「原型」；資本主義後來真正做的，毋甯是想辦法勒住競爭，有限度的調節它修補它，與其說保護的是競爭，不如說是維持競爭的樣態，不放任競爭走到終點，避免消滅掉開放自由。所謂公平競爭，原來的意思是，競爭即公平，競爭就是公平的保證及其完整實現，二合一；如今，我們包括經驗的知道了，公平和競爭是兩個不一致的東西，甚至還會是徹底背反的東西，公平必須另外想辦法找來，從資本主義之外，甚至從資本主義要打倒的對手那兒，乃至於人類更古老的思維倉庫裡，比方說正義的主張、價值的思辨、人以及人的世界應然的模樣云云。很明顯，這些補救作為都是「看得見的手」，開放自由不是某種自然結果，而是人的目標，得靠人積極的、帶著信念的介入才得以獲取，更重要的，才可能維護保有。

這上頭，資本主義仍受限於自身的簡易邏輯和現實抵抗力量（大企業大集團跟你的說服力是不一樣的，這是另一種「公平競爭」），實際能做的和願意做的不多，比方說並不常動用的反托拉斯法，比方以總是大打折扣的公司法、稅法調節，比方說只有實在太明顯太超過的壟斷操控和內線交易個案才啟動的司法作為等等。這幾百年來，和經濟學教科書寫的不同，真正比較有效重新挖開競爭盡頭產生回春效果的，其實是新事物的持續發明發生，逼賽局重開，讓競爭局部的拉回初期的開放自由階段；然而，這幾百年下來我們也再清楚不過看出這個定向趨勢，馬克斯・韋伯果然比誰都準確都深遠，科層編組的工仍持續伸展進行，個體不斷失去位置失去可能，新科技的發明，從發想、實驗到量產，已是一個極龐大而且昂貴無比的集體性工作，這樣的成本負擔和工作幅度，如今只能以國家（某些國家）並進一步只能以超大型企業為單位，就連大學以及某些獨立性的實驗室都一一被編組進去了，原始的發想者甚至沒有名字，只是某個領薪水的職工而已；唯一的發明家是法人。瓦特發明蒸汽機，愛迪生發明燈泡，「發明家」這個遠遠古老於資本主義的熠熠發亮行當，跟中世紀的騎士一樣，都是已然不存在的東西了，只能用來做為人的精神狀態鑑定，如果今天還有誰自稱發明家或騎士，他的律師可據此為他辯護殺人無罪。

社會一層一層編組起來，從核心到邊陲，漣漪一樣。基本上，成本愈高、技術門檻愈高、規模愈龐大、集體性格愈強烈，就愈接近核心、愈先編組封閉起來。這於是可供做為我們極可靠的觀察指標，確認我們的生命基本處境，並有效預言下階段的可能進展。

我親眼所看到的兩階段統一

我自己，把兩個東西的統一看成生命大事，是我自己人生經歷裡兩具大里程碑。

其一是雜貨店統一成為連鎖超商。以前，我們總說雜貨店是不會倒的，一對老夫妻，一個自家樓下店面，圍擁著一圈彼此生活密密嵌合包括各種恩怨情仇的老鄰居，數十年地老天荒如一日，沒有地租，也再沒有新的、額外的成本負擔（比方人事費用），甚至也可不求超過「日子過得下去」

的多餘利潤要求，確實有某種無欲則剛、存在意義已超越一部分市場計算的強韌不死感。這樣細砂一樣、野草一樣的東西都順利編組為一，我們如何可以不警覺我們已來到這麼一個時代、置身於何其不同的世界之中？

我的再下一個指標是書店。書店對應的是人的思維、情感、夢境這一類的東西，比起雜貨店所對應生物性存活的經濟學所謂「第一類需求」物件，其發散面更大，每個人的重疊面更小，有太多隱藏不易示人的東西。書店的統一，於是意味著我們割捨掉更多個體性的東西，我們不只是生活方式被編組起來，更進一步連想事情的方式、感受事情的方式，如何談戀愛、如何夜闌人靜的作夢，都逐步一致化起來。這十年，我自己進書店的次數明顯少了，停留的時間更短，跟使用超商一樣，設定標的，買完就走，不再搜尋浸泡其中，更不會觸發性的迷路，有某個神奇的東西，一種感覺上像一道神祕的光這種東西，雲中射金箭，已不在書店裡了。

> 量盡山田和水田，只留滄海與青天。
> 如今哪有閑洲渚，寄語沙鷗莫浪眠。

這是中國明代的一首詩，這麼早，有感於當時有效率起來的土地丈量，閑置土地的不斷開發和納入管理，寫詩的人有他具體的憂慮，別說是人，很快就連飄飄天地之間的沙鷗都沒停腳安睡的地方了。這首詩據說發生了神奇的效果，該州奉命執行政務的太守，有感的當下停止土地丈量作業。但我們知道，時代沒停下腳步，時代不予理會，時代是集體的而不是個人的，一定程度以上的感知、思索和決斷正像這樣只發生在個人。明代的此一輝煌成果是有名的《魚鱗圖冊》，還好好保存在外雙溪故宮博物院裡，之所以稱之為「魚鱗」，是因為每一塊登記有案的土地，皆四面附有其鄰界的他人土地，如此魚鱗形狀般一塊一塊交疊起來，不留隙縫，是非常進步非常詳備的作法。我們也曉得，大致上明朝才算得上中國專制政體的真正開始，倒不是和前朝的皇帝有什麼決定性的人格差異（朱元璋是殘暴的，但前代的帝王難道都不殘暴？朱元璋和永樂帝想做的，前代皇帝難道都不想？），而是歷史條件的一樣樣成熟、管理工具和技術的逐步齊備（土地管理、人口管理、官僚系統、祕密警察建置、意識形態控制等等），這是千年以上時間的成果。專制需要的不是意志，它甚至無關個人意志，而是一個體系，有配備有能力，並包含一套穩定有效的獎懲系統。

小說家巴爾札克當年也寫過這麼一段有趣的文字，我多年前曾引述過一次也從此難忘，難忘通常意味著它還隱隱觸及到更深一點的地方，話語的潛力還沒想盡用盡，猶在人身體裡靜靜發酵之中。巴爾札克帶著同情但也帶著揶揄，說的只是彼時法國女性的某種壓抑，她們置身鳥籠裡一樣連偷情偷吃都難度愈來愈高：「可憐的巴黎女人，為了你小小的浪漫，你可能喜歡沒沒無聞。可是公共場所的馬車往來都要註冊登記，寫信要清查郵戳，信寄到之後又得再次核對收件都登錄在冊了，在這種文明之下，法國女人怎麼可能從心所欲呢！」我們說，這種壓抑構不成法國大革命的理由（當然，某些巴黎女性可揣著此一私密理由轉而同情革命或毅然投身革命，這倒是成立的），甚至時至今天仍無法單獨成為所謂性別革命的理由，能做的，基本上是各自求生，想方設法不斷提昇一己的偷情技藝和段數。

今天來看，歷史的結果及其得失相當清楚了，後來我們有了民主革命，殺了皇帝或至少不允許他的意志遂行，還進一步拆解限制國家，但正像最冷靜的托克維爾所看到的，有太多比政體改變、比權力授予方式改變更深沉、更本質性的東西，或者說更平常、更得每天進行的事，這其實不見得非通過皇帝、甚至通過國家不可，正確的說，皇帝也罷國家也罷不過是在某個歷史階段占有它而已，或倒過來講，用本雅明著名的「土耳其木偶棋士」說法，它只是藏身於、寄生於皇帝和國家這個大木偶裡面，它甚至才是真正的指揮者。我們看，革命之後，這一堆配備和技術並沒被毀棄沒被阻止，它只是「暫時」的分散開來，被不同人們、不同形式的攫取並因此得到更廣泛的開發和應用，遂成為日後進展最快速的東西。分散的確是好方法，像政治學談權力、經濟學談財富，都把分散做為核心的解答概念，只是分散如何能一直有效維持下去？百年前兩百年前設計出的分割框架和防堵方法如何仍能馴服這些每一天都變強變大的東西？我們其實更早就不祥的察覺，這些東西彷彿會自我生長自我繁殖（我們或稱此為權力本質和財富本質，一種很無奈的命名），而且彼此之間好像還有橫向相吸的能力，流體也似會自動聚合為一，就像電影《魔鬼終結者》第二集裡那隻液態記憶合金二代終結者，當然，這隻好萊塢所製最漂亮的怪物在片尾還是被消滅掉，這點和我們的人生現實不同。

企業和國家不同，國家仍是道德單位，永遠無法停止人們對它的道德質疑道德要求（也因此國家很容易被罵，包括它最凶暴時，也包括它最清明時），同時（同一件事），國家也對它的臣民負有無限責任；但企業不必，除非它不智到某種人神共憤的地步，它只需面對它選取的對象（顧客），負局部的有限的責任。「不做」對國家是經常性的罪狀（不餵養沒錢挨餓受凍的人，不把交通系統延伸到毫無經濟價值的窮鄉僻壤或某一深山部落，不接手管教那些連自家父母都束手無策的小孩云云），但對企業不是，人們通常同意它可以只根據供需盈虧做決定。

資本主義很成功的說服世界，它超越了價值的諸神衝突之上，服膺著一個更本質的、科學原理也似的乾乾淨淨的東西。亞當・史密斯稱之為「看不見的手」，它其實是什麼？它就只是人類已知道了百萬年而且至少認真討論過幾千年的東西，人的自利之心。這大概是人類歷史上最漂亮的廣告slogan，只是換一種說法（如我們不是賣窗簾我們是處理生活光線的），讓一個再尋常不過的東西不可思議的煥發著神聖光華，可以是上帝睿智之光，也可以是科學真理之光，並揭示出一個自然秩序，由此創造出一個彷彿極易聽懂（是嗎？）、或說人們極願意聽懂而且不易反對的舒服主神來；更有趣的是，它或許一直在個人內心深處帶來不安，但在人愈多的地方、在人成為群成為類時愈得到力量，如同釋放。

我們說，自利之心當然不是什麼新的、過往人們不知道的東西，事實上，在政治、社會、倫理乃至於每一行每一業（比方各式手工匠人）都早被認識且相當相當程度處理過了；自利之心做為一種驅動力量更加不是新的，它其實就是原始生物本能，在任何動物的行為裡都能找到，是一種無須召喚也不會消失的頑強力量，它與生命同在甚至同一物，是以沒有誰真的無視它低估過它，相反的，人們毋寧察覺這個力量太野蠻太原始了，它單純到不容易跟任何其他東西結合，更不容易和人們所珍視的、得之與維護兩皆不易的種種價值和解（幾乎每一種價值都包含著自省和犧牲的成分，也就是說，對自利之心有所抑制，孟子就最喜歡談，王啊何必曰利）。因之，在資本主義標舉自利之心之前，人們對它的理解其實已相當複雜成熟，採行的方式也是更世故的，人們真正困擾的、處心積慮的，只是某個程度、某條界線、某個有限範圍，既不思消滅它也不屈從放任它。事實上，經濟學原來借用的也是這一方式，只是有點天真或有點狡猾，或正確說，一開始是天真如今是賴皮，他們認為對自利之心的如此放任僅止於經濟的範疇，好像要有這透明圍牆就自動有了透明圍牆，經濟學者不處理價值只管價格，是以價值遭到衝犯、腐蝕和破壞也就不干他們的事（稱之為「高貴的義務」），但我們曉得，現實世界裡並沒有經濟內經濟外這虛擬界線，資本主義從一開始就是侵入的、無所不在的，每一個人、每一處生活現場，哪裡有一種沒經濟活動、沒食衣住行之患的人生呢？

競爭也是本來就有的東西，不自資本主義開始，但競爭的確從此改變了其規格、意義和形貌。我們說，諸神衝突的確讓人疑惑受苦，但這避免了出現單一的、決定性的最後勝負，不同價值生長出不同的欲求，讓人聽著各自不同的召喚聲音並各自循路前行，包括佛洛斯特選擇的人少小徑都可以成立，確保著生命的多樣多種多元，便連生活方式都可以相當不一致；但這個萬神殿如今有了一個更高一層的主神，由祂說最後一句話，由祂來指揮、取捨、定義並裁斷所有的價值，其中最關鍵的極可能是「定義」。過去的競爭總是局部的（空間）、有限的（時間）、驅趕的，你可以打敗或嚇跑你的對手，但不容易真正消滅他也通常無此必要，根本的原因在於，消滅不能僅止於打倒，還得負責接管和替代，你還必須設法滿足原來的全部需求才行，否則這些只是暫時壓住的需求會累積、會持續蓄集能量、會超過臨界點爆發另一次強烈地震，這就像中國人講幾千年的，打天下和治天下是根本不同的兩個工作；換句話說，在你占取對手的全部權力和利益同時，你也得一併擔負他的工作和責任，而人與人、事物與事物的完整有效替代從來都是最困難的事。但資本主義大神相當成功的創造出更高一層或說更源頭性的統一，不只是生活方式的一致化，還有生命樣式的一致化，也就是從內到外需求的先一致化，你認為美的我也是，你認為必要的我也是，你認為值得拚命的我也是。需求和供給的關係有意思的逆轉過來，「供給創造需求」（資本主義的經濟學一直這麼說，只是我們很多人一直沒好好聽懂這句誠實的話），供給先於且篩選、決定需求，以至於個別歧異的需求不斷被換取，無法或不肯被換取的被壓縮到最少最小最邊緣，變得不重要、無所謂乃至於你神經病了是不是，它們構不成規模、不足以生出作用因此再不必費心予以滿足，更何況它們又沒購買力，它們會自我清理掉，成為再過個一兩年就沒人聽過看過的回憶和夢境云云，用經濟學來說比較乾淨合理，這構不成「有效需求」。

手機消滅了公共電話，電話亭也就從街頭然後我們的記憶撤除了，像我這樣的人，要不就歸順，要不就回到那種沒有急事、沒有行蹤、世界末日發生也等我回家再說的古昔日子，機會和噩運都不容易找到你；還有超人也是，他沒法換衣服，可能得放棄拯救世界的工作。

魯迅的名言是，世上本來沒有路的，人（複數的、一定數量的）走著走著就有了路；這話今天從另一面說是，世上本來已有了路，人愈來愈不走，這條路這些路就又沒有了。

康拉德的《黑暗的心》（也是一條愈來愈少人走的路，書店都快找不到了）裡，馬羅船長溯河進入非洲大陸，看到的便是像這樣的景觀，人來過又離去，一切復歸原始但又多了荒敗的景觀。

想起來魯迅

波赫士認為英勇是非常非常重要的書寫特質，我們也時不時會讚譽某書寫者、某部作品真是英勇無畏——其實我們可分離出兩種英勇來。一是書寫自身的，這通常是一種無聲的、長時間的、看不出來的必要英勇，以承受為其核心，忍受如賈西亞．馬奎茲所說海難也似的書寫無援孤獨，如波赫士所說的一生無休無望解除的疑惑又得時時做出自己毫無把握的選擇和就此深入，如葛林所說始終跟著你的一事無成之感，還有，人年紀愈大，往往愈來愈脆愈多裂縫的情感，彷彿已失去了柔軟性及其修復能力，如但丁所說荒廢島上那具巨大時間老人塑像，裂縫中不停的湧出來泉水也似的眼淚，最終蜿蜿蜒蜒匯集成為洗掉全部記憶的冥府忘川，好讓那些陰影般的亡魂重生重來。另一是一種特殊的、外加的英勇，正好相反，這是不忍受的、竭盡可能大聲講出來，說的可能只是再平常不過的話，但總是得有人鼓勇講出它來，比方性愛無罪或國家不該查禁某本書云云，這樣的英勇通常無助於甚至有礙於書寫本身，但沒辦法歷史有不幸的時刻，有我們稱之為「黑暗時代」的糟糕日子。

魯迅是個英勇的書寫者，活在那樣一個仍時時有性命之憂的時代，橫眉冷對千夫指，感覺人隻影單，但我們仔細看，魯迅的書寫感其實並不孤獨，他相信自己身後隱隱站著萬夫億夫，我們這邊的人比你們那邊的還多等著瞧吧，這可能並非他一廂情願的鼓勇錯覺，這真的是某種幾近可信的歷史允諾，他得以援引一整個社會、一大個世界和人類全體、乃至於一整個時代，來對抗最多是當下國家占有者及其附從者這些人，俯首甘為孺子牛，時間於是是他最堅定的盟友，時間會帶來源源不絕的援軍，在某種深沉的意義下，英勇擋住就會獲勝。甚至，歷史還會比當下現實更早一步做成判決，也許此時此刻已提前確認他的價值。「它空無一人，英雄正等著人群出現。」魯迅的書寫因此有一種強大的道德優勢，讓他在那樣一個千頭萬緒、現在未來理應極不確定的年代，寫來如此尖利果斷，他的文字幾乎看不出有什麼疑惑，甚至全不分散，指向一致，人的思維不大可能是這個樣子，這裡頭必定有很多的舍棄，或自我說服，借波赫士的話來說是，「就像是一支憤怒的投槍，飛舞在空中尋找目標，一心只想傷人。」我們知道，道德優勢其實是論辯的最有力武器，幾乎是決定性的，當下的輸贏通常就取決於此而非真的說理析理（愛默生說辯論是無法真的說服人的）；我們更常看到的是，坦克車般隆隆開出來，道德一出，道理就變得吶吶難言再沒空間也不給你時間了，這其實正是某種（隱藏的）集體聲音，用這樣的音量來壓蓋掉個人的聲音，包括自己的。耶穌當年便靠這個擊潰那些自以為懂更多的法利賽人，漢代的國政大辯論，的確懂更多的桑弘羊也提前栽在這裡。

那樣的年代，社會仍是複雜的，世界是多元、多種人的，至少相對於獨占的、唯一的國家（以及更早時候的教會）是這樣。這是不穿制服的人集合起來對抗穿制服的人，人並不擔心聲音、行動乃至於思維的統一，人歡迎並尋求這樣的統一，以集中一搏的力量；也就是說，這個「群」是針對性的，同時也是烏合的，原先並不存在，是為著某個單一迫切理由才暫時集合而來，所謂的為淵驅魚，零散的魚被驅趕而成魚群，人來自四面八方投身其中，如梁山泊帶著各自不同武器、心事和造反理由的好漢，感覺自己應該有所捐棄有所犧牲，所謂犧牲的真正意思、其實是凍結式的舍棄而非永久性的拋棄，人原本期待的是事了之後可以恢復乃至於自由展開更完整的自我，他日若得志，威震泰山東。文學書寫也是這樣，我們有所補償的賦予它額外的英勇之名，這個特殊的標舉，是真誠的但並非嚴正的文學評價，補償的甚至不只是書寫者人身部分的犧牲（被殺戮、被折磨迫害、被威脅被剝奪），可能還試圖抵償文學本身的犧牲，「他原本可以寫得更好更多」云云，我們意識到書寫者真正的能耐（這是可察知的，通過我們對該書寫者的完整閱讀和據理推想），和其實際書寫成果之間令人扼腕的落差，納布可夫說（或確切的說，不願說）索忍尼辛等一干受迫害故國作家的文學成就時就是這樣，他也從不同意這類的歷史災難有益於文學。

諸如此類的故事很多——比方一九四七年的法國，當時的政治大風暴是殖民地阿爾及利亞的問題，讓・凱羅爾的小說《我將以他人的愛為生》獲勒諾多獎（如此特殊的小說命名已說明了不少事），但讚揚不來自內容，而是因為書寫者本人闖過集中營，「讓・凱羅爾也許不值得獲得勒諾多獎……然而他是值得讚美的。」

歷史有些時刻如此沉重如此困難，人的選擇往往帶著深濃的賭注成分，難能周全——我自己近日又把魯迅從頭讀一遍，確實感覺他原來可以寫得更好，他較多時候「一直用一種借來的聲音在說話」，一種匆促的、有當下清晰目的的時代共同聲音，他選擇加入它。尤其是他的散文，除了為數不多的例外，比方說幾篇稍長的幸福題材文章，如偶爾跌入自己童年的、沒眼前這糟糕一切的乾淨回憶之中，魯迅的散文總是寫得比小說還戲劇性、還向心凝聚，這不像是個耐心的書寫者試圖借助一個更輕靈、更沒形式負擔的文體（散文），去貼近世界好有所探究有所驚奇有所發現（朝花夕拾），這是一個備妥了結論而來的書寫者，他要給我們看的不是一篇散文，而是一個「證物」；或者說，魯迅無意給我們一個有裂紋有稜角毛邊的真實難言廣大世界，這只是一座舞台，我們總是才看到某個陌生人步履蹣跚走近來，馬上看見他臉上塗著油彩，身上穿的也是戲服，跟著開口說出本來該由魯迅本人來說的台詞，角色對調過來，書寫者魯迅反而扮演一個單純的、接受的、宛如大夢初醒並因此有所領悟的聽聞者記敘者。這不真的是他所說的「偶拾」，單是算機率都不可能，這是個恣意變形的世界，也是安排好了的一個小小書寫詭計，通過「華生醫生式」的裝傻完成身分交換（書寫者柯南道爾表面上是華生，但其實是福爾摩斯），讓早已是結論、早已一講再講的話語一再新鮮化並驚異化，如才剛採摘的一蓬鮮花，既得到客觀第三者的證詞，還隱隱獲取了某種啟示的、神諭的力量。

魯迅的散文趨近於寓言，寓言是一種遠比小說古老的文體，聯繫著神話和宗教。寓言於是也是一種比小說更控制、更任意虛構的文體，沒什麼道理的把世界變形成那樣（比方歐威爾的《動物農莊》，連生物學的基本根據都沒有），只為傳達一個明確的、大可直接講出來講清楚的訊息，所以它的作者通常是機智的導師，而不是自己滿心疑惑待解、苦不堪言的書寫者。波赫士，我相信他是充分意識到卡夫卡的存在及其殊異成果的，依然如此告訴我們：「我一向認為，有的文學體裁有著致命的錯誤，其中一個是寓言。它總是用無辜的老虎和具有本能的小鳥來宣傳某種道德觀念，這使我驚奇、憤慨、茫然。」

順帶說一聲，在文學圈外的文學談論方式，把小說當寓言來讀的傾向仍非常非常明顯，也許是因為這樣較讓人安心不疑，也許這來得容易，可不必細讀小說直接跳到結尾，如愛倫・坡所言「小說只為著說出最後那句話」（一個為害不輕的主張）——這是人們包括一大部分學者不願更新的另一個古老記憶。

喬治・歐威爾，一個本人比他作品要好不少的書寫者，也正是我們所說有話題、被談論太多的書寫者（還好我們都活過一九八四年了），對比於他真正很不怎樣的文學成就和文學評價。

相較於魯迅，我想到的是屠格涅夫，他便做了完全不一樣的書寫選擇。在早半個世紀左右，同樣置身於大致相似的歷史黑暗甬道時日，屠格涅夫努力抵拒著這個迫切的、放下個人先打倒眼前唯一敵人再說的強烈時代聲音，他寫貴族也寫農奴獵戶，寫年輕狂暴民粹一代的巴扎洛夫也寫自由派西歐派夸夸其談的羅亭，他的筆始終是探究的、理解的、不大虛張聲勢的，緊握自己手中不交出來不被徵用，日後歷史埃塵落定也證實他極可能是最早也最完整捕捉住舊俄知識分子基本形貌、變化及其代價及其陷阱的人，他在逼近同時還寫出時間感，包括事情過後的預想和追蹤，靠的不是聰明，而是對這些人的同情和不捨得，他對自己書寫的這些人不用後即棄，即便整個世界已完全忘掉這個人這種人。舊俄當時有一種所謂「多餘的人」這著名的說法，指的是第一代西歐化的高談闊論知識分子，很快被時代所拋棄，但屠格涅夫筆下沒有誰是真正多餘的，儘管像他寫下的，人總是隨著歷史的暴風而轉如飄蓬，「我們都聽天由命」；當時整個世界熱切呼喚著先知、導師、激起人心的抒情詩人、以及如赫爾岑所說「整部當代文學史就是一紙大起訴書」的共同起草人，但屠格涅夫仍堅持做一個不受歡迎的小說家——屠格涅夫的書寫比魯迅狼狽多了、不受尊敬多了，也實質的孤獨多了，也許正是賈西亞・馬奎茲所說小說家是全世界最孤獨行業的那種孤獨。有意思的是，屠格涅夫並不置身事外，他一直在場，真正置身事外的書寫者並不會招致太多的嘲諷批判，人們只是把這種書寫者看成不知死活的「另一種人」而已；介入但異質，成為某種雜音某種騷擾，成為一隻蘇格拉底所說的討厭牛虻，這不一定來自對抗，更多時候只因為要講出較完整的事實，完整的事實避免不了一定會冒犯到單一的時代聲音。屠格涅夫沒有一絲魯迅式的道德光芒，他始終黯淡的被看成是個很懦怯的人，這當然是道德指控，是英勇的反面。

也許還有契訶夫那種選擇——契訶夫以為數好幾千的短篇小說寫成舊俄當時最完整的民間圖像，不因為這一刻你要批判黑暗蒙昧，人們就一律愚蠢奸巧殘暴，也不因為下一刻你要引為盟友，人們又忽然全智慧勇敢正直勤奮，都有著黝黑的臉龐、清澈的眼睛和高貴不被汙染的一顆心，還有勞動者粗糙但厚實溫暖有力的大手云云。契訶夫本人根正苗紅，農奴之孫、破產者之子且大半生貧病，他的不幸有趣的成為護身鎧甲，不容易拿道德修理他，因此，不得已只能說他是個「曖昧不明的人」。

也許還能再加上杜斯妥也夫斯基的選擇——歷史的時間刻度和人生不同，歷史的「暫時」往往長於個人的人壽，多樣的人聚合為群，時間延遲下來，總會有諸多奇奇怪怪的事發生，包括襤褸的衣裝成為新的神聖制服，包括原來只是策略性的權宜行為凝固為行動綱領，並往內滲透改變了人心還改變了人性云云。而且，是否人心最深處，我們其實是害怕自由、害怕獨立的，害怕孑然一身有病都不自知，因為這也許正是最難承荷的責任、危險以及孤獨呢？杜斯妥也夫斯基看出了這個附魔

（意即個體的被拋棄吞噬占領消失）的不祥，這個神聖光亮裡陰森的角落，從《卡拉馬助夫兄弟們》大審判官故事和夢境的寓言式揭示，到《附魔者》的小說寫實性揭發，要命的是，他本人因此轉向且跳回另一極端，投向沙皇統治，做了歷史再寬容都難以同意的現實抉擇，杜斯妥也夫斯基遂被看成是詆毀的、最反動的那個人，至少《附魔者》是本罪惡的書。詭異的是，在人們較平靜談小說時，杜斯妥也夫斯基的形象完全不同，他（有點過譽的）一直被看成是革命性的書寫者，以他極強烈的混亂、龐雜、幽黯和敗德（被賦予絕對正面意義的一詞，至今依然），堆疊出小說難以承受的重量，以及並非必要但唬人的物理厚度，搶先當時所有小說家好幾大步進入所謂的「現代」。這個兩面神傑尼斯一樣「最進步／最反動」的杜斯妥也夫斯基不容易和解，一直到今天，人們息事甯人的做法總是，假裝忘了有《附魔者》這本書，嚥下去，專心只談他的《卡拉馬助夫兄弟們》、《白痴》、《罪與罰》等等。

懦怯的人、曖昧不明的人、反動的人，老天，這指的是屠格涅夫、契訶夫和杜斯妥也夫斯基，每一個都是遠比英勇的魯迅強很多、豐富很多而且深遠很多的小說家；或者說，如果他們全都舍棄了自己的小說人稀小徑，有多少地方是走不到的看不見的？有多少發現根本無由被察覺、被說出來、被我們讀到？想想，一個全然正面英雄、神樣的巴扎洛夫故事？一部光明戰歌兼讚歌的《卡拉馬助夫兄弟們》，我們損失多少？——還好那樣一種時代聲音飄過去了，還好有人不像一個時代而像一個個人那樣寫，還好我們日後有一百多年時間，可以活著的、一本一本的、以一個單獨讀者面對一個單獨書寫者這樣子來讀小說。

哪一隻才是活獅子

今天，就在台北，教會還在，包括新教的喀爾文教會，我們要不要集合起來消滅他們？

推理小說這個居心多疑陰黯的東西，有時也會提供我們有益的建言，比方提醒我們別只做個義憤填膺的好心笨人——它在眼花撩亂告訴我們誰都可能殺人同時，也提醒我們，你得設法撥開雲霧，去確認這樣一樁謀殺案的真正獲利者是誰。謀殺故事往往狀似一場遊戲一場繁複演出，但其實是簡單、現實而且生硬的，殺人並不浪漫。

轉換到我們的話題是，我們一樣得學會撥開滿天雲霧，去確認真正的權力如今何在，此時此刻手握獎懲力量攔阻在我們前面的是什麼，誰消滅我們的多樣可能；用海明威著名的講法是，分清楚哪一隻才值得一打、打牠才堪稱英勇的活獅子，哪些則已是躺臥在地的老獅子死獅子，哪些又是如今價格不菲得好好保養的獅子標本。

死得最徹底的獅子應該是性的道德禁忌，現實已翻過好幾番都倒置了，就以裸露自己身體這事來說，從報紙頭版到社會版到娛樂版再到沒記者會來、只供網路自行流傳，意思是，現在就連做為商業手段都慢慢不是了，脫鉤了，已更接近是某種日常行為、某種交朋友方式，你總得自我介紹不是嗎？脫光衣服做為一種終極的自我犧牲來抗議公共之事（要求民主選舉或保護某片溼地云云），或如六〇年代「花的兒女」那樣是一整個理念、一堆夢的直接揭示暨其實踐，這已成為封存的、愈來愈不易看懂也無感的歷史了。它的最大風險大概只剩感冒著涼，但這不難避免，今天書寫者動輒在小說裡脫光自己衣物不夠，還跑上臉書再脫，是否也多是一種交友方式呢？

曾經更凶惡的教會這隻獅子也死得差不多了，儘管它偶爾仍會想起來出面詛咒同志什麼的，美國那邊也此起彼落仍要求學校不教達爾文，想重回那種上帝工作六天週休一日的創世日子，但理它幹什麼？

國家的狀況確實比較麻煩，畢竟此時此刻，在地球之上許多地方，國家仍是張牙舞爪的，天天想著吞噬人，更何況，宗教信仰和性愛皆可回歸單純個人，但人和國家的關係永遠是公共的，人無法真正的一直自外於國家之外。惟起碼今天在台灣是（也不只台灣一地），我們譴責國家的基本方式，已從抗議制止它做什麼，一一轉變成要求它做什麼。台灣的流行說法是「硬起來」，要國家嚴刑重罰押人關人槍斃人，要它驅趕遊民好像清垃圾而不是面對活人，要它廣設監視器，要它捕殺流浪貓狗，要它放手管管那些肥胖的人、抽菸的人還有後座不繫安全帶的人云云，還好有國家，要不然我們如何能順利活過每天二十四小時。也就是說，我們不是要國家節制其權力，而是要求它擴張使用權力，國家緩緩退居為只是一具被驅動的機器（而且天天抱怨這機器限制太多，「不會做事」），真正的使用者是集體意志，是某個已逐漸凝結成形的單一聲音，是艾可所說的新形態民粹。這些年在台灣做社會運動的人都有一種共同的沮喪，真正難的還不是官員還不是所謂的政府，他們多少還有些專業知識，多少可講點道理，只是謹小慎微怕東怕西而已，尤其怕民調數字、怕看起來人更多聲音更大的那一邊；真正沒辦法講道理的，是家長、是在地居民、特別是網路的匿名者這些潮水也似湧來的東西。

「挺你」「踹共」（「出來講」的閩南語）云云，是這些年來台灣民主言論天天會聽到、幾乎是萬用的詞組，我們用來選總統，討論國家大政和專業工作，談教育改革、經濟布局和疫情防治，無所不能。它們原來是、其實至今也仍然是打算要流氓的人才說的，基本上，挺字是不分是非黑白盲目支持到底的意思，出來講不是真的要講，而是列開陣勢大家別囉嗦要分贓要幹群架選一樣的意思。字詞當然可轉換使用，但字詞的轉用，意謂著你要挪借它原來的意義和本質，要召喚它特殊的情感和力量，要換一種遊戲方式和規矩。一兩人開始用它，可能是俏皮，但擴張發展到我們今天這種幅度及其涵蓋層面，這就是基本圖像的改變了，包括我們的認識方式、思維方式和行動方式。

如此的現實新景觀和人的記憶殘留之間的落差，於是成為某種言論詭計、書寫詭計的溫床，召來的不會是義人，而是那些機智的、抓住機會的人——人群已出現聚集在那裡，英雄的位置有限得用搶的（當然，今天擴大成每個電視頻道可提供三到五個名額，是以英雄還是拿通告費的），我們或可稱之為「沙特的詭計」，通過不斷追打（不是真正的批判）某隻已無法傷人的獅子，來附和社會討好人群取媚時代。永遠站人多的那一邊（人的多少和事情的是非完全是兩回事，論機率亦然），如何能不是虛假的、扮演式的英勇和正義？更多時候這是怯懦的，還是自利的，當然是這樣。

比擬為沙特可能對沙特不夠尊敬（但我實在不願我的文章出現那些不堪的名字）。沙特是個極聰明也最嫵媚的書寫者，歷史的風向感尤其敏銳而且果決。安娜·西莫南〈被歷史控制的文學〉一文（請留意這文章名字），提到過出版法國新小說的午夜出版社負責人蘭東的一則回憶，那是一九五八年四月當時，蘭東抗議《問題》這本書遭查禁（這是蘭東期待發生的事），撰寫了〈致共和國總統的莊嚴的請願書〉，尋求當時法國知識界文化界的聲援：「我不認識沙特，我是在蒙塔朗貝爾前面碰到他的。我作了自我介紹：『熱羅姆·蘭東。您是否準備簽名？』我把〈請願書〉遞給他，他就在街上簽了名，連看都沒看，也沒想流覽一下，當時我心裡想，『他膽子可真大。』」這是典型的沙特，立場永遠先於內容甚或不必管內容。

今天我們知道了，卡繆遠比他堅定認真，艾宏也遠比他勇敢負責任，但沙特永遠知道該第一時間正確的站定哪一邊，知道群眾在哪裡，年輕人在哪裡，道德優勢位置在哪裡，「在一個除了某些該死的人之外都是或將是抵抗運動成員的知識分子階層裡」。米蘭・昆德拉引述過卡繆忍無可忍反擊沙特的那句神來名言，說沙特和他的追隨者「把自己的扶手沙發椅順著歷史的方向來放」，昆德拉還補了一句，這扶手沙發椅還是裝了輪子的，可以在歷史轉向時跟著靈活轉向，且由各式各樣群眾來推動，「大家將它推著向前。推它的人正是那些現代的高中女生、她們的媽媽、她們的爸爸以及那些反對死刑的人，那些『新生兒保護委員會』的成員，當然還包括政治家們。政治家們一面將那扶手沙發椅推向前去，一面將笑意滿滿的臉轉向跑來跟在後面的群眾，而群眾也咪咪笑著，因為政治家們知道，只有『高興』成為現代，你我才是貨真價實的現代。」

被控制的文學，安娜・西莫南口中的控制者當然不是笨到、野蠻到查禁它的國家，而是時代的風向，以及像沙特這樣子的人。

抵抗國家一天仍停留在這麼舒服如躺安樂椅的道德優勢位置，另一面來說，你就很難對一個時代真正進行思索討論，包括各種投鼠忌器的保留和遲疑。就算你沒意思要對抗這些時代的流俗聲音和習慣，你僅僅只是想「像一個書寫者那樣子寫」所以無從附和它理會它，你仍會不知不覺冒犯到它（至少有一半機率），你的這種存在方式先就是個礙眼的、讓人不安的釘子戶。就像波赫士準確無比的用詞，由於他們是進步的，那你當然「都必須像一個倒行逆施的人，一個不計什麼利益的人。」

我們知道，台灣和中國大陸的民主進程和社會發展有著明顯的差別，在彼岸，國家仍是隻活獅子，生猛無比攔在所有人面前，每條像樣的前行之路都會很快碰到牠，因此，台灣這些迎風滑翔的人、這種不假思索的過時英勇還能輸出，就跟傳統的、夕陽的工業輸出和技術轉移一樣。這是近幾年來我（一定不只我一個）常發生的頗為難狀況，總有熱切的大陸讀者朋友兩眼發亮的跟我描述台灣去的某人，並打探的想知道更多他的人他的事他的過往種種。台灣很小，圈子內就這些個人，誰是誰、玩的是什麼大家心知肚明，我該不該就說了呢？這個他口中敢言敢罵如英雄的人，其實是個最柔軟、每句話都討好在場群眾的人；這個站定弱勢的人，他在台灣只和政商高層打麻將和高爾夫球過日子；這種動人的英勇，只是個簡單的傳播現象和角色扮演而已。中國大陸有其階段性的目標和迫切工作，人很難同時做好兩件重要大事，也許這些飄過去的人仍有其策略性的正面意義也說不定，就像屠格涅夫筆下那個最柔弱、隨風飄流變色、也遭時代用後即棄的羅亭一樣，日後高爾基仍為他辯護，以為這仍是有益的積極的帶來新鮮空氣的；或像葛林筆下戰死在海地那場血腥鎮壓的英國騙子瓊斯少校，他還真的死得像個英雄。某種歷史時刻，呼群保義，無從挑揀的總會聚集著擠滿著心思各異的各種人，包括假的人，也包括會弄假成真的人。人們的夢、視野和啟蒙，通過各種捉摸不定的路，也可以由不是那麼對、那麼經得起考驗的人攜來，我們得為艱難且曖昧不定的歷史留點哀矜的餘地是吧，至少這樣我們心情好些，像史家房龍講的，可以不必「懦怯到真要去憎恨這些人」。

說到法國新小說、午夜出版社及其舵手蘭東，我們補充一件好玩事，那就是冒犯當時法國政府讓書查禁，不只是個聰明的出版策略，最終還變成競爭——一九五九年以後，獨占禁書的午夜出版社有了對手，那就是馬斯佩羅的新出版社，這仍跟沙特有關，沙特受不了讓蘭東壟斷這一進步戰場。蘭東自己如此講：「弗朗索瓦‧馬斯佩羅馬上就站到了同樣的位置上……他一旦成為出版商，就出版了和我們完全類似的書籍，有時也許比我們更有勇氣。他的起步比我們晚了許多，可是被查封的次數卻多於我們！」

是的，比的就是被查禁的次數和頻率。

從生活的改變開始

葛林的《事情的真相》有這麼一場，是主人翁斯高比一個人靜靜看著他夫妻倆住的這個屋子，這些年這麼不知不覺下來，妻子的東西愈來愈多，滿屋放的都是她的東西，她的存在如此清晰、具體而且堆堆疊疊如盤根錯節；相反的，他自己卻是東西愈來愈少的人，他的存在愈來愈不留痕跡，愈來愈透明，這樣一直下去會怎樣呢？這個發現，讓斯高比有點悲傷，也感覺不祥，好像自己和這個世界、跟所有人背向著前行，愈往前愈脫離開來，他或已悄悄走上某一條不回頭的路了，斯高比感覺這是犯罪——

《事情的真相》，寫的正是斯高比這樣一個正直而且很聰明的人，如何一步一步走入煉獄的過程，葛林稱這個盡頭是煉獄，他每一步都是心思清明的，甚至是預見的，他完全清楚自己在幹什麼，只是我們很難說清楚他是自我選擇的還是被迫的。斯高比最終連死亡都是淡去的、不驚擾的，人們知道他死了，卻根本察覺不出少了誰缺了什麼，包括他的妻子在內。斯高比說煉獄的味道是淡乎寡味的，一種遺忘的味道，就像舌尖上那種聖餐的無酵餅。

我自己不是容易害怕的人，至少從小學五年級不再怕鬼、敢半夜自己起來上廁所之後就這樣，代價可能是不敏銳、嚴重缺乏想像力、以及同情心有所不足；我也相信導演費里尼說的，害怕其實是一種很精緻的感覺，以及本雅明在他小時候遊戲書上寫的：「不要害怕夜間的影子，快樂的孩子利用它們來做有趣的遊戲。」尤其活到如今這個歲數了，除了超過四小時的長程飛機和當面肉麻奉承的話語之外，能嚇到我的東西真的不多了，包括那些一心想嚇你的虛張聲勢小說。但《事情的真相》真的是一部很恐怖的小說，有點像張大春說朱天心的《初夏荷花時期的愛情》是這些年他讀過最恐怖的小說一樣。葛林當然沒存心嚇我們，他只是像個書寫者那樣持續的想，一層一層找出某事某物的真相，這必須平靜必須長時間的專注鎮定，《事情的真相》這次，他告訴我們有一個特殊的、無法逃遁的煉獄，或正確的說，對某些特定的人而言就算知道了陷阱何在、知道結果如此也無法躲開的煉獄，除非你願意變成另外一種人、一種你努力不要成為的人，去做你或因信念、或因價值、或只因最單純的善意或同情實在不願也不能去做的事，「有些罪只有真正用心高貴的人才會犯下」。

這真的是可怕的，更可怕一點的是，我以為這帶著預言，不只發生在二次大戰的獅子山國殖民地而已，斯高比所說的不赦之罪，今天更像是人的某種基本處境。

你曉得，很早很早以前，人類各處皆不約而同發明出所謂的流放之刑，把人逐出國家逐離社會人群，驅趕到某個我們管你是什麼地方的鬼地方，刑度基本上僅次於直接處決（蘇格拉底當年就是要死要流放二選一），重於監禁和鞭杖，是某種除了保留生命剝除一切的「準死刑」，通常並不再附加另外的折磨，刑罰的重點在於讓你的存在無意義，你講話不會有人聽見，你也仍可以寫詩寫小說作畫舞蹈或研究宇宙，但係以一種全然的自言自語方式，連回聲都沒有，意義不超過打發時間和練身體，凡此種種。彼時的冥界因此不必另建於另一個次元，或至少得挖進到某地底深處，人的世界界線之外即是，人直接就可以走到，有時光是迷路都會走到。

這個看似輕鬆的刑法後來慢慢不能用了，因為地球逐漸站滿了活人，到南極到非洲內陸某叢林某草原薩伐旅成為非常昂貴非常奢靡的遊戲，是有錢人的主題樂園，我認識的朋友就只有那兩三個人去得起（以及好意思真的跑去），而且回來一定寫成文章拍下照片一五一十告訴我們，否則不就錦衣夜行了嗎？包括叢林裡如何搭建起五星級設備的草棚，嚴格訓練的、身穿潔淨制服的在地黑人侍者以「7：1」的比例伺候你一個，一清早先奉上一杯冰涼調酒云云。這種流刑，若仍由國家安排行程國家埋單，那不是鼓勵我們大家快樂犯罪嗎？

但今天，稍微認真的書寫者都知道，書寫面對的不再是死刑，而是流刑，這是不同的困難。

這當然是進步，起碼我個人堅信這是確確實實的進步沒錯，書不會被教會焚燒被國家查禁當然是進步，人不必為著做一件稍微有意思的、自己相信的事就得時時帶著犧牲之心、帶著從容赴死的準備（「我自橫刀向天笑」云云）當然是進步——此時此刻，我就坐在台北市的這家咖啡館裡，有鋼筆（張大春夫妻送的）、有稿紙（初安民幫忙印的）、有咖啡喝（工讀生端來的）、還居然可以抽菸（這罪惡之物倒是我自己買的），儘管置身戶外滿吵雜的，永康街滿滿是人如川如河，又逢上號稱千年最冷的這一個冬天，僵硬發痛的手指（冷是某種會累積的東西）讓我不斷想起《玫瑰的名字》最後、已是老僧侶的埃森努力寫著大圖書館被燒成殘字片語的往事和所有死去的人。至少，除了自己的能力限制之外還能每天早上心無太多恚礙的這樣寫，稍稍噁心來說，這並不容易，曾經有多少更值得這樣的書寫者想都難以想像，遑論可得；當然我也知道，這拖一年是一年，你不會知道其中哪一個、哪時候會先消失，它們都不是可長存之物，被編組起來、彷彿已有自身清晰意志和明確方向的時代轟轟然前行，不斷的拋下東西、淘汰東西、替換東西。這說的不是將來，而是一路過來已發生的事，過去這十年，我書寫用的咖啡館已關掉了七家，鋼筆、墨水和稿紙肯定是夕陽也似的東西（日本人稱鋼筆為「萬年筆」，這命名顯然涉及廣告不實），也許立法院發神經又會通過更厲害的下一版菸害防治法，這兩年前他們就試過了不是嗎？說真的，這些有形之物的消失或都是小事，人要配合要調整都沒太困難，事實上這遠比負隅頑抗容易多了也好看多了。它們的盡頭處會怎樣？不過就是把自己給改變成一個戒菸、在家使用電腦、想喝咖啡自己煮的人而已，這還利己利人，誰都早這麼做了，包括年紀還大出我一截的賈西亞・馬奎茲（戒菸並使用電動打字機），還不是照樣寫出《迷宮中的將軍》等一堆了不起的小說來？

但就像葛林講的犯罪感覺、像波赫士說的倒行逆施，我難免也想，我某種發神經也似的抗拒之心所為何來？我到底不安些什麼？也許，正因為這一切、這樣的改換自己是這麼簡單、舒適、合理而且還有利，神不察鬼不覺，幾天之後就包括你自己也恍若遺忘，就像某個棒球教練講打假球，「很容易，只要投手故意損失一點點球速，改一兩球幅度大小的進壘路徑，二游間再伺機搞砸一次關鍵性的雙殺就成了。」

這細講道理有點厭煩，但這麼些年冷眼旁觀，我一再看到的的確是，台灣一再折損掉的好小說家、好書寫者，老實說很少是因為文學信念的直接破毀，而是生活方式的改變，事情通常就從這不起眼的地方開始。一般而言這會有二到三年左右的「看守」時間，原有的文學信念依然挺立無恙，可能還更常講而且講得更響亮，但逐漸有種愈來愈濃郁的虛張聲勢味道，包含著一點點不自然、一點羞怯、一點不甘心、以及更多的無奈和自嘲，我一時想不起來有誰曾經成功回返過，時間直直前行稍縱即逝，等你事後再想起來時一切又已如此自然無事，你為他提心吊膽的日子顯得如此遙遠還感覺不真實，這不再是那個書寫者了，那個你打心裡為他加油、時時等他新作品、必要時借他一點錢的書寫者了。

我永遠不敢低估教會、國家仍是活生生獅子時的書寫險峻處境，比我狠心的納布可夫都不敢低估，我只能說，我們面對著不同的困難，要求一種不一樣的英勇和抵抗方式。昔日他們威嚇的是個別桀敖不馴的書寫者，但傷害不到或說還不懂如何消滅文學書寫；如今威脅移轉到文學書寫這門行當、這件工作本身，碰觸到它真正比較柔弱、比較不知從何抵抗為何抵抗的部位，直接逼問它的意義，它的價值，它特殊的工作方式和世界的關係，沒有文學會怎樣？說說看會怎樣？——我記得多年之前米蘭‧昆德拉就為我們揭示了正確的文學（或小說）死亡圖像，也許西歐遠比其他世界各地都早看到此一盡頭模樣。昆德拉嘲諷的說，如果你以為是那種高樓大廈轟然巨響垮塌下來的動人方式可就大錯特錯了，恰恰好，死亡不起眼的、隱密的，靜悄悄淡出人們的眼角餘光之外，這是死亡最本來的模樣。昆德拉熟知各式各樣的政治迫害及其後果，但文學不會死於迫害（個別作家會），所以不會是壯烈的，他嘲諷的正是這一記憶殘留，弄錯了事情真相；文學的死只是遺忘，被足夠數量的人們遺忘，遺忘是漫不經心的，也是聽不到聲音的。

抵抗一個國家、一個教會，你仍有可能在國家之外、在教會之外找得到一個可防衛的陣地（借本雅明語）以及盟友，一般而言盟友的數量還不至於太稀少，書寫者不會感覺孤單，也許還太不孤單了，併肩作戰時彼此太靠近太擁擠，往往喪失了一部分必要的隔絕（適度的隔絕才能緩緩孕生出獨特性，如李維-史陀所說的）；但抵拒一個時代，你仍只能留在這時代之中，這有點力大難以自舉的麻煩，如今所謂的流放，是一種兩腳站不到、踩不實土地的漂流感覺，這不僅是一種精神狀態，還是每天每時的具體生活事實。光是保衛書寫本身，讓書寫仍成立、能持續進行、不被世界時時穿透書寫的最低限度空間，往往就得竭盡一身力氣，包括做一些不合理的事、過某種不得不違逆於社會習慣的生活，包括取消自己多餘的夢想好不受挾持，包括無法和世界、和眾人維持基本的禮貌，時時擺一張不討人喜歡的臉，只因為必須保持專注——朱天心近兩年的說法是「我不知道過這樣的生活，是否能讓我順利寫出好的小說來；但我知道，不過這樣的生活，對我而言想寫好小說斷無可能。」

究竟是你選擇如此或是你拙於生活已無關宏旨，重要的是不一致。卡夫卡這個拙於生活的人在日記裡這麼寫過：「凡是活著的時候不能應付生活的人，就需要用一隻手稍稍阻擋住他對自己命運的絕望……同時他要用另一隻手記下他在廢墟中看到的東西，因為他能看到與別人看到的不一樣的東西和更多東西；歸根究柢，他在一生都是個死者，但卻是真正的倖存者。」

這話也許說的太悲涼，畢竟日記本來就是個太陷入、太容易封閉於一己感傷的「文體」。我較簡單的想法是，在一個時代中，尤其在一個大家同方向、同速度前行如一列平穩火車的時代中，你必須讓自己錯身開來，至少以不一樣的時間節奏、不一樣的停停走走方式，你才能看出東西、看出層次、看出運動變化和隱藏，其必要代價當然是遭到推擠衝撞，以及人們不斷投過來的不解和氣憤眼光，馮內果小說《加拉巴哥群島》書中的我選擇當一個死者一個鬼魂，為的便是自由的進出人心看清真相，可以出現在想出現的地點，選在某個不恰當不可能但如此有意思的時間隙縫。所以漢娜・鄂蘭的如此結論我建議我們用最心平氣和的方式讀它：「一個時代往往會把自己的烙印最清晰的打在那些受其影響最小的、最遠離它、因而受苦最多的人身上。」

昨日的雪而今安在，大地跳著死亡之舞，航行於多瑙河上的船隻載滿著愚人——

去年，其實只是又來了而已，大陸那邊託出版社捎來信息，邀請朱天文朱天心可否也和讀者微博一下，晨昏定省，這好像已接近是文學書寫者必要工作的一環了，惟自反而縮，一個文學書寫者還有何能耐多提供世界什麼？除了認真寫好他能寫的東西。福婁拜以為書寫者應該隱身於自己的作品後頭，這是專業意義的話，倒不是什麼不忮不求之類的道德勸戒之詞，儘管今天再聽起來多不相容於我們這時代、多冒犯一堆永遠站自己作品前頭的作家，卻仍是千真萬確的。你吃什麼晚餐對世界毫無價值，你生了病自行就醫吃藥就好幹嘛驚擾大家要一千人按「讚」呢？當然也不可能因為你寫小說，就自動成為兩性情感專家乃至於窺破宇宙星象奧義的占卜者預言者云云；這比較像是敏於生活的書寫者，做的都是小說不擅長、無法做到的事。話說回來，讀者純粹基於情義相挺而買你的書（事實證明這有效，糟糕的正是這有效），其意接近慷慨解囊贊助，這不是該避免該勸阻的事嗎？書寫是一種志業工作，而不是勸募的慈善單位，抵抗這一無法抵抗的集體力量集體需求，我們的小說家朋友駱以軍說是「偽善」（於是我最近新的名字叫謝偽善），但這我們仍稱之為尊嚴。是的，「我們有義務成為另一些人」——所以朱天心盡可能禮貌的婉拒了，「作家安靜的寫，讀者安靜的看，這是我喜歡的文學樣貌。」

回憶四十年前柏林童年的 本雅明

小時候，我外出散步時總喜歡透過地面上鋪著的柵欄向裡窺視。這種柵欄讓人站在櫥窗前也可以發現：櫥窗正下面有一個洞。這種洞穴是給深處地下室的天窗透氣和透光用的。這樣的天窗與其說是開向露天，不如說是開向地的深處。我的好奇心由此而生，我透過自己恰好站在上面的柵欄鐵條向下張望，期盼著在這種上半部露出地面的地下室裡看到一隻金絲雀、一盞燈或者一位住戶，如果我白天的這種期待落了空無所獲，到了當天夜裡，事情有時就會反過來，在夢裡會有目光從地下室向我注視，讓我動彈不得。這種目光是那種戴著尖帽的地下精靈向我射來的，它剛使我毛骨悚然，隨即便又消失無影無蹤了。因此當我有一天在《德國兒歌集》中讀到下面的詩句時，我很清楚自己所處的情形：「我走下我家地窖，想開桶把酒倒；那兒站著一個駝背小人，竟把我的酒罐搶跑。」我認識這幫喜歡捉弄人、喜歡惡作劇的傢伙，而且他們以地窖為家也是不言而喻的。這是「一幫無賴」，與硬果山上偷小公雞和小母雞的夜賊——喊叫「天要黑啦」的縫衣針和大頭針——是一路貨，他們可能對駝背小人知道得更清楚，而我都無法進一步了解他，直到今日我才知道他怎麼稱呼。是媽媽最早向我透露了他的存在。每當我打碎了什麼或將什麼掉落在地，媽媽會說：「笨蛋先生在向你致意。」現在我明白她指的是什麼了，她說的就是那個盯著我看的駝背小人。小矮人盯著誰看，誰就會心不在焉，就會既不留心自己，也不注意那個小矮人，而是神志恍惚的站在一堆碎片前：「我走進我家廚房，想給自己做一小碗湯；那兒站著一個駝背小人，竟把我的小鍋打碎。」他出現在哪裡，我在哪裡就會掉落東西，掉的是什麼東西也看不見，直到幾年後看見大花園變成了小花園，大房間變成了小房間，大長椅變成了小長椅。它們萎縮了，彷彿長出了和小矮人一樣的駝背。那個小矮人到處跑在我前面，搶先堵住我的道路。但他除此而外並沒傷害我什麼，只是這個灰灰的監護鬼不時讓我重新憶起那些幾乎被我遺忘、然而曾屬於我的東西：「我走進我家小屋，想吃麥片糊糊；那兒站著一個駝背小人，竟將我的糊糊吃掉一半。」小矮人經常這樣站在那兒。只是我從沒有見到過他，而他卻總是盯著我：在我捉迷藏時藏身的地方，在我站立的水獺籠子前，在冬天的早晨，在廚房過道的電話機前，在蝴蝶飛舞的布勞豪斯山，在銅管樂中我的冰道上。他雖然早已隱退，但是他的聲音如同煤氣燈顯赫的絲絲響聲，站在世紀的門檻上對我輕聲叮嚀：「可愛的小寶寶，啊，我求求你，請為駝背小人一起祈禱！」

這篇看起來很甜美、甜美得有點森森然的短文是渥特・本雅明寫的，應該就是他《柏林童年》書中最為人知的一篇，不只因為它總是被置放在該書的最後，有壓卷的味道，取得某種文章實際內容之外、之上的更大指示力量，更因為漢娜・鄂蘭的緣故。在鄂蘭那篇極著名而且漂亮無比的導言文字裡，她直接把這個搗蛋的、敵意的駝背小人和本雅明一生的厄運不絕聯繫起來，彷彿駝背小人一直跟住他（「那個由美德、天賦、笨拙和災難編製成的無法解脫之網」），從德國到法國、再到最後本雅明力竭自殺於法西邊境，那是一九四〇年九月二十六日這一天，距離他和駝背小人的「初識」已整整超過四十年，駝背小人終於做完了它對本雅明最後一次的捉弄，鄂蘭敘述了此事的前前後後，如此無奈的指出來，這原是可避免的，或說依機率不該發生，「只要早一天，本雅明就能順利的通過。只要晚一天，在馬賽就能知道暫時不能取道西班牙。只是在那個特殊的一天，災難才可能發生。」

我們知道，幾乎（我不曉得有沒有例外）每個民族、每一個地方的神話傳說中都有駝背小人這類的搗蛋鬼存在，包括我自己的童年，用它來解釋、來安置人每天生活中總會碰到的小小失慎、小小倒楣和小小不解，比方人好好走著為什麼忽然跌一跤，桌上食物為什麼被咬了一口，收存起來的東西為什麼會找不到或自動移了位，平穩的小河流為什麼有處危險的漩渦或夜間有奇怪的聲音傳來，凡此種種。這有諸多意義和功能，其中很重要的一樣其實是寬容，是不加深究，並順勢把人的某種錯誤歸返給這個（曾經是）萬物俱靈的世界好從中釋放出來，生活於是可以流水的、安然的繼續下去。也就是說，碗當然是小小本雅明打破的，但母親含笑說（她相不相信呢？）那是駝背小人害的。

宮崎駿的《龍貓》動畫裡有一段，那是皐月和梅兩姊妹一家搬到鄉下去，沒人住的空屋子容易髒而且腐朽得快，但鄉下婆婆說那是黑小鬼居住的緣故。宮崎駿把黑小鬼畫得很可愛，圓滾滾的小毛球還長了眼睛知道四處逃竄（在稍後的《神隱少女》中成了勤奮搬煤塊、吱吱喳喳搶吃五色金平糖的勞工小黑炭），皐月和梅兩姊妹開始提水打掃擦拭（乏味的勞動成了驅趕追獵遊戲），明亮如水的月裡，黑小鬼成群飛上天，它們去找另一間空屋子。

打碎自己生活、工作、婚姻、希望、還有一條命，這又是誰搗的鬼？

鄂蘭畫了一條直線，或說把這道應該止於童年的直線一逕延長下去，不去理會歐陸的地形高低起伏和國界，不顧忌總是曲線形狀的時間，不管我們纏繞糾結、每件事都有數不清前因和數不清後果的實際生命基本樣態，奇怪卻沒誰認為鄂蘭這麼做不恰當——最直接的原因也許正來自本雅明本人，彷彿是他邀請我們做此聯結的。本雅明自己講，《柏林童年》並非自傳，甚至無意要稍稍完整的全面呈現童年；這全是認真挑揀過的記憶，或直接說就是那一物那一景那一事（內陽台、針線盒、電話機、冬日的早晨、斯德格利爾街與根蒂納文街交匯處的街角），選取的人站在當下世界，選取的根據是當下的某一個或某一團疑問，當下才是他真正的（或原初的、動心起念的）關懷。而當下究竟什麼？從你自己到整個眼前世界，願意的話這全都是謎，數不清數量的細碎之謎並也合為一個總體的大謎，每一物每一景每一事都有它的時間來歷，這限定著它的未來（其意義，其可能性），我們針對著某一個問題想，也就同時順著它某一條特殊的時間甬道回溯，於是，這樣的回憶比較無情，它是思考，而不是思念。

最起碼本雅明努力要做到的是這樣，所以他在書稿的序文說：「我努力節制這種情感，旨在以特有的社會發展必然性中，而不是以帶偶然性的個人傳記去追憶往日的時光。／這樣導致的結果是：只是展開經驗之連續性而不能凸現經驗之深邃內蘊的傳記性要素完全隱退了，隨之隱去的還有我家人和兒時同伴的整個外形容貌。相反，對於大都市在一個來自市民階層的孩子心中留下鮮明經驗印記的畫面，我則努力不加疏漏的去捕捉。」

把自己的童年回憶捐出來成為公產，個人成長讓位給社會發展，以必然性來取代偶然，聽這些話，我們有理由期待這是一本「大書」，大書特書，它理應會呈現一種全體的、至少像某個大區域水系那樣諸河縱橫奔流的動態時間景觀，來取代個人的、單一的自然之流。比起拉起窗簾、躺在床上、純粹一人回憶的普魯斯特七大卷《回憶往日時光》，就算書稿的物理厚度不是非壓過不可，其實際內容豈不應該更壯闊、更複雜、更株連甚廣？

由於《柏林童年》係以遺稿方式整理出來，有些事不好絕對說準，但我們看各種出土版本，規模差異不大，全是由那二十到三十篇小短文輯成；而且，愈後期的文稿，似乎回憶方式愈顯得純粹、靜態、不長反短，刪除掉的多是解釋的部分、和日後的我日後的世界聯繫的部分、以及連續性的部分，如〈駝背小人〉這篇，像這段話便沒出現在最後一稿裡：「我想，傳說中人臨死前眼前快速浮現的『整個世界』是由那小矮人對我們大家獲得的圖像組成的，那圖像就像曾是電影攝製技術前兆的固定小書畫頁一樣在我們面前快速翻過，面對這樣的固定小書只要輕輕一碰，上面的齒輪就會沿著卡齒轉動起來，接著，書頁裡的畫面就會難以分辨的一個接著一個快速的閃現，在這樣的畫面接續閃現中就能見出拳擊手出拳時的整個動作，見出游泳者是如何搏擊水浪的。小矮人對我也擁有著同樣的圖景。」

彷彿隨著時間，隨著人愈靠近這些回憶一分，本雅明自己便愈被它們所吸進去所催眠；彷彿這些東西更進一步要求自己成為主體，以某種更乾淨更駐留的形貌，要求被更小心翼翼的對待，尤其要求暫停或至少放慢時間，它們正是耗損、改變、以及無來由消失於日後時間裡的東西，就像中國那個愚人故事，珍貴的寶劍掉落河中，船繼續順流前行，人只能離劍愈遠，在船身上留下記憶的刻痕只是絕望的徒勞。記憶和時間有一個很難解的矛盾，這有可能是本雅明原先低估的。

當然，書寫者的原初意圖不需要等同於書寫成果，不等同通常是好事發生而不是失敗，代表人在書寫進行之中有所獲取，畢竟書寫之中的思索總是遠比書寫之前（帶著期盼的）要綿密、專注而且實際，以及，不斷進入到遠近層次不同的視角和隨之而來始料未及的更多世界真相。即使書寫結果是「減法」的如本雅明這樣，也意味著書寫者實際上知道了，有某一部分遠眺的想法是單薄的、說不通的，有一部分可能只是不夠準確，或者還有一部分是奢望，仍可回收心中還原為某個有熱度的念頭，好等待一個更好的世界或更好的自己。刪除的依據通常來自於真相（韋伯所說「不舒服的真相」）的逼近及其不斷撞擊，但不成功的原初書寫意圖不是全無意義的，這裡頭通常包藏著一次確確實實的觸動，一個難以言喻的神奇核心，一個在書寫者心裡某處熠熠發亮的點，一個或者太過美好太過巧妙的願望，書寫者仍可以選擇不屈服，他可以相信有問題的一定是這個世界，而我只是還沒真的準備好而已——波赫士曾說，有時我們對某一本書心存感激，不是因為它成功寫到了什麼，而是我們看出來「它本來想成為什麼」，它保留了有時比結果更重要，更根本的問題本身。

據說《柏林童年》動筆於一九三二年，這原本是約定好的交稿時間，本雅明這上頭很像學童，暑假作業總要拖到開學前一兩天才開始寫。一九三八整整六年之後他才交出第一次書稿，書名也由原先的《柏林記事》改為《一九〇〇年前後的柏林童年》，由一個城市凝縮為一個人，時間也退到了遠處像一幅靜止的圖——這是一本沒人願意出版的書，我從出版社編輯的角度來看這很合理，歐陸當時風起雲湧，各種意識形態的交鋒尤其劇烈而且迫切，現實世界直逼每個人眼前，大問題一堆，誰會回頭理會一個默默無聞書寫者四十年前他家陽台、他母親針線盒這類童年瑣事？就算今天，如果我們不知道他是神奇的本雅明或本雅明有何神奇，我們不曉得這本小書曾經被寄望於如此宏大的意圖，這樣淒美回憶的短文不是滿街都是嗎？

我想起卡爾維諾曾說過一個莊子的故事，他不曉得從哪讀來的——「多才多藝的莊子，也是一位專業的畫家。有一次，國王請他畫一隻螃蟹。莊子說他需要五年的時間、一幢鄉間房子和十二個僕人。五年過後，他還未動筆，他說：『我還需要五年。』國王應允了。十年的期限將滿時，莊子拿起畫筆，一揮而就，畫了一隻螃蟹，前所未見的最完美的一隻螃蟹。」

一如書稿本身，本雅明的序言一樣很簡短，他最後說的是：「我想，這樣的畫面可能會有它們特有的某種命運。它們雖然還沒有像數百年來回憶鄉村童年時對田園的傾訴那樣，獲得特有的表達形式，但我童年時代的這些都市畫面則相反，它們或許能憑其內在意蘊預先展示未來的社會經驗。至少我希望，從這些畫面中可以看出，其主人公在以後的成長中有多大程度的失去了他童年時曾擁有過的依護。」

聽得出來有點「位移」了不是嗎？就像書名的調整，童年這些記憶之物之事之景具體成形起來，逐漸占據主體的位置，相對的，當下世界反而變得遙遠且黯淡；它們不再只是某種前因、某個證物，它們跟一九三二—一九三八年此時此際的歐陸和本雅明本人的關係鬆脫開來，別說兩點聯成一直線，就連演化都難以說清而且可疑。「這樣的畫面可能會有它們特有的命運」，我們或者可以說，它們指向的、揭示的，毋寧是更多的歐陸和更多的本雅明，或說消逝的歐陸和沒有實現的本雅明。然而，就跟本雅明在書中〈冬日的早晨〉寫的：「每個人都有一個可以許願的仙女，但是只有很少人還記得他曾許過的願。因此一旦日後生活中得到實現也很少有人會察覺到。」希望只有在它沒實現乃至於掉落之後，才得以被我們辨識出來並完好的保留下來，如同我們對比兩幅微妙差異的畫找看看少了什麼，因此，本雅明必須額外的、文章實際內容之外的（也有點犯規的）重申他的書寫意圖，最低限度保有當下歐陸和自我的存在圖像，這才有機會讓這本《柏林童年》不同於幾乎每個書寫者都寫過的童年回憶隨筆短文，而不僅僅是稍稍寫得比較好而已。

所以《柏林童年》究竟只過卑是一本小書抑或過亢的竟是「本世紀最美妙的隨想集之一」呢？我們今天所看到的光亮，究竟是作品自身煥發的光，還是歷史奇妙的投射和補償（包括鄂蘭憤憤不平的所謂「死後聲譽」）？我們對此的源源思維是否更多來自其他而不是書的內容本身？梅內德斯・佩拉約曾這麼坦白指出：「如果不用歷史的眼光去看待詩歌，那麼值得永存的詩歌實在少得可憐！」這是一段高風險的話，很方便「看吧」被淺薄的、詆毀的使用，很可能讓必要堅持的文學評價一文不值；但這其實是深沉許多的話語，波赫士同意，昆德拉也同意，說「這是無可奈何的事」（含笑說的），事實上，唯有理解文學評價的複雜性及其最終的不確定性，我們才得以比較正確且完整的理解書寫活動是什麼以及為什麼。了不起的作品通常不因為想成為了不起的作品而書寫，作品有自身更可貴的具體理由和目標，有時它還會繞過簡單的、已伸手可取的完美，視之為不當的誘引和障礙如猶力西士聽塞壬的歌聲，即使因此它反而不成功，乃至於失敗得狼狽但真誠甘願。「正確」的文學評價因此也是帶著風險的，它讚譽人皆可見的成功，卻也得認真去分辨、去學著掂量失敗，尤其那種「高飛的鷹鳥為什麼飛得比母雞還低」時刻的失敗。

這本《柏林童年》的實際成敗結果，我甯可借卡爾維諾的話來說：「就某種意義而言，……不是尚未完成，就是只有斷簡殘篇，就像雄心勃勃的宏大計畫的遺蹟，猶能保持其光采壯麗和構想當時的縝密痕跡。」

被擱置千年的童年記憶

回憶是一種特殊的心智活動，仔細想，我們甚至會懷疑這是否生物性的自然行為，真正經常性發生的、支配我們人生的是遺忘，「遺忘的永恆作用使得我們的每項行為都呈現出不真實、幻影似的、煙霧一般縹緲的特徵。前天晚上我們吃了什麼？昨天朋友對我說過什麼？甚至：三秒鐘前我在想些什麼？這些都被忘掉了，而且（最糟糕的是）也只能走上這唯一的一途。我們的現實世界本質就是稍縱即逝，而且只配被人忘得一乾二淨。但是藝術作品則雄偉矗立起來，像是另外一個世界，一個理想的、堅實的世界。在那裡面，每個細節都有它的重要性，它的意義。所有身處其中的，每一字、每一句都得以不被遺忘，而且以原本的樣貌被保留下來。」（昆德拉）

遺忘和記憶的比例大約是多少？我所知道最有趣的量化計算是古斯塔夫・斯皮勒（我是從波赫士那兒輾轉讀來的），「七十年生涯留在正常頭腦裡的回憶，如果有次序的一一進行，大約需要兩天或者三天的時間。」也就是說，如果這二到三天是二十四小時不眠不休的話，將稍大於一萬兩千七百九十二分之一，這是個幾近虛無的數字，很容易讓人懷疑自己（你只記得自己這麼一點點），並一併懷疑所有的宗教和學說理論。遺忘的黯黑部分太大了，幾乎是全部，鑽牛角尖的來說，人類這一場文明進展，我們回頭較之我們養的貓狗，原來就只奮力推進了一萬兩千七百九十二分之一遠的距離而已，這真讓人疲憊，還非常辛酸。

但所謂「有次序的一一進行」的回憶是這樣，是否意味著還有一些無法有次序一一進行的回憶？破碎的、殘缺的、戛然中止本來就沒後續的？一定有的，我們每個人都不難察覺自己有一疊諸如此類回憶的存在，倔強、不化合、得不到解釋，由於孤伶伶的沒之前沒之後，遂空間化了，以至於更像是一張張個別的靜止畫面。這類回憶最多來自沒選擇只吸收的童年時候，完好但無用，以至於我們總感覺彷彿是某種原初純淨的世界印象，通過所謂的銘印作用，一整個直接壓進我們腦子裡或竟是眼睛視網膜裡。

察覺到這一比一萬兩千七百九十二的無邊黯黑力量，設法捕捉、取得、確信這些碎片回憶便變得必要且積極了，我們寄望它們是光的援軍，用以驅逐黑黯、肯定世界的確實存在，以及我們自己確實的存在。

今天，幾乎所有的作家都告訴我們，書寫的材料就是回憶，就連莫內他們那樣捕捉光影一瞬的畫也是通過回憶再現，人是面向著過去的，如福克納講人是背向著坐在快速奔馳的車子上，未來看不見，現在一閃而逝只是鬼影子，過去是唯一清晰、穩定、可見的東西，凡此種種。但之前好幾千年時間，書寫並不特別看重回憶，至少不奉回憶之名，而是以故事、以相關事蹟的形式被回溯被引用，相繫於社會而不是個人，用本雅明的話說是，書寫只「搶劫」、只撕下來書寫當下有用的那件事、那個晚上、那兩句話。沒有社會用途的回憶止於個人，不堪不體面不宜不值得耗用公共性的資源和時間云云，要經歷很長很長時間，它們才羞怯的、滲入的、不問要幹什麼的出現在個人的日記、筆記、以及私密親人友人情人的書信來回裡面。

公領域和私領域的較嚴厲分割的確阻止人放膽的、肆無忌憚的回憶自己，但最根本的理由可能還是「用途」問題，容易找出用途、方便編織起來可依序進行的回憶，就像低垂樹枝上的果子，總是先被摘取，其背景仍是（自覺不自覺的）人不斷深入世界的認識之旅，所以本雅明才特別強調這些童年之物之事之景「其內在意蘊」，某些深埋的、還沒被挖掘出來使用的東西——我們看，詩在中國很早就使用於個人，用於抒情，用來懷念，用來喃喃自語，用來牢記某個晚上甜蜜驚險的一場心悸幽會，用來流淚追憶故國故土，更多用來哀傷時間洋洋美哉的不可阻止流逝，「昨夜星辰昨夜風——」「小樓一夜聽春雨——」「常記溪亭日暮——」「春花秋月何時了——」云云，幾小時前，幾天前，幾個月前，幾年幾十年前，掉頭走回去的時間長度不定，隨個人當下的心思及其現實人生、及其命運，但大抵上好像有一堵隱形的記憶之牆，好像很難越過某一特定年紀，某個對異性有感覺了、嚮往情愛發生的年紀，某個被（社會和自己）視為成年了、在世界有一席參與之地的年紀，某個開始用有意識的、有搜尋焦點眼光看周遭一切的年紀云云。牆後頭的童年記憶幾乎不被觸及，一直完好的保留在某個思維浪潮、情感浪潮打不到的奇妙地方，這和現代文學人人都寫童年、找不到書寫題材至少還有童年可寫很不一樣，幾近不可思議的不一樣。千年時間中，人在書寫中對自身的回憶，跋涉到這裡好像就力竭了，翻越過這道時間之牆，原本光束般的回憶，一下子散開了、湮邈了，輕煙一樣化入到某種白雲千載空悠悠也似的、無窮遠也似的、再不分你我的巨大時間意識裡。

從《全唐詩》、《全宋詞》看，所有寫詩的人好像都沒有童年似的。

我們得強調這是「在書寫中對自身的回憶」，因為這有別於人自自然然的回憶——儘管，不被鼓勵、不被提醒使用的記憶總會少掉些發掘的可能，會較少被想，但對於人這種東西（動物？生物？生命體？）而言，幾千年時間可以是很短的、根本沒改變的、之於生物性演化毫無意義的。今天，我們會想起童年，幾千年前的人一定也會；今天，我們感覺自己童年的記憶如此明確清晰具體，輕易的就勝過成年後總是一閃而逝的記憶，一個夏天的童年彷彿還大過、長過、重過往後二三十年的匆匆人生，此事我們一樣有百分百把握相信，李白是這樣，李商隱是這樣，李後主是這樣，李清照也是這樣，而且所有昔日寫詩的人都是這樣，並不是只李氏宗親會的成員而已。這裡他們都姓李純屬巧合，此外就只因李是中國大姓，唐朝又賜李姓給一堆歸化的外族。

人們通常不太樂意受困受制受解釋於自己年紀，年輕人不願被看小，老人不服老，除非特定性的有利，比方說未成年打人殺人可適用較輕刑責或老人可領津貼年金云云。但年紀真的意義深重，昆德拉曾下過這個標題，「躲藏在簾幕後的人生年歲」，指出它沉默的、堅定的、但容易被忽略低估的決定性力量；我們才剛完整的引述過這段話，昆德拉把人的年紀說成是人從生到死這條路上的不同「觀察站」，不同階段年紀的觀察站，看到的是不一樣的世界圖像，人的態度會不同，想的東西會不同，因之留存下來的印象和記憶也會不同，昆德拉以為這是「明顯的事實」。

如此，童年回憶是什麼？從童年這個觀察站望出去，我們曾看到過什麼？記下來些什麼？我們該拿這些琳琳琅琅東西如何是好？

「假想，必須永遠離開這島國的那一刻，最叫你懷念的，會是什麼？／……請你就像那名歷史懸案中人，回首一望，彷彿瀕死的人，一生閃過眼前，最後留在視網膜上的，會是什麼，會停格在什麼樣一個畫面？也彷彿寫在一塊遭風吹日曬得失了顏色的木牌上的字句：南都一望。木牌立在奈良遠郊不很有人跡的白毫寺前，你聽話的回首一望，漫天大雪中只能隱見盆地的依稀輪廓。」——這是朱天心的〈遠方的雷聲〉，這篇小說，朱天心以這個「最後一次」的問題，試著找出人最後的、最不舍的記憶，但奇怪出來的不是所謂人生的重大時刻，不是你連續人生的某一個關鍵、一次抉擇，而僅是一個個童年的沒頭沒尾記憶畫面，乾淨到彷彿這才見天日，才第一次被想、被說出來。它們確確實實是有過的，是你的，卻逃逸出你的人生之外，彷彿和成為現在的你並沒有關係；我們也可以講，朱天心自己是一直知道有這些記憶存在的，她一直緊緊握著這些東西，只是，她始終不知如何呈現它們，是過去她每一編織成形的小說總滑開來的碎片（朱天心是最直接處理回憶的小說家之一，以至於有「老靈魂」此一怪名），她惟有把自己逼上某個極不尋常的生命位置，一個類似上校面對槍斃行刑隊的遺言位置，這才讓她首次順利講出它們來。

直接說明其實有點困難，起碼我個人不太會。但我們從人真實而且難以言喻的感受，自己的以及一堆書寫者一直透露的，童年記憶似乎明顯有別於日後的回憶，這似乎是人一個最特別的觀察站，無法也不該簡單併入到往後連續性的時間之流，遑論因果鐵鍊；或者準確點來說，能順利進入你日後人生、解釋你日後人生的，只占很小很小一部分，這部分無法證明它的整體，因此它卓然獨立於其他觀察站的記憶（二十歲的、四十歲的）之外或之上，有它難以駁斥的奇妙力量和捉摸不定意義——印度一位老僧侶告訴我們，「只因為那些最早來的總是最晚離開。」意思是，遺忘的無際無垠作用於它最小，甚至不生作用，時間如果是大河沖刷又退走那它就是露出來的石頭，人愈到老年，一生記憶如陀螺般愈發快轉起來沒剩幾件事不可理解消化、需要重新拆解一一計較，沒太多詭計不一眼看穿，包括你曾對世界做的和世界曾對你做的，也許進一步在盡頭之處的死亡面前會更加是這樣（此時此際我們都還沒死，此一猜測以後一定有機會印證），最後你奇怪想著的，或說不召自來的，說是一整個童年這可能不對，甚至不能說是童年經驗，而是許許多多個一瞬。這些碎片還大小不一，也許是完完整整一塊冰，包藏著無數細針模樣的光線交錯而且很燙手，也許是門口下午時刻的大街伸長出去，空中懸浮著埃塵也似的、遠遠細細而來的馬戲團遊行興奮人聲樂聲，也許更小更構不成實體，就只是一種氣味（「會是花梨木的氣味嗎？」），是一個聲音（停電夜裡的春雷聲音，「會是燈籠節吃過晚飯後的晚上？」），是一個謎（「我們到底殺了人沒有？」）。

印度老僧的這則智者式偈語，其實只很巧妙的重申某些記憶（最早的，當然就是童年的）的堅韌，禁得住遺忘的反覆沖刷，並沒真的講出來何以如此（他的因為所以是不成立的，誰規定後來的一定先走？）；倒是納布可夫，以他小說家的實戰經驗，可能給了我們一些線索。

納布可夫說，有些記憶是很靠不住的，被小說家融進書中後便失去了現實的味道，記憶讓位給書中人物時也如此，它變了樣子了，不再是你的了，你甚至無法再單純的保有它，因此記憶寫一塊少一塊。這其實是眾多書寫者都知道的事實（只是沒說得這麼有把握），人的記憶通常只能認真使用一次（好些的、不舍些的也許多用個兩次）。本雅明也講過這個，在他〈說故事的人〉這篇精采長文裡，個人獨特的經歷順著說故事的「長梯」上升，融進到集體的、普遍的經驗裡，甚至是命運，化消掉所有的傷慟、懊悔以及不平，它變得可交談可接受建言可和他者的經驗交織交換，這樣的卸除於是成為安慰，同時也是遺忘沒錯。但納布可夫講，就只有一類的記憶是寫不壞的，進入小說又完好回來，如微中子穿透人體那樣，是的，就是那些，「比如——噢，我不知道，我們鄉村的家裡，花匠侍弄好的客廳裡的鮮花，半個世紀前的夏日裡我拿著捕蝶網從樓上跑下來的情形——這種回憶絕對是永恆的、不朽的，永遠也不會變，不管我多少次把它安放在我的書中人物身上，它總不離我左右：紅沙、白色的花園長凳、黑色的櫸樹，這一切都是永恆的占有。」納布可夫沒直說就是童年的記憶，但實際上都是童年。

「寫不壞」是什麼意思？我們至少可以有兩個猜想——一是沒寫完，它的可能性是多的，不是只一層意義、一個概念，不會一次使用就空掉乾掉；二是寫不到，它宛如單子，或至少有某個單子也似的堅硬內核包藏其中，融解不了，只會愈使用愈顯露出來，這是獨特性所構成的全然孤獨單子。

這兩個猜測都指向實質，有厚度的、三維的實體，這的確正是我們童年最深處記憶的物件基本樣態沒錯。但所謂的獨特性、那難以擊破的堅硬單子外殼何來呢？針線盒，我們小時候家家有天天用；走過家門口的鑼鼓喧天遊行隊伍，任誰都踮腳看過；遠方隱隱春雷，每年驚蟄時分總有，負責叫醒冬天沉睡的蟲和花草，漫漫人生醒著的我們總也還留意過幾回；凡此。獨特的絕不是這些具體之物，而是，而是這些東西和我們曾經的某一次相遇，尤其是發生於某種不知其意不明其用途甚至先於知道其名稱乃至於存在的乍乍相遇，根本來說，就是赫拉克里特所說「你永遠無法伸腳到同一條河水裡兩次」的那種全然獨特也全然孤獨相觸，這其實包含了當時的你以及當時的世界全部；當時的你和當時的世界映在這個具體之物上頭如銘印，日後也一直濃縮收存在這具體之物上以至於成為某種信物，只能這樣。你當然無法只靠自然主義式的、仔仔細細描述一個針線盒就重現這一切

（很多寫童年記憶的散文犯此錯誤，我們莫名其妙聽他全力講述一個隨處可見或從未見過的尋常東西，他的深情款款成了尷尬的虛張聲勢），你得叫回當時的你連同當時的世界才行，但這還真是難。

朱天心在她〈銀河鐵道〉裡寫的：「或應該倒回來說，你非常享受回返到六歲前不被任何知識、神話干擾吸引的不識字狀態，你因為聽不懂周遭人們說什麼、看不懂他們的文字，你的視覺、嗅覺、味覺等純官能變得異常發達，所以眼前景物不論美醜彷彿都是頭一次看到，因此深深的在腦上刻了一道道紋痕。」

全然獨特的一道道紋痕，就像CSI科學鑑識的現代赫拉克里特講的，永遠沒有兩個完全一模一樣的工具痕跡。

本雅明的〈針線盒〉，如果你此時手邊有書何妨讀一下，才一千字左右的短文，然而一開頭寫的卻是下雪天拿著針線坐窗邊的母親如同剪影如同肖像，「就像一切權力擁有者的寶座一樣，媽媽在縫紉桌邊的這個寶座也同樣具有不可抗拒的魔力。有時我能感覺到這種魔力，被它罩住時我便屏住呼吸，乖乖的一動不動。」回轉小孩模樣的本雅明已知道了針刺的危險，如睡美人被紡錘尖刺傷沉睡百年那樣，他擔憂因此特別留意到母親手指上套著的頂針，以及更顯微的，頂針上果不其然有著的幾個小小針刺坑洞。文章則結束於小本雅明自己在紙樣上的刺繡遊戲，「我禁不住誘惑，不時去欣賞布背面線條交錯的圖案，每縫一針，布正面的花會愈來愈有樣子，但是，布的背面則會增加一分零亂。」——這番話，他也用來說普魯斯特的《回憶往日時光》。

不是針線盒，而是一九〇〇年前後柏林本雅明家裡那個針線盒，裝著我們都知道的縫衣針、大小各異剪刀以及絲線和棉線團等等，但還裝著更多我們並不知道、只本雅明依稀記得的東西。

用小說來打開它

在〈佛蘭茲・卡夫卡〉這篇文章中，本雅明說卡夫卡的小說是他寓言的展開。展開的方式有兩種，一是像小孩把疊好的紙船打開來恢復成一張紙，另一是如花蕾綻開來成為花朵。這說得很漂亮。我們對童年記憶的探究和書寫也是這樣，前一種方式得到的結果是二維的，「原來如此」，遺忘的祕密揭開，一目了然，抵達終點；後者則是生長的，有新的、原先不知道的東西不斷跑出來，有時還會讓人迷路，進入到某個始料未及的世界。

或應該這麼說才對，原來我們想把童年恢復成一張紙，但結果卻總是綻放成花。包括這本《柏林童年》。

關鍵在於這些完全獨特的東西。這當然詭異，我的經歷，我的童年，但我日後的人生卻無法直接說明它們，甚至我眼前這個既成的世界也很難說明它們。它們零亂的、四面八方的指向著歧異的、不知道也無法證實的各種人生，這些人生又各自聯繫著一個個不一樣、沒發生的世界，就像卡爾維諾講的：「蘊藏著潛在的、假設性的東西，過去和現在不曾存在，而將來也許永遠不會存在但可能曾經存在的事物。」是的，不是為什麼有狗叫，而是狗為什麼沒有叫，不是為什麼有現在的我（妻子、兒女、工作、身分……）、現在的世界，而是其他的我、其他的世界何以沒發生、它們花兒般全都哪裡去了、萬一發生了會怎樣。所以本雅明寫他的柏林童年，原來是「它們或許憑其內在意蘊預先展示出未來的社會經驗。」但實際寫下去的結果卻是，「至少我希望，從這些畫面中可以看出，其主人公在以後的成長中多大程度的失去了他童年時曾擁有過的依護。」

如此，我們大致可以這樣不詩意的描述此一綻放如花的展開過程——原先就只是失落的某物，然後發現非一併加上失落的你不可，最後還得再加上失落的世界，這樣才能讓你的記憶完整可解，原本我們想找出、確認、看清這一個自己和這一個世界，卻目眩神迷的找到一連串不同的自己和一連串不同的世界。

本雅明（原先）的想法比較古樸，他極細極微的工作方式、思維方式，找尋的總是維吉尼亞・吳爾夫所說「巨大而簡單」的東西。至少在〈說故事的人〉裡，他喜愛的是較古老的說故事形式，他以為人自身的經歷必須先「編織」起來，唯有編織成故事你才能順利說出它們來（「人必須先說出自己的故事」），才能被他人聽見，才得以在我們這個世界存留下來（所謂「編織在故事裡的教訓便是智慧」，這裡隱含著一個提煉過程，也就是不斷舍棄的過程）；相對的，本雅明對現代小說有微詞，他以為現代小說「是要以盡可能的方法，寫出生命中無可比擬的事物」，也就是這些有著堅硬外殼的單子，它們全然的獨特性會造成隔絕，聽者亦無法完全融入到自己的經驗裡真正聽懂它們。現代小說因此是一個最孤獨的工作，形成於孤獨個人的內心深處；書寫者是最孤單的，他孑然一身，既得不到安慰亦無法給予人安慰，「整個文類的第一本鉅作是《唐吉訶德》，而且在一開始便向我們展示一個最高貴的人，他具有雄心、膽識、熱忱，可卻又完全缺乏良好忠告，也不具絲毫智慧。」

但說到唐吉訶德事情就有趣了，還記得昆德拉怎麼說嗎？昆德拉也同意唐吉訶德不是一個值得讓人學習的榜樣，這和本雅明一致，分歧如二路的是接下來的話，本雅明走入話語豐饒的人群，昆德拉則向著人稀的密林昂首而去：「小說裡面的人物並不要求別人來崇拜他們的美德，他們只期盼別人理解他們，這兩件事情是截然不同的。……唐吉訶德被征服了，可是卻看不到什麼壯闊格局。

因為突然之間，一切顯得明白清楚：實際的人生其實是場挫敗。面對這場不可避免的挫敗，也就是我們所稱呼的生命，我們唯一能掌握的就是嘗試去了解它。這就是小說藝術存在的理由。」

也就是說，本雅明看著的是唐吉訶德的愚昧和瘋癲，但昆德拉卻進一步看到他的無與倫比動人之處。也許，這正是塞萬提斯書寫時實際發生的變化，他原本想嘲諷一個腦子燒壞掉的鄉紳，但小說把他領向一個祝福之地——波赫士（以及薩瓦托等幾乎所有人）都認定《唐吉訶德》的下卷遠比上卷好；而且，下卷的唐吉訶德愈到後來愈接近塞萬提斯本人。

這些，其實倒過來看比較接近事實，那就是的確先有著、先察覺到這些全然獨特的、無可比擬的東西，有這些古老說故事始終無法編織起來的異質破碎東西，本雅明（隱約的）認定該舍棄不顧，就像千萬年以來的人們那樣，昆德拉則以為我們仍該嘗試著去理解，或說這些東西仍期盼著、邀請著人理解。現代小說正是人新的配備，新的工具，新的書寫形式暨其技藝，像當代的物理學者那樣，以此來捕捉過去捕捉不了的粒子，打開過去打開不了的粒子。我們知道，小說遠遠不止是編織故事，事實上是愈走愈遠離故事，這一道再清晰不過的腳跡，代表著小說家既無奈但不懈的努力，只因能順利編入故事的愈來愈少，所剩多是難以比擬的東西，你得如本雅明所說用盡一切可能的方法，甚至「不像小說」或人們「不以為是小說」的各種方法，就像不斷書寫記憶、沉入記憶深處的朱天心，最終得用到像〈遠方的雷聲〉這樣，以近乎直問直答的方式來說，而寫完〈遠方的雷聲〉後，朱天心告訴我她發現還有一堆記憶，多是童年的記憶，還沒寫出來，或正確的說，寫完這才想起來更多記憶，以某種奇妙浮現的方式，在新的光源照射、新的視野以及新的可能捕捉方法之下。這當然有風險，一是，小說的形式邊界不斷被穿越被破壞，另一當然是，聆聽者愈來愈少。

一層一層的，也許我們終究會觸到真正至小無內的、再無法開敞、又堅硬又虛無的最後核心，如納布可夫說的，事實永遠裹在一團謎之中。但這就我所知不是小說的真正書寫困擾，書寫者擔憂此事一如擔憂自己太過遙遠的死亡，可悲傷的擔憂也可笑著擔憂。真正的困擾不斷發生在這之前，之很前——儘管奉認識、理解之名，這事，值得細說嗎？有人想聽嗎？

這裡，我們何妨就來稍稍想一下，用散文（傳統的、狹義的、以寫實記實為基調的）和用現代的小說對付童年記憶，究竟有什麼明顯的、工具性的利鈍良窳不同？

用散文來寫幾乎是所有人的第一感，直接、坦白而且正當，我既是全世界唯一能說出它們的人，那就說出來吧。但事情並不總是這樣，因為人其實並不那麼容易就說出自己，此事古難全，包含不堪的自己，也包括自得的自己，這還只是你並未遺忘的、不疑不惑的那一部分而已。在過去那樣比較強調各式規範規矩的漫長歷史歲月裡，人的教養要求會阻止我們；今天，儘管外在的規範規矩我們可以而且通常不理，但人自我的尊嚴也仍不斷阻止我們。波赫士頗看重勞倫斯（阿拉伯血戰的那個英國人，不是查泰萊夫人性愛的那個英國人）的《智慧七柱》一書，以為是史詩消逝時代僅有的幾部史詩格局作品之一，更是戰爭留給我們唯一值得紀念的一本書，但波赫士莞爾指出，由於「書裡頭的英雄竟然就是書寫者本人」，這不免令人尷尬。如果用小說來寫就好多了，愛倫．坡深諳此理，如果我說的並非我自己，而是遠方法國巴黎某個叫杜賓的人，那我就可以大聲的、明目張膽的稱譽他（我自己）睿哲英明，全世界就只有天縱的他能從一則新聞報導，從一封信讀出惡意、謀殺過程以及凶手（「第一個虛構的偵探是外國人，文學史記錄下第一個偵探是法國人，為什麼是法國人呢？因為作者是美國人，需要一個遠處的人物。為了讓人物顯得更加怪異，安排他們生活在一個與人們熟知的情況不同的環境裡，這兩個人在天亮時拉上窗簾，點亮蠟燭；黃昏時分出門在巴黎人跡稀少的街道上散步，尋找那無際的蒼穹。據愛倫．坡說，只有一個沉睡的大城市才有這樣的夜空；同時感受人潮湧動和寂寞孤獨，這能激發人的思想靈感。」要妥善說出自己，先得說出一個不同的世界。）；杜斯妥也夫斯基以及所有的小說家也都是這樣，如果沒有現代小說這東西，我們幾乎敢於這就斷言，那些敗德往事，那一個個幽黯的、罪過的念頭，百分之九十九會伴隨著本人的屍骨埋入墳墓裡為塵為土或一把火化為灰燼，就跟之前所有的罪人一樣，也像之後同樣有著類似往事和心思但沒寫小說的罪人一樣——小說家並不總是比一般人要人格有問題，他只是能說出它寫下它而已。當然，今天也許我們做得太過火了，把有意義的自飾自悔這兩端全轉成自戀和自艾把認罪轉成語言，再無意藉此探索、深究和發現，一心只想表演，不免讓人開始懷念起人猶有自尊、猶有所不為的古昔時光。

說出自己，大體上，現在要比以前容易，在西方又比我們東方這裡來得容易。這事很多人講過了，主因在於我們缺少一個基督教那樣的神，沒有至遲從聖奧古斯丁就開啟的懺悔書寫傳統——既然這個無所不在的神已全都知道了，包括你做過的和只是心裡頭想想的，從虔信的角度來說，若還試圖掩蓋否認，那就不識相了，如某種不帶種的罪犯，事實上是更不體面，還不知死活不是嗎？

但這只是現代小說一個小而精緻的詭計而已，真正決定性不同的是（同時也是這詭計可成功的前提），我以為現代小說有著遠比記實散文強大而且自由的「重建」世界的能力，重建已消逝的世界，也重建並沒實際發生的世界；這能力同時是一個形式特權，你依循此一書寫形式之路，小說之靈自自然然會引領著你護佑著你前行，以至於一個並不自覺的小說書寫者往往可比一個高度自覺的記實散文書寫者走得遠，在一個此時此刻並不存在的世界裡，以及在童年回溯記憶之行裡。想想幾乎是素人的徐四金和他那本很不錯的《夏先生的故事》，一九〇〇年前後發生在柏林的這些往事、這些物件、這些畫面，我難免好奇，如果本雅明能夠用小說一一耐心來寫，又會是怎樣一種光景？

對這些物、這些事、這些畫面的完整捕捉，我們說過，得包括一個不同現在的你和不同現在的世界。直接書寫的散文，於是較能夠而且總是只捕捉那些能夠進入、能夠聯繫於日後的你和日後的世界這部分，當然，你也可以深情款款書寫逸出你人生和這個世界的那更大一部分，但無法置放於一個它們該有的、可說明的世界裡，你的深藏珍罕之物，對聆聽者閱讀者而言往往光采盡失，這得高度仰賴閱聽者的創造力想像力（比方漢娜・鄂蘭這樣的人），否則只是尋常東西，針線盒就是針線盒，陽台就是陽台，莫名其妙講這些幹什麼呢？是的，很像梅特靈克《青鳥》故事所說，你在夜間、在夢境奇妙旅程裡抓到的幸福青鳥，回轉現實的天光之下，所有人看到的只是平凡難看的黑鳥——當然，梅特靈克留給我們一個悲傷的、不予以證實的希望，據說只有一隻，真正的青鳥，牠能夠一身光輝羽翼在我們現實人生裡存活下來。

記實的散文，即便只取進入我們日後人生和日後世界這部分童年記憶，有一個「演化」後的自我模樣和世界模樣可參照，並逆向回推，但這裡頭仍無可避免的有一系列所謂失落的環節得一一重建——記實散文書寫「在著」的東西，斷裂之處空白之處一般只能線條的、大致的鉤勒，以文字的虛線相連；而這恰恰是小說的形式優勢力量所在，小說可直接挪借實物來補滿（一般我們稱此為虛構，但波赫士說這其實就只是遺忘和記憶的不斷交換，他講得可真好），如科學家借用爬蟲類的骨骼和關節來重建一隻完好的恐龍。也就是說，記實的散文通常審慎的展示那兩顆巨大的牙齒，博物館裡一樣，我們併肩看著它們，一起緬懷一個消逝的物種和一個消逝的世界，往往停留於抒情，止於憂傷；但小說把我們拉入恐龍活著的棲息地，我們可以進一步觀看牠們攝食、爭鬥、繁殖云云，我們的注意力緩緩移向認識。

記實的散文的確也曾盡力描繪過一個個非實存的世界，但正像我們實際看到的，其極致的成果只能是一個個烏托邦而已；我們不說這是假的，而是我們終究無法「當真」——烏托邦非常好玩，書寫者（柏拉圖、摩爾、斯威夫特等）總宣稱這是一個完美且完好的世界，並花最大力氣讓它顯得合理可實踐（有法律、有或為什麼沒有軍隊、描述其經濟活動、構建其社會體系、規畫交通路線和工具……），但讀者卻鮮少有遷居入住的衝動發生，倒不是因為我們跟書寫者辯論是否完美的此一大哉問題（現實中，我們想去某地從不需要它完美，有時一個人或一碗麵也就夠了，今夕何夕兮搴舟中流，今夕何夕兮得以王子同舟——），而是實質上的不可能，我們感覺這不是一個世界，沒有一個世界該有的足夠稠密感、連續性（或說運動感）和實體事物的色澤光采（糟糕的小說也會這樣，這滿街都是），這只是藍圖，僅止於計畫作業階段，包括人、房舍乃至於磚瓦木石等建材都是紙上的，我們實體的人如何可能入居一個二維的世界呢？我們暫時假設自己活在裡面，心有其他，為著是可以討論其他特定問題，通常就是有關現實世界的種種不義和絕望。相對的小說這邊，就別說令人目眩神迷的馬康多了，即便只是葛林筆下那個除了讓人生畏的大痲瘋病「全都是空的」的某剛果叢林一角，或站滿著黑衣墨鏡如死神的祕密警察、流亡鎮壓沉甸甸如山雨欲來的海地太子港，或僅僅就是一截載送玻利瓦爾航向死亡大海或不可思議載送那艘黃旗子霍亂船航行生生世世的荒敗馬革達萊納河（馬革達萊納河正是賈西亞・馬奎茲寫不壞的東西，有人肯幫我們算它進出小說多少次嗎？），仍讓人時不時心生嚮往。事實上，小說家總壞心眼的把它寫得比實際上更危險，或說把幾乎幾十年的全部危險濃縮在那幾天那幾小時，以至於聚集著比任何單一現實時刻濃度更高的不義、欺詐、貪欲和罪惡，而且也不認真交代食衣住行的有效解決方式；也就是說，激動我們的，並不因為這是一個更好更宜人的世界（有機會的話，我自己比較想去京都或倫敦）、一個可拿來替換、供我們人生二選一的世界，而是一個「多出來」的世界，有某種珍罕的人、東西只能在那兒成立並延續，這是我們憑空但確確實實的獲得，一次一個可經驗的世界，以及在那裡可展開可演化甚至可死亡（這可能是最棒的部分，想想看，可進出死亡）、還可一整個再拿回來和此時此刻一一比對的多出來人生。我們感覺自己的生命經歷可以某一種奇妙的方式（或波赫士所說，以某種「不可能」的方式）和它接軌，事情會發生而且有效，也許我們還會多看出來其中有某一道光，一種清澈溫和的微光，照亮開來我們心裡已遺忘的或無知的某一小塊黯黑，讓我們感覺自己原來並非如此單薄，以及，這麼不由自主。

現代小說書寫，愈來愈常藉助小孩的眼睛、聽力和其體力、運動能力，讓一個沒事跑來跑去、每一處場景都有他藏身隙縫、磁鐵般渾身沾滿印象碎屑的小鬼頭貫穿起整篇作品，我愈想愈覺得此事絕非偶然——過去，我們傾向於技術性的解釋，因為總得有人時時在場，而且還得盡可能避免「為什麼事情發生時他總是正好在場」的自然質疑，小孩幾近是流體的，透明的存在方式，使他的合理性僅次於無所不在的上帝，強於同樣透明化傾向的僕人及其他穿制服的人（尤其後來家庭僕人又是個消逝中的東西）。但實際的書寫經驗顯示，小孩有比上帝有利或至少更有意思的地方，那就是上帝知道接下來的事，祂只是裝傻、壞心眼或基於某個無從知曉的理由不講出來（因此，仿上帝視角的小說一不小心就寫成對讀者的愚弄），也就是說，這裡頭的每一物每一事都已有指向已有意義已納入到某個結果的秩序裡，指向哪裡呢？指向未來會實現的那一結果以及那個世界（對上帝而言，是此刻已知已發生）；但小孩不知道而且無從判別選擇，像福克納的《喧嘩與騷動》裡的班吉那樣，事實上班吉還是個白痴，只有生物性第一層的感官能力，接近於一個會走動的嬰兒，把小孩再前推到始生的極限。白痴班吉更只能單向的吸收和堆積，整個世界都是「第一眼」，得以保持某種全然渾沌完整的模樣，不是後來某特定結果的因，不是某特定世界的階段和環節，每一物每一事都懸而未決，還沒被投入到單一的時間之流裡，還沒沾黏著當下既成的社會性內容、社會性解釋以及因之而來難以遁逃的現實命運，因此沒選取沒舍棄沒掉落，世界呈現一種渾厚豐碩的樣態。福克納樸直的說，他感覺這樣子寫「比較有勁」。

從知道一切的上帝，到只看只聽的小孩，這是現代小說書寫的一道不絕如縷軌跡——好像說，小說家原以為自己可以是上帝，最終只得承認自己在偌大的世界面前是個小孩。但我個人並不以為這是一道如此充滿嘲諷和頓悟智性的快速墜落弧線，我以為這正是一個工作程序，緩步的、日復一日的、正常的、再正常不過的工作程序。是的，事情總是由易而難、由大而小、由明而晦，從低垂枝椏的果子先摘起，人認識自己／認識世界，一步步踩入自己的記憶裡，小說家先敘述他明白記得的，整個世界上下前後有條不紊，這讓他（或小說中的敘述者）看起來像是上帝；然後，他得進一步取用、討論他有所疑惑的、有記憶空白裂縫的，這樣的世界仍不難編組不難完整述說，只是線條開始搖晃蒸騰起來，變得不那麼確定，這仍讓他可以像個高人一頭的智者人物；再來，他得持續探進去並處理他零亂的、破碎記得的，惚兮恍兮知道這裡面有著他不該遺棄的某事某物，彷彿若有光，這樣的世界以大量遺忘的遮擋和人僅有的、一截一段不等的目光清明所構成，小說家奮力掙扎其中，能呈現的遠多於能解釋的，事情沒頭沒尾如契訶夫說他自己的小說，這不僅是現實樣貌，極可能就是事物的基本真相以及人認識的基本真相，無論如何這最接近我們正常人的世界，這樣書寫的小說家也只能像個尋常之人；最終，就來到記憶盡頭處了，或說記憶的起點，這不一定全是童年記憶，但最多就是童年記憶，如納布可夫說出的那樣。既然某物某事你只在童年見過它，不回轉小兒模樣，不回到當時，不用那樣的眼睛，你如何能再次看到它？

再回頭用記實散文來寫

《柏林童年》大致書寫於一九三二年到一九三八年這區間，這其實已相當「晚」了，已算是現代書寫的蒼老時刻——這裡，我們可簡單提出兩個最尋常的蒼老徵象，一是說發生的大概都已發生，眼前世界開發殆盡，新鮮的、沒見過的東西很少，人的經驗和作為高度重複，書寫只能往邊緣處逃、往深處鑽；二是人心相對的多疑，眼見愈來愈難以為信，或較為溫和如昆德拉講的，「知道人世間一切表面肯定的事其實都是脆弱不堪的」。凡此，我們實際上讀到的書寫成果樣貌總是，精細、幽微、高倍數放大，小心翼翼如行走在薄冰上面，話說得吞吞吐吐，疑問遠比結論多——

本雅明的《柏林童年》因此顯得有點魯莽，有點今夕何夕兮，像是個闖入者；尤其我們若鄭重相待，不願只當它是某人隨手寫成的小品文集，而是意識到書寫者原本宏大的企圖，或日後充分意識到他是本雅明，你更難不有某種爽然若失之感，怎麼這麼簡單？這樣就算寫完了嗎？——一直到今天，包括朱天文朱天心對此書都有一樣的閱讀疑問。當然，《柏林童年》還是遠比他的《莫斯科》一書好多了，那是一本凍冷得如失溫如夢遊、從頭到尾昏昏欲睡的日記。這兩本最接近一般文學散文書寫的本雅明之書，讓朱天文朱天心再一次思索文學的專業性及其邊界（模糊但森嚴），包括創作者和學者思維方式、感受方式、其密度和連續性以及其最終關懷的根本不同，這裡有一截不接壤的地帶。是的，即使是本雅明，眾所周知的，本雅明已是最不學者的學者，他如漢娜・鄂蘭所說總是詩意的，而且始終（過度）搜集凝視、迷醉於實物，像他《論波特萊爾筆下的第二帝國的巴黎》（他最精采稠密的傑作之一）遭到阿多諾的退稿和批判，理由便是太多資料內容、太多實物實像呈現，但沒有足夠的理論解釋和理論建構。

今夕何夕兮之感的大白話說法是——你老大不曉得這塊領域已寫到、已充分開發到什麼地步了嗎？

普魯斯特的《回憶往日時光》是最好做為參照點的時間航標：這是本雅明極其喜愛的一本書，而且不止如此。本雅明以為普魯斯特的「哲學視角與我十分相近」，意思是他們對人的回憶看到、看著同一個東西（「空間、片刻、片斷」云云），甚至依循著同一路徑，如同作著同一種夢的人，他可由此再往前走，接續著普魯斯特沒有寫到或寫不下去的部分。本雅明以為普魯斯特的回憶方式是機遇的、偶然的，人就像小船或落葉般漂浮在回憶之上，回憶的浪潮一波又一波，人無法自主，不斷被帶走，沒辦法真正停下來思索，也就無法「向著回憶活動的深層內裡逐步挺進」，找出超越個人傳記的、和社會和世界的「必然性」聯繫；因而，他自己有必要有所挑揀，方式是截斷個人情感，也就截斷了個人「經驗的連續性」，以縱向的挖掘來替代橫向的漫遊。

一次一個，把個人記憶的某物某事某景和自己先切斷開來，但這不是兩百年來小說家一直努力的、重複的做著的事嗎？我們一再說過，幾乎所有我可認作楷模的小說家都加重語氣告訴我們，小說開始於記憶裡一個畫面（靜止的、不解的、沒接下來的），或如卡爾維諾所說一個「因某種理由，使我覺得充滿著意義的意象」，沒之前之後，如一顆神祕的星球靜靜懸浮於太空中（它也許裝著一個世界，一個有生命活動的世界不是嗎？），因為現實並沒發生或者不允許，只能靠書寫者來演化它，來開啟它獨特的時間之流，讓它動起來，讓它至少實現一次——這一部部非比尋常的小說來自於，可能只是游泳池裡一個瞥見的手勢，可能是高海拔積雪山頭莫名其妙跑來這裡死掉的豹子屍體，可能是一根兒時吃過花紋直透內部不消失的棍棒狀硬糖，可能是一對穿一身喪服、快步走在午後炎烈太陽底下的母女或一個在碼頭邊假裝從容但焦急等候的體面老者，可能是一個爬上樹頂、專心看著祖母喪禮進行、渾然不覺自己危險並露出髒汙內褲的小女孩或就是一幢密不通氣的黑屋子，也可能是很奇怪一個被剖兩半、卻各自存活的人或一副空的、卻猶能行走說話的盔甲（如某些神經質之人置身博物館的驚懼）等等。但這回我最想講的是《羅麗塔》，納布可夫親口講，小說啟始於一則新聞報導，一幅畫，應該是發生在法國巴黎，有科學家老套的探討黑猩猩使用工具的智能（人為自己下了不當定義所引發的一連串麻煩和補償），果然教會了牠使用畫筆繪圖，科學家開心的展示了實驗成果，但納布可夫講這是一幅心酸到讓人絕望的畫，這個可憐的傢伙畫出牠眼前看見的第一個東西是黑色柵欄，也就是關牠的籠子。

這是我個人記憶所及走得最遠的實例（當然不包括那些亂想亂寫的小說），最遠有兩重意思，一是原來畫面和小說成果距離最遠，從黑猩猩的黑籠子到那個「靚麗的」、「命運讓人揪心」的早慧小寧芙小妖精；另一是，它挖掘出書寫者本人以為不擁有或藏放最深的東西，從俄羅斯嚴謹老貴族到美國資產社會的未成年小女孩。這遠到書寫者自己都覺得不可思議，也因此這部在世俗世界（銷量、知名度）最成功的作品竟成了書寫者本人最滿意的作品，背反著某個文學慣例。文學慣例是，比方紐西蘭作家休斯‧沃波爾，他堅持認為《在黑暗的廣場》才是他所寫四部小說中最好的，「他對於這部書的感情有如一位母親偏愛長得最醜的那個女兒。」（波赫士）

《回憶往日時光》絕對不是回憶書寫的開端，正正好相反，這是盡頭了，如滿天恣意潑灑餘暉的一個黃昏，如同人知道死亡已無可躲避的放縱。普魯斯特拉上窗簾，阻絕天光，保持適度的濕度溫度和陰黯，這是某種既合適病菌滋生又容易讓人失去時間感進入幻覺的人工環境，也就是說，像個培養皿。外頭大致是怎樣一個世界光景呢？一方面，兩百年來現代小說家反覆攻打記憶這座堅城，已到攤牌階段，能做的差不多都做了，還是有這些不知拿它如何是好的記憶單子；另一方面，小說家重建一個失去的世界、一個不實現的世界來演化記憶好看清楚它，但這是個危危顫顫的工作，太多地方得靠猜測，而且，我們（書寫者本人和讀者）始終有某個揮之不去的疑慮，那就是，從一物一事一景到一整個世界，上帝未免做太少了，而小說家又未免做得太多，比例明顯令人不安，也不踏實。基於某種工作熱忱，以及基於某種認識的熱切之心和享樂的迷醉之感，我們也許可把懷疑暫時擱置著（「當你下定決心不懷疑，你就可以讀到一本好書。」凡此），但懷疑就跟冷天氣或葡萄的酸味一樣，它是會釘住的、積累的，我們知道，小說史上一次鉅大且幾乎是清算式的懷疑，便是十九世紀大部頭敘事小說的殞落，從此個人和世界之間的聯繫如柔腸寸斷，而且至此無法復原。

所以說，不少人把普魯斯特的回憶比擬成珮妮羅普編了拆拆了編的工作是很有道理。他乾脆自己先切斷和任一個外在世界的聯繫，以及各種合理性要求的糾纏，奉只要我喜歡有什麼不可以的個人自由並把這自由使用到近乎極致，極致處之一便是所謂我的記憶並不必然「發生過」，最接近自傳形式的書寫，但普魯斯特自己講的是：「在這本小說裡……沒有哪件事不是編造的，……沒有哪個角色是必須由現實世界的人物去對號入座的。」這裡面，（在某種異樣的光線和空氣之中）是真的記憶或事後的想像補綴乃至於當下的幻覺、當下的視需要編造看不大出來也無意區分，或說，它們成為全然同質料的東西，接續起來編織起來幾乎全不遲疑也了無隙縫，嚇壞了一堆小心翼翼但煞費苦心的同代書寫者，可以如此自由和虛無。但我們知道，珮妮羅普從未真的想織成一塊布一件衣服（她躲避完成），她就是反反覆覆編織而已，她能關懷的只能是花樣的當下有所不同、花樣新的可能（我們人性的假設，她也非得如此才能繼續下去，才能化解沉悶憂煩，否則不等丈夫歸來就先瘋掉了），換句話說，這是沒「作品」的（以及作品完成才確實啟動的全部思維），只有工匠的、技藝性的意義，編織就是演出，這彷彿是我們閱讀《回憶往日時光》的欣賞讚歎，普魯斯特說這部作品其實是提供讀者一具「光學儀器」，為的是讓讀者藉此「閱讀他們自己」，彷彿說這部小說是一本儀器的使用說明書及其使用範例。於此，波赫士說得比較不留情，歐陸有自身的書寫線索、持續催逼和具體關懷，和世界其他各地還是有所不同，因此對於《回憶往日時光》的感受、評價也有所不同：「獨特的『心理』小說追求的是不定型。……這種徹底的自由最終等同於徹底的紊亂。而從另一方面，『心理』小說又想成為『現實主義的』小說：它最願意我們忘掉它雕字琢句的人為特性，徒勞無功的試圖準確的（或者說蒼白無力瞎費力的）營造一種新的、真實的外貌。馬塞爾・普魯斯特筆下的有些篇章，作為創作，是令人不能接受的：讀這些篇章，我們不知不覺的忍受著每天每日那種乏味枯燥的東西。」——是啊，說明書太厚太長了。

朱天心說得較溫和，她喜歡縱情的《回憶往日時光》遠勝嚴謹悲苦但機械化的喬哀斯《猶力西士》，猶如她喜歡有人的、人有置身其間餘地、人進入會至少因此起變化，乃至於做到一些事的世界，一部小說，總要因此有些神奇的、不尋常的事發生，這是希望最微弱最謙遜的模樣，讓小說還值得一寫。但朱天心以為，其實讀完第一部的〈到斯萬家的路〉就好了，只讀這部分的《回憶往日時光》你感覺讀著一部不容錯過的傑作，想做到的都已做到了，往下則成了另一種自動書寫，一種準自然主義式的有寫就有，降靈的魔法師成了文字流水線的裝配工人。這說的是，純粹的編織，花樣終究很有限，很快就趨於重複；也說的是，編織工作終究是橫向的表層的，無法提供穿透的、發見的、智性的持續滿足，你很難進一步問它要東西。日後，我也看到納布可夫的說法，他把這部小說和《猶力西士》、別雷的《彼得堡》並列為二十世紀最好的三部小說（很歐陸的文學評價），但我注意到了，他說的不是《回憶往日時光》一整本，他特別講就是第一部。《猶力西士》是另一個時間航標（一九二二年出版，早《柏林童年》近二十一年），只收集不編織追論在上面建構世界演化人生，或告訴我們這一切都不可能——光一天時間，在一個人身上，就有多少記憶單子一閃而逝穿透過我們。《猶力西士》訴諸數量的「證明」，這些記憶來來去去，和世界無關（任何一個世界，尤其和這唯一的現實世界），甚至已跟你自己無關了。

稍後，我們還會讀到納布可夫的《說吧記憶》，在歷經了一部部小說的實際使用、演化之後，他彷佛一次把這些寫不壞的、無法窮盡的、化學反應過後以更純淨微粒模樣留存下來的記憶全展示給我們看（這些是殘渣呢？抑或才是真正的寶物？），這是個饒富深意的舉動——單就記憶的認識意義這一點來說，這比普魯斯特縱情的全然否定以及喬哀斯冷酷的全然否定又稍稍踩進去一步；《回憶往日時光》和《猶力西士》是人之於自身回憶的兩大青塚圖，但《說吧記憶》不鬆手，他珍愛這些記憶（是的，絕不抒情、卡爾維諾口中寫最可怕小說的納布可夫居然說「愛」是一切關鍵），既不願恣意使用它們如普魯斯特也不瀟灑拋棄它們如喬哀斯。事實上，這些記憶確確實實曾次數不等的、開啟程度不等的出現在他之前的小說之中，也仍出現在他之後的小說之中，沒有人比他自己更知道這些記憶的「好用」、重要和其內在的豐饒。我們也許可追問他說愛是什麼意思，十九歲就離開俄羅斯的納布可夫失去的東西那可多了，包括一整個故國、一整片土地、一整個家、一堆親人，還有一大筆驚人的財富繼承，所有這一切，為什麼比不上「鄉村的家裡」「花匠侍弄好的客廳裡的鮮花」「半世紀前的夏日裡我拿著捕蝶網從樓上跑下來的情形」，以及更加不相干的「紅沙、白色的花園的長凳、黑色的欅樹」這些？或說，為什麼他不斷察覺，一整個當時的我，較鮮明較深刻的棲身之處竟然是這些東西？

小說一次一次自覺不自覺的使用這些記憶材料，我們也許可假想一個百科全書式的理想圖像，無數個小說家，無限多的小說，分別捕捉每一個記憶微粒並徹底演化實現其一種可能，這樣或者就可窮盡記憶的全部奧祕——不久之前（其實也忽焉十年了），德國的鈞特·葛拉斯便心生一次類似的書寫異想，《我的世紀》，標的物不是我，而就是二十世紀，一百年簡單分一百個單位，邀請全世界小說家一起「寫同一本大書」，其預想的真正成果不是其中任一本（葛拉斯只是先寫完他的），而是所有這些小說的總合，由此，愈多小說家參加，愈可能盡量稠密、地毯也似的、不留死角和隙縫，或可得到（或莊嚴的存留）我們大家共有的這一世紀的完整形貌，交予二十一世紀以後繼續活著的人們。這不是可真正實現的，但我們以此理想圖像為本，或可現實的把每一部已寫出來的小說，都看成某一個（或某一些）記憶的一次開啟、一種演化和一個結果，如此，我們對記憶的推進前線、記憶的已理解和可理解、乃至於我們此一理解的殘缺和盡頭意識，較可靠的答案於是不在任一本書裡，而是所有已被寫出來的小說總合。

這麼來丈量，本雅明的《柏林童年》的確是走回頭了，難怪即使帶著如此迷人（兼補償）的死後聲名，這本跨行演出的散文集仍無法打動日後以及今天的文學創作者，成為奇特夾縫中的小小一支奇花異草（高聲讚譽其文學成就的古怪集中於學界、思想界，文學界這邊倒是苦心的想找其隱藏意義、找觀點和思想，交換過來了，雙方都做著自己較不擅長的事）；也許，正因為死後的本雅明如此一身光華，以至於這本書確確實實隨處有的閃爍靈光，反而因此顯得黯淡了。

一堵牆．一張生命大圖

《說吧記憶》最有趣（之一）的是，它為什麼不是小說？——《柏林童年》不用小說這較新型的、威力較強大的書寫武器來拆解童年記憶，我們或可以說是因為本雅明不擅長；但納布可夫的回頭，就不會是這個答案，這是個技藝最奪目的小說職人，他技術好到可一直嘲笑現代主義奉為宗師和書寫技藝開拓者的福克納和康拉德簡單、粗陋、造作等等，而這些話由他來講，我們很難表示異議。

還有，我們也許可把朱天心也一併當個實例，內舉不避親（一向不避）。〈遠方的雷聲〉，乃至於收輯這鬼一樣深情款款短篇的整本《漫遊者》，也是老練小說家蜿蜿蜒蜒的回頭，也同樣寫成了她最捉摸不定的一部作品——所以不是有話直說，因為真的無法直說。要書寫者硬把一團複數的、本來就彎曲纏繞的曲線，一定要用只一根直線表示出來，這是我們最糟糕也最頑固的閱讀壞習慣和幻想。事實上，散文的《說吧記憶》遠比仍是小說的《回憶往日時光》和《猶力西士》難讀懂而且「不直」多了；最根柢之處，小說其實比散文更具尋求單一直線的企圖，為此，它得創造一個個可讓這條線延伸、完成、顯現出來的不一樣世界，以替代我們此一高低起伏崎嶇破碎、一直打斷它彎折它的現實世界。

我猜，不拆解，不仍舊一次一物一景一事的來，正是因為整體，一整個童年記憶，這個整體性的意識不等同於我們對一物一景一事的個別好奇，而這極可能才是我們所謂回憶童年此事的本來面目，我們的回憶根源於、也啟動於這一意識——用本雅明自己在別處講過的話來說（討論康德哲學此一沉重題目時），這是「具體的經驗總體」，經驗的統一體絕不能理解為個別經驗的總合；本雅明還進一步指出，而存在正是根源於此一具體的經驗總體裡，這讓我們想到梵樂希的話：「我已搜尋過，我正在搜尋著，未來仍將繼續搜尋我所講的想像形象，亦則兼具良知、關係、狀況、可能性和不可能性的總體。」這意味著，它更不會藏放在、容身於單一的特定記憶畫面，一如我不能說我的童年，我為之心悸不已的這生命一場，就是一個針線盒子或花園裡的一具白長凳，這麼說太荒唐了，就連隱喻都遠遠無法構成；也意味著，即使真的有無數多個小說家，寫出來無限多的小說，完成我們所說那個記憶的理想大圖解，是否仍然有個東西，也許是最重要的或說我確確實實一直感覺它就貼著我存在、我原本最想說出來的那個東西，不寫在這一百科全書裡？它總是鬼一樣從字裡行間滑開來、從書寫的小心翼翼拆解過程裡逸失掉？

（福婁拜講，「藝術家應該讓後代以為他不曾活過。」這是一句很多人喜愛、引用的好話，對自戀這煩人的流行病有極佳療效；小說家也一再經驗到，他自身的原初意圖並不等於完成的作品，他一個記憶畫面可能演化成始料未及的一部更好小說，這是書寫經常性的勝利。但是，歡慶勝利之餘——書寫者是否仍感覺有一點不好聲張的爽然若失？有一點點異樣的孤寂？）

這比較像是一次正面對決。書寫一生，我終究有必要直接來一次，也應該有資格這樣不顧一切的來一次——放棄詭計（我已知道了小說詭計的力量及其極限），不援引任一個不實現的世界（我感覺這在說明某一個特定記憶同時，也一個一個帶走它抽空它，或如本雅明說的，至少貶低了它），不被誘引進任一個迷人的單一記憶洞窟裡去（我進去過太多個了），就這樣，兩手空空，牢牢站定在現實世界裡，牢牢的凝視這僅有的世界和僅有的自己，不挪移限制，不逃脫遮擋和無知，只因這是這樣的世界和這樣的自己的構成部分，無可分割的部分。本雅明說，「這種具體的經驗總體，就是宗教。」這句仍然不清楚的話也許是對的值得細想，掃地為壇，大羹不調大音不和，這樣以散文樸素的直面記憶總體，我不以為書寫者希冀有一個答案，或某種像一個答案的結果，這樣直觀式的發問毋甯更接近是單向的，這比較像我對於自己的存在、自己不可思議成立的生命和所在世界的一次掌握、一個確認、一份宣告，一種完整感受。

文學書寫裡，再沒有什麼比現實世界更讓人不滿意的東西了，不僅因為它的不完滿（或比不完滿更糟，比方有人精采的說它是個「你掙扎著要醒過來的夢魘」），還因為它只一個只一次，消滅掉其他的可能和人相關的全部自由。但它仍是唯一的，任何夠認真的書寫者，或說我認作楷模的書寫者，都不會真的把現實世界和書寫演化的、創造出的另外世界平行並置混為一談，那只是書寫的精巧詭計和煙霧，往往為著隱藏書寫者極大的憂傷；他其實知道兩者的分量完全不同，力學作用完全不同，每一字每一詞在這兩種世界裡意義不同、鄭重的程度不同；而且極詭異的，在某種深刻的意義之下，其他任一個世界反倒是隨處有邊界、隨時會喊停的，如人走出了布景之外看到花崗岩石牆原是一片木板而且背後有著撐架，如人一個觸碰、一個聲音就會從睡夢中醒過來。只有這個我們時時說它末日到來而且確實有末日的有限現實世界，反而是真正無休無止沒完沒了的——總想把小說如火箭射向宇宙深處也真的這麼做過的卡爾維諾是這樣；總是講莊周夢蝴蝶、總故意把兩種世界不斷切換泯除界線的波赫士也是這樣；所有人讚譽他鬼神莫測的想像力和詩意，只有他堅持這全是現實的賈西亞・馬奎茲也是這樣。朱天心在〈夢一途〉（《漫遊者》中的一篇）裡把每天的夢境寫成可延續，以至於夢裡的世界居然可慢慢建設、可一磚一瓦一屋一舍的搬動修改，並且告訴我們，她知道等這個世界或說新市鎮建好，也就是人打包從現存世界離開搬遷進住的時候了，所以朱天心輕快的邀請：「這樣吧，入夢來，所有的死去的、沒死的親人和友伴——」但這是愉悅的解密還是絕望？某種把小說虛構世界歸還給單純夢境的絕望！我因此想起的卻是卡夫卡，或正確的說，昆德拉鉛錘一樣沉甸甸的解釋卡夫卡的這番話語：昆德拉以為卡夫卡不是浪漫主義作家，不尋覓另一種生命，不追尋超現實主義者的足跡；卡夫卡年輕時熱切閱讀並研究的是現實刻寫的福婁拜，「福婁拜這位偉大的觀察者才是他師承的對象。／大家如果越仔細、越鍥而不舍的觀察一件現實的事，就越能明白，其實這現實根本不符合常人對它既有的刻板印象。在卡夫卡長時期的觀察下，現實越來越荒謬，也就是不合邏輯，也就等於似非似真的。卡夫卡長時間以熱切的目光注視著這現實的世界，這個習慣引導了卡夫卡以及在他之後的偉大小說作家超越了似真性的疆界。」

在斗室之內？或在世界之中？

最近，在一次文學談話聚會裡，有某個年輕人大哉問到：「是不是每個作家都需要有一個故鄉？」我不確知他關懷的、想知道或想駁斥的是什麼，在場坐一整排如接受審訊的談話者也沒人認領，這個問題就這樣水花般安然流了過去。

我心裡想，與其講書寫者需要一個故鄉，倒不如就說他需要一個童年——多年來，在盡可能合理的範圍之內，我總對國族、故鄉這類畫得太大太空洞而且通常不懷好意的人工界線切割努力表示輕蔑，並默默統計這種說法裡包藏多少成分的懦怯和貪婪（證據之一是，我愈瞧不起的人總愈強調這個，呈穩定的正比）。我回想自己童年，確信界線本來是沒有的，只有隨著自己運動能力的改變一個綿密的、具體的不斷展開過程。最接近界線意識的想起來有三次，一是小學三年級時一天，我一個人走到彼時才剛蓋好的嶄新郵局，郵局在宜蘭市的中央處，我家在偏北靠宜蘭河邊緣，這其實是不到一公里的路，但我要不要噁心的說比方我走了整整九年呢？第二次四年級時走到遠在宜蘭市另一頭的合庫大樓，幾天前有人從樓頂一躍而下自殺，整個世界登時沸沸揚揚起來，我記得那一天下午太陽非常非常刺眼，飛蚊症也似的浮動著黑點卻又一片白花花的（也許是我仰頭看那琉璃瓦屋頂的印象殘留），回程路上我把藍白拖鞋的帶子走斷了，柏油冒出來的黝黑中山路非常燙而且非常柔軟陷腳，也變得非常漫長沮喪，覺得自己背著兩個滔天大錯（弄壞鞋子以及去了不該去的地方），日後我極喜歡史蒂芬・金說他童年遠征到大河那一邊看一具屍體的*Stand by Me*和那首跳動著、雀躍著又宛如日暮途窮黯夜降臨、天上一輪顫抖明月的主題曲（世界是可懼的，但心情是興高采烈的、鼓足勇氣的），應該和這一天的踽踽獨行有關；第三次則是五年級夏天全班人迷上釣魚，這是一連串的腳踏車之旅，哪裡聽說有溪有魚哪裡去，整個世界裡沒有大人，全是等高等大的小孩，可依循的地圖只是不可靠的傳言，記憶全在腳踏車上，全是風，圓柱形狀的結實打人力量和翻動聲音，以及，像福婁拜《情感教育》裡寫的那樣，「他們笑聲迴盪，就在街上」。

這並非我當時去到過的最遠地方，我已到過台北市不止一回，隨父親到他各個建築工地包括梨山中橫一帶；而且，除了我自己，沒有人知道有這幾道界線存在（或說別人有他一己的界線）。我寧可說它們只是我童年記憶裡幾道尤其清晰結實的刻痕，因為不連續、不尋常的縱跳而裂開來、察覺出來的迷人隙縫，或竟就像是樹木生長的年輪。

我也想，換個地方換處空間，這個仍然會存在的童年又會怎麼樣展開來？怎麼一塊一塊堆積記憶？像先知穆罕默德，我想像他騎在駱駝上，整個世界沒邊沒界幾乎是幾何的，每天光暗冷熱的交換像刀切般俐落絕對，可是頭頂上星空又那麼好那麼接近，這是天文學星象學逼你認識的地方，他的童年就在這樣外表又一成不變又時時劇烈不同的世界發生，「就像沙丘因沙漠的風而變換」。

就像《柏林童年》這樣，童年記憶之於書寫，其實不只是題材，甚至還不僅僅是書寫材料而已，寫童年其實是「書寫的書寫」——我把童年的記憶想成某種人的生命基本材料，有點像數學裡的質數那樣，巧合的是，人的基本材料獲取也像質數分布那樣，不均勻不規則，但愈接近起點（零）愈密集，數愈大愈稀少，如我們說的，不一定都是童年記憶，但最多是童年記憶。人年紀愈大，我們的目光愈具捕捉性，「我知道我要看什麼」，即便是不意閃入眼中的東西，也通常很快被分類被解釋被消化，事物很難再保有它渾圓完整的本來樣貌。這不大再像是所謂的回憶了，而是某特定檔案抽屜裡夾著的一頁、一份資料，要不就全不用去想，要不就一整個拿出來全部想起一次想完。

向著過去的時間回溯，人有兩道方向一致但並非重疊的路，一是我不在場的，這可越過我，到父母，到先人，到家族乃至於國族的起源，到克魯馬農人，到納瓦荷神話所素樸命名的「第一個男人」和「第二個女人」（比說亞當夏娃有著人類學的清潔感和豐富感），甚至遠到天地之始第一因的神，這是知識形態的，通過文字語言才輾轉獲取；另一是我在場的，最遠也只能到我出生那一天那個時辰就是盡頭（當然，像已故作家三毛後來說她清清楚楚記得自己在子宮裡看著想著的，但這樣也只多十個月），這則是我們所說確確實實的、包含著具體感受、彷彿以一整個身體浸泡吸取過來的記憶。仿用卡爾維諾式的語言來說，前者是世界的記憶，後者才是世界再加上「我」的記憶，這裡，「我」的存在、進駐和參與，是變化發生的關鍵。所謂「我們需要一個童年」，指稱的便是這種我在場的記憶，工具點來說，這用來「轉譯」，它像一個龐雜的倉庫（很接近李維－史陀所說的修補匠工具箱），既是轉譯所用的全部材料又是轉譯發生的場，我們努力把遠處的知識（沒見過的人、沒聽說的事云云）拉進裡面來，努力找出我們見過類似的一張臉、一件事來比對來回填（「在呈現我們周遭世界的稠密度和連續性時，語言總是顯得不足、零碎而不完整。」），努力一一化為可感，當然不會都順利找到都成功。卡爾維諾用的詞則是「顯現」，再顯現，這可能更好也更接近書寫現況。（「若我將顯現性列入待拯救的價值名單中，那是要提出警告：我們正面臨著失去此一基本人類能力的危險：閉上雙眼，有能力使景象集中在眼前，從白紙上的黑色字母線條創造出形式和色彩。實際上，就是以意象來思考。」）

這樣也許也回頭解釋了一個我以為夠清楚的現象——日後，何以童年記憶獨獨在文學裡、尤其在文學創作一事上如此重要，大概除了巫術般胡思亂想的佛洛伊德式心理學（我宰人，因為我三十年前被父親打過一頓屁股；我貪婪，因為我五歲時有三頓晚餐沒吃飽；我偷內衣褲，因為我很想念我母親——有童年真好，什麼都可以做）。其他學科其他領域以概念來思考，這樣才能確保其速度和路徑並不錯過目標，但文學作品，波赫士告訴我們的是身體血肉可感的東西，閱讀是一種「確確實實的經驗」，如同真的走過一個街口、如同真的結識某位女士談了一場戀愛；也就是說，「我」不知不覺加進去了，沒見到的這下見到了，沒發生的都發生了，我們擴大了自己，只是我們當下的感覺比較像是重新認得自己，比較像是被叫出來某個回憶，記起了一些人一些事，很想也講給誰聽。我的大陸小說家朋友豐瑋，送過我道格拉斯・霍夫達德的書《葛德、埃雪、巴哈》，我注意到卡爾維諾在他著名的世紀末演講裡引述過這部名著中的一段話：「舉例來說，試想一位作家正嘗試著傳達某些對他而言包含在心靈意象的觀念。他不大確定這些意象在他的心中如何搭配契合，於是也一再試驗，先嘗試一種方式來表達，隨後又採取另一種，最後終於決定採用某一版本。他可知道這一切來自何處？模糊的感覺而已。他知道，源頭就如同冰山，大部分深藏在水底，看不見。」

源頭會是什麼？「你所收受的視覺訊息，如果不是形成於沉積在記憶深處的感覺印象，那麼它們源自哪裡呢？」（但丁）

這一座有限但深不見底的冰山（也記得海明威的著名比喻嗎？），這所謂的記憶沉積沉睡的深處之地，我的回答仍然是——不見得都是童年記憶，但最多是童年記憶，或換一種說法，其盡頭處就是童年，只要你的好奇不消失，最終你總會像面對一堵牆、面對著一張神祕大圖般仰頭站在童年記憶之前：我的一切就是從這裡開始，我是從這裡不知不覺加入了，而且我在世界發現我使用我之前先單向的看著這個世界（日後小說的小孩觀看者徵用了此一原型），這是「我」神奇但僅有的優勢（生物學者說這只是個美麗的演化意外，人類長而無事的童年）。《百年孤寂》也許比其他的偉大小說更加完美的顯示了這個，這部小說中的觀看者人數眾多如波光粼粼，包含整整布恩迪亞家族五代人，長過某個人的單一人生時間、內容和可能，每個人都在他特殊的命運安排下依自己的需要和心性行動，但某個「我」的存在卻又這麼清澈端正，在狂歡不斷的家族史之上浮現著一張清瞿孤寂的臉，孤寂正是「我」的核心本質，是「我」獨一無二存在的代價。這個「我」拒絕我們將他和書寫者賈西亞・馬奎茲迅速畫上等號，這個「我」同時神奇的聯結著他者所以也是命運（單子的某部分硬殼在這裡被小說悄悄敲開來了），但我們又知道這是個更深刻意思的賈西亞・馬奎茲，或直接講是一個年紀較小的賈西亞・馬奎茲，整部小說是他對自己這一整張童年神祕大圖（不僅僅是那塊燙手的冰）的一次「我在其他地方根本沒見識過」（昆德拉）的總描述，也許驅動小說的原來只是懷念，一個滿心悲憫哥倫比亞、拉丁美洲的書寫者對自己具體童年的深深懷念。《百年孤寂》創造了馬康多這個沒人死過的清新村子並在一陣巨大旋風中又消滅了它如徹底連根拔走（很奇怪，馬康多應該不留任何痕跡和出土之物，但我們感覺它是廢墟而不是復歸空無），但馬康多不是任何意義的烏托邦和另一個世界，它毋甯如書寫者講的就是哥倫比亞、就是拉丁美洲的現實，「我」充分進入之後的現實，或有著我這一整個童年記憶的人看見的現實，我們的廢墟感間接的證實此事。所以昆德拉這麼講：「他不做自白，不將靈魂啟開給人觀看，而且只醉心於客觀現實的世界，只是他將這個世界抬舉到一個前所未有的地位。在那裡並存著現實的、似假似真的和魔力的成分。」

《柏林童年》不想如普魯斯特那樣，在封閉的、切斷和世界任何聯繫的一人斗室中編織記憶，得到一種封存也似的我；本雅明充分意識到記憶的意義遠不止如此，我的記憶尤其是童年記憶（不是其中某一個記憶）和廣大世界的整體糾纏關係及其必要，這裡面有著某種莊重的、不可舍棄的長時間返復聯繫——只是，事情很可能遠比他想的要曖昧不明、不直接，這寫下去才會知道。也許《百年孤寂》才是本雅明此一書寫企圖（在世界之中而不是斗室裡面重新思索記憶思索童年）的一個理想實現。

「為什麼是我？」——我自己偏向於用這個問話來替代比較平和、較無邊無界的「我是誰？」或「我是什麼？」我想這正是後者一次又一次具體的而且迫切的追問，在每個有事情發生的現實當下，而不是午後的悠閒時光；換句話說，這是在世界之中、在人群裡浮現出來的我，而不是斗室裡存在的我。為什麼是我？依波赫士的說法是這樣子的：「我想對每一個人而言，每件事都在此刻準確的發生。世紀更迭，而唯有在此時此刻，事情才發生。陸、海、空中有數不清的人，但一切實際上發生的事，就發生在我身上。」

為什麼是我？帶著某種不得已，以及某種責任感，也有點屆臨懸崖也似的危險，再往前推一點，也許便是孔子當年「畏於匡」的那段談話，生死一線，像他這樣一個理性、並不信鬼神、而且十分謙懷的人，這可能是他一生最神祕也聽起來最自大的一次發言，再多進一步就要出事了，要變成神了——上天如果要毀掉此一文明，那就連我孔丘一起毀掉吧；如果不是，那匡人哪害得了我。

「我」這個神祕又讓人討厭排斥的東西，又闖禍不斷又常噁心的自憐自艾，而且總是把我們清澄的思維弄混，遑論歷史裡因之而起的那些災難，以至於節制它適度的消滅它應該是健康的。基本上，我們肯定「我」的存在並沒絲毫困難，隨地隨時，並不需要鏡子或一次牙疼；但一旦我們把它括號起來，多凝視它幾分鐘，多想它兩下子，登時又變得可疑極了。離開一人斗室的「我」其實很難存在，幾乎無可避免的很快在人群之中消失，在世界裡面化為微塵，這是我們生活裡一再經驗到的沮喪事實（走在街上、看場電影或投一票選總統），也是理智裡的普遍事實，「我」同時在通則之中舍棄，在原理裡消亡，以至於在每一門學科、每一種理論之中都難有、而且愈來愈難有容身之地，醫學（只是某個病）？史學（更小一粒微塵）？經濟學（忘了加上去從來都沒關係的數字零點）？生物學（依機率甚至不可能存在）？物理學數學（在哪裡呢）？……

我喜歡萊辛簡單且具體的說法，這位養貓的小說家告訴我們，所謂人的成長，其實是「不斷發現個人獨特的經歷原來都只是人類普遍經驗一部分」的過程——也許，回憶便是此一過程的倒轉，並重來一次。在其盡頭之處、在那張最後的記憶大圖裡，不管書寫者的回憶原來因何而起，原想弄清楚什麼，他總會在那裡赫然看到那個還沒消亡的自己，以某種驚心動魄的，或至少不可思議因此值得鄭重值得善待的方式存在。

我漸漸相信，我比較害怕的其實是關入斗室裡那個變得理所當然而且很容易膨脹起來裝滿全部空間的我，而不是這個在世界之中時時被限制、面臨種種消亡威脅的我，如昆德拉講的，人在人面前，永遠沒辦法自在的做他自己（某種生物性的自己），一個人的存在限制著另一個人的自由。隨著年紀，我也漸漸看出來，真正有意思的東西，並不上天禮物或遺傳基因般預先放進我們身體裡，而是在我與他者、我與世界的聯繫之中明智的發展出來，並在此節制之中一次一次的發現、確認和調整（沒有限制這一切無從開始），所謂的好東西，我指的是價值、信念（價值的持有方式）、德行（價值的實踐方式）、以及希望（價值的全數美好可能，以及其具體感受、其作用於我們全身的確確實實力量）……

也許並不需要有神，也許不用更多神祕力量的介入，也許這沒有哲學倫理學的嚴格證明並沒關係（所以上帝之死沒那麼嚴重，也不妨礙我們做個好人），就像葛林在《一個自行發散的痲風病例》書中生氣起來講的，不，這不必扯到神，溫和不必，自我犧牲不必，慈善不必，後悔也不必。你沒看到過嗎？一個人見到他人受苦流淚自己也會跟著哭，一個傻瓜會用自己身體去覆蓋一個昏迷的人，好讓他挨過會凍死人的一整夜，能熬到天亮太陽昇起，或僅僅只是多活個一小時……

不必有神，但非得有個「我」不可——在此，「我」的關鍵作用是，之前我們工具性的稱之為「轉譯」或者「顯現」，這裡我們進一步稱之為「同情」（不忍人之心）；這指稱的其實是同一件事，都是實質內容的不斷裝填。畢竟，我，我的全部經歷、我直抵童年直抵生命起點的所有記憶，是唯一擁有實質內容的，（或誇大點）是僅有一個堪稱完整的生命原型，藉助我通過我，你才有了內容，他才有了內容，從二維成為三維，整個世界不再是空洞的、知識的，也才可能被相似的鄭重善待。

相信

北京阿城，兩次（我在場時）講起茂陵霍去病墓前那具有名的馬踏匈奴石雕，阿城津津有味的不是該石雕的精美和嘔心瀝血，而是簡單，人像、馬身都是大斧大刀鑿成，但是「真是好啊！」——想想，這樣一個年輕、野心、不懼死人傷財的皇帝，這樣一個更年輕（死時才二十三歲，質數）、同樣野心勃勃、同樣敢於屍橫遍野的將領，紀念這一場收下焉支山、直抵貝加爾湖的生命巔峰功績，阿城解釋，負責雕像的工匠（應該收了國家一堆錢）相信雕成這樣可以交差，皇帝一定看得出這是好東西；而皇帝果不其然還真有足夠的美學鑑賞力（或至少相信這樣的鑑賞），真的驗收下來，毫不質疑匠師比方「你才鑿這幾刀敢收我這麼多錢」云云，真正驚人的是這個。

這讓我們回到最開始講的，卡爾維諾那個莊子畫螃蟹的故事。

最終，有關《柏林童年》，我要講的是——也許我們可以換一個身分、一種心思來讀這本小書，方式是，假裝自己是當年站在茂陵霍去病墓前的漢武帝。

一九三二到一九三八，已經有了《回憶往日時光》和《猶力西士》，很快還會有《說吧記憶》；也就是說，對於人的記憶、人的童年畫面、聲音、氣味云云，書寫已進入到外科手術刀的年代了，即便像普魯斯特那樣的放縱，其心思其手法也是高度精密高度警戒的。

這事沒再逆轉，多疑之心不斷加重，一直到我們今天，用波赫士的話來說是，如今的書寫是「難言輕信的作者」，面對著「難言輕信的讀者」；如今，偶爾「書寫者用如此絕對的口氣講話，不是為著闡述真理，倒像是故意引起爭論。」

這樣一個大懷疑的時代會一直加強下去持續下去嗎？它的盡頭處會是怎麼一種模樣？——這幾百年來，我們懷疑，還鼓勵懷疑學習懷疑，認定懷疑不僅健康而且是積極的、有力量的。依一般認知，這是科學教導的結果，但我以為這更加可能是某種歷史成果歷史教訓，畢竟之前人類相信得太久也太多次了，並一再因此付出沉慟的代價（想想中世紀歐陸那虔信的時代，想想納粹德國，想想莫斯科大審判……）；而且，這也可能是現代生活愈來愈不可缺的自衛之術，我們活在一個愈來愈快速的時代，快速的效應是，整個眼前世界經常性的顯得陌生（陌生意味著不可知的敵意和危險），還顯得易壞。易壞極可能比陌生還具摧毀力，易壞讓我們連善、連好東西好人都不得不拆穿不預先防備，一棵大樹一條河一間漂亮屋子，下次再來可能就不見了，所以你不敢把感情並放其上；一場好的公共論辯、一個光朗無私的社會行動，總不出所料的很快被奇奇怪怪的人所占據、被各種黯黑勢力所接收；一個才氣縱橫、你滿心期待的年輕書寫者，撐不到三兩年就把筆寫壞掉還把心性給整個弄壞，凡此種種，都是我們每天生活的事實，不懷疑因此不切實際，不懷疑如何還有其他可能？

一般，我們至少會把本雅明看成是一位所謂「靈思泉湧的神祕主義者」，指的不僅僅是他對古老猶太神學的迷醉而已；日後，真正喜歡他的人，包括漢娜・鄂蘭在內，心思都顯得很複雜，我們感激的讀著他美好的話語（奇怪為什麼我就沒看出來、沒想到），卻又有點不敢置信，有點美好得、巧妙得不像真的之感，世界亂成一團人心糊成一團，他卻能說得這麼有把握、這麼不疑不懼，用得還是那種古老智者式的語調和句型，事情真的會如他所說這樣子嗎？——漢娜・鄂蘭說他是詩的、是難以名之的所謂文人，但我感覺這說的有點保留，時間可能得推得再早些，他也許更像個祭司，像個巫者，或開玩笑說像那種把靈魂賣給、交付給某種神祕力量的人，至少，像是從那種古代的、泛靈的、人們仍願相信一切相信天地萬物鳥獸蟲魚都會說話都傳遞訊息的時代，翻越過重重時間阻隔走出來的人。

但他又時時像個孩童，這在他遺稿的〈歷史的概念〉可能最明顯，蒼老的歷史話語用清清朗朗的聲音再講出來，我們曉得，這是一種古老的神諭傳遞方式，也是其中最恐怖最難以駁斥的一種。

本雅明是個容易相信的人，而不是個懷疑的人，事實正如他所說的，就像你一直盯著一塊岩石，看得時間夠久，某個圖像、某隻動物的身體或牠的頭才開始浮現出來。以前，人們也是這樣看頭頂星空的，以一生時間，或一代一代，緩緩看出它的細微變化和規律，看出它的一個個圖像——只是，這些個星空圖像，以及它的規則和它的意義，哪些是事實真相、哪些是隱喻和啟示、哪些只是單純的角度錯覺（空間的、時間的）、哪些就只是幻象以及我們自己無可遏止的希望？

無論如何有件事必定是對的，這是相信的人才做的事，懷疑者的目光不會是精細的，懷疑的人會早早走開，很難長過第一眼的時間，因此不容易獲取潛藏於第一眼以下的真相，等不到第一眼以後才慢慢顯現的變化，當然也得其所哉不被其錯覺所欺騙——我們說，人類的認識之路，大體上如納布可夫講的是一個不斷逼近真相的過程，但也許並非全部如此也非能一直如此，有些長路會被廢棄，有些東西會得而復失，在懷疑的目光中回歸單純的一塊岩石，在我們小心翼翼的、所謂有一分證據講一分話的禮貌話語中殞沒，這不是人認識能力的極限，卻是現實的盡頭；也許我們甯可喜歡這樣，比較輕鬆舒適，比較事事遊刃有餘而且看起來比較聰明。我猜，格雷安‧葛林是充分意識到這個，他很奇怪，心性上他是個最多疑的人，又活在最容易拆穿一切的老英國，卻也是一個拚命要相信、上天下海期待被說服的人；他對比方說天主教和共產黨都是這樣，早早背棄卻不真的走開，彷彿牢牢記得這裡頭有他相信的東西，有一絲微光，在某一刻曾感動過他。要命的是他又完全清楚其代價，《事情的真相》裡，斯高比因此走入煉獄永生不赦；《權柄與榮光》裡威士忌神父選擇相信一定會背叛他的混血兒，果然被告密而死；《喜劇演員》裡，馬吉歐醫生因相信而犧牲，但不信而存活的布朗如此欣羨他，並一直記著醫生告訴他的：「如果你失去一個信仰，記得趕快再找一個信仰來代替它。」；《一個燒毀的麻瘋病例》裡，葛林（或說書裡那個虛無到生命已一無所有的奎理）引述了巴斯卡的這句名言：人總要賭一下自己的迷信。

漢娜・鄂蘭把本雅明的人生和駝背小人聯結起來，但鄂蘭是跟我們一樣理性的人，她真實知道，除了瘋狂的歷史和殘酷的人類行為之外，本雅明的厄運不斷還是根源於他自己，是的，碗當然還是小本雅明自己打破的——包括他沒早早離開巴黎，他老早知道危險，命運也給過他機會（毫無機會的人尤其是猶太人多的是），還不止一個不止一次，他可以去紐約，也可以去巴勒斯坦，事實上是這兩地的人不斷催他要他兌現承諾，但他選擇留下來繼續盯著巴黎這塊大岩石看，等巴黎浮出圖樣來。

我身邊，我所認識的人中，最犯這類錯的人是朱天心，她總是眼神發亮的相信人那些火花般的善意，相信某個應然但不實然的社會行動，相信一身難解毛病、絕對保不住但確實能寫出就那幾篇精采作品的書寫者，仍相信那一堆我們二十歲、二十五歲、頂多到三十歲就明智的一一放進遺忘抽屜裡的東西（「最好，只留下有用的記憶，不然會好危險的。」）——「我趕忙在葡萄串中重新找尋一顆早衰不長的生活果粒，認為它一定能夠解開我的宇宙大祕密，我摩挲它，煙霧再度瀰漫，……但它只發給我一陣微風就足以吹斷的線索，我必須回到一個夕陽裡的荒草場上，圍繞公廁三方、比我們三年級個兒高的草叢，可能是蓬類的長草齊齊放出一種強烈的攻擊味兒，抵禦我們地毯式的蹂躪摧折，常常，我們只是在其中比賽捕捉七星瓢蟲，好多隻小瓢蟲給握攏在汗濕的髒手心，它們因恐懼而一起拉的屎也有一種氣味；有時我們發了瘋找寶藏，因為總有大一點的哥哥們會發誓誰誰前天在其中出野恭時拾獲了一枚金戒指，我們相信透了，因為包括我們父母都警告我們少去荒草場裡野，常有偷兒在那兒聚賭分贓，撞到的話會給殺了滅口很危險的。」

事實證明，朱天心倒沒像葛林小說中人那樣因此送命（也許沒真的那麼危險；也許只能說尚未），她只是事後被我們一次一次嘲笑——我們有理由抱怨，因為我們（尤其我和朱天文）總是跟著被扯入，認得一個個時候一到就果不其然變樣遠離的人，發生了一堆感覺一事無成的事，往往看不過去的還得幫忙收個爛攤什麼的。當然，正常日子裡我們是偷偷感謝她的，如果不是因為朱天心這樣，有太多事不會發生，有太多事我們不會看下去想下去追究下去，我和朱天文的世界會太單薄，人也一定比現在要笨。

上述那段文字是朱天心的短篇〈匈牙利之水〉摘出來的，早於〈遠方的雷聲〉寫出，是我個人心目中朱天心最頂尖的作品之一。這一次，她借助的是氣味，循此路走向童年，另一種花朵般打開的童年，我不記得有其他小說曾如此閉上雙眼、完全信任嗅覺如導盲犬的前行（一截一段的氣味召喚記憶是有的，比方很多人寫過秋天燒乾草或黃昏人家炊煙的味道）——我自認是記得很多事的人，但比較起來，我的童年顯得如此寒酸、粗大而且稀薄，這可能不是十歲之前的我犯的錯，而且是日後記憶的問題，包括習慣、技術以及某種不懊悔不懼怕的專注；也許我該選擇多一點相信。

小說，由「我」和「A」這兩名中年男子來嗅聞來回憶，結束於咖啡店裡的等待——

> 當然也有並無記憶可資陪伴的氣味。
>
> 我把一粒又硬又綠的果子給刮破，A半天只說得出「反正是植物就對了」。

是一粒苦楝樹樹子，夏天的時候，林中大路兩旁的苦楝樹會開滿一整樹的雪青紫花，花多到一種地步，就可以有一種毒毒的氣味，我們在樹蔭下看流浪漢在吃一小盒天霸王冰淇淋，羨慕透頂。其時，我們以苦楝樹子當子彈，人人腰上各插一把自裝彈弓，正打算出發前往隔一條縱貫公路的婦聯二村探險。

我們另外準備了一式二份的分類廣告稿各自小心收藏，以防我有不測時能及時刊登，上書：「葛樂禮颱風時住在婦聯一村的中山國小男生們請於□月□日□時在ㄈㄨˊㄓㄡㄌㄧˇ公車站牌集合，不見不散。仔仔。」

自然，我其實很想能在屬於我的這份分類廣告稿上加進一段〈晚風〉的歌詞，歌詞是：

我心的愛，是否你心的夢，
可否借一條橋讓我們相通，
在這借來的橋中，
明天的我，明天的你，
能不能像今天再相擁——

有此萬全之準備，我和A可以放心等待，結伴以終，等到地老天荒，等到天下黃雨，直到不見不散。

負責發明新病的小說家 豐瑋

寫《九月裡的三十年》的年輕小說家豐瑋原本是醫生，待過孫中山「和平奮鬥救中國」那個北京協和醫院（由此寫出了《協和醫事》一書），現在也仍任職跨國大藥商，任務頗吃重，帶領個菁英小組亞洲各國跑來跑去，有回朱天心介紹她的工作是「負責說明公司的新藥」，豐瑋非常聰明的更正她，「應該說負責發明新的病——」

沒錯，是發明新的病才對，有了某一種病，自自然然就得有專門對付它、醫治它的藥品，商業搖身成為科學，世界恢復均衡，人撤除掉對此的最後那一點防衛和疑慮之心，安心的把這顆藥吞下去。供給創造需求，發明出對它的需求，這是此一經濟學市場原理的一個漂亮操作實例——我不禁替豐瑋擔心起來，會講這樣洞穿自嘲話語的人，待在這樣的公司必定是困難的。

《九月裡的三十年》是一部非常好的小說，同時還非常好看，兩者兼備如今並不容易。小說時間其實並沒進行三十年之久，寫的是書裡胡琴這個女孩，從她十七歲考進大學醫科的學前為期一年軍訓（就像我們台灣當年的成功嶺，讀書不忘救國，但要救國就先得學會殺人）、到三十歲出頭她軍訓時結識的好友凡阿玲病逝為止，是一部有頭有尾的完好故事；但我們也可以說，小說只是現實的停止於、不得不停止於書寫者本人的當下這一刻，當下這個世界，連同它的全部可能和限制（沒有另一種醫院和醫術，沒有憑空另一種救得了凡阿玲癌症的奇藥——），當下這個我，連同我全部的所知所學所能，以及茫然。這麼看，我們就知道這部小說的核心原來就是回憶，寫小說的豐瑋想起來一些很珍貴的往事，也許還有幾張臉，她在回憶中把自己演化成胡琴，讓一些原可以發生的事發生，好讓自己可以更看清他們，但不可能的仍然是不可能。由此，這個三十年也有了答案，這就是胡琴的年齡，也就是豐瑋自己已活過的全部時間。

「光陰在子夜流逝。」這是丁尼生的一句詩，他不說時間是透明的，這麼說只是一個概念，丁尼生講的是我們的不知不覺，以及儘管我們不知不覺時間的從不停歇，如此清澈、具體、無情；波赫士這麼解釋，當大家都在酣睡時，光陰像靜悄悄的一條河，在田間，在地窖，在空間流逝，在星辰之間流逝。而「光陰就在某些東西已離我遠去的時刻消逝。」波赫士旋即補了這一句布洛瓦的詩，時間還是會被我們察知、看到，只是看見它時我們很難是愉悅的，總像是某人遠離時的背影。中國人說時間就是光線和陰影，或說就是這分割一線的移動，時間既是一寸寸退走的光，又是逐漸伸長的陰黯，這最早也許來自於日晷計時的視覺印象，但也是我們生活裡落單一人時會一再見到的。

有行業的小說

《九月裡的三十年》原來是一部所謂的成長小說，之所以能夠遠不止是一部成長小說，其不尋常的變化關鍵在於醫學的加入，醫學是這部有趣小說的X-factor——當然不是說，這部小說裡有某重要角色其職業是醫生、或這部小說的主要場景之一是病房，乃至於這部小說裡有人和某一疾病纏綿拚搏云云，這都是尋常的；也不是說這部小說虛張聲勢的充斥著一些專業醫學術語，我們曉得，那樣寫小說的人也許只是查了維基百科而已，那樣的小說尤其在文學獎裡是常見的。

禮失求諸野，我們來借助推理小說講一下（「我們的文學在趨向取消人物，取消情節，一切都變得含糊不清。在我們這個混亂不堪的年代裡，還有某些東西仍然默默的保持著經典著作的美德，那就是偵探小說。」——波赫士）——在阿嘉莎．克麗絲蒂的某部謀殺小說中，曾有過這樣的安排，某位美麗的少婦失蹤達十幾年，於是有兩種不相上下、誰也說服不了誰的傳言發生，其一是她和情人私奔了，另一是她被（丈夫）謀殺並滅屍了。在所有言之鑿鑿的證詞中，最有趣的來自女傭，女傭堅持她的女主人被殺了，理由是「她帶的衣服完全不對，她帶的衣服亂七八糟的——」。女傭解釋，如果她當時穿的是那件衣服，就一定會一併穿走那雙鞋子；如果她帶走了那件洋裝，那她不會把那條腰帶給留下來，凡此種種。

這是我所知道推理小說最棒、最無可駁斥的證詞，如此簡單卻如此睥睨一切，讓所有反對它的猜測瞬間如冰雪消融；而且顯然不來自聰明的設計，只是女傭的專業眼睛。同樣的事也發生在阿嘉莎最好的小說《羅傑．亞洛伊謀殺案》，這樁準密室殺人案的破解關鍵之一，也是大偵探白羅從老僕役口中問到的，屍體坐著的高靠背椅，打開房間時原不在定位上，椅子被橫移了幾十公分（奇怪），稍後卻又莫名其妙被還原回去（第二個奇怪）。這幾十公分的位置微差（誰會在殺人案發生的兵荒馬亂之際去做這種事呢？），是負責整理房間的僕人才會、而且第一眼就看出來的。

美國早已年過八十歲的老導演阿特曼，世故通達，深知人心種種，沒什麼事特別嚇得了他騙得了他，因此總是「平靜的敘述神奇的故事，故事中不乏現實主義細節」（有別於如今眾多太年輕的作者，總是神奇的敘述一個平乏的故事，故事裡毫無現實細節，其實也沒有誰真被驚嚇到，只有自以為嚇個半死的書寫者本人）。我看過他的《迷霧莊園》還寫過所謂的影評——《迷霧莊園》借用典型的推理故事體例，講一群吃飽撐著的老英國上流貴族到此一莊園的幾天渡假（打牌、喝酒、用獵槍殺動物、用更多方法殺自己……），各自帶著一大堆行李和僕傭。阿特曼爽利的把這一莊園切開成兩個世界，一是主人等死的起居室，另一是底下僕人休息的房間，空間相對位置猶如上下兩個舞台又像天國與地獄之別，每一件事，於是都有兩組看法、兩組談論方式、兩組全然不同的形貌線條和感受、以及兩組各自而去漸行漸遠的演化。當然，比較精采豐饒且接近真相的總是下方地獄這邊，如但丁《神曲》、如人類學家米德早就講的那樣。本雅明談普魯斯特的《回憶往日時光》，說普魯斯特羨慕，而且幾乎是嫉妒僕人。

我們要說的是什麼？是一種「有行業的小說」，這顯然愈來愈稀有，以至於《九月裡的三十年》這樣一部小說可以是一份珍罕的禮物。但這曾經就是小說、是此一書寫形式的獨特設計、是這樣一門技藝之所以單獨成立的最主要理由之一。小說的「雜語性」（有別於詩和其他書寫的單一聲音）指的不是人多嘴雜，而是存在說著這些不一致話語的人、和書寫者本人不一致的人；其中更加重要的器官是眼睛而不是嘴巴。不同的眼睛看到、並看著不一樣的東西，或者更重要的是，在相同的視覺對象裡看著不一樣的部分、看出不一致的東西。幾千年的書寫、認識過程之中，人一直累積著也擱置著對自身種種極限的理解，包括世界和個人的空間大小（不成）比例和時間長短（不成）比例，包括身體、生物性存在的限制（像是你在這裡便不會出現在那裡，不在場證明的來源，對遂行謀殺很重要，對婚姻生活也很重要），包括光是直線、視覺是直線所以看得到的其實很少、被遮擋住的非常多（現實裡，不是精微的高等物理學裡，那些所謂的空間彎曲光行偏折云云）。小說選取的特殊突圍之道便是，找來他者，徵用一雙雙別人的眼睛，來消除空間、時間的死角；擁有無限多的眼睛，能夠不漏失這個世界的每一個動靜變化，匯集成我們對世界的完整認識，這一直是小說書寫的一個理想。

人跟雪花一樣沒有任兩片是真正相同的（其實任何東西都如此跟雪花一樣，比方也沒任兩張椅子是完全一樣的，葛林在他《一個燒毀的痲瘋病例》裡便寫過剛果痲風病院裡一張獨一無二的椅子，只是我們喜歡這樣仿智者之言的說；同時，椅子不像雪花給我們一種纖巧的、稍縱即消失的、心動的美），舉凡高矮胖瘦老少美醜賢智愚傭。但行業的不同，是一種極富意義的、較深刻許多的不同，它（至少）包含著一系列而且有層次的特殊知識和每天每時的工作實踐，這使得眼睛的這一部分觀看能耐，是有線索的同時是持續的、經驗豐碩的，它的第一眼所見因此不真的是第一眼所見，它其實是一代目二代目三代目這樣一直延續的看下來；素樸的第一眼通常只來得及看整體、看輪廓、看扁平狀的初步印象，你只有再看很多次而且看得時間夠久，才能緩緩及於細節、適應微差的光度色澤和形狀、一層一層穿透進去並比對出其幾近不可察覺的變化云云；專業的眼睛是你自然然的「知道自己這次該看什麼」。我想到李維－史陀因此說人的行業（尤其指其知識和操撐持技藝這部分）是人在世界的「位置」，李維－史陀不只在初民部落時這麼做，他連到日本這樣已高度整理起來的國度（有書、有資料、有各個美術館博物館……），一樣花最多時間去看去詢問各地工匠，以為這才是確確實實了解這個國家、這個社會、這樣生活著的人們的最可靠路徑——在《九月裡的三十年》，一開始寫的正是眼睛，年輕的胡琴有點駭人的捧著半打新鮮的、才取下來的豬眼睛（沒辦法使用真的人眼），在深夜一人的實驗室裡，這是她的研究論文，題目是「視網膜色素上皮組織」，為什麼選擇研究這個呢？當時的醫學院學生胡琴用專業冷靜的話語回答，但稍後我們回想起來無一不是隱喻，乃至於預言——因為「與眼睛有關，與時間有關。生物學上，與凋亡有關。……胡琴導師問，為什麼人老了，黃斑會有退行性變，導致視力下降，進而會導致失明呢？也許是人的視網膜色素上皮細胞的ＤＮＡ，在老化的過程中發生了什麼變化？ＤＮＡ中有沒有什麼標誌物，能準確估算出這樣的老化呢？／是的，用某一種嵌入那副肉體裡的精確標誌物，來衡量時間留下的蹤跡，在眼睛這裡，時間掃蕩的蹤跡有可能是戕害，明確表達在ＤＮＡ上的某種戕害。來，來，我們來探尋這蹤跡，這天地間的祕密之一。想辦法，認識它，解決它……」。這段話，不就是用醫學專業奇妙的朗讀出「光陰就在某些東西已離我們遠去的時刻候消逝」嗎？

醫學在這部小說中做的不止如此而已，不止提供一對眼睛，而是一種更為具體的存在。這講起來有點像是物理學尤其是天文物理，我們知道某一星體的存在，有時不是「看見」它（很多星體或太遠、或太小太黯淡如矮星），而是先察覺出它重力的存在、它重力的各種效應（比方說發現天狼星原來是伴星）；物的存在會對周遭一定範圍內的空間及其他存在物發生其特殊的力學作用，形成所謂的「力場」——被醫學的重力確確實實影響的東西之一首先是小說的時間，改變了其尺度（計算方式）、形貌和內容。從十七歲到三十歲出頭停住，《九月裡的三十年》這部小說同樣「充滿著愛情和對死亡的思索」，另外就是歌，這都是年輕小說的基本印記，但惟獨死亡在這裡絕不顯得年輕。我們知道，年輕小說裡的死亡通常離死太遠，身體太好且修復力太強，人的困擾是情緒情感而不是病痛，得不到身體各種真實感知以為支援，死亡因此總是突如其來的、說時遲那時快的，很難真的有過程，更多時候它意有其他，是某種武器，尖刃形狀的，用來審判世界。才活三十歲的胡琴，我們看，醫學像藏放在她身體裡的一塊強力磁石，會一再吸過來各種死亡，你不找它它自會追躡你找到你；而且，還不是那種噩耗的、訃聞式的已告完成死亡，而是才剛啟動的、進行中的死亡。對年輕的胡琴來說，這不是說句諸如「我很遺憾你所失去的」、「請順便節哀」或跟著大哭一場就夠了，事實上，在一次一次這樣死亡等在前方的過程，最不能哭的就是她，她是學醫的，是得負責提供建言、找出可能找出解答的人，她必須比病患本人、病患家屬包括其父母長輩都時時冷靜不動情緒，也就是說，醫學強迫她一再扮演所有人的「長者」強迫她最年老；要命的是，她又不真的是醫生，可躲入專業的防衛世界裡面不伸頭出來，只負有限責任，眼前生病甚至無可避免會死去的人，全是親友，至少是一個個熟識的人，你已無可挽回的知道甚至還參與過他太多事，卜洛克筆下的殺手凱勒告訴我們，要殺一個人，你得避免知道他太多事情，家庭生活、有沒有養狗或小女兒裝牙套矯正牙齒等等，你對此人的了解不要超過一張那種兩吋大、一號表情、辨證照用的大頭相片，殺人如此，救人也如此，都是死亡之事。說無限責任也許誇大不實，沒有任一個人可替另一個人這樣，比較正確的說法是，端看你能負責到什麼地步為止——

今天，醫療或說人對死亡的種種防衛也許已然過度，但另一面說，站在死亡的無邊無際汪洋之前（如莊子〈秋水〉裡河神抵達北海那一幕），人的醫學知識，人知道的、會的仍如此茫然的不成比例，這是每回我們或親人生一場稍微像樣的病總會感受到的——於是，兩種對比的極端狀況是，一邊是不知道終極結果卻時時絕望縱情的人，另一邊是深知結果已如此透明卻無法（或某種意義的「不被允許」）放棄希望得著自由的人。

胡琴的這些效應之中，至少有一點是我稍微熟悉的，因此我相信這是從書寫者豐瑋本人經驗那兒直接剪下來的，是她自己的經常性處境——我指的是，人跟人久別重逢這件事。儘管，其實並沒到詩歌裡（翻下唐詩吧）講得那麼驚喜、那麼純淨無瑕的幸福、那麼作夢般要咬手指頭或請他用力揍你肚子一拳，但這確實是好事，尤其總讓你想起一些不容易再想起的事，好的熠熠發亮，壞的也像在時間大河裡滌洗乾淨了，人心容器般飽滿的盛裝起來。小說中的胡琴，生活於如此一塊九百萬平方公里、十三・五億人口的土地上（不包括她還去了另一個遼闊的北美新大陸幾年），奇怪卻比我們容易見著一個個昔日故人，依機率估算是異常的。這可以一般性的解釋為小說書寫問題，採取的是一種較古風的、出場人物都有其「用途」的有頭有尾說故事方式，但也許更正確也更有意思的解釋是，這是根據事實，醫學重力場連機率都成功改變的此一基本事實。試想，如果你有胡琴（或豐瑋本人）這樣一個親友，你們會在什麼狀況下再次相見？一是真的不期而遇，全由命運捉弄安排；另一事實上是你主動找到她，天南地北。後面這「多出來」的重逢，不太是夜深忽夢少年事，而是生病了，你本人，以及你在意的人，這些大量多出來的重逢故事因此總是狼狽的、心酸的、沉重無比的，不會選在彼此稍微好看的時候。小說中最有意思的一次久別相遇不是好友而是仇人，找上門的正是她軍訓那一年整她們（胡琴＋凡阿玲）、甚至在考核資料上「害」過她們的燒餅臉區隊長，如今她扶病而來，是的，有仇總比不識要強，仇恨至少是一種很深刻的關係——

我自己不學醫，但也許是多年來習慣裝出一種石頭也似缺乏神經系統沒纖細感覺因此倒也顯得沉著不動的模樣，在某些風雨飄搖的特殊時日，會得到朋友們帶著誤會的信任。我很清楚比方半夜兩點鐘如救護車、消防車嚇人響起來的電話鈴聲是什麼意思，我也很清楚一個半年或三年不見蹤影的老友忽然死神模樣從咖啡桌另一頭冒出來是什麼意思，我只能稱之為「來了」「又來了」；但我同時也該死的知道，一如小感冒或扭傷腳踝人不至於從廣西直上北京找胡琴一樣，老友們是尊重我的、不隨便打擾我的，事情必定已到某種地步了，所以呢？所以我一直沒用手機，我扭曲的相信，電話是人類很糟糕的發明，電話是帶來噩耗的東西，機率上差不多是一百比一。

改變的不見得直接是人心、人對情感的珍視和信任；發生彎折的是此一情感的「場」，人的行為只好跟著偏折——因此，老朋友沒消沒息是好事，代表如鄭愁予詩說的「朋友們都健康」，代表他沒困難或至少沒他自己對付不了的困難，因此，老友們，我們就別見面吧，為了大家的健康幸福，我們就各自好好的活著。

醫學，深入人身與人心，很容易是一種艱困的、讓人心酸的專業，懷璧其罪。並非所有的專業都是這樣，像金融業便輕快而歡樂，沒看錯的話，我們這個時代的其中一個徵象，便是這兩個行業的消長和交換。

我生病了

新的病不斷「發明」出來，原來是醫學的，現在又加上藥廠的，數量大到鋪滿人的全身，以至於每個人都隨隨便便就分到好幾種，舉目再沒有什麼不是病人的人，只有無知和不知死活的人。我昔日出版社的副總編輯劉氏女（仿章詒和的書名），夫妻倆年紀輕輕就身罹共計三大絕症，沒一樣真正醫得好，一是她自己真的是先天僵直性脊椎患者，二是她先生掉髮禿頭，三是他倆都有香港腳。

分類原是進步，但這事得有個限度才行，必須小心翼翼些，必須努力保持一念之初的清明，必須稍微認真的計算代價，好避免一連串糟糕的事連鎖發生，比方人的放縱和虛無是其一，這是最容易發生的，也是誘發往下連鎖反應的核心裂解；比方這很快不再是知識進展的必要，而是商業的欺瞞和恐嚇手段（如今全世界最肆無忌憚分類命名的，不是亞當不是詩人不是學者，而是日本商人不是嗎？創造了一堆偽知識、一堆時尚消費、以及一堆糟糕的不成立的字詞）；比方，就像已故生物學者古爾德殷殷告訴我們的，這反而有礙於、讓我們遺失掉更重要的認識、更完整的真相和演化故事——

古爾德勸告我們，絕大多數已有的生物學亞種命名是不必要的，也不具備傳種繁衍的生物性理由。我記得古爾德舉了拉丁美洲的蝴蝶為例子（這是今天地表上最多蝴蝶的地方），攤開一紙大分布圖，手指著讓我們看出來，各地區蝴蝶花紋及其形態的微差，是連續性的發展性的，毋甯揭示一整個更珍貴也更動態的演化訊息，我們因此看出來牠們的遷徙路徑，牠們抵達不同棲息地點的調整適應，看到牠們和各地花種、動植物、天候溫度等等的生動聯繫，看到這樣纖弱的生物體（想想那樣的翅膀，在此同時看起來強壯多了的有袋類整個滅絕了，只存留在隔離的澳洲大陸）和一整個南美大陸、跟嚴酷大自然千萬年時間討價還價的躲避抗衡演化，古爾德總是動情的說生物的演化故事是壯闊美麗繽紛的，真的是這樣。但這些、這樣的圖像，在方便歸類歸檔的亞種命名切割之下，很容易瞬間完全消失，乃至於發生《聖經‧創世紀》式的錯覺，以為牠們在天地之初就是不相同的、沒關係的、分別存在那裡的；命名的強調不再帶來新的認識，而是遺忘，利於懶人和惡人。古爾德當然也沒忘再提醒我們一次，人的亞種分割更是毫無必要，黑人白人黃人那一點點膚色體形的微差，一樣保存著百萬年的演化真相及其線索、故事，不是為著提供殺人迫害人的科學理由。

一樣的，我們呼吸、攝食，體內體外不斷進行交換，會有劇烈的乃至於我們難以承受的所謂病變，但我們也會緩緩的鬆弛、蒼老、衰竭、熄滅。

多年來，我自己一直極厭惡幾樣東西，一是民粹，二是人的殘酷，三是各式各樣利於行惡不利於行義的所謂「真理」。我的一些「前友人」不乏犯這些毛病的人，要說理拆穿它們半點都不困難，但實際上要抵住它們可真叫筋疲力竭，其困難程度接近於在一個歌聲震天的ＫＴＶ房間裡完整講一件事，接近於一個人妄想擋下來一整個世界。

盡大地是病，在如今這樣的現實裡，也許在自己家裡就有了，我們點滴心頭的很容易分出來兩種人，一是適合生病的人，另一是不適合生病的人；或說，一是熱愛自己的病、時時只說自己病的人，一是絕口不談、非到被送進病房你才輾轉知道他原來也會生病的人——我承認我有點驚訝前者的人數之眾，而且愈來愈多，以至於個人的性情性格傾向可能已不足以解釋了，發生變化的一定包含整個外頭世界，它創造出某種環境、某種培養皿，我們感覺有個神話（或可稱之為當代醫療神話）正緩緩成形，這個神話不支援人的尊嚴、人的責任感以及人對他者的同情（這樣的人比較少買藥也是事實），它鼓動的、召喚的是人的自戀自憐之心，人的不想負責任，那種明明不是卻不知道為什麼認定自己是全世界最該接受關愛、最該被所有人服侍的奇怪心理，以及對同情的掠奪（我總以為人類世界的同情總量是有限的，得視之為珍罕貴的，包括其物質資源，如同病床總量是有限的），其方式是源源供應各種病名，正常醫生都不好輕易說出口的病名，其中最被濫用的大概是「症候群」這一詞，這是一個魔法般的詞，以它為字尾什麼都能ＤＩＹ瞬間化成病。人的一言一行乃至於不經意的動作，人或靜或動或粗或細的性情差異，人伴隨時間大河交織起伏的連續心緒變化，舉凡歡快、憂傷、沮喪、絕望和希望，以及失眠和夢境（這樣素樸的一個詞一個詞分割有時已夠讓我們不安了）云云，都可以是某症候群，都函數般有著一一對應它們的病名。人的善行和惡行既然都是病，都因病使然不由自主，那還有什麼高下之分？還有什麼可討論以及能做不能做的問題呢？既然人都病了都快死了，還有什麼能計較的呢？生病，你可以跟法律請病假，也可以跟道德、跟所有的價值信念請病假。

自反而縮，由此我也想起自己很久很久以前偷偷喜歡過生病、想過要裝病，並以完全相同理由喜歡不是暑假裡襲來的夠大颱風，那沒出息的發生在十二歲之前。因此，這種對生病的熱愛和享受，也是一種幼態持續現象是吧。還是我們該應景的就把它歸類於比方所謂的小飛俠彼得潘症候群裡？

但十二歲之前和二十歲三十歲四十歲之後，這還是不一樣也理應很不一樣是吧，這裡有著應不應該的嚴肅問題，更有著好不好看的美學問題。十二歲之前，生病的特權，所求也許就是少上一天課、逃掉一次家庭作業或小考、以及多一顆荷包蛋吃而已；但二十歲三十歲四十歲之後呢？能躲能得的東西那就多了。我所知道的第一個故事其實是個很讓人惋惜不已的故事，這樣子生病的人是個年輕李姓女孩，我們認得她時才考上台大心理系，極其聰明而且多讀書，輕易的便勝出同年紀的人一頭，也開始寫小說，是個你自自然然會寄予厚望的書寫者。但她很快的如她自己宣稱的「生病了」，以她一知半解的心理學知識和詞彙，語言行為變得乖張放縱而且脆弱，其中最具體的變化是話語中的人稱，很快的只剩「我」，再沒有「你」和「他」，講不完的自己，講不完的每日每時每分每秒病情。大家也都耐心的、信任的以照顧名貴骨瓷的方式待她，包括她那位極好極溫柔的男友。惟事有蹊蹺，一年兩年聽下來，所有人事後對起來都察覺出同一件事，那就是她未免太愛自己的病、太享受自己的病了，而且病得也「太準了」，病得如此完整有條不紊像依某本教科書寫的進行，很可能是倒過來模仿或至少接受暗示。太準的還包括發病的時間、地點、方式及其程度，永遠發作在自己最需要的狀況下（要考試了，要分擔粗活了……），也永遠得到最有利自己的結果（推理小說總這麼問：你相信這一切只是巧合嗎？）；「我生病了」成了講話的固定發語詞，也是一紙橫行世界的萬能通行證，所有人所有規矩所有障礙都應聲分開兩邊如摩西的紅海，「得到完完全全的行動自由」（這個說法，取自於二十世紀初準備發動全面戰爭的某一歐洲大國），但這種無限提領的自由多危險不是嗎？我這個故事沒拆穿（也就是所有人都審慎的壓抑自己的狐疑不安，自始至終對待方式一致），也沒結局，只是無趣的不了了之不知所終，浪費掉一整個人以及所有美好的可能，就跟現實世界絕大部分的人和事一樣。

波赫士講，長期來說，所有的詭計都會被拆穿。但我要說的不是這個；這裡，拆不拆穿無關宏旨，那一點點公不公平也不需在此計較，做個有限度被騙被占點便宜的不夠聰明之人也不是什麼問題。詭計的另一個較深刻的通則是，長期來說，察覺被耍弄被欺騙的人只是靜靜走開，有限度的實質損失和會淡忘的懊惱而已，最後一個被騙、真正被此一詭計困住的永遠是反覆使用此一詭計的人自己；所有的詭計都有這樣內化、自噬噢傾向。人生一場，不好說為著占取這些多出的便宜而生而來，這原是非常的，是對人的不幸（人真的會生病）的有限補償，相信我，長期來說這通常是不划算的。

當然，換是今天，我這位生病的朋友應該可以把小說順利寫下去才對——台灣今天，逐步研發出一種書寫，難以名之，也許只能稱之為「我生病了」的小說。這甚至是已有基本公式的，兩則從電視新聞看來的社會事件，直接轉入到自己的病（生理的、心理的、症候群的），然後就是隨召隨到的夢（不一定是夜間作的），夢中有各種不可思議的活物和各種不易在平常日子講得出來的語言。這無疑是太過自由的小說，借助病者（某一種照顧起來很讓人頭痛、會生出謀殺之心的病人）不管理的情緒行為，和因病痛發生的各種幻覺，這樣的小說無需結構（米蘭・昆德拉所說小說就是結構的那種「結構」，深刻意義的結構），不編碼，只順著人的本能衝動和偶然在表層上橫向流竄，因此不會真正有進展、有稍具意義的時間、從而也不會有稍深一層進去的東西，也就是說，不會有真正的事發生。只是我們再不好說這是無病呻吟，因為的確一一都有我們聽過沒聽過、各種字數很長的病名支撐著。這也通常是一種太過喧囂的小說，閱讀者的情緒很難跟上生病的書寫被害者，畢竟對於一個飽受病魔折磨的人而言，出聲呻吟、喊痛、時時直墜谷底的絕望以及狂暴嘶吼的尋求死亡（「給我一個活下去的理由！」云云，我不免好奇，如果回答「其實我也想不出來」究竟會怎樣）都算很合理，暫時關懷不起別人也可理解，因此也就很難聽從昆德拉的此一重要勸誡：「小說和作者的『我』有種獨特的關係，為了傾聽『事物精神』那隱密的、小到幾乎聽不見的聲音，小說家（和詩人、音樂家正好相反）必須讓自己靈魂深處的聲音靜默下來。」

小說家林俊頴非常喜歡這話（所有的小說書寫者都應該喜歡這話才是），最近我又看到他引用過一回，很顯然，他是不會去寫那種「我生病了」小說的人，儘管依這些同業的標準，他同樣可輕易分到好幾種病，大家都同樣在如今這樣一個時代、這樣一個社會裡生活、呼吸、行走和睡眠，只是他選擇靜默的、深沉的、清澈的對待它們。林俊頴正讀著坊間一本奇厚無比的生病小說（屬於我們所說厚得沒道理的那種小說、那種以物理重量來偽裝內容質量的小說），才讀到一百頁左右，林俊頴笑著說，病成這樣，雖然明明知道不會，但還是擔心他會在五十頁之前死去。他是如此溫和而且耐心的好讀者，我自己反應稍有不同，這部小說就像波赫士說的：「毫無疑問，那裡更多的不是地獄味，而是不舒服。」對這一樣一個自私、自戀、反覆無理取鬧又真的很吵鬧的人，我可能（如果可能）在五十頁前就忍不住殺了他，算日行一善，好解救他身旁的所有人；真的，推理小說就常常寫出這樣的人，好提供第一具屍體，為的是讓他身旁所有人看起來都像是凶手。

別錯解我的意思，我自己從不低估人精神上、心智上承受的巨大壓力，這是我們這個時代的基本不幸事實。這麼說吧，我一直記得《人類動物園》這部心理學著作開頭所揭示的此一基本畫面，或說這兩個對比畫面——北美大陸這塊土地，曾長期的只養活三百萬人，如今擠滿著三億以上人口（這還是地表上人口密度稍微寬鬆的地帶），作者一樣一樣分別描述了這兩種差異已不足以形容的地表景觀和生活形貌，指出這一個事實：如此巨大的改變，居然只用了幾百年時間；意思是，這一系列翻天覆地卻又持續不止的改變，時間短到對人的生物性演化構不成任何意義，人根本來不及在生物構造這一面做出反應、調整、配合，人的身體仍是三百萬人當時的那個人，於是，所有適應的要求和壓力只能集中落在人的精神層面，這真的不是一件容易的事。

算算時間，這幾百年也差不多正是現代小說的書寫時日，意思是，這可能正是現代小說的基本事實及其書寫背景，而不僅僅是人一己的特殊不幸。分出這兩者的截然不同可能是很重要的，從咒罵、歸罪、究責、反思、尋求解答到胸懷希望，會有不一樣（或正不正確，或好或不好）的指向和內容；事實上，文學書寫，尤其是小說家，總是把個人的特殊不幸（比方契訶夫的肺病和他家庭的貧窮負債）當成橋梁，當做是他通往、進入、理解人們不幸命運的推動力量和感知基礎，有段話是這麼說的：「為了擺脫極大的絕望，他決定思考宇宙：這是不幸的人經常用的辦法，有時也是一種安慰。」這原是說義大利的克羅齊，但同時也是寫《正午的黑暗》的柯特斯勒，托爾斯泰和喬哀斯，當然也是卡夫卡。（「卡夫卡的命運就是把各式各樣的處境和掙扎化為寓言，他用清澈的風格來寫汙濁的夢魘。」）

我有可能高估了文學此一志業的能耐和責任。一直以來，我認為這應該是所有書寫者共有的座右銘之一，現在我不是那麼確定了，並不得不開始認真做出調整——文學主要是面對人的不幸，並且「幫忙」人們處理或融解不幸（人們包含他者和自己），這是它的任務或直接講就是它存在的理由之一，一如我們總多在不幸的時日書寫。

文學是熟知不幸的，比起它對快樂的較膚淺了解，這可以遠從荷馬那時就如此，《伊里亞德》裡荷馬說，諸神創造這麼多不幸和災難，為的是讓詩人有東西可以歌詠。這個容易讓人誤會、容易聽了生氣的希臘人說法，波赫士解釋，不幸遍在而且隨時，不幸發生了，不幸當然不是書寫者造成的，他只是知道自己也身在其中，惟書寫者（不得不）把不幸化為工作，轉化為詩歌，轉化為作品，轉化為美，這也正是馬拉美那句名言：「一切都是為了一本書」的真正意思。

轉化，通常是把某一不幸置放到更大的時間空間裡，置放到更多人裡面，好比對它、看清楚它，這一點小說比詩歌更方便且容易做得好，這是形式的優勢和力量；從而，轉化也就包含著必要的直視，好仔細觀察並且記錄它的類別、樣式、特性、強度乃至於形狀等等，如同留存珍罕的第一手數據。德昆西的《一個英國鴉片吸食者的自白》就勇敢的這樣，還有卡爾維諾特別講到的，梵樂希筆下的「泰德先生」，「讓他以演練抽象幾何圖形來和肉體的痛苦搏鬥，展現了最高度的精確性。」泰德先生說他那些一閃而逝的、十分之一秒的劇痛，其區域分別是環形的、柱形的以及羽毛狀的——

轉化為詩，轉化為小說，這樣的直視自己需要更嚴苛的忍受自制，以及近乎冷漠的自我靜默，這個「我」也不再只是原來的我、日記裡的我，而是文學書寫處理過的我、是「小說化」了的我，就像福克納有回脫口承認，那個頂不住罪愆夢魘和家族沉重鬼魂投水自殺的昆丁正是他自己，但當然是小說化了的福克納自己，我們已知道福克納不是這麼死的。

作品完成，閱讀者更多時候想著的、感受著的是自己，往往不知不覺忘了書寫者本人承受著各種疾病和巨大苦難；有時，作品還是歡快的，讓我們誤以為書寫者是個得天獨厚的快樂之人。像我們都知道波赫士後來是瞎子，想想一個八十歲的踽踽瞎子，但通常我們只把這事想成傳奇甚至美談，看成一個美麗而神祕的矛盾（失明與書籍云云）；波赫士自己呢？他把這寫成了詩集，並在講述自己重返古英語世界時這麼說：「當我視力下降到無法閱讀之時，我說：這不應該是結束，正如一位我應該提到的作家所說的那樣：『不要大聲自憐。』不，這應該是一種新經驗開始的證明。於是我想，我要探索我祖先使用的語言，他們或許在摩西亞，在當今稱作諾森布蘭的諾森布里亞說過這種語言。我將回到古英語。我記得一些詩歌片段，很好的詩歌，其中沒有一句感傷的話。這是武士、牧師和水手的說話方式，你會發現這一點，在基督身後大約七個世紀左右，英吉利人就已經面向大海了。在早期詩歌裡，你發現大海比比皆是。在英格蘭的確如此，你會發現像on flodes oeht feor gewitan（航行於大洋的驚濤駭浪）這般非同凡響的詩行。我是在大洋的驚濤駭浪中遠航至此的，我很高興來到你們大陸的中心，這也是我的大陸，因為我是個十足的南美人，我的大陸就是美洲。／自那之後我接著學習了冰島文……」

善是花錢的、昂貴的

回到我們的小說家豐瑋來。豐瑋後來離開了醫院，沒再當醫生，直接的理由是中國大陸的醫療現況，她擔心自己得在瘋掉和同流合汙之間掙扎（冷漠恰好不是她的選項）。但也許更深藏的理由是文學書寫的，不是想轉行，而是要把看到、感受到和想到的說出來，轉化為詩歌轉化為小說，畢竟，要同時做好這兩件沉重又心酸的工作從不是容易的，而現在又遠比契訶夫當時難。「但他們都忘記了，如果他當了一個好礦工，他就當不了作家；要麼就幹別的行當了。因為一個極其熟練的職工往往不會令人產生衝動的。」

醫學，或直接講就是醫生，有一百年左右時間（之前並不是），是如此耀眼而且愉悅的行業，吸引著很大一部分那種最聰明會念書、但尚未對自己未來有明確主張的年輕人，事實上，當不成醫生仍可退而求其次尋求當醫生的配偶或家人（韋伯倫的名著《有閑階級》說，一個人沒時間揮霍，他的妻子兒女便會代勞），這個佈澤式的效應尤其證實醫生的此一卓然位置，如今則逐漸顯露出它的沉重和心酸，以及危險。我以為這才是此一專業的真正本質，畢竟，在生命和死亡之間工作怎麼能不沉重不心酸不危險呢？因此，它開始嚇跑一些人，這樣的逆向逃逸暫時會以類似圍城的形式展開（還是有不少人想衝進去），而且會持續一段說不準的時間。

另一個明顯的徵兆是，如今可能也是醫生這一行業最頻繁（幾乎每天）出現在電視新聞的時刻，而大眾傳媒總是不懷好意的——仁心仁術濟世活人很難吸引他們（如今這樣的四字木頭扁額也幾乎停產了、沒人送了不是嗎？），我們不斷看到的是醫院的種種所謂黑幕，更多的則是醫療糾紛，方式逐漸激烈起來戲劇化起來，罵醫生、告醫生、打醫生到真的殺醫生，致命的不只是病毒細菌，還有刀械槍炮以及法律，這是研發醫療器材和配備的人所料未及的。總之，我們很容易感覺有某一個巨塔般的東西正急劇的崩毀，水泥塊大理石塊紛紛砸下來。除了體系自身，還有它跟外頭聯結的部分，醫生和病人之間必要的醫療信賴關係也在持續寸寸瓦解之中。我們說過，文學書寫新的困難是，如今是難言輕信的作者寫給難言輕信的讀者看；醫生顯然也面對著同樣的新困難，難言輕信的醫生自己得負責診治難言輕信（還牢記著一堆病名）的患者，只是生命遠比靈魂急迫緊張以及實際性的難以忍耐，並且失誤不起，就像葛林在剛果的痲風病院裡講的，靈魂不急，靈魂的問題可以慢慢來，「靈魂是永恆的」。

所以說，難言輕信可能是我們這一整個時代的，疑神疑鬼的氣味瀰漫於大氣之中，我們（不得不）彼此更貼近更相互依賴，但卻更少彼此信任了。也許關鍵正在這樣的太貼近太依賴，我們已不習慣於不依賴，包括諸多其實仍可以、也仍應該自理自立的。世界並沒無限的善意這東西，也沒誰替誰負無限責任這回事。

要說醫療技術和品質不進反退，這是絕不可能的；要說是醫生本身全都人心敗壞道德淪喪，這我也難以相信，我最多能相信到的是，那種訴諸個人價值信念的、通常也只能存放於個體的特殊高貴高尚，也許已消失殆盡於一般性的規範裡、體系中，但在此同時，更多那些術士的、騙局的、亂七八糟胡作非為的東西也逐個被拆穿、矯正、驅趕並消失。我知道誰都可以確確實實的拿個悲傷個案來駁斥，一個糟糕的醫生、一回醫療失誤、一次死亡，你不幸遇上了，對整體來講這仍是統計數字、仍是百分比裡可忽略但得容許它存在的一粒砂子，對當事人卻是百分之百的全部、是一整個世界的毀滅。這其實正是醫療這門攸關生死行業的永恆麻煩和道德困境，醫院人來人往，但大概沒什麼其他行業的人比醫生更容易理解並感同身受波赫士所說的「人群並不存在，人群只是幻覺」，來的是一個個具體的個人，還是在病痛裡、在死亡中的個人，每個人都訴諸一己經驗，而這類的病痛生死經驗又往往強烈到、巨大到、摧毀性到足以遮蓋掉世界忘記掉他者，遑論人那一點點可疑可憐的理性，這造成人維持心思必要清明、試著講道理的困難；面對死者，往往連最冷酷的法律都得暫時讓步並繞道（沒一再看過人攔街辦喪事或送喪隊伍阻礙交通嗎？），更何況是講究同情講究人性的人間道理（因而這也是一種討厭的困難，因為較利於惡人，包括醫生和病人這兩面都是）。這樣經驗性的個人，我忽然想起來很特別的一個，那是美國小說家東尼・席勒曼書中的一名納瓦荷族癌病老婦（我以為席勒曼用的是真人真事，因為如此無理而生動），她堅持要離開醫院回家去，她說因為醫院是「壞的地方」，她也的確親眼看到了，「進去的人都死在裡面」。

有一點倒是千真萬確的，其實也是如今醫療問題的真正麻煩核心，那就是單位醫療時間的不斷縮短。這是個很容易確定無誤的數字，它怎麼得來呢？公式是，全部醫生數乘以其平均工作時間再除以看病人次總數，如此，現階段台灣的門診部門好像是會讓人嚇出病來的只一分多鐘，看病如看花——這裡之所以把這一簡易公式（小學生都知道的）再拿出來，為的是更清楚、更不帶偏見的顯露這個問題的本質及其可能解決方法。是的，和個別人等的善意惡意、技藝高低、操守良窳、乃至於個人意志關係不大（或說很間接），而是生硬的、幾無彈性的只取決於這三個關鍵數字的變化消長。我們來想，醫生總數可否再大量增加呢？如果非要不可的話，這仍可能通過國家和社會集體的同意和努力做到一個程度比方增加一倍（姑且不論這是否理智、有沒有各種排擠和副作用），但職業選擇畢竟是自由的，還是有天賦之別的，所以這個數字的增長很有限，而且是緩慢的、長期培育的；看病人次總數呢？稍有現實常識的人都知道，這是個暴衝中的數字，要攔下它確確實實遠比攔下一次大海嘯（比方日本福島這種級數的）或雪崩更困難，而且它還不會自動退走，國家和社會集體能做的極少（怎樣？要人生病不醫等死嗎？這是什麼樣的國家什麼樣的社會！），事實上，這正是單位醫療時間此一結果數字惡化的根本原因；於是，短期來看救人如救火來看，暫時能調整的就只有醫生的平均工作時數，由它氣喘呼呼來負責追逐那個宛如脫韁野馬的看病人次總數。

這裡，我們確實是在簡化問題，先盡量把問題弄簡單，或說素描般試著清晰畫出（找出）事物的根本線條，然後再來想那些難的、複雜的、糾結盤纏的乃至於深藏的。這裡，再以「極限」和「盡頭」這兩個概念來現實的檢查，我們很容易更透明的看出來包括未來的一部分可能，好決定我們要等、要忍、要改或要虛無——有關醫生總數，其極限就是人口總數，也就是說台灣兩千三百萬人都是醫生，其他事什麼也不做不管，這當然不會是事實（但還是該想像一下，我以為做為當前集體醫療神話的隱喻是成立的，還是個挺漂亮的隱喻），現實裡，我以為醫生總數已走到盡頭了，接下來不進反退，逃逸的會比進入的多；醫生工作時數，極限是每天二十四小時但不會更多了，至於現實裡我也認為臨界盡頭了，也許已經「違法」了（包括國家最高工作時數限定的明智法律，包括大自然的生物性承受禁令），盡頭處，是工作品質的急遽掉落並瓦解，逆轉為負值。全世界，大概只有文學、藝術這類行業的人敢於吹這種大言不慚的牛，說自己每天二十四小時包括睡覺時夢魘中以及瀕臨病死的狀況下仍孜孜勞動（這聽聽就好），還有就是戀愛中人，像昔日披頭四的名曲，我一個星期愛你八天，我還一天愛你二十五小時，凡此。是的，非常要命，就只有看病人次總數這數字，我們或能想出其極限，卻在現實中完全看不到盡頭，它孤獨前行，頭也不回向著我們未知的、毫無經驗可言的、有理由恐懼的世界昂然而去。暫時，我們只能以種種「無能」來絆住它，比方醫院不足，醫療人員短缺，掛不到號弄不到病床等等，如同以種種不入流理由來阻攔一名憤怒的勇士，也難怪挨揍。

如此說來是什麼意思？我認為，今天醫療的巨大困境以及人們對它日漸升高的不滿，不因為它敗壞退步，事實上它一直在進步，只是，一方面，它已前進到我們看得到其極限、並一再感覺其盡頭近在咫尺之地了；可另一方面，前進得更快的是我們對生命品質的要求、我們的人道主張、以及對於死亡這事的恐懼和沮喪云云。我們對此猶有更遠也更好的期待，我們不願這麼快走到盡頭，我們把這些連同所有美好的希望交給醫療負責（以前，宗教、文學、哲學等各自負擔很大一部分），醫療明顯扛不起也無法永遠亦步亦趨，醫巫同源，但畢竟近代醫生已不再是巫師了。這裡，我們來看一下台灣的全民健保，這個神魔兩面的現代醫療制度是非常有意思的——

台灣的全民健保，大致上呈現這三點，三點構成一個奇特的平面、一個有趣的圖像。一是，多年之後我們恍然知道了，尤其從外國人和華僑口中知道了（比方說大經濟學者克魯曼），它極可能就是全世界到此為止最好的醫療制度；二是，台灣健保實施這段時日，也正是台灣醫療史上遭批判最多、咒罵最凶的一段時日，彷彿進入到某一黑暗甬道；三是，我們一直感覺而且愈來愈感覺它「養不起」，危乎高哉的隨時可能破產崩解完結。

時間落點則是它有趣的第四個點——台灣健保之法通過於一九九四年，一九九四年當時是個什麼樣的日子呢？我們回憶一下，這大致上是台灣全面不信任公管產業的啟始時日，我們不斷把一個個公營事業釋放出來，要它們「回歸」商業市場，就只有醫療逆向行駛。這個奇特的轉向，也許來自於一個動心起念的行政院長和幾名專業官員，但仍得有某個大而化之的社會普遍善念支撐才成其可能，這個普遍的善念，對每個人而言，可能是很簡明很樸素乃至於很經驗性的，聞聲思苦，人生病了，總該有醫生來救他是吧。

我們再稍微認真的回想一下，當時懷抱此一善念的我們，究竟花過幾秒鐘幾分鐘時間估算過，把此一善念化為事實、建構成制度並持續養活它，我們得支付什麼代價？或者說，我們願為彼此支付到什麼程度的代價？

理知上，我們都知道這仍是個有限程度的醫療制度，一如它明言規定健保給付、不給付、部分給付云云。但麻煩在於進步的頑強性格和某種不可理喻性格，有人頗正確的把進步說成是「規格的向上提昇」，但這裡有個通則，規格的改變是向上的準單行道，一旦成立，就很不好下修，下修會非常痛苦，還會人性的衍生出一堆麻煩和社會問題，經濟學裡講的工資鐵律便是一例——我們有理由懷疑，台灣全民健保從一開始就存在這樣的規格認知落差，畢竟，之前的醫院是民營的，付得起錢的富裕病人曾把醫療規格不均衡的往上提拉，台灣社會已經見過、熟知並記得其可能高度，即便委屈的打個七折八折仍不是這個社會的普遍真相、不是能承受的基本規格；接下來，國家接手了，國家不同於使用者付費的私人醫院，國家同時是個道德主體，一如全民健保高高標示的「全民」二字，它負責的對象不再是付得出錢的個別病人而已，而是所有生病受苦的人，尤其是更多無力自行負擔（部分或全部）醫療費用的病者，這才是它真正的精神所在不是嗎？也就是說，我們對它的要求、它的規格擴張和上修（進步性的）不再只依據經濟考量，而是不知不覺中加進了大量的道德思維，每多看到一個悲憫的故事（貧病者、昂貴的罕見疾病者、生來就不公平的某種先天性疾病者云云），我們內心的熱度每陡升一次，規格就多一次上修的壓力，以至於這成為此一制度中成長最快、也是原初設計時最被低估的部分。我們說，人的善念原來就是付出的、犧牲的，也是心甘情願的，它只取決於、自然節制於內心跳動強度和自我現實能耐的兩面取舍商量。制度化的麻煩在於，一方面，它快速的、非說服性的（百分之百說服是不可能的也是等不到的）把那些心中溫度並未調高、並非心甘情願的人一併納入，等於是強制行善，你也可以就說，這是一個勉強的（勉強有其必要和意義）、提昇的、高貴的但明顯高出社會當下人道水平一截的立法，是這個社會的自我期許、自我拉動；另一方面，人內心溫度昇高，卻變得不必當下支付實踐代價，這樣的善念因此容易被誇大到難以執行，也容易變得虛偽（蒙田說過，「即便是善行也應該是有其限度」），比方社會又出現某個悲傷故事，以前我們可能就是默默到郵局劃撥錢（當然，敲鑼打鼓到郵局劃撥也成），現在我們往往只疾言厲色罵人，也就是說，如今我們只負責善念這部分，買單的是國家。事實上，罵人還可以是有給職，如果他是電視名嘴、政客和永遠那幾個四下找舞台表演的所謂知識分子，這是讓人特別難受的部分。

健保施行至今，我自已只用過兩次牙醫療程（牙痛較難忍，如波赫士說一次牙痛就足以讓你否認仁慈萬能上帝的存在），另外就是不自量力打籃球摔壞腳踝急診了一次，這一切託天之幸，也純粹是個人怕事怕麻煩的糟糕性格使然而已。我要說的是，我們可能不該把全民健保理解為一般性的立法，本來就不應該適用那種簡易的公平不公平計算方式，要論使用者付費那我們本來就是，何需辛苦建構維護此一制度呢？根本上，這正是源自於我們的某一價值信念，佐以我們一路過來看到聽到的一個個真實故事，疾病生死大事，我們不以為該以個人的經濟能力來判決，這裡，於是有了一個必須多做的部分，多出來一批原來並沒有的病人（沒錢看病、沒錢動手術云云），得由其他所有人來慷慨分攤；也就是說，正常情形是人所支付的必然高於自己所使用的，如此才堪堪讓那一些不幸的人被醫治被救活，以及較少痛苦的死去。至少，基本邏輯是這樣子才對，但這麼說，可能一九九四年當時這個立法便無法通過。

人的善念美好但並非那麼珍稀，它常常來常常被觸發，但持續它實現它從而相信它卻不大易，而實現一個遍及眼前所有人一個不漏、如耶穌所說不放棄任一隻羊的善念，會是一個多龐大的體系以及多難支撐維修的工程。奇特的是，當我們在《聖經》或《本願經》裡聽耶穌和地藏王菩薩如此發願，感覺這麼大言如夢，甚至有其天真，但在現實裡，我們卻想得這麼理所當然、要求得這麼理直氣壯——我偶爾人在比方榮總無法抽菸的開放院區裡，總感覺眼前景觀這一切有點詭異有點壓迫胸口（尼古丁缺乏症候群？），太陽底下，這麼高大、堅實、方正、明亮的建物，但包藏著、而且依賴著多少很脆弱的、很短暫流失的、而且彎彎曲曲奇形怪狀的東西，包含人的生命一場和人心裡的種種奇妙思維暨其死角。怎麼看怎麼想，這勢必都只能是個吵鬧不休、修補個不完的巨大體系，能夠讓它不垮掉、跌撞狼狽的前行已經可以了、夠了不起了。人總是會死在這裡如納瓦荷老婦說的，人的希冀、人的善念（對自己、對他者）永遠會領先人的實際能耐，遑論更領先於人願意為此付出的，這讓這個巨大體系永遠是某處歪斜的、力學結構不良的，總是得靠某些人用自己身體、用原始的生物性力量撐住，樂意不樂意的，知覺不知覺的，於是也就涉及了權力、涉及了欺瞞、還涉及了一時一地的運氣。像現在，護士便先出事了，護士的人力遠遠不足或說工作超時，一部分歪斜的力量轉嫁到她們身上，簡單也合理的解決方法當然是馬上增加比方百分之三十的名額，但誰來支付這筆又多出來的人力成本呢？而且結構的局部調整總會牽動整體。還有這一大批外勞，一輪椅一外籍看護一衰病老者是無處不有的景像如靜物畫，這意思是，我們如今已實現的對於病者老者的照料規格已遠遠高出於我們社會自身的能力，以及我們的倫理道德水平，我們是僥倖的借助（或正確但難聽的說，利用）了國家和國家之間經濟的不均衡，才得以轉嫁掉這一大筆成本如列寧講的「貧窮輸出」；也可以更直說，其實我們的病者老者傷殘者原是「沒資格」得到這樣程度照護的。所以呢？這些外籍看護會一直留在這裡如她們身旁的那棵樹嗎？還是我們要不要相信並衷心祈禱，總有一些不幸的國家、其人民永遠處在一個低落的生活水平上？我們對自身社會的人道關懷得建立在對他者社會的不人道期盼之上，這樣子好嗎可長久嗎？我們當然可兩手一攤講現實就是如此，而且這算援助、算提供他們就業、改善生活水平，但，可以這樣子想嗎？好意思一直這樣子想嗎？

我也總會再記起來佛利曼的《自由的選擇》一書，四十年前芝加哥學派的名著，市場機能信仰者的聖經，書中最精采的便是對福利制度的詳實揭發、舉證、計算和逐一駁斥，無可避免的浪費，無可避免的人性誘惑和誤用，無可避免的始料未及和處處死角，說的應該都是真的對的，我們當下批判健保的人，總該回頭讀讀這本書吧，可幾小時內陡增一甲子云云的功力和攻擊火力——是的，還要再多一種巨大成本，那就是這個體系建構起來之後，它維持自身能動狀態必然耗用的能量。但是，百年以上的現實經驗還不夠多（全民健保或是新的，但福利制度絕不是）、事情還不夠清楚嗎？這正是人把善念在現實裡執行出來的必要費用其一，它可以省，但不會不發生。很奇怪，時至今日我們好像還習焉不察認定這種事該是業餘的、一路上義工到底的（以至於發現比方紅十字會人員支薪還會心頭一驚，甚至想「揭發」他），伴隨著另一個更有趣的錯覺，好像說你此刻捐了一袋米，至遲太陽下山前就該化為一鍋熱騰騰的白飯出現在東非某家庭裡，安博托・艾可稱此為「因果長鍊消失的錯覺」（他以為元凶仍是大眾傳媒、是電視）。事情當然不是如此，這不是透明、平滑、光纖傳遞速度（就算是光纖也得先花大錢、花長時間鋪設）的通道，也沒有任意門或時空蟲洞，這是崎嶇不平上山下海的長路漫漫，得靠很多（數量和種類）的專業人員才得以銜接起來，義工除了幫忙跑腿搬東西外很少有用，事實上，更多時候義工是製造麻煩的，他們不支薪不被管理又太容易義憤填膺；而且當然，一條大河波浪寬風吹稻花香兩岸，這一路上，會不斷碰上義人，也會不斷碰上惡人，更多是和你我一樣對各色誘惑（從積極的伸手掠取到消極的縮手擺爛）有感的正常人，你要計算，這些就得一開始就世故的、人性的全計算進去才行。

是的，我們習慣說，善是珍稀的，但無價（也意謂著不花錢）。我自然聽得懂這話沒那麼笨，只是我較喜歡觀看察究它另一面，它行動起來那一面、它試圖化入現實那一面：善其實並不珍稀，幾乎人人有處處有，只是它絕不便宜，一路上都會寄帳單給你。

還有，比較沉重的工作，究竟是捐錢捐米捐毛氈衣服？還是把這些東西搬運到現場、到一個個受災戶手裡頭？

道德目標是人類專利製造的東西

有沒有更簡單、更一次解決不必修修補補的方法呢？應該有，就像我們前面所舉北美大陸的例子，我們只要把該地人口降回去三百萬就可以了，幾乎所有的困擾一夕消失。

這就是大自然的方式、大自然從地球有生命開始就一直使用的辦法，不知道那些苦心謙卑尋求所謂大自然智慧的人要的是不是這個？

《九月裡的三十年》小說中有這段醫學知識，說依人類的基因，人的身體比較知道怎麼應付飢餓狀態而非過度攝食過度營養，這乃是因為幾百萬年以來，食物的取得是困難的、無法穩定的，人（以及其他生物）的演化適應了此一事實。我讀完小說，問過豐瑋一個傻乎乎的問題，我們的生物機制，有打算讓我們活七十歲八十歲這麼久嗎？豐瑋不以為愚昧天真的認真回答我：「應該沒有。」

依地球歷史時間尺度，人類壽命忽然從平均四十幾歲的長期界限拔昇起來是很晚近的事，像中國是一直到東周左右，老人問題才開始是問題、才被認真討論（而這也是醫學快速進步的一段時間，從文字的演變就可看出來，我在《文字的故事》書裡比較過）；我們也馬上能想到，生物（除了晚近的人類）基本上是沒有老年的，死亡幾乎與生殖任務的解除、生殖器官機能的停工同步，所以說，以下這個有些不雅的笑話是人類才有的，非大自然智慧——話說一名老翁終於活到了百歲如同我們中華民國，在正式成為人瑞這一偉大日子，老翁好好的洗了個澡，泡在浴缸裡，他動了動手，說：「手啊，到今天你可活了一百歲了。」又動了動腳，說：「腳啊，你也活了一百歲了。」最後，他看著自己下體，悲傷的說：「老二啊，要是你還活著，今天可不也一百歲了嗎？」

我們試著想，光想千萬別動其他念頭——如果今天人類壽命平均仍只活四十幾歲，是不是有眼前世界整個為之一清、一輕之感？是的，不會再有外勞問題，稅賦想必大量減低（勞保、健保、年金……），家庭問題大概當場解除一大半，年輕小說家們也不必仿政客的天天叫嚷這是「我們的時代」（為什麼其他歲數的人都卻不算這時代的人？）云云，未來尤其看起來乾淨清爽，不會有老年社會問題（一定很快來的）讓我們感覺如此黯黑無光如此沉重疲憊。但在此同時也可能有悲傷不舍的事，比方那幾個你珍惜的、尊敬的人可能就不會存在了；更糟糕的是，儘管稍晚一步察覺或說逐漸實感的察覺，你自己也得很快死去。往這頭想事情就麻煩了，如昆德拉所說，我們對生命的長度、對可支配生命時光的掌握和預期，根本的決定了我們的思維和作為，如此，完全退回去當然不至於也不可思議，但我們和人類之前幾百萬年那個悠悠世界會不會更接近更相似呢？

死之事如此，生之事也如此。這也是很晚近且急劇變化的，比方我自己的童年，意思是頂多五十年前，像我家兄弟姊妹五人在當時是不算多的（其實是六個，夭折了一個），也絕非家家小孩都能個個活過童年、活到成人，這猶有古老生物世界的一抹影子。大自然的生物機制是生養眾多的（光計算精子和卵子數量即可，也難怪一夫一妻制仍這麼難以堅持）、人海戰術的，基本上是趕死隊形式的設計，珍惜不起，更悲傷不起；也就是說，就連我們的所謂血緣人倫情感都不是完全「自然」的，至少並不純粹，它的深度、內容、樣式尤其是持續時間長短，仍是隨人類進展而變動的，是文明的結果。

托馬斯．赫胥黎說，他在大自然界絲毫沒感受到任何道德目標的影子，以為道德目標是人類專利製造的東西；赫胥黎還講：「我也不相信上帝是一個隱蔽的博愛神，並相信最終一切都會好起來。」——這也是為什麼，《聖經》舊約裡那個殺戮、淘汰、滅絕如天擇的上帝總讓我們感覺比較真實（「因為它的篇章並沒有指出靈魂是永生不朽的，也沒有闡明獎懲報應的主張。」），新約慈眉善目起來、充滿愛意的上帝看起來比較像是人的期望和發明；舊約接近歷史記載（記憶湮邈模糊之處，用神話和猜想來填補其空白），新約則是人的書寫。也可以說，我比較相信舊約但並不懷念，我得用另一種閱讀方式才能相信新約但我比起來較想活在這樣一個世界裡。

我自認自己是個進步論者，至少是一個溫和而且盡可能講理、盡可能小心翼翼的進步論者。我相信人跌跌撞撞的一直在前進（晚年的歌德描繪的比較規則有型，是一種螺旋也似的盤桓而上提昇路徑，如那種圓形樓梯），我相信文明暨其成果，人能較平安較順利活出童年是好的，人不會一病一傷就死是好的，人有能力救助他人、也有機會被他人救助是好的，以及也許更富意義的，人儘管仍然會死但較少受苦、也許還能溫暖的尊嚴莊重的死去是好的。還有，人能長壽、能多活幾年這本來也是好的——正德利用厚生，我一直極喜歡這簡單三詞六字，帶著溫度和光亮。這裡，進步的不僅僅是冷冰冰的科學和相關技藝而已，這完成的其實是人類才有、才給自己的道德目標，也是昔日讓一個悲憫的印度王子成為智慧佛陀的極艱難目標。生老病死，避免世人受苦（不是只避免自己受苦），佛家並不特別強調、尊崇天神，關懷的是人自身在無盡生命的難以忍受重複和輪迴中的可能所思所為；也就是說，大自然毋甯是個處境是個條件（難能撼動或無以撼動），人因此得認識它思索它乃至於看穿它遺忘它（用蔑視二字可能不合於佛家的溫文典雅），大自然並不是導師，佛是人。但我想，如果世尊的各色能力弟子群中有現代牙醫（意思是現代技術加上其藥物、器械），世尊必定是歡喜的並稱許他是××第一，至少可有效幫助人們少受一種難忍之苦，畢竟這不是什麼旗動風動心動的問題，就只是確確實實的神經裸露發炎劇痛，影響人作息，還嚴重影響人思維悟道；我的意思是，某種程度克服生老病死的痛苦，於是不必只限於大澈大悟窺破生死遺忘自己身體的極少數人了（更何況，窺破生死並不自動等於遺忘身體，後者極可能更難克服也來得更晚，就像癌末的香港玩世詞曲家黃霑說的，我不怕死，但我很怕痛。老子也把身體的遺忘看成人最後一關的大患；羅馬帝國時、中世紀時酷刑折磨那些並不怕死信徒的劊子手也深知此事，如傅柯書裡所言），而是一般人所有人當下就迅速解除，從而世尊也可少掉一種對人的失望、少看到一些因智慧不足托腮喊痛執迷於蛀牙的迷途之人。今天，我們在榮總在長庚的門診、急診和住院病房各處都可看到出家人，以及分不來究竟仰靠哪種宗教信仰的芸芸眾生。

一條毒蛇，會在捕殺吞噬一隻野鼠那一瞬間弄傷口腔，這小小傷口也許就致命；一隻獅子也會因羚羊的掙扎而刺傷某處皮肉，然後感染、發炎、衰弱、被逐出獅群並死亡。這曾經就是人幾百萬年的自然處境（疾病的疾字原是一個中箭的人，只是外傷），這樣的自然處境也從未消失，直到今天依然是我們最嚴苛最終極性的限制，也偶爾以極暴烈的方式回頭找上我們（或我們自找），比方登山（真正的登山，不是星期天早晨蟾蜍山步道健行那種），一次再尋常不過的腳踝扭傷，極可能就讓一個人困住等死，你的夥伴不見得救得了你——這個真實故事發生快屆滿三十年了吧。黑色奇萊山那兒曾死去三名年輕的登山大學生，其中一個是我昔日老友的弟弟，身強體壯，還是清華大學足球隊門將兼隊長，依事後推斷，可能是其中一人失足滑下那處斷崖，另兩人做了件極不智但人人第一感會做的事，那就是下去救他，井底有人如孟子說的，而且還是自己好友。事後，在好天候也有救援器材的狀況下，矯健如山青（今天該政治正確易為「原住民青年」了，但山青曾是山難救援一個榮耀的稱謂）還是無法將三人遺體背上來，家屬只能歸還也似的讓他三人就這樣長眠青山，一直到今天，如海明威所告訴我們吉力馬扎羅山雪線上的豹子屍體。

葛林的小說《沉靜的美國人》裡，那名俊美的法軍上校這麼回答逼問戰況的記者：「你可以寫說，如果有人在戰場上受傷，不必受重傷，只要受普通的傷，他就知道他大概死定了。十二小時，或許二十四小時，躺在救護車的擔架上，經過破被碎的小路石，在路上或是車子拋錨，或是遇到埋伏，或是發炎起來。倒不如當場斃命還來得的好過些。」「你可以這樣寫看看。」

波赫士曾這麼說能人輩出的赫胥黎幾代家族：「史賓諾莎說過：『我將要像寫立體、平面和線條那樣來寫人。』這種無比的藐視，這種神奇的不偏不倚，正是所有赫胥黎家族的人所具有的一大特色。你說他慘無人道是荒唐的：如果說有什麼字面特別含義上的人道的話，那就是敢於面對我們的命運，我們內心最深處的羞愧，而且像說一個死人那樣痛快的說出來的能力。」——犬戎之禍，加上日後諸侯兵家必爭、又正正好卡住南方雄心勃勃如旭日的楚人北上路徑必經的四戰之地，老子是身在這樣自然處境的人，或正確的說，「重返」這樣自然處境的人（戰爭是最快、最常見也最全面的重返之道），由文明再崩解回原始，這讓人多了一種恍然大悟的無比確信，一種不容駁斥的坦白直言。老子也像寫動物、寫無生物（比方芻狗）、寫微塵一粒那樣無比藐視也神奇精確的來寫人，仁義禮樂是人的發明，也是過大過當的目標，因此永遠是勉強的、支持不住的、時時處處生出始料未及困難和代價的，在盡頭處在崩解時還是非常危險非常難看的，包括人的種種殘暴詐偽。所以毅然丟掉這一切，順應大自然的坦坦大路來走（「道法自然」），這樣人才能全其性命得享天壽。這也像波赫士講的，「語調是平靜的，然而，觀念卻是令人悲傷的。」也就是說，人所能求最好的東西，不過就是活下來而已，順利活完大自然應允的四十幾歲左右壽命，或樂觀如莊子講的，幾百幾千如靈龜如大樹，乃至於跨越生死界線，化入到沒盡頭的時間之中。

順帶說一下，老子所謂的道德，並非我們如今說的道德，事實上，這是對抗、駁斥道德的。老子說的是自然的規律，自然的唯一道路，乃至於某個無可違逆的真理，一個無神論者的神。

一如我們讀舊約和新約的感受，另一邊孔子所尋求的是人的道理、人的目標，因此不免尷尬、沉重、左支右絀而且無法盡信，正如同他一生的處處碰壁，事實上，在日後老莊一脈的著述中傳聞裡，他還一直扮演著心熱但天真而傻的高級丑角。他要餵養小孩還要照顧老人，更要人活著的時候有品質有內容，這是他曾親口說出的盍各言爾志生命願望量（「老者安之壯者用之少者懷之」），但這無法是一個人的慈善或體悟，這得是一整個體制，一個層層疊疊有效編組起來的人類社會，這真是一個過大的目標——

波赫士講，我當然是個人道主義者，人怎麼可以不是人道主義者呢？——這樣很簡單的話，由一個看過經歷過這麼多事、再沒有什麼能欺騙得了他的心思清明老人來說，其實是非常非常不容易的。

但不是現在

在我很年輕的時候，我的老師小說家朱西甯跟我講過，現代小說書寫，真正深沉動人的悲劇是善與善的衝突。善與惡水火不容看不順眼一見面就打成一團本來就是應該的，你還能希望它們怎樣？不存在惡人惡念（或說先抽離掉），往往才能讓我們更深一層看到真正的限制何在，人自身的限制，人處境的限制，整個世界的限制，否則我們總太快速也太方便把問題只歸咎於人的行惡，好像說世界變成這個鬼樣子只因為那幾個惡人，並且忽略了某些時候人的惡行也會是衍生的、誘發的、僥倖的乃至於所在空間扭曲不知不覺導致的。是的，惡更多時候是很平庸的、毫無深度的（我們常把它的羞愧不好示人誤為是深度），這是漢娜．鄂蘭的精采洞見，她說惡像是毒菌上的噁心斑爛花紋，看似千變萬化樣子嚇人，其實不過就那兩三種初級的、原始的、生物性的欲望而已，它只是一直被太大驚小怪或虛張聲勢的誇大而已，甚至是一種誇飾，像很多小說狀似揭露反思惡，其實是自我誇耀，乃至於是一種行銷手法。惡比善容易賣錢，同時，扮演惡比扮演善簡單而且成本低廉，我們都知道，搞電影電視和八卦雜誌的人更知道。

老師寫的《破曉時分》，一樁無可收拾、不偏不倚就這麼發生的悲劇，從縣官師爺衙役到人犯，沒人真正有惡意，這樣一個審判之夜直到天明，於是我們更驚心於人的種種無知（不是罵人用的那種無知，而是不知道、無法預見不知後果）、脆弱和危險。

善有諸多麻煩的確如此，包括它實踐不易、它的代價昂貴、它的彼此排擠牴觸如我們說的諸神衝突、它的往往太過理所當然、以及它單獨獲勝的專橫變形云云（「思想初生時是溫柔的、蒼老時卻是殘暴的」）。但這裡我們要說的是，善的沒有自然依據，善的經驗極其有限，善的單獨前行，只因為道德是人的目標、人的發明，時日還太短，我們並不真的知道它的完整模樣，尤其不知道它會怎麼走下去、向哪裡，以及，不說是處處違抗自然，而是說我們也不確知自然（世界、地球、人壽云云）承荷的彈性，容許的界線何在、盡頭何在。

基督神學有個永遠無望解決的漏洞，也實際上一直是他們最困難的一樁現實工程和每天的麻煩——他們渴望並想出一個至善的（同時還是萬能的得勝的）神，但要如何把祂和這個世界這顆地球真的緊密聯繫起來（小說家馮內果的頑皮說法是：「發明出萬能溶劑並不難，難的是你用什麼來裝它。」）？依《聖經》，神自己來都沒辦法，或說最終不得不承認這兩者的必然分離，一定距離之後人的目標再得不到世界的支持。我們看〈約翰福音〉，耶穌在他最後一頓晚餐桌上這麼禱告：「現在我往你那裡去，我還在世上說這話，是叫他們心裡充滿我的喜樂，我正將你的道路賜給他們。世界又恨他們，因為他們不屬於世界，正如我不屬於世界一樣。……我為他們的緣故，自己分別為聖，叫他們也因真理為聖。」

「分別為聖」這個專業聖經語彙，大致的意思的把潔淨的和不潔淨的斷然分開來，把聖潔的從汙穢的裡頭挑揀出來，乃至於像耶穌試圖做的，把不屬於這個世界的從這個世界挑揀出來。基督教還有一種說法，稱之為「善的缺乏」，以此來勉強解釋惡的何以存在（否則至善的神何以創造出這麼多惡人惡物惡事來），但善沒那麼缺少，最起碼人類一直在進步，包括道德水平（是的），而且善惡並非那麼互為表裡、光和暗也似你若在這邊我必在那邊的連體嬰東西，一如地獄和天堂是不同時間、不同理由分別發夜明出來的。我們固然禁絕不了惡，但這是個古老可厭的東西，也許不斷獲取新技術新詭計新面具，本質上就是那幾種，也就是說，我們對惡還算熟悉，也還算知道如何每天和它周旋、忍受它並阻絕制限它的破壞力量；真正深不可測的是善，人相處時日不足理解不足的是善，我們真正承受不住、這個世界裝不下去的可能也是善。

這麼說，究竟讓我們感覺欣慰些還是加深了點沮喪？我自己想像真的有過這樣一道截然的歷史界線存在，像人類學者所說「新石器時代的大爆炸」那樣一道不回頭的界線，我不確知確實時間落點，但一定才幾千年而已，頂多萬年——人一活超過平均四十幾歲的自然壽命，整個眼前的景觀就大不相同了，想像力也不同了而且非得大大不同才行，他（一大部分的他）單獨走上了沒大自然應許、沒生物性記憶、沒生命經驗支撐說明並可堪取法的這條路了，問題是新的，風險是新的，代價及其結果也都是新的，他只能靠自己去想去猜。越過了界線，人成為地球上最孤獨的生命形式。

醫療的進步不見得是走最遠最暴烈，它只是最貼身從而最具體可感是吧；而且攔在它前面是兩枚彈性最小的東西，一個是死亡，一個是地球，一個時間有限，另一個空間有限——我們都希望人（自己、親人、往往包括所有人）能順利活下去，受傷生病能得到妥善且正確的醫治，然後七十歲、八十歲、九十歲（人壽如國民所得，我們總是只想它是不斷增長的），直到疲憊的感覺超過一切；我們還希望人能自然熄滅般沒有痛苦的死去，而再沒痛苦的死亡仍讓我們悲傷。D.H.勞倫斯嘲笑人因之而來的獨特脆弱和軟弱，說只有人這樣防衛死亡並為死亡的到來自傷自憐，沒其他動物這樣，這個只相信純生物世界的小說家果然回歸了原始，找到空曠如古老世界的美國新墨西哥州像隻樹枝上的小鳥般靜靜死去。的確，相當一段時日以來，我們並不以為這是獨特的奢求，而是人的基本要求乃至於基本權利，甚至就是生命應然的模樣，尤其發生在我們自己和珍愛的人時，也發生在我們目睹其他受苦的陌生之人乃至於一隻貓一隻麻雀時；但現在，承不承認再說，我們逐漸看到此事的盡頭，知道這不是當下的普遍事實，極可能也不是未來可普遍實現的生命圖像，七十人壽，如果我們無情的、鉅細靡遺不保留不僥倖的計算，可能早已經過頭了如六十幾歲的錢永祥有回脫口而出的「我們都沒資格六十歲之後還活著——」

地球最多能裝得下多少人呢？倒真的不必費神去想像整個地球摩肩擦踵站滿了人的噩夢也似畫面（或可稱之為馬爾薩斯噩夢，以紀念第一個被此噩夢糾纏的人），這不會一五一十真發生，因為在那一天之前自會有一連串其他噩夢替代它並阻止它，事物的盡頭總是比極限來得早，只算極限是不切實際也不負責任的；我們也可以說，這早已發生了，城市不就是這麼一個極近似的已實現東西嗎？不就是一個站滿人的地球縮影？沒記錯的話，摩肩擦踵這個生動的詞（接「揮汗如雨」「呵氣成雲」，看來不只碰撞打架，還容易傳染感冒）本來就是用來說城市的，三千年前齊國已達七萬戶人家的國都臨淄，說話的人是站人群中會被淹沒的矮個子聰明人晏嬰。

城市真的值得再多留多看多想，如當年本雅明之於巴黎（本雅明說這是他的「國家大事」），這絕對是個太豐富太有趣的東西，人們比方詩人梅特靈克（寫《青鳥》那個）那樣老愛拿蟻穴或蜂巢來比擬它是很不正確的，那是工業園區或加工出口區（或最多新加坡）這樣單一命令單一工作的乏味聚合，人的城市太複雜了，這是人類世界的獨特（以及不得已）成果，它因此被梅特靈克說成不完美不一體成型，該向完美的蟻穴或蜂巢學習（一種極恐怖的主張）。

有關城市其他種種我們不在這裡多探究。不一體成型不完美，說明它是演化的結果而不是規劃的產物，而且不是依據某一個單一命令的演化，人人帶著各自的生命經歷、命運、心事和夢想而來，我們以為好的東西是多種多樣貌的，這是人類世界的獨特想法而非模擬自然；不一體成型不完美，同時說明它的難以一致，難能向著單一目標凝聚起全部力量，它發光體般向著四面八方射出，難免時時感覺各自力量的微弱、凌亂、無法及遠、無效、彼此拉扯牽制乃至於看不順眼。

更多時候人們把城市看成惡貫滿盈的東西乃至於罪惡滅絕的象徵，索多瑪蛾摩拉云云，這有每天新聞報導的一定程度支持，可能也正是人不斷意識到、預感出某種未來的逼近及其茫茫不祥。但我想說的是，城市同時也裝滿了人類幾乎所有的好東西，也許太多了，毋甯是文明的豐碩成果超過了有限土地有限空間的負荷，太多人活著，太多想完成的事，太便利舒適的生活，太多的可能性，以及我聽過不知多少次人留在城市的具體理由（包括我母親和我二嫂），有夠大夠好的醫院。我住台北市四十年了，從不認為這裡有道德相對低下的問題（比方相對我出生的宜蘭），阿嘉莎・克麗絲蒂也不認為，她（尤其通過老太太神探瑪波亦即最接近她本人的人物）最常講的是，你所知所說的人類罪惡，她所居住那個安寧的鄉間小村子每一樣都有，是的，罪惡古老庸俗而且種類不多。城市斑爛的惡，很大一部分是挫折、沮喪以及絕望，正是人類積極目標被阻止的種種不堪模樣，其本質更接近悲傷和不知所措。還有就是人與人不相識的孤單和稍無忌憚。

有志氣同時有足夠自我規範能力的話，人的確活在哪裡都能持續思索、做事乃至於書寫，但難以言喻的，有時你感覺還是得有某個場域、某個話語空間、某些聲音和氣味（如賈西亞・馬奎茲所說番石榴的氣味）、某種眼前景觀，尤其你的思維和書寫有較多他者成分、較多關乎廣大現實世界及其命運時。城市顫危危站立在人類文明的最尖端，承受著文明到此為止的成果（好的壞的、享受的代價的），並攤開著所有我們無可躲避的未來，這於是是人孕生並持續最多想法的地方——幾乎所有持續性的思維都的確發生於城市，並進一步發明於城市，包括看似離它最遠、最對抗它嫌惡它棄絕它的想法，比方環保意識起自並持續於城市，動物權動物保護亦然，甚至田園詩都來自城市，是人的記憶和深深懷念。波赫士不知講過多少次了，阿根廷人史詩所在，彭巴草原騎馬的高喬人文學歌詠，抱歉，完完全全是首都布宜諾斯艾利斯的文人思維、想像和書寫產物（「布宜諾斯艾利斯寧願懷念一個神話，它的名字叫高喬。布宜諾斯艾利斯的不眠和夢想的結果，逐漸產生了草原和高喬兩個神話。」），現實中，真正的高喬人不那樣生活（「高喬人一向不愛流動。他們的房屋是土堆泥砌的穩固茅舍而不是漂泊不定的帳篷。」），不那樣說話，不管是用於戀愛或拚刀子鬥毆（如某個高喬人說的「我年輕時太窮太忙於生活了，沒時間學那些俚俗的黑話」），更不那樣子想事情和死亡。正如我們台灣的鄉土文學運動在台北市。

我們會知道、也許還認識這樣一種城市之人，幾十年時間，講大陸陝北農家、講印度、現在或許改講不丹尼泊爾，嚮往得不得了如生命大夢，但奇怪人一直留在台北市，還是在富商巨賈和當權政要才出入的那一側台北市，他買不起一張單程機票嗎？——有點像（但當然遠遠不如）東晉當時的賢人雅士。我自己在談唐宋隱逸詩時並不回頭想這些人，只因為他們退回去那個世界並非真的是民間世界，而是鄉間莊園別墅，過的是北京阿城所說「其實更昂貴的生活」。東晉這些人，泰半是門閥大姓的不虞衣食之人，玩的是各種化解生與死夾縫中無盡憂煩的遊戲，還有就是一個偌大王朝忽然擠到南方太小空間的窒息感以及隨之而來的相互排擠和無情；也和D. H.勞倫斯不同的是，他們看似隨興糟蹋身體但卻竭力抵禦死亡，繼承的是昔日想一直活下去的秦始皇大夢。也就是說，自由、長壽不死、過好生活、以及睿哲風雅豁達的聲名，每樣都要（加起來等於仙人），他們的生命是加法的不是減法的。

我的日本老朋友頂尖石匠兼石版畫家山田光造住在千葉縣一隅，此地是千葉縣一個浪漫夢想的實驗地點，特定區域內不准外人遷入設籍如桃花源世世代代，好控制人數並保衛環境。千葉人找上山田幫他們雕刻當地路標，酬報是提供他此地一間兩百年老屋永世居住（不給產權）——這是典型的日本大農舍，屋頂還是那種厚實的茅草層層壓成，四周庭院很大但其實無所謂，因為屋後就是一整座小山、一整片百歲大樹的森林。惟真正把我們土包子嚇壞的是屋子內而非屋外，和式格局但完全是最現代的家電設備，是把文明成果一樣不少搬進來，還有一個我此生所見最美麗最乾淨（一部分是山田夫妻的美學成就）、簡直不敢使用的廁所。

山田雕的路標，曲徑通幽，有一處是我老師朱西甯手抄的《莊子・逍遙遊》原文，大鵬鳥，直飛九萬里以上，翅膀打開來像是垂天的雲。

我無法假裝自己知道人類這道獨特的進步之路通到哪裡、盡頭何時以及屆時的模樣，這也無法是任何一個單一個人的主張，得是到時候人們共同的決定才算。我知道的非常平凡，只有——其一，並沒有人壽降回四十幾歲、把北美洲回復三百萬人的這一選項，不是但願沒有，而是不會這樣發生；其二，我們遲早得告訴自己，我們沒資格這樣一直活下去，沒資格這樣子食衣住行，沒資格這樣子生活，這不只是一種認知（認知現在已很普遍了），難的是一整個體系（經濟、政治、社會、道德……）怎麼處理，這必定會是個很痛苦而且夠長夠折磨人的過程，而且一定得有足夠災難的逼迫催促，集體總是延遲行動，不會在最適一點，這是通則，沒任何理由在二十一世紀今天改變。總之，不會有戲劇性的結局，戲劇性在現實世界的消失也包含在人類這道前行之路上。

勞倫斯・卜洛克的馬修・史卡德系列是我以及很多人喜歡的謀殺故事，發生在八百萬人的紐約市裡，每次謀殺總附贈幾句有趣的話語，有卜洛克自己想的，也一定有些其實是他四下聽來記下的，是一整個城市的敏感、幽默以及自我解嘲排遣，新作《烈酒一滴》，其句型是這樣子的——「神啊，請賜給我貞節之心，但不是現在。」不言可喻，你當然知道他此時此刻面對著什麼。

神啊，請讓我保持清醒，但不是現在；請讓我不偷不搶，但不是現在；請讓我慷慨、勤奮、無私無我、不畏不懼，但不是現在；請讓我棄絕人間的一切享樂，但不是現在……

是的，也請讓我就沒有痛苦的死去吧，但不是現在。

念自己小説給祖母聽的 林俊頴

小說家吉卜林曾這麼說過自己的書寫：「在拉合爾城和阿拉哈巴德城，我開始嘗試把詞語的色彩、分量、香味和象徵同其他詞語作比較，時而高聲重複朗讀用聽覺去辨別，時而在印刷的書頁上默念用視覺作比較。」

最近，我對這段話多生出來前所未有的感覺，我遵循著來閱讀，讀什麼呢？讀林俊頴最近的小說《我不可告人的鄉愁》，只是把順序倒過來，先用靜默的視覺如現代，再用裊繞迴盪的聲音如往昔。過往，我從不會（應該說除了高中前不得已的課本教科書）讀完一本書馬上開始第二次，在這次閱讀和下次閱讀中間總橫亙著足夠綿長的時間，為的是有機會先讓自己變好變大變聰明點，更重要的也許是恢復沉著鎮靜，才好意思再次打開書來，才可能看到之前沒能力看到的東西，但《我不可告人的鄉愁》這回例外，也許對這本特別的、有一半用閩南語（化為）文字寫成的小說而言，這樣做才算是一次完整的閱讀，視覺加上聲音。

林俊頴其實比我年紀略小，但他是所謂的隔代教養，被丟祖母那裡長大，因此他的閩南語反而遠比我好，反而更靠近、更銜接著那一個較豐饒完整、還沒一個個詞語被國語替換掉的閩南語運行年代；當然，更重要的還是他日後不斷進行的回憶、不斷回轉當時候（《聖經・路加福音》裡耶穌說的：「讓孩子到我這裡來，不要禁止他們」），我遺忘時他默默在記取，這包藏著一個他書名所說、不好輕易啟口示人的悲願和更具體懷念，也就是，如果祖母問起來他在做什麼這個書寫者最難跟自家親人長輩講清楚的問題，他這樣就可以回答自己在寫小說，還可以把所寫的一字一句念起她聽，就是你啊，全是你，你的事情，你一個一個時候的樣子，你在的地方，你看著聽著想著的，你記得不記得的那些人有沒有，你現在想起來像是作了個夢的人生這一場——

林俊頴寫這小說時，祖母本來還活著。

我們那個年代的祖母，我猜，聽這些會很不好意思的笑起來，會臉紅得像恢復了血色和一點點青春，也許還會急切的糾正一些、試圖辯解一些，你很難跟她講這沒有關係，這是小說，小說有些不是真的發生的事，而是可以以及應當、還有差點就發生的事，現實裡虛線的部分在小說中常常會被直接聯成實線，有時候還會進來一些陌生人，把他們的遭逢和命運從別處也帶過來，有時候時間的順序和距離也會不一樣，這件事反而比那件事早發生，或其實相隔著悠悠半年一年的這些事全擠在同一個晚上，也許那個晚上還開了朵她看過、知道並不開在這個晚上的曇花（「親像瓊花沒一瞑」），凡此種種。為什麼要這樣？這可能也會讓她懊惱個好幾天，像是井裡掉進一顆石子回聲般多一樁屢屢欲言又止的心事。

還有，可能不少人太過忽視或不樂意好好承認的，林俊頴的台語更好，也因為林俊頴是中文系的，或正確說善用著他中文系沉悶課堂扎下並啟動起來的種種文字學知識及其視野，並建立了使用文字同時思索文字（思索的必然成分之一是懷疑）的不知不覺極佳習慣。

使用同時思索懷疑，這短期內不見得有益於書寫，有時還會帶來遲疑和執迷種種，遮斷了一部分直覺以及坦白，或說因此追不上某些心裡的火光，像人顯得比較笨拙；但時間會緩緩加倍補償給他，如果書寫持續下去的話，寫二十年或說書寫者寫到他四十五歲、五十歲。當書寫無可避免必須穿透過世界表層，告別自身的幼年期，不再只依本能和衝動，而且逐漸的，更多時候困擾書寫者的已不再只是怎麼看怎麼想，還要加上怎麼說怎麼寫（英國的大書寫者切斯德頓說的：「人類知道，他心靈深處的色調，比秋天樹林子的色彩還要紊亂，還要無以數計，還要無法命名。」），書寫者便無法和他使用的文字只停留於這樣隨手取用的、習焉不察的初級關係，也因此很多才氣逼人的素人型作家到此為止，經驗的來說四十歲就撞上了事物表層的硬牆，除非奮勇穿鑿進去，否則就剩彈走一途了。

文字是書寫者的工具，但也許比單純的工具更多點什麼或少點什麼，更不趁手更富個性，也更經常性缺這缺那找不到，如老來的納布可夫說他書寫的最大煩惱是在散步中、在浴缸裡往往幾天一星期就是找不到「那個該死的句子」（也就是明明知道該寫什麼卻無法寫）。找不到的可能之一是「還沒有」，沒有現成的、已發明的，這就是懷海德所說「完美無缺辭典的謊言」。遲早，一個書寫者得盡可能熟知並持續思索文字，一如一名老練工匠熟知並思索他的工具，或我們直接講，之所以能稱之為老練工匠，其成立條件之一便是他對手中工具的分辨理解能耐，知道它們各自能做的、不能做的、以及很難很麻煩才可望做到的，也因此（在此理解的基礎和其不滿和懊惱之上），他往往還得被迫開發出新的、獨門的、有時候看起來怪形怪狀的工具來，針對當下某個必須完成的彎弧，某處絕不容鬆開的黏著，某個非打穿不可的洞。是的，工具原來不是一般性量產供應的，一如文字也不是一般性製造的，它們是「單個」的由做此困難迫切工作的人「想」出來的，最原初發明那一刻沒有分工無法外求遑論生產線，誰會知道外科手術醫生針對人身各種部位和病變需要哪些各式各樣的刀、鉗和線呢？誰會憑空替那些浸泡於不可見粒子世界的物理學者想到得有大加速器或霧箱這些鬼東西呢？一般性製造是很後來的事，一如辭典辭書是很後來才有的。話說回來，真正從事這樣專業困難工作的人也永遠無法只仰賴一般性的工具，他的工作包含著工具的發明和特殊訂製，這一順序，以及其內在邏輯，我以為是非常重要的。

毛姆並不是我特別喜歡的書寫者，他有點困在一般性的世界出不來，常過度輕忽並輕視高深的好東西，但並非出於不真誠或常見的求媚取寵於通俗，毋甯是他認知的程度問題；這是在單純明智要求的經驗世界裡工作的人往往得付出的代價，分辨不出動人的深奧和虛張聲勢的深奧來（波赫士講：「卡萊爾由於知識淵博而常常變得難以令人理解；我擔心愛默生因為難以令人理解而變得似乎知識淵博。」）。但毛姆的此一書寫自白非常好，告解了他的兩頭錯誤，毛姆式的錯誤：「由於我辭彙的貧乏而遭人非議之後，我去了大英博物館，記錄了各種稀有的礦石、拜占庭的琺瑯和各種布帛的名稱，為了搭配它們，在用詞造句方面我花了好多力氣，不幸的是我沒有機會使用這些句子。這些句子就在這小本子上，誰想用都可以。幾年以後，我又陷入相反的錯誤中，開始禁止自己使用形容詞。我想寫一本像冗長的電報一樣的書，把所有不是必不可少的詞都從這本書刪掉。」——這兩個相對的都錯或說無意義的徒勞（毛姆指出是錯已夠不簡單了，不曉得多少人仍相信這是對的是了不起的，尤其是第二種錯，還呼籲所有人也跟著這麼做），如此典型而且仍瀰漫不散於今天，我們先就這樣放著，看有沒有機會再仔細點來說。

中文系的林俊頴

回到林俊頴的中文系來。這裡有幾個基本的歷史事實，第一個是，閩南語並非一種從未被文字記錄過的語言。事實上，負責記錄它的一直就是中文，方塊漢字；第二個事實是其時間，我們很難確切的說出進行了多久（因為語言的流動如水，其不斷分化是連續的），但說幾百年幾千年都不會是錯的，總之夠久遠了，至於極目的地平線在哪裡依個人眼力的強弱好壞而定，確切的時間數字大家開心就好；第三個則是，就算我們一刀把台灣海峽當我們湮沒記憶的大洪水、記憶的切開斷點，忘掉那一邊，一切從這邊才正式開始才算數如光與暗分開的創世紀，仍無改於此一卓然事實，那就是閩南語絕不是隻身渡海來台的，打從一開始就是語言（閩南語）和文字（漢字）一起搭船一起上岸一起落地過新生活，硬要我們先人局部失憶般恰恰好只記得語言但完全忘了文字，這未免太強人所難；第四個事實也許該說是某種通則或基本道理，並不僅僅只是實際發生過的事而已，那就是，一旦開始使用文字，文字和語言的關係便不會是單向的（語言走前頭負責說如老師，文字跟後面只負責記如學生；語言不斷發現，文字不斷保存），不是，絕不會只這樣，語言同時向文字學習（語言比文字更隨和、更沒潔癖），也把文字轉回生活現場成為新的語言。什麼時候什麼光景下，文字反而搶在前頭說話呢？最常見是新知，尤其是人的發明物，包括眼睛所見的具體新東西（比方你家中舉目所見的家電，或站街上看商家招牌，那些想賣你的東西以及想說服你的字句話語），也包括眼睛看不見的東西（比方疾病如流行性感冒等，學科如經濟金融等，概念如意識形態國族主義等）。這一基本道理促生了進一步的基本事實，那就是，一地的語言愈是豐饒成熟（意即愈有能耐細膩完整的描述眼前世界並說出人的所思所想），這樣「文字↓語言」的逆轉現象便愈多見成正比，乃至於抵達某一界線，也就是語言大致已完成它描述可見的以及第一感世界的工作之後，語言便把往後前導的邊界探勘任務交付給文字，以再提昇自己擴展自己豐富自己。因此，你要較好的理解並掌握某一語言尤其是它的高度、厚度和廣度，比較聰明的辦法是一併去理解掌握它長期使用的、千絲萬縷關係的文字，在語言的生動璀璨底下，文字自始至終是一個靜默沉著的要素和力量。

閩南語和中文漢字，如此相處了幾百年幾千年，這個「文字↓語言」的事始終在進行，一如所有的語言和它的文字，只是有些消化得太久太好再難以辨識確認了，有些時日猶新仍生硬不好出口（聽一次台語電視新聞播報就行了。又，用閩南語轉播棒球遠比籃球網球高爾夫球順利，只除了專業術語得較多仰賴那種台式日語，這和球類本質無關，而是相處時間的長短，多了日據時代那段時間）——我們每天說不清會講多少次，我「知道」、我「曉得」、我「了解」、我「明白」，仔細看都挺不口語的還有點喬張做致，不免令人懷疑這原初極可能都是文字；閩南語便不這麼說，「了解」和「明白」還有人講（帶點假充正經或玩笑），閩南語的日常用語是「知影」，捕風知影，不只知不知道，還帶著真偽判斷（有影為真、無影為偽），萬事萬物倒不是非眼見為真不可，但事物總有其稍縱即逝的痕跡和線索，起碼得讓我們可瞥見一抹掠過的影子如涼風吹去，這相當詩意，也許最早也是文字吧。

還有「東西」，每天說的，泛指所有微小的、散落的、不特定的物品（有時也包含了人），但仔細看不覺蹊蹺嗎？它聰慧的、會心的居然以空間方位來表示，卻又是寫實的（因此所謂的象形和會意往往只一線之隔相互滲透，如文學書寫裡實體的堅實存在又同時是纖巧靈動的隱喻），最開始可能指的是非在地的、琳琅的、四面八方運帶而來的「新東西」，是人流動開來、也就是有了所謂商業活動之後的事，讓我們可以想起《山海經》（我一直認為這是一本和行商旅人有關的書），也許還想到孔子在自己母親墓前說自己是「東西南北人也」——閩南語一直沒這麼用，它樸素的就說是「物件」，或再輕巧點的說成「物也」（也字像文言文字，但可能倒只是今天「啊」音這個字尾補音的單純文字聽覺記錄而已，如林俊頴小說中所用的）；閩南語的「東西」是妯娌，嫁入門的、來自四面八方的複數女性，但有另一說更美更雅更文字，不是東西，而是「同姒」，並肩而立的美人。空間更遠，來自遙遠故國北地；時間也更久，直追西周東周那場因笑聲和絲帛撕裂聲音而起的傾國烽火，這是林俊頴小說中使用的，他還多告訴我，考證上（如後漢書：「古謂之娣姒，今關中俗呼為先後（不用空間，而用時間，好玩吧），吳楚俗謂之為妯娌。」）、美學上他支持這個。所謂的基本事實是，不是不能忽略或不能否認，只是它不會因此就不存在，也不會因此就不發生作用，就像是生物演化（美國一些頭壞掉的共和黨人仍否認中），或者地心引力（倒是少人否認了）。

我們的上一代人猶存，托社會進步和醫療進步之福，閩南語有說得比林俊頴更溜更生活也更經常性的人（林俊頴基本上是清簡寡言的人，常一整天講不了幾句話），但這本《我不可告人的鄉愁》的寫成，尤其在閩南語的文字書寫這上頭，我會說成就上、或說前行的距離丈量是空前的，和林俊頴對話的小說家賴香吟講得明白清楚（對話附在小說書末）：「這次小說裡更往前走的一步是不光在對白與單一字詞使用母語，而是全面的以母語來敘事。整篇小說幾乎可以直接以閩南語來朗讀。以前我們看加有閩南語的小說會有困難，就是敘述以華語，對白以閩南語，且其使用通常只為了強調俚俗、荒謬、怨苦等面向。但你的母語寫作，自早期至今顯然不只如此，你非常用心回溯了語言本身的音義，甚至連字形也是美的，並且將母語的音韻與現代小說的敘述口氣盡可能合一。這耗費很多時間吧？」我願意這麼說並自己負責，在閩南語一定程度的熟稔的此一大前提之上，書寫再往前去，輸贏的關鍵不再是語言了，反而是文字，或說就得毅然探入到文字和語言更深刻也更長時間的關係裡（「書寫的存留，口說的飛走。」），進一步的線索藏放在文字裡，其最終的成果也只能是文字的。還有，只停留於語言記錄，會被語言困於當時，薄薄的時間一層（今天的當下、三十年前的當下，一樣都只是個當下而已），寫成的總像是一幅靜物畫，加了某個歷史畫框以利於展示並保存，放在某個民俗博物館裡；最多是書寫者滿心激動但寂寥不已的無時間流動理想國。人類世界，真正能勉強跟得住時間大河的只能靠文字，而豐饒只能發生於流動如河的時間之中，我們說，這十幾二十年閩南語書寫大家忙著找人吵架原地團團轉（於此，波赫士的忠告是，文字語言是傳統的，非一時一地之物；而把傳統詆毀成一種仇恨的遊戲是可悲的，「只需要他一個承諾，即其方法的誠實性，這也應該成為一種傳統：應該是一種工具，而不是少數鬧脾氣的人無止無休的爭吵。」），林俊頴一個人靜默的前行，或說走回時間的豐饒之中，直到語言才剛被書寫成文字的那個曙光時刻——

是的，是敘事，而不是話語記錄而已。敘事是什麼？敘事不是一次的捕捉，敘事是試圖掌握此一客體對象在時間之中一系列的變化和樣貌。

林俊頴，此外我還想到張愛玲和賈西亞・馬奎茲，一定還有誰也是，都是在祖父祖母老人家的悠悠話語中渡過他們的童年，很顯然，他們多聽到了一些東西一些聲音，包括那些當時就已消逝的東西，比方某些不再那樣講的話語、不再打的內戰、不再成立的想法或不再那樣描繪的世界，極可能還包括了某些看不見的或根本沒有過的東西，比方諸多鬼魂亡靈。我在想，隔代教養，由祖父祖母帶大，應該成為大學文學科系遴選學生的正面資歷，至少保留幾個名額給這樣時間尺度和形狀一開始就有所不同的人，贊成吧？

航向港口和城市・航向此時此刻

當然，他記得他們盛年時所有的大夢。

所謂大夢，如死亡堅強，而最終擊潰他們一如灰燼。

一如年年必然的颱風過境後的早晨，日光直直穿過特別乾淨的天空，那麼像遠古的太陽，空氣滲透著草木摧折後流著植物血液的新鮮氣味，地表上的人猿後裔於光照中行走都有著恍惚純良的面容。

站在大陸邊，遙望那大神般的辦公大樓，他並不確定這是否他新生的早晨，所以決定不了是否如同昨日跟隨那些與之同命的工蟻潮進入母巢。

毛斷阿姑是佇彼一場大霧中見到秀才郎老父。

淒冷的雺霧，若一鼎清糜，伊聽見百年前的烏色東螺溪雖然溪面罩霧，夾帶的大量沙石佮水流陷眠彼般佇咬喙齒根，水聲生猛，偶有大石沉落溪底，彈出悶雷一響。

毛斷阿姑頭頷頷，心內叫一聲負手背向伊站佇渡船頭的老父。

數十年後，老父撿骨，重見天日，天无忌地无忌土公欲挖墓，大厝兒孫一大陣佇墓頭迎接，片霧大心肝欲遮日頭，掠過頭頂一點清涼，才掘出的墓土烏澹，略略有清芳，毛斷阿姑心內講，老父久見喔，汝真正是倒佇茲。年年清明來墓埔，透早扁擔扛竹籃，帶柴刀鐮刀，落雨過的草路亘行，一厝人丁若一行蚼蟻，伊綴著行得搖搖擺擺的嬰也（母親）。

林俊頴如此為小說開了兩個頭、兩次頭，如同放開再拉回去重來。前一次的首章題為〈駱駝與獅子的聖戰〉，是現代，聯結的是尼采，但這樣子的尼采毋甯更接近動漫、網路和線上遊戲；再一次的首章居然是〈霧月十八〉，知道只是具體文字的平靜題名，但卻讓人訝異的不得不想到馬克思、法國巴黎、和那樣一個風起雲湧或也徒勞的年代，遠方有隱隱的雷聲滾動。至於林俊頴愛說到的天氣是，前者颱風才剛掃過，城市明亮一覽無遺如劫後洪荒；後者則是緩緩起霧，罩住整個溪面，人得稍微用力的凝視，才能似真似幻的看到東西。

這裡，林俊頴還手抄了韓波的名詩〈訣別〉：「秋天了，我們這只小舟，在沉滯霧氣中成長，如今將航向悲慘的港口，航向巨大的城市……」詩放在城市、結局的這一邊，卻好像由此回憶了、溯源了、啟動了上游東螺溪那一頭。

兩種語言，兩個語調，兩條河，就這樣一三五、二四六的各自保持向前流去，不相交駁——這兩條河，一濁一清，一個急而淺，一個緩而深穩，但奇怪看似緩慢的這一條反而流速較快，水清濯我纓，水濁濯我足，我們知道它將追上前一條，這兩條河最終會流成同一道，奔向無可拒絕的終點，但難以思議，那會是個什麼光景？可以嗎？這兩種語言屆時將怎麼混同一起？這算是我相當奇特的一次小說閱讀經驗，有點不耐，卻也手忙腳亂，並且隨著書在手指間厚度的逐漸消失居然還緊張起來，我知道自己必須更全神貫注尤其盯住後者的「語言／文字」一分一分的細微變化（其轉動、其獲取和剝落、其增加和殞沒云云），一個個字詞，以及其語調，看它們如何攜帶著昔人無可逃避的生老病死、昔人無可拒絕的夢境和鬼魂進入到我們此時此刻的當下、我們所在的城市之中，如同真實的過去這五十年時間裡，這些人、這些事、這些話語在抗拒和適應的不斷交織之中，是如何一分一分的變化自己變成現代；這已不是書寫者的一場華麗演出而已了，這是一次重現，「雺霧吞沒的大街，毛斷阿姑聽見遠遠有腳踏車車鏈咔啦咔啦帶動車輪轉動，來也，伊的心一憏，來也來也，漫長等待中的人將將欲出現了。」——

這就是全書的最後一章，N+1多出來那一章，〈不可告人的鄉愁〉，the nostalgia that dare not speak its name。這當然是一場平靜的、低溫的、噤聲的毛斷阿姑喪禮，所謂「當然」的意思是，我們早已知道並且理應一直知道會這樣，據林俊頴的書末說法：「我祖母去年八月以結結實實的九十五歲高齡過世，是她幫助我處理了半年後毛斷阿姑的死亡……告別式結束時，我們在靈堂前家族團體照，我心中默數，因為我祖父母而繁衍架構成立的最親近最裡層的親屬單位超過七十人，那彷彿便是他們夫妻的一幅曼荼羅。……我據以虛構的毛斷阿姑不是如此，她無後。」也就是說，這場喪事是小說原先的預備，是本來就有的盡頭。我有點不死心的再三找尋這兩種語言的交會碰撞之處，卻發現幾無困難了無痕跡，一路而來文字已不知不覺完成了，或者說文字本來就已完成，只是被林俊頴增添的、豐饒的、證實的再重新完成一次。若現場還有人聲話語偶爾傳來如交頭接耳，毋甯只是這道浩浩文字大河上的小小漩渦和飛濺起來的水花，這當然也是我們此時此刻人生現實裡很熟悉的、天天聽得到的，人們用這樣那樣的話語講話毫無阻攔，用不一樣的話語各自說著不一樣的事情，我們仍惟恐講不清楚，我們仍惟恐有些東西被我們遺漏。

「阿姑咱欲轉去厝，汝就綴好、綴著。」姑姑現在我們回家去了，你得跟好、跟緊點——召魂引路是得不斷叮嚀不斷說話的，像攜領著才知事、第一次走這路的小孩。林俊頴這樣牽著祖母走五十年，可想而知，他得想辦法說出很多話，很多沒講過的話，很多甚至一直以來難以啟口的話，還有很多最簡單的、簡單到還沒也本來無須用文字來寫的話。

不知道為什麼不問？

正如朱天心在書的序言寫的，我們跟林俊頴認識早已三十年了，如今還算常見。回想起來，林俊頴幾乎沒主動開啟過什麼話題，沒講過第一句話，但他是最好的聆聽者，用他的安甯和清澈如鏡校正你。以我們談話的題目和水平，他沒什麼聽不懂的和不能聽的話，而且毫不誇張的說，也幾乎什麼都知道都記得，最年輕最時尚的，以及最古遠乃至於已消滅的。於是，在這堆逐漸老去、記憶力先一大步比人更老的朋友裡面，他得負責不斷填補過程細節空白和知識細節空白，特別是一個個最容易蒸發無蹤的人名。

作為一個長期的小說讀者，我再有把握不過的知道，如此一個非比尋常的閱讀經驗，意味著之前先有一個非比尋常的書寫創造經驗過程發生。我難以遏止的一直猜想林俊頴寫這部小說（其實是寫這一章、這一段、這一句、這一字詞）時做著的、想著的、苦惱著的和找尋著試探著的究竟是什麼，我很想知道這一路之上發生的所有事情，有點像某個已退休網球名將講的：「我很樂意花錢看費德勒練球。」——但這不是下次見面時直接問林俊頴本人就好？是啊。

林俊頴不是而且幾乎從來不是那種以本能和衝動來寫的作者，他因此可以很好的解說自己的書寫和作品，看看他和賴香吟的對談就可證實此事，這是《印刻文學生活誌》一系列作者對談幾乎是最好的一篇，上一次說得這麼好的我記憶中是李渝。為什麼不問呢？最直接的理由是我想知道的太多也太連續了，無法只靠問答，我必須自己先想，如同把林俊頴走過的路重走一次、經驗一次的先想過，這好比你讀一部小說，甚至一本理論的書，你當然可以直接翻到最後一頁，看書寫者想出的結局，或書寫者奮勇說出的結語，但這很少是有意義的舉動，除非你想快快結束這本書離開這本書。此外，自己想也是一種樂趣，甚至是一個讀者不願被剝奪的權利，包含於閱讀的完整享受之中。

託天之幸（也就是和我自己的作為關係不大），我這半生過來，身邊永遠不乏絕好的創作者，並不只是小說家而已，也有像侯孝賢這樣的導演，乃至於錢永祥這樣的學者。這個非一般人可得的運氣讓我有點不好意思，但我能做的只是善用這個幸運，盡可能讓它的價值極大化。由此，我把自己想成是一個莫名其妙得到第一排座位的觀眾（當然，不是第一排也看得到，只是得更專注、更完整的閱讀和想，比方對葛林、福克納等更多書寫者，我就坐很後排不是嗎？），也許還是一場不缺的完整季票，也許還特許提早進場看練球。我經驗的知道，自己此一真正的優勢是可以逼近的、不遺漏什麼的看到，而不是隨時打斷他們、也打斷自己的發問。發問甚至是有風險的，由於書寫者本人話語的權威感，它會讓人太快以為自己全知道了、解決了，像只讀書的最後一頁，從而把幸運轉為妨礙轉為詛咒云云。歷史的經歷一再告訴我們，從某一個偉大書寫者身上最終看到最多、得到最多的，通常不是一直跟身旁的所謂門徒弟子，更加不是親人，更多時候是陌生人、是遠地異國之人，如耶穌和保羅；現實的生活經驗也一再顯示，書寫者身旁的友人甚至是不讀他作品的，有一種我（隨時可以）更了解他的無心狂妄錯覺，但這些個生活層面了解，如若不置放在他最高表現時刻的作品之上、之中，只能是一些無意義的瑣事（想想卡夫卡、喬哀斯、本雅明一堆人，書寫者的生活常是更單調更平乏的），更糟糕是八卦，唯一正面功能是除魅。

這麼說，並不是那種賣弄瀟灑、禪學沒真正弄懂的不要有答案不求甚解，天知道我們多拚命多處心積慮想獲取明確的、終於水落石出可好好呼口大氣的答案，享受過這個剎那的人都知道且懷念那種清澈清明而且甯靜如時間大河一停的狂喜，千金不換（好吧，再加點錢也許可換）——但老實說，答案總是先有的、現成的擺好在那裡，往往在你才想到某一個問題以前回答已做成了；答案通常不是聽見，而是找到（有心的）或發現（也許帶著運氣），更常見的是「這才認出來」。

書寫、閱讀、思索、對話，這些都進行於時間的長河之中，說不清楚已經進行多久了，我們此時此際才試著加入，這意味著，所有事絕非這才開始、才第一次。答案早於我們個人的發問，在我的閱讀經驗裡，其實這才是常態，才是基本事實。次數呢？我的回答是，如果你的閱讀是每天進行的，那就每天都會發生，而且不限定只一次。英國的德昆西曾經講過，問出個好問題其價值不下於一個好答案；也有人加碼說，可能還更有價值，因為問題才是真正的前導，答案是由它才逼生的、才知道得去思索得回答的。這說明什麼？這說明我們一己的疑問通常不會是上天入地六合八方的人類首次，真這樣就太了不起了。我們一己的疑問，通常早已有人程度不一的問過了，也許（第一個也許）它正是書寫者本人自問的，為此他才這樣寫（這樣子回答），其中某個字詞、某兩句話、某段章節、乃至於就是這一整本書；下一個「也許」是，這個書寫者也很可能不恰恰好是第一個有此疑問且自問自答的書寫者，如歌德所說世界上並沒有只出現過一次的東西，在他之前已有另一個乃至於一系列的書寫者做了相似的嘗試並先給了他們的回答，就像我們一開始引用的吉卜林那番話、他既用視覺又仔細聽其聲音的那番話，乃至於吉卜林本人，我自己便在這裡「這才認出來」一部分的答案，有關林俊頴這本書的答案。

是的，答案可以先擺在你眼前十年二十年甚至更久，你看到過不下五次十次，通常你也以為自已完全看懂了一無異狀，直到這一天，你心裡的某一個疑問芝麻開門也似的讓你憶起它，把你再帶回它跟前，就像愛默生著名的說法，「在這座珍藏室裡，人類最好的精靈都像著了魔似的在昏睡，但都期待著我們用言語來打破其沉睡。」我們用自己認真思索過的問題叫醒它，我們也知道自己有了長進。

這裡，我們再多看一下吉卜林，以為證實。

這人誕生於印度大城孟買，當然先學會的是印地語如他自己筆下的精靈小鬼頭吉姆，也像林俊頴一樣先學會的必定是祖母和他講的閩南語，然後才是英文，而且「始終能用兩種語言思考」。波赫士進一步這麼講他：「喬治·穆爾說，吉卜林是自莎士比亞之後唯一一個用全部英語辭彙寫作的作家。他能隨心所欲的駕馭如此豐富的詞語而無賣弄之嫌。他的每一行文字都經過長時間的仔細推敲。」

我不確知所謂使用全部英語辭彙這個稍微誇張但也隱隱帶點悲傷的說法是什麼意思，意欲何為——吉卜林當然寫了英國本土所沒有的一堆東西，這個毋甯早已過度文明過度安全的大西洋島國上，從不生養大蛇卡阿這樣尺寸和種屬的巨蟒，沒有德秀喇嘛這樣的僧侶和世尊留下的箭河，沒有人們往北抬頭看那一排神一樣站著的八千公尺雪山（事實上吉卜林說得更精采，他說喜馬拉雅山是濕婆神大笑的聲音），沒有印度半島才有的琳琳琅琅東西，以及只有印度人才知道才保有，幾千年來（以及繼承於更早以萬年計的達羅毗荼人）如恆河從不停止沖刷淤積般在他們身上、心中、夢境裡面、思維和困惑裡面那些不易說出來說清楚的東西；換句話說，實際上，吉卜林必定寫出了在他之前英文世界未曾有過的字詞，人名、物件名、神名、可見不可見東西的特殊稱謂云云，好努力傳達他的當下和他所來自的世界（如果他來自愛爾蘭，其實他也一樣得做相同的事，只是分量輕一些而已不是嗎？如斯威夫特和喬哀斯。文學歷史上，愛爾蘭出過多大一群偉大的書寫者，這同時說明這個工作是分擔的、是一代代人持續完成的）。但我們何妨也說，吉卜林是否也叫醒了英國人一些再不容易想起的記憶呢？想起來某個他們已遺忘的那樣一個世界？理應有過的世界？或他們想到過的世界？也許莎士比亞以前，也許更早亞瑟王和梅林法師當時，他們一樣一起遊蕩過這塊稍小一點的土地，找尋的不是悲憫、可以洗滌人間罪惡的箭河，而是人類最高權柄信物的永生聖杯，無論如何都是所謂的最後解答和人一切希望之所繫包含降服死亡，當時也許仍沒有卡阿大蛇，但卻有更大條也更邪惡魔力的龍不是嗎？「在西元六世紀拜占庭時代就有一位歷史學家寫道，英倫島包括兩個部分：一部分擁有河流、城市和橋梁，另一部分則居住著惡蛇和鬼怪。英國與那另一個世界的關係密切而且是出了名的。」所以，也許還想起更從前，那個英國還不是英國，英國人的祖先仍是海賊，技藝嫻熟的水手和異地英勇貪婪武士的曙光日子，彼時他們其中一部分人才剛剛順著所謂「巨鯨的道路」踩上此島，那是波赫士衷心喜愛、也是他晚年雙目俱盲後把自己埋進去的話語鏗鏘古英語年代，有太多如今英國人不再那樣講的話。狄福說起來不堪一點，他因此指出來所謂純種的英國人完全是「難以形容的自相矛盾」，真正的英國人，如他以此為名的那首詩說的，「蘇格蘭盜匪和丹麥海賊／留下紅毛後代四處繁衍」。

也許，所謂的全部英語詞彙，其實是人緬懷著一個較完整、較鉅細靡遺的世界，這個完整性、完整可能，因為人日後的現實命運、人的強調、人太看重並積極抓取其中某一部分從而失去了另外那一部分，就像今天的大城市再沒有星空一樣。也許這更是人稍稍意識到生命永遠的不完滿，受困的是我們不知不覺的人身自己，從不是語言，有怎樣一個眼前世界，便相應生長著什麼樣的語言；給我們一個完完整整的世界，我們便擁有著所謂的完整語彙。

對於吉卜林這樣、他個人連續生命在現實裡裂解為印度和英倫三島至少兩大塊世界的人（其實我們所有人多少都是如此），要進一步用英文文字寫下他印度的話語，創造出從未有過的文字，這部分是他書寫中最簡單的，因為古老的造字者早已徹底解決了此一技術問題。英文是拼音文字，意思是它先不管意義不管視覺形象及其他，只設法窮盡聲音的全部可能，你發得出聲音，英文就依它聽到的跟上，頂多佐以一些特殊的記號，好瞄準某些一時一地的特殊發音。漢字不是拼音的，但一樣早在三千年前就已克服此事，那就是大造字宣告完成的形聲字發明，記住聲音，再大致想一下字的屬性（錯了或有疑問也無妨），聲音那半邊叫聲符，意義屬性這半邊叫意符，兩者一黏就出現你要的新文字。比方蝙蝠，這個（當初）新文字新詞彙指的是那隻人們叫它「扁」「福」的怪飛蟲，今天我們的生物學知識和分類知道蝙蝠應該不屬於昆蟲（兩對翅膀、頭胸腹三節身軀、六隻腳云云），但當時這個有趣的認定或說猶豫難以抉擇（究竟是蟲是鳥是獸？），也讓我們得以窺知彼時人們的知識進展、見解和判斷。語言的高度、幅度和廣度同時是人認識世界的一次次邊界，文字封存當時的認識成為確確實實的證物。

真正困難的不是如何記錄下聲音，因為人的發音器官就是這樣，能發出的聲音也就是這些，今天，事實真相是每一種人聲我們都已創造出不只一個文字、不只一種記錄書寫方式（翻翻《辭海》，哪個聲音字最多？有多少個？這是純屬偶然還是有不知不覺道理的？），意思是文字得從相同的聲音中分辨出不同的指稱和意義出來，給予不同的拼音方式（英文）和造形（漢字）。真正的困難在於這個或已不容易察覺的語言根本難題，那就是人們如何以這麼有限的發音能耐來分別指稱、來仔細敘述這個琳琳琅琅並一直微差變化中的世界而不糊成一團。語言嘗試用組合、用拉長話語以彼此解說彼此限定等種種方式來努力分別，這不夠，語言還「外借的」以聲調（不只是高低長短強弱而已）、以表情、以手勢、以整個身體動作來輔助、來進一步分割聲音。語言從來不是個完美的東西，一直到今天依然時時困擾我們愚弄我們（一聽成七，要你買竹竿你去買了豬肝……），只是長時以往，我們習慣了、也接受了它的滿身缺點，視之為無可奈何的自然，從而遺忘了或化為豁達的遊戲化為笑聲（很多好笑的故事來自於聽錯或無法分辨），並且在我們每天遭遇到有口難言、詞難達意、怎樣都講不清楚心中所想的這種要命時刻，我們選擇懊惱自己的表述能力而不譴責語言的根本無能。此外，語言有它稍稍有恃無恐之處，那就是它一般而言總是在第一現場，至少大多數時候離現場不遠，指稱的東西猶在附近或剛才消失，猶堪稱完好的擱淺於視網膜以及記憶的淺灘之上，語言仍可以退回去當自己只是視覺的補充和解釋如原初，也就是賈西亞・馬奎茲說的，伸手指頭去指。

這些真正的困難，在我們試圖把語言書寫成文字時一個個全回來了，得一一重新解決，唯文字孤立無援，沒有手指頭，沒有臉，沒有身體，更要命是通常已不在現場了，連同人的記憶湮邈，事實上，能夠的話，文字連同聲調和表情都想追回來、保留下來，這在非拼音的漢字尤其如此。也許正因為這樣，我們倒是時時意識到文字的缺陷和無能；但從另一面來說，當文字某種程度的、某事某物的克服了這些困難，也就意味著它真的可以不靠人聲、不依賴現場、不受限於事物如春花如朝露的短暫存留，這是新的自由，也是全新的能力，這個從未有過的「自由／能力」，最強的功用是讓人得到了和時間討價還價的力量和幾近無盡可能。

「他能隨心所欲的駕馭如此豐富的詞語而無賣弄之嫌。他的每一行文字都經過長時間的仔細推敲。」——波赫士這話，「隨心所欲」又「長時間仔細推敲」，其中似有矛盾。有點像早年非洲迦納大獨裁者恩克魯瑪統治時的著名大標語：「誓死保衛戰無不勝的恩克魯瑪主義！」是啊，既然都戰無不勝了，幹嘛還得要人誓死保衛呢（所以說獨裁不好，會把人變虛偽，然後變愚笨）？這也是我們對阿契力士的無聊疑問，他的女神母親抓他腳踝浸泡冥河河水，一身刀槍不入，便只有這兩塊肌腱柔弱致命如日後NBA一些飛來飛去卻降落角度不對（俗稱「翻船」）的球員。這樣一個阿契力士到底需要身披那副不祥的絕世戰甲幹什麼？這只是戰陣伸展台上走秀穿的新裝嗎？真正無敵的阿契力士是，用兩塊好銅擋住帕里斯王子或說阿波羅的箭，然後光著身子三點全露的直直向特洛伊城走去——

但我相信波赫士說出了事實真相。一字一詞的長時間推敲揀擇，又放鬆自己在語言的、文字的時間大河裡洋洋美哉順流而下，尤其當你逐漸走對了方向、找到河了，語言和文字反而會船一樣承載起你，一次一次的柳暗花明，甚至愈到後來更像是風吹花開，原先可懼且沉重的難題一個個花苞般綻放，以至於，仔細推敲最終成為人的餘裕、人的書寫權力以及書寫享受。原來它們是這樣子啊，你可以慢慢的寫，慢慢的選，找最好的那個，不用趕忙的記下來，不怕想到的復歸遺忘、抓手中的會下一個轉折下一個打岔下一個新念頭襲來又從指縫中滑走。它們會等你，輕盈也可以是緩慢的，能緩慢才更見輕盈不是嗎？時間如矢飛去，卻也會靜靜棲息如萬事萬物披著的透明外衣；只有從心所欲時，你才可能不急不躁，才慢行下來——吉卜林書寫時必定經歷過這樣，林俊頴這部《我不可告人的鄉愁》時也必定有過這樣。

（「一開始確實很慢，進了狀況了也並沒加快多少，有時候為了找一個字得找很久想很久。從口語到文字畢竟不是如吸管那樣通暢，過程是實驗也是篩選出結果，然而這是我給自己的工作，還是很享受的一件事。」——林俊頴）

所以，「不知道為什麼不問？」讓我們把這句好心的話留在十八歲之前，而且只留給當時的家中父母和教室裡的老師來說；其餘時候，我們安詳沉著的以這句話來更替它——不知道不急著問，更不要第一時間就開口問，這是你開始自己找自己想的千金一刻。

我想像林俊頴是這麼寫的

「今天我只想記下兩首歌，兩首相隔五十年，我想像自己在兩者間走鋼索，我譯成自己的文字，這樣我就好像腳底長出吸盤、有所黏附有所依恃。這一日我多麼愛這個世界，我忠誠地過完它，沒有二心。」——說得多麼好的一段話不是嗎？每回看到文字能夠被寫好到這種程度，我自己會有某種樂極的隱隱悲傷，我在想我這一輩子永遠寫不出來這樣，我不當個創作者是再聰明不過的判斷，我缺了很多並不曉得該怎麼獲取的必要東西。也許我對文字也終歸的不夠信任，因信稱義，從而得不到文字最重要也最神奇的那個直直的力量和自由。而是否，這也是我對人、對於人們如何面對文字這事始終不夠放心呢？

我想像著林俊頴的書寫，也把這當成一次得以回返造字之初的小小實境之旅，但這從何說起較好？就從帶著挑剔或詆毀之處開始。

朱天心和我，都以為雙數章節比單數章節寫得好，偶數贏了奇數，祖母的世界勝過了自己的世界。這個並不出奇的文學意見，重點在於我們（努力）先排除掉這本小說最受矚目的一項功勳，那就是所謂閩南語文字空前成功的書寫；也就是說，不加上這個驚人的得分，單純從文學論文學，偶數隊祖母隊還是勝出。但也因此就很奇怪了不是嗎？問題有一部分變成是——為什麼在同一個小說家手裡，他使用一種殘缺的、要用找不到、時時處處受限制的文字，居然會比他使用熟知趁手的文字結果較好？也是，他必須一心兩用、屢屢打斷自己書寫的流水節奏、查資料、翻辭書古籍、試這字試那字、必要時還得像甲骨文時日大篆小篆時日人們那樣自己造字，然後再千里迢迢趕回二十一世紀台北市此時此刻來，吸一口大氣，泅水般提足勇氣重新深入到並不容易再進入、可能原來路徑和小山洞都已消失如晉太元中武陵人的那一個書寫狀態。事實結果顯示，這會是一種比較對比較有利的寫法是這樣嗎？

書寫果然從不是簡單的，創造性的書寫如小說尤其令人捉摸不定，很多看似不可違犯的規則原來仍可違犯，很多看似不可缺的要素原來還是可以用其他東西替代甚至效果更好。於此，我們或可事後想出很多言之成理的理由，極可能也都相當程度是事實（毫無事實成分的瞎猜就不在這裡講了）。比方——

情感的不同可能最終會反應、顯現於成果，躲都躲不掉。賴香吟講：「我讀關於現代生活的篇章，感覺苛薄、殘忍、瘟疫氣息，用你的詞來講，是沒有福音的，然而，關於斗鎮的書寫，相對則充滿春風、香氣，連人物對白也溫暖有韻。」朱天心則乾脆直指是「寫其所愛」和「寫其所不愛」（朱天心經驗的知道後者有多難寫好），而這似乎得到林俊頴本人猶豫的證實。林俊頴溫和的講起自己如單數篇章中的一天早上走進那幢辦公大樓的心情，之於這個體制這個現實大羅網，他正是那個「非我族類其心必異」的異心之人。

很多小說想寫討厭的人討厭的事，靠仇視憎惡揭發開始，但除非你的駁斥批判同時是護衛，其裡頭或其背面，有你真正想保護、存留並想說明的某物，除非你是某種意義某種程度的不得已為善辯護，或至少，你慢慢找出來某些你還喜愛還相信的東西，否則，仇視憎惡這一強大好用（但一直被高估）的力量，可能支撐不了太久，可能只適用來寫短篇小說為止。時間再拉長，字數再加長，書寫者自己先就感覺非常沒勁，想想看，兩年三年時間只盯著一張如此討人厭的嘴臉、看你不願稍稍多看一眼的東西，書寫者如何可能不疲憊、不滿心煩躁並出現噁心反胃的症狀呢？作品如何可能不單薄、重複、沒耐心沒層次呢？波赫士在談H. G.威爾斯的小說時說得精采而神準：「起初，作者想把主人公描寫成一個令人厭惡、鄙視的人。他不知道，寫一部長篇小說時，作者多多少少會和主人公同化。桑丘和吉訶德像塞萬提斯；布瓦和貝庫薛像福婁拜；巴比特像辛克萊・劉易士；路德・懷特洛像威爾斯。」在此之前，托爾斯泰也同樣如此說過契訶夫的《可愛的女人》，說契訶夫本來是要嘲諷這個女人，最終卻祝福了她。

其次，時間是個詭異但有趣極了的因素（果然一直是這樣）。乍看，林俊頴對單數篇章世界的了解遠遠勝過雙數篇章世界，就跟我們任何人一樣，但加進來時間就不一定了、就起大變化了。這裡，有一個再清晰不過的時間基本事實，那就是，書寫者本人真正的時間是當下、是單數篇章這頭，這裡的未來才真的是還沒發生、還鬼魅般不可得知的未來；至於毛斷阿姑那邊，包括她們的全部現在和未來，其真正的身分是書寫者的回憶。也就是說，每個當時活著的人接下去會遭逢什麼，人做某事以及沒做某事（談戀愛或嫁娶生育、去了日本或中國大陸、讀了克魯泡特金云云）會得到什麼結果，其下場以及其下落如何，翟凌機（飛機）和電影究竟何物，以及會給這個世界帶進來什麼，從時間看，這全都是已發生、已決定、已無法更改了，如一堵再沒人可翻過的高牆，有沒有像《百年孤寂》那部只有時間一到才自動解密、宛如本來就以西班牙文寫成的家族命運百年預言書都一樣。所以從另一面說回來是，《百年孤寂》裡這部梅爾魁德斯留下的預言手稿也沒那麼神奇，它不過就是時間的具體華麗說法，百年時間一到誰都自自然然知道了看懂了；或說它就是這部小說本身，賈西亞・馬奎茲或林俊頴站在他自己的當下，也是那些人那些事物的時間盡頭處，認真回想了還寫下了所有他記得的事。

人知道自己當下的一堆瑣事，連不想知道的都知道，但人其實並沒那麼了解當下，或用昆德拉較為激烈的說法，人對自己當下根本一無所知，所謂的當下是什麼？當下薄到幾乎不存在或你多看一眼多想一下就不確定存在，當下是一堆還沒結果還沒完成還未成形的東西，每事每物每人喧譁著奔進各自的未來，一兩個大步就消失於眼前的濃霧之中。你也許結婚了，有了每天黏著的妻子或丈夫；你接了一個工作或下定決心辭職，的確那一刻好像只此一途；你或者還有了小孩，時時提著心看他，入學、上課、步入青春期、填寫大學科系云云，是的，這些都攤在你眼前，長可十年二十年甚至更久，但是什麼意思？事物通常得可以收攏起大致的整體模樣、可相當程度看出來其完成模樣，才有理解其意義的可能，在此之前，它們只是「暫時如此」，只是一堆數量還不足的碎片，空洞、不確定，稀稀落落漂浮在失重的時間之中。

如果人要進一步以語言、以文字來表述、來確認其意義，那恐怕得是更稍後的事。尤其是文字，文字比人的感受、人的思維和人的語言更小心翼翼，總是落後一大步。也因此，一個時代並非有能力真正認清自己說明自己，這裡面有不少多出來的東西，還沒有語言和文字來說它的東西；也可以說，一個時代總是少了一些必要的語言和文字，要「多年以後」（賈西亞・馬奎茲贈予全世界書寫者的一個寶物）人們才恍然大悟的知道怎麼較正確講出來寫下來，從而可以進一步的被討論被理解。我相信林俊頴在寫這兩個時代一定時時感覺如此，兩個時代，以及其各自不足夠不完整的語言和文字。二〇一一年，台灣的陳芳明教授終於交出了他的鉅著《台灣新文學史》，直寫這一批還活著、手中各自有筆、隨時可回嘴的書寫者其價值和歷史位置，這絕不會是無風無浪不起煙塵的事，這部文學史問題很多，惟內容「大家有罪各自承擔」我倒沒什麼特殊意見，我只是驚訝他近乎魯莽的勇氣以及對年輕書寫者近乎討好的信任，居然讓歷史伸入到此時此刻，直接把所有猶漂浮不定乃至於剛剛開始的東西（比方連第一本書都尚未完成的書寫者）全數抓下來，鐫刻金石之上，尤其是這一部分，我建議我們或許十年後今天（比較正確的時間位置）再好好做個對比，一定非常有意思，可讓我們感悟出很多事，有關時間的種種作用，有關人的世界、和時代的複雜認識關係。

好，林俊頴喜歡祖母那樣的世界勝過自己的世界（也許他還喜歡祖母勝過自己，從不自戀的林俊頴），但這倒不真的特殊，很多書寫者也這樣而且有時還沒道理的太這樣；林俊頴正確的處理了兩個時代的「時間差」（「時間差」原是排球的攻擊術語，據說也是朱天文的下一個小說主題），善用著他後來者、回憶者已得知全部結局的時間優勢，尤其雙數章節這部分，始終一明一晦的保持著兩個不同時間視角，讓它同時呈現著、交織未來（毛斷阿姑她們）／過去（敘述的自己），未知／已知，人的選擇／命運，當時人們的種種猜想、等候、希望、夢境／我已感慨的曉得了哪一個將會落空、會挫敗、會遙遙如斷線風箏、會宛如被捉弄、會從頭到尾就只是個大夢云云，以至於這些人這些事這些物，都如此具體，也許還帶著「春風、香氣」，並且從不缺少歡快，但同時也如布洛瓦那句美麗的詩：「光陰就在某些東西已離我遠去的時刻消逝。」這裡面同時有一種哀傷，時間輕悄悄的哀傷色澤，因為這一切也是消逝的，再消逝一次，這倒過來讓阿姑她們美好得可信、美好得稀有但合情合理（你如何反駁一個兒孫的如此思念呢？）。我們說，時間的處理這部分稍稍困難一點，很多了不起的書寫者照樣疏忽掉或使用狀況不佳（比方李永平的《大河盡頭》，一個五十幾歲人多年後回憶、仔仔細細述說一趟如此魂縈夢繫的生命奇異旅程，卻完全只是一個十五歲少年的此時此刻和對下一刻的完全不知不覺，其間一整個三四十年時間及其知覺完全像沒發生過，回憶不是不能保有第一眼印象，但不會長這樣子），很容易寫成為著不揭露以下情節而裝傻。但我仍願意說，這對林俊頴算意料中事，他這上頭會失手那才叫奇怪。

真正特別的是什麼？這部小說的X-factor，我以為就是文字，一趟奇妙的文字辨識、揀選、創造之旅。我相信這有點始料未及，開玩笑來說，這有點孝行動天勵志故事的味道，林俊頴原來可以跟所有人一樣「敘述用華語、對白以閩南語」的躲開閩南語文字殘缺不足，這樣寫來得現成容易，但萬一萬一祖母問起呢？萬一萬一你得念給祖母讓她可以聽懂呢？

這趟差點就錯過、或說差點就不會發生的文字旅程，一開始撲來的一定只是困難，我想像甚至是「我到底想幹什麼」的荒謬之感。但真正難的也許不是找字選字，那是很辛苦很干擾打斷沒錯，真正困難的、而且還愈來愈清楚浮現如兩難矛盾的是——你愈是成功復原了且準確使用了當時的話語，你就會發現自己愈處處受制於、受困於那個世界那個時代，彷彿落地生根成為和他們一樣看世界想事情的人；你愈可能讓祖母聽懂，你就放不進去自己多想、多知道、忍不住要多解說多叮囑提醒的東西，那些之於你是回憶的東西，那些已水落石出得以完整解說她們的東西；換句話說，書寫者勢將失去他「從未來歸來」的所有時間優勢。是的，語言總是一時一地的，它幾乎講不出它所在世界從未有過的東西、從未發生的事、從未形成的念頭概念和思想，它總是小於、少於它當時的世界，更何況是如此殘缺的、日後已截斷一大部分、沒再全面跟上世界進展的閩南語；還有，語言隨風而逝的健忘，事物相隔一定的時間距離、空間距離它很容易就失了興致，它喜歡剛發生的事，因此，語言遂有點像在地甜美、多汁、俯拾可得的小漿果，易傷易爛不宜運送，從不是一種善於和其他世界、乃至於自身遙遠過去打交道的東西。林俊頴需要比昔日話語更多的東西、之外的東西，必要時甚至得「時間之賊」般偷一點東西，好敲開語言羞澀的侷限，真正講清楚毛斷阿姑她們，但會是什麼？怎麼做？

法醫學有這麼一句故意使用嚇人句型的名言：「肉體遺忘，骨骼記得。」——這好像也是語言和文字的關係圖示，語言遺忘，但文字記得。

我不確知事情是否如我所想，但我注意到小說中一個有趣的人，就是毛斷阿姑的四兄此人，家中的書呆子，成天舒服的埋坐在大藤椅裡，林俊頴知道他最後也得其所哉就衰老斷氣在這張老藤椅上成為一個風景，「四兄愛坐的藤椅，佇廳前菜瓜藤架下放了一暝到透早，予露水凍得澹澹。」這段宛如一張老黑白照片的咔喳話語，一開始就寫出來了、就在〈霧月十八〉這章的第五頁，彼時四兄也才剛出場，一切才要開始。

四兄此人，四體不勤，基本上只搖晃腦袋和動嘴巴，但有異國異地之人和事物到來時會兩眼發亮的搶所有人一步上前歡迎；只是這和話語的當下傾向特質不同，這是那種成天想望著遠方鴻鵠將至的人，彷彿他人生時空裡節省下來的全部精力和熱情，通通用在遠古的世界、外來的世界。我們實際來看〈霧月十八〉首章裡四兄所為何事——先是，一身黑長袍、帶一袋曼陀羅花的異國馬神父來訪，四兄聽他念聖經舊約的「彼時沒有王，各人任意而行」（這已是閩南語化的文字）；然後，是搖頭晃腦吟讀古書的節氣文字：「九月中，氣肅而凝，露結為霜矣……」；再來，是和六兄爭論起一百五十年前先人抵台大霧當天的正確日期，看來他記得遠較具體有物，而且還保有一紙老地契：「立開墾永耕字人東螺社番通事……」；再來，是朗聲念出街中心媽祖宮左廂壁上的石碑文字：「乃定規模，經營伊始……」；還翻出一段古文，紀念著先人太祖渡過的台灣海峽烏水洋模樣：「自鹿港出洋，水色皆白；間有赤塗色水者，則溪流所注也。回顧台山，羅列如畫，蒼翠在目；已而漸遠，水色青藍；遠山一角，猶隱約波間。旋見青變為黑，則小洋之黑水溝也……」，凡此。

這是個真實人物，（曾經）遍在的人物，且真實遍在到一種不欺的地步。尤其在昔日那種薄有資產田地、更可放膽生養一堆兒女的所謂鄉紳階層家族之中，幾乎是規定一樣每家有一個名額，我在自己小鎮小鄉的童年日子便一再見到他們，包括我自己家族之中；但這可能也是個稍稍順勢誇大、小說化乃至於特殊任務化的人物，就像賈西亞・馬奎茲必定誇大了第一代對眼前心不在焉、瞻望著遠方乃至於宇宙的老阿加底奧一樣，好讓他更有能耐也更自由能進出穿梭於不同時空世界，並夾帶進去林俊頴需要的那些東西，這於是又讓我們想到《摩訶婆羅達》裡的大黑天，隨時在故事裡，又隨時逸出故事外，既參與當時，又抽身評論解說當時。他也是一個「環節」。

另一種說法是，這是個「文字人」。文字，讓語言固化而且防潮防腐，方便運送，因而它才真的是聯通不同世界（遠古世界、異國異地平行世界、未來世界）的關鍵；文字既是物品（內容），也是形式和通道。但這其間仍得有人負責接貨搬運，並整理翻譯，就像四兄所做的這樣，眼前發生的事，眼前的話語交流，他不放它只是這樣，他會依循著文字之路或想起從前、或人家哪個國家怎樣怎樣，把它置放於寬廣的人類經驗之流裡；有外來的異人異物異事，他聆聽並轉換為當時人們可以說出的話語，讓這一時這一地人們可以消化它。

當然，林俊頴不會只讓四兄一人做這事，稍後像少年陳嘉哉、像一口好閩南語以傳教的馬神父也都這樣；林俊頴是老練的小說家。我自己最近一次的閱讀，便試著放開毛斷阿姑（比方她和陳嘉哉這樣典雅但深情款款、始終懸浮著卻又如此從容信任的戀情，這是我所讀過最好的戀愛書寫之一。更由於時代的緣故，這樣的戀愛書寫可能已停產了），試著只盯住四兄這條非話語的、文字及其相關物件之路前行，我由此看到的是什麼？看到什麼原不屬於斗鎮自己當下的東西？

〈霧月十八〉首章，不止地久天長的古冊、地契、碑文牌匾、詩詞戲文，首先，扶桑國（日本）進來了，我們看到了日文日語，還有比方大船大和丸，便是這般商船（既是物品也是通路）載送著六兄和阿姑離開斗鎮出走，浮上比先人太祖更大更深的一片海洋。這個順此打開的世界進一步讓我們聽到交響曲《藍色多瑙河》，看到有另一種貨幣和生活計算方式，更還有另一種語言（英文，「密斯林」），最終是這兩則今天讀來宛如進入時光隧道的極熟悉文字被不同聲腔表情、有點怪的朗朗念出來，「一切偉大的世界歷史事變和人物，可以說都出現兩次，第一次是作為悲劇出現，第二次是作為笑劇出現。」以及，「一個幽靈在歐洲遊蕩。」這些，都不可能一下子真的就聽懂，事實上阿姑還以為〈共產黨宣言〉這歷史斷言的鏗鏘一句講的是個鬼故事，但阿姑喜歡聽，即使她只能聽還無法說，這裡面，人的猜想和夢都新穎起來了，「但是去讀日語的路上，時時感覺一個時代的脈動㔚㔚跳得真猛，高豬鞋叩叩響。」

次章〈瓊花開〉，少年陳嘉哉由影子化為實人，接替了在藤椅打了瞌睡、書冊滑落腳邊的四兄。於是有了紅毛鐘和法蘭西國（「上雲頂的鐵塔及若水晶宮的玻璃大厝」）、有四兄欽慕、倡脫亞論的福澤諭吉（今天日幣萬元鈔上那個人）。老父穿起西裝還結領結、頭戴西式圓筒帽，鎮人傷心剪斷辮子。再來，是一冊厚達三百六十五頁的斗鎮鄉土調查報告書砸下來，包含經緯度、動植物、生活習性、宗教信仰、犯罪治安和衛生疫病（砂眼、瘧疾、肺結核、發育和消化不良、小兒病、梅毒等），原來我們活在的地方、我們自己是這個模樣啊！也由此再帶進來蘇格蘭專家，全面開始尋找水源、普及「水道水」（自來水，直接念日文漢字）和設下水道。我們還在這裡看到民眾黨這個名字，看到書店舊書店如密林的東京神田區、巴爾扎克福樓貝爾和法朗士、以及《求正義之心》和《克魯泡特金的哲學》兩個書名。機關車（火車）此時出現在遠處如爬著的蜈蚣，還沒正式呼嘯著闖進來。這裡，還有一封阿姑寫給陳嘉哉的信：「歡迎並期待兄的返鄉。一探究竟。衣錦榮歸。家兄日昨教以此詞，謹贈與兄。」陳嘉哉看著這並不女子娟秀的字跡，猜想這必定通過四兄的潤飾。

再來〈理想國的煙火〉，則依敘述登場序是飛機、鋪鐵軌（鐵枝路）和設車站、汽車（自動車，仍直念日文漢字）。跟著是電影，播映的是宣傳用的「新興滿洲國的全貌」，最興奮的仍是四兄，「啊，四兄心中呼叫，夢中的大城市出現了，整齊的樓厝，街道開闊，自動車穿梭、一個扶桑女子及一位漢人攘插打扮的女子並行。日頭炎炎，无一個人有苦相。四兄恨不得鑽入螢幕，齁齁一定非常清氣的文明。」同樣看電影，他和陳嘉哉心思不同，各自看到希望和厄運或說不同時間層次的東西，這一明一晦的思維也各自伸入未來的歷史只林俊潁知道。而家裡的大事情，則是已結婚的八兄公然帶回來的日本姑娘明子，阿奇蔻。「人生短短，少女趕緊去戀愛吧，一旦找到愛人，坐上彼生命的船吧，明日就无這款的好日子了。」異國歌聲字詞裡，由此戀愛有了全新的語言和身姿形貌風情，八嫂陰暗的回房，上吊但被救了回來。陳嘉哉則帶進來另一個歐洲姑娘安娜琪，無政府主義，延續著之前的克魯泡特金這名字和東京往事，「我若講彼個无任何統治者的所在叫安娜琪，是一個姑娘的名，逐個相信莫？」事實上，更有趣的是陳嘉哉還念出了湯瑪斯‧摩爾的名著《理想國》，但不念理想國，就叫「僬僥國」（沒有的、騙子的、虛構的國度）：「我姓掰里物，名來姆哀耳，我父親住居英吉利國的丁海省，生了五個後生，我排行第三。我十四歲時，父親送我到康勃立治大學讀冊。」我自己以前寫過文章談《理想國》此書，但這裡卻差點認不出來或說聽不出來。

最終的〈ＡＢＣ狗咬龜〉則是馬神父了，日本的退走，美國的進來，歷史轉身中一時有著星散更替的味道，四兄和阿姑依循各自心思走向新建的天主堂，我們看到的文字也就不同了，也杳邈寧靜了。四兄和馬神父的相交對話多少讓我們想起老阿加底奧和梅爾魁德斯，神話和新知，鬼神和科學，看得見看不見的，什麼都直接糅成一團；阿姑則直直的走進〈雅歌〉那樣一個世界裡面，人跟神的愛彷彿新婦和新郎的愛，在瘧疾的昏睡中，入夢來的既是滿面鬍鬚的耶穌也是可能如今也這模樣的昔日少年陳嘉哉。林俊頴把故事暫停此處，山中相送罷，日暮掩柴扉，春草明年綠，王孫歸不歸。阿姑關了門，外頭世界繼續的故事，以下就留給藍博洲去說了。

因為其實是回憶，所以時間有跳動、有穿梭、並且有自身局部的回顧和未來宣告（阿姑九十歲的年邁肉身便提前出現在〈理想國的煙火〉一開頭，而且林俊頴說她的回憶版本次次不同，也就是說，林俊頴仍得一一判斷）。但基本上，雙數章節的時間仍是正向的，嘩嘩向林俊頴站在的此時此際流過來。相較於一直以來的書寫方式（即「敘述以華語」），林俊頴顯然用了最困窘最不方便的一種，但這讓我們多一次證實，書寫的困頓有時意味著此路確實不通，但更多時候只意味著還沒成功、還沒碰到合適而且足夠認真的人來寫、還可以滿懷希望的拚它一下；這同時也是非比尋常的路，會有非比尋常的結果可能發生——

最非比尋常的，我以為是——這裡，我們不比其他人，我們嚴苛的林俊頴比林俊頴自己。正如之前說過的，《我不可告人的鄉愁》本書，雙數篇章使用這麼殘缺不趁手的語言文字，居然比單數篇章結果要好，更寫出層次和變化、寫出最難寫的時間流逝，這是非比尋常之一；而這些「多出來」的層次和變化，這被多奇妙著色出來、被多聽見汩汩聲音的時間之流，居然靠的就是語言文字本身的殘缺和處處空白，這更加非比尋常。

確實如此。所謂語言文字的殘缺和空白，通常是我們日後的人才察覺出來的、才這麼說，對彼時的人們而言，這只是自自然然的現實而已。也因此，所謂語言文字的殘缺和空白其實也是一種

「刻度」，是人到此為止認識世界萬事萬物的確確實實記錄本身，語言文字只穿透到這裡、只擁有這些內容、只能表達這麼多，這意思是彼時使用它的人們暫時就只知道這麼多、知道到這裡、這樣看世界；語言文字缺席，那可能是人尚未有此認識，或不關心，或者復歸遺忘；語言文字讓我們察覺應該有的卻沒有，這則讓日後的我們更警覺起來，這裡有著某一個時代的偏好及其相應的認知死角盲點，也可能是更現實更無可奈何的理由，那就是語言文字被某些蠻橫的力量給硬生生打斷，某些場域、某些話題人們無法或不允許用此一語言文字來講，如此，語言文字的應有而未有（狗為什麼沒有叫），還可能進一步曝現出那一時代的特殊不幸命運及其不公不義種種，語言文字成為歷史的呈堂證物本身。

把這些刻度一次次找出來，聯綴起來，就成為變化本身，就顯現出時間的豐饒層次來——「光陰就在某些東西已離我遠去的時刻消逝。」林俊頴讓我們看到，這逐漸離我們遠去的「某些東西」，原來不止人的青春年歲，人珍愛的事物，人的身體、容顏、心志和夢想，原來還包括人用的語言和文字。

小說尤其是長篇小說，很重要一個任務便是有效的、可信的書寫出變化書寫出時間，但這也一直是它最挫折的工作之一。我們知道，大敘事小說的崩解也許是個不幸的清楚訊息，告訴我們書寫有時而窮，告訴我們人以非連續的文字語言追逐著捕捉連續性的人、事物、世界變化，總是有其限度有其盡頭。但我們卻也不免擔心這被太誇大為一種藉口，讓書寫者只用第一眼看世界，書寫者和他所書寫的對象只有某種走馬看花也似的草率聯繫，小說的時間只單薄的一層——當然不是非寫變化非寫時間不可，真正的重點是，書寫者和他書寫對象特殊的、鄭重的聯繫。你為什麼書寫呢？你為什麼寫這個呢？為什麼是祖母而不是其他人？為什麼在眼前的芸芸世界裡你單獨看他、在自己幾十年亂成一團的記憶中你就是記得而且想記下此人此事此物？我們說，書寫者和他書寫對象的基本關係，其最深處最隱藏難以示人之處，總有一份深情，一種依戀（冷酷無比的納布可夫直接講就是「愛」，這還是他晚年說出口的；和他同年紀的波赫士則稍加掩飾的稱之為「那愚蠢的愛啊！」真是奇怪的兩個老頭子），是這樣，而且唯其這樣，才讓書寫者一直看著它、想著它，他看到變化，是因為他擔憂、不舍得和不甘願，時間則不過是一種無可奈何的事實而已。林俊頴大概跟我一樣，無法直接俐落的說出「愛」這個讓人驚出一身冷汗的特殊字詞，所以他把它藏在話語裡頭，讓它一閃而逝，我們再讀一次這話，再讀一次或者感覺又大大不同了不是嗎？「今天我只想記下兩首歌，兩首相隔五十年，我想像自己在兩者間走鋼索，我譯成自己的文字，這樣我就好像長出吸盤，有所黏附有所依恃。這一日我多麼愛這個世界，我忠誠地過完它，沒有二心。」

一個書寫者，寫完他的小說可以生出這樣明亮的幸福感，可以和眼前的這一切彼此相屬彼此信賴——死生契闊，與子成說，我因此很想知道這是怎樣的一趟書寫歷程，想知道這一刻這一天是怎麼到來的。

我努力猜想林俊頴的書寫大概是這樣，很多地方很多關鍵處想必不會是對的，但沒有關係，寫完後我會去問林俊頴本人，並日後校正它——波赫士講：「我並不是一貫正確的，也沒有這樣的習慣。」這是很好的兩句話，完全適用我們這裡，其實還適用許許多多其他地方其他時候。

如今，林俊頴已把閩南語文字書寫推進到這裡，我們還需要回頭討論坊間那些滿心恨意的所謂台語文書寫嗎？

這讓我想起來李維-史陀的煩惱，煩惱他該不該回頭去駁斥佛洛伊德的圖騰說法——佛洛伊德當然這裡哪裡很多都錯了，但並未真正被一一更正，人們只是不再當回事的整個遺忘和拋棄而已。這樣略過是讓人有點不安，但李維-史陀說，可是你為了更正這些已沒人在意的錯誤，必須先重新建構起它，還得為它設想出一定程度而且原來並沒有的道理和首尾邏輯，讓它至少看似言之成理，這樣才能進行討論，然後再推倒它。這幹什麼呢？這還難保有人在此過程中又被說服，你這不是等於助長了你想駁斥的嗎？

好，事實真相是，閩南語早已有它的記錄文字，而且就是一音一字的方塊漢字；當然，不想用漢字、想用其他拼音符號重新記錄一次也行，但這有點不智，而且極不划算，因為你會因此損失這幾百年難以彌補的時間，更難以彌補的可能是這麼一長段時間裡的那些人那些事那些物，再追不回來那些讓渡海之後的閩南語得以獨特生長、變異、演化並生動豐饒的確確實實東西及其各自經歷。

「我譯成自己的文字，這樣我就好像腳底長出吸盤，有所黏附有所依恃。」林俊頴謙虛的說出這樣的事實——書寫過程中，真正由他新造新創的字可能並沒幾個（這其實簡單多了，依形聲造字之法取一聲符一意符拼起來即可，甚至意符一律用口字邊代表擬聲），他做的是仔細找尋、比較和選擇，曾經文字化過的（但也許已遭遺忘）語言這麼做，未曾文字化的語言也這麼做，所以林俊頴說這只是「自己的文字」，他之所以這麼選這麼用，既源自於他做為一個後來者、繼承者對此一語言、此一文字長時間的吸收理解體認，也是因為這一趟特殊書寫的緣故。一次特殊的書寫，會有陌生的新東西得描述，但更多時候毋甯是以不一樣的視角、不一樣的關懷、不一樣的彼此關係重新觀看原本熟悉無奇的事物和人，如新芽伸長於老樹枝上，這是增加的，也是開放的。是的，不是非用這個字、這樣寫不可，但這裡我用這個字、這樣寫是不是更好一些、更準確一些？

這其實也正是造字歷史的事實——人對世界認識的拓展，主體並非陌生新事物的發生，而是既有事物的持續觀看關懷並深入；即使是面對全新東西，人們也第一時間回溯自己記憶，找尋和它「相似」的已知事物來比擬來消化。造字歷史完全反應此一認識事實，人們不很久就發現不用再一一造出新字來，一定數量的文字就夠用了而且這樣更好，老文字攜帶著記憶、攜帶著思維線索，整體構成認識的豐沃有機土地，用老文字描述新事物同時也是移植，把它納入到人的既有認識大網絡之中，因此不只是記錄，也同時進行分辨、理解和吸收。這樣做還有助於記憶，我們知道，孤立的東西只能硬記，遂容易遺忘（所以光禿禿的人名最容易忘掉），人的記憶絕大多數時候是包含於理解之中，靠著理解的線索如樹根般抓牢。

所以嚴格意識的大造字活動停得非常早，大致上描述過眼前世界一圈就收工了，往後幾千年，也正是世界不斷加速變動、翻新、複雜化的這更繁忙一段時光，其實是「用字」而非造字的歷史。大造字確是驚天動地的大事，幾乎你怎麼說它都不算誇大，人類生存歷史中，我們還真想不出來有哪樣發明比它神奇且宏大深遠，而且就這樣，寥寥幾十個字母或就幾道鐫刻線條的彼此組合；但從另一面說，大造字也神奇得令人難多說什麼，更無法再多做什麼，它始料未及的出現了，它迅速完成了，把人類世界整個改了樣子或改了一道完全不同的未來之路，這是一個最美麗的意外，或就說是個神蹟。

真正人的活動是用字而非造字，這才是所有人可參與、且每天每時置身其中做著的事。造字像是人類獨特世界的前提，但這樣一個獨一無二的世界卻是在用字中一步步打開的，人也是在用字中一點一點認識這世界——一直以來，我自己始終其笨無比的有點不服氣，我始終認定人們（尤其是文字學）並未依正確比例的看重用字，像中國古來那樣，只把用字粗分為依聲音借用的「假借」和順意義延伸的「轉注」，且再無意深究的像兩個加掛車廂般掛大造字列車後頭（嚴格說，形聲字便已不再創造新的字形，形聲字只是組合，也就是說，把大造字的完成再提前一千年左右也說得通），這怎麼可以？但現在我漸漸懂了，原來用字此事及其歷史牽扯太深太廣，已不是文字學的專業應付得了的，用字的歷史，其實就是人類的一整個書寫史。

也就是說，真要進一步探究理解用字，需要的極可能不是傳統文字學訓練，而是文學的閱讀、鑑賞和思索——這裡，我們無意抬舉詩人小說家，這只是個簡單素樸的事實。文字的使用，基本上是重複的、沿襲的，秀異的文學書寫者（儘管人數比例懸殊）才是其中把文字一再翻新、讓文字邊界擴張、將造字成果一次次使用到當下極限的人；或應該這麼講才對，在千千萬萬使用文字的人之中，我們發現有這樣子使用文字的人及其成果，我們單獨的標舉出他來，賦予他詩人云云的文學家之名（未如此命名之前我們通常稱之為「善屬文」，如史書古籍碑銘上的），為的是感激並記憶其人存留其文，最終，這成為一種特殊目標和特殊工作的身分，可以進一步被模仿、被追隨、被有為者亦若是，如此而已。

更好的是，這通常係以一種更專注也更實際綿密的方式展開，就像今天林俊頴做的這樣——林俊頴不在一般性的文字學層面工作，他只是想好好寫他的祖母而已，這樣一個祖母，因為包含了書寫者本人獨特的生命經歷，書寫者和她的獨特聯繫，書寫者對她的情感和懷念，以及所有這一切所在的那個無可追回也永不可能再現的時光，使得這一趟書寫展開，如赫拉克里特之河，不會完全等同於過去未來的任一趟書寫，有它獨一無二的部分，要求著文字得做某些它從未做到過或已完全遺忘的事（至於成不成功，或說完成到何種程度，則取決於書寫者的投注、能耐和堅持，以及運氣）；道理上，每一個夠認真的書寫者都同樣在他寫著的東西裡察覺出此一獨特部分，也察覺出每一趟書寫對文字的某些獨特要求，他在找尋、使用「自己的文字」同時也不知不覺推動了文字、拓展了文字。事實上，《我不可告人的鄉愁》並不是這趟書寫之旅的起點，這樣一個祖母如賴香吟所說是多年以來林俊頴小說「反覆登場的永恆女主角」，我們於是更感覺出書寫者於此在自己心裡始終有個難以言喻的目標（某幅圖像？某種標準？某些非說到不可的東西？），他讓自己的書寫潮水般日復一日的攻打它逼近它企及它，了解書寫難度、文字能耐極限以及文學實際歷史的林俊頴一定再知道不過，這終書寫者一生不見得能如意完成，林俊頴引了弘一法師臨終手書「悲欣交集」這四個字，用來想祖母這九十五歲一生，但可能也是他這趟經年累月的書寫吧，「我寫我願意寫的，我寫我能夠寫的，完成之日，我自由了，所以我有感而發，這個寫完之後不再寫我祖母和家鄉了，不論在小說裡或真實裡，他們一一都死去，完成了。我不再驚擾他們的亡靈。」

波赫士這樣講過文學書寫——想想，「一個人的想像力居然可以成為千百萬人內心深處的回憶。這種無所不在的我，這種一個靈魂不停的傳播給別的靈魂，正是藝術的功能之一，或許這是最本質的、也是最困難的功能。」

所以說，這千百萬人日後用之不疑的文字，原來都是一個又一個、一次又一次某個書寫者「自己的文字」。

一道蛛絲馬跡

我們不必（也不會成功）有另一種新的文字，這是太天真或有著其他企圖的人才做的徒勞之事，就像不只一次有人好心發明某種通用的所謂國際文字一樣。還記得毛姆寫滿各種稀有礦物、拜占庭琺瑯和各種名稱的小本子嗎？記得毛姆告訴我們他的麻煩正因為「不幸的是我沒有機會使用這些句子」？模仿古人再造字一次並不難，難的是有足夠長的時間、足夠多的書寫者來使用它、填實它，偏偏這些想造新文字的人又心多迫促，三年對他們都顯得太長，何況三百年三千年。說到底，文字本來就只是一些線條，是柏拉圖（以及日後愛默森）所說死的東西，你不用它，它就只一直平躺在那裡。我總是勸人偶爾去翻翻像《辭海》這樣的大辭典，一生總得做一次這事，實際上看看人們曾反覆造出來多少文字。這些文字，就像我們濫情的說每個人都曾經是有父有母、享受鍾愛的小孩一樣，也許每一個都在某一天某一地某件特別的事發生時某個人確實需要的，靠它才得以寫下、傳遞、確認他心中的某物、某念頭。一部大辭典，正如同安博托・艾可被邀請到亞歷山大圖書館這最古老的書籍堆聚之地，如果你正確看它，並賦予你恰如其分的感激之心，也許比一座大教堂或大金字塔更有資格也更富內容的可稱之為人類文明歷史的廢墟，更讓人心生思古的幽情。

我們早已前進到用字的時代裡，這段人的獨特歷史（以及這些文字）將一直伸進未來直至末日。文字是日用之物，我們知道，每天得用、得看到的東西必須考慮它的造型長相，最好是好看點順眼點，否則兩天就受不了，會引發劇烈的頭痛和無名火。因此，有些服裝、有些妝扮、有些畫作或藝術品、乃至於有些人，在外頭看看就好，千萬別帶回家必須每天相處；有些追逐某種特殊感官效果的小說也是看一遍就好，讀第二次就只剩不舒服了。

文字是美的，也必須是美的，儘管美麗原非它的真正目標，只是一種緩緩的好結果（E. M.佛斯特說：「小說家永遠不應該追求美，儘管我們知道要是他達不到美，那就失敗了。」）。但如何是文字之美？其造型長相當然得講究，但這只是其一小部分，而且還是容易完成彈性不大的那一小部分，文字真正的美，是一種於人更切身關係的美。

十年以前，我在我那本簡單的小書《文字的故事》裡斷言的說，中國獨有的會意字極可能就是人類所擁有最美麗的一組字，但我們從實際長相來看，會意字並沒比原來的象形字刻畫得更美，而且，由於仍是使用不夠銳利趁手的青銅鋒刃刻在堅硬且有自身溝紋的骨甲之上，會意字甚至遠遠不如之前人們在岩壁上、陶罐上所繪的著色圖樣，仍只是怪怪的疏落線條而已。會意字的美，比方像「夢」字，這個波赫士一生被它糾纏著不放卻迷上它的東西（斯德哥爾摩症候群是嗎？），會意字刻出的是一個睡著的人，卻詭異的仍睜大眼睛，彷彿在另一個世界裡，或者說在兩個不同時空的交壞交換之處，人們仍醒著看著且不由自主參與著無法真正歇息；還有更精緻的多刻上人冒出的大顆冷汗，以及此人喘不過氣的一手按住自己心口，這是噩夢了不是嗎？波赫士百分之百一定更喜愛這個，他一向認定很多了不起的作品寫的就是人的噩夢，不止是《馬克白》和卡夫卡而已，他也一向認同人類歷史就是一場掙扎著要醒卻醒不過來的噩夢這一說法。這個古中國的夢字，不知道是天啟也似的一次造成還是經歷過多次重造修整，我們感覺它是極聰明的，也有著很好的想像力，尤其考慮到彼時人們仍極其有限的相關生理、心理學知識，也許人的想像力正是人面對自己無知的奮力突圍及因之而生的種種迷人猜想，一直到今天依然如此。但這樣一個夢字最抓住我們的仍是它的準確，像不偏不倚擊中某個核心一點，以至於它又是全然現實的、會心的，時隔三、四千年甚或更久，我們仍一看就懂一看入魂，就像今天早晨才剛寫出來的一樣，或如波赫士另一個更精采（準確）的說法，「嶄新得如一輪新月，或一副新牌」。

「旦」字也是，它是黎明，是太陽剛昇起來，最美麗的一個旦字魔幻般畫出上下兩個相鄰的太陽，下面那個稍稍草率模糊的其實是水上倒影，仔細想，這比一個太陽一道地平線的幾何圖形構成更精準、也更存留著反射著日出的璀燦奪目光芒不是嗎？「習」字也是會意字，它把兩根羽毛高高置放於太陽上方（原是日而非白），原來這是兩隻展翅的鳥，一大一小的鳥，正是母鳥帶著羽翼已豐滿長成的幼鳥練習飛行好離巢獨立的畫面，也許還是最後一次一齊飛——

是準確，而不是美，才是佛斯特所說書寫追求的目標，極可能還是唯一的目標，美麗只是乖乖跟隨而來，或者說，美麗只是我們觀看者的豐碩感受，以及因此發出的讚歎聲音。

我總是忍不住的單獨看會意字，不願把它和其他文字並列，甚至不願把它們歸成一類，因為它正是一個一個單獨造成的，生產線快速大量製造的字依循著一般性的原則，好壞良窳皆只能到一般性的表層，也保留不了現場、保留不了那真正觸動人心想好好記住它的那一刻；會意字不同，仔細看它每個字都像是一幅畫，甚至是一行詩，一篇單獨的文章，我們好像還看得出來造字的人面對著什麼，他在想什麼以及怎麼想，我們還看得到他怎麼分辨、選擇、凝視鎖定一點並只容一次的伸手捕捉。卡爾維諾說他一直想編纂一個選集，其中每個故事都由一個句子甚至上由一行字構成，多年下來，他以為最好的是瓜地馬拉作家奧格斯多・蒙特瑞索的這個：「他醒來時，恐龍仍在那裡。」但卡爾維諾知道一個字就構成一個故事嗎？這就是會意字，只可惜我們來不及告訴他。這不只是一種造字技藝而已，或者說，這才是文字技藝更完整（觀看↓思索↓捕捉↓呈現）的模樣。

也因此，我還把會意字看成某種先驅，看成日後文字演化的預言，是一組提前伸入內容、深入人心的字，是領先進入到用字時代的字。這麼說也許僅僅是一種事實而非誇大，會意字和日後的轉注字只模糊的一線之隔，我們有理由相信，有些會意字其實就是轉注，是原來特定指稱的象形字其意義如花展開的結果，是使用的結果。

我們面對的是一個萬事萬物不停止變化移動的世界，一切稍縱即逝，波赫士（比佛斯特講得更白）說他不相信有單獨成立的美學這種東西，說抽離的、原則的談論美探究美令人不安；我想我知道波赫士不安些什麼，我自己也以為美不該是某種另外的、添加的東西，更不會是固著的東西。書寫文字的美學問題其實就是認識問題，是文字一次又一次想盡辦法要說出來書寫者才堪堪觸及到、猶裹在一大團迷霧之中、仍不斷移動躲開的東西；書寫者晶瑩的、盡可能纖毫不失的講出它來，心無旁騖，我們閱讀的人看得驚心動魄，我們以為這一切如此美好，從發想、捕捉到最後的呈現。

如果一定要說出某種通則，我寧可說，文字之美，不管要的是宏偉的、雄強的、悲悽的、柔婉的、典雅的乃至於恐怖的（如昆德拉指出的，《戰爭與和平》中重傷的安德烈公爵沒麻醉就開刀的景象），永遠有著某種難以言喻的、不絕如縷的、迎風搖曳的纖弱之感，像是說文字和事物的接觸每一次都只能是一個點。由此，一篇好文字一部好作品，其中心處彷佛有著一道由細碎結晶微粒堪堪構成的細線，一道寫毛筆字的書家稱之為「烏絲闌」那樣墨色之中熠熠發亮浮現出來的金色細線，一道蛛絲馬跡——最近我又多得知一個很計較的說法，說這裡的馬跡不是那種蹄鐵重重踏出的大腳印，馬指的是「灶馬」，也就是螽斯，由它如此纖細的腳，這麼輕的身體所走過的幾乎不見凹陷的行跡，比對著頭上透光接近透明的蜘蛛絲，都一樣只有極其專注的眼睛，在某個特殊角度、在某種光影之中才會看見，「日色五華無覓處，卻在蛛絲往來中」。

我以為這也是書寫者認識，一個一個分別的認識的一道明晦不定行跡，它一次又一次聯繫起書寫者自己和此時此刻，某種我在，這可能也就是林俊頴所說的，「我自己的文字」，我這樣一趟書寫用的文字。

《我不可告人的鄉愁》無疑是台灣近年來最好的小說，獲獎不斷，有破竹之勢，從二〇一二年開年書展起，看這般光景應該會一路贏到年底，讓二〇一二成為它的——我倒是有點驚訝此番整個世界如此敏銳，這麼快就辨識出來。以至於相形之下，朱天心和我顯得苛厲許多，我們的喝采音量沒這麼大、這麼不保留。

這乃是因為——我們並不覺意外，我們還以為他的力量並未完全釋放出來，這也不會就是林俊頴最好的一部小說，等著看吧。

八月中，林俊頴將帶著他又已開筆的新小說去美國愛荷華長住兩個半月，算算時間一定會逢上北京阿城所說那種玉米乾葉子刮過乾硬地面、讓人心生去死念頭的蒼蒼茫茫異樣秋天，尤其今年又是大旱，密西西比大河都見底了。重新開筆來得這麼快，說明這是一趟元氣淋漓的書寫，卻也說明猶有其他的力氣仍得找尋其他路徑、其他文字。祖母的故事講完了，戛然停止在他最會說、需要的文字好不容易都找齊了的最高峰一刻，這是所有我認作楷模的書寫者才做的毅然之事，光是因為這個，就足夠讓我相信，林俊頴的下一部小說也許不見得比較完美，但一定是前進的。

那位從紐約找上門來的NBA迷

二〇一二這上半年，因為林書豪的緣故，台灣炸開來也似忽然一股前所未見的NBA熱，或正確的講，林書豪暨其紐約尼克熱。一時，籃球不再自給自足於某一部分人才沉浸其中的電視運動專業頻道和報紙體育版裡，它排闥占領了報紙前三個整版，以及二十四小時所有的電視新聞相關節目，我們曉得，這原是我們用來知道世界的、家國的、關乎全民的最重要大事情之所在，所以意思也就是說，林書豪和紐約尼克忽然成為這個國家「攸關生死」的大事，不管你喜不喜歡、看不看籃球，這些你好像都非知道不可，還不止「甜瓜」安瑟尼和「阿嬤」史陶德邁爾這兩個大明星大球員，而是包括所有板凳球員，你都得熟記其長相、身高體重、哪家大學出身、上場幾分鐘並做些什麼、人格品性如何，以及最重要的，對我們的林書豪而言是義人、是惡人或僅僅是個廢人。

這當然不會是真的，即使把範疇縮減回NBA小世界裡都不是真的。真正看NBA的人都曉得，尼克沒這麼重要，尼克只是一支外厲內荏、雷聲遠大於雨點的好笑球隊而已，它最重要、也最強的時候總是在球季開打之前，整整四十年此一模式不變，球隊很好笑的總是付太多薪水，紐約球迷也很好笑的總是太激情太騷動、不符合實力比例原則的那樣吵鬧個沒完，虛張聲勢的自自然然終點就是事實真相顯露的那一刻，所以其他人總是像老經驗父母對待頑劣哭鬧小孩那樣冷眼疲憊看尼克及其球迷，時間一到，戰績掛出來如牆上鐘響，好啦，該洗洗臉擦擦眼淚上床睡覺了。

「攸關生死」這詞，我借用於卡夫卡，連同他的本來解釋，直接出處則是米蘭・昆德拉的《簾幕》這本我珍視不已的書：「法蘭茲・卡夫卡在他《日記》裡談到這點。……他說，一個國族對自己的作家特別表示推崇尊敬，因為在『敵意環伺的世界中』，他們為自己的小國族帶來驕傲。文學對於小國家而言，不像是『文學史上的事情』，倒像是『人民的事情』；由於文學和它所屬人民相互間不尋常的滲透，所以便促進『國內文學的傳播，它與政治是共生的』。接著他做出一個出人意表的結論：『在大國族的文學裡，那種只在底層玩玩，並非國族這棟巍峨建築一定得有的東西，拿到小國族便是了不起了；大國族裡那種引起人群暫時聚集的事情，拿到這裡可就攸關生死了。』」

這個其準無比、彷彿今天早上才對著我們台灣講出來的看法，唯一不準的是，我們還沒這麼好，我們台灣不拿文學和作家來做這種事，我們找更快更簡單的東西，比方籃球或跆拳，也可以是服裝設計，一時實在沒有那就還是雲門舞集。台灣這些年有一個黑洞般的固定欄目叫「台灣之光」，急得不得了，得找人不斷裝填進去，但獲選資格不由我們自己認定，彷彿我們並沒能力分辨光榮與否，而是取決於某個或某些外國人的發現。

我自己一貫對熱潮現象、對人群快速聚集之地興致不大，還懷著點戒心，也許是因為完整看過太多次了（比方上一回紐約襲來的巨大熱潮不就是王建民嗎？荒謬的讓洋基成為台灣洋基隊，一如現在的台灣尼克隊），很容易一併先看到它呼嘯而過之後的更荒敗景觀和扔下來的滿地垃圾，如聖經講的七頭肥牛後頭必定跟著而來的七頭瘦牛。在如今這麼一個連擦鞋僮都進場談ＮＢＡ、而且擦鞋僮還在電視上示範林書豪怎麼切、怎麼向右（總是向右）跨他第一步給我們看的詭異日子裡，我倒是又想起來一樁遙遙往事，一個素昧平生的人，他一樣來自紐約，當然是尼克隊球迷，來到台灣順便找上我，和我在咖啡館裡整整談了兩小時ＮＢＡ，這事都快二十年了——

時間對我很好記的原因在於，距今正好二十年的巴塞隆納奧運夢球隊天降下來的成軍，也就是唐諾這一可笑名字的確實誕生日子，那幾年（也就那幾年了）我的身分是球迷唐諾，胡言亂語寫些NBA，此事不知為何因風傳送如一粒花種偶爾飄去了美洲大陸，也許還因此刺激了一位在地的NBA迷。這其實是這一百年來很典型的美國人反應，他們不大相信有些事你會知道得比他們多或者深入，包括台灣的民主進程或台北市的捷運鋪設，遑論籃球棒球這樣普世公認他們最會打的東西，你有踏進麥狄遜廣場花園過嗎？你曾經坐球場第一排被查爾斯‧巴克萊的兩百多磅飛來肥肉連椅子帶冰塊可樂撞翻在地嗎？這位紐約朋友倒不全然是那種尼克迷，或者是他因為遠離了尼克隊「力場」恢復成東岸知識分子的本來人樣，總而言之，此人溫文、客氣、極有教養還長得年輕好看，但沒辦法他仍是「上國」來的，自自然然就有著難以言喻的一種氣人善意和悲憫，像有點擔憂我們依然相信地球形狀是扁四方形的那樣。

兩小時裡，我一直分神想著葛林那本被低估的小說《沉靜的美國人》（我以為這是越戰一場所留下唯一一本值得的小說），以及書中所說那名常春藤聯盟名牌大學畢業、留平頭、救世軍一樣到中南半島戰火中來的派爾；也因此，我只好就是那個蒼老、抽鴉片煙、滿口譏誚、置身各方交戰勢力之外哪邊都不加入的英籍老記者佛勒。我們的對話還真的隱隱如書中寫的那樣進行——「你不認為沒有了紐約尼克，這一切都變得全沒意義了嗎？」「恰恰好相反，正因為有這樣子的紐約尼克，這一切才變得毫無意義。」

至於NBA的實際部分，兩小時內我大約回答了十五個「那你知道嗎——」的各式考題，大體上算幸不辱命——紐約朋友果不其然知道得遠比我多，但僅僅限於尼克以及紐約出身的球員，比方說他得一再繞回來重提六呎一的左手控衛肯尼‧安德森高中時的某一場球的數據、細節和場中花絮（還記得是誰嗎？日後進NBA他打的偏偏是隔條河、專供紐約人嘲笑以便自我感覺良好的紐澤西籃網，搭配左手天才大前鋒柯爾曼，是沒成功的左撇子史塔克頓／馬龍二人組）；也就是說，紐約算他的，一離開紐約就該我了，三十支球隊我足足贏他二十九支，並隨著公里數不斷擴大差距，像九〇年代當時的波特蘭拓荒者，多旭日東昇又在多遠的中西部，當時台灣ＮＢＡ迷誰都能夠隨口說出號稱「五黑寶」的先發五人名字，這是沒弱點沒裂縫的鋼板模樣先發陣容，但他只依稀記得有個叫「滑翔機」崔斯勒的人。

昆德拉稱這個叫「大國的鄉巴佬氣」。

這樣的交談結果讓我們兩個都嚇了一跳，的確有一點點如史家房龍所說「一個馬槽擊敗一個帝國」的奇妙味道──九〇年代初時，我們的確像蹲在馬槽裡看ＮＢＡ。當時，沒有電視運動專業頻道，轉播只亞衛每星期一場球，此外就是日本ＮＨＫ，再加上每天報紙體育版一小角的斷續破碎外電；再稍前，你更只能依賴不知何處輾轉到手的私藏錄影帶如同尋獲武俠小說裡的絕世祕笈。也就是說，ＮＢＡ不是資訊，因為無法構成資訊；不會過期，因為抵達你面前永遠過期；不是昨天的報紙包明天的魚，而是每一張紙（舊報紙、舊雜誌、舊書）都是知識和深深的記憶。我這麼說絕無一絲一毫誇張，當時我們不會放過任何一行有關ＮＢＡ的文字從眼前無恙走過去，放過不起，放過就什麼都沒有了。回想那樣一種ＮＢＡ的日子，總會一併想起賈西亞・馬奎茲說的：「我們是由整個世界的殘渣構成的，所以我們視野比他們寬廣得多，我們的接受能力也寬廣得多。」

我們的簡陋，相對於當時已什麼都有的紐約球迷，憑什麼贏？我會說，憑的就是我們沒自己的球隊、沒自己的球員。正因為沒自己球隊、自己球員，基本上我們看的是全部球隊全部球員，其中若有所偏好有所強調，比方八〇年代湖人或九〇年代公牛，根據的也是我們對籃球技藝的了解，我們走向魔術強生或麥可・喬丹，不因為他是「我們的」，而是因為他最好，如此而已。一直以來台灣有著水平極高的籃球迷NBA迷（事實上，網球迷也非常不錯），這是最有趣也最為關鍵的因素。

我們誰都知道，奧林匹克運動會當然源自、仿自古希臘城邦，馬拉松全長四十二公里多一點點，之所以不成整數，紀念的就是那個從波希戰爭前線把捷報帶回來的不懈希臘人實際奔跑距離，但鉛球（彈丸）、鐵餅和標槍擲遠，也許更加醒目讓我們看到彼時的戰鬥競技形態及其古老武器配備——然而，古希臘人怎麼看待奧林匹克這樣以諸神為名的競技呢？依伯奈特，他們把人分為三級（這裡必要提醒一下，我們該去除其不好的階級勢利氣息，只保留其知識和視野的位置這點）：最下一層是場中賣東西的小販，他們無暇他顧；其次是場中熱血競技的運動員，他們置身其中也困於其中；最上一層則是靜坐的觀眾，這才是縱觀全局、唯一有可能心思清明的位置。

是的，二層和三層不同於我們今天，倒過來了。甚至，第一層還「翻轉」到最上層來，賣東西的也就是商業，如今站上真心俯瞰的，控制這一切的位置。

二合一的全新型態鄉巴佬

昆德拉所說的「鄉巴佬氣」是什麼？這個貶義的詞當然不是任意選用的。他以為，我們可以把一個東西放置在兩個基本背景裡面來看，一個是它的國族歷史，這是「小背景」；一個是這個東西超越國族的、由它自身的知識、技藝和成果所構成的歷史，這是「大背景」。像林書豪，他是「我們的林書豪」，我們可以閉關在自己的國族歷史裡，放由情感縱橫，說他是神、是the one、是高興他是什麼就是什麼；但林書豪同時是ＮＢＡ的一個球員、一名控衛，當我們把他放回超越國界的籃球技藝本身世界這大背景來看，你首先非得弄清楚不可的第一個問題便是，在ＮＢＡ一號控球後衛群中，林書豪大約排在哪裡？第幾位或說哪一層級？哪一型態？稍具ＮＢＡ知識的人都心知肚明，最近這五六年極可能是一號球員的最奇妙豐饒歲月，老的健在不死，新的又多到好到讓對身高最勢利眼的每年選秀會非優先挑走他們不可，控球後衛連著幾年古怪的壟斷狀元籤（公牛羅斯、巫師渥爾、騎士厄文），這才是較完整的當代奇觀及其事實真相，林書豪為此一奇觀多添加上天外飛來的一筆，但這同時是他的處境，是他日後每一天每一場的嚴酷對抗。

放進大背景裡，你看，話就不能也不忍心亂說，因為受著知識和事物本身道理的不太舒服限制，即便像「神」這樣一個浮誇隨便的說詞其實也有限定，百年ＮＢＡ，大致上就只麥可·喬丹一個承荷得起。「如何定義『鄉巴佬氣』？那就是拒絕（或沒有能力）將自己的文化放在大背景裡來看待。」鄉巴佬一詞，依它本來意思，是指完整真相的不明不察，真正知識的不在或遠離，以及人的目光如豆還胡言亂語；而在知識已充分開發、資訊已如此豐沛的時代，因此還要再加上倒退、返祖、沒道理的胡言亂語這層清晰意思，是人重返那樣的蒙昧無知狀態。

一個紐約球迷的基本ＮＢＡ圖像大概會是個什麼模樣？我們直說，他們很難不是「紐約尼克及其對手」這一怪比例的構圖，取代了三十支球隊各自獨立、完整、都有名有姓有同樣數目活人且奮戰不休所組成的ＮＢＡ本來面貌（也就是沒林書豪之前我們在台灣看到的ＮＢＡ圖像）。「尼克及其對手」這個奇怪比例的圖像，在紐約當地早已超過了個人感情用事的層次，而是已實現為一種籠罩的、自然的、地老天荒的硬梆梆現實，一種人再難以察覺有異的基本處境。每天的電視轉播大致依這一比例執行，報刊雜誌的放送資訊和討論也大致依此比例選擇刊載，人在酒吧咖啡館街頭巷尾看到聽到的更都是這樣（閑談閑扯尤其更肆無忌憚、遂也更忠實顯現這一比例圖像）。因此，不是訊息總量多寡的問題，而是所有的訊息都得彆扭的穿過這個扭曲的基本圖像才能抵達人眼人腦人心，這通常所剩不多，而且壓成薄薄一層，還是某種扭曲的怪樣子。

我和紐約尼克迷朋友的兩小時交談還發現一件嘖嘖怪事，那就是他對偉大的卡林・阿布都・賈霸所知意外的少——這位七呎二吋半、有「上帝所造最完美籃球機器」之名的天鉤巨人，一直到高中仍是紐約寶華中學的，也在當時就身高竄出七呎、名滿天下、被視為必定更新比爾・羅素和威爾特・張伯倫中鋒定義的曠世奇才，只是他當時未皈依真主阿拉，仍叫呂・亞爾辛陀。但我想我很快猜到原因：賈霸從此再也沒為紐約打過任何一場球，修理紐約球隊倒是數十年如一日而且做得好極了。他大學為洛杉磯UCLA連取三屆NCAA冠軍，紐約沒太像樣的大學球隊這便也罷了；但進了NBA，他先是隻手把爛隊密爾瓦基公鹿撐起來成為東方強權，而那正是尼克史上最強、本來也許可成為一個王朝的唯一時候（威爾斯・睿德、渥特・佛雷塞、比爾・布萊德雷、戴夫・狄波雪、以及稍後投靠的「珍珠」蒙羅，兩次總冠軍皆發生在一九七〇前後那幾年），因此賈霸只能是讓尼克少拿好幾次冠軍的惡魔；日後賈霸哪裡不好去偏偏轉進了L.A.湖人，也就是讓紐約人最不舒服的那個暴發戶金粉大城，這不可忍了吧！對這位年輕紐約朋友而言，呂・亞爾辛陀太遙遠了，一切發生在他出生之前寶化為石；而賈霸又太可恨了掩耳不願聞，這是尼克迷最尷尬最不好聲張的記憶。

小背景依循的是國族歷史而非真正的籃球技藝籃球成就，他們靠歷史記憶過活，卻同時是記憶的重度偏食者，依每天三餐的時間頻率挑揀記憶、修改記憶、並加熱烹調記憶。問題是，記憶是人唯一能夠確實清晰掌握的東西，它該說是知識的基礎或說就是知識的存有方式？總而言之，喪失記憶也就是拋棄知識，任意塗寫扭曲記憶甚至更糟糕，所以，籃球的國族主義者，就跟所有的國族主義者一樣，他們最清楚的形象還不是無知無識，而是反智，人在知識的對立面、在事情真相的破壞面。

對籃球較深度關懷、會再找各種球評看的NBA迷都曉得，任何在地的報導和談球文章永遠是最偏頗最難看的，不是真的無知無識，這些領高薪天天看球的專業之人怎麼會不懂籃球、不知道事實真相和來龍去脈呢？他們毋甯更狡獪的察覺，這樣附和著一般球迷更安全也更有利，你不僅該像他們那樣談球，而且得搶先一步更大聲更誇張的講出「他們心裡的話」，因此，其結果繞一圈還是無知無識。

米蘭・昆德拉定義完「鄉巴佬氣」，接著又進一步把它切分為兩種：有大國族的鄉巴佬氣和小國族的鄉巴佬氣。

「大國族常常會排斥歌德的『世界文學』觀念，因為他們自己的國別文學在他們看起來已足夠豐富，所以對於其他地方的文學作品提不起興趣。卡茲米耶爾基・布朗迪斯曾在他的《記事，巴黎一九八五～一九八七年》裡說過：『法國大學生和波蘭大學生相比，他們對世界文化的認識比後者更顯不足，不過他們有條件這樣，因為他們的文化或多或少包含全世界演進過程的所有層面，所有可能性和所有的階段。』

「小國族對於『大背景』視而不見的理由正好相反：他們對世界文化相當尊崇，可是這個文化在他們看來是個陌生的東西，像頭上的天一樣遙遠，一樣不可接近，是個與國族文學沒有太大關聯的理想現實。小國族常會訓誨他的作家，說他們只隸屬於自己的國族。如果他們將視野拓展到國界之外，和越國界藝術領域的同行連上聲氣，那麼大家就認為他們裝模作樣，瞧不起自己的同胞了。又因為小國族經常遭遇攸關存亡的險境，所以這些國族很容易便能推銷自己的態度，好像在倫理道義上絕對站得住腳。」

有關小國族，昆德拉還有這一段話：「國家的大小之分其實和居民的數量多寡沒有太大關聯；重要的是某種更深層的東西：它們的生存在自己的眼中始終不是一項不言而喻的事實，它們的生存比較像是一個疑問，一場賭注，一個險局。面對歷史它們只能採取守勢，因為那是一股它們抗拒不了的力量，從不將它們考慮進去的力量，甚至連有沒有注意到它們的存在都還是問題。」

這分別說得好極了準確極了，馬上能在我們腦中喚起一系列的國族名字和事件，但紐約尼克卻呈現著另一個全新形貌的鄉巴佬氣，或者說，紐約尼克提供了我們「進化過」鄉巴佬氣的一個清晰又具體例證，這種新的鄉巴佬氣是——它同時擁有大國和小國的鄉巴佬氣，端看它面對的是誰，端看哪一種比較舒適（是的，是舒適，已不僅僅是有利而已）。也因此，這是一種更糟的鄉巴佬氣，它不是那種疏忽的無知（大國族）或多少情非得已的無知（小國族），這是一種挑揀著扮演的、狡獪的無知。

也許這種全新鄉巴佬氣在亞洲比在歐陸更明顯些。比方一直默默遵循脫亞入歐路線至今已百年的日本，便始終又是大國和小國；中國大陸，尤其是所謂大國崛起之後的當前中國大陸，其最危險（也最容易發生）的一組思維便是既保持著大國族的懶怠傲慢、又攫取小國族時時身處險境、強敵環伺壓迫、做什麼都自動合理耍流氓都合理的完全道德自由；美國這個超級強權也許不能太扯，但我們也很容易注意到，只要經濟景氣一弱、貿易局部性的失利，美國國會裡、傳媒上，馬上就充斥著這種尼克迷也似的瘋狂聲音，要報復要開戰要反擊，也就是克魯曼一再講的，這不是經濟評論和經濟學者，而是傳媒現象和以華府為基地的一堆追名逐利之徒。多年以來，我們在台灣時時看著生氣，但回頭來說，台灣自己又何嘗不然？——我們什麼時候是大國鄉巴佬呢？我想起一位馬華朋友告訴我的，他念大學時，系上一位女同學好奇難忍又怕傷他自尊的怯怯問他：「小馬，你們在馬來西亞是不是住樹上？」事實上，吉隆坡著名的雙子星大樓已豎立起來，當時還是世界最高，史恩・康納利拍的那部不好看賊片便取景於這幢摩天大樓。我總是嘲笑他才華不足，他起碼該這樣回答：「是啊，但樹長太高了，所以我們裝有高速電梯。」

多年看下來，我們或可得到比昆德拉進一步的結論，那就是鄉巴佬氣總既是大國族的又是小國族的，正如你在辦公室熟悉無比的，那種對下層欺壓、作威作福的傢伙同時也一定是阿諛諂媚老板的人，這其實是同一件事、是同一種人的兩個面向——只因為國族是小是大，這是表面的，也是相對的變動的，依各種標準各種不同路徑，你總是找得出比你大的、可惡的國族，也一定有比你小的、不值一顧的國族。但只看國族歷史的國族主義者就只此一種，這是人類歷史最單調乏味的東西，因此其思維和行動也是最好預測的。

那些球迷都哪裡去了？

NBA的球員是哪些人？是一群年紀在二十歲到至多四十歲之間、除了很會打籃球之外其他方面毫不特殊的人，你很難希冀他們在籃球之外又是哲人又是道德楷模（這樣子看球你是自找麻煩）。因此，像提姆・鄧肯這樣的人是異類是奇葩，如果他要離開聖安東尼馬刺誰不搶著要，但台灣稱他「石佛」的鄧肯毋甯更像你在日本隨便鄉間小路上都看到的地藏王菩薩雕像那樣，連容貌氣息都像，安詳的、風雨依然的在聖安東尼這個超小號城市護佑生民，打他優雅不波的籃球，十多年連一絲離隊的風聲（至少炒炒新聞，或利於換約談判，經紀人必定會如此慫恿他）都不放出來。鄧肯極可能（也是我的看法）就是ＮＢＡ全部歷史裡最偉大的大前鋒，卻從沒有相稱於此的傳播聲名和廣告代言，你需要以籃球知識、把他置放回「大背景」裡，才真正看清他的價值，知道他有多好。提姆・鄧肯，也許可以再加上他昔日老大哥大衛・羅賓遜，是ＮＢＡ另一個遠遠被低估的最美麗神話。

我們說，不管紐約球迷如何認定尼克是支多可憐巴巴的球隊，如何要自己堅信這支球隊的現實命運永遠是「一個疑問，一場賭注，一個險局」，事實真相是，這永遠是占盡一切便宜的大球隊，只因為它隸屬紐約這座世紀大城，在地球的某個正中心。也許除了提姆・鄧肯，紐約尼克沒有它真正挖不了搶不到的球員，只有他們自己認識不明、腦袋不清以及談判錯誤從指縫中砂子也似一再流失掉的球員（你怎麼會讓以撒・湯瑪斯這樣偏狹陰暗惡名昭彰的人出任球隊總經理負責操盤？）；紐約尼克也不會有那種新人合約未滿就天天吵著離隊飛向高枝的球員（那是魔術、騎士以及一堆更小的球隊），只有一個一個他們毀壞、拋棄、當垃圾一樣處理掉的球員（還記不記得？王建民離開紐約洋基前夕，紐約在地傳媒就以「垃圾」名之）。這幾十年來，紐約尼克倒是有一樣古怪的本事絕對是全ＮＢＡ第一，那就是同一名球員在原球隊和在尼克表現的落差程度，很多好球員一穿上尼克球衣就變得平凡，甚至變得像不大會打球，麥狄遜廣場花園彷彿是某種墳場。這種事發生個一次兩次，你可以怪球員自己浪得虛名或不爭氣（今日的史陶德邁爾或昔日從「最難防守的長人」變成尼克大軟殼蟹的查爾斯・史密斯）；但如果呈現的是通則般的幾乎每個球季都發生，事有蹊蹺，那必定是這支球隊、這座城、這樣的球迷和球評及其看球談球文化有了奇妙的什麼，諸如某種吸收能力裝置或毀滅裝置。

至少有一點是再明確不過了，那就是急躁，球迷無比的急躁，以及跟著如此不恰當急躁而來的殘酷野蠻，我以為這仍是巧妙結合了大國族和小國族鄉巴佬氣的特殊產物——連輸四十年，讓尼克得以把小國族悲情操作到時時臨界沸騰的地步，只有今年了，只有眼前這幾場球，打不好就噓你羞辱你，就不是玩意兒，就拆掉重來，其代價是時間的失落，時間的幾乎完全不存在、不我予。這裡所謂的時間可貴縱深，並非指的那種十年生聚十年教訓以至於一不小心就安然酣睡過去的太長時間，而是往往只是兩三年的必要從容和耐心，建立在人正確的知識、理解和判斷之上，有些果子就是不能現在就摘，有些文章和小說得稍稍放置再寫，有些球員你得等他一下並協助他一下，好讓他打出或找回型態（想想公牛王朝的左右護法皮本和格蘭特，公牛隊和芝加哥球迷是怎麼讓他們從選秀菜鳥一年一年長過來的）。但我們得說，尼克及其球迷之所以敢於如此放縱，仍是因為他們是大國族的，他們有恃無恐，他們知道廣場花園外頭排著隊的並不只是進場叫囂的球迷而已，還有另外一排，那就是願意到、等著到紐約大城打球的球員，供應源源不絕。這些人甚至願意低於身價和市場行情來紐約留在紐約（「我們的林書豪」便擦槍走火的只能黯然去休士頓火箭，他自己應該有點懊惱，紐約人也馬上以此為罪名，意思是你該識相點少拿錢為我們打球），就像這一百年來，許多世界各地的人願意放下自己遠較舒適安穩的本來生活，到紐約打工端盤子乃至於沒身分被警察追著跑一樣，只為賭某一個生命的華美大夢。

說真的，就算尼克如此不智的、損人不利己的、自毀的急躁，但要讓這樣一支什麼條件都豐美無匹的球隊整整四十年拿不了一次總冠軍，仍是驚人成就，也將是NBA過去現在未來歷史最神祕費解的一個謎。同樣在紐約，MLB的洋基就沒這樣，洋基是一支拿總冠軍拿到令人生厭的球隊，固然，這裡有著棒球和籃球的根本差異存在（比方單一球員相對重要性決定性的不同、比方球員橫向交易流動的難易條件不同云云），但一定不止這樣。

如此年復一年，夠讓一個十幾歲才抬眼看世界的年輕人，轉變成一個深知各種視角各種理解途徑、萬事萬物並非只一層脆弱不堪表相、「再沒有任何一個人一個國家一個神話可將我欺騙」的世故蒼老之人。尼克迷怎麼理解、消化他們這漫長並持續受挫的四十年呢？——彷彿是這樣，他們沒因此走向複雜和豐饒，反倒是耍賴小孩也似的走向原始和野蠻，服膺那種不必用腦子的強者哲學，強者就是美，就是真理，強者不受任何限制、不在乎如何完成全然自由，麥狄遜廣場花園不像是古希臘的奧林匹克運動場，而是打死一個少一個的古羅馬競技場；根柢處，我們甚至可察覺出尼克迷是「看不起」自己球員的，好像你知我知你們這些傢伙是為什麼來紐約的，這是標準的大國族鄉巴佬氣。NBA三十支球隊，便只有尼克球員的身分最像是「傭兵」，這座城、這些球迷並不真的接納他們信賴他們，我們說，最後一個紐約尼克球員極可能是早已退休的中鋒派屈克・尤恩，尼克迷對待他稍稍複雜些但到此為止。

我們說不上來一個沙加緬度國王球迷或一個亞特蘭大老鷹球迷該是什麼樣子，但我們很容易描繪出一個尼克球迷，好像尼克迷只有一種，甚至說就是一個人——我想起斯威夫特刻薄的說法，嘲笑當時大英帝國的法官和主教：如果將白鼬和假髮套以某種方式放在一起，就會變成法官；同樣的，如果將黑頭髮與棉布正確的結合在一起，就會變成主教。如果你看武俠小說，你可以把麥狄遜廣場花園想成是那種養蠱人的特殊封閉器皿，把五種毒蟲放進去七七四十九天，不是，是把各種NBA迷扔進去，由他們互吵互鬧互噬互咬，八五四十年後再打開大門來，最終留下來最凶最毒的那一個，就是尼克球迷。

開玩笑歸開玩笑，我自己其實並不相信球迷只有一種，也還不相信球迷會被消滅到只剩一種，至少如紐約的卜洛克講的「不是現在」；從另一面來說，紐約其實是全美國最複雜的一座城市，比美國任何一個城市都做到昆德拉所要求的「以最小的空間容納最大的歧異」。紐約甚至遠比整個美國還複雜，以至於它有一大部分好像逸出美國之外，既不隸屬於美國也無法用美國來說明（我自己一直以這一模式來期待上海和中國大陸的關係，上海也有一部分這樣的歷史和現實條件）。想法的不一致、情感的不一致、人對周遭事物反應的不一致，在這裡早已不止是人心如面的自自然然不同而已，它還是一種根深柢固的習慣，一種已不必再時時刻意自我提醒的確實提醒，一種已宛如本能的信念。或者像早半個世紀更多以前，拜訪紐約的卡爾維諾所發現的，紐約在當時已是個有著各種「洞窟」的奇妙大城，和那種全透明的、人做什麼都有別人觀看監視的小鎮小城不同，這一個個洞窟卡爾維諾說它們宛若愛麗絲的樹洞或鏡子，你掉進去或穿越過它，會進去到一個完全不一樣的世界。卡爾維諾說這是紐約給全人類的一個啟示，也是希望；而我們一直知道的，人相信不一致，沒要所有人都跟你一樣，才緩緩有了同情、寬容和理解，也才讓鉅細靡遺、以及更深入一層的知識獲取成為可能——

所以，一樣住這城市、一樣非多看尼克不可的這另外一些籃球迷哪裡去了？躲哪處洞窟裡？那些個洞窟仍無恙仍完好嗎？

每個NBA迷都該擁有這一張照片

「而我們呢？如果我們腦中對於盧貢內斯的某些形象，沒有一種擋不住的、美妙的回憶，我們的眼睛也就不會停留在院子上空或窗前的明月；也就不會激情滿懷的看著日落而不重複『永恆的太陽像猛虎般死去』這樣的詩句。我知道我們在捍衛一種美以及它的創造者，儘管帶著不公平，帶著一種輕蔑和嘲笑。我們做得對：我們有義務成為另一些人。」

我們做得對，我們有義務成為另一些人。

當然，也必定有人會指出來，NBA的基本圖像本來就「不該」是過往（沒林書豪前）我們在台灣看到的那樣。NBA的設計本來就是，每支球隊都隸屬於一座城市，它本來就希望每一個城市球迷看的都是「我們的球隊及其對手」此一比例構圖——是的，說的一點沒錯，但問題正在於，這是誰的設計？這樣的設計要幹什麼？這是誰的希望？他希望藉此發生什麼？這個人是誰或哪些人？

就像我們之前舉過的例子，推理小說裡的謀殺故事，看似錯綜複雜，但核心處往往無比的簡單；看似激情迸射狂亂失控，但這一切後頭總隱身著一個冷靜無比步步為營的人。儘管我們也許並不想讓自己顯得這麼虛無這般無趣，但還是得問，這究竟對誰最有利？誰藉此攫取最大利益？順著利益大河回溯，我們最後找到的那個人很可能就是殺人凶手。

在NBA，這個讓別人激情的冷靜凶手，現階段名字就叫大衛・史騰，NBA的聯盟主席兼教父——他幹這職位很多年了，大概是NBA歷史上最成功的一人，讓NBA完全追上號稱美國國球的MLB職棒，還持續的、堅決的把NBA推往全世界，消滅這地球上每一個籃球沙漠每一處籃球死角——多年前我自己就在文章裡提過他，說這是一個完全沒國界羈絆、沒絲毫國族情感負擔的人，我還說他辦公室裡應該有一張長得完全不一樣的世界地圖，這紙大地圖依籃球知識和籃球商業重新構圖，因此東歐那些在現實經濟、政治上朝不保夕的小國家如立陶宛、塞爾維亞和克羅埃西亞（當時還是南斯拉夫）等都是強權和重要盟友，希臘看起來比法國和德國都大，非洲某些高個子部族的國家如剛果、奈及利亞也遠比英國重要。大衛・史騰上任後，先降尊紆優（依當時籃球實力的巨大差距）把每年總冠軍隊送去歐洲和歐陸俱樂部冠軍隊對抗，再來是NBA先熱身賽後正式開幕戰的一一移往世界各國（不惜破壞主場制）。是的，一九九二年夢球隊成軍當然也是他幹的，多年下來，美國本土一直有一種恐懼的聲音傳出，怕球員受傷（各隊老板），更怕輸球國族顏面盡失（一般人），要求改變奧運男籃隊的組成方式，但大衛・史騰風雨不動，美國隊輸球有什麼關係呢？也輸過了不是？美國因此亡國了或至少衰敗如西羅馬帝國了嗎？（也由此可見國族主義者的無聊和懦怯，就像波赫士講他們阿根廷的：「愛國主義，阿根廷的假愛國主義是嚇不起的可憐東西，經不起一首偶然寫成的諷刺詩、蒙特維多的一記射門或鄧普西的一記左鉤拳。一個微笑、一次無心的遺忘都會使我們痛心不已。」）對那些愛國心充滿的傻乎乎美國「人民」而言，這是一支為美國奪取奧運最重要一枚金牌的勁旅雄師（但也就一枚，換句話說，派一個吸大麻的費爾普斯去游泳池就完成十八支夢球隊、得四乘十八等於七十二年夢球隊都做不到的事），但對大衛・史騰而言，這就是他十二名頂尖的籃球推銷員，派出去那一刻就贏了，穩贏不輸。

也因此，二〇一二這上半年台灣有人杞憂林書豪會不會被欺負、被不公平對待，對於有NBA起碼知識、稍知內情稍肯自己動腦的人會感覺有點好笑——老實說，以大衛・史騰為核心，包括環繞他的NBA高層當局、大眾傳媒以及各式商人團體云云，這群冷靜的人，都極樂意保衛、擴大林書豪神話，放心吧，他們其實比我們還怕林書豪有個三長兩短或終究只流星般劃過天際；我們的傷害是受挫、悲痛以及失眠好幾天，他們的損失則是一大筆錢以及受挫、悲痛以及同樣失眠好幾天。我們只簡單看，一、二〇一二這個原來劇本沒寫的林書豪熱核分裂也似撞擊出一連串的多龐大商機利益（連遠在台灣都有人分到不是嗎？），還讓球迷完全忘記了這原是罷工縮水理應憤怒抵制的一個不堪球季；二、林書豪常春藤名校出身，又是虔敬無比的基督徒好人，這多符合史騰多年來upgrade NBA球員形象（要求服裝、言行舉止，壓制黑人嘻哈風云云）的路線，可拉進來多少還是怕黑怕髒怕危險的中上階層當球迷，三、也是最迫切最現實的，從姚明膝蓋壞掉之後，NBA就急需另一張華人的臉，好保住並持續打開中國大市場，一個華人球星換十三億個客戶，這算術上已不叫一本萬利了不是嗎？

昔時姚明，能上場時的確打得比大多數人（尤其鐵口直斷的查爾斯・巴克萊）預期得要好，但要說不公平也還真不公平——NBA每年明星賽五人係由球迷民主網路投票決定的，剩七名替補才真的由教練根據真正實力圈選，這是個很狡獪很滑頭的兩面俱到設計。也因此，但凡姚明一天還是火箭一員，管他受傷穿西裝（好大一襲西裝）或只能跛著腳上場幾分鐘，托中國大陸排山倒海網迷之賜，他就是NBA西區一動也不動的先發中鋒，或簡稱籃球的不動明王，這對彼時人在湖人的俠客歐尼爾公平嗎？或符合我們的基本籃球認識嗎？籃球讓位於、被篡奪於國族主義這是什麼？大衛・史騰無法明著告訴你，這正是我們要的，明星先發五人是割讓區商業區，誰說先發五人一定得真的是當前最會打球的五個？誰說明星賽週末不可以只是一場大家開心就好的大秀？我們只擔憂下一個姚明人在哪裡——

每當看到籃球迷又身陷一種已超過的、會有傷害危險的（對自己和他者）狂喜狂熱時，我心想，其實每個NBA迷也許都該有一張夠大的大衛・史騰照片，貼電視機後頭牆上，你每隔一段時間會瞥見他那張就是感覺很狡猾的臉，就能瞬間降溫，知道今夕何夕，知道自己身在何處，知道自己該做什麼，或至少不至於由人家操控著、預期之中的要你幹什麼就幹什麼，這樣多少有點丟臉不是？我們還是比較喜歡有自由意志，喜歡自己的是悲是喜，是我自自然然的感受和流露。

當然，有狂熱危險的不會只在NBA，所以這可以是一個通則性的作法，每個人都不難自己找出一張合他用的照片。

如今的小背景恐怖主義

我們有義務成為另一些人，但這只能、而且愈來愈只能是人自己內心的不懈聲音，因為一般而言，外頭現實世界持續響著的會是另一種完全反向的聲音，要我們一起只看只談林書豪，要我們勇敢的、義無反顧的加入到人多的、熱鬧的、有利的那一邊，要我們別偽善了跟大家一樣玩臉書成為相挺的好友，要我們二話不說一律按讚，要我們「有勇氣成為我們時代的人」——道理上、邏輯上這當然有點奇怪，比方說，在地的、國族的情感，如果如他們所言，是這麼自然、強大、沛然莫之能禦且人皆有之如生命本能的東西，為什麼還需要額外鼓動、擔心有人不從還擔憂它會挫敗消亡？又、加入人多勢眾的、熱鬧好玩的一邊，同時又是聲名實利滙集之地，為什麼需要人鼓足一身勇氣才敢去做而且還是某種道德行為呢？何以還得如此疾言厲色、口出惡言呢？波赫士也有著相同的疑問：「好像做同代人只是一種困難的自覺行為，而不是致命的特點。」所以說，事情一定不止我們表面看到的這樣，在這些所謂「自然」的情感趨向上頭，一定還藏著某個東西，某個才是他們真的想要、且必須竭力護衛的東西，如同熾烈混亂的恩怨情仇後頭站著一個真正冷靜撥弄這一切的凶手，一個大衛・史騰。這也正是為什麼我自己如此喜歡「誓死保衛戰無不勝的恩克魯瑪主義」這句非洲迦納標語，這句話因為太誇張了遂讓某個真相從話語裂縫之中流洩出來，它其實一直是一種慣見的操作模式而不是一次失言。

我們一樣問下去，誰會不希望有人不一致？或說，所有人行動一致時對誰最有利？經驗告訴我們，已經或試圖掌握統治大權的人最有利；另外就是商人，他們當然希望人手一支iPhone5或所有人都玩臉書，耶穌所說不放棄任何一隻走失的羊，這始終是商人的一個理想；還有，最有趣的是也包括一些已加入者已一致行動者，尤其是那些多少心有不安、有些許道德負咎、知道自己其實有懦怯屈從或僥倖取利成分的人。這裡頭其實隱藏著某種很微妙的、幽黯難言的心思，他看著那些不肯加入的人，總像是看到昔時的自己、猶能有所堅持的那個自己，於是，「另一些人」的存在遂成為某種惘惘的威脅，像是嘲諷，也像是不願重提的回憶，還像自己某些祕密握在人家手中非常狼狽非常難受，像是某根眼中釘。一般而言，那些第一時間就趕去徹夜排隊、只耽溺於一己的單純狂熱者，倒不會太在意這「另一些人」的存在（除非他遭到譴責，或網路上又起了口水），較容易主動出擊並口出惡言的，其實是這些惴惴難安的人。

「我們寧可跟沙特一起錯，也不要跟艾宏一起對。」——最深處，我認為還藏有一種羞愧，儘管如閩南語俗諺講的，羞愧最容易突然轉為強烈但外強中乾的憤怒，羞愧和發脾氣只相隔一線；最深處，他們也同意波赫士，他們知道我們做得對。

集體的聲音很大，但倒也不至於掩蓋掉人跟自己講話的聲音，這是馬赫告訴我們的。這位奧地利籍的第一流科學家（也是好的哲學家）講，人聽自己的聲音並不同於聽見別人的聲音，因為共鳴的緣故，這於是是兩種有所區隔、並非完全同質從而也不容易相互交換抵消的聲音。

成為另一些人，從來不是一件很容易的事，這一類的歷史血腥故事多到、不堪到不值重提的地步。「非我族類，其心必異。」但最近我看到最有趣的是，小說家林俊頴把這一因果順序倒過來如同翻轉一枚沙漏鐘，用這樣來說自己——因為心思不同、胸懷不同、記憶也不同，所以很抱歉，我只好不是、無法、也不被允許成為你們族群的一員。這句原來殺氣騰騰的、迫害因之有理的鏗鏘判決之語，因此成為一個平靜的、寬廣的、心甘情願且邏輯分明的敘述，成為「另一些人」理所當然的現實基本處境。我看二〇一二上半年台灣這場林書豪熱也看到類似的東西，我所知道那幾個看全部NBA三十支球隊、懂籃球的人，並未難看的擠到這波熱浪最前頭，並沒跟著沙特和大家一起錯。也許因為工作身分（體育記者、球評云云）或某些難以拒絕的理由（就連我這樣的閑雜人等都接到邀請），他們不得不跟著上電視講些話、在所屬報紙雜誌寫篇文章，但我注意到他們總是稍退半步（也就是一腳還留在自己洞窟中），語多保留且合理的流露出憂心，是的，你知道整個NBA長什麼樣子其他隊其他球員長什麼樣子，知識層次不同，記憶不同，對林書豪的當下判斷和未來預期自然會不同。當然，也可能是NBA的緣故，談NBA不同於談反核談反媒體壟斷可以那樣亂扯（世界末日不會馬上到來，不擔心被揭穿），NBA有嚴格的、不容分說抵賴的勝負結果，下一場球也許就是明天，下一個球季還不必明年，而是今年年底就開打，人需要有較特別較厚實的顏面肌肉構造才能無視這一馬上揭曉的檢驗判決，你不得不仰賴真正的知識以降低失言的風險，不能那樣胡弄，也不可以那麼任性，就像我那幾位忽然決定大動作反核反媒體壟斷、也忽然變成無知無識的作家老朋友一樣（認識多年從不曉得他們關心過這類事，之前二三十年他們文章裡也從未有過相關的、有跡可循的書寫云云，我第一個警覺是他們要出新書了，但新書裡果然還是沒有相關的書寫）。

以各種直接間接方式來降低「另一些人」的存在數量，拔去眼中釘，這是每個時代每個社會必定會發生的、總有人會去做的糟糕之事，但我們來看昆德拉如今怎麼談論這所謂的「小背景恐怖主義」，我覺得非常非常有意思——

一開始仍很血腥，昆德拉好像要重述我們都聽過讀過無數的國族主義暴行，但結果並不是，他要說的是故國作曲家史梅塔納這個人，說的比較像是人的愚昧而非殘暴：「後面這幾個字（即『攸關生死』）讓我想起史梅塔納於一八六四年寫過的合唱詩句：『歡樂起來，歡樂起來吧，貪婪的烏鴉，我們為你準備美食佳餚，你將飽嘗叛國者的屍肉……』，這種嗜血的愚蠢言語怎麼可能由一位大音樂家想出來的？年少懵懂是嗎？這個不是藉口，那時他已經四十歲了。值得注意的是，在那時代，『背叛祖國的人』究竟是何含意？是不是據地為雄的游擊隊出去屠殺自己同胞？不是：一個被貼上『叛國』標籤的捷克人只是那種遷離布拉格，搬到維也納去住，希望在那裡平靜過著德式生活的人罷了。這像卡夫卡所說的，那種大國族裡只配『引起人群暫時聚集的事情，拿到這裡可就攸關生死了。』」

（叛國也是：不替席地哭泣的跆拳道國手楊淑君四下亂罵人、不說林書豪多好多厲害……）

波赫士也這麼說，他（想著自己國族歷史）說得還真直接氣憤：「我曾經談論殘暴。……殘暴還不是當時那黑暗時代的最大罪惡。最大的罪惡是愚昧，是領導者有意張揚的野蠻行為、培養仇恨的教育學、利用非理性口號（活的和死的）去施行的傳統。」

馬上，昆德拉幾乎收斂起全數火氣，只在他詳盡的說明中留一點平靜的嘲諷，仍然說的是愚昧、是無知無識，或人基本知識的由此復歸殞沒，不止史梅塔納一人而已：「國族對自己藝術家所表現的占有欲可以稱之為『小背景的恐怖主義』。它將一件作品的意義窄化到它在自己國家裡能扮演什麼角色的定位。我翻開文生．丹第於巴黎音樂院開設『作曲學』的舊講義，在那時代幾乎整個世代的法國音樂家都是出自那個學校。講義裡面有幾段說到史梅塔納和德弗扎克，尤其是史梅塔納的兩首弦樂四重奏。拜讀之餘究竟能學到什麼？只有同一個斷言，以不同的措辭說了又說：這種音樂『富有人民的氣質』，靈感『來自民俗歌謠及舞蹈』。沒有別的東西了嗎？沒有。這話平庸之外還與事實不符。說它平庸，那是因為民俗歌謠的痕跡在所有音樂家的作品裡都找得到：海頓、蕭邦、李斯特、布拉姆斯等等的作品全有；說它與事實不符，那是因為史梅塔納的那兩首弦樂四重奏其實是個人內心世界的向外呈現，是他發生一件不幸事件之後的表白：那時史梅塔納剛剛喪失聽覺：他的四重奏（了不起的作品！），套用他自己所陳述的，是『在失聰者腦海裡翻旋的樂章。』文生‧丹第怎麼錯得如此離譜？很可能是他自己根本不認識史梅塔納的音樂，將他放在講義中只是道聽塗說罷了。他的判斷也反映了當時捷克社會對這兩位作曲家的評價；為了以政治的手段利用他們的姓名（為了在『敵意環伺的世界中』表現國族的驕傲），人們便在他的音樂中翻找民俗音樂的片段，然後將這些片段縫製成一面巨大國旗，並在他們的作品上高高升起。世人只能禮貌的（或者帶著玩笑的心情）接受別人所提供的詮釋。」

是的，事情變得滑溜了，滲入了虛假和作戲的成分。昆德拉仍舊保留著恐怖主義這詞，也許仍是昆德拉式的戲謔，但我以為更可能是他意識到了此事的今昔變化，某種從單純的恐怖緩緩演化成萬聖節狂歡遊行隊伍的變化——受威脅的不再是人身人命（史梅塔納的歌詞僅僅是虛張聲勢的歌詞），而是知識，已有、已建立知識的復歸消亡，乃至於認識基礎的整個塗改和根本錯置，從而更加遠離所有可能的事實真相，「而我也不止一次說過，這是它知識界無法挽回的挫敗」，真正不堪的問題在這裡；過去，恐怖的是人太認真的臉，人被某個神聖空洞東西抓住如惡靈附體那張瘋狂變形的臉，但現在，更多時候是人各懷目的而來的扮演著、誘發著、利用著、驅趕著這樣好用舒適的瘋狂，有人享用著自己的瘋狂，也有人享用著他人的瘋狂，太認真的假面後頭是人極度的不當真、無所謂、漠不關心和志在別的好東西。

如果你是那種一路跟著昆德拉書讀的人，必定能察覺出昆德拉小說和論述語調的此一相應調整——過去，他較多以靈動機智的嘲諷，尖刃一樣刺向某個神聖巨大而僵硬的東西；但愈接近現在，他愈傾向於認真的辯護講理說明，在這個嘲諷已被篡奪已貶值、人們逐步把全部東西都化為遊戲的世界。

我們再多看一段昆德拉如此認真說的話，講的是他最了解、最有把握的小說本身。他指證歷歷告訴我們，讓小說回歸小說它自己、放到合適它的大背景裡，不用國族主義的邊界阻擋下它，會是這麼一趟豐饒如風吹花開的路。括弧裡的國名是我加上去的——「就拿小說史的框架來看：斯騰恩（英國）是為了修正拉伯雷（法國）而寫作的，而他又啟發了法國的狄德羅。費爾汀（英國）不時倚重塞萬提斯（西班牙）的寫作風格，而斯湯達爾（法國）又經常拿自己的作品和費爾汀的做比較。福婁拜（法國）開創的傳統則在喬哀斯（愛爾蘭）的作品中被延續下去，至於馬克思・布洛赫（奧地利）又從自己對喬哀斯的思考裡發展出自己的小說理論；賈西亞・馬奎茲（哥倫比亞）也是在讀過卡夫卡（捷克）的作品後才得以跳脫傳統束縛，嘗試『另類的寫作方式』……拉伯雷的價值一直都被他的同胞低估，他的最大知音竟是一位名叫巴赫金的俄羅斯人；瞭解杜斯妥也夫斯基（俄羅斯）最深的正好反過來是一位法國人：紀德；最懂易卜生（挪威）的人莫過於愛爾蘭籍的蕭伯納；最透徹理解喬哀斯的則是奧地利人赫曼・布洛赫；最先發現同一代北美作家重要普世價值（像海明威、福克納、多斯・帕索斯）的則是幾位法國作家。一九四六年，看到國人對他的作品無動於衷的現象時，福克納抱怨道：『在法國，我可是某個文學運動之父！』上述幾個例子並非規則外的奇怪特例；相反的，那才是規則：在地理區域上拉出距離以後，能讓觀察者跳脫局限的小背景，使他得以掌握『世界文學』的『大背景』，也唯有放在後者的背景來考量，小說的美學價值方能凸顯出來。也就是說：洞悉人生先前未曾被認知的層面以及小說所創新的形式。」

還有，「這樣看來，我是不是要說：要判定一本小說價值的高低根本不用認識寫作小說所用的初始語言？當然，這正是我的意思！紀德不懂俄文，蕭伯納不懂挪威文，沙特讀多斯・帕索斯時也不是直接念原文。要是維托爾德・龔布洛維次以及丹尼洛・契斯的作品只能靠懂得波蘭文和塞爾維亞－克羅埃西亞語的人才判定其價值，那麼他們那種前衛的新美學就永遠不會被世人發現了。」

所以說，我當然可以比那位紐約球迷知道更多更深更準的NBA，原來這才是規則。

NBA和尼克的啟示

「當他聞到花香時，就會有赴死的感覺，並將此直率的告訴他溫柔的愛情對象，而且還把它作為一樁事件那樣的期待著……」，這段話（如此可笑但仍令人不禁有一點點緬懷）來自薩緬托的《外省憶事》一書，記憶的是昔日的某個年輕人，或就是那一整世代（那種風起雲湧的、所謂「狼的年代與劍的年代」）、人也相應年輕的典型阿根廷人。

似乎是這樣，激情是非常非常迷人的東西，它單純、強大而且是那種毫不遲疑毫不保留的力量，以及人置身其中那種自由到可以讓人恢復青春、可以讓死亡都變得美好可欲（自己以及他者的死亡）的幾近無限自由，那種自由到什麼目標都變得可信、可能完成的幾近無限自由。但也許正因為它「青春之泉」也似的如此迷人，人總是忍不住的想再召喚它、重返它，乃至於更狡獪的，裝扮成它並各種方式的利用它販售它。想想看，發現有一處可讓人恢復青春的源源不絕礦泉水可販賣，這利益多大。而激情又是最容易假扮的（比扮演憂傷、平靜和專注云云都容易），也很容易上當，正因為它如此遍在、天真單純的緣故。

這裡，我們談的不是NBA籃球，而是NBA這一整個東西，我以為NBA是一個模式，一個極現代、已接近透徹理解、完美執行的模式——NBA是極熟悉激情的，熟悉到不止知道如何隨時叫出它來，更知道非得精確的控制好它不可，這樣龐大堅實、巨廈般的NBA其實是巧妙建築在底層活動不息、理論上絕不安全的集體激情之上。波赫士講：「野蠻的行為，過去是本能的、非蓄謀的，而如今則是有意識的、實施性的，而且使用比起基羅加騎隊的投槍或者暴君政權那刃口破損的尖刀更為強制的手段。」波赫士認為這是當前世界的現實，的確是這樣沒錯，只是NBA做得更乾淨也更堅決：它通過一個簡單的設計就源源得到了必要而且足夠數量不虞枯竭的激情，此一簡單設計就是我們說過的，每一支球隊皆隸屬於一個城市，每一個城市的球迷看著的都是「我們的球隊及其對手」此一小背景比例圖像，至於我們的球隊這些球員來自何方無關宏旨、不被聲張、也巧妙的被所有人遺忘；接下來，便是如何把這些激情不斷擴張但確確實實的壓縮在最底層，禁錮於一個封閉空間中、球場裡不允許泛濫出來。所有看球的人都知道，比起MLB棒球、比起英超或西甲義甲足球，這二十幾年來的NBA當局（或就說大衛・史騰）是執行此事最嚴格、最不留僥倖的，幾乎是鐵腕（大衛・史騰是最沙皇型的人物），因此，即便籃球比起棒球足球更關在封閉球場內且有更暴烈頻繁的肢體接觸，NBA卻是最少發生暴力事件的，最嚴重的所謂奧本山惡鬥，其實也不過就是那個如今仿選美佳麗改名叫「世界和平」的隆・阿提斯衝上觀眾席徒手揍了球迷兩拳而已。

如此激情但又如此安全，水只載舟不覆舟，安全到確確實實是普級的、到那些什麼東西都怕的中產階級父母親都放心他們家小孩迷ＮＢＡ甚至當真不當真的以ＮＢＡ為夢想。當這樣強大的激情能降服下來，古老點如阿拉丁神燈裡的巨人精靈，現代科學點如核分裂核融合的控制，激情就轉變成巨大利益。以下便是現代常識了——ＮＢＡ根本來說是個極龐大的商業單位，就跟所有夠大的商業單位一樣，在其最底層得保持著人們豐沛的、源源流動的、習焉不察的激情才能撐得住撐起來（iPhone5一天內預售達兩百萬支，而且都是已有手機乃至於才買上一款手機的人購買，你以為這是基於別的什麼嗎？兩百萬還是因為當天電腦塞爆當機止於不可不止的數字）。商業販售需要的是激情而不是知識，知識是某種太低溫的東西，是冷卻劑，有足夠知識的顧客通常也等比例的是足夠麻煩的顧客，因之，在我們如今這樣一個知識堪稱遍在可得的年代，如何混淆知識，讓人們忘記知識回復原始激情狀態，便是商業輸贏的真正關鍵（老友詹宏志的昔日名言：「在他們還沒想清楚前就把他們騙進來。」）。事實上，激情這個模糊不堪成一團、連當事人都搞不清的東西，在這樣一個商業體系稍高一層的地方是具體清晰到不行的，通過最簡單的統計就可估算出來，每多一個激動不已的球迷，從最直接的球場門票收益到最末端比方在家緊張看球時不知不覺一直往嘴裡塞的零食飲料，一路上可能拉出來多少營利。Nike球鞋王國如造山運動般忽然聳立起來，正是同步於這二十幾年的ＮＢＡ，尤其是籃球之神麥可・喬丹（之前的球鞋第一品牌是Converse，其招牌人物則是J博士、魔術強生和大鳥勃德），吉卜齡講喜馬拉雅這一排八千公尺的雪峰是「隰婆神大笑的聲音」還真說得對極了，高山之上必有大笑之人，吉卜齡自己也絕對沒想到，這句他必然很得意的詩行還可以有這樣的商業解釋，這樣的商業預言之力。

以下，我們好玩來模仿一下昆德拉吧——這樣看來，我是不是要說，資本主義的這套商業機制是不是反知識而非持續推進、普及知識的呢？當然，這正是我的意思！反智、正面對抗知識，這不聰明而且此一惡名承擔不起，但想辦法弄鬆它、混淆它，乃至於更巧妙的讓它成為只是招牌、只是神話，這是做得到的，也是必要的。我們悲傷一點來說，這樣其實更體貼、更符合絕大多數人的期待：讓他感覺有知識之名，是值得多花錢的善美積極好事而非墮落迷失物欲橫流，卻把知識裡比方必要的辛苦累人成分拿掉，把其中必有的「不舒服的真相」拿掉，也把知識必然一併帶來的處處疑惑、不確定全數拿掉。我們眼前這一波電子商品，說的不都是人類未來、是科學新知、是讓你更明智更掌握世界奧祕能力一夕大增的東西，但不過就是更昂貴的家電和大遊戲機而已；或村上春樹小說，這是什麼？這是一個絕佳的替代物，一種神話般膨鬆也棉花糖一樣膨鬆的東西，給那些起心動念想讀好的、重要的、有意義的小說（某種知識激情）卻下不了決心害怕耗力耗時且害怕悲傷、不忍、痛苦、恐怖一併襲來的人，這是一種讓人「假裝在讀好小說」「假裝在讀經典小說」的小說。

資本主義的市場機能，確確實實曾經有助於人類知識的進展和普及，但如今我們知道了，這一無可駁斥的歷史事實只是一個歷史階段效果，而不是資本主義的本質及其邏輯。知識的尋求有太多砥觸於、不相容於資本主義的必要成分（舉凡多疑、緩慢、追根究柢、違反當下利益、不順應生物本能、不屈從流俗成見、不附和眾人云云，太多了，每一種都妨礙消費），這本來就不是兩個可長期結伴而行相安無事的東西——如今，這個有助於知識傳遞普及的歷史記憶毋甯被保留為一則神話，有用的神話，可把資本主義真正核心的、攸關生死的欺瞞（欺瞞這詞不是批判，是其本質正確的描述）藏在其中；如今，資本主義和知識處於（或說回復為）相互背反對抗的位置，在資本主義統治乃至於力所能及的地方，知識的進一步進展不被允許也幾乎不再可能，哪個會贏呢？我賭資本主義會勝出，我再笨再心不甘情不願都賭資本主義，這是人類知識之路的又一個現實攔阻、另一個盡頭。

紐約尼克迷也許是進一步的模式，有進一步的啟示力量──我們可以這麼問，何以NBA最激情、最枉顧籃球基本知識的竟會是紐約？比起鹽湖城、達拉斯、明尼蘇達或隨便哪裡，但紐約豈不是更習慣不同的聲音、不同的心思、不同的可能？紐約不是該擁有最高比例的人可以一眼洞穿NBA這套激情召喚詭計？知識並非總是降溫如水嗎？

紐約尼克迷，如果需要有一張真人的臉，一個活生生的人，所有球迷都知道，那必定是黑人導演史派克・李──這個廣場花園宛如固定風景，永遠據守前排第一線位置，站著對麥可・喬丹、瑞基・米勒以及任一個來訪球隊看板球星大聲叫囂遠比他坐著看球時間長的李先生何許人也？史派克・李其實是個還不錯的導演，最有意思的地方在於，他所處理有關黑人處境、黑人種族不幸歷史的影片，頗為難得的並不失其基本冷靜，有一定程度的複雜性和察究事物真實樣子的耐心；換句話說，他在這樣更多國族主義陷阱、人更容易時時被激怒失控時倒相對不犯錯，他只在尼克打主場球時才是我們看到的這副模樣。這當然是某種裝扮，而果然，做為尼克迷的史派克・李遠比導演的史派克・李要吸睛也知名多了，這是他狡獪的設計、他所要的？還是某種放縱（自以為無害的放縱如那些嗑藥或醉酒開車的人）的始料未及結果、某種無奈？

昆德拉知不知道這樣的尼克迷和變成這模樣的激情呢？他當然知道，老早就知道了，在《簾幕》書裡稍後，他談到維也納的穆西勒和他的小說《無用之人》，有這麼一段內容討論：「烏爾利須在一個盛大遊行的日子來到萊恩斯朵夫公爵的部長辦公室。遊行？抗議什麼？這個細節是有交代，但只占次要地位；首要的是遊行這個現象本身：在上街遊行意味什麼？這個二十世紀典型症候的群眾運動是何涵義，烏爾利須一副不可置信的樣子看著窗外抗議的人；及至來到宮殿腳下，群眾將臉仰起，看得到他們那憤怒的表情。男人們將手裡的枴杖擎舉起來，可是『才幾步遠的地方，在街道的轉角處，大部分示威的人已開始卸妝；在旁觀者看不到的地方如果還要裝出咄咄逼人的樣子未免太荒謬了。』經過這個絕妙的暗喻點明，原來示威抗議的人並不是怒氣沖沖的人；他們只是表現憤怒的『演員』罷了！表演一旦結束，他們便匆匆急著『卸妝』！在政治學者尚未將遊行示威當做他們喜愛的研究主題之前，而且是很早以前，這種『表演的社會』就已經被以放射線徹底檢查過了，檢查它的是一名小說家，因為他能『迅速而且聰明的洞悉』（費爾汀語）一種情況的本質是什麼。」

同樣做為一名小說家，朱天心也是早知道了，而且最近才活生生的又多知道一次——暑天裡，朱天心和一堆同業去聲援了年輕作家吳音寧的一人靜坐抗議。吳音寧抵抗的是中科在地一則荒謬無比、任何稍稍正常的人都會勃然大怒的行政法令，為尚未建廠開工、而且極可能永遠不會開工的想像中科技大廠先壟斷全部水資源，以至於農民連本季耕作立刻得用的水都不可得、都犯法。這是很困難但吳音寧非做不可的事，朱天心一干人姍姍而來之前，她已在當地水圳頭獨坐了一整個月（她擔心抗議遙遙無期有礙農忙並可能有人身安危問題，努力想說服農民讓她一個人來），我稍後在暑期文藝營見到她，果然整個人瘦掉一圈，原本漂亮的眼睛顯得更黑更深更激動似水。此事發生在聲援的記者會後，坐入附近某咖啡館裡，果然這些來聲援的作家都「不是怒氣沖沖的人」，朱天心目睹的是，第一時間，毫無接縫毫無過場的第一時間，咖啡館裡的話題直接就是文壇小圈裡不值一提的八卦（誰也不想想自己長得多醜怪、誰誰根本就是老巫婆一個……），剛剛這一場義憤填膺彷彿根本沒發生過，連多一句延伸的話、一點點正常的餘波盪漾都沒有（比方接下來還可做什麼，或行政院、國科會那邊可能怎麼回應……）；談的甚至還不是文學、不是誰的作品誰的書寫，下班時不談公事。唯一和昆德拉所說不同的是，不可以馬上卸妝，卸妝前有一件非做不可的大事，他們興奮的拍下所有人臉上塗著濁水溪底河泥、如到此一遊的證物大合照，當然是第一時間Po臉書用的。

（我牛虻般重提此事幹什麼呢？也許至少可讓他們知道，總是有人看在眼裡，該差不多一點是吧。）

裝扮成激情，放縱玩弄這樣的激情，也許顯得更聰明，比較有利或僅僅比較好玩，但事情不總是如此，尤其對文學與寫者而言。波赫士在談一位果然沒那麼重要的德籍作家（古斯塔夫・梅林克）時文雅的說：「漸漸的，他與他最天真爛漫的讀者取得認同。他的書變成了一種信仰，甚至是一種宣傳。」這適用於太多作家，幾乎成為另一個通則——在懦怯的聰明和堅定的無知這兩者的對峙追逐中，先獲利的會是聰明，惟最終獲勝的總是無知，說最後一句話的也是後者。

而且這會是一種很不好的激情，一種喪失所有有益成分、有提昇層次可能或成就事情可能的激情，成為一種攤平在地的原生質性東西。這僅僅只是放縱，就像麥狄遜廣場花園二十多年玩下來的那樣。

蒼井空是世界的

此時此刻是二〇一二年九月，第一道東北季風才來過，秋天剛開始，ＮＢＡ新球季倒數計時中，但東亞的真正大事是釣魚台誰的這個超級無聊大風暴，沒有太多人相信真會爆發戰爭，卻也沒有誰真的知道這下子該怎麼辦。

比較確定的是，台灣的ＮＢＡ圖像又將一夕間整個換掉，離開紐約如做了一個夢，直接跳入德州休士頓。在每天電視球賽轉播改成「火箭隊及其對手」之前，有不少新功課得先做，那就是再一次認識這支拆毀掉如重建廢墟、看起來不像有競爭力的球隊，認識林書豪一個一個不為人知的新隊友，自然包括先發和板凳所有人，一樣去確認誰是義人、惡人和泡沫般的廢人。事實上，已先一步進行的是相關商品的販售和購買，尼克林書豪的球衣、公仔、紀念品季節更替般全收乾淨，二〇一二台灣NBA秋季新裝的主題色彩是火箭隊的紅與白，台灣尼克轉為台灣火箭。

是啊，林書豪如果能在NBA一打三十年、而且每年換一支球隊那該多好，這樣我們就能避開所謂的「大衛・史騰」陷阱，我們就能回復成完完整整的看NBA理解NBA的大背景全視野，回到昔日。

剛剛落幕的倫敦奧運幫我們再次證實此事——這些年，如同MLB有了王建民、NBA有了林書豪，台灣在某幾個奧運偏冷項目總算有了競爭力，也確實拿到幾面牌，其必要代價便是，「我們的奧運」嚴重無比的傾斜為一系列的跆拳、射箭和女子舉重轉播，尤其該死的英國佬約翰牛偏偏又取消掉棒球。於是很荒唐的，由於放任小背景的國族激情不斷發酵，稍稍有常識、懂得判斷實情的人無不心驚膽跳知道糟了，我們幾乎把所謂「奪牌希望」直接鑄造成實體的、已到手的獎牌，就像球王比利回憶一九六六年那支全巴西暈淘淘的足球代表隊，不是出征去比賽，而是前去倫敦從女王手中接過雷米金盃，「記得保持禮貌，而且小心別刮傷獎盃。」預定的轉播作業一路安排到冠軍戰不疑，其結果是，一九六六年的巴西隊預賽三戰就回家，二〇一二台灣，我們知道有田徑或游泳熱血賁張的正在進行，但我們看著的卻是不知道哪兩國的哪兩個怪名字跆拳手（台灣的選手已淘汰），原地跳動三回合好決定一枚莫名其妙的金牌歸誰。

二〇一二奧運轉播，除了開幕閉幕那兩場之外，因此大概是我記憶中最難看最破碎也最啼笑皆非的一次。這其實也無妨，真正令人難受的是某種無知無識的、和運動本身無關的不好激情，它喧囂而且很快變得殘忍野蠻——魯迅講「棒殺」與「罵殺」，我們是兩個一起來，棒殺再無接縫的罵殺，翻臉如翻書。比方跆拳的楊淑君，之前神經病把她推上天，還不惜打算向全世界尤其南韓宣戰出兵，這和一夕失利後隨便嘲諷追打，都是同一組人同一個腺體激情，怎麼可以這樣對待一名選手、一個三十歲不到的年輕女孩呢？這也讓我們想起王建民，他曾是可以立刻回來選總統的最大一顆無瑕台灣之光，如今落難只是一株無尾熊抱著的「大樹」。

作為一個球迷，我們怎麼可以不是「另一些人」？我們怎麼可以不跟這樣的人、這樣的激情劃清界線？我們可不可以就說，這些人壓根不是球迷，這也不是球迷的激情，這是國族主義橫插進來的毫不相干激情——球迷在意勝負，但一個球迷知道勝負有理由、有根據，不全然僥倖，而他也同時知道，勝負有臨場、有運氣、有無可抵拒的無盡偶然和那個永遠喜怒無常的上帝；一個球迷還會帶著永不可能消解的感傷知道，一個球員會自自然然的從高峰走下來，時間會一樣一樣拿走他最好的東西，力量、速度、爆發力、直覺反應、穩定性等等，因此更多時候他會難過、會懷念、會保留一個個好的記憶，在球員先消失於媒體報導、然後永遠離開球場之後，之很後。一個球迷和球員的關係、和球賽的關係，確確實實，不真的只是一場勝負結果而已。

這的確一定是源遠流長的、毫無想像力的、「又來了」的那種國族主義激情，我們很容易看出來它烙印也似的特徵，如我們稍前說的，總是有知識的屈從無知無識的，用腦子的屈從於用腺體的，主導的、大聲講話的永遠是最底層的野蠻和殘酷——釣魚台的這場隔海叫罵，果不其然才兩三天時間，中國大陸這邊的示威馬上是打砸搶，日本那頭也立刻跟進是打砸搶（神戶放火燒掉一間華僑學校，福岡搗毀並洗劫了三家中菜餐館）。我們知道，正常時候，這些人是社會裡躲著的、最無法見人的極少數，尤其是日本，那些大音量放日本軍歌、幾個人盤據街口大呼大嚷毋甯更像流氓的極端右派，連支持一名在地議員選上都不可能，曾幾何時卻能主導指揮一整個文明大國，代表一億兩千萬有教養有知識的現代人。

有些東西是輕佻不起玩弄不起的，不管它一時看起來已多麼安全多麼沒爪沒牙；同時，不發生戰爭也不代表沒事代表沒損傷。

唯一好玩的事發生在大陸反日示威遊行裡——反日當然得抵制日貨，但這樣蒼井空怎麼辦？蒼井空何許人也，蒼井空是日本的AV女神，近年來赴中國大陸發展，陪伴不少人渡過無數個獨處不寐的悠悠之夜，時間在子夜如河水般流逝，光陰在某些我們珍愛事物逐漸離我們遠去時流逝，沒有蒼井空，我們何去何從？

兩全其美之道是——我幾乎相信寫出這兩句遊行標語的人必定讀過米蘭．昆德拉的《簾幕》此書，他知道可以把蒼井空放回大背景來，撇開國族放回AV片「那門藝術超越國族的歷史」自身，他知道這是保護珍愛事物的正確唯一方法。真該有誰去告訴昆德拉此事。

這兩句標語，紅底白字，如此理直氣壯而且以睥睨一切的神情走在遊行隊伍前頭——「釣魚島是我們的，蒼井空是世界的」。

放棄繪畫、改用素描和文字的達文西

卡爾維諾〈準〉這篇演講稿談文學、文字的準確性，因為他說他痛心不已於文字一直被隨意的、大而化之的、漫不經心的使用，而且瘟疫傳染般愈到近代愈糟糕，他想找回健康的可能，找到抗體。這個諾頓系列演講原訂於一九八五年秋天，但卡爾維諾讓所有人措手不及的在此一前夕猝逝，依他太太艾斯瑟・卡爾維諾的記憶，講詞曾經似有八篇，以〈論（小說的）開頭和結尾〉做為終結；稍後凝結為六篇，而「卡爾維諾想把第六次演講稱做〈稠〉，計畫人到了劍橋便動手撰寫，我找到了其餘的五篇，以義大利原文寫成，井然有序，安置在他的寫字桌上，已經準備好可以擺進行李箱。」

所以，誰能告訴我們，〈稠〉會談什麼？怎麼談？

以及，〈論開頭和結尾〉，在融解進入到這六篇之前，本來打算怎麼談小說、會引述哪幾部小說哪些片段要我們更留意的去看去想、從哪個神奇的角度及其路徑再去看去想、並為他的殷殷囑咐做成另一種驚心動魄（沉靜的、典雅的、但驚心動魄）的總結？卡爾維諾的死亡儘管來得又快又急，但證之他自擬的演講名稱（「獨鍾『備忘錄』一詞——而所有的標題都有『給下一輪太平盛世』等字眼」），也證之他稍前完成的《帕洛瑪先生》內容，我不相信他全不察覺，他一個字一個字寫此講稿時不意識著死亡、不時而像聽到死亡輕輕悄悄的腳步聲音。

還有，第七篇究竟是什麼？曾經以怎樣的念頭和形貌，神祕的浮上過他思維的海平面？

有人也許滿足於六篇，某種菁華已盡在於斯之感，但如果是卡爾維諾（以及所有我認之為楷模的作家），我還是忍不住嚮往八篇，即使使用的是相同的材料，我會說，八比六仍然多出來兩條思維途徑，多兩次並非完全可相互替代的引領和觸及；還有，也會因此多舉兩組實例。了不起的書寫者絕不胡亂舉例，糟糕的例子會往下拉扯毀掉好不容易才搭建起來的內容，所以舉例不僅僅是多出來的、暫時止歇的說明而已，更深處，每一個精確挑揀的實例其實就是完整內容必要構成的一部分，一個精巧的連接點，而且通常還是讓我們讀者豁然打開、確認位置所在、並得以穿過它讓自己的關懷和想像也加入其中的那個地方那個時刻。是的，舉例往往並非單純的解釋，而是驚異的打開另一扇門，好的實例（比方舉例說起葛林的某本書、某段話）本身有光芒，這提供我們多一道光源，幫我們照亮開來某些曖昧難明的文字死角。此外，我們也最能在書寫者選用的實例，多知得他的鑑賞（鑑賞是個無法說明難以言傳的最困難東西），這往往有助於我們窺知、掌握書寫者思維的整體圖像及其高度，不知不覺更容易聽懂他講的話，是一個額外的贈禮。一個敏銳的讀者絕不會輕易的、一眼掃過書寫者的舉例，他知道這時候反而要慢下來。

凡此。多年前，我那位人在埔里小鎮邊讀書邊耕地如雄劍掛壁的老朋友黃錦樹直接講了，對某些作家（也就那幾個作家），能多寫一本書，就是這個世界多一本書。

我甚至想，世界這麼大，一定有誰跟我一樣猜測，乃至於一定有誰試著或已試過自己也來寫出這三篇消失於死亡幽林中的講稿，尤其其中兩篇明明都有名字了呼之欲出不是嗎？惟世界這麼大，我還是想不出有誰能真正替代卡爾維諾做好這件事；倒不是沒有人像他以及接近他那麼好，比方還活著的昆德拉，但這無法相互替代。

一九八五年九月到此時此刻二〇一二年一樣是九月，二十七年整整了，我得喪氣的說，這場瘟疫仍進行並持續擴大中，事實上，想找回健康可能的人愈來愈稀有，仍然，「我們生活在一個意象不斷在周遭流轉的世界裡，最強勢的媒體將這個世界轉變成意象，並且藉著玩弄鏡子的幻術將它變成多重的世界，這些意象被剝奪了內在的必然性，那種必然性使每個意象具有形式也有意義，引人注意，有可能成為意義的來源。這霧一般的視覺意象驟然消逝，像夢一樣，不在記憶裡留下痕跡，不消褪的唯有疏離和不安的感覺而已。」——二十七年後讀他這番話，會以為卡爾維諾是今天早晨看著世界才寫出來的，但仍有兩處重大的差別：一是所謂「最強勢的媒體」（媒體每強勢一分就更遠離文字一分），已不是卡爾維諾一九八五年想事情並據以推斷下一輪千年的那樣而已，這是這二十七年來力量增強最快、該用爆炸開來形容的東西，這也許會更堅固卡爾維諾的憂慮及其論述，但是不是也會動搖他的希望、他所說「健康的可能」呢？二是，最起碼以台灣來說，我幾乎敢於就此斷言，卡爾維諾憂心悄悄但文雅描述瘟疫現象的這段話，如今的書寫者十個裡有九個（小數點就捨去了）會完全正面的、欣喜的來讀它，以為這是自己如此書寫的極佳說明和支撐，抄在書的序文言志裡。半點也感覺不到這樣有什麼不對、不好，連同意義及其基礎的剝除，這不是本來就該全拋棄掉的東西好讓人更輕靈更自由嗎？瘟疫如今毋甯是個狂歡的詞，如某些病讓人解放、進步還彷彿因此高貴，這是瘟疫主題樂園。

〈準〉這一篇，從一根羽毛開始講，「古埃及人用一根羽毛作為天平上的砝碼，以秤量靈魂的重量。對他們而言，羽毛即為精準的象徵。這輕盈的羽毛就叫瑪特，天平女神。」結束於達文西，那一個「隨著時光流逝，他後來放棄了繪畫，透過書寫和素描來表達自己，以素描和文字追尋單一論述線索，用其左手寫出的反寫字填滿他的筆記本」、最後階段的、變得怪怪的達文西。

尤其是達文西《亞特蘭提科斯手稿》裡摘出來的這一式三份（三次）文字，所謂的一式三份，指的是面對同一個思索對象、書寫對象的不懈追求、持續修改和不斷逼近，三份只是此一連續行為的三次具體記錄而已。卡爾維諾要我們好好看這個，並邀請我們在他已鋪出的思索道路上由此繼續再想下去——

在《亞特蘭提科斯手稿》的第二六五號，達文西開始證明一個關於地球生長的理論。他首先列出一些被土石吞沒的城市的例子，接著談到山中發現的海洋生物化石，特別談到某些他推斷屬於大洪水時代前的海底怪獸的骨骸。這時刻，他的想法必定縈繞在一種龐然巨物在波浪中間泅泳的景象。他使出渾身解數，試圖捕捉這隻怪獸的形象，三度嘗試用一個句子來傳達這個靈感給予他的一切神奇魅力。

喔，有多少次，你出沒在大海洋滿漲的波浪中間，烏黑而剛硬的背脊，像山脈般隱約浮現，儀態肅穆而端莊。

他接著引介volteggiare（漩渦）這個動詞，嘗試使這隻怪獸的行進增加動感。

有許多次，你出沒在海水滿漲的波浪中間，神態威嚴而端莊，在海水中攪起漩渦，烏黑而剛硬的背脊，像山脈一樣隱約浮現，壓服了洶湧的海浪！

然而他覺得「漩渦」這個字減損了他想要喚起的壯觀與威嚴感。因此他選了solcare（犁耕）這個動詞，並且更動了這個句子的結構，賦予它緊湊感以及確鑿的文學品味的節奏：

喔，有多少次，你出沒在大海洋滿漲的波浪中間，像山脈一般隱約浮現，壓服了周遭洶湧的海浪，烏黑而剛硬的背脊犁耕過海水，儀態端莊而肅穆！

達文西追求這巨獸的幻影，幾乎把它當成大自然之神聖力量的象徵來呈現，讓我們窺見他的想像力如何運作。我在這篇講詞的末尾留給各位這個意象，好讓你們長存在記憶中，細細思索其清澈和神祕。

我自己的確是個因此想個不停的人，但並不是聽從他的請求當一個託付、一門功課（誠實不欺的說，我壓根不以為自己是他設想中那種有能力接手想下去的人），我比較像被糾纏住了，從此驅趕不走。我的凌亂思索比較像是自省，我自己、我周遭的書寫者和他們寫出的文字，我腦中一直冒出來的兩個字是「線條」——文字書寫呈現出來、或說堪堪聯起來的線條，一種其實是繃緊的、具清潔感的、彷彿振動時會琴弦般發出通透聲音的線條，一道蛛絲馬跡。

一直以來，我自己僅止於把「準」，意識為一個點，原來它是一條線才對。

把卡爾維諾的定義倒著來說

卡爾維諾為「準」這一講題下了定義，這裡，我試著把順序倒過來看，變成是這樣——

1、在用字遣詞上以及表現思想和想像力的細微方面，力求語言精確。——精確的捕捉，從心思的集中、視線的焦點凝注、到最終用以記錄傳達的文字，其核心形狀皆是個點，細如針尖，或者「細如粉末」（卡爾維諾用以形容詩人邦奇不可思議的精巧文字）。

2、喚起清楚、犀利、令人印象深刻的視覺印象。——要能勾勒出或至少能夠在人心裡叫喚出足夠清晰的視覺印象，一個（或一次）點是不夠的，這裡的核心形狀暗示是線條，一系列的點所構成的有意義的、有「內在必然性」緊密聯繫的線條。

3、為構想中的作品，精心擬定明確而周詳的計畫。——要從完成一個點的準確，到完成一連串的、連續性（包含不斷的取和捨，包含幾近無休無止的判斷）的準確，這無法只靠偶然的觸發和書寫者臨即的、機智性的反應；本能反應是一種生物最初級的、也是走不了多遠的東西，更是無法稍稍深入的東西如納布可夫所指出來的，書寫從來不這麼簡單，尤其是幾千年寫下來後的我們今天更早已無法這麼簡單。所以卡爾維諾要我們有所準備，愈明確愈周詳愈好，儘管實際看下去想下去寫下去事情一定還有變（偶然不斷的攻擊，始料未及的東西不停冒出來），也正因為事情一定還有變。

提醒一下，事物的線條並非總是現成的、純眼睛的、有看就有的。絕大多數，這線條是人「看出來的」，如同達文西像是眼睛眨也不眨瞪視著這整隻神態威嚴而端莊（一隻威嚴而端莊的海怪？）、還居然知道它表皮顏色（烏黑）和材質觸感（剛硬）全然不疑的想像生物。我們知道，知識弧度之大當時無人能及的達文西當然認為有他科學的化石骨骸根據，但我們也曉得，古生物的姿態神色、顏色和皮膚是化石絕不會以及極難以存留的部分不是嗎？更有趣的是，這隻宛若「大自然之神聖力量的象徵」的海怪，還彷彿一次一次NG重來的進行同樣的泅泳，聽話的直到達文西導演滿意了為止。原來人心，包含著記憶和探索，才是第一具、也是最精巧的錄放影機。

這線條的完成（極可能是斷續的，斷續聲隨斷續風……），因此遠遠不只是看到，而是包含著發現、推斷、理解乃至於發明，線條的路徑是垂直性穿透的，而不是平面性的自動無盡延伸而已；這所謂的視覺印象，不是寫生，還是卡爾維諾講的，一個含著「看的見和看不見的事物」，包含著「思想和想像力」的具體細微表現。

還原為文字的桌上講稿

這份講稿，這整本《給下一輪太平盛世的備忘錄》，其實一開始就給予我們一個美麗非凡的視覺畫面——託卡爾維諾夫人之福，我們先看到的是，這一疊文稿安詳的、清清爽爽的置放在桌上，而寫它並且本來會一字一字念出它的聰明主人已不在了，他躲藏在哪裡呢？這個畫面有一點點悲傷，卻也有點無奈的頑皮，我們也許還會想到他把死亡說得像個初級算術公式那樣乾淨卻有著無比安慰力量的話：「死亡是，你加上這個世界再減去你。」

稍後，這個畫面還會變化、會愈來愈豐厚美好——接下來，我們知道了這疊文稿的書名和書寫的人如此「最明亮最溫暖，並且對於人類的真實有著最多樣、最仁慈的好奇」（借小說家厄普代克之言）的用心；再來，我們目不暇給的讀了一遍；再來，我們讀第二次第三次第四次……；再來，我們攜帶著（保羅・梵樂希寫的，「哲學應是可以隨身攜帶的」）在生活中一點一點的、一層一層的解開也似的多懂了它，如此如此這般這般。這個畫面是生長的，我們其實並沒有但不妨想像曾這麼做過，如果在上述每一不同階段都重新描述一次這個「文稿靜靜置放於寫字桌上」的畫面，就像達文西描述他的海怪一樣，我們必定會發現每一次描述皆有所不同，也許就連畫面的外部線條勾勒皆有變化；而最詭異但確確實實的是，我們會一路感覺用以描繪的文字好像努力的想讓自己變小而且運動起來，試探著想伸到、觸及到之前並沒有（沒看到、沒想到、不知道有）的某處，有點像是植物最尖端的迎風纖弱卷鬚。

當然，我們也會把自己的某份書稿暫放自己書桌上，但不至於把這兩個外形近似的畫面想在一起，我們根本上知道這是兩回事，檔次完全不同的兩回事。

聯結著他對當代語言文字瘟疫的痛心不已，卡爾維諾講：「請不要認為我的反應是出自對我周遭人物的不耐；事實上我最大的不安是來自於聽自己說話，這就是我儘量少說話的原因。如果說我比較喜歡寫作，那是因為在寫作時我可以逐句修改，直到我至少能夠消除我所能發現的那些令我不滿意的因素——即使還未真的滿意自己的文字。文學——我是指達到這些要求的文學——是應許的福地，語言臻達其理想境域的聖城。」

簡單說，一九八五年秋天的諾頓講座，卡爾維諾打算使用的並不是語言，而是逐句修改之後的文字，只是再用聲音念出來而已。怎麼逐句修改？據卡爾維諾夫人講，他從一九八四年（那一年我們終於擺脫了一個沉重的末日幽靈，世界彷彿新生過來）接受邀請就已進入到實質的構思階段，尤其從一九八五年一月一日起，更幾乎完全不做其他事，「唯一的縈繞牽掛便是準備工作」。也就可估算，逐句修改超過整整一年時間，而不是某些禪師昇台說法那樣，依當日的秋天天氣，空氣中莫名浮動的什麼，底下仰著頭的那一刻人的容貌神色云云，或像日本伊勢一地一泊二食大旅館的驕傲主廚，「看著伊勢灣當天的潮流狀態，才決定晚餐給客人吃些什麼」——卡爾維諾突如其來的腦溢血，因此只阻止了他念出來而已，聲音消失，文字仍在，本來就是文字的這疊講稿又源源本本的復原回文字。

使用文字的人最終害怕講話，或正確的說，倒不抗拒聽別人講話，純粹只害怕聽自己講話，這不是卡爾維諾一人如此，也絕非某種怪癖症候群。這幾乎是必然的，或者說「其實是受到一種更深沉東西的驅使」，對所有使用文字到一種地步的人——這個更深沉的東西就是精準，驅趕著人往更精準處去。一方面，可逐句修改已盡可能消除所有不滿意因素的書寫者，曾經滄海的再難以退回到語言僅能抵達的相對粗疏、大而化之狀態，也就是，那些不滿意的因素全又回來了。這種極不舒服的感覺幾乎已是生理性的了，就像那種受過音樂精準訓練的耳朵最受不了那種似是而非、半個音1／4個音的音準微差一樣，比單純的噪音更糟；另一方面，更深沉也更積極的，是書寫者察知不斷追求精準的絕對必要，不是一次，而是連續的，不是只這個點，而是一條線一整道行進軌跡。也因此，這就不僅僅是美學表現問題而已，而是關乎認識問題、關乎認識可否再往下進展的全部可能。我們說，第二個點的精準可能，受到第一個點是否精準的支撐和約束；第一個點的歪斜，直接就是第二個點的更嚴重偏離乃至於錯過，人的認識能挺進多遠、穿透到多深、逼近真相到哪一步，於是取決於我們對精準的一系列捕捉和確認。

梵樂希講詩「勉力追求精準」，卡爾維諾以為這正是整個二十世紀對於詩的最佳定義。

拍攝到上一代的《悲情城市》故事

為什麼最後是達文西？在〈準〉這份講稿討論過里歐帕、慕西歐、梵樂希、波特萊爾、愛倫坡、波赫士以及他自己這一堆正牌的大文學書寫者之後。達文西擁有什麼一般文學書寫者不易擁有、或至少不那麼明顯擁有並使用的東西？有什麼當代文學可求諸野、可重新乞援的東西？——簡明的答案，一是科學，另一是繪畫，但最有趣的，應該還是那個科學依舊、卻一步步由繪畫轉向素描、由滿滿畫面走向線條的晚期達文西。

「達文西提供了一個意義深遠的例子，足以說明人如何與語言搏鬥，以捕捉表達能力所不能掌握的東西。達文西的手稿記錄如何與語言——精糙多節瘤而難纏的——語言搏鬥，從中追尋更豐富、更微妙、更精確的表達。關於處理一個概念的不同階段，邦奇的結束方式，是以系列形式連續出版，因為真正的作品不存在於其確定的形式，而存在於一連串試圖逼近它的努力。同樣的，對身為作家的達文西而言，他處理一個概念的不同階段正好印證他藉由寫作追求知識所下的功夫，同時也印證一項事實：對於他想要寫的書，達文西比較看重的是探究的過程，而非為了出版而完成一部作品。」

這裡，我們先來聽個故事，有關侯孝賢和他《悲情城市》這部電影的真實往事。這個故事還可以解釋何以這部電影取了這麼一個並不合理、僅能訴諸隱喻才成立的片名——日後，整部《悲情城市》裡我們並看不到什麼城市東西，蒼茫的山海天空，最多只那一條尚有市集、店家和粉味酒樓的短街，因著金礦開採聚來財富和人群的暫時性短街。而侯孝賢的注意力甚至不在這上頭，他並不追蹤彼時已開始傾頹、如同歸還回去的市街本身，片中人們的悲傷也並非來自金礦枯竭、眼前這一切如季節到了候鳥又紛紛飛去那樣。

最原初是真有城市的，這城市即是山下不遠處的基隆港，當時基隆尚有煤炭集散也仍是台灣最大港口，有著台灣最早的那種船員歇腳買醉的港邊異國風味酒吧。《悲情城市》取自台語老歌歌名（「心稀微，在路邊，路邊光青青；那親像，照阮心情，黯淡沒元氣……」），本來侯孝賢最早想拍出的、他心中的第一個圖像，便是酒吧裡吹著薩克斯風憂鬱樂音、永遠雨霧煤煙黑黑髒髒看不清楚的基隆港。片中男女二角，侯孝賢接受了出資片商的異想天開提議，是彼時最紅的周潤發加本土歌仔戲天王楊麗花，這「一發一花」（台灣國語則是「兩花」）的基本設計是這樣的——周潤發是香港來的黑幫人物，來台灣暗中調查何以這陣子走私作業屢屢出包；楊麗花則是基隆在地的極道大姊頭，家裡男丁持續損耗凋零如井邊的瓦罐陶罐，傳到這一代只能由她一肩扛起來。最早一版的《悲情城市》片頭，便是一九四九年周潤發迎風站四川輪船頭進基隆港——

但侯孝賢一直有個絕佳的、可視之為楷模的創作習慣，片中人物，就算只寥寥一兩場戲幾句台詞，他總想完整的弄清楚，這到底是怎樣一個人，他的心性、生活習慣、家庭背景、怎麼成長過來的、人生正處於什麼狀態、怎麼走到這一步變成如今這樣子、以及這麼講話等等。如海明威所說、賈西亞・馬奎茲以為再對不過的，去想去建構藏水面底下那十分之九的冰山——楊麗花這位極道大姊，他以為必定是情非得已的。他想到柯波拉《教父》裡的老三麥可，那個本來完全不管也看不起家族行當、念他自己書交他自己女朋友卻鬼使神差成了二代教父的乾淨漂亮年輕人。於是侯孝賢給了楊麗花一個最重要的、不跟任何人講起的幸福時光回憶，她的小叔正是個不愛講話、不耍流氓、老實在基隆電力公司上班的小公務員，每回颱風過後，他會帶著愛跟他的小小楊麗花去修電線，這一大一小把便當（以及修理工具）繫腰上，順著電線桿一路修到山頭去。

是的沒錯，這個上山修電線的小叔就是日後開照相館的梁朝偉原型；小楊麗花也仍在，就是《悲情城市》不起眼但最終存活下來如同見證這一場的少女小雪——侯孝賢原本想弄清楚楊麗花，但循路追回去，卻連只是回憶一抹的小叔也完整起來，要求他的故事被詳實講出來；用現今的話語來說，結果我們所看到的《悲情城市》，其實是原《悲情城市》的前傳。知道此一過程的朋友日後不免也合理追問，那侯孝賢哪天會下山拍基隆港的原《悲情城市》長大後孑然一身的小雪？也許會吧很難說，但我比較相信原來的小雪故事，已同樣化為水下冰山的一部分，融進了已完成的這部《悲情城市》之中，讓侯孝賢在拍攝時，不只知道這些人無可抵賴的來歷，還已經提前知道了這些人無可逃遁的結果和各自下落，過去現在未來連成一道完整的線。我真正比較好奇的是，侯孝賢會像仍有心事不能解的再順梁朝偉或李天祿更往前想嗎？更追上山去，比方說，這個家庭發生了什麼來到這小島荒涼一角、發生了什麼逐漸當起了流氓？人類最早的記史也許就只是有人這樣，想知道更完整的事實而無可阻止的踩進時間的甬道，像《聖經・舊約》摩西那一代人很現實迫切的開始統計人丁、分別氏族、建構制度並分配工作，以色列人的正式記史由此開始，然而在仔細記錄眼前這一切同時，以色列人也同時回憶了自己一直到天地之始「起初神創造天地」，這樣才完整。這就是用神話和傳說填補空白、好斷斷續續成線、舊約前五個篇章的所謂《摩西五經》。

我要講的是，絕對不只侯孝賢，《悲情城市》只是個較戲劇性的實例（冰山翻了個身，露水面的和藏水裡的做了交換），夠好的創作者都這樣做，非這樣不可——應該有人跟我一樣注意到，不只一人一次，某些也能畫的小說家會在原稿紙上的空白處，為他小說中的出場人物素描成人像，但我們翻回實際寫成的小說會發現，小說家根本沒有也不打算跟我們講此人的高矮胖瘦，像昆德拉講費爾丁的《湯姆・瓊斯》：「純粹的描繪令他不耐煩，他從不費工夫去形容筆下主角的面貌外觀（讀者無法知道湯姆的眼睛是何種顏色）」；講穆西勒的《無用之人》：「那麼烏爾利須和他姊妹阿嘉特那場極重要的相遇所發生的所在城市到底是何情形？我們無從知曉，書中甚至沒提過它的名字。這座城市應該是捷克文稱的布爾諾，也就是德文稱的布綠恩。因為那是我的誕生地，所以只憑書中一些細節便認出來；我才洋洋得意說出自己如何猜出那城市的名稱，心裡立刻自責起來，因為這種做法根本違反了穆西勒的意圖；意圖？什麼意圖？難不成他想隱藏什麼？才不是呢；他的意圖完全是美學上的考量：只處理最根本最重要的；不要讓讀者的注意力分散到沒有用的地理描述上。」

侯孝賢解釋過自己這麼做的現實必要——你自己必須很清楚，戲中人物才知道該怎麼正確（精準）的講話和行動。尤其台灣的電影環境一直很糟，現場狀況一堆，臨時發現無法按原劇本來是常態，所以盡可能讓所有人物先完整起來是唯一、或許還代價最小的防範之道，這就像一個真人活人，即使被拋擲到某個陌生的、猝不及防的現場，他仍會是原來的那個人，不至於做出不屬於他的離譜反應，不會聯不起來，不會破碎瓦解像有兩重或多重人格看起來就是神經病發作。你不必講出來，並不代表你不必知道，依海明威冰山論，為了講出那些，你知道的必須是你講的十倍數量。

這也把我們帶到賈西亞・馬奎茲那裡。賈西亞・馬奎茲講（一講再講），小說開頭最困難，尤其寫第一句，第一句尤其是其語調聲腔，將決定整部小說往後的內容和走向——這裡，我們又看到了這一條「精準細線」浮出來了不是嗎？我以為賈西亞・馬奎茲講的正是書寫者對精準最高規格的要求和試圖盡早掌握，包括細微如發散氣味不可見分子的所謂語調聲腔都想一開始就精準到位（所以語調聲腔不止是所謂的美學修飾，它是具體的精準微粒；所以我們說美學問題其實就是認識問題，它在內容之中而不在內容之外），只因為書寫的實戰經驗一再顯示，第一句的毫釐微差可能到第五百句、第一千句才噩夢般顯現出分歧和矛盾，懲罰也似帶給你難以收拾、也許嚴重到得整個拆毀重來的麻煩。但這又是難以完全防範的，也因此，書寫的前半段正是最劇烈進行卡爾維諾所說「逐句修改」、消除「可能發現」的不滿意（不精準）因素的艱苦階段，逐句修改包括局部的不斷退回重來，這其實是微調，書寫者為著抓緊想望中那條精準細線的反覆微調作業。一直到某一個點，臨界點，書寫者如攀爬般傷痕纍纍（這不誇大）抵達的夢寐那一刻，他忽然通透明亮的發現，自己對整體的理解已累積「足夠了」（當然不可能是全部，但夠了），那條精準的細線已確確實實抓牢在手中，不僅知道不會再遺失，而且往後還成為指引、成為嚮導、成為忽然寬廣豐沛起來的一條河流，你順它前行如順流而下，舒服得不得了，這也就是諸多小說家津津樂道的，書中人物像全活過來了，自己知道該去哪裡，怎麼行動，怎麼講話；需要的文字也馴服了般不再逃走，它們就聚在你手邊等你，由你摩挲挑揀，這也是書寫者和文字關係最好的片刻（只是片刻，不會一直駐留），感覺寫出來就完全對。

小說家正確描述書寫最豐饒的一刻，但我們得說，很多由此得出的解釋和書寫體悟卻是大有問題的——最常見的是，彷彿太想重回、複製這近乎從心所欲的華美一刻，書寫者因此誤以為書寫必須更鬆弛、更自動化、更順應自己不假思索的直覺和本能云云。恰恰好相反，這不是自由，遑論放縱，其核心意義是正確、精準、唯一（這裡，唯一不是誇大之詞，而是理想之詞），來自於盡可能明確周詳的計畫加上逐句修改，納布可夫說得比卡爾維諾更重，他直接說這是「控制」。對於文學書寫的精準有著最嚴苛要求（科學的精確加魔術的欺瞞）的納布可夫完全聽不得人們這麼談書寫，他說的是：「我的小說構思是固定在我的想像中的，每個人物按照我為他想像的過程行事。我是那個人的世界的主宰，只有我能為這個世界的穩定和現實負責。」除了太生氣以至於語調聲腔不佳易生誤解（但我們幹嘛非誤解不可？），我以為納布可夫講得比較對，尤其每再回頭讀那種只從心所欲卻沒精準、以至於什麼都糊成一團的當代小說，更一次一次覺得納布可夫對得不得了。

自殺的安娜和沒事的布盧姆

由繪畫走回素描，由面而線，這是達文西最有趣的選擇之一；不只用素描，而是素描加上文字（「然而他不斷的感覺需要寫作，需要用寫作來探索這個以多種樣態呈現的世界及其奧祕；同時也用來具體描繪他的想像、感情、以及怨恨……他因而愈寫愈多。」），這是達文西最有趣的選擇之二。前者，意思是達文西得從大畫家的位置退下來，無法像米開朗吉羅和拉斐爾，當然我們日後也可以說他因此不止是米開朗吉羅和拉斐爾，或者猜想達文西是否超前世界好幾大步的察覺出繪畫一藝的盡頭；後者，則意味著他不僅一整組的放棄、封存他最有把握的繪畫技藝，還進一步使用、乞援於他以為自己並不擅長的文字（「達文西自稱『鄙俗不文』，難以掌握書寫文字。」）。我相信這兩點也是卡爾維諾要我們注意、要我們想的地方，為什麼？達文西的確一定是為著某種什麼，這裡必定有一個更積極、非如此做不可的目標，帶來一股無法扼止的驅動力量。

先讓我們有點跳躍的來看昆德拉如何比較了一次托爾斯泰的《安娜・卡列尼娜》和喬哀斯的《猶力西士》。昆德拉耐心的引述安娜最終跳向火車自殺那一長段，整整耗用掉超過五頁篇幅（皇冠出版社《簾幕》中譯本P29到P35）、要我們盡可能不錯過安娜自殺前這三天各式細碎的、捉摸不定的、和死亡選擇或趨或離的心思，一如《猶力西士》書裡布盧姆的心思起伏，不一樣的只是，布盧姆恍若無事過完那一天，而安娜的那三天卻「解釋」了她的死亡。

昆德拉這麼說：「然而，安娜安靜的內心獨白卻完全不合邏輯，甚至談不上是思考，只是在某一特定時刻，一下子湧進她腦海裡雜七雜八的瑣事。因此，托爾斯泰早了五十年便展露喬哀斯的風格，只是後者在寫《猶力西士》的時候，將這技巧做了更有系統的發揮，這被人稱為『內心獨白』或者『意識流』。在托爾斯泰和喬哀斯心裡縈繞的是相同的想法：抓住當下某一時刻、在一個人腦際閃過的意念，那到了下一秒就會永遠消失的意念。但其間畢竟有個差異：托爾斯泰並不像後來喬哀斯那樣，他不去檢視普通、平庸的一天日常生活，而是呈現他那女主人翁生命裡的幾個關鍵時刻，這是困難度比較高的技巧，因為情境愈是充滿戲劇張力，越是特殊、越是嚴肅，那麼敘述它的人就傾向於抹滅其具體面，忘卻其不講邏輯的散文特質，並且用悲劇獨有的那種簡化了的、嚴密的邏輯去取代它。托爾斯泰式對『散文式自殺』的檢視因此可說是很了不起的手法；此一『發現』在小說史上無人能出其右，現在這樣，將來也是。」

我換一種說法，安娜的死和布盧姆的不死，關鍵的差異正在於卡爾維諾所說「內在的必然性」，一種最細微、搖晃於客觀事實和主觀信念（或幻覺）之間的內在必然性——同樣是閃過人腦際、下一秒也許就永遠消失的意念，之於布盧姆，這些都是自然流過去的，不化合不起作用，或者說每一作用都小到微弱到可忽略（不足以激起或支持任何行動乃至於身體反應），又短暫到不等下一個意念的到來形成堆積；也就是說，意念單子也似各自獨立，它們是否有內容的大小輕重，以及作用時間的長短之別，因此不必也不值得去分辨（喬哀斯正是要強調不值得分辨，好對抗諸多神話，也許還為著尋求他個人遠離愛爾蘭故國悲苦但清明的必要歷史解釋），我們可以說，在喬哀斯筆下，這些意念都簡單等值，都一個樣，且平行並置同一時間平面上，如物理學者曾講電子般既無重量（小到不具重量的意義）、又幽靈般不可捉摸的存在。但安娜不同，在安娜這最後三天裡，這些個偶然的、天外飛來的種種心思，我們確確實實感覺每一個心思是各自不同的，有內容，也有作用，還有先後，其內在不絕如縷的、蛛絲馬跡的必然性聯起一條微光晶瑩的精準細線，我們知道可能有事發生卻不知道會怎麼發生（相對於讀《猶力西士》，我們如置身某種溫度不足的世界，知道什麼事都不會發生），奇異無匹的驚心動魄，稍後我們知道這蜿蜿蜒蜒趨向死亡，如恍然大悟。可是即便已看到安娜死去，我們又知道安娜其實並不是非死不可，她跳向火車仍像是突如其來，還如昆德拉說的這麼輕盈優美（「她走下幾步台階，站在鐵軌旁邊。載貨火車靠了過來。『有種感覺淹沒了她，好像她以前去游泳的時候，正要下水的那一剎那……』」），我們仍會想到，其實仍有太多的偶然可以阻止她，所以昆德拉稍前這麼自問自答：「安娜・卡列尼娜為什麼要自殺？一切似乎顯而易見：多年以來，她身旁的人都避開她，她不能和自己的孩子塞爾治見面，得忍受骨肉拆離之苦；就算伏隆斯基依然愛她，但她也一直擔心那愛是不是靠得住；她因此心力交瘁，過度敏感而且病態的善妒；她覺得自己陷入了一個陷阱。是的，這一切都顯而易見；可是，為何一個人踏入陷阱的時候就非自戕不可？很多人不都能適應活在陷阱裡的感受！即便讀者明白她的哀痛有多深沉，她會自殺還是一件令人費解的謎。」

安娜深沉的哀痛是確定的，自殺則看起來像只此一途卻又未必見得，也許我們把順序這麼倒過來就對了——托爾斯泰先知道了、確定了安娜的死（如同維克多・雨果知道了拿破崙兵敗滑鐵盧），不死在此時此地也很快會在另一個時間、地點；書寫者托爾斯泰據此尋求解釋，遂回憶了安娜自殺前這三天、死亡的意念開始以各種形貌浮現並聚集這三天，想找出這一道死亡的蛛絲馬跡。死亡先被決定，安娜的未來封閉起來，這些凌亂發散的意念便有了一個「核心」，也得到形式隱隱形成一個「整體」、一個思索對象。這就像卡爾維諾講的，在宇宙崩解成一團熱氣，看似全然無序的狀態下，「可能會有一些有秩序的區域，一些存在部分傾向於形成一形體，以及若干我們似乎察覺到某種構圖或看法的特別據點。文學作品是這類極小部分中的一個，存在事物在其中結晶成一個形體，獲得一個意義——並非固定、明確、硬化成礦石般的不動，而是像有機體一樣活生生的。」

獲得一個意義。

昆德拉講小說家總傾向於告訴我們，「事情遠比你想的複雜。」也因此，帶點習焉不察的，小說家，乃至於同族裔的各式文學書寫者，極少是因果論者，尤其普遍厭惡那種「因為……所以……」的所謂因果鐵鍊，但托爾斯泰卻是最堅強的因果論者——依托爾斯泰，世界上根本就沒有「偶然」這種東西，我們稱某事某物偶然，只是一種說法而已，意思是我們並未或沒能力預見它的到來，我們掌握不了它微粒也似的存在，其實是因為我們察覺不到在它之前諸多細如粉末的原因，如此而已。就像波赫士常講的，這某某事是之前數不清事物所造成的結果，又從此成為往後數不清事物發生的原因。托爾斯泰以為一切全是因果，都又是因又是果，只是，這是一種比「事情遠比你想的複雜」還要複雜、每顆微粒每一粉末都被揉成極細之線編織起來的究極因果律。

由此，托爾斯泰狐狸般的假想過某個算式，他稱之為歷史的「微分」「積分」，很簡單，只要我們能夠把全部的因收集完成，建立起一個這樣的算式，宇宙中的萬事萬物其實都是可預見的，沒任何一事一物逃得出這個因果演算；但托爾斯泰更加狐狸的告訴我們，這又是人類絕對做不到的事，只因為原因的數量接近無限大，而每個原因的作用又趨近於無限小，我們窮其一生誰也無法建立起這一算式，最終我們注定得活在一定的無知、以及一次次的猝不及防和驚愕之中，一如拿破崙對這一場他所發動、指揮的法俄戰爭無知茫然——以撒・柏林因此說托爾斯泰是最具腐蝕力的懷疑論者乃至於虛無論者。但這樣一種窮盡所能的、受苦的懷疑（「因為追求精確的熱情必然注定要受苦」），以及力竭倒下才確認的虛無，和尋常那種一步也不跨出去、懶怠舒適的懷疑和虛無，其實是兩個完全不同的東西。借用卡爾維諾溫暖明亮的話語來說是，這「成功的賦予了虛無一個晶瑩剔透的形貌」，這種懷疑態度，「我想稱之為一種較積極的懷疑論，也是一種賭博，不斷的努力企圖在論述、方法與不同層次的意義之上搭建關係。知識的繁複性正如一條線，……我希望它能延伸下去，進入未來的一千年。」

從托爾斯泰（尤其《安娜・卡列尼娜》）那兒，而不是喬哀斯，我嘗試學習昆德拉所指出的「困難度較高的技巧」，那就是，這些細如微粒細如粉末的意念，這一個個數量極大、作用又極小的原因，仔細看是各自不同的，你還是得設法再去辨別它們作用力的大小及其內容的微差，但幫助我最大的，我以為這一併提醒我去注意它們駐留時間的長短參差、它們作用的各自時間周期、時間進退之際牽引的微妙移動——某人某物某事，以數不清的原因堪堪搭建起來，形成一種暫時的靜力平衡，形成你此時此刻看到的樣子，但這些作用力的時間從不會是一致的，它們來去如潮水，其中某些會先退走，這有時幾乎是注定的，有時則是可預期的，就像你知道建材的木頭部分應該會比石頭先腐朽，知道某人會先離開或死亡，知道激情總是比信念短暫、而利益的追求又總是比價值的守護頑強持久，最後留下來的總是它，凡此種種。當某一部分作用力抽離掉，這某人某事某物會發生什麼變化（搭建方式改變）、朝向哪邊變化？未來的可能新樣子大致如何？這寸心自知的幫我預先看出一些事（惟提前察知並不常是愉快的，經驗上如此無可奈何），但重要的不是預知什麼，而是讓這些事成為可理解。理解更多時候發生在事後，特別是判斷有了某種差池時，錯誤通過分解就不再是「一個錯誤」，而是錯在哪裡、我少想了什麼、或哪個作用力的時間尺度計算有問題云云，這讓你能把事情繼續看下去想下去，也因為有了理解牢牢相繫，你跟眼前世界產生一種前所未有的親密關係，一種奇妙的歸屬關係（如小說家林俊頴說的，「這一刻，我多愛這個世界。」），這些事會比較記得住、記得比較多，不會一切隨風而逝。

我留意到昆德拉講安娜之前的一個章節，小標題就叫「瑣事的力量」，他這麼說，說得很漂亮，也許還太過漂亮了點：「日常生活。時常生活裡不僅只有百無聊賴，不僅只有微不足道的瑣事，不僅只有重複性的事物以及平淡無奇的經驗。它也是美：比方氣氛的誘惑力；你我都可以從自己的生活中感受得到：隔壁公寓傳送過來的輕柔樂聲；風吹窗戶，窗扇輕微掀動；教授單調的聲音，那心懷愛情傷痛的女大學生聽不進去的聲音。這類微不足道的情境竟然可以使個人私密的事件染上不可模倣的獨特性，讓這事件在時間流裡被定位，成為遺忘不了的事。……在劇場裡，一個壯闊的情節只能源自於另一個壯闊的情節。只有小說才能發現瑣事所具備的力量。」——讓這事件在時間流裡被定位，「定位」這個詞真的好極了、準確極了。

每天，我面向著眼前的大台北市，向著人潮洶洶如河充滿異國之人的永康街（先是日人，然後中國大陸，這兩年則香港年輕人醒目的增加……），向著台灣到目前為止的文學書寫成果及其形貌（寫了什麼、寫到了什麼、還會寫出什麼……），向著這一個個我熟知的老朋友、書寫者。也許是因為每天不間斷的瞪視心生幻象什麼的——這樣一座城市、這一條街、這一些人和他們做著的事，彷彿從一個完整的、穩定的畫面不斷在你眼前打開來、分解開來，你還會看到每個部分的間距不斷在擴大彷彿分離，每個部分彷彿都蠢蠢欲動有它單獨的力量、單獨的指向、以及它想成為的樣子。這座城市、這條街還有這些人會長時間一直維持眼前堪堪的形貌那才真叫見了鬼了。朱天心常為未來憂心，而我回應她的方式總是，我們倒不如想想三年之前，三年前當時我們能否想像今天是這般光景，而三年前我們看著的畫面，這城這街這些人，除了某些片段記憶鮮明，我們一樣已無從尋回，這可能不該只解釋為遺忘，而是某種更換，我們自己是否也在時間之流中無可挽回的成了不一樣的人，從而永久的改變了我們看事物的方式、改變了我們一己的世界基本圖像。

《神曲》的地獄篇中，引導人維吉爾跟但丁描述這個塑像：「在那大海之中，有一個荒廢的國，名字叫做克里特，那裡曾經住著世界尊重的國王。那裡有一座山，伊達是它的名字，從前山上是青枝綠葉，現在卻是枯老了。雷婀選了這座山做她兒子避禍的搖籃，因為要他藏匿得更安穩，一班吹鼓手在那兒作樂，遮蔽了孩子的哭聲。在山中立著一個巨大的老人，他的背向著達米打，他的面向著羅馬，好像是他的鏡子一般。他的頭是純金做的，手臂和胸膛是銀做的，肚子是銅做的，其餘都是鐵做的，只有一隻右腳是泥土做的；但是，在這個最弱的支點上，卻擔負了最大部分的重量。在這巨像的各部分，除開那金做的，都已經有了裂縫，從這些流出淚水，透入池中：這淚水經過山岩的孔隙，匯歸地府……」——這是但丁用文字繪成的時間老人像，老人的淚水最終匯集成為忘川，讓靈魂飲用好忘卻此生的罪惡。我在想，這並非實存的、只在但丁心中浮現的時間老人像（確實喚起了我們「清楚、犀利、令人印象深刻的視覺意象」），若捨棄文字，達文西會怎麼畫出他來？當然，畫並不難，而是做到如達文西原來所說「更好的表達」，能夠完好保有但丁每一字每一句的巨大力量，也畫出每一字每一句洞窟般的巨大縱深、完好保有文字所聯繫的每一則故事和神話，以及人的記憶、遺憾和夢境？尤其是那隻泥土做的右腳，「在這個最弱的支點上，卻擔負了最大部分的重量」。

我還想起另一幅畫，本雅明所說那個「被歷史的暴風背向著推入未來」的新天使畫像，這畫倒是原來就有的，由畫家保羅・克利繪成，很多人在知道本雅明之前就看過，——但激動我們的，究竟是保羅・克利的原畫，還是本雅明以他的遺言文字素描的另一幅？

從繪畫的素描走向文字的素描

從繪畫到素描，再從素描走向文字，這絕非達文西的初衷；其實達文西本來是要棄絕文字的。卡爾維諾告訴我們，達文西「他確實認為自己用圖形比用文字更清楚的記錄其科學研究。他在解剖學的筆記本寫道：『作家啊，你能以什麼樣的文字來傳達像素描那樣完美的整體造形呢？』不僅僅在科學方面，在哲學方面他也有信心藉由繪畫和素描來做更好的表達。」——非常清楚明白，要求回到整體、要恢復完整的視覺圖像，達文西（曾經）以為最好的方式是以圖形來替代文字，他對作家的這句喊話，你看，對文字何等藐視何等挑釁不是嗎？這其實是一種我們相當熟悉、人類歷史每隔一陣子就會聽到的主張，達文西不同尋常的只是，他沒有「回去」，他奮勇走了下去；他本來要詛咒文字，最終卻發現文字無法被替代，他祝福了文字。

圖形和文字分別是什麼？究竟彼此有何種程度的補充替代關係？我仍然以為最好的方法是把它們放回時間大河裡來看，這不是我第一次這麼做——用圖形表達，這是人類亙古的方式，也許可以一直追溯到人類使用工具的曙光時刻，甚至還應該更早一些，沒有顏料沒有畫筆或知道用木棒石頭樹枝，我們仍可想像人們會自自然然用手指頭在沙地上畫出某物，如日後的耶穌、歐陽修或童年去海邊玩的我們自己，這時間量度，隨著考古學的不斷前推，如今可靠的數字是幾百萬年了；文字非常晚，它至多只能追溯回五千年前左右，而且只有其中極少數人，人類原來是不知不覺走上文字之路的。

我猜，達文西原來的想法很簡單，他以為文字是點狀的、斷裂開來的，圖形以及素描才是連續的，可以呈現事物完整模樣的。

所有的文字都始自於象形，也就是一種快速的、線條化的、只抓重點或特色的圖形（羊只強調彎角，樹只畫樹幹），是的，文字原來更接近素描，這至少告訴我們以下這幾件事：一、象形階段的文字，暫時可視之為圖形的延伸，人們並不覺得自己在做一件不同以往的事，更不認為自己發明了並使用著一種不同以往的記錄表述工具和形式，我們講不知不覺是這個意思；二、一種扼要的圖形，意味著人關懷的是表述而非表現，這是一種需要，人活在有時間不停催促的日常生活裡常常非如此不可，這樣才追得上稍縱即逝的時間（所謂的「說時遲那時快」），追得上變化，好順利說出我們當下急欲表述的某事某物。由完整的繪圖走向簡約的素描，我們不難察覺其中某種由靜而動、由單一平面描繪走向連續性垂直穿透、由接受性視覺印象走向積極性表達的企圖；三、圖形「夠了」即可，不是要一絲不苟的畫成某物，而是如卡爾維諾所說的，是「喚起清楚、犀利、令人印象深刻的視覺意象」，要求的便不是詳盡靡遺，而是精準，得在完整的畫面裡抓住其核心、最不會遭誤解誤認那部分，因此，文字世界的技藝要求，更多是認識性的，是思索、分辨和捕捉；四、線條要畫到什麼地步才算「夠了」呢？這是變動的，其成立與否端看對象是誰，端看人們共有記憶的存量而定，某物大家愈熟悉（即共有記憶存量愈大），線條就可以愈簡單愈有企圖。我們知道，長期來說文字有趨簡的固定走向，這正是因為人們的共有記憶是累積的、不斷擴大的，一個人的發現不斷轉變為知識再普及成眾人的基本常識，凡此。然而，長期來說，這也一直是文字的根本弱點，因為會不斷碰到沒有這些必要記憶的人，碰到不同記憶的人（如異國異族的人），碰到復歸遺忘的人，還會碰到不願積存、保有記憶的人，由此，文字的扼要企圖、抓住核心企圖，最終可能孤立的成為只是一個路。

總的來說，由繪圖走向素描，是人要表述更多而非減少，呼應著人的認識進展——至少，象形文字有這樣的潛力，有這樣的可能。

文字何時和圖形正式分離呢？就在象形字完成或說告終之處——人的認識是連續的也是自然統合的（包含全體生物性感官以及奇妙獨特的人心作用），持續向前，但圖形文字做不到，這裡橫亙著一道無可躲閃的斷裂鴻溝：象形字成功的「畫」完那些有現成視覺圖像的東西，接下來呢？文字該如何繼續跟上人類的此一連續的、稠密的認識之路，畫出更多而且不斷冒出來的那些非視覺性的東西？還有，在眼睛可見的世界，比方說長得大致相像的人、大致相像的樹木，文字得如何才能克服視覺的限制以及圖形重現的困難，精確的辨識出、並表現出其微差，告訴我們這是松是柏是杉是檜並穿透進去？我們曉得，所有的文字系統原都始自象形，卻也都很快走到圖形的盡頭，面臨完全一模一樣的此一造字危機，也幾乎所有的文字系統都在這一刻「重來」。有趣的是，重來的方式還幾乎一模一樣，除了漢字艱難的、局部的存留象形之外，其他文字系統全都放棄圖形，轉向語言靠攏，代之以一組記錄聲音的、約定的純粹符號。如果我們以人類的歷史認識旅程來看，這意思是，文字搭乘圖形的列車抵其終點，它「聰明的」跳上語言的列車好繼續前進，日後，文字還會再跳車一次，告別語言，兀自前行。

我自己一直認定，這才真正算是文字成立的時刻——在此之前，文字仍處於某種「胚胎」狀態，意即由圖形而線條的特質已讓日後文字的蛻變完成成為可能，但基本上它仍在圖形表述的概念之中，只能做到是某種點狀（強調性、標示性、記憶輔助性）的特殊應用工具；一直要到成功跨越此一造字鴻溝之後，文字才開始可以單獨的面向世界描述世界，才緩緩建立成獨立對應完整世界的系統，才真正做到原來繪畫沒辦法做到（跟上）的事，去到並打開圖形到達不了的另一個豁然世界。當然，這個人造系統仍是不完美的，「零碎而不完整」（卡爾維諾），尤其它對記憶的過度依賴，更時時令人不安，但這是人唯一的、僅有僅能的。

重說這個已近乎常識的造字往事，我想指出的是——我以為達文西幾乎是重走了一次人類的造字歷史之路，也同樣很快發現並受困於此一眼前鴻溝，而且還做了一模一樣的事，那就是告別繪畫走向文字，只除了在他身上這顯得更動人也更富啟示性：那就是告別他最擅長的繪畫，不得不走向他毫無把握可言的文字。

藉由這道鴻溝，我們也能看出來達文西「素描」的兩階段不同意義——之前，素描加繪畫，這素描是常識意義的就那種素描，描繪事物的某一靜止形貌；之後，素描加文字，素描則進入到文字的領域，它動了起來，且不再限於外形的勾勒。當達文西說他有把握用素描更好的表達他科學的乃至於哲學的思維和發見時，很明顯，這素描已是隱喻之詞了，這得是一種可以捕捉、呈現只發生於人心奇特意象的素描，一種可記錄某一道軌跡、某一系列變化、乃至於可以同時掌握事物在時間之流中每一刻微妙變異形貌的素描。就像我們看到的，達文西如何精準的素描只有他一人看見、人們沒足夠共同記憶可支撐、那隻所謂威嚴而端莊犁耕過波浪的大海怪。

然則若再進一步呢？你用什麼素描比方康德的《純粹理性批判》、比方叔本華的《意志和表象世界》呢？

這兩階段素描最大的不同，在於構成線條的點，由標示性的數學點更換為微粒般、針尖般的文字點——數學的點只有位置，點本身是沒差別的；而文字的點是有內容、有內部、有多重意義可能的，這才符合我們所認識這樣一個稠密的、每一事物具體存在、有裡有外的多樣貌世界，「我認為我們總是在尋找某些隱藏的或僅僅只是潛在的或假設性的東西，每當它們浮現在表面，便追蹤其線索。」原先的圖形止於表面，只有文字才穿透得進去，「文字連接可見的蛛絲馬跡與看不見的、不在場的事物，我們渴望或害怕的事物，就像脆弱的臨時吊橋，懸在深淵上空。」

用我們稍前所談的《安娜・卡列尼娜》和《猶力西士》來說，安娜微粒般的心思是有內容的，是文字的點；布盧姆的意念微粒則是沒意義的（喬哀斯要說的正是這全無意義），被還原為一個個數學點。

此外，數學的點沒有記憶，無法說明自己；文字則是人記憶的凝結點、記憶的攜帶者。我們曉得，人認識某種前所未知的新事物（即認識的進展），得仰靠比喻（直喻以及更間接、更微妙的隱喻）來聯通已知和未知，通過一個個相似性的接觸點才得以進入，攜帶著記憶的文字正是一系列的接觸點，從已知轉身進入未知的奇妙之門。

毫無疑問，達文西一開始是把事情想得太容易了——其實已沒有簡單的、現成的圖形可回去了，因為又經過了幾千年認識的確確實實進展。我們對眼前世界、對所有的事物和人已無可逆轉的知道了太多太複雜；我們已知道這一切並不僅僅是我們眼睛看到的樣子而已，我們還看過了它們在不同時間、不同視角、不同的想像和期盼裡呈現的各種樣貌（一個國家、一個城市、一條街、一個妻子或丈夫）；我們更已察覺出它們並非一體成形，而是由各個微粒各種作用力量脆弱且暫時的搭建，事情還會有變；此外，我們還看出了處處裂縫，累積了一堆疑問待解。它們不再像一幅一幅清晰無誤、誰看都那樣的畫，而是更像一個一個糾結盤纏的結，「卡洛・艾密里歐・迦達終其一生都在試圖說明世界是一個結，一團糾纏的紗線；一方面呈現世界，一方面盡量不減其糾纏不清的複雜性，或者，說得更清楚一點，就是要同時呈現最不相干而匯合在一起決定每一事件的要素。」

所以達文西後來的素描、文字意義的素描是什麼？我會說比較接近是這樣子：「我應該拉哪一條線，才能找到手中的線頭？」——其實不止達文西，不止說這話的卡爾維諾，這是每一個書寫者每天面對著、苦惱著的事，我們該說這就是書寫的根本處境嗎？這也正是托爾斯泰盡力為安娜所做、而喬哀斯（基於某種極深刻的虛無）放棄為布盧姆所做的事。今天，的確愈來愈少書寫者願意去找出、去拉這條線，只因為如昆德拉所說的這確實非常困難，但書寫者還是不能只攤開給我們混亂和無序（波赫士也說，寫混亂最容易，只要寫就行了），書寫者得負責找出每一個點愈來愈微弱、不確定的彼此關係，恰如其分的聯繫起來，並盡可能小心的抽出，盡可能乾淨的呈現。這讓書寫成為一個很難快得起來、得一試再試並屢屢感覺不可能的工作，更糟糕是讓正確的書寫成為一個極不划算的工作。

屢屢感覺不可能，這話也是卡爾維諾自述的，也許我們還可再加上他另一番書寫經驗之語來多說明：「但我很快便發覺：我視為寫作素材的生命真相，以及我的作品所欲達到的輕快筆觸兩者之間，存在著一道鴻溝，我必須持續努力，才得以跨越。或許，就在那時候我才逐漸意識到世界的沉重、遲滯、晦暗——那些特質一開始就黏在寫作上，除非找出辦法閃躲。」

原來想以圖形素描來取代文字的達文西，也必定是這樣「但我很快便發覺——」

能一次解決嗎

如今，黏在書寫者筆上不去的這個沉重、遲滯、晦暗的世界究竟是怎樣、哪來的一個世界？根本的說，這是一個我們已走得太遠、知道太多、細節知識不斷堆積、不斷感覺彼此遠離、支離破碎的世界。如今，我們時時感覺要完整、清楚的講一件事多麼困難。

波赫士曾好笑的這麼寫過：「一七三一年前後，一個德國研究人員用很大的篇幅撰文討論一個問題：亞當是不是他那時代最好的政治家，甚至是最好的歷史學家、最好的地理學家和地貌學家。這種可笑的假設不僅要考慮天堂般國家的完善與否，也要面對沒有競爭者，還要考慮在世界起始的那些日子，某些學科是很簡單容易的。當時的世界史是宇宙唯一居民的歷史，這種歷史只有七天，當那時的考古學家還真容易！」

這總讓我想起高中考大學那時候，我自己人生裡從沒任何一刻那麼沒出息過想當美國人──至少，他們不用熟讀、背誦長達五千年的歷史，那麼多人名，那麼多不可磨滅的年月日，那麼多必須知道的事蹟及其來龍去脈云云；他們，就像某法國人嘲笑的，美國人沒事在家時總會想想他父親，想完父親再想祖父，想完了祖父然後呢？然後就沒有了。楊照最近一篇文章告訴我們，他剛完成一個系列性的中國歷史講座，前後講了超過兩百六十個小時，而楊照說這還是他拚了命濃縮簡化的結果。

我們曉得，美國小說家福克納便是這樣一個在家喝酒想自己祖父的人，一輩子只寫「一方郵票大的土地上」的兩代人。福克納想完成一幅完整的圖像，他命名為「約克納帕塔法」的微縮世界，也自以為必定會完成，所以他也要帥的提前宣告，完成的那一天他會把鉛筆折斷，誓不復出，一切到此為止。事實結果是，根本沒有福克納想像的這最後一部黃金之書，連一點可能模樣、一絲跡象都沒有，只有一個時間到了的奮戰不懈小說家，和一整疊讓人望之生畏的、各自喧譁的長短不齊小說。文學史上，像福克納這種等級的小說家，也許沒有人把小說寫得更像一個個結，什麼都錯綜複雜的絞成一團，有時他也漂亮的拉出一條乾淨晶瑩、讓人讚歎不已的線，比方《我彌留之時》，也有沒辦法只能把實在難以理清的一整團捧給你，你要讀自己來吧，像是《押沙龍押沙龍》；也有像《喧囂與騷動》那樣，他前前後後拉動了四條線都覺得不成功，最終（十五年之後）他索性翻出了這兩代人的時間圍牆，回頭從兩百年前才剛渡海上岸的蘇格蘭先人講起，意思是把整本小說放在這樣長河的時間基礎上，這一切才得到妥適的說明，當下這些人、這些遭遇命運這些罪愆才可以理解。

「某一特定的論辯與它所有可能的變化和替代之間的關係，一切可能在時間和空間中發生的事情。這是一種吞噬性而且具毀滅力的著魔，足以使得書寫變成不可能。為了對抗這種妄念，我試著為我必須講的東西界定範圍，將之區分為更小的範圍，再將這些範圍作更細的區分，如此一直細分下去。然後另一種暈眩感便圍繞著我，那是細節的細節的細節所造成的暈眩感，而我便陷入極細微、無限小之中，就像我先前淹沒在無限巨大裡一樣。」——卡爾維諾講的是他一個人的書寫，但我們看，這其實也是人每天每時思索事情尋求真相的事實，是人類不斷認識世界的必然前進方式。而且，這帶來的不只是一種暈眩感而已，而是現實裡一個個不斷依此切割、切線飛出、且壁壘（各自知識成果）愈堆愈高、外頭人跳起來都看不到內部的學科，一個個迷人但你埋進一輩子都嫌不夠的封閉知識系統，一個我們舉目可見的支離破碎世界。

那種一個人既是這個家又是那個家、樣樣都會、知道全部的時代早已一去不復返，達文西很接近這樣的人，儘管我們不確定他是不是人類歷史上的最後一個。也許正因為這樣，他比其他人（不只同代）更早察覺出這種「細節的細節的細節」的點化威脅，更早察覺出整體的逐漸殞沒，實像的消失，以及隨之而來意義的不在、不復、無所憑依從而根本性的無由發生。達文西原想「一次解決」它是吧。

「在現代這個被哲學離棄的世界裡，在這個被數以百計的科學分析領域弄得支離破碎的世界裡，小說成為我們最後一個觀察孔，從這裡我們還可以將人類生命當做一個完整的全體來看待。」昆德拉如此解說恩內斯妥・沙巴托《毀滅天使》這部小說中「作者個人的深思」，很顯然這些話也都是他同意的、想說的——但這番確確實實的話，終究並沒有告訴我們何以小說（或文學）會是這麼一個最後的觀察孔。現實裡，毋甯是小說（或文學）一樣在變得支離破碎；現實的真相毋甯是，波赫士有回咕噥著這麼講，我們從荷馬寥寥幾句話裡，便知道了阿契力士大概是個怎麼樣的人，甚至還知道某件事發生時他會如何反應如何行動；但在《猶力西士》裡，我們聽了喬哀斯講了布盧姆此人成千上萬件事，還聽見他一天之中每一分每一秒的私密心事（昆德拉講，喬哀斯在他心裡放了一具大麥克風），但我們還是說不上來他是怎麼一個人，連個基本模樣都湊不起來。

這毫不奇怪，小說、文學的書寫，包含在人類總的這趟認識之旅裡頭，沒有豁免，也不擁有什麼特殊的密技（也許除了文字之外），這好像講，要其中一個溺水的人奮勇去救起所有溺水的人。我們只能說，文學對此仍保有較深刻的不安；文學至今沒有放棄，沒像科學或經濟學那樣早已堂皇宣稱自己只處理這些不管那些（舉凡價值、情感、以及所有應然性的東西）；是文學認領了這個最困難的工作、這個隨時人類認識的進展更顯得屢屢不可能的工作。所以，幾乎完全一樣的豪情話語，在卡爾維諾那裡，我們便聽出來其中的言志成分：「過分野心的構想在許多領域裡都可能遭到反對，但在文學中卻不會。只有當我們立下難以估量的目標，遠超過實現的希望，文學才能繼續存活下去。只有當詩人和作家賦予自己別人不敢想像的任務，文學才得以繼續發揮功能。因為科學已經開始不信任一般性說明和未經區隔、不夠專業的解答，文學的重大挑戰就是要能夠把各類知識、各種密碼編織在一起，造出一個多樣化、多面向的世界景象。」

一次解決，一次說出一整個世界，認識的統一場論，這是個古老的作法，集中發生在分割裂解的初期階段，也一直是人的一個理想；哲學家大概是最喜歡、也最後一批這麼想事情的人。小說史上，最接近的大概是自然主義書寫，發生於大敘事小說之後，是對大敘事小說往往流於太粗線條、太理所當然、太只此一途線性敘述的不安及其質疑——自然主義，我們開玩笑來說這半點也不「自然」，人不是這樣看世界的，至少不是這麼開始的，人的目光自自然然的有所選擇從而也大量的視而不見，人眾裡尋他的會被其中某一人某一物某一事某一動人的景象所吸引，盯住它凝視它再次找尋它從而展開認識，重現這樣的發現之路及其認識成果便是亙古以來的說故事方式，現代小說書寫基本上也是循此開始的。因此，自然主義書寫其實是一種反思，基於一種人和世界更精細、更不可捨棄也更不確定關係的察覺，為此，書寫者退後半步，壓抑下自己（情緒、好惡、企圖云云），先耐心的、煩瑣的、均等的、盡可能鉅細靡遺的描述外頭世界的完整模樣，好把人的認識置放在這樣一個更複雜的基礎之上。

由此，自然主義書寫產出了小說史上最沉悶、最機械性、最助眠的一批小說，我們可不在意它們，一如小說史自身已根本的遺忘掉它們。我們要看的是它最好的做到了什麼——最精采的人當然是福婁拜，最美妙的一部作品是《鮑華與貝庫薛》，依卡爾維諾，「他把生命中最後的十年投入

《鮑華與貝庫薛》這部有史以來最具百科全書規模的小說。」

台灣一直沒這部小說的中譯本是不是?這本書也一直是我編輯生涯的一個未竟之志，一直放在我那張想找機會瞞天過海出版的書單上首位。《鮑華與貝庫薛》寫在《猶力西士》之前，毋甯更宏偉更富企圖，我一直以為，《猶力西士》沒那麼不可思議，不敬的來說，它其實是《鮑華與貝庫薛》的普及版簡明版，但喬哀斯真的處理得更乾淨更精細。

鮑華與貝庫薛是兩個人，兩個「像是某種神話裡面走出來的」人物（昆德拉），他們原本想窮盡人類所有的知識、所有的書，包藏著一個完整理解世界的企圖，但是「每一卷書都為這兩個自學、純真的人展開一個新的世界；可是，這些世界卻都相互排斥，或至少互相矛盾，以至於破壞了任何明確的希望」。最終，「鮑華與貝庫薛放棄了理解世界的願望，認命於抄寫員的工作，並決定致力於謄抄這世界圖書館所有的書。」

福婁拜一次走到了兩個盡頭，完成了兩幅白骨青塚圖——一是鮑華與貝庫薛，另一是他做為小說家的自己。

通過這兩個抄寫員，我們看到了，把人類所積累的全部認識置放一起，並不呈現出一種井然有序的、穩定的整體面貌，並不自動構成一個中世紀之前人們相信的那種和諧整體，相反的，我們毋甯更察覺每一部書、每一部作品的強大離心力量，所以這兩個傢伙只能「放棄了理解世界的願望」。而轉向抄寫所有的書是什麼意思?這些書不是原來就都存在嗎?多一個版本多一個傳閱或存留可能是嗎?但人類不已開發印刷術等各種複製技術了嗎?這個行為甚至一併放棄了選擇、分辨、指引的任何諸如此類企圖，這兩個人窮盡餘生，卻讓自己完全透明，他們穿越過世界圖書館和人類總的知識之海，乾淨到、無意義到勝過微中子穿越過萬物（微中子還會卡住一兩顆留下來、被科學家發現），他們加上世界再減掉自己，世界仍是原來那個世界，全然不動，全然虛無，福婁拜最終要告訴我們正是這樣嗎？

小說家福婁拜自己這邊，則是書寫這一活動、書寫者此一身分職志的一種盡頭——用卡爾維諾的話說是：「為了完成這篇關於兩位自學抄寫員的百科全書式史詩，在現實世界中就必須付出平行對等而絕對巨大的努力，那就是福婁拜親自將自己變成一部宇宙的百科全書，以一股絕不亞於其筆下角色的熱情，去吸納一切他們想要化為己有、卻注定被排斥在外的知識碎片。」我們以實際數字來說，這十年，福婁拜為此書寫讀了超過一千五百本書（一八八一年一月，福婁拜寫道：「你可知道我為了這兩位良友，必須吸收多少冊書籍嗎？超過一千五百本！」），也就是說，平均每兩天就得徹徹底底讀完一本書，而在此同時，人類在這十年又產出多少書呢？參照數字我們以前講過了，光台灣一地，一年約三萬五千種。

書寫本質，這是安博托・艾可講的，要繪成一張和原來世界一模一樣、大小相同的地圖，這根本上是不可能的。

這也是昆德拉說的，我們人只有太短的生命、太少的時間。我們已發現、已創造了太多比我們一生長太多大太多的東西。

這還是卡爾維諾說的，我們一再發現，最微不足道的事物可以而且總是一次一次成為關係網絡的中心點，「作者不由自主的尋索那些關係，繁衍細節，於是他的描述和離題就變得漫無止盡。無論出發點為何，眼前的事不停的往外擴張，席捲更遼闊的視野，如果讓它向四面八方繼續延伸下去，最後終會囊括整個宇宙。」

喜歡一次解決的哲學家哪裡去了？這一世紀以來，所謂「在這個被哲學離棄的世界裡」，哲學家成為人類世界最虛無、最告訴我們這也不可能那也不可能的人，從康德走向海德格、德希達，我不以為這是偶然的，正如這樣想事情的小說，走向了《鮑華與貝庫薛》和《猶力西士》。

賈西亞・馬奎茲被問到他最早的小說《枯枝敗葉》，曾不好意思的說，當年那個年輕的作者，好像以為他這一輩子只寫這一本書，所以把他所知道的一切、想著的一切一次在這本小說寫完。

比較對的書寫是，這部小說怎麼樣都寫不進去的，那就下一部小說來寫；如果真的那麼捨不得、難受、那麼魂縈夢繫，豈不是恰恰好說明這就是下一部小說要鄭重面對的，就是下一部小說的「題目」──它開始想的地方，它進入的地點，下一道線條的第一個點。

一端是無限大的整體連同它的虛無陷阱，另一端是無限分割的細節連同它支離破碎的另一虛無陷阱，所以卡爾維諾這麼描寫他的書寫、他的閃躲方式，小心翼翼卻又極其忙碌：「我不斷的在這兩條路徑之間來回變換，當我感覺到自己已充分探索了其中之一的可能性，便趕緊衝到另一條路上，反之亦然。」──這非常有趣，原本沉靜不動的書寫被他講得如此激烈匆忙，像什麼呢？我以為最像一隻忙碌不堪的蜘蛛。也許書寫者真的最接近蜘蛛沒錯，在從不止歇的「偶然」狂風暴雨擊打下，埋著頭一次一條細線的反覆編織，以盡可能綿密但無法不顯得疏漏的文字之網，盡力去呈現、去貼近、以及一次又一次去想像那一個稠密且連續的完整世界。線總是嫌不夠多沒錯，也因此，書寫者必須理解彼此並信任彼此，包括信任並試著去理解未來的書寫者，如同他信任、理解自己尚未書寫的、以為必須要寫的作品。儘管這樣的信任和理解有時候並不容易，很不容易。

這每一條線，也就是書寫者每天的工作，韋伯所說「當日的要求」──書寫者至少保有著某種整體的知覺，也許是模模糊糊的，包括某個捉摸不定的世界圖像、某種人在廣漠時間空間之中的此時此地處境感受、某些隱而未宣甚至遼遠尚未成形的企圖云云。蜘蛛織網是否「心裡」也先有某一個網的完整樣子呢？但寫的這一刻，他專注的就是這個人、這一物、這件事，思前想後要弄清楚、要說清楚的也就只是這個人、這一物、這件事。

這也許讓書寫不感覺那麼不可能，可也並沒容易太多。真正的困難是，我們不是知道得太少，而是已知道得太多；知道得太多卻又遠遠不足不完整，緊緊黏在筆上的便是這麼一個沉重、遲滯、晦暗的世界。我們已站在人類認識之路末端的這一事實。

賈西亞・馬奎茲有回接受訪談，獨獨問到他的妻子梅塞德絲時不知語從何起，他理由便是，只因為他對梅塞德絲太了解、知道太多了，他們從十三歲就相識相處，人生長路漫漫，有太多別人不在場、並不擁有的必要背景記憶，不連同這些，怎麼說都感覺不對。梅塞德絲再無法簡單一兩句話說出來，但我們可以在賈西亞・馬奎茲的小說中一次又一次看到梅塞德絲出入其中（通常扮演著某種理智、沉著、固執守恆如花崗岩的力量，也會失控的出現金牛座女性的歡快、享樂和欲望，比方《霍亂時期的愛情》裡費爾米娜奇怪但如此理直氣壯的「東食西宿」愛情特質，凡此），可能也只能這樣，把她放回可以說清楚她的某個世界裡、小說可召喚回來的那個世界裡。

書寫者當然可以假裝什麼事都沒發生過，像三千年、五千年前人們那樣說話，可也只能說出來三千年、五千年前那樣子的話。書寫者若希冀有所不同，能講出進一步的話語，能有新見識，能寫出（稍稍）不同以往的作品，這別無選擇了，就只能毅然穿越過這一整片令人生畏的知識密林——書寫，即便只是寫眼前某個人、某一段愛情和外遇、某一次其實天天都發生的家庭糾紛，這一路之上，都已布滿了各種知識成果，擠滿著史學、生物學、人類學、社會學、心理學、經濟學等等，對了，當然還有醫學，醫學愈來愈重要不可不察。這每一處都睿智、迷人、經歷豐碩指證歷歷，都自成天地但同時自身矛盾難解還彼此喧譁糾纏，也每一處都提出質疑要求解釋。書寫者不能閉上眼睛、用蠟丸塞住耳朵不看不聽如猶力西士的手下一干水手，書寫者至少得做到像猶力西士本人一樣，把自己牢牢綁在船桅之上，為著聽女妖塞壬的歌，冒著誘惑、心生妄念並迷失不回的風險和痛苦（猶力西士一探究竟的此一好奇非常有趣，是《奧德賽》全詩令人印象很深刻的一幕）。書寫者非得進入不可，但還得想辦法脫離（卡爾維諾的用詞是「閃躲」）；得試著獲取，又同時得知道如何挑揀、怎麼拒絕；最終，他還要說出這一切來。

這樣一道堪堪蜿蜒而過的、漂亮的、微光晶瑩的細線——我相信這才是卡爾維諾如此鄭重其事再談精準的用心所在。精準自始至終是人認識的基本要求，一直都是書寫一事的不懈目標，只是，如今精準何其必要何其迫切並且有著更高規格的要求，只有這樣，書寫才不至於被知識的數不清碎片所淹沒，才能讓人猶有機會從這樣既深且廣的知識大海中浮得出頭來，在昆德拉所說人已顯得太短的生命裡，我們才可能還有時間。

這樣一道細線，也必定是很脆弱的是吧，最終會斷在哪裡呢？很簡單，依鐵鍊原理，就斷在承受力最弱的那一個環——如此，我猜是記憶，精準所賴以成立、做為基礎的必要共同記憶。

人們沒見過羊，記憶裡完全沒有羊，你精準的畫出美麗的彎角，這有什麼用呢？如何無中生有喚起「清楚、犀利、令人印象深刻的視覺印象」，好把接下去的話順利說出口。

最精準的文字於是成為最不可解的文字，人們完全看不懂的文字，成為滙歸地府，滙為忘川的蜿蜒淚水。這就不是書寫者所能了，而是這個工作的消失——一個人們已知道太多卻不願記得任何的世界，一個波赫士所說歷史疲憊的世界，盡頭處大致如此，我們如今到達了沒？很靠近了嗎？距離還剩多遠呢？

叛國的六十二歲間諜 卡瑟爾

「你知道我過去從不信仰宗教——我把上帝留在了學校的小教堂裡。但我有時候在非洲遇見的牧師卻使我又信了——有這麼一會兒——淺嘗即止。假如所有的牧師都像那樣而我也能經常看到他們，也許我會通讀耶穌復活、童女生子、拉撒路，所有的經典。我記得有一位我遇見過兩次——我想把他用為特工，就像我用你那樣，可他沒法用。他名叫考諾利，要不是歐考耐爾，他在索韋托的貧民窟工作。他對我說的話跟卡森說的一模一樣——見到蠓蟲猶豫不決，見到駱駝倒一口吞下……有這麼一段時間我對他的上帝有一半相信，就像我對卡森的上帝那樣。也許我生來就是半信半疑的人。當人們說起布拉格和布達佩斯以及如何在共產主義那裡找不出一張人性的面孔時，我保持著沉默。因為我見過人性的面孔——至少一次。我對自己說如若不是卡森，薩姆就會生在監獄，而你很可能性命不保。有一種共產主義——或共產分子——救了你和薩姆。我不相信什麼馬克思和列寧，正如我不相信聖保羅一樣，但是難道我沒有表達感激的權利麼？」

這段話是英國的老情報工作者卡瑟爾講的，聽的人是他的班圖族黑人妻子薩拉。話語中的卡森則是共產黨員，不像個蘇聯特工而是像個人道主義者那樣在非洲工作，曾伸手援救薩拉和她兒子薩姆（和卡瑟爾沒血緣關係），卡森自己倒是陷於南非種族隔離政府的牢獄並死在裡面，死因據稱是「肺炎」但天知地知。七年之後，卡瑟爾動情的講這番話，是因為那天晚上他才剛得知卡森的死訊。

這是格雷安・葛林的小說《人性的因素》，告訴我們老間諜卡瑟爾叛國的故事。

卡瑟爾六十二歲了，其實已像個老公務員等著退休，和他的助手阿瑟・戴維斯負責非洲部門的情報作業，但非洲已不再重要了，「戴維斯和他自己隨時得有一人留著，以應付緊急電報的解碼工作，這是很明確的；可他們也很清楚，在他們所屬單位的這個分部裡，從不會有什麼真正的緊急情報。英國與由他倆負責的東、南非各地的時差通常都綽綽有餘——即使是約翰尼斯堡也相差了一小時多一點。在這個單位以外，沒有人會操心消息的遲滯；戴維斯常說，世界的命運永不會由他們這塊大陸來決定。」至於卡瑟爾本人，他沉默而且生活單純、規律守時，部門的安全調查報告講，「幸福的二次婚姻。第一位夫人在希特勒閃電戰中喪生，良好的家庭背景，父親是醫生——就是那種老派的普科醫師，自由黨黨員，不過請注意，不是那種『革新派』，照料病人一輩子，常常忘了寄帳單。母親還健在——閃電戰時她當過防空組長，得過喬治獎章，可以說愛國熱情很高，參加保守黨集會。家世很不錯的，你得承認。卡瑟爾沒有酗酒的跡象，用錢也很謹慎。戴維斯在波爾多、威士忌和他的捷豹上開銷很大，常去賭馬——偽稱判斷正確，賺了不少錢——那是花銷大於收入的經典托詞。」

這是什麼意思？大致意思是這是一個並不值得叛國的叛國故事，也是一個感覺並不存在充分理由叛國的叛國故事。依一般諜報小說的標準而言，這太低溫太不嚇人了，卡瑟爾能經手的、持續傳交給蘇聯的根本不是什麼爆炸性的東西，是成是敗也根本不足以撼動國家世界一分一毫，一如蘇聯那邊所說的：「你傳給我們的那些經濟情報本身是毫無價值的」；小說不驚險，或者說沒有那種驚險，也可以說這樣才從那種制式的、流行的驚險「解放」出來，危險的事持續發生在深一點的地方、某個人心深處；也唯有心存類似關懷的人才可能察覺出凶險，才感覺一步步讀來如此驚心動魄。這當然才是書寫者葛林要的，一個並不重要的人在一個並不重要的位置，我想起來昆德拉的這番話，說的是另一本小說但無妨：「每次我想讀這本書的時候，我都習慣隨意翻開，哪一頁都好，也不去管上文下文會是什麼；就算是『故事』還在，它也是進展緩慢，毫不愛出鋒頭，完全無意將讀者的注意力吸引到它身上；每一篇章自身都構成令人驚奇的理由，因為每一篇章都是一項發現。思考儘管無所不在，但不至於減損小說的小說特徵；思考豐富了小說的形式，並且不可限量的開拓了所謂『唯有小說能發現和述說』的範圍。」

也正因為如此不具典型的叛國理由及其一切可能徵象，英國情報高層察覺非洲部門洩密時，懷疑的是戴維斯而不是卡瑟爾。他們俐落的祕密毒殺戴維斯，死因是「肝病」（如同卡森死於肺炎），真正擔憂的也不是洩密，而是隨洩密而來的一連串公開審判和醜聞，護衛的當然不是大英帝國或人類世界，而是情報單位本身。換句話說，根本沒有人認為卡瑟爾是危險的。

從頭到尾只有一個人察覺出來卡瑟爾是危險的，那就是卡瑟爾自己。危險之感來自於他知道自己太愛妻子薩拉和兒子薩姆連同她們的一切；不是那種激情四射的愛，倒比較像是一個人用自己身體覆蓋著另一個人身體那樣，保護他不被這個世界侵害，保護他度過這一夜不失溫而死（這一圖像我們借自葛林的另一部小說《一個燒毀的痲風病例》），是一個六十二歲思前想後男子很審慎的、很完整的愛；六十二歲可能不是任意選擇的年齡數字，葛林要的，可能是昆德拉所說：「一個人生經驗豐富的成年人看待世界的方式。」包括看待愛的方式——這卡瑟爾無法也羞怯的不願意想得很清楚，他只不安的跟自己講，「愛情如同挺而走險，文學總是這樣宣稱。……他說得更多的也不過是『我挺喜歡我妻子』。」還有，「他對薩拉的愛讓他和卡森走到了一起，卡森最終又將他引向了鮑里斯。戀愛中的男人如同一個無政府主義者，懷裡揣著定時炸彈走在世間。」

這彷彿說的是，人服膺著情感的完整要求，全心全意順著這樣流體也似的情感往前走，在這樣一個割裂處處的世界裡，卡瑟爾知道自己遲早會走得太遠，會一再越過那些不允許跨越的界線，直到最後那一次再無法回頭，這幾乎是注定的，所以說是定時炸彈。

卡瑟爾傳交最後一份情報時戴維斯已死，意思是他完全知道情報一交出去他就曝光了，定時炸彈時間已到，「顯然，戴維斯的死使得非洲部的情報傳遞必須終止。如果繼續有洩露，那麼誰負其責便是不言自明的，可如果洩露停止了，其罪肯定就歸於死者了。」——這是典型的葛林書寫，永遠不故意裝傻，不讓事情只糊裡糊塗發生，不讓僥倖、偶然滲入從而模糊掉事物的清晰模樣和人的思維焦點。我們說，如果人犯下了致命的「錯誤」僅僅是因為一個人自己的腦袋不清，這樣的錯誤豈不是很容易就防範避免？這樣的錯誤還有什麼分量可言？人類的種種難解困局和失敗只是因為人少了一點點小聰明、一點點預見明顯後果的能力是這樣子嗎？裝傻是很常見但很壞的書寫習慣，卡瑟爾（以及葛林的一堆小說人物，如獅子山的斯高比、墨西哥的威士忌神父、越南的佛勒、剛果的奎里等）的明知故犯，才持續把我們逼到某個深刻的抉擇路口，顯示給我們看這個世界不舒服的真相以及人某種難以遁逃的所謂處境，你要這樣活著、要自己是一個這樣子的人、保有著某個完整的東西不毀壞，你就得一一支付這些代價。

卡瑟爾最終落腳於莫斯科，隻身一人，這是個要不就白天很長要不就黑夜很長的地方，時間空蕩蕩的，人常會用來喝酒、沉思、把記憶晾衣服般一件一件拿出來從頭想過——卡瑟爾幾乎沒叛國潛逃的感覺，因為薩拉和薩姆的緣故，他不知不覺早已習慣用黑人的眼光看世界，或說因此更完整的要求、期盼這個世界，就像他說自己是個「名譽黑人」，或像薩拉講的，「哦，他的國家，他曾說過我就是他的國家——還有薩姆。」卡瑟爾真正感覺抱歉的，是家裡那隻一無是處的笨拳師狗布勒，為了逃亡他必須親手處理掉牠（「卡瑟爾在想薩姆將會如何得知布勒的死訊。他知道自己永遠也不會得到原諒。」）；此外，就是無意中做為他代罪羔羊的戴維斯，儘管卡瑟爾一直為他的清白辯護，包括戴維斯生前以及死後。這樣的負咎，太明顯了，絕不來自於一個叛國者的罪惡感，而是源於最素樸的「人性的因素」，沒罪的生命（因為他）遭到傷害，這是卡瑟爾真正的背叛和缺口，不管這是一個多失敗的人、一隻多沒用的狗。

一些叛國者

「我不會為我的國家殺人，我不會為資本主義、共產主義、社會民主國家、福利國家而殺人。我會因為卡特殺了某某人而殺掉卡特。為了家庭的恩怨殺人，比為了愛國或喜愛哪種經濟體制殺人理由更充分。我愛、我恨，都是我個人的事，我不會在什麼人的國際戰爭之中扮演五九二〇〇之五。」——一樣的話，也可以用這樣的方式和語調來講。這是葛林的另一本小說《我們在哈瓦那的人》，說話的人是被英國以打工仔方式吸收為特工的在地吸塵器小商人吳模德，他比卡瑟爾幸運，不具正式情報人員身分又遠在千里之外，不存在叛逃問題，還擁有主場優勢可把一整個英國情報當局愚弄一番，沒有倫敦的陰溼和莫斯科的酷冷，結果是一部上好的喜劇，帶著加勒比海特有的歡快笑聲。

我們來想一下，小說中還有怎麼樣的叛國者？他們叛國的理由又是些什麼？

也許因為葛林的關係，我第一個想到的是他鷹眼視出的約翰・勒卡雷，《鍋匠・裁縫・士兵・

間諜》書裡的叛國者不是卡瑟爾這樣無足輕重的人，而是上達最高層，就是「圓場」（亦即英國情報局，SIS）的四大巨頭其中一個，這個有趣的書名取自於英國的古老童謠，這裡做為這四個人的代號（第四個代號是「乞丐」，因為書名的美學要求做了調整）。

矮胖溫和的退休老間諜喬治・史邁利（勒卡雷英諜小說世界裡的「我」）奉命揪出這隻「鼴鼠」，最終答案是「裁縫」比爾・海頓——比爾・海頓，勒卡雷化整為零告訴我們，是最聰明最迷人而且真的還長得很好看的英雄人物；父親是高等法院法官，姊姊有兩個嫁給貴族，念的是牛津大學，思想右傾但靈活開明，還是個非常不錯的業餘畫家。一九三九年歐戰開打就投身情報工作，長達幾十年時間無役不與、無所不在，被圈內人稱之為「當代的阿拉伯勞倫斯」，視之為英國希望（「你們都是被訓練來幫大英帝國乘風破浪、征服世界的……喬治，你們是最後兩個了，你跟比爾。」）。但更深沉的，是負責逮捕他的年輕一輩特工彼得・貴倫衝進門那一剎那腦中想著的，被這樣的人背叛的盛怒以及極度悲傷：「不只如此，遠遠不止如此。如今他目睹的這一幕，他才體認到，海頓可不只是他的楷模而已。海頓啟發了他，他在海頓身上看到一種已經過時的浪漫主義，一種身為英國人的天職——這個觀念雖然模糊說不清楚、難以理解，卻讓他這輩子到目前為止充滿了意義。」

這樣一個全身裡外上下都是老英國的比爾・海頓又怎麼會叛國？理由是什麼？——小說中，海頓的自白係通過史邁利記憶的轉折，（勒卡雷有意讓它）變得破碎而模糊。大致上，海頓感覺某個世界正一去不復返，新的世界由美國所主導，而「資本主義掛帥的美國，對於大家的經濟剝削，已經徹底體制化到就連列寧都無法預測的地步」，世界會因貪婪與封閉走向滅亡，這是他深惡痛絕的歷史走向。海頓說，一九四五年後，有一陣子他對英國在世界上扮演的角色還感到滿意，但他逐漸明瞭，那實在是一個微不足道的角色。他說不出是哪一件事對他的生命造成這種影響深遠的傷害，他只知道，就算英國在國際強權的棋局中敗下陣來，魚價也不會有一丁點改變。他曾想過，當真正的考驗來臨時，他會站哪一邊？經過深思熟慮，他終於承認，如果東西兩大集團只有一方能在最後勝出，他會希望是東方。

所以海頓為什麼叛國？他的自白結論是，「跟其他事情一樣，這也是個必須從美學角度來做的判斷。當然，其中也牽涉了一部分道德因素。」——一個基於歷史美學理由、道德理由的叛國者，有趣。

這裡，我們稍稍補充說明一下勒卡雷如此極有意思的書寫手法——他裂解了自己。他通過海頓熱切的講出來自己某些尖銳、偏頗不易有充分理由支撐但有特殊洞見、不講出來不快、不指出來可能沒人會說的話語，又通過史邁利冷靜的來反對它質疑它，這正是米蘭・昆德拉所說小說特有的「思考」方式之一。波赫士指出但丁的《神曲》也巧妙用過這樣的書寫手法：但丁既是書寫者本人，斷然寫出誰該上天堂誰下地獄煉獄；而但丁同時又是書中的一個人物，他驚見這樣的地獄、煉獄和天堂，不時對這樣的審判安排表示婉惜、懷疑和反對，拉開了思考的無盡空間，站在時代實然處境的但丁和自由獨立思索的但丁這兩者裂開的空間。

然後，像湯姆・克蘭西小說《獵殺紅色十月》裡，那位日後由史恩・康納利主演、鬚髮賁張又帥又智者也似的蘇聯核子飛彈潛艇船長，又為何叛逃——這答案明確、巨大、堂皇不留陰影，兩三句話就全說清楚了：正因為蘇聯打造了這樣一艘末日復仇天使也似的怪物，這艘潛艦沒任何防衛意義，這是純粹的打擊武器，只用來發動所謂的第一擊並持續把戰爭推向不可收拾、無法承受的地步，所以總得有人出來制止。

再然後，伊安・佛萊明007小說裡人又何以叛國——我們壓根不會去想不是嗎？書寫者流水般寫過，讀者也流水般看過，停都不會停一下，人叛國還需要什麼特別理由，不就金錢、女色、權位這些東西。我們有時候會察覺，乃是因為不免荒唐好笑，佛萊明小說另有一個固定的叛國（叛幫）族群，係由年輕貌美的女子女諜所構成，她們背叛的理由只有一個，或嚴格來說，一個人，那就是詹姆士・龐德，用過都說好，這幾乎是這組小說的約定、小說的前提。這個叛國族群有個較動人的名字，我們稱之為「龐德女郎」。

回想一下，現實世界裡人通常因何不惜叛國，答案的多寡順序極可能和我們的敘述順序正正好背反——最多的還是萬用但令人沮喪的金錢、女色、權位，呼應的是伊安・佛萊明；然後是湯姆・克蘭西，人基於某種義憤、某種最明白無誤的是非，人看不下去了，被迫做出最後的抉擇；再來是約翰・勒卡雷，人的信仰，人面對他一生的志業工作，在崎嶇不平的世界和扭曲荒謬如一部瘋子自傳的人類歷史裡，不知不覺走到了某一個奇奇怪怪的地方，來到一個奇奇怪怪的時刻，原來一體成形並無疑義的東西（信仰、專業、人為之奉獻一生的國家以及人的終極道德判斷、人的希望云云）裂解了開來，你優先抓哪一個？救哪一個？哪一條線頭才是打開這個結的最適一條？就像比爾・海頓這樣，他這究竟是叛國還是對於英國（其當下、未來、記憶和夢想）一種更大更執迷的堅持和耿耿守衛？我們說，諸如此類的叛國者儘管不尋常但也並非太稀有，只是限於某些較特殊的人，在某種轉折、迫促、晦暗不明能見度有限的歷史時刻。這樣的叛國有清楚的策略成分，這樣的人通常有信仰有主張而且通常還帶點浪漫色彩（不管我們同意與否）、有了一定年歲（有夠長的工作經歷，並習慣於較複雜的看事情）、乃至於身在一定高度的現實位置上（從而有較全面的視野，也容易先一步察知各種潛伏的危險不安力量，此外，也才有足夠的能量和實力支撐他的斷然行動），像日本的西鄉隆盛、像中國的汪精衛，大致上都可以這麼來想來看。至於格雷安·葛林的卡瑟爾，之前我們極可能聽都沒聽過有這樣子的叛國者，是葛林用了一整本小說才堪堪完整的寫出來這樣一個人，說服了我們；事實上，人類叛國歷史檔案裡有沒有卡瑟爾這個人並不重要，如賈西亞·馬奎茲講的，小說並不一五一十跟著現實，小說是寫得讓我們「相信」。

這個背道而馳的順序，還可以讓我們察知另外一件事——這似乎也是從通俗小說到一般小說、從享樂用的小說到認真思索的小說的一道順序，是吧。

勒卡雷停住·葛林開始

很明顯，在伊安·佛萊明的小說中，人為什麼會叛國這件事從不真的困擾他，他只是因為情節的需要，故事中得有人負責叛國才行。既然，叛國不是一個思索的題目，而是用來製造出某種效果（背腹受敵的、危機四伏的、欺瞞鬥智的……），這個叛國者最明智的方式必定是，盡可能叛得不起爭議，叛得約定俗成，叛得讓讀者別分心，也就是說，別讓它拉住小說，讓小說停頓或減緩了速度，降低了驚險。我們看過詹姆士·龐德的檔案，在《俄羅斯情書》這一集裡，報告中指出，他機智、反應快速靈敏，擅長徒手搏擊並且是用刀高手云云，但並不包括沉思這一項；對痛苦的忍受力極高，但限於肉體的折磨，並不及於思維的矛盾、茫然、沮喪和虛無；隨身攜帶貝瑞塔小口徑點二二以及腿上（或臂上）綁一把小匕首救命，不帶書本遑論康德叔本華，昔日四下征戰的亞歷山大帝至少都還帶本《伊里亞德》不是嗎？我們於是也無從得知間諜工作往往得耐心等待守候的漫漫時光龐德做些什麼。《俄羅斯情書》是個叛國的設局，叛國的簡易再升級和應用，故事開始於來自遙遠俄羅斯的一封奇妙情書，附一張美麗女子的照片，說她無可救藥的愛上龐德，指定他在伊斯坦堡相會，屆時她將以英方垂涎已久的解碼機做為禮物，帶她投誠西方。一如今天素未謀面的網友約見，你知我知英國情報當局也知，這擺明了是個凶險步步的陷阱，接下來理應是一環套一環精緻的、爾虞我詐的、層層剝開的用腦子用心智對決，但很抱歉並沒有，真正展開的是一連串的槍戰、爆炸、暗殺和拳腳相向，以及著名東方夜快車上的正邪最終大戰。那個關鍵性的、做為誘餌的俄國美女間諜呢？哦，她當夜和龐德趕第一時間在旅館見第一面，或至遲到八小時後次日清晨起床，就從假叛國直接切換為真叛國，或說還原為她龐德女郎的真實身分，完全不浪費時間。

湯姆・克蘭西的《獵殺紅色十月》，純粹從小說的故事設想本身來看，本來最應該認真思索追究叛國這一題目，原因很簡單，這樣一個蘇聯潛艦神話般、大魔法師般的傳奇人物，靜靜的開一艘鬼魅一樣的末日怪物向著美國而來，不最短時間弄清楚其意圖怎麼行——然而克蘭西仍把這一切化為抽絲剝繭的層層解謎和見招拆招的機智對應，化為典型的推理小說驚悚小說橋段，包括如何可能（說服和欺瞞）讓一整船上百人跟著他一起冒險行動、如何讓不知情的水兵合理的離船、如何搶在蘇聯海空大軍之前找到這艘船並如何安排接觸確認、以及如何神不知鬼不覺留下這艘船並藏起它，等等等；克蘭西一樣把注意力集中在某人叛國所引發的華麗效果，而不是真的關心這個人。我猜，克蘭西另一個有恃無恐的關鍵在於，他知道讀者一旦接受（很容易就接受）東西冷戰雙方同時也正是敵我、善惡、正邪、好人壞人兩方的此一基本前提，讀者就不會自尋煩惱深究此事，這樣的讀者會比書寫者本人更期盼「敵方」的叛國行動為真、為正當，如同他期盼美麗的女諜一夜之後化為龐德女郎，這一來一回一加一減是兩倍（以上）的收益；還有，讀者如不質疑這一流俗前提，就能讀到並安心享受這樣已消失停產於現實的美麗神話故事：一個來自悠悠東方的年老智者，一個此時此刻英氣逼人的年輕騎士，這兩人遠隔、不識得彼此卻如此知心，如同有某個神祕力量不絕如縷的聯繫起他們，如同兩人作著同一種夢；他們遠遠高出世人一頭，孤獨的洞見並守護著人們的命運。他們終於見了面那一刻，也正是希望重返這個世界之時——

這樣讀小說，讓我們比較「舒服」——舒服這個詞是香港的讀書人梁文道轉述給我的。原來是，一名香港年輕學生告訴梁文道，他最喜歡某本書是因為讀起來「很舒服」，梁文道駭異莫名，舒服，怎麼會是讀書的最主要理由呢？

我倒沒這麼驚訝，多年下來，我已經漸漸相信了，舒服是選書讀書的理由，即使不是唯一的，可能也會是壓倒性的理由，我視之為我們如今的文學基本處境之一。

好，我們先離開舒服的佛萊明和克蘭西，轉向不很舒服的勒卡雷和葛林這邊來，這同時也讓我們離開了東西兩方就是善惡兩方的防護罩。我們這裡只再追究一件事，那就是，誰抓出了書裡的叛國者？如何、以及經歷了什麼樣的過程？

勒卡雷裡，當然是貫徹始終的史邁利；葛林裡，卻沒那麼當然是突如其來的丹特里上校。形態來看，勒卡雷把叛國者比爾．海頓藏起來，故事的進行放在追捕者史邁利這邊；葛林則把叛國者卡瑟爾完完全全亮出來，故事的主線跟著他走。

基本上，我們可把整本《鍋匠．裁縫．士兵．間諜》看成是史邁利找尋出比爾．海頓的長途跋涉故事，為此，史邁利得整個退回這一切的原點，鋪天蓋地的重來——他調閱了所有還能找得到的檔案文件，一個人藏身小旅館頂樓房間裡翻找過濾；他訪談所有還能找得到的昔日情報人員，已調職的、已退休的、已散落國內國外四地的，至於那些訪談不到的，比方說他曾見過面交過手的當前蘇聯間諜頭子凱拉，就只能靠回憶的沉浸來一一重新逼問；事實上，史邁利還一再踏入亡魂的世界裡如同猶力西士那樣，像已故的前任圓場領導人、他們所有人共同的老板「長官」，長官最後那段間諜歲月，悲慘的把自己關辦公室裡，被所有人看成是瘋子加失敗者，長官究竟發現了什麼、已找出來了什麼？亡魂還包括史邁利的妻子安因此也就包括他自己，安已離他遠去了，但安是一起走過這一路、曾經都在場的人，而且傳聞指證歷歷和比爾·海頓有染，史邁利連內心最不堪那處角落都得再揭開來並咬著牙重走一次……

如此傷痕纍纍的漫長旅程終點，當然有相襯的結尾——結尾正是最高潮也似一場收網的大型獵狐行動，有精巧的陷阱，有一路的跟監者，有現場埋伏的特工，有架好的監視設備，有漫漫長夜耐心但悲傷的等待，就等某個人上門，誰進門誰就是這隻鼴鼠。

勒卡雷極細心的是（這正是他不同尋常類型小說家的真本事之一），史邁利在獵捕成功那一剎那，「當然，他是知道的，他早就知道那個人是比爾了。就像長官也早就知道，還有雷肯在曼德爾他家時也已經知道了那樣，就像康妮和吉姆，艾勒藍與艾斯特哈，他們也都隱隱知道是他，卻未明說，只是把這件事當成一個他們未承認也未診斷的疾病，希望自己可以不藥而癒。／那安呢？安也知道嗎？難道這就是那天在寇爾尼詩海岸上，籠罩著他們倆身上的陰影？」

相形起來，《人性的因素》顯得什麼都沒有，破獲那一刻不驚險不戲劇性但奇怪就是寫得真好，而且現場就只有兩個人——丹特里在卡瑟爾潛逃前夕忽然來訪，兩個人正常的交談，既不迴避也不處心積慮彼此試探，用昆德拉的話來說是：「不偏離角色生活的神奇領域。」但真相，卻像花朵般一分分在談話中綻放開來，丹特里和卡瑟爾都看到了這朵真相之花，我們讀小說的人也確信自己看到了。丹特里沮喪的離開卡瑟爾家，在酒吧點了雙份威士忌，猶豫著要不要打這通電話，電話中他告訴真正的獵捕人（也是戴維斯之死的下毒者）珀西瓦爾醫生你謀殺了不該殺的人，但何以知道是卡瑟爾？「因為他很肯定戴維斯無罪。」

丹特里，書中最無意揪出叛國者的人，也是書中最富人性的角色之一，他知道洩密者是卡瑟爾當然不只因為卡瑟爾為戴維斯無罪辯護，而是他了解。事實上，談話中卡瑟爾好不容易才忍住不說出一切，「他喜歡丹特里，自從他女兒婚禮那天後他對他就頗有好感。在他打碎了貓頭鷹之後，在他打碎了婚姻處於落寞之中時，他在他眼裡忽然變得很有人性。要是誰能從他的坦白交待中撈取到什麼好處，他希望那人是丹特里。既然如此何不放棄抵抗，乖乖的跟著走，就像警察常說的那樣？」——這葛林似乎也想多告訴我們，要找出一個因為某種人性理由而叛國的人，就得由另一個保有如此人性的人、另一個處於他立場也很可能做出同樣抉擇和行動的人。換一個比方說像珀西瓦爾醫生這樣的人，有經驗有企圖有一切必備的技巧也有必要的無情殘忍果斷，他也許輕易就能抓出來那些因為錢、因為權位、因為女色誘惑、因為意識形態信奉的叛國者，但卡瑟爾就是超出了他的全部認知，從他的天羅地網輕易逸出；一如他理所當然以為是戴維斯（錢和女色）而不是卡瑟爾，他無法想像還有人會因為「這點理由」叛國，這最終是人的認識程度也是人性高度的問題，是內容而不是形式技巧的問題；所以，這似乎也是葛林對小說書寫、小說閱讀的一個隱喻，小說書寫者寫不出高出他自己太多的東西，閱讀者也辨識不出高出他太多的東西。

也許不完全相干，但我以為還是可以放一起來看——葛林小說中，卡瑟爾說他總是盡可能說實話，因為謊言不容易記住。謊言和謊言之間缺乏事實的內在必然性和首尾一貫的確實聯繫，「而人類心靈只有在極罕見的情況下能保存那些完全沒有聯繫的東西」（漢娜•鄂蘭），以至於時間一久或多說幾句，謊言會忘記、散失、彼此矛盾、完全組織不起來從而崩解，這是人有限度的記憶能耐和有限度的技巧很難克服的，身懷不能告人祕密的叛國者如此，小說尤其是長篇小說的書寫者也是如此。

好，就叛國一事，《鍋匠·裁縫·士兵·間諜》和《人性的因素》還有哪裡不同——最富意義的不同我以為是，勒卡雷結束於叛國者的現身，也結束於他的初次、第一輪叛國告白，但這卻正正好是葛林小說的前提設定、小說的第一頁；也就是說，勒卡雷所停止的那一個點，才是葛林要開始的點。如果我們把叛國這個題目的思索看成一道長路，勒卡雷的探討到此為止，葛林由此接手想下去，揚長而去。

我們這麼講也許對勒卡雷太嚴苛，但這就像某種記者會，當事人出來只念完事先擬好的發言稿旋即匆匆離開，不接受進一步的提問。勒卡雷有話要說，而且千呼萬喚的提出一個如此有意思的叛國理由或說角度，卻讓他的叛國當事人比爾·海頓如此一閃而逝是為什麼？保護什麼？

是書寫者感覺有點膽怯手軟呢？還是書寫者知道自己所知所學所思所想只能寫到這裡，能力的問題？這兩者其實是相倚相呼應的，也就是我們一般所說的「膽識」，英勇和見識。或者是勒卡雷也考慮到小說的效果本身——再往下思索討論，彷彿跨過一個難以回頭的門檻，小說的確會一下子難寫太多了。小說會變得很「硬」，可能還非得大量加入各種不易融解的專業知識和語言不可；小說的行動能力也會陡然減弱，不容易維持速度從而不容易保有那種直擊感官的高潮迭起驚險；以及，這樣寫的小說太考驗讀者了，即使寫得成功，仍會有一堆精神渙散的讀者紛紛打起瞌睡或動身離開，凡此。

昆德拉也正面問過這問題，他直接標示為「會思考的小說」，問得更實際更技術性：「要求小說家要『專注於重要本質』（專注於『唯有小說才能說清楚』的事情）的期許會不會落人口實？因為有些人認為作者的思考以小說形式的觀點來看，根本是異質的東西。事實上，一個小說家如果必須乞靈於小說固有方式以外的東西，那些嚴格來說屬於哲學或者專門學問領域的東西，這會不會是個作者無力做為百分之百小說家，所以才不務正業的徵兆？是他弱點的暴露？還是，那些中斷敘述、外加進來的思考成分會不會將人物的行動變成附會作者命運的插圖？還有，小說藝術如果為了呈現人性真理的相對性，會不會強求作家將自己的意見遮掩起來，並將思考反省的權利只交在讀者手裡？」

這裡，我們只先說，一個認真思索的書寫者，很難同時也是個表演的書寫者；一個書寫者要追求效果、要追求淋漓盡致的表現，他就得知道怎麼中止思考、小心別讓自己跌入枝蔓葉茂被緊緊纏住的思考密林之中。

加掛重物的小說

勒卡雷這樣把叛國的理由，從金錢、女色、權位云云拔高到人曖昧不明又迫切的歷史判斷，還觸及所謂「美學問題」「道德問題」的層次，這的確帶來極其動人的震撼或說「震懾」效果——小說的長、寬、高瞬間變得完全不同，重量感也跟著完全不同。《鍋匠・裁縫・士兵・間諜》這部小說的卓然特殊地位可普遍證實此事，這部小說輕易的從間諜類型小說世界筆直的伸出頭來，讓佛萊明之流的其他作品顯得低下、輕薄、膚淺；也許還是得損失掉一些初級享樂性的讀者以及日後好萊塢大片的青睞，但它以質的獲取做為量的抵償。我們用「震懾」這一帶著威嚇感、火力展示感的詞指的是，這部小說不僅讓尋常讀者感覺規格不同一般，就連專業的文學評論者、學者都鎮壓得住，如同這麼多年來我們親眼所見的，不是把這本書當下班後不談公事、當浴缸裡床頭邊的隨手讀物，而是正正當當、純純粹粹的好小說。

於是，儘管勒卡雷並非原意如此，我相信勒卡雷是真當個問題詢問思索，《鍋匠・裁縫・士兵・間諜》這樣的小說可以是個範本，一個可遵循的模式，可以被模仿、被套用、轉為一種有效的書寫策略——供誰使用呢？供那些尋求小說淋漓盡致表現的書寫者，供那些猶有質的期待、希望upgrade自身小說地位的書寫者，供那些不改基本暢銷但亟求專業文學評論好話的書寫者，還可以下及那些希望作品馬上有架勢、好拿下某個小說獎的書寫者。

怎麼化為模式呢？我用我實際看過的一些作品來說，不限小說——如果遠方有戰爭，那夫妻一場尋常的夜裡性愛便忽然有了各種生與死的、蒼涼的、挑釁的、回歸的、不醒夢魘的，好吧，「妖異的」（借用一下）美學效果；如果把背景從二十一世紀台北東區搬到日據時代、台灣人被迫遠赴南洋殺人和被殺的淒苦大時代，同一個偶像劇實質的文藝腔愛情故事不必改，便忽然有關懷有自省有使命感有國族喻義還有非凡的勇氣；如果更把時空跳入到未來的廣漠星際宇宙中，有各種奇形怪狀的衣服、武器和交通工具，一個典型的中世紀爛掉故事（某農民救了落難的美麗公主，歷經一連串的奇遇和血戰，幫助她把王國從黯黑勢力中解放出來，農民也因此發現自己其實是高貴武士的後裔，身上本來就流著英勇無畏的血液云云），當場就是最新的、最人類未來的；就算哪裡都不去，只是一個流水帳的不波不浪家庭晚餐桌邊故事，只要嵌入比方「後殖民」、「去中心化」、「流亡」、「離散」這些相關字詞，很容易就成為學術研究的焦點，畢竟，太多專業小說學者是不怎麼讀小說的，他們檢查作品中的「成分」。

小說歷史上，這樣書寫做得最好的是海明威，卡爾維諾洩密也似的告訴我們，海明威的最佳寫作祕技就是「輕描淡寫」，意思是，找個動人的大東西重東西（西班牙內戰、吉力馬札羅雪峰等），但只借用它、存留它、堪堪觸及它，最多薄薄的刮下它一層，千萬別真的深入它；海明威果然也是表現型的、表演性的書寫者，他的描寫技藝淋漓奪目，小說的速度感也一直是好的，包括他的書寫速度和小說進行的流水速度。當前的小說書寫，最急著這樣寫的人則是日本的村上春樹，這些年他想盡辦法為自己輕飄飄的、什麼都一個氣球一陣煙的小說（及其小說之外的言論見識、小說之外的現實作為）懸掛上重物，比方說沉重無比、鉛錘般直墜人心和人類世界最底層的卡夫卡，村上立即而明白的目標便是多少還得考慮作品長寬高和重量的諾貝爾獎，鎮懾住那些評獎學者，或至少排除一些顧慮。有趣的是，人類世界裡再很少有任兩樣東西，比村上和卡夫卡的其人其作品其生活方式相距更遠、差異更大的了。卡夫卡寫的是最思考的小說，可能還是小說史上最少經驗依賴、思考成分比例最高已達不可思議程度的書寫者，所以昆德拉談「會思考的小說」時不止拿卡夫卡以為典範，還認為卡夫卡的書寫是一次歷史性的巨大推進；所以漢娜・鄂蘭這麼講：「卡夫卡的謎首先是對經驗和思想之間固有關係的徹底顛覆。……卡夫卡卻憑藉著純粹的理智力量和精神想像力，從光禿禿的『抽象』到最少的經驗中創造出一種思想圖景，並且絲毫沒有喪失作為『真實』生活典型特徵的豐富性、多樣性和戲劇化元素。」鄂蘭這番話基本上是很準確的，只除了最後一句，卡夫卡通常會流於太機械化如波赫士指出的，這長篇比短篇明顯，也就是正面深入比短寓言的只需隱喻觸及要明顯，這確實是難能完全克服的，也是其代價，不必為卡夫卡遮擋護衛。

卡夫卡曾要求友人燒掉他的全部作品，這著名的「被背叛的遺言」是昆德拉最愛講的故事，還是他一本書的書名，也由此思索討論不休（甭說卡夫卡，光是「被背叛的遺言」這六個字就夠我們想起多少人多少事來不是嗎）。如果卡夫卡知道會被村上當甜膩果醬來抹，我賭他會更堅持燒掉甚至生前就自己動手。

有關這樣的書寫，最近我聽到的是小說家老朋友駱以軍的一次公開發言，他認為他的小說書寫現在最需要的是「哲學」——這說法太怪了，或者說也太誠實了，讓我嚇一大跳，以至於我第一感想到的是我女兒教會我的電玩用語：難道哲學還能開外掛不成？

當然，駱以軍可能是深刻的自省，他一直是善用各式書寫技藝、追求絢麗效果的表現型表演型書寫者，難免會、而且愈來愈有虛張聲勢的傾向，代價是內容的空洞化，這在他最成功也最長篇的小說《西夏旅館》達到高峰。也許駱以軍感覺自己得折返了，要踏踏實實的來，轉向內容，讓小說書寫不再只是創造出某個典藏精品，而是更貼近自己，盡可能完整的負載自己的心志、自己對世界對世人的看法想法，乃至於所有也許不那麼華麗巧妙、但確確實實是每天困擾著自己的疑問、希望和期待云云；寫小說畢竟不是一個職業工作而已，更不該只根據讀者的需求訂單而生產。但這樣古怪的宣告仍讓我渾身不安——我比較怕他不是用想的，而是用找的；不是融進來的，而是加掛重物；心一急就很容易這樣。比方說，我們果然同時看到駱以軍的第一個全新「哲學樣本」是量子力學，直接插入他的新作品中成為獨立聳起的一整段，形態很像日本單獨拔起的富士山那樣；而且還不是那個高等物理其實並沒那麼好懂的量子力學，而是量子論以下的各種漫無邊際推論猜想。我們曉得，近半世紀以來物理學有個令人駭異的走向，那就是天真的、放膽的、純抽象推演聯想如同運行於真空中毫無磨擦毫不稍停頓的數學化然後玄學化神鬼化，如此有恃無恐極可能來自於他們物理學者的簡單身分意識，以為這一切的遙遠底部自有一個科學的、有憑有據可言的物理學堅實基礎，像寫《時間簡史》的赫金的猜想便多是這樣。最知道怎麼引用赫金的，仍是我們那些博古通今、天上地下什麼都知道而且事發當時都在現場的電視名嘴不是嗎？

量子力學後的下一個哲學樣本呢？我猜是德勒茲。

來看昆德拉怎麼繼續談論「會思考的小說」，回應的正是這樣的重物加掛問題：「我們要強調：小說裡的思考，就像布洛赫或是穆西勒引進現代小說美學裡的那個手法，是和哲學家或者科學家的思考沒有關聯的。我可以說，這種思考是故意『非哲學式』，甚至是『反哲學式』的，換句話說，完全不受制於任何預設的理念系統；這種思考並不負責審判，也不斷言什麼才是真理；只是詢問，只是驚訝，只是探索；它的形式多到不可勝數：隱喻性的、諷刺性的、假設性的、誇張性的、格言警句性的、滑稽的、挑釁的、奇幻的；值得注意的是，它從不偏離角色生活的神奇領域；供給這種思想成分，證明它合理妥當的，正是角色們的生活。」

大型重物加掛，好快速讓小說「升值」，這樣的書寫詭計不管得不得逞，其實大可一笑置之，如果它純粹是多出來的，憑空而且獨立不巴村不巴店，意思是它既不化合也就並不干擾小說自身，我們直接刪除它跳過它即可，就像電視廣告時起身倒水煮咖啡上廁所，如何和廣告打交道、正確的洞穿廣告煙霧還原出原物及其價格，這正是現代人必備而且熟稔的基本生活技能。真正比較麻煩的是，這個大型重物堵塞住整個小說，消滅掉小說具體且獨特的詢問，還如昆德拉所說，不僅讓它統治著小說還負責審判並斷言何者為真理、把小說降為某一哲學主張或假設（僅僅只是、可能還是已千瘡百孔的假設）的附屬插圖。人類世界既有的最令人厭惡也最乏味的小說，可能是今天猶在生產的那種佛洛伊德式連續殺人小說，假裝思考，假裝懸疑，假裝有駭人的祕密只有最聰明最有學問的人才察覺得出其蛛絲馬跡，但不就是「童年創傷」或「戀母弒父」各四個匾額也似的大字嗎？得假裝個三四百頁真是讓人又尷尬又疲憊。

朱天心喜歡說，每一部小說總該有某個神奇的事發生；每一部小說若沒寫到「起飛」的一點便不算真正成功。「神奇」這個用詞和昆德拉相當一致（儘管通過著翻譯）——神奇不必然來自巧思來自創新來自胡思亂想、故意背反一切基本法則，而是書寫者讓他的所思所想、他纏繞於心的問題，一次一次進入小說「角色生活的神奇領域裡」並由此再展開、各自不同的展開。於是，相似的詢問會有各自獨特的化學反應，會依循不同的路徑前行、變化、並轉動出不盡相同但極富比較參照意義的各自動人結果；小說感覺起飛了，正是此一問題本身和角色生活的神奇領域具體而美妙的完全聯繫起來，成功合為一體，如同所有的細節所有的能量、動力都不浪費不散失的集中於書寫者的筆尖一點，帶著一體成形的小說昇空而去，那一刻所有東西都清晰井然，如同底下山河大地歷歷在目。今天，小說還能寫出獨特性來這不難得不神奇嗎？而且還是你最需要的、你日日夜夜疑問所在的某一具體獨特成果這不夠神奇嗎？這我們可稱之為赫拉克里特式的獨特性和神奇，它來得自然，卻又驚心動魄。

我們實際看到，葛林把一個相似的詢問分別放進《人性的因素》裡的卡瑟爾和《我們在哈瓦那的人》裡的吳模德（當然不只放進這兩本書、這兩個人而已），具體的進入這兩人相隔千里、不同身分工作、也各有不同珍愛事物不同不容損失東西得拚死護衛的「生活神奇領域裡」。《人性的因素》的小說起飛一點，在戴維斯死訊傳來那一刻，《我們在哈瓦那的人》，則是吳模德的假情報、吳模德順口胡謅來換取情報工作差旅費和津貼的謊言，忽然全部變成真的那一刻，他胡亂指的人被殺了，他虛擬的姓名成為活生生的人還現身了，這一刻，仍然是那個世界，但整個世界丕變，或者說，從這裡，小說不回頭的進入到只有它才發現的世界，不止我們，連書寫者本人都看到他始料未及的東西，而且提心吊膽不曉得接著還有什麼東西一樣一樣冒出來。

昆德拉說，小說的思考是非哲學式的、反哲學式的，重點在於這個「式」字，方式、形式、樣式，並非指小說的思索排拒其他領域的發見和思維成果，更不是宣告小說家不必好好讀人家的書（毋甯是要讀得更認真更有耐心和規模，不能這樣抓來就用，尤其不能只是維基百科）。小說、文學的思考，比較如保羅・梵樂希講的，是一種「應該可以隨身攜帶的哲學」，這也許比我們單純的稱之為問題或困惑要好，因為這不是心血來潮隨便問的，因為得動用到小說書寫鄭重來詢問的，不會是那種四下發散掃射的、突如其來的、第一感淺層的疑問，它必然已存在書寫者心裡很一段時日了，也前前後後反反覆覆想過不少，比較像是書寫者整個思維裡的某個破口，某一處不安的空白，像嘴巴裡掉了顆牙或隆起、塞進某異物忍不住用舌頭去舔那樣。事實上，也正因為反覆想過，思考本身已隱隱有秩序、有規模，可能還有著「目標」。

之前，駱以軍的力作《西夏旅館》其實就是有「哲學」的，但不是那種我們通過書寫者的詢問思考過程，慢慢察覺出來、歸結出來書寫者的某個基本生命圖像、他的生活態度、他的價值信念構成模樣及其強度、他怎麼想人看人以及鳥獸蟲魚萬事萬物，他造次顛沛乃至於處於人生剝落時刻如何鬆手和堅持（如卡瑟爾，依序是國家、他自己、戴維斯的冤屈和正義、布勒一條狗命，薩拉薩姆母子的安全和幸福、最終是他對人性的思索期待和堅持，洋蔥般一層一層）云云；這是匾額般高懸的四字哲學；叫「脫漢入胡」，它簡單的統攝起整部小說，指揮著整部小說，一次解決整部小說的全數可能疑問，還巧妙提供這部家庭劇場小說一個沉甸甸的重物，附一紙時間古地圖，一個再瞎的文學評論者都絕不會錯過的發言討論焦點。

脫漢入胡，早在西夏、魏晉南北朝一連串的所謂胡化漢化之前就發生，最容易想起來的大概是戰國趙武靈王的「胡服騎射」，改穿俐落方便的胡族衣裝，利於馬上作戰，立即有效的目標是取得胡地中山擴大趙國；但更有意思的可能是春秋時的荊蠻楚國，「我蠻夷也」，這是南方一支崛起的、如旭日的、雄心勃勃北進的力量，先是早年的楚子熊渠，他已取得江漢一帶夠大的土地，生有三子，熊渠說：「我蠻夷也，不與中國的號謚。」意思是老子才不必管你周王分封秩序那一套，遂直接封三子為王。然後是幾代之後的楚武王，他出兵攻隨，隨人辯稱自己無罪，楚武王的回答還是這四個字：「我蠻夷也。」我有甲兵在手，哪管你什麼諸侯弔民伐罪、有罪才打這組遊戲規則——我們有理由相信，說這四個字的可能不止熊渠和楚武王兩個，而是歷代楚王的超級好用慣語，甚至是某種心理狀態，當他想掙脫話語和思維的糾纏，想排除所有規則所有秩序的約束，想取得完完全全的行動自由時，便可以祭出這四個大字：「我蠻夷也」。

《西夏旅館》的脫漢入胡比較像哪一個呢？可能更接近楚王而不是趙武靈王。依《史記》，趙武靈王非常非常猶豫，他曉得茲事體大，牽動的絕不只是國防工業和服飾業而已，而是連同人的生活行為和習慣、人的思維乃至於銘刻於心的觀念價值信仰都劇烈撞擊並一一做出痛苦不堪的調整，在他決志變服之前，得想破頭先說服不安的自己再說服更不安的大臣國人，這是一道如履薄冰的長路。《西夏旅館》的脫漢入胡說法，通過某種將信將疑的遙遙歷史追溯（想像），更多是文字巫術的（字詞的、隱喻的、美學的）變形和快速跳接，其實就是「我胡人也」（我蠻夷也）的直接宣告，不必動到原來的生活，不必改變任何原來的行為還得到強化，困擾消失，對不對、應不應該、可不可以這類生命中無時不在（是否也不可或缺呢？）的狐疑從根源處從水龍頭直接關閉，眼前這一切一樣不少全自動合理，只多出來一大堆可以做的事。人的身體為之一輕，小說也為之一輕，這是一種接近無限大的自由，同時也是書寫者對小說書寫一種接近無限大的解放和寬容。

話說回來，胡人或說北地遊牧為生的人們，只是不同於華北平原農耕生活的這一些人，並非沒信仰沒禁忌沒律法規範不受更嚴苛生活條件約束全然生而自由人人任意而行對吧！這絕不是事實，隨便找一份人類學報告來讀都可以輕易駁斥。

無論如何，從坐而言轉為起而行，小說不必再想事情；從泥淖般的思考脫身，書寫便可以全心全意追求效果追逐表現。書寫技藝驚人的駱以軍也並沒辜負這一「無限開火權」（借ＮＢＡ的投籃術語）、這一野馬脫韁也似的自由，確確實實完成一次淋淋漓漓的精采演出——《西夏旅館》足足跑了五十萬字之遠，似重實輕，似厚實薄，一直跑到哪裡呢？跑到文字語言不能再強烈、再幻化變形、再四面八方伸出的彈性極限之處，「淋漓」是很正確的閱讀感受字詞，我們的確感覺深濃的字詞一一色塊化到成為浮雕並且湮開來流下來。但這個極限是就書寫者當下的現實而言（現實中，書寫者仍受到無處不在的約束，包括自身能力、心志、身體精神狀態、乃至於每天二十四小時時間的容量及其負載可能，也包括出版社催促是不是該結集出書了等等），其實還可以一直跑下去的，一百萬字、二百萬字……

關於《西夏旅館》的組織‧組合和編織

注意《西夏旅館》的小說「結構」方式會是很有意思的。因為我們曉得，事物的組織是層級的、立體形狀的，和自由有著根本性的難以共容、不易和解（哈伯瑪斯說，我們現代世界的根本麻煩，便是以絕對平等原則建立的國家，和以層級系統組織起來的社會，這兩個大東西無休無止的衝突）。自由的基本形狀是平坦的，無限大的自由是無休無止的夷平力量，如此，《西夏旅館》究竟是如何收攏成一部完整小說的？

簡單來看一下米蘭・昆德拉怎麼說小說結構：「年湮代遠的時期，『敘述』這項活動便已存在，但是只有作者不再滿足於僅說單一『故事』這階段時，想要進一步對周遭世界開啟一扇扇的大窗時，小說這門藝術才正式誕生。因此對於單一故事，作者又加進其他故事、一些插曲、一些描寫、一些觀察、一些思考，於是他從此要面對非常複雜、異質性又高的材料。面對這些材料，他得像個建築師一樣，賦予它一個形式；因此，在小說藝術的領域裡，從它誕生的那一刻開始，結構（建築）便成了最重要的東西。／結構非比尋常的重要性正是小說藝術基因裡的一項成分；它使小說和文學藝術其他類別區隔開來。」由此，昆德拉賦予小說的具體形貌便是「城堡」，一座標幟著不遺忘的堅固城堡，「我們的現實世界本質就是稍縱即逝，而且只配被人忘得一乾二淨。但是藝術作品則雄偉矗立起來，像是另外一個世界，一個理想的、堅實的世界。在那裡面，每個細節都有它的重要性，它的意義。所有身處其中的，每一字、每一句都得以不被遺忘，而且以原本的樣貌被保留下來。」

我曉得很多小說書寫者不樂意把他的工作想得如此機械性，他喜歡說結構是「自然生出來的」，書寫者只是想找出自己要的東西，盡可能準確完整說出自己要說的話。是的，但問題正在這裡，在於我們已不在那個年湮代遠的時代了，讓我們用個不倫不類的淺白例子吧——你知道曾經有過所謂露天煤礦這樣很方便的東西，要升火要炊煮要取暖安然挨過寒夜，去撿拾即可；但現在，你就非挖深進去不可，也許煤層是薄的，煤質還劣而不純得沖刷過濾。書寫者要找到東西並說出來，工作便不只是挖這條甬道而已，可能還得多做一些額外的事，包括力學加地質學的架構木梁鋼梁好確保不崩塌不死人，包括設置通風系統好確保人不缺氧不中毒不窒息云云。每個小說書寫者都知道，愈長篇的書寫，這樣無趣的、耐煩的額外考慮和工作就愈多，不自然也不想寫但不這樣此路不通的所謂「過場」也愈難迴避消滅，而且最常幾天一星期困住書寫的也是處理這些不自然的東西。

昆德拉強調的結構當然意義不僅如此，他是前行的、積極的、不回頭的。他一再講小說的特殊認識企圖，講「只有小說才這樣思考」，講「唯有小說才能說清楚的事情」，小說放棄了或說超越了亦步亦趨、描寫現實的記錄功能，小說發問，並試圖回答；這個發問，召喚出、或演化出、或創造出「像是另外一個世界」，一個完整的、有核心有邊界、有內在必然性彼此聯繫的有序、有條不紊（不意味著不複雜不流動不歧義）世界，像卡瑟爾的叛國所豁然打開也允許我們跟著進入的這樣一個非比尋常世界。這個特殊的問題（追問），在這樣一個世界被「限制」，也在這樣一個世界才被鎖定，每個細節以它為核心被重新前後上下的組織起來，才進一步顯露、可能看下去想下去並不被遺忘，才得到意義，並且才有機會被清楚的講出來。

有什麼小說是單一平面的、非結構的？我馬上想到的是所謂的「公路小說」，最清晰的名字是一九六〇年代傑克・凱魯雅格的《在路上》，路有多長（或汽油剩多少、人命剩多久），小說就可以一直寫多長——這之可以成為一部小說，首先，有其一去不返的當時現實，那是人（這樣一些身分的美國人）猶可遊蕩冒險、猶有不知不解世界新角落（某一荒涼小鎮、某片土地、某種生活方式、某些奇奇怪怪的人……）可發現可驚異可供記錄的年代，尤其六〇年代的特殊反叛思維給予了重新認識世界的動力、向度和鉅大且良善的意義；其次，也正是這樣一個急切而焦慮的時代，七手八腳的忙著替這部小說加掛各式琳琅重物，慷慨贈予它「哲學」，凱魯雅格自己根本不必動手，也沒能耐自己動手；最終也是最根本的，這部小說之所以並沒整個瓦解，係由「我」貫穿起來，但這必須是一個緊緊貼住地面並隨之起伏的我，一個因此無須解釋、也無法駁斥的我，借用整個世界存在的此一事實及其合理性。真實存在的世界（被意識為）是個整體，這先於書寫，這樣的書寫把自己納入到這個世界裡，不主動的、特殊的發問，不試圖打開一扇扇窗如昆德拉所言，不逾越邊界進入「像是另外一個世界」，這個「我」根本上是溫馴的也是安全的如凱魯雅格，不管看似如何狂亂乖戾迷幻妖異激越敗德，這個老世界熟悉也知道怎麼安置、消化這些（這種層次，只是鬧脾氣的小兒），它甚至早已曉得如何提供舞台讓這一切化為表演化為假日狂歡。

幾百年後，風波止息潮水退去人事全非，但我們看唐・吉訶德和桑丘・潘札這一趟冒險旅程，仍是一部無可抹滅的巨大小說，甚至還比當時要好要大，因為先於、前行於時代的那部分日後才一一顯露出來；但不過五十年時間而已，只停在稍縱即逝、只配讓人忘得一乾二淨現實平面的《在路上》打回原形，原來只是一本尋常「日記」，它緊緊依附的那一個時代離開了，魔法也跟著完全消失——最近台灣出版了一輯《巴黎評論》，選取一系列較熟知的書寫者訪談包括昆德拉、納布可夫和厄普代克等等，幾乎完全講不出東西的有兩個人，傑克・凱魯雅格是其一，不知所云可能因為他嗑藥，但更可能是他得藉著嗑藥來掩飾不知所云，這一切誤會一場，只是，不在那個時代舞台上空氣裡，這樣的表演顯得又尷尬又幼稚。另一個是誰？當然就是充氣小說家村上春樹，訪談者懂的、記得的、說出來的還比這兩個寶貝多。

如今，公路小說有復活的清楚跡象，在城市裡——我們大致上可稱之為「文字公路小說」。仍是那個只順著現實平面起伏的我，仍是那個縱情但不會真有什麼事發生的我，只是文字公路比實際的公路更順更滑更沒摩擦力，如此而已。這樣書寫的小說關鍵在於能否順利的加掛上某個重物，偏日記偏小說取決於其重量大小讓天平傾斜向哪邊，只是在如今這樣一個模糊、破碎、人們認真不起來、大問題逐漸消失的時代（起碼台灣愈來愈這樣），重物存貨有限得之不易而且爭逐者眾，另一個解決的方法就是努力把小說加長，讓書本身就是很重的，像福婁拜跟老前輩屠格涅夫講的：「要是這個主題用簡短的方式呈現，那就或多或少成為精神取向的奇幻，既無血肉又不真實。但是一旦仔細描寫並加鋪陳，那麼人家就會覺得我相信我自己的故事，所以內容便被視為嚴肅的，甚至是駭人的。」

這個道理，或說這樣一個書寫詭計連我都懂，所以沒看見嗎？這些年我不也努力把文章寫更長、讓書一直加厚嗎？

同樣留在單一平面上，同樣順著舉目不見盡頭的文字公路而去，《西夏旅館》明顯不同，至少是非比尋常的，或再至少是「升級」的、美學一一精妙處理過的。這既是書寫者駱以軍令人歎服的書寫技藝展示，也還有他對小說書寫認真的、認真到雄心勃勃程度的一直以來態度，還有他不折不扣的實力所在──多年來我算親眼所見，駱以軍的閱讀吸收、為小說書寫（今年起還包括詩）所做的準備是弧度驚人的，如同有個強健的、大食客的、連鐵釘玻璃都吞下去的胃；沒親眼看到的人也很容易從《西夏旅館》的本文中事後一一看出來，從經典小說著作到動漫電玩，從人類世界最巨大最艱難的名字到最夢幻最遊戲的名字。也就是說，文字公路，對駱以軍而言，不是那一條路，也不只是那幾條路，而是一個繁複的、交錯縱橫的網絡大圖。

問題來了，這麼多異質的人、這麼多從語言到內容個個不一樣的話語，你要如何把他們安然置放一起，不起勃谿，不生衝突，不第一時間吵鬧來打起來或就地解散？尤其我們知道，其中有深奧到其他人不容易聽懂的，有頑固強烈跟誰都不容易形成對話的，也有虛無懶怠到誰也不想理的云云；這就像昆德拉講的：「於是他從此要面對非常複雜、異質性又高的材料，他得像個建築師一樣，賦予它一個形式。」但結構不是堆積木，多一個異質材料不是多「一個」困難，困難是以冪數上升的。

來想一下，現實中，可有哪裡、哪種方式可簡單讓這些人、這些話語安然相處？可能有——比方說投票選總統，票票等值；比方說遊行或演唱會、跨年煙火晚會現場，聖賢才智愚庸都只是長蛇般隊伍和沸騰群眾中誰也分不清誰的一個人。

所以關鍵便在於，你不能讓這些人、這些話語太「當真」，或者說你該小心別挑動敏感話題，更別追問別深入，People talking without speaking，People hearing without listening，保持像保羅・賽門所吟唱的這樣。這裡，我們便又看到了問題消滅後的動人解放效果，停止思索，空間就整個出來了，大家席地而坐，激烈、黯黑、恐怖、疾病、沉慟、絕望、瘋狂、死亡，都只是一首一首歌唱過去，and they writing songs that voices never share. No one dare.我們並不真的在意並仔細聽歌詞講些什麼，都僅止於讓我們把玩欣賞，都安全的只留在美學的氣氛中、意義裡。

便是這樣，《西夏旅館》五十萬字，不是思維的穿透搭建，而是美學的延伸編織，像昔日綺色佳的珮妮羅普做的那樣，白天的那個珮妮羅普，只織不拆。事實上，有讀小說的朋友敏銳的進一步指出來《西夏旅館》獨特的小說編織法，這一整幅五十萬字的大號織錦，仔細看其實是由一塊一塊二千字左右的小單元、小方布聯綴起來（也就是說，每個話題基本上都限制於二千字之內完成，不觸動二千字以上的東西），他稱之為「百衲布編織」，這可能是對的。京都祇園一家昂貴的老店裡就有這樣美麗的東西，一方大藍染布係由一塊塊三吋見方的獨立小藍染布接續起來，賣給誰呢？我猜是某些收藏者而不是使用者，尤其是那種迷醉藍染工匠技藝、可裱掛起來好整以暇一塊一塊仔細觀賞研究的人。

至於那些實在接續不起來的，還可以用為流蘇搖曳下來，如《西夏旅館》書末以西夏造字保留下來的那些。

也許這正是駱以軍這一書寫階段的雄心，一次火力示範，不是邀請我們思索（本雅明語），而是要造出一個「巨大的精品」。

我自己是那種較古老、同時也是站小說外圍的一般讀者，純技藝純美學對我意義不大（除非事關認識、用於精準的捕捉和說明），對此心思難免複雜。說實話，我還是比較懷念駱以軍寫《妻夢狗》，那個猶看得到線條不化為色塊的小說，那個生命經驗細節猶可辨識還沒淹沒在、分解於濃黑文字醬汁裡的小說，那個猶保有某種文詞字句清潔感的小說，那個如過往駱以軍自己所說「還有人稍微認真在悲傷」的小說。

我也再接續一段昆德拉的話語為流蘇吧——

「我也是，我經常重讀福婁拜的書信集，因為我迫切想要明白他對自己的及別人的藝術到底有何看法。可是書信集就算再如何精采，也絕對不能算是作品，更不可能稱為傑作。所謂的『作品』並非指一個作家寫出來的一切東西，連書信、筆記、日記都涵蓋進去。作品只指『在美學的目的中，一段長時間工作所獲致的成就。』

「我還要更深入的說：『作品』就是做總結的時刻來臨時，小說家同意拿出來的東西。因為人生苦短，閱讀卻是長遠的事，而文學又因為許多毫無意義的枝枝節節而走上自殺的路子。每個小說家都應該從自身開始，摒棄次要的東西，時常督促自己，提醒別人什麼是『實質核心的倫理』！

「可是不僅只有作者，那成百上千的作者而已，另外還有研究人員，為數眾多的研究人員。指導後者的是另一種完全相反的倫理：他們收集累積一切他們所能找到的東西以便一網打盡，將一切涵蓋進去，這便是他們的終極目標。所謂『一切』便是多到不可勝數的草稿，刪除掉的段落以及作者本人捨棄的章節，但都被研究人員以『校勘本』的形式出版，並冠上『異文』這個誘人誤會的字眼，意思就是：作者所寫的隻字片語都是有價值的，必定都是經他認可的。

「『實質核心的倫理』於是讓位給『檔案的倫理』。（檔案的理想：在廣大的萬人塚裡面，由溫馨的平等原則作主。）」

昆德拉沒談到網路、微博和臉書云云，也沒談到如今是作者搶先研究者收集自己的隻字片語，但有這兩句也等於全說出來了、夠了——在廣大的萬人塚裡面，由溫馨的平等原則作主。

無敵無對之地、之時

打開來，走進去，我們說，書寫者得是很勇敢的、富膽識的。我們最後來提醒一種特殊的、很容易忽略的，因為樣子看起來並不獰猛的英勇——

這是吳潛誠教授《給下一輪太平盛世的備忘錄》序文中的一句話：「本世紀最雄辯而毫無防護意味的文學辯護書。」雄辯，但毫不防衛，我一直銘記在心。

《人性的因素》裡，葛林直接把叛國者卡瑟爾擺在小說的核心位置上、光線裡（勒卡雷的比爾・海頓是躲著的），就像把他送上不可說謊不可偽證的證人席一般；事實上，這個小說證人席還是沒有緘默權可行使的（「基於某個可能讓我獲罪的理由，我拒絕回答這個問題。」云云）。熟讀葛林小說的人都知道，葛林一直這麼做，他小說裡立在中心風暴位置的，並不是他想攻擊、駁斥、揭穿、嘲諷的人，甚至也不是某個他好奇想探索的有意思「他者」，而就是帶著他主張和一切理由而來的「我」，演化為小說人物的葛林自己，或者說，一個遠距離的「我」，處在那樣的位置和處境也一樣會那麼想、那麼行動的葛林自己。多疑世故又見多識廣如葛林，不至於不知道雄辯不是保護而是暴現，你放任他講愈多，自身的弱點也勢必被看穿愈多。而且葛林的小說裡可沒有真正的笨蛋，尤其質疑他、對抗他的人都聰明甚至狡猾無情，其中若有幾位顯得天真，又都是某種「賭自己信念／迷信」的理想主義者，葛林總是把這樣的人放在比自己稍高一點的位置，想知道他們何以還能保有這些理應早已粉碎於人生現實的東西，他們如何做到還敢信之不疑，正因為欣羡的緣故，這些人的存在甚至是更深沉更強大的質疑責備力量。

現代小說書寫比較擅長拆毀而非建立，通常寫的是人的受挫、失敗、毀滅以及意志消沉。葛林小說並不也無法違反這個，但他把其中一部分倒置過來，一次一次送入這粉碎毀滅之地的，是他自己，以及更難的，是他認真想的、他相信的、他以為非堅持不可的——但是否我還是錯的、有所遺漏的？看似聰明但其實還是高度不足、看似什麼都想完了洞穿一切，但是否仍有可能？所以我們一直說葛林有一種很特別的柔弱，一種很渺茫的希望，他全力掙扎，並不那麼簡單被駁倒，但他「期待被說服」。葛林顯然完全知道自己如此，這才讓他為卡瑟爾寫下這兩句自省自嘲的話：「見到蠓蟲猶豫不決，見到駱駝倒一口吞下……」

這極可能也解釋了葛林小說的「無情」——朱天心看他《事物的核心》裡的主人翁斯高比，說書寫者連伸次手拉他一下都不肯，就這樣冷眼看著他一步一步走入煉獄裡。同情只夠用於、也只好意思用於他者，沒分給自己的餘裕；對自己不必有道德負擔，可以肆無忌憚。而更重要的可能是，任何額外的、不該賦予期待納入計算的拯救，極可能只會模糊問題遮斷思索，形成逃逸。

回到諜報小說世界的叛國問題來。人何以叛國？或者說，一個國家（什麼樣的國家或國家的哪一塊）何以讓像比爾・海頓、像卡瑟爾這樣的人非得選擇叛國不可？之前的諜報小說書寫，叛國基本上是醜聞，是不可公開、不好討論的事（所以不是破獲、而是毒殺戴維斯），通常也只歸諸於人自己的錯誤和犯罪（當然，惡惡可以得正），一直要到勒卡雷和葛林手上，這才認真被思考，才是一個無可迴避的問題。勒卡雷和葛林打開（或放下）什麼呢？根本的解放是，他們把東西冷戰對峙「還原」為只是人類不得已的一個歷史處境，這不是善惡對決，不構成敵我之分，甚至像卡瑟爾那樣，連國家這東西都一大步跨過去——很簡單，有敵人存在伺伏，這就是必須防衛的致命弱點，必須緊緊遮蓋的機密；沒有敵人（「因為我見過人性的面孔——至少一次」），這些只是毛病、只是愚昧、不義和對人的折磨、只是早該有人指出並好好處理的問題。所以我們有這樣的玩笑，講出國家領導人很笨，這是否構成洩露國家機密的重罪？

《人性的因素》書末，卡瑟爾已去了莫斯科，最生氣的人是卡瑟爾的母親，這個相信大英帝國、在納粹閃擊戰當過防空組長得過喬治獎章的老太太，說她還活在大敵當前那段昔日美好時光絕不誇張。她指責兒子「叛國」，還說：「我很高興他父親已去世。」卡瑟爾的班圖族妻子薩拉，對這些使人輕易做出判決的陳詞濫調感到絕望，「又是一句陳詞濫調，也許在危機之中人就喜歡抓住那些舊東西，如同孩子抓住父母一樣。」

人其實有機會知道更多了解更多，或者說，人其實已經知道了更多，只是一直被拉回來扯下來，連同一些已打開、已走上的思維之路都被截斷並遺忘——現實裡是否這樣？當然是這樣，光是海峽兩岸這一處世界角落，這半世紀多時間，我們已封存了多少歷史事實，塗銷掉多少有意思的名字，遺忘了多少想法，降低了多少已達的高度並浪費了多少已幾乎到手的可能。強烈敵我意識的雄辯往往是最無聊的東西，「鋼鐵就是這樣煉成的」，一直到今天，這樣的鐵板一塊還活生生存於人心；我要說的可不是那些不堪不值一提的人，而是認真、用心高貴、奮戰一輩子的人，是這樣的人才讓你惋惜低迴。比方像台灣已為數不多的真正左翼思維者，依我的實際經驗，他們是最難對話的人，對話很難不在十分鐘內轉變為單純的吵架，言談中處處是禁區。這當然是歷史使然，在台灣「右還能更右」的這個小島上頭，多年來他們得寸步不讓的戰鬥，一點點鬆懈讓步、一點點異物的入侵（不論善意的或惡意的），都可能造成防線全面的崩解。然而，人的思維怎麼可能不疑惑不生出種種問題的呢？二十五歲時的疑問被語言鐵板擋到五十歲，還幾乎是原來的模樣停在原來的地方，只除了人自己的滿心荒蕪；人的生命卡在那裡，不前進不生長，大地一般這如何能不荒蕪呢？

愛默生說言詞辯論無法說服任何人。至少我們說，無法說服下定決心不想被說服的人，以及不當這是個事的更多人——我以為的雄辯是，一種竭盡可能的解釋說明，一種到目前為止的思維整理總結嘗試，它的駁斥真正用意是排除，最接近披荊斬棘的開路，好讓思維保持在（盡可能）恰當的道理中、線索上前行。因此，這是一道路徑，人試圖移除障礙、精確掌握的一道思維路徑，有目標有指向，至少是有遠方的；也因此，雄辯還一直是一種文體（「雄辯體」，日漸稀少的東西）、一種可依循的書寫方式，很清楚，這便隱含著一個慷慨的邀請，邀請所有心有同樣疑惑並願意認真相待的人，也就是說，它其實不是尋仇的，而是找尋友伴，包括遠方不識的、未來尚未出生的友伴，卡爾維諾《給下一輪太平盛世的備忘錄》不就直接發出這樣的邀請嗎？

人也許一直活在一個滿滿敵意的世界沒錯，但我想，也許我們還是把敵意估算得太高也太具體太擬人化了，有些僅僅只是不一樣處境人們他的不安、疑惑和恐懼，有更多又只是這個世界運行的必然，包括無生物的風雨霜雪，包括生物的昔日虎豹熊凶到今天的真核原核微生物云云，這些不是用消滅的，而是去理解的。歷史有時的確是人極沉重的負擔，包括過多的警示，過多的風聲鶴戾，三十年前兩岸還裝著隨時開打模樣當時，我跟所有人一樣得「中止」整整兩年人生號稱去防衛這個國家，步兵野戰，一聽敵機凌空只剩一件事可做，那就是找最近的掩蔽臥倒，緊貼大地老老實實等它投完彈掃完機槍子彈滿意離去；但葛林告訴我們，納粹大轟炸倫敦時（《愛情的盡頭》設定的小說時空場景，也是卡瑟爾前妻之死），你還是能掌握其規律的，這次轟炸和下次轟炸間隔著四個小時（或六個小時？）的固定空檔，這是熾烈烽火中沒有敵人、安全無虞時刻的倫敦，可以繼續防空警報響起前你做著的事——

無敵之地，無敵之時，有時你得自己找出來，甚至命令自己去找，依據我們對自身處境的理解，以及某種專業判斷和技藝——我們這個時代，化石層一樣，有人才從亂世九死一生出來，有人或至少有些思索有些言詞、行動和作為猶處於高度危險之中，但願我這麼想不會顯得太輕佻、太不知死活。

忘了預言金融大風暴的 克魯曼

二〇〇八年末美國雷曼兄弟垮台的全球大型金融風暴，經濟學者克魯曼頗懊惱自己理應、卻沒能事先預言並發出警告，就跟他當年神準命中南亞金融海嘯那次——但其實何須太懊惱，這畢竟和預言某座火山哪天下午爆發、或大樓失火早一刻按下警鈴不同。不良金融商品通過純數學（依據的是數學而不是經濟學了，「可怕的數學技巧」）的計算和極大值應用滲透全球，已無從辨識無法分離極可能還無處避險（這和南亞金融海嘯的偏局部地域性不同），人們不會知道美國一家素行不良大公司報應不爽的宣告倒閉，和良善規矩的自己「正常」買基金買保險買債券乃至於只是把錢老實存放銀行，這有何聯繫有什麼相干，以及怎麼逃命。就像受創最深的很詭異居然是遙遠的冰島，冰島人一覺醒來，忽然發現自己財產夢境一樣全蒸發了，國家也破產了（？），大禍如此確確實實卻又如此形而上，該駭怕該憤怒該傷心該絕望還是該怎麼恰如其分的反應？這是鬼一樣的大災難，但我們講真的，依歷史經驗和人的生物構造，鬼魂都比這容易理解和容易對付或至少還有人看得到。冰島這個波赫士鍾愛的國度，如今人們還熟讀熟知《撒迦》這部最精采的神話嗎？諸神的黃昏和那一戰，所有亡靈從地底下復活，開出來那艘用死人指甲造的戰艦……

此外，還有一個更明確的指標——克魯曼若預言命中，事後（當然是事後）最興奮的必是大眾傳媒，尤其是電視。大眾傳媒覺得這麼重要，那就說明這事絕沒那麼重要。

我們應該正確感興趣的是經濟學者克魯曼而不是大預言家克魯曼；經濟，才是他的本業。

這倒不是說經濟學，或其他專業學問，不具思索、預見未來的能耐。恰恰好相反，幾乎所有夠認真的專業思維，都自自然然的包含著未來的成分，尤其愈思索當下，就愈得考慮、設想未來，更積極的把未來納入，不這樣不構成「一個完整的事實」，不這樣沒辦法好好想事情——只是這裡，未來的較正確稱謂不叫做未來，而是接下來會發生的事，是當下的延續，是一種又一種「一連串的合理結果」，基本上，它的數量單位是複數。

太多人以各式精妙的話語講過，人類真正能看清楚的只有過去而不是現在（本雅明倒退著被推進未來的新天使、福克納急馳汽車上背向坐著的乘客，以及昆德拉、波赫士……），這乃是因為，一個完整的事實不會即生即死的攤平在同一時間平面上，它蜿蜒穿過星辰日月綿延著足夠長的時間，幾天，幾年，甚至好幾個世紀。過去顯得明晰，其實不是所有的過去，而是指的其中某件事、某個人、某一現象、某一問題，它的「未來」已然實現、顯露乃至於停止了，所以我們可看清楚它變化起伏的完整形貌，看清楚所有留下的痕跡，並思索、確認它的可能意義，意義尤其得延遲到我們對此一事物足夠完整的掌握、做為一個整體才開始想；現在曖昧不明感覺如鬼影一抹，也是因為事情這才開始，距離事物整體形貌的顯露還很遙遠，如果人急欲弄清楚當下（這非常有其必要），便得偷取時間、通過推演、想像以及猜測，努力將未發生的轉變為已發生，未顯露的轉變為已存在，讓現在「完整」。人為著弄清楚現在必須提前弄清楚未來，這相當程度來說是情非得已的，時間的拿捏（意即何時才好正式開始想，何時才化為書寫題目動筆、話可說到哪種程度云云）總是猶豫的、惴惴不安的——這提供了我們一個相當可靠的判準，只有騙子、江湖術士和那種賣了就跑的推銷員才免除這種不安。

從思維形式、書寫形式，或說從行業別來看——小說家因此總是最快速進入當下的，這不僅僅因為小說本來就有建構不存在、未實現世界的特權及一整套技術，也因為小說是「假的」有恃無恐；最慢最沉重的是史家（理應是），他們被視為是說最後一句話的人，字是用刻的而不是用寫的，所謂任世間所有的淚水也洗不去一行。後世罪我者其春秋乎？孔子的如此慎重不安極可能也包含了時間的偷取、時間的提前，把還沒那麼確定的部分也全確定下來。僭越的不（只）是身分，身分影響的是外部性的所謂資格恰當與否，可不及於內容，後代讀史的人更不會也無從計較這個；僭越了時間，這直接是內容問題了，有實質的是非對錯，後代的人站在時間的優勢位置上，會有認真聰明的人看出來我犯的錯，連同此一錯誤的難以彌補影響。

但有時候，未來某一部分會變得特別清晰特別有把握，未來彷彿成為單數只此一途，這不見得是因為它很靠近了，下個小時或明天一早就發生，而是因為當下的複雜性消失了，某個東西、某一因素壓倒性的強大起來巨大起來，掙脫了抵抗它攔阻它的其他東西或至少讓它們變得無足輕重——像什麼呢？像是車子開上了平坦大地的筆直公路之上，問題不在於盡頭處還距離多遠，距離可能還好幾年幾十年，問題在於一無遮攔也不再變化了，連風都停了，盡頭處的模樣此時此刻就清清楚楚看得到，大漠孤煙直，長河落日圓，眼前世界景觀是單調的幾何構圖，有某種詭異的一切靜止之感。

不見得都是世界大事，生活中我們時不時也會看到這樣，最常發生在尋常家族內家庭中，有時則是你的哪個朋友染上了賭博、毒品或一場絕望的愛情云云。

好的，我猜是忙起來忘了，心思嚴重集中於別處。預言家克魯曼沒能即時說出這場金融大風暴襲來的消息，為自己再添一筆傳奇；但經濟學家克魯曼，在此期間，我以為他做了件更重要的事，也揭示了一個更沉重的人類未來圖像，儘管看起來只像是平靜的研究、討論、解說一個很專業的經濟題目——克魯曼退回到十九世紀末的美國，把近一個世紀的老經濟數據重新翻出來一一察看比對並聯成曲線（即尋找出連續性的線索），環繞著此一核心問題：中產階級，究竟是不是資本主義的自然產物？

說真的，已經好幾年了我自己一直在等這個，等克魯曼，或其他像他這一等級的經濟學者。

換了一張臉的資本主義

退回到十九世紀末，我認為是有必要理由的，符合此一核心詢問。因為十九世紀末之前，尤其是美國，資本主義基本上是強大而獰惡的，代表的臉孔是掠奪的資本家，結合著（誤讀）達爾文的優勝劣敗叢林哲學，這是一段我們很熟悉但消逝了、彷彿歷史大書已被翻過去了的遙遠記憶，是上一個資本主義。

二十世紀中，二次戰後，資本主義進入了前所未有的黃金年代，財富快速增加，但奇怪並沒有更集中於資本家，而是醒目的拉高一般人的生活水平，創造出大量的所謂中產階級——這個新的資本主義記憶，我們更加熟悉，因為之前幾十年時間我們就活在其中，是我們這一代人的真實生命經歷，尤其是有幸身在東亞新興國家的我們。

資本主義換了一張臉，成為中產階級為核心的資本主義，這無疑是太美好、「美好得不像真的」的資本主義；更好的是，好日子還在後頭，如果這正是資本主義的進展，繼續下去（為什麼不能繼續下去？），我們很容易想像出一個富裕但相當程度公平的社會圖像，而且這並不飄渺，是簡單可計算可預定的，你看，每年GNP成長多少，平均國民所得一萬美元、一萬五美元、兩萬美元……，由於冪數的緣故（美麗的冪數），通過計算顯示，這一切極可能比我們最樂觀的想像還來得快而且持續加速不是嗎？所以這樣的計算尤其成為新興國家（快速成長國家）從政府到民間最愛玩的遊戲，每當感覺人們需要多點希望就拿出來算一下，所以明天會比今天還要好，今天的錢放心用掉沒關係因為明天會賺更多，這同時讓人變得比較慷慨、和善、寬容不計較；還要更好的是，亞洲新興國家成功的特殊意義，證明資本主義不是歐洲人的資本主義而已，不必如韋伯講的得建立在新教信仰及其嚴苛的教義倫理、相當程度扭曲變態的人格基礎之上，而是人類皆可依循的共同道路，所以儘管在此同時全世界絕大多數人（東歐、拉美、非洲以及絕大部分的亞洲）仍處於貧窮乃至於飢餓、戰亂、絕望之中，但東亞的日本以及稍後的四小龍不也是才從戰爭殘破的廢墟中掙脫出來的嗎？東亞這幾國、這才兩億左右人口做為一個難以駁斥的樣品，帝國主義的控訴聲音猶豫起來也微弱下去，也因此，這樣的資本主義還進一步「福音化」了。

所以說，終於有答案了，人類歷史做出了定讞式的宣判，終結了當下的東西冷戰連同核戰威脅，也終結了幾百年來沉重如泥淖的左右學理爭辯和意識形態對抗——這個大量中產階級一字排開站前頭的資本主義，讓左方來的支支利箭彷彿失去了現實目標，只能射入上一個世紀，成為某種措辭嚴厲的歷史研究。我們人在此一現場，很清楚看出來資本主義這回規格完全不同以往的勝利方式：過去，資本主義敏於行而訥於言，它的強勁力量集中於現實作為，學理的思辯必須嚴格限定在純經濟的封閉範疇內部，每離開這個經濟學城堡一步，它的說理爭辯力道就衰減一分，至於道德問題、價值信念問題則始終是資本主義的罩門弱項，幾乎完全沒法處理無力回應（除了再講一次供需原理、並再次重申價值中立），愈好的經濟學者對此愈面有慚色。但這回是一次「完勝」，從現實到學理，或正確的說，太輝煌的現實勝利輕易的壓倒了百年學理，要求學理重新思考，做出新的配合解釋；躲在中產階級身後的資本家也「道德」起來，他們甚至搖身變成有過人眼光、有專業知識技藝、並默默推動這個世界的英雄兼先知人物，財富只是他們合理（仍是供需原理）的報償，極可能還少拿了些。我自己一直人在出版界，於此有著更清晰、難有他種解釋的深深記憶，八〇年代台灣出版界經歷了一次「現代化」，商業書籍大量、快速、隨便的出版是其核心，賺了錢的商人、老板傳記又是此一核心中的核心，人人出一本甚至好幾本，講些什麼呢？高興講什麼都可以，從家到國到全世界，惟更多是人生的歷練，生活故事的種種啟示，生命的處處體悟以及因此想出來的做人做事道理云云。這些很平常的睿智很少有用，因此這樣的傳記其實是勵志類別的，你無從思齊實踐，只是收集一個個成功的典範如集郵。

所以，「先讓少數人富起來」，尤其在國家要追求成長時，也在國家想從景氣谷底掙扎出來時，如今這樣的話語及其各種優惠措施（減稅、補助獎勵、法令一一鬆綁或量身訂作）已可以如此明白的來說來做，由國家領導人講，由整個國家來推動，再沒有道德困擾了——財富的流向並非單行道，財富集中的下一階段會「自動」回頭，擴散於、布澤於一般社會大眾，創造出大量中產階級才是真正的結果。因此，讓財富（暫時）集中不僅沒關係，還是必要的，我們應該健康、歡喜、且更富耐心看到資本家賺進更多錢，因為這意味著馬上輪到我們了。

這個中產階級的資本主義，這一場，用詹明信的話總結來說是——「如今全世界已沒有幾個人稍微認真的在反對資本主義了。」

克魯曼要問的正是這個——為什麼中產階級會突然而且大量出現？為什麼發生在資本主義運作幾百年之後？這是資本主義的應許嗎？如果是，那是資本主義裡面的哪一塊、哪種因果邏輯的作用結果?又何以延遲如基因開啟?這會延續下去嗎?凡此。

來自於對手.來自於敵人

這裡，我們不抄下克魯曼一整本書的內容及全部圖表曲線，我們不負責任的直接跳到結論——克魯曼以為，資本主義並不「自然」創造出中產階級，資本主義儘管會墊高整體財富水平，但財富分配的基本形態仍是高度集中的，M形社會(而非中產階級肥大的橄欖形)才是其合理結果。二十世紀這三十年左右是一段很特殊的歷史，這段期間財富的流向「異常」趨於平均，順著資本主義這一流水般運作邏輯得不到解釋，財富流向急劇改變的關鍵、加進來的異物是「新政」，也就是經歷了二〇年代狂飆十年期，到三〇年代資本主義運作失靈(或說失控墜崖)、全球經濟大崩解大蕭條之後，人類不同思維及其一系列政治性、介入性的作為結果，包括國家角色在經濟領域的處處強化，稅率及累進率的提高(簡稱增稅)，公司法的趨於嚴格，競爭壟斷的抑制，工會的扶植擴大，社會安全福利制度的設計和推進云云。換句話說，資本主義市場機能這一套照舊，但關鍵性的改變全發生在資本主義的外部而非內部，術語來說，這些都是「看得見的手」而不再是「看不見的手」。

也許我們該比克魯曼更進一步追問，究竟來自於外部哪裡?事實上是來自於資本主義的「敵人」那兒，很顯然這都是偏社會主義的主張;或者也來自於資本主義從頭到尾就想駁斥、摧毀或至少排除於經濟領域的更古老東西，像是扞格於、有礙於人自利之心的素樸公平正義信念，以及更多對人性、對人本能驅動力量的懷疑、不安及其必要節制。

到這裡，「中產階級是不是資本主義的自然產物」這一詢問，便顯露出不同的時間面向，以及克魯曼的真正企圖了，這不是一個單純的經濟歷史研究，而是對人自身的當下處境、當然也包含了緊接下來未來可能的思索，不得不思索——中產階級的大量出現且持續整整三十年時間，這是無可駁斥的事實，但這會一直這樣下去嗎？像我們曾經不假思索以為的那樣；還是這只是一個特殊的歷史現象？就像我們現在逐漸懷疑、並不斷從現實累積懷疑理由的這樣。我們若對克魯曼有所挑剔，便在於他這個詢問來得稍晚了些，一直延遲到九〇年末全球經濟分配很明顯再次惡化、中產階級萎縮、社會又裂解向M形的初始時刻，逆轉的徵兆（或說各種經濟數據）已一個一個出現了。但這毋甯說明他是個好經濟學者而不是曠野先知，他的真正工作是了解當下發生了什麼事並提出負責任的解釋，未來只是當下的延續及其結果（後果）；而克魯曼也確實在人們猶置身於「資本主義／中產階級」的此一歷史舒適慣性之中，冷靜而準確的率先動手，直指當時資本主義最堅固的核心，而這也正是他一生所學暨志業之所繫，一個不小心極可能連自己安身立命之地都給搞掉。「中產階級是不是資本主義的自然產物」這個問題，放回克魯曼詢問當時的現實，它的本來面目、它的真正意圖就出來了：如今財富的重新而且更快速集中，究竟是一個反挫現象？還是說這才是資本主義的事實真相、資本主義又回到了它的正軌上？

事物的持續發生有穩定和不穩定。穩定的持續源於本質，這意思是說，的確有一個不同以往的、全新的資本主義了，也可能是，過去我們都對資本主義有所誤解或來不及真正認識。總而言之，財富流向大眾、中產階級的出現這事是資本主義的必然；至於不穩定的持續則是一種（暫時的）靜力平衡狀態，資本主義仍是那個資本主義，它只是和某個某些對抗它、限制它的外力（自然的、人刻意的）處於拉鋸之中，能持續多久、以及持續狀態的內容變動，取決於這兩股力量的起伏消長。也就是說，財富轉向、較大一部分流入大眾催生了中產階級，這是人的作為、是人相信這樣才對所奮力掘出的人工渠道，或至少是兩者相持妥協的結果。

會是哪一個呢？克魯曼做出了他明確的回答：答案是後者，資本主義不自動產生中產階級。近十年來的現實走向看來也愈來愈支持這個回答，像掀起幾天熱潮的占領華爾街行動，訴求的便是所謂1%人和99%人的財富所得戰爭；像二〇一三年元旦歐巴馬完成美國難得的增稅立法（個人所得四十萬美元、家庭所得四十五萬美元以上增稅，以及營業稅、遺產稅等等，都是所謂的富人稅），歐巴馬直接講就是拯救中產階級。還是那個道理，中產階級如果是自然產物，幹嘛拯救保護呢？

讓我們稍微認真的想想這事吧，這非常有意思——想想資本主義最高峰的這三十年左右時光、資本主義幾百年歷史裡最決定性也最美麗宜人的這一場大勝，居然不是自身力量淋漓發揮的結果，也不發生在人們最信任它的時日；相反的，這發生在資本主義才闖了大禍、陷全球經濟於空前蕭條之後世人最不信任它時，這場勝利是資本主義被迫和它的敵手、它要排除打倒的對象聯手打下來的。

彼時風光三十年的資本主義，其低調不安的這一面，完全反映在當時的經濟學思辯領域裡面，裡外兩樣情——大蕭條之後半世紀左右時間（黃金年代之前三十年加黃金年代的前半期），占據經濟學主導地位的是凱因斯，如克魯曼和一干經濟學者日後的回憶，那段年少歲月幾乎所有念經濟學的人都自認是凱因斯的信徒，其中最代表性的證辭是佛利曼，日後批評凱因斯最猛的芝加哥學派主帥，一九六五年當時《時代》雜誌引述過佛利曼這句話：「我們現在都是凱因斯主義者。」凱因斯學派，外頭的人以及左派或不以為意，以為這不過是專業經濟學內部的事，茶壺風暴，乃至於只是資本主義的一支、一種調整或有限度讓步，只有經濟學者知道事情有多大。確實，經濟事務、人的經濟活動就是這麼回事，基本道理就是這樣，因果邏輯就是這樣，並沒有另一種經濟學、經濟原理如同並沒有另一種物理學或數學，幾百年下來經濟學者也沒弄錯；但凱因斯改變了根本的歷史判斷，他不信任這套市場機制，更不信任其自動調節功能（凱因斯最為人知的名言：「長期我們都死了。」語氣何等輕蔑），這原是資本主義最重要的歷史承諾，也就是說，凱因斯根本的不相信亞當・史密斯那隻看不見的手，會把整個世界自動組織起來，把資源做最合理的配置和使用，把一切生產要素包括人送到（驅趕到）最適的地方云云，至少人不該束手等待結果而長時間無謂受苦，所謂的自動調節可能耗時幾年幾十年乃至於一整代人僅此一回的全部人生。凱因斯以為這一機制並不神祕難懂，儘管亞當・史密斯過度美妙的用詞和真理形式的語調句型把它講得彷彿是某種神諭或魔咒，人理解了它的運作因果邏輯，就能明智而且準確的介入，或去除某些其實來自人資訊不足、人心慣性或人性死角過往的錯誤（比方生產的一窩峰現象，過往經濟學一直把這視為自然），或至少搶先一步催生其結果。像景氣循環就不神祕，它只是這套市場機制底下生產和消費兩端的永遠無法自動對準、這兩端預期心理的落差以及實踐的難以克服時間差，由繁榮消退下來的關鍵，簡單說，便是繁榮時日「必然的」生產過度、庫存增加從而消費相對不足，於是新的投資不再發生所形成的這一處「漏扈」、這一截斷裂空白，打斷原來上昇的循環，接下來便是我們熟悉的所謂生產線停工，產能閑置，工人失業，消費進一步衰退云云進入到循環的下墜階段，景氣探向谷底。凱因斯《一般理論》信心滿滿指出，既然知道了景氣逆轉的關鍵在於這一時刻、曲線上這個點的投資不足，補上它不就是了，幹嘛等候自動調節讓人們白白受苦呢？如果商人預期悲觀不願投資，那就由國家來做——這就是新政公共政策（投資）的基本經濟思維，日後經濟學者發現更簡單乾淨的作法，用貨幣控制來取代，比曠日費時的公共投資更快速見效而且可望減少政治弊端和浪費。才不算太多年前美國前任聯準會主席葛林斯潘聲望頂峰時（柯林頓執政期間），克魯曼寫過一篇讚譽文章，標題便是：有了葛林斯潘，我們就可以沒有景氣循環。的確有幾十年時間，經濟學者以為人類已「制服」了景氣循環。

凱因斯的較完整話語是這樣：「長期，是對當下事務的誤導性指引，在長期裡，我們早已死去。若在海象不穩的季節他們只能告訴我們：『當暴風雨退去時海面將平靜』，則經濟學者把自己任務看得太容易、太無用了。」

如果從人和鉅大經濟機制的關係來看，凱因斯極可能比馬克思還激進——人的位置、人的作為、人的所謂「能動性」，在馬克思那裡一直是曖昧不明的，彷彿是基督教有關人自由意志這一古老思辯的重演，馬克思的這一曖昧乃至矛盾眾所皆知；在凱因斯這裡，人的存在和作用非常明確而且積極，不很莊重來說，這上頭他離開亞當・史密斯比馬克思要遠多了。

所以當時凱因斯的最大反對力量、最嚴厲的質疑聲音是什麼？不來自傳統左邊（左邊已潰不成軍），而是更右邊，或說經濟學內部，那就是反對干預、回歸自由放任基本教義的芝加哥學派。大約七〇年代末，這兩派的大辯論轉而熾烈，我們人在台灣都感受得到如恭逢其盛，佛利曼新自由主義聖經也似的名著《自由的選擇》，中譯本黃綠色調封面，由長河出版社印行熱銷，那是我自己才開始試著讀經濟學書籍的年輕懵懂時日，毫無思考判斷能耐，讀《一般理論》覺得凱因斯講得都對唯恐不及，看佛利曼又覺得他更對。

今天我們都曉得了，這場大辯論由芝加哥學派勝出，凱因斯逐漸消聲匿跡如過氣。當然，這類辯論的勝負取決於很多特殊的、不必然的因素，尤其是當時的現實問題焦點所在，當時的世界樣貌、氣氛和偏好，不見得關乎是非真理誰屬，有時候甚至只是某種時尚某種流行而已，學院裡的世界也有外頭服飾業娛樂業這興高采烈一面大家都知道。當時世界，大蕭條的苦日子遠颺，財富分配已趨於平穩，氣氛、人心大大利於右派，現實的不安（或說人的奢望）轉向所謂成長的趨緩和停滯現象，這在國家介入較多、社會主義成分摻雜較多的西歐尤其彼時英國又比世界其他各地都明顯（所以諢稱為「英國病」，工黨長期執政下患的經濟慢性病），芝加哥學派把原因簡單歸咎於新政思維，市場機能嚴重受到侵犯和處處抑制，魚與熊掌這當然有相當一部分是事實。此外，芝加哥學派還有一個舒適的辯論優勢，那就是他「在野」的攻擊位置，在野的主張只是描繪難以驗證，其對手的主張卻是人皆可見的這一整個不可能完美、不可能不取捨的當下現實，隨處是真實而且具體的個案例證，而一個悲傷的個案往往就壓過一整套說理。芝加哥學派把炮火集中在公共投資的無可避免弊端和浪費、社會福利制度給了就難以收回的沉重負擔、稅賦太高澆熄人投資和工作的熱情、以及各國一路飆高誰看了都不免心驚膽跳的財政赤字這幾點並快速聯結起來，這些都看似有憑有據但並非完全公平。像財政赤字成為問題，並不只發生在新政思維的國家或其執政時日，這是此一經濟機能「合理」的產物，今天我們都看到了，日後經濟思維的右傾，赤字不降反昇，至少美國的情形再明顯不過是這樣，真正的失控發生在小布希主政那八年，雪上加霜的直接原因就是減稅，大量降低富人稅惡化了收支失衡，「供給面」的樂觀臆測（也就是減稅有利可圖刺激富人投資，減稅實質上反而增加稅收這一套，典型的資本主義自利之心基本教義主張）不攻自破，這是克魯曼最愛嘲笑的。

財政赤字問題，乃至於社會福利問題有其更根本的大麻煩，不只是人當下的錯誤；我們可以稱之為「整體系統失靈」，是這樣一套經濟運作機制，不知不覺把計算基礎建立在另一個不可靠的假設上，或者說，這樣一個計算基礎逐漸流失不在，這個基礎原本是：經濟規模必然擴大，生產必然持續增加，成長必然持續昇高成為常態，稍後，「必然」改成「必須」，經濟規模必須持續擴大，生產必須持續增加，成長不可停止，一停止整個系統就會出事。「供給面」主張闖了禍，這是可以防範也可以矯正的錯誤，一如柯林頓政府成功矯正老布希時犯的錯，也像現在的歐巴馬政府拚命在矯正小布希犯的錯（有這樣的布希家族，真是天佑美國）；但財政失衡問題是經濟制度、經濟機能自身的問題，早於這類人為錯誤的發生，這一點我們在未來會看得更清楚——茲事體大，稍後再說。

芝加哥學派的獲勝，也許也可以稱之為「經濟學者反擊的勝利」——凱因斯學派，對一般經濟學者最難忍受的極可能是，依賴太多政治性的作為，乃至於讓經濟學隱隱降格為現實政治的研究單位、幕僚單位。從亞當・史密斯，加上馬克思又把黑格爾歷史哲學「翻轉」，這幾百年下來，經濟學者儼然已站上人類思維身分的領頭位置（上一個是物理學者，到普朗克、愛因斯坦、波爾那一代為止）；而且，亞當・史密斯所揭示的整個經濟學可能圖景多麼美麗，如此純淨、自由、高貴而且很像是可信的，這同時也是個美學問題對吧。

凱因斯的《一般理論》裡有這麼一番話：「李嘉圖學說的全面勝利極為神祕與令人好奇。這必然是因為學說中的許多層面，很容易被適用於所能應用的環境。我想，它能夠推導出未受過經濟學訓練的一般人所不會想到的結論，這增添了它在知識領域的聲望。其學理被轉換成實際的問題時，極為嚴苛與令人厭煩，卻成了它的優點。它能夠被運用來承載一套廣闊與一致的上層邏輯結構，這讓它變得優美。它能夠將社會不義與明顯的慘狀解釋為，是進步的機制中不可避免的現象，而且嘗試去改變此問題的結果將是弊多於利，這使它獲得當權者的青睞。它對於個別資本家的自由市場提出辯解的方式，使它吸引了當權者背後宰制性社會力量的支持。」

但無論如何，芝加哥學派有一點必定是對的，否則仍無法解釋這一「中產階級的資本主義」何以只短短存在三十年時間，財富流向何以再次集中。那就是凱因斯低估了人的自利之心、低估了這一自由放任經濟機制的力量和覆蓋面，最終低估了它和國家的強弱大小關係變化——儘管芝加哥學派所講的和今天我們所看到的也許並不全然一致，我們甚至有理由相信，就連芝加哥學派自己都低估了資本主義。

資本主義是力量不斷增強的東西，特別在這大獲全勝、擱路者一一消失這半個世紀。

一塊不融化不消失的冰

從大蕭條掙扎出來，戲劇性的一大步進入到資本主義的黃金年代，簡單說，學到教訓的是人，而不是資本主義本身——所謂學到教訓的資本主義，意思是，這些用來「救助」彼時資本主義的作為及其思維、這些來自它對立面的東西，得成功融入到原來的資本主義之中，成為它自身的思維、它的機制性作為才行。

這裡，有一個大型的語言泥淖很容易陷進去，陷進去就毀了，什麼也不用想不用談，那就是資本主義究竟是什麼——幾百年來，資本主義運行於崎嶇軟硬程度不同的相異生活現場，人言人殊，賴皮起來的話資本主義可以什麼都是，尤其冷戰對峙把左右學理爭辯正式昇高到宗教化也幫派化的善惡二選一，人的防衛之心取代了誠實，自由添加更是肆無忌憚，這讓我們想起葛林在《一個燒毀的痲瘋病例》書中對基督教義眾善所歸現象的那番痛快攻擊之言：「不，不是。神父，你想把所有的東西扯入你們的信仰之網裡去，但是你們無法偷走所有的美德。溫和不是基督教的，自我犧牲不是基督教的，慈善不是，後悔也不是。我想原始人看到別人流淚時，自己也會哭。你難道沒看到狗哭嗎？當世界冷卻到極點，而你們的信仰之空虛終於暴露出來時，仍然會有一些呆瓜用身體蓋住別人，以使人獲得溫暖，多活一小時。」是的，遠在基督教到來之前，人們（從原始人到狗）已知道或不知但能行的溫和、犧牲、慈善、後悔並流淚，就算哪天基督教又消失於這個世界，也不會因此就讓溫和、犧牲、慈善、後悔和所有這些淚水從人心人身跟著絕跡；但我們的看法比葛林「溫和」，我們說，這些好東西、這些美德是公共財，如陽光空氣水，人可以自由取用不至於構成偷竊侵占，但這樣的「取用」總是勉強的、有限度的，當真正的考驗來臨時即所謂造次顛沛時刻，這些黏著不牢的好東西會又一個一個脫落。

我們再稍稍把葛林這番話延伸下去——真正最嚴苛的考驗發生在何時？基督教的統治經驗告訴我們，總是發生在它獲勝、掌權、強大到再沒有夠分量的敵人之時，像中世紀時候統治世界還統治天上地下、統治活人還統治死人的天主教廷，便半點不溫和、慈善和懂得後悔，至於犧牲的和流淚的都是別人而且還是由它造成的不是嗎？即便力弱如今天，梵蒂岡（聲音聽起來還真有點像美國的五角大廈，發動戰爭之地）只像個觀光景點而非宇宙中心，但真要衝犯到基督教千年信仰的核心時，比方非一男一女、異性戀的情愛，同樣可以是真摯、熱切、深刻而且受苦，但天主教廷對待這些遍在而且飽受折磨的同志情感中人便半點也不慈善不溫和，每隔一段時日就跳出來口吐惡毒咒詛之語顯然從不知何為後悔。事實上，他們連對結婚之後知道事情不對的人（尤其是通常身心受創較難以承受難能彌補的女性一方）都不給後悔的再一次機會、不給逃離煉獄之路的可能，地球上還存在著的集權政府都還有條件批准人們離異重生不是嗎？但天主教廷只堅信這句永不融解、不跟任何東西商量的神諭：「只因神所結合的，人不能分開。」此事唯一的正面後果可能是葛林小說，葛林自己身陷其中，《沉靜的美國人》裡英籍老記者佛勒甯可逃到中南半島的殺戮戰場，這有失敗但無法結束的婚姻猛於戰火的嘲諷味道，他的唯一拯救連同越南女子鳳的全部幸福希望，便是苦苦等候妻子大赦也似來自英國的那紙同意離婚通知；另外，不能離婚只能偷情，或說日後所有的情愛包括一夜的以及真的是此生不渝的都只能成為偷情，而上帝無所不在、不知勝過任何私家偵探社徵信社，這逼使葛林發展出小說史上最精巧且覆蓋層面最廣的偷情書寫，遍布於他幾乎全部小說令人稱奇，連《權柄與榮光》裡的神父也偷情還有一個私生子；《一個燒毀的痲瘋病例》則是沒有偷情的倒過來偷情誣指，讓好不容易恢復一點生之可能的奎里寃枉挨槍而死；《愛情的盡頭》更有趣，人為了偷情，最終必須和上帝決裂，和上帝吵架，到這種地步。

大獲全勝的資本主義，三四十年時間足夠讓全世界換成另一代人，不再是大蕭條不堪回首經歷的這批人，而是嬰兒潮美好經濟經驗的另一批人，新政的意義翻轉過來，這一代人看到的現實毋甯是，政治作為的種種無用、遲滯、幽黯不義和絕對不可信任。六〇年代的新一代狂飆主題便是「去政治」，他們希望回歸到人最素樸的良善溫暖，通過夷平眼前的一切、去除所有的管理限制包括去除自我的節制來獲取。這種無限大的自由放任，其實只能曝現人當下的真相、真實模樣，不可能帶來任何高於、美好於所謂基本人性以及當下文明程度的動人結果；相反的，這反倒會讓人進一步走向原始和野蠻（如卡爾維諾所言），走回所謂人的生物性機制，這也正是為什麼，儘管資本主義也在這一代人反抗批判的火力範圍之內，但才不出十年時間卻讓這一代人走向資本主義，這就是七〇年代後著名的「雅痞」。

話說回來，「調和論」一直是人的一個理想，人早早發現自己站在一個二律背反的撕裂開來世界站不穩；但「調和論」卻也一直是外行人的、天真好心而且正當的一個理想，不是取其兩邊的好處長處放在一起就好了嗎？——調和的、中間的、所謂第三條路的諸如此類主張一直有而且也不應該哪天完全停歇，如同多年之後今天英國的紀登斯。二十世紀中後，猶是資本主義黃金時日，「調和論」還曾經喧騰一時蔚為風潮，台灣最熟悉的代表人物是蓋爾布里茲，他的幾本書尤其是《自滿的年代》，很多人讀而且印象深刻，滿足我們對一個更和平更宜人居世界的期待，至少當時我身邊幾個朋友都被「打動」（調和論永遠是動人的、高尚的），但國內國外，我所知道的經濟學者果不其然都嗤之以鼻，只當個笑話當成不懂經濟學的人胡言亂語。嚴格來說，凱因斯學派，乃至於由此而來的「總體經濟學」也有調和論的味道，太多政治了，最起碼芝加哥學派是這麼看，他們也確實察覺這些人的特殊作為和資本主義根本的扞格，根本的不相容，市場的機能也不可能長時間的被壓制，不可能不反撲，不可能一直這麼相安無事下去。

必要的話，我們可以不用資本主義這個已鬆垮垮的、已含混不清的名字，就直接、具體的說這個市場機制，這一供需法則，這個以人的自利之心做為核心推動力量、並且依此組織起來、建構起來的經濟系統。

市場機能只是一個機制、一個因果邏輯；供需法則則是一個原理乃至於一個公式。當然比1+1=2要複雜、精巧而且有趣太多了，托幾百年來經濟學者不懈努力之福，我們對此一機制、此一法則了解得更完整更精確，知道更多細緻的、捉摸不定的東西都奇妙的起著作用，比方時間便是供需雙方一個有意思的、變動的限制性要素（我們較熟悉的華人經濟學者張五常是著名的價格理論專家，於此有很精采的探索和說明，如他的《賣桔者言》），此外，供需雙方的心理、各自的預期和之於對方的猜測和應變，是另一個更不容易掌握的要素（如日後的賽局理論，這也是台灣一般較熟知的），像這些都得納入計算之中，凡此。然而，1＋1還是只能等於2，不會得到別的答案不會哪天改變，慈悲的人來算、殘酷的人來算都一樣是這個結果，這個2。

講起供需和張五常，我自己年輕滿滿是熱血那一時日，曾在張五常某本書的序文中讀到這個，當時可用驚駭莫名來形容——張五常舉了個再平凡不過、每天都在我們眼前發生的典型實例揭示全書主題，大致上是，為什麼某一黑人（當時可能就是麥可・喬丹），在電視上公然喝瓶汽水（應該是可口可樂或開特力運動飲料），這短短幾秒鐘（好吧，加上廣告拍攝時間也至多幾小時、半天）的所得，遠高於一般人每天朝九晚五風雨無阻的一整年薪資（你也可以換成：台北市政府聘僱、每天清晨天沒亮冒著被喝酒開車人撞死危險、為我們清掃街道的一整隊清潔人員的全年全部加總薪資所得）？這一永遠冒犯我們最素樸公平正義之心的現象，張五常毫無控訴批判之意，他是經濟學者不做這事，他是（帶著啟蒙之心）要藉此告訴我們為什麼會這樣，如果你理解此一經濟市場機制的遊戲規則，弄懂供需，就知道這有多合理自然美妙而且正常，甚至只此一途一種結果。日後，我自己也大致弄懂供需原理（基本上這不是太難的東西），每當身邊有朋友談到，比方一個大聯盟投手每投一顆球換算起來值（是價格而不是價值，比起街道清掃這能有什麼價值可言？）數十萬元新台幣，或某歌星唱一首歌收入上百萬元時，就換由我負責解釋給他們聽。我這些可憐的、金錢計算單位不太一樣的文學朋友們啊，我總是從他們臉上表情彷彿看到年輕當時的自己，啞口無言卻又非常不服氣，包含一種「我要說的又不是這個」乃至於「你真墮落到相信這樣解釋了就沒問題了嗎？」的種種沮喪神色。有時，我還忍不住再加補一刀，要不你可以選擇改行，別再寫小說讀書並思索人類處境和未來出路，這一市場機制的最基本堅持之一，就是人可以而且應該順應自利之心，把自己移動到最有利的工作、生命途徑和位置上。但，是你自己不能、不願或老實說已經來不及了是不是？

這樣的所得怪現象在經濟學裡老早不是問題了，就是供需而已；但同時，這也自始至終是人類一個沉甸甸壓住人呼吸的大問題。

然而，今年我在克魯曼的文章看到，有關「有錢人為什麼變得更有錢？」這一持續追問，克魯曼新的回答是：這已超出了供需之上了，「我這一行最了解的就是供給與需求，是的，經濟學不只是這樣，但這是最優先與最基本的分析工具，而獲取高收入的人，並不是活在供給與需求之中。」克魯曼的意思是，這些最有錢的1％人或0.1％人（其實就是大企業執行長、避險基金經理人以及大企業的律師，沒有等等）的超高所得，並不來自他們的「經濟貢獻」，不由市場決定，也就是說，他們的所得和他們的實際表現脫鉤，公司賠錢或投資虧損並不會讓這些人少拿錢，甚至賠錢還得發給他們鉅額獎金來安慰他們，好讓他們不沮喪、能打起精神為公司效力。「是誰決定他們的薪資包裹？這個嘛，執行長的薪酬都是由公司的薪酬委員會所決定，而這些委員都是由同一批執行長所指派。」

但這不仍然包含在另一種「更大」的供需解釋之中嗎？人的供給與需求，人的市場有這樣執行長、經理人和律師的需求，看不見的那隻手於是把人驅趕到那裡去，我們沒看到金融和法律如今是多熱的大學科系嗎？笨蛋才繼續當心臟外科醫生。

便是這樣，如今又不一樣的現實狀況是——這些最有錢的人，所得（已經過通膨調整）已超過了十九世紀惡名昭彰的所謂「強盜大亨」，財富累積的速度更快；也就是說，財富的流向和分配基本上回返大蕭條之前的樣態，「中產階級的資本主義」如曇花一夢，極可能還是一朵開過的、已枯萎死去的曇花。和十九世紀不同的是，財富的集中係以一種更文明、制度法規允許並保障的方式，至少再不必靠槍枝、靠黑幫豢養來完成，就像那個政治已不正確的老笑話：傳教士勸告酋長放棄吃人傳統，「你們不學著文明點嗎？」「有啊，現在我們改用刀叉來吃。」

也許，有人也多留意到另一個堪稱奇妙的現象——經濟學，關懷處理的是人每天每時、無法不進行無法自外的此一生存根本活動，道理上來說，經濟學的思維及其成果最該充分進入到人類其他每一領域的思維之中，做為某種基礎，或至少基本要件；但實況是，經濟學幾乎自成一系，它是最難和其他思維領域有意義融合的東西，愈往右靠愈明顯愈感覺堅硬不化。或者我們講白一點，你若真心相信、專心事奉資本主義，你就很難超過玩票自娛、超過表演、超過附庸風雅程度稍稍深入到其他任一思維領域之中，所謂資本主義的哲學家、資本主義的倫理學者、資本主義的人類學者、資本主義的小說家詩人云云，是不可思議的，這接近於我們說三角形的第四個邊或正直誠實的律師。

生命之中，我自己有諸多視為楷模的人，遠的不說，就只講一道活過二十世紀中後、曾身處過同一個世界的人物，像是卡爾維諾、葛林、賈西亞・馬奎茲、納布可夫、波赫士、福克納、昆德拉等，或就近像日本的大江健三郎、山田洋次。太一致了，為什麼他們就都不能是資本主義者？為什麼對資本主義頂多只能做到忍受和保持緘默，就算不在對立面？為什麼他們對人生命的最基本感受、圖像，對所謂價值信念最起碼的主張和堅持，總是和資本主義差這麼多、如此不相容？還有我以為最重要的，為什麼當他們對這個世界有所企圖、有所期盼、有所夢想，當他們的思維探頭出來，做著他們生命中最主要、也是我們感覺最美好的那件事時，資本主義總是攔阻者抵制者，永遠是向下拉扯的最大力量？——我自己當了出版編輯多年，出版，便是一個這樣撞擊、對立的世界，幾乎是永恆的。美好的書，美好的人，美好的想法和成果，在這裡沒有單純愉悅的可能，愉悅通常持續不超過一盞茶一炷香時間，接下來便化為一連串麻煩的現實工作，這才是事實真相。調和論是行不通的，每一個像樣的編輯都以接近刻骨銘心的方式每天知道此事。

資本主義有一個不和其他東西化合的核心，用葛林的話來說是，一塊永遠不融化消失的冰，那就是人的自利之心。這裡，不是（至少先不要是）一個道德題目，比較正確的認識方式是，把它當一個力量來探討，就像亞當・史密斯最原先認知的那樣。

被嚴重低估的力量

《布萊登硬糖》是我個人比較不那麼喜歡的一本葛林小說，這原是布萊登當地一種棍子狀、石頭般硬、可讓小孩吃很久的死甜糖果，我的小說家老朋友吳繼文曾無聊到遠從英國帶回來兩根送我。葛林看著的是糖的帶狀花紋這部分，這花紋不止表面而是深入核心整根如此，你吃到最後一刻花紋仍在；葛林以此來寫人心深處某一塊永不融化消失的冰，某種單純的惡或者說惡的單純。葛林的其他小說，最接近於此的是*A Gun for Sale*，台灣直譯為《職業殺手》，兩部小說的主人翁小混混品基和兔唇殺手烏鴉都是年輕、天真、成長歲月亂七八糟、懂得很少、孤獨如一顆單子的人物，但當然不是什麼童年創傷那一套，葛林要說的是某種更原始蒙昧如永凍的東西。我們看，品基和烏鴉是葛林小說罕見的兩個年輕人主角，還是兩個停滯於某種生物狀態或生物時刻的年輕人，恰恰好和他慣用的世故蒼老眼睛相反，這絕非偶然；也就是說，品基和烏鴉那種沛然的、沒道理可講的、光禿禿的「惡」或說破壞力量，不源於他們對世界有某種幽黯的看法，毋甯是完全「沒有看法」，他們不知道怎麼和他人說話，不知道生命還有其他可能其他取舍，甚至不知道該避開什麼繞過什麼，也因此，沒有所謂人的行為，而只是行動或只是一種運動，也就沒有所謂的結果乃至於後果可言。葛林小說另一個醒目的年輕人是《沉靜的美國人》裡的派爾，他倒是常春藤聯盟大學畢業受過好教育，出身東岸上流白人家庭有好的父母和成長歲月，這和品基、烏鴉相反，但一樣單純天真不化，帶著稚氣可愛有教養的笑容（「那是出於一種學童式的幻夢」、「他以善良和無知築成難以攻破的防線」），一樣橫衝直撞誰也拉他不住。從派爾，我們更加清楚看到，這不是惡，惡只是指的這個行動、這個運動一路走過去無可避免的摧毀破壞。便是在這裡，在派爾（完全不知後果，自己嚇得面色慘白快昏過去了）提供塑膠炸彈炸死假日市集無辜的人包括小孩這場悲劇之後，通過現場氣瘋了的老記者佛勒，我們終於看到了葛林口出惡言的這番話：「這樣逼他又有什麼用？天真的人就是天真，你無力苛責天真，天真永遠無罪，你只能設法控制它，或者去掉它。天真是一種瘋痴病。」

品基和烏鴉都在小說中死去，彷彿不這樣無法中止這個運動、這個單純無法勸阻的力量；至於派爾，則是陳屍於達可橋下的水中，害死他（制止他）的正是佛勒，只因為實在不能放任他下次再闖出更大的禍來——佛勒毫不懷疑這一源源力量的存在，有意思的是，真正不確定的、困擾他的反而是人用以抵拒對抗這一原始沛然力量的東西：「是哪個遠古人類的始祖遺傳下這種愚蠢的良心？這些始祖在他們舊石器世界裡擄掠殺人時顯然並未受到良心的拘束。」

這裡，允許有點「犯規」、允許我們冒一點點類比的風險，如果可以把資本主義擬人化，我會說資本主義最像品基、烏鴉和派爾這樣布萊登棍子糖也似的東西，或更精準來說，之前像粗暴的品基烏鴉、如今是比較有教養有禮貌但可能闖禍力量也更大的派爾。資本主義的不化，最初也是最後的，既做為驅動開始又是此一市場機制最終的依據和判準，便是人自利之心這一單純、原始的東西，這個直通通難以勸阻的力量。

我們說過，人對於一己自利之心的認識不自經濟學開始，其實也遠比經濟學所強調的要全面、完整而且審慎——自利之心本身是個極簡單的東西，如同布萊登棍子糖那樣，裡外一致沒什麼隱藏曲折的奧義。一直以來人們對於它的了解也是大體上正確的；沒有誰真的否認它的存在乃至於它的「正當」「正常」（我們累積了一堆人不自私如何如何這類的熟爛俗諺不是嗎？），人們對它的負責任警覺毋甯是不斷察知它的力量，太強大也太單調，會消滅掉吞噬掉其他的可能，「你只能設法控制它，或者去掉它」，否則人的世界、人的所有一切只能停滯於、被綑綁在某種原始的、初級的、扁平的狀態。惟我們實際上知道、完全去除是不可能的（某些宗教或溫和或粗暴的試過，一次解決一勞永逸是人類忍不住嚮往但實際上非常糟糕的一種幻想），這只能是人每天的對抗工作。所以從這一面來說，比較現代思維歡迎的這一面，人類文明的建構和發展，的確是一長段持續壓抑的歷史，我們對於價值信念的尋求和守衛，從事關公共層面、帶著功能性意義的公平正義云云，到傾向於個體自省的、如葛林所說的溫和慈善後悔流淚云云，都意識著某種對抗、某種勉力行之，都直接始自於人對一己自利之心的節制、控制和壓制；但從另一面來說，我們容易遺忘的另一面，這也是一種解放一種積極的掙脫，怎麼會不是呢？人努力不受制於單一的力量，不願意只是某一本能衝動的載體，不要自己和眼前世界只長一種樣子，不要和他者只能有一種關係、一種單面的聯繫。或者說，人也在自己身上逐漸發現了其他力量其他可能，也許就像維吉妮亞·吳爾芙講的，人會抬頭看向黃昏天空，會被滿天星斗所吸引，會想東想西而且會感動，會相信有遠比自己美好、比自己更值得的東西，這極可能也是人自身自自然然的一部分，比較隱藏比較微弱也比較困難得小心翼翼的那一部分。

自利之心不難了解，一直以來，難的是如何才是它的「最適狀態」，如何才是這一力量收與放、使用和控制的準確一點；也許根本就沒有所謂的最適狀態，所謂的準確一點，這只是一種說法，因著人的選擇不斷移動——這樣非調和的、得不斷從對抗衝突之際找出並維持的動態平衡，不可能不有損失不付代價，代價包括這一力量全然釋放所能做到的特別之事；還很難避免人在某種慣性中逐漸喪失的必要警覺和不斷微調，乃至於化為制度性作為的僵固性；換句話說，我們總是在過與不及之間不舒服的擺盪，如同凱因斯《一般理論》所要講的，我們總是處於失衡之中，失衡才是現實的常態。所以我們說，三〇年代大蕭條之後凱因斯學派這一場，包括其全部成果和後果代價，不從經濟學而從總的人類歷史經驗來看，其實正是人類一直做著的事。

亞當・史密斯希望釋放出這個力量，但明顯低估了這個力量，今天來看，低估得並非不合理——簡單說，當時的世界並不是我們現代的樣子，當時經濟事務確確實實被壓縮在世界底層，所謂「下層結構」，在當時不是一種學理性的思維圖景揭示（在馬克思「翻轉」了之後，或說日後整個世界已實質的翻轉了過來），而是一個明確無誤的現實如此，經濟只是政治底下必要的一環、一個工作，而且還是最瑣細最惹厭煩讓人經常性頭痛不已的那一環，若說對經濟有什麼積極的思索和想像，基本上也是政治優先的，至少有著深濃的策略性成分無法純粹，好做為國家行動的實質支援以及不行動時的威望展示，即所謂的「富強」（沒有國家，純就個體的人而言，哪來的「強」呢？）。亞當・史密斯是這樣一個時代的人，還是典型的大英帝國知識分子，《國富論》書裡國家還是世界、人還是臣民、原理抑或策略，總是相互滲透曖昧不明的，要弄清楚亞當・史密斯究竟是個試圖說服君王的經濟學者或者是積極開拓經濟力量的忠貞謀士（即雷蒙・艾宏所說的「天命使者」和「君王策士」），可能是沒答案的，也是沒必要的。這種大英帝國的知識分子有一個特殊的

「國家／世界」基本圖像，或者說把此一「國家／世界」的古老圖像發展到極致、表現到最清晰、還保留到最後。不像稍後民族國家取而代之的世界分裂構圖，他們仍把世界看成一個整體，這樣的「擁有感」（普天之下莫非王土云云）使得他們的思維保有恢宏的世界視野，也存在著一定程度的責任感（不擁有就不會保護，如經濟學的公共價值消散理論），肯為人類領先想大問題；但在此同時，這個世界又是以大英帝國為唯一核心，也就是說，這個世界又是取用的、為這個中心服務的乃至於可犧牲承受的。這樣的「國家／世界」圖像於是對人的思維有一種「方便」，解決了思維最困難那最後一步障礙，那就是不必周全不必通體圓滿，也不懼發生無可避免的犧牲和無法收拾的破壞，從而道德思維也在這樣的基本圖像中得到輕巧的豁免和逃逸。我們看慈悲如聖人的湯瑪斯・摩爾的《烏托邦》或者會更清楚，《烏托邦》為人類思索某種至善至福的生命樣式乃至於生命形貌的可能，但它的基本規格仍只能是一個島國亦即英國的樣子，這個島國只能居住人類的很小一部分人，因此「獲救」的只是一些明智的人而非人類全體；也就是說，《烏托邦》無法放大到全世界，相反的，他們睿哲美妙的生活需要世界仍停留於愚昧虛妄的原來狀態，好讓他們能得到必要的物質和人力供應，並傾倒這個島國非得清理掉不可的罪惡之物和廢棄物，把外頭大世界當它的垃圾堆積場處理場，就像柏拉圖《共和國》的理想城邦得有倍數的外邦奴隸才成立一樣，也就是日後列甯所指出的「貧窮輸出」。

所謂的「當時的世界並不長我們現在這個樣子」，更根本的意思是，對於自利之心的釋放而言，當時仍在一個敵意的、處處是限制的世界，而不是現在這樣一個善意的、夷平的、充分配合它或說根本是由它鑄成的世界——儘管人的自利之心從來都是人現實生存、人生命第一現場活動的最主要驅動力量，但在此之前，人類世界並非順應這個力量建立起來的，從社會各種成形的機制到人心，於是很自然的站在「反側」，形成時時處處的防堵，當時人們不可能看到也無法想像這一自利之心的真正力量和它充分實踐的結果，包括它的成就和危險。這也許從兩個不同時代的危機時刻反應最為明白，我們曉得，資本主義形成掠奪的人類第一次大型反思和對抗，地點在歐陸，啟始於所謂的人道主義者，而且對抗是全面性的，不只當一個經濟問題，參與者也不僅僅是直接利益的「受害者」，其中包含著種種義憤或說更深刻價值信念的積極防衛，乃至於對應然世界、不只此一途世界的嘗試描繪和不肯放棄，所以就連四體不勤、個人工作的小說家詩人都堂堂皇皇加入而且角色醒目，現在回想起來，這還真是不可思議如同作了個夢；而二〇〇八以來這五年的經濟災難日子，我們不是活在一個更容易反抗、也有更多管道和工具、至少反抗更沒風險的民主時代嗎？我們不是置身於一個麵湯裡發現一隻蒼蠅都能引發一陣「正義」撻伐的時代嗎？但基本上，整個世界是噤聲的，也是實質上有困難的，彷彿並沒有一個足堪抗衡的外部世界，彷彿人們的諸多價值信念、人們其他所學所知都是次要的、不在同一對話層次的、講出來很白目很可笑而且很干擾，只能是零落的雜音，更糟糕的是成為毫無內容的假話，只有官員和電視評論者才說得出口，用於他們話語的開頭或者結尾處。

無論如何，這是改變的、進階的歷史一步——亞當・史密斯之後這幾百年，我們面對的，不再是個別之人這一光禿禿的原始強大力量，而是一整個由它驅動並決定的機制，一整個依此運作的經濟系統，乃至於一整個由此形塑而成的不一樣世界。資本主義不會改變，它只是不斷的增加、擴延和膨脹，進入國家、學校、家庭等等每一處角落，逐步馴服、更替並改變世界成為一個不再有對抗機制、有限制力量的世界，如今幾乎就是一整個世界。我們稍稍誇大的說資本主義幾乎就是一整個世界指的是，比方在二〇〇八年這樣的經濟危機時刻，我們最能沮喪的察覺出來，並不存在一個外部世界，並沒有那樣一個資本主義世界之外的支點，人們只能就它設定的遊戲規則思考和行動，也就是說，這樣一場災難無法真正追究反省或說不存在追究反省的可能和必要空間，追究反省不起，我們能做的只是撲滅、逃命和繼續，就像克魯曼擺明說的，他要問的不是「為什麼發生」，而是「現在要做什麼」，這也是我們實際看到每一個國家所做的。

還記不記得二〇〇八年雷曼兄弟剛垮台那開始幾天？人們交相指責金融業者之外，也開始反省自身的生活方式（「美國人沒資格過這樣的生活」），而美國的家庭儲蓄也確實在那一短暫時日迅速增加。但對於現實的經濟機制而言，這樣的反省和調整不僅是「錯誤的」還是逆向行駛的，立即的效應是貨幣形成「窖藏」，市場消費不足亦即有效需求不足，投資更進一步消退，加深了蕭條。所以人們必須繼續消費還得擴大消費，我們有消費的「義務」，才能讓這一部全球性的經濟機器順利運轉下去。我記得當時是台積電的張忠謀講的，他說的可能是對的，全球景氣是否真正復甦關鍵在美國的景氣是否復甦，而美國景氣復甦的真正指標是，端看禍源所在的美國房市是否恢復景氣而定。

二〇〇八年這一場，最準確也最深刻的反省極可能是這句話：「大到不能倒」——這背反了最基本的公平正義、背反了我們幾乎全部的價值信念，其實也背反了經濟學自由競爭的最基本主張（自由競爭本身即包含了獎懲，並據此拒絕外來的獎懲干預。所以自由經濟學者本來最該反對這句話但實際上並沒有，或反對得不痛不癢），這句最像是出自綁匪之口的話，原是我們無奈概括承受為非作歹的金融業者、銀行業者用的，追究不起獎懲不起；但更根本的，這也是我們對這一經濟運作機制的再一次真實無比體認，還有什麼比這一經濟體制更大、更綁著所有人、更絕不能停不能倒的呢？

失靈的工具

「這場蕭條可以，也應該被迅速解決。」——我們可以完全相信克魯曼這句斷語，純粹就解除一場經濟災難、阻止大蕭條的重演而言這也許不是太困難的事，八十年前不算太遙遠的慘痛往事仍是有益的記憶，按下警鈴般的給予我們足夠的警覺，支持每個國家政府採行堪稱迅速反應的大動作。二〇〇八至今四年出頭時間，儘管復甦仍顯得微弱、可疑、腳步蹣跚還時不時有各種風聲鶴唳的驚恐消息傳出，所謂「半調子復甦」，但起碼風暴算是擋住了，所謂最壞的日子已經過去了或至少不會再壞。我們當下，讓人想起馬克斯・韋伯在那次著名的演講結尾所引述的聖經守夜人話語，的確像是人們和國家的對話：守夜的人啊，黑夜還有多久才會過去？黑夜已經過去了，黎明卻還沒來，你們想多知道什麼，回頭再說吧——

這讓那些相信看不見的手、相信市場自動調節的經濟學者有點尷尬，也不免提心吊膽——問題不只是各國政府的積極干預，而是手段的空前暴烈，尤其是無限制印鈔票這件事，先是美國然後日本，這兩個最富裕、經濟規模最大、經濟成就最拔尖的國家或說此一經濟機制運作狀態最良好的經濟體。而無限制印鈔（不是經常性的貨幣數量調控）是貨幣政策的最終極也是最不得已的手段，一般被視為幾乎是不可以採行的。

這裡，我們得公平且正確的說，芝加哥學派反凱因斯也成功驅走凱因斯，但並沒有也無法把現實的經濟運作真的推向他們所說的徹底自由放任（誰都知道這是不可能的，「現實世界是經濟學理論唯一的例外」）。像佛利曼本人便是貨幣理論的積極主張者，相信貨幣政策是穩定經濟的更有效工具，更重要的是可以取代凱因斯的公共支出，通過貨幣流通的乘數效應，代價更小、效果更快速、執行更容易而且更「經濟學」。現實中，這就是美國聯準會和各國央行幾乎最重要的一項任務，盯緊景氣的循環變化，適時的介入干預，這使得當時的葛林斯潘成為全世界最重要也最偉大的人，台灣則是我們神一樣的彭總裁彭淮南。

這四年，隨著災難的暴現效果，至少有幾件事我自己以為是特別值得留意的：一是需求的長期疲軟不足現象，幾乎刺激不出來；一是失業問題的持續惡化和黏著，尤其表現在兩方面，長期失業人口的醒目增加，以及初次進入就業市場的障礙亦即年輕失業人口數字的怵目驚心暴增，而且失業問題的緩解明顯弱於復甦的速度和幅度；此外，就是國家角色的變化，國家相對於企業的持續弱小化，相對於經濟的無力或說有效工具的流失，有效手段的失靈——這在每個國家程度參差不同，但幾乎是全球性的，尤其在所謂的進步國家幾乎是變化軌跡一致的。

來看克魯曼的這段描述：「在過去五十年，結束衰退基本上是美國聯準會的工作。聯準會（大致上說來）控制在經濟裡流通的貨幣數量，當經濟走下坡時，它就啟動印鈔機。這種做法通常會有效，直到現在。／在一九八一年到一九八二年的嚴重衰退時，這個做法獲得極大的成功。聯準會在幾個月內就將之轉變成快速的經濟復甦——『早安美國』。後來在一九九〇至一九九一年及二〇〇一年時也運作得不錯，雖然效果更緩慢且行動遲緩。／但是這種做法在這一次沒有用。我剛才說聯準會『大致上』說來控制貨幣供給，但實際上它控制的是『基礎貨幣』：在銀行體系間流通和儲備的貨幣總量。自二〇〇八年以來，聯準會已將基礎貨幣量提高為三倍，然而經濟沒有起色，所以我說，我們正苦於需求不足，說錯了嗎？」

當然，克魯曼以為這只是貨幣政策本身的失靈，過去這二十年的日本已清楚顯現此事（零利率，亦即利率工具的無效和喪失，只剩印鈔一途）；而這種經濟死水一樣的現象也是經濟學早已知道的，稱之為「流動性陷阱」，簡單說，貨幣政策通過利率的調降把錢趕入市場或直接印鈔增加貨幣數量，讓市場的資金取得成本下降乃至於完全沒有成本，以誘引刺激投資的發生，但會有這樣的特殊時刻發生，浮泛來說是投資預期的極度悲觀，找不到可以賺錢的投資，即便資金成本降到零仍不夠低仍會虧損，以至於市場灌飽貨幣卻無法流動（無限大的貨幣量乘以流通數的零，答案仍是零），整部經濟機器卡住無法恢復運轉，大致如此。

但撇開這次經濟風暴不談，問題是，貨幣工具何以逐步失效到幾乎完全失靈？日本二十年的停滯可否能用景氣循環或流動性陷阱來解釋？何以在所謂的「正常」時日，貨幣得長期保持在高度擴張的狀態（擴張與否的指標即是利率）？何以刺激需求的邊際效果愈來愈微小、代價愈來愈大？這些問題是否皆指向需求的經常性不足？或說需求已追不上生產、追不上規模不斷擴大的經濟機制？而這些進不了生產、只在銀行體系間流動流竄的大量貨幣，便是這幾十年來無惡不作的「熱錢」，形成「另一種經濟」，二〇〇八年的經濟風暴的真正禍根就是它，擴大分配惡化、造成1%和99%的戰爭也是它。

貨幣政策的失靈，如克魯曼指出的，真正積極性的做法又得回到凱因斯的公共支出公共投資——很簡單，因為在流動性陷阱之中，只有國家願意「賠錢」的投資，或說在毫無獲利預期可能的時刻、背反自利原則的進行投資，包括雇一群人先挖個坑再雇另一群人填掉它之類的。過去這五十年，我們通常把貨幣政策直接當成是公共投資的直接替代，但面對流動性陷阱或說「這一回」的流動性陷阱，這兩者不同的經濟學義涵便清楚顯現出來了：貨幣政策的干預是誘引性的，基本上仍依據、順應著人自利之心的市場機能，而流動性陷阱之所以發生，正是自利之心的理性判斷結果（判斷本身不必然正確），而公共投資卻是繞開自利之心，唯有背反自利之心才可能成立的直接作為。換句話說，姑不論公共投資是不是解答，貨幣政策的失靈，是否再一次告訴我們，這個以自利之心為依據的經濟機制，會產生而且掉落到難以自我掙脫的死角，它沒辦法自己「點火」？

回到公共投資，這我們可就熟悉了，我們遠比美國熟知其效果、條件限制及其代價——台灣，以及東亞包括日本的所謂經濟奇蹟，便發生在凱因斯學派統治的那一資本主義黃金年代，不止這樣，一路過來的經濟發展，國家的角色一直是清晰的、積極的、主導性的，過去一個個經濟英雄名字是財經官員而非私人企業家，一直到近二十年才逆轉、讓位（從尹仲容、李國鼎、孫運璿、趙耀東等易為施振榮、張忠謀、郭台銘等）。多年下來，具體的證據是，留下來最多的蚊子館，最縱橫交錯到無力維護的道路系統，過度的國土開發和因之而來的棘手環保問題，還有，一堆難以取消的企業優惠條例和低到不能再低、已喪失彈性的營業稅、富人稅（亦即已失去減稅點火的空間）。台灣的稅收只占GDP 12%左右，而且負荷的主力還是受薪者而非企業體。

今天來看，美國這樣的size的國家說起來反倒是特殊的、富裕國家中僅存的，也許還能和規模不斷擴大、力量不斷增加的私人企業和此一全球化經濟遊戲抗衡周旋一段時日，如同以一個國家對抗一整個世界；此外，美國（相對於歐陸、亞洲的所謂已開發國家）一直是最右邊的、最資本主義的，可行且有意義的公共建設公共投資過去做得不多如今也就不難找到，像是公共鐵路網的鋪設便還大有空間而且還有著環保、社會福利、乃至於生活美學等諸多正面意義（火車比起封閉性的、孤寂的、危險而昂貴的飛機和「一人一車」汽車旅行要豐饒太多愉悅太多了，像厄普代克名小說《兔子跑了》那場夜間出走、跨州公路的幾百英哩行路主戲便多荒敗多窘迫只能喃喃自語什麼事也不會發生不是嗎），只是這得通過底特律那幾個夠大、且大得不能倒的汽車業者同意。東亞諸國，尤其是近二十年，最明白無誤的趨勢便是「國家／企業」其力量和規模的持續定向消長，已實質的完成易位，如今，國家能做的是全力的配合者、虛弱的勸導者、以及災難事後的收拾者、救助者。國家角色在經濟事務上的衰退速度遠遠快於政治層面的民主化自由化腳步，無人能擋或說願意擋、以為有能力擋加有理由擋，因此，與其解釋為國家的弱化，不如說是企業的持續並加速變大，不再受限於一國隸屬於一國，這包含在資本主義不斷生長不斷擴張不斷夷平障礙（國家當然是它最重大的障礙，但是否也是它最後一個障礙？）的此一幾世紀歷史直線進展之中。

台灣這四年

我們就實際的來回想一下這蕭條四年的台灣發生了什麼事。由於只是總體的、大略的來說，感覺便不免冷血，對於其間某些真實悲傷的人、真實悲傷的個案經歷只能說非常非常抱歉——這四年，台灣民主進程順利，兩岸和緩，外交空間不縮反而實質擴大，本來狀況還不錯，唯一的大型麻煩就是經濟突如其來的重擊。二〇〇九年當然是台灣經濟受創最重的一年，唯由於台灣金融的不夠「全球化」，不良金融商品的直接受害災情倒不嚴重，經濟問題毋甯是整體層面的，麻煩在於因之而來的全球急劇通縮，也就是訂單取消，需求不足云云。從數字來看，二〇〇九年台灣的ＧＤＰ是-1.87，呈現小幅衰退，意思是沒有成長而非真的大幅滑落，二〇一〇年則很快強勁反彈為10.8，等於是馬上補回來了，緊接著二〇一一年是4.9，像是完全脫困恢復「正常」。當然，二〇〇九年的實際受創比-1.87顯示的要嚴重，因為災難自然的再加深原有的分配惡化，經濟學者喜歡使用的乾淨字眼是「不對稱性」，意思是受創不均勻，但我自己覺得比較正確的圖像是「一顆洋蔥」，洋蔥一樣從外圍、從抵禦力最弱的部分一層層剝落。就像一九三〇年代大蕭條的記憶，《大蕭條的孩子》一書中日後調查顯示，這段經濟最慘烈如跳樓的日子，50％左右的人感覺生不如死，另50％人知道但不覺有異，恰恰好切掉一半；二〇〇九年初朱天心曾憂心的問候一位長居洛杉磯的友人，但這位朋友幸運（或幸福）的住洋蔥內部位置：「沒有啊，只覺得去哪裡東西都變好便宜。」

台灣的逆轉奇特的發生在二〇一二剛結束的這一年，從所謂的「有感」層面來說，二〇一二極可能是這四年中台灣最慘最動蕩不安的一年，感覺都快亡國了或說台灣整島馬上要沉掉了，但數字報告剛出來，正成長1.19，其實還好，也超過了所有的預估。

這究竟怎麼回事？數字的基本訊息不會錯，理論上，如克魯曼也講過的，成長1％就是人整體的實質生活真的改善了1％、比之前好1％。換句話說，台灣這四年，-1.87、+10.8、+4.9、+1.19，考慮進通膨的抵銷，整體仍是正成長的；若再進一步加上我們不倫不類的「洋蔥論」，結論依然明確而冷酷，那就是台灣絕大多數人的實質生活至少並未真的惡化，洋蔥最多只被剝下最外圈的一層兩層，這種比例和程度的傷害，以台灣的經濟實力、以台灣既有的社會救助機制，其實並不難吸收化解。是的，數字的顯示是這樣，但社會的實際感受卻不是這樣，也正是因為此一詭異的鉅大落差，台灣這四年創造出一個有趣的本島專用經濟術語，叫「有感經濟」，這原是純政治語言，有點賴皮而且幾乎無法有效討論，只是在野黨用來反擊執政黨又祭出難以反駁的實際經濟數字時用的，但這會不會也有部分是「真的」的？不全然只是「人被寵壞了」、「我們大概已經變成一個喜歡無病呻吟的國家了」（這兩句話借自美國，但在台灣也天天聽到），至少，我們總得去想為什麼有這麼多人聽進它相信它還轉述它，嚴重到真的成為國家經濟政策的要求和唯一檢驗（「三個月內要讓人民有感」云云，於是三個月時間一到，全台灣問候般四下詢問你到底有感沒感，感覺頗猥褻）不是嗎？

有一種可能，那就是1.19的正成長真的是不夠的、等於是大幅滑落的——用最白最土的方式來說，比方，如果我們的計算基準點應該是4%而非零，如果我們這一經濟機制的順利運作「需要」（而非僅僅只是預期）4%的成長，便出現了接近三個百分點的真實缺口。

台灣這四年，我們看，具體的經濟焦點是什麼呢？是油電雙漲，是證所稅，是土地實值課稅，然後是二代健保、勞退、年金的一一重新計算，還有18%、政務官特別費、再到公營企業年終獎金的刪除爭議云云。這裡，我們若略過那些亂七八糟的部分，應該可以歸結出一個相當明確的共同訊息，那就是——「全算錯了」。稅收的部分（包含油價電價）太少了，而支付的部分又太慷慨了，所以有人正確的調侃，我們的健保、勞退、年金等最像個規模最大的老鼠會，把負擔丟給後來的人、丟給下一代；也就是說，長期以來，我們把未來繼續高成長的樂觀預期或說慣性，直接轉換為整個機制運作的必要前提、運作的計算基礎。計算的錯誤不只是國家的政策部分，長期以來，一般人的基本生活也不知不覺適應於、依賴於同樣的計算，我們依此工作、結婚生子、用錢、貸款買車買房支付教育費用、安排老年云云，之前有沒有察覺不對勁呢？有，這也正是為什麼，在二〇〇八年經濟重擊之前，台灣的少子化、社會急速老年化的問題，以及年輕人的失業問題，已顯得如此「有感」而且沉重，沉甸甸的壓在每個人心頭（皆指向未來的計算錯誤），此外，成長的面臨瓶頸和轉型可能也一直是普遍的焦慮。二〇〇八年蕭條，對台灣而言，不是出現一批金融商品的受害者，而是全球經濟因之而來的需求不足、成長不足問題；所以說真正衝擊的不是人的當下生活誰誰真的活不下去了，而是此一經濟運作前提、此一計算基礎的脆弱和不復成立，把我們長期的不安化為事實，或至少逼到迫在眉睫、一樣一樣面臨破產、系統整體失靈停擺並瓦解的危險邊緣，未來比當下更黯淡。若非如此，你想想這些政治大人物怎會願意一口氣得罪這麼多人（選票），一一重新計算並要求人民掏錢買單呢？

二〇一二年經濟的詭異逆轉其實是另一個有意思的故事，在亞洲，獨獨台灣和南韓顯得嚴重，也因此加深了人民的不滿（程度甚至超過二〇〇九）——這次「不對稱的衝擊」另有原因，來自於眼前這一波電子革命的逐漸成熟、整理出秩序和未來圖像、並指向初步完成，以至於諸多摸索的、嘗試性的、已證實沒未來的商品一一萎縮消失（比方曾經重要如PC）。每一樣產品的殞沒皆意味著上游一整條生產鏈的停工消失，一堆工廠的從此廢棄和更大一堆勞工的裁減失業，還不包括下游的銷售服務部分。這是資本主義運作機制另一個有趣但容易忽略的基本現象，每一波工業的成熟期，因為生產手段和產品功能的準確，商品數量不增反減（比方智慧型手機的出現便消滅掉或大量減少了電話、電腦、照相機、錄音機、電視遊戲機、手錶、乃至於紙筆等一大堆商品的需求），以至於成熟期帶來的往往不是繁榮，而是浪費不足，需求不足，需要下一個更大的工業革命、商品革命，更多的摸索性生產和不成熟的產品，更大的泡沫（所以熊彼得以為景氣循環的下落在於新舊工業交替時刻的縫隙）。台灣和南韓，因為國家size問題的外貿高度依存，因為高成長的慣性，更因為經濟現況對電子業的依賴（所以二〇一二新加坡沒事），遂最明顯感受到這一波電子革命逐步成熟的基本效應，也成為全球最急於知道下一波工業何在的國家或經濟體，對未來焦慮得不得了。

電子革命完成之後，下一波「更大」（只能更大不能小）的工業革命是什麼？還會有嗎？——理性上，我們知道這必然是有盡頭的，人類無法無止盡創新下去，就算人類能，我們的生存環境、我們這顆地球也不允許。

凡此。台灣這蕭條四年，於是呈現著一種奇異的外張內弛整體社會景觀，人民怨言四起，也付諸各式抗議示威行動，但都僅止於消費者權益運動的初級個體層次，完全不具公共性，還有點「不夠認真」——完全沒有相襯於如此經濟災難和社會怨氣的嚴肅思索和討論，尤其不見經濟學者出來（只喃喃重申供給與需求、溫暖的心和冷靜的腦這幾句話，不算思索和討論）。好像大家其實心知肚明，這場災難是輸入的，其內容、規格也是全球性的，遠遠超出我們這樣一個國家之所知所能，我們討論不起，就算討論也是無效的、沒意義的，遑論獨力弭平。我們完全知道這場災難是人禍（雷曼兄弟，或金融業者，或貨幣操作，或資本主義運作機制），但對於台灣毋甯更像是天災，這種經濟人禍的天災化已經、而且在未來將愈發成為常態；我們的自救行動，除了社會救助（針對洋蔥最外圍那一兩層人們，這的確是政府的職責，該更嚴厲要求），基本上只能靜靜等待如等待颱風遠颺洪水退走。若還有誰能真正寄予希望，可能就是台灣這些堪稱靈動、四下突圍搶訂單的商人；也就是說，我們能想的已不是災難本身，而是想方設法擠入到全球這顆大洋蔥的內層位置，讓災難由別國人們去承受。這當然有點悲哀，想想，有一天你們仰靠的居然是郭台銘、張忠謀、王雪紅以及更多等而下之的傢伙。

國家的角色定位由此進一步尷尬起來——台灣這四年我們實際看到了，在經濟不佳的悲觀怨毒、本來就想找人吵架的氣氛之中，真正讓事情變得幾乎不可收拾的是什麼？其實是政府因應經濟危機的這一連串調整作為，由油電雙漲和證所稅（根本還遙遙無期，一毛錢都尚未開徵）開始。也就是說，真正差點搞垮一個政府的，答案是「增稅」；這樣程度（幅度極小）、這樣內容（所得高的人增加負擔）的增稅，而且還是發生在有災難催逼、有分配急劇惡化引發的公平正義普遍要求、有政府必須掌握更大資源在手好有所作為的有利增稅特殊時刻。國家已無法真正依靠，但不罵國家我們還能罵誰？國家的力量已明顯不足，但放大它卻又實際上障礙重重，這背反了資本主義此一機制的基本思維及其運作方向，背反人們堂而皇之的自利之心，還和我們的民主進程（限制政府、懷疑政府、「小國家」、「守夜人國家」化云云）背向而馳。最令人懊惱的莫過於是，抵抗增稅還無須這些富商巨賈出馬，他們自有各式更精緻的說服、抵禦、轉嫁、逃逸工具和技能，傻乎乎第一時間跳出來擋前頭的，是那些洋蔥稍內層、日子過得還可以、有車可開、有一到三幢房子在手、平時也買點股票基金理財、被恐嚇程度遠超過實際經濟受創的「一般民眾」。

在此同時，我們也看到的是，美國那邊藉由所謂「財政懸崖」的玉石俱焚威脅，才勉強在最後一刻通過小幅的增稅立法；法國更有意思，偏左思維的新政府富人增稅主張，當場嚇跑一堆富人，到比利時、到俄羅斯哪一國都行，英國的豪宅因此一夕之間價格暴漲，我們可否稱之為「堂而皇之的叛國」？不好冠以這麼古老過時的罪名是不是？富人的避稅逃逸其實已行之久矣，是經濟全球化的具體一環，每個人都知道開曼群島或貝里斯什麼意思（儘管沒誰真的去過，甚至不知道在哪裡），亞洲的新加坡也早接收了一批富人包括敝國的曹興誠——這是正當、合理而且聰明的行動，除了感覺不免有些異樣，台灣有誰當回事出來指責曹興誠嗎？失守的因此不只是稅法、是國家界線，失守的還包括一堆價值信念不是嗎？

漢娜・鄂蘭（也不止她一人）講過，某些時代真相，往往並不呈現於其核心之處，反倒在邊緣位置能看得比較清楚。這說法也許並非真理，但確是洞見——我自己便屢屢相信，資本主義的諸多真相，尤其是資本主義規模不斷擴大、力量不斷增強、能攔阻它的東西一一失守崩解、就連國家都再攔它不住這部分，在台灣、在東亞諸國這邊，可能比歐陸和美國更易先察覺、更感覺直逼眼前。

某些未來趨勢，東亞這些國家的確是領先指標。

一方面，當然是我們說過的國家size問題，很快而且具體無比的意識到國家和資本主義兩者力量如交叉而過的消長和失衡；另一方面則是時間的縱深不同，東亞諸國的快速崛起奇蹟，意思是「用三十年做了、經歷了人家用了三百年時間的事」（借賈西亞・馬奎茲的類似話語），此一輝煌成果背後自有其沉重代價、某些在歐陸和美國不那麼明顯那麼激烈的代價。代價之一是置身於快速成長的慣性之中，系統的運作、制度的設計及其計算基礎更仰賴不能停、不堪下滑的成長，呈現更嚴重的向下調整的僵固性，這些年已面臨自身成長瓶頸的難以轉身窘狀，和歐陸用超過百年的緩著陸不同，更明白顯示資本主義對成長的依賴；代價其二是，我們常講東亞這幾個國家的人民遠比歐美更接近所謂的「經濟人」基本定義，更服膺、更適應經濟遊戲規則的另一面即是人的單面化，你得一個一個放棄掉和資本主義不相容的其他信念價值，放棄經濟目標而外的嚮往和想像力，不作不一樣的夢，這上頭又以新加坡（以及九七前的香港）做得最徹底，果然新加坡的經濟表現也就愈卓越奪目（但成為新加坡這樣的「國家」若是唯一解答，那可真叫人沮喪到可以考慮自殺）。這些年來我們實際看到的是，人類某些進步的、負責任的、富想像力但扞格於資本主義成長要求、珍貴但不容易的思維，比方環保、綠能以及因之而來的生活方式調整、人生命態度的全面調整，幾乎都始自於歐洲，歐洲人的確是最為人類思索未來可能、不一樣世界可能的。相較於歐洲人的認真鄭重、已進入到一般人參與的生活實踐程度（願意住不一樣的房屋、使用不同的生活配備、改換每天每日的生活行為等等；對成長的質疑也是歐洲人開始的），東亞諸國仍鐵板一塊宛若重聽。嘲諷的是，著名的京都協定，日本自己就一直不肯簽署（和美國並列為兩個最不負責的大國），二〇一三年此時此刻，事實上我自己正好人在京都這座美麗非凡的千年古都，大雪紛飛，眼前都是這代人理應好好護衛、傳交後世的好東西，今天日本電視新聞裡最憂心忡忡的兩大話題，除了無聊至極的釣魚台爭議，便是由中國飄洋過來的局部大氣汙染（北京、新德里的汙染不見天日狀態，宛若教科書描述的工業革命時代英國黑鄉伯明罕，有一種時空錯愕之感），說真的，我感覺日本人有點活該。

歐陸的時間縱深，有機會孕生出人較複雜、較深刻的文明思維，唯歐洲這一塊究竟還能抵拒多久？——當前的歐債風暴，拖緩了全球復甦的腳步，但這倒是一個讓資本主義自由經濟學者感覺好過些、「禍不是我們闖的」的經濟麻煩。簡單說，問題在於「貨幣統一／財政分離」的歐盟階段性矛盾，也就是克魯曼講的，是歐洲人為著一個更崇高的政治目標、一個「歐洲國」的和平建構（永久解除歐洲各國爭端，不再有戰爭威脅云云，這終究也是兩次世界大戰發生之地，歐洲人承受著沉重的歷史夢魘和負咎），所必須支付的代價或說難以避開的困境。但此番歐債風暴讓我們看到的也是，人類極其可能已永遠的失去了建造「自己的國家」、自己決定稅收、決定政府和人民關係、決定過何種形式內容生活的可能，這曾經被視為人不可讓渡的天賦權利；人實踐此事甚至更早，遠至人類歷史伊始，像中國周人祖先的古公亶父一行人出走到周原，叮叮咚咚的夯打敲擊起來；像日後英國清教徒搭乘五月花號在北美建造了他們的合眾國；也像今天北歐人仍堅持他們不同於資本主義思維（高稅賦、從搖籃到墳墓的社會福利制度云云）的國家。全球化是確確實實的，國家走向規格化，再不會有新的「實驗」發生，我們今天看到的國家參差不同多樣風貌，是歷史的殘留而不是新主張、新想像的結果。

二〇一二年的經濟一年反挫，韓國那邊倒是因此開啟了一個有意思的討論：韓國是否即將掉入日本的二十年失落？一切跡象、數據顯示都極為符合，只除了民間儲蓄數字遠不及當時日本，也因此韓國人更加憂心忡忡。日本這長達二十年的經濟停滯迷失狀態（其實也只是沒成長而已），用景氣循環、用所謂流動性陷阱都難以妥適解釋，毋甯更可能是所謂東亞奇蹟的下一個階段、一種發生機率極高的「結果」。當時致命一擊是日本在這段電子工業大浪潮的一腳踩空，戲劇性就發生在日本最呼風喚雨、被視為這個第一那個第一、連美國都將化整為零買下來的經濟最高峰時刻，這個高度整合、依賴、緊繃、以全球為規格的經濟大機器，已無法靠日本自身的消費市場支撐（日本內需市場老早已達泡沫都吹漲到接近極限、接近變態的程度），今天很少人還會想起富士通這家公司，這原是日本人雄心勃勃特別打造、用來打這場電子大戰的超級武器，當下的瞄準目標是ＩＢＭ（當時號稱是永不倒下、美國最後的藍色巨人，今天也快被遺忘了不是嗎？才二十年時間已改朝換代好幾次了，經濟大遊戲真的是愈來愈劇烈愈加速愈可怕），由當時五家頂級的、財力雄厚的、全球知名的大企業共同出資；也就是說，不是日本人沒預見、沒準備這場未來電子大戰，就只是敗下陣來而已。較讓人猝不及防的只是，這樣的國家這樣的經濟實力，居然禁不住這樣一敗。

這一個問題，我猜韓國人可能很難回答——三星垮台和北韓發動入侵，究竟哪一個對韓國較為致命？而哪一個發生的機率大一些呢？

一種盡頭及其悠閑時間

台灣這四年，我常想，最壞也就是經濟小幅度下滑而已，而人究竟能不能夠過水平較低、比方低個5%10%的生活呢？如果可以，那不是什麼事都沒有嗎？哪裡有什麼無可忍受、不能解決的大問題呢？——我實際上計算過知道自己可以，我猜絕大多數人也都認為自己可以。事實上，在每天勤勤懇懇的生活裡，也沒幾個人真的有不可扼止、非這樣那樣不可的物質欲望云云。我自己，沒房子沒車子沒手機，偶爾借用女兒電腦查個資料、看看當天NBA比賽結果並贏它兩盤將棋，很少花錢，最固定的支出是每天一包菸（不斷漲價中），照理說向下調整的彈性已不大了但還是不難，說真的，每天少抽10%（換算出來是兩根）的香菸也是不痛苦的。

我的政治人物老朋友鄭麗文譯過厚厚一本《全球新政》，講綠色能源的實踐，作者勇敢的深入經濟領域接受檢驗，計算出來若全球轉換為綠能，在未來這三十年內（即能源轉換所需的估算時間）也不過延緩2%的成長速度而已，所以為什麼不做呢？用2%（三十年的2%，不是每年）的成長，可換到藍天綠水和乾淨空氣、降低或解消大氣暖化、讓北極熊和我們自己好好多活幾年、還可以不因為石油爭奪侵占發動殺人戰爭、可以把世界末日預定時間大大的往後推、人活得堂皇輕鬆不對其他物種負咎，是什麼阻止我們去做？為什麼每個國家主政者皆聞之色變如同接到訃聞呢？

我們當然知道，問題不在這裡，或者說，問題正正是在這裡——已不是人自身願不願意、可不可以的問題了，而是系統的問題、是運行機制的問題，我們每個人編組其中活於其中、把整個世界組織起來、讓事情得以順利進行、讓世界變成眼前這個模樣的當前這個系統、這套運作機制允不允許的問題。這個系統、這一運作機制比起人的意識和意願已更真實、更現實，你打算拆毀重來嗎？而且用什麼來取代它呢？

愈是進步有效率的、亦即愈依資本主義此一系統此一機制而行的國家和社會，這樣奇特的脆弱感、喪失彈性之感也就愈確實，如同強力鐵鍊斷去任一環當場化為廢物——景氣下滑進入蕭條狀態，我們冷血的總體來說，通常距離人餓死、距離嚴格意義的「人活不下去了」還很遠（過去這所謂的失落二十年，有到過日本、欣賞過他們百貨公司地下樓層琳琅美麗物品食物超市部門的人都訝異的知道此事），先不可收拾而來的是社會的混亂瓦解崩壞問題，從國家政務、工作職場到家庭個人每一環節都爆發出事。是的，經濟卡住帶來的甚至不是嚴格意義的經濟問題，就像台灣這四年、日本過去二十年我們在場親眼目睹的，最終你甚至如清晰可聞、有蟲蛀聲音傳出的感覺整個世界正在腐蝕之中，除非你自己有足夠強韌的價值信念以及一點好運氣（不在那剝落的洋蔥外層），很難不扯入般陷於沮喪、絕望和狂亂。但價值信念又是最不受保衛的，既扞格於資本主義又不利於災難的顛沛造次時刻，最容易在面對世界時剝落、無意義化不是這樣嗎？但這些都不是經濟學者的事了。這一回，我們總算看到克魯曼小小的多踩出一步，指出來失業問題，尤其是失業長期化、失業大量年輕化的沉重問題，不再只停止於生產要素即勞動力的磨擦、閑置問題而已，失業長過一段時日，人會感覺自己被世界逐出、放棄，生命是無效的，也再難以回去了，這個悲慘的畫面，克魯曼用的詞之一正是「腐蝕」。

若論意識，很多事情人是早有足夠意識的，而且還普遍到甚至超過人口半數，已成為基本常識。像所謂「成長的極限」，我記得第一次知道是在一九七〇年代才讀高中時，都快半個世紀了，我們都不難同意，成長絕不可能這樣一直下去，至少這顆地球絕不允許，但麻煩仍在於——我們如何更換這個系統、這一機制。

一直以來，經濟學者總傾向於把經濟的運作描繪得像個圓滿的循環，很像那種生態完全平衡的封閉玻璃小水族箱有沒有？你只要適當的讓它照射陽光，讓光合作用開始，不必餵食不必換水不必介入，小魚小蝦和水草會形成一個自動調節、彼此滿足的精緻美好小世界。我們當然無須否認生命本身的互補協調，這不是祕密，生物學者會講得更完整更細節而不僅僅是個大而化之隱喻而已。但資本主義這一機制的運作歷史，我們同時看到的，或許更應該認真看的，是另一個運動方向，直線部分而不是循環部分，前進部分而不是原地往復部分，是它規模不斷放大力量不斷增強這一不回頭部分。自動調整當然還在、還起作用，但我們也可以說，災難換個角度來看也就是調整的進行，如地震是地殼板塊的回復平衡，颱風颶風不過是冷熱空氣的對流調整；是災難是調整，取決於調整的強度對比於我們人生現實的承受力、調整所需要的時間對比於我們的生命長度。

順便多提一句，很多人（包括大陸才過世的孤芳自賞作家木心）誤以為生物演化已停止、天擇已停止，這當然是錯的——一切都沒停止也不會停止，因為這都是自然現象或所謂基本原理。只是生物的演化和適應進展太緩慢也太細微了（從來都是這種步伐和速度，從地球有生命以來），急劇改變的是人類文明的出現，相較於人類文明建構的劇烈和快速變動，生物演化已微弱得幾乎難以察覺，天擇更是難起作用乃至於根本來不及完成（有更強大的作用提前發生並決定）。所以達爾文忠誠信徒的古生物學者古爾德告訴我們，人類文明的進展不是達爾文式的，而是拉馬克式的；這也正是為什麼那種宗教化的自然論主張、那種生物還原論主張，總是美學意義大於實質意義。

回頭來說，想想，人類的文明社會建構，全押在人自利之心這單一的生物性原始驅力上頭，並不斷抬高它到成為最終依據和解答，不覺得這樣有點荒唐而且頗危險嗎？

最近，我把熊彼得的《經濟發展理論》拿回來重讀，今夕何夕兮，對於他八十年前所描述的資本主義模樣，尤其是企業家光輝如神惠及眾生的模樣，說真的，感覺既非事實而且很抱歉，有點噁心——企業的創新和發明不是熊彼得講的那樣，至少早已不是了（我其實很懷疑有什麼時代是過），資本主義長大了、進入到不同階段了、跟世界的關係變了。這裡我們只簡單講兩點，一是所謂的創新和發明，更多時候其實是創造「泡沫」，毋甯更接近時尚而非工藝，這的確有其必要，因為真正的發明創造何其難得，追不上經濟運作吞噬般的要求，而且人的每天基本生活，其實用不上、也吃不下那麼多新東西，飽和來得很快，邊際效益很快趨零乃至於呈現負值，再多就只能訴諸時尚、誇富和遊戲，也就是泡沫。如今我們誰都知道，我們再沒幾種耐久性的生活配備了，燈泡必須先設定毀壞時限（一千小時，不是技術上生產不了更耐久的燈泡），家電無法（機型已淘汰沒零件）也不必（買新的更便宜）修理，電腦和手機的換機速度更快得令人疲憊不堪云云。每個經濟學者都知道，泡沫的經濟學意義已完全變了，資本主義要繼續順利運作下去，人「正常」的需求已不足、不夠支撐餵養這部不斷自我成長的大機器，非得不斷創造出泡沫、且泡沫愈吹愈大不可，但能不能先別問吹泡沫的極限何在，把這個不安給先擱著；其二是，企業的創新和擴張，也過了那種生產線開動、吸納更多勞動力、創造大量就業的歷史階段了。生產技術的進步，從縱的、直線的歷史進展來看，人工的不斷被取代是穩定而且沒理由回頭的趨勢（經濟學者通常只安慰我們，生產線所減縮的工作機會，會由服務業的成長來吸收，但這是1：1嗎？還是小於1：1？）。而現在，我們更該注意的可能是經濟運作機制中間層級不斷取消這件事，新通路（當代顯學，日本正是領先全世界開動的國家）一一成功打通，生產者和終端使用者無須中介直接碰頭，生活中我們熟悉的比方說，一個Mall取代一整條街，一家網路書店消滅上百家書店云云，我的童年，才幾萬人口的小小宜蘭市一直有八家左右電影院，而電影院現在比較接近是國家劇院、博物館這樣的東西。政治上，這種中間層級消失、只存在單一權力核心和原子化個體這兩層，我們稱之為極權，一種現代世界、尤其民主化之後才有的最壞最危險政體；經濟上，則至少是白領的、中產階級的萎弱，勞工的談判力量降低工會式微，財富分配更進一步M化，以及更直接的，失業問題除了短期波動之外，從縱的、直線的歷史方向來看，正是工作機會的緩緩減少和劣化。當然，我們仍有經濟考量之外的政治法令、社會人情多少形成保護，解雇既有勞工是較麻煩的大事，因此較多反映在新的雇用這一環節，這也正是為什麼失業的長期化和大量年輕化顯得如此醒目而令人驚心。我最近請教過一位國際級的經濟學者此事，由於是私下聊天不好透露他的名字，他回答得更直接：「當前世界，其實只需要20%的人工作就夠了。」

對了，還有一點，熊彼得所說的企業家風險（一不小心就傾家蕩產血本無歸云云，無畏勇者也似的）也不太是事實了——現代的企業大遊戲，還記得克魯曼指出的已無關供需嗎？它比較接近這樣子：成功了，是呼風喚雨的鉅子；失敗了乃至於破產清算了，仍是個足夠吃喝幾輩子的富人。

然而，熊彼得此書，真正讓我們感慨萬千的還是這一番原本並不出奇的經濟學者自我表述：「當我們成功的找到了兩種現象之間其明確的因果關係時，如果造成『原因』作用的現象是非經濟現象，那麼我們的問題就解決了。我們這樣就完成了自己做為經濟學者在當前這種場合所能夠做到的事情，接下來我們就必須讓位給其他的學科來接手。反之，如果做為原因的因素它本身在性質上是經濟性的，我們就必須繼續我們在闡釋方面的努力，直到我們沉落到非經濟的底限為止。」

這道理我完全聽得懂，也知道什麼叫專業學者所謂「高貴的義務」，但我還是很好奇——還是有個真實世界就在你眼前是吧，還是有仍實質困擾人、折磨人的確確實實問題要求或誘引逼迫你得想下去是吧，人承認無知承認力竭和如此漂亮一刀畫清界線還是不一樣對吧。諸神衝突，這樣的切割如何能保有問題的必要整體意識和圖像、如何能是「有效」而且可順利由他人他種思維接手呢？也許我真正好奇的是，我很想知道，在熊彼得他們「不當經濟學者」的下班時刻，他們，究竟是怎麼持續看這些問題、看這個世界的？

二〇一三年，看來經濟風暴是安然渡過去了，大蕭條刃匕一閃險險擦過。這四年，整個世界救死不暇，能動用的極致性手段武器的確都用上了；惟相對的，沒事就好，這也極可能是無法充分討論、不存留證言的一次經濟災難，他日回想，會比較像做了一場惡夢。

克魯曼也許就是個例證。這四年，他變得比較像是個「美國的經濟學者」，而不是一個思索整體世界的大經濟學者——他承認自己對美國的情感不同，他甚至主張必要時美國該動用貿易保護和懲罰云云。也許真正方原因並不僅僅是情感偏好，而是思索不起；是再沒有一個積極性的答案或出路，只能每個國家各自求生。我們無法更換一個世界，有效想像一種另外的世界，沒有這個世界之外的一個可能支點，人能做的就是不斷修補、活於其中、提高警覺見招拆招面對每一次災難（貨幣將是一個最大的禍源，才方興未艾，比雷曼兄弟更鉅大更惡劣的金融怪物多得是），我自己因此還有點懷念烏托邦這個已消失且聲名狼藉的文體。現實點來說，經濟外部的力量不斷介入（國家、政治云云）將是必要的，信奉自動調節機能的經濟學者也許會進一步脫離現實世界成為更徹底的「一個學科」，但不會是上世紀三〇年代大蕭條之後的形態重現，資本主義又經歷了近百年的成長，凱因斯或許重新抬頭但不會是當時那個凱因斯，這個外部力量無法攜帶著某種扞格於資本主義的價值信念和其主張而來，公平正義的思維窄迫到極小化，它僅有的力量和可動用的資源只夠於修復、救助以及想盡辦法激勵人心創造希望擴大消費。

這是一種盡頭。我們所說的盡頭無關末日不存威嚇，只是一種知覺、一種切身的檢查和了解。末日也許還遠得很也說不定——此處盡頭的意思是，就像我們一開始講的，有時候、有些事，未來會變得特別清晰好像能一眼看到，未來成為單數、直路、只此一途，這不見得是因為它很靠近了，下個小時或明天一早就發生，而是因為當下的複雜性消失了，干擾的變數微弱了，某個東西、某一決定性的力量掙脫了原本拮抗它攔阻它遮擋它的其他東西和力量，或至少讓它們變得低矮無足輕重云云。看清楚某處盡頭，其實有助於我們對「處境」的進一步了解和確認，釐清一部分希望、幻想和夢境的界線，也許人還能比較沉著、比較正確找到「每天的工作」，這仍是有部分積極意義的。

事實上，盡頭的另一不變效應正是，由於某一部分未來的截斷，可做可想的事情變得比較少，現實中，我們反倒奇特的感覺悠閑起來，時間不減反增不是嗎？

是的，長期我們都死了，也許我們倒是該好好想想，空出來這麼多時間，然後，然後我們做些什麼——

在湖水上唱歌跳舞的 卡欽那

時間太多，沒事可做，那怎麼辦呢？人還能做些什麼好？——這通常就是大遊戲時間的到來，只剩遊戲，或者說把一切全化為遊戲。

這裡，我們先來說「卡欽那」和他們所在的Dance Hall，歌舞之殿，這是我個人所知人對天國、或說死後世界最美麗的描述之一。

卡欽那是北美祖尼族人獨特崇拜的一個神聖稱謂。卡欽那不是神，一開始甚至還不算亡靈，而是小兒，一不小心被河水流走的一群小兒，事情大概是這樣——這是祖尼人遷徙神話裡最重要的一段。相傳祖尼人穿過四個冥界來到地表，開始他們尋訪宇宙中央之地的偉大旅程，但就在渡祖尼河時，不知怎的有些木之宗派的小孩卻遭河水沖走了，他們沒淹死或者不說是淹死，而是變成了水生小動物如青蛙、蛇、蝌蚪等等，順著河往下游游去，最終抵達他們的Dance Hall。根據神話，這歌舞之殿是一座湖，幻化為水族的小兒到達那裡，就成為卡欽那，包括北雨神、南雨神、小火神等。以我們較熟知的概念來說，卡欽那最接近祖靈，儘管他們顯然來不及生育就離開了，但仍算是祖先吧。

祖尼人另外有神，有人講他們是一神信仰，神是大造物者阿翁納維洛納。但老實說，這跟基督教的一神信仰只是數量相同但並不一樣，阿翁納維洛納並不管人間事，祂只是用來解釋天地萬物的存在及其來歷，毋甯就是個取了名字的「自然」；數字上停在一個，不再進一步分割分工成日月星辰湖海山川諸神，最可能的解釋是祖尼人對此並不關心不好奇，神一個就夠用了。神愛世人，基督教很努力要說服我們是這樣，然而正跟我們每天生活裡感覺（或說不感覺）的一樣，說不上來這樣一個至高至大而且願意的話什麼都做得到的存在或說力量，究竟在哪件事上特別愛我們，也想不出祂有何理由這麼做；祖尼人務實的相信，真會關心他們的是卡欽那而不是神，因為那才是祖先才是親人。卡欽那和人之間有一種「絆」、一種樸直的聯繫，你的親人已穿越過生死的界線，但希望那個情感無恙完好，還能一如活著時那樣，死亡只是讓它變得更純淨更豁然更無私，死亡把家中不怎麼講理的長輩轉變為明哲智慧的「先人」。

這是典型的薩滿巫崇拜，人能求助的是自己祖先而不是神、是親人而不是自然；非其鬼不祀。只是祖尼人和往昔的中國人不同，卡欽那不住垂直性的天上，所以人不用尋求飛昇、找天柱云云的通天樓梯、乃至於借助藥物或龍鳳神獸等進步交通工具；而且人不能去，是卡欽那回來，每年冬日回村子一次，這是卡欽那一年三百六十五天唯一的上班日子，也就是祖尼人最重要最熱鬧的夏拉寇大祭典。

基督教的一神論，由原先一個單一部落神一路上昇成為天地宇宙的唯一，這是歷史鬼使神差始料未及的結果，我們從人類縱的歷史進展來說這有逆向的味道，既背反了人認識由一而多由簡入繁持續分割的基本途徑，也背反著人生命繽紛多樣一一尋求實踐實現的生活基本事實。這樣奇異的「收束」「集中」，如同動員，原是為著對抗、為著做成某種特別而且自知是很困難的事，人得為此有所犧牲：舊約時候，對抗的是其他部族和他們的神，好奪取較好的棲身之地；耶穌之後，對抗的轉而是人自己，人性、人的本能衝動或生物性原始性驅力云云，好讓人心裡頭那些較幽微、較生長不易而且總是未及成形就放棄的不同東西能發展起來，建構成為某種可依循、可持續存留的「秩序」「結構」模樣，像耶穌以神的命令方式揭示的「山中寶訓」。道心維微人心惟危，人很早就自知這兩者力量的全然不對等，人善念不絕但夢境般遺忘消滅得更快自己都懊悔惋惜，人不要只是這樣（好歹人類也活過了幾百萬年無話可說的悠悠歲月了，還能比那更本能更自然嗎？），人要再往上去尋求更好或至少更多可能，卻一再發現自己正是地心引力般往下拉扯的恆定力量如基督教會愛說的「在人不能」，人要自舉得借助某個外於自己的力量，所以柏拉圖要打造更理想的共和國，深知這牴觸到多少「人性」只能詭計般借助神話，所以尼采知道上帝一死會有多少東西跟著瓦解復歸消滅。

英國一位神學家講得極對，一神教是人很難長期堅持的一種信仰，人犧牲太多、凍結太多，而且勉強太多。

祖尼人的這座神聖之湖當然不是人間，而是死後世界，這點祖尼人把界線畫得清清楚楚，而且幾乎是翻臉般的嚴厲不留情，和他們平時的和善開朗大不相同，凡人死後五天，亡靈自會尋路找到這座美好的湖，加入到卡欽那的行列之中。好，離開辛苦的人間，不用再種植玉米蓋房子養小孩並且無止無休煩心和他人錯綜難解的關係、煩心錯綜難解的自己，沒有了這一切生之苦役了，卡欽那做些什麼呢？——「在活人的世界裡，儀式舞蹈對於祖尼人而言就是一種能完美表達出……可以說是表達出狂喜、歡樂、生命、或者族群團結的方法。所以當你的生命結束，沒有勞務要操作的時候，你做什麼呢？就跳舞吧。」

耶穌曾說人若不能夠回轉小孩的樣式是絕對無法進天國的，但我們看祖尼人這裡，想想看，一群不知所終的消逝祖先之「靈」，卻又是永恆小兒的形象，永遠凍結著無事小兒的遊戲喜樂，滑翔在清涼的湖水上唱歌跳舞。也許正因為這個天國造得太美了，界線便得畫分得不容踰越，和善溫柔的祖尼人幾乎把他們所有的嚴厲和憤怒都用於這個界線的守衛上頭——

卡欽那每年回來一次，造訪仍束縛於塵世的辛苦流汗族人，以雨雲的美好形態（對於生活於荒寂乾燥土地的祖尼人而言）回到村子，帶來雨水、作物、各式各樣福祐，跟人們一起唱歌跳舞，教導他們做事情的正確方式等等。相傳，卡欽那原是完整的回訪（意思是凡人肉眼可見），但有些心嚮往之的祖尼人卻觸犯禁忌，在卡欽那返回歌舞之殿時尾隨其後，意圖窺知神聖之湖何在，這些人皆得到死亡的懲罰；也因此，往後的卡欽那遂只以靈體的方式（意思是不可得見）回來，相應於此，祖尼人的夏拉寇祭典於是得選出尊貴的族人，戴上神聖的卡欽那面具扮演或說讓靈體得附其上，這些聖物面具小心的由祖尼各家族負責保管。靈體的卡欽那，除了就那寥寥幾名法師，便只有一種情況下或說只一種人可以看見，那就是將死之人。

唱歌跳舞的卡欽那是自由歡快的，但對於夏拉寇祭典的活人則遠遠不只是這樣，這是一年一次最鄭重最嚴肅耗費一大筆財富還需要不尋常體力支撐的一場歌舞，為此，負責扮演卡欽那的人必須提前選出來長時間投入練習（他的日常工作由族人分擔），舞步和吟唱的歌詞曲調得牢記到一處也不容許出錯，當然還要練體能；而且，在夏拉寇祭典從迎神到送神這一整段時間裡，人不能生氣不能犯任何罪，否則你就會見到卡欽那最可怖的模樣出現——刑法只一種，唯一死刑，而且是由卡欽那派出最可怕的撒拉莫比亞負責行刑。撒拉莫比亞高大健壯、一身肌肉，他最清晰的特徵是嘴部長成鳥喙，頭頂一簇尖羽毛，手執王蘭做的鞭子，眼神凶惡無比，他的行刑手法直截俐落，用一把大砍刀剁斷人的腦袋。

我不曉得這些犯罪受刑的死者是否也獲准前往神聖之湖或另有安排，這樣追問也許對祖尼人有點不禮貌——這其實是所有宗教所有崇拜的一處麻煩，既要馴服死亡讓人視死如歸去如休息如獲得自由，又要讓人老老實實留在人間。也許祖尼人最內心深處知道，就跟我們任何人一樣，一個再美麗自在的死後世界和此時此刻相形見絀的人生一場之間，並不存在一種全然的替代關係，不論是因為仍有所恐懼，或有所依戀，或僅僅只是不特意選擇的順服，還是人仍有著某種難以言喻的價值感責任感之類的。不必通過精微的析理思辯，我們大致上都知道，那樣一種只唱歌跳舞、只無止無休遊戲的世界，生命終究是「無效」的，時間中止或至少不前行不變化，永恆如同一天，生命完全化入其中，人無從再建造什麼完成什麼從而沒有了好奇和願望，也不再被「需要」，自由變得平坦單調，不能拿來多做些什麼（那我要這麼多自由幹什麼？），凡此。我想起波赫士這麼講過：「我記得，我妹妹諾拉在家裡住過一段時間，她曾說：『我要畫一幅畫，標題為〈懷念人間〉，內容是一個幸運者到了天國因思念人間而不勝惆悵。我要以我少女時的布宜諾斯艾利斯作背景。』我寫過一首題目相仿的詩，我妹妹沒有讀過，我想到的是耶穌，他回憶起加利利的雨，回憶起來木匠間的清香和天上從此再未見到的某種東西，回憶起令人懷念的星空。」我也想起晚年九十幾歲大導演布紐爾〈白鳥之歌〉裡簡單的死後願望，也許是很不簡單的，他以為死亡只是大眠只是休息，但如果可能，能不能每隔個十年獲許從酣睡中醒過來一天？就坐街邊（咖啡座是吧，像我此時此刻這樣），看看行人，讀當天的報紙，知道這個世界還在，這樣就夠了就安心再去睡他十年，朱天心非常非常喜歡這個。

我自己不行，但有些朋友過得還不錯，願意的話，他們現在就能加入到卡欽那的歡快行列之中——當然不是去死。我的意思是，找座夠大夠美麗的湖住下來，每天只唱歌跳舞不幹其他事直到真正的死亡到來，做得到的，只除了暫時還不能如耶穌如卡欽那在湖面上唱歌跳舞這點。是什麼阻止他們？

大遊戲時代

布紐爾已故世，如果他此刻正好醒過來，他極可能發現，剛過去這一年（二〇一二），人類世界最重要的一項發明似乎是騎馬舞（但應該今年就被遺忘，遺忘已經開始了不是嗎），最重要的一書似乎是《格雷的五十道陰影》（爛到令人無言以對的一本書，但據說全球已賣出了三千萬冊，還號稱「拯救」了出版業和紙本書，我這老行業真是可悲），而這一場偉大的、再解放的、將人類未來重新定義一次的電子革命，答案已隨著智慧型手機和平板的出現完全成形，原來就是個大遊戲機——方向不是向前、向遠處、向著某個未知之境，而是回頭、全面回轉生活的最一般層面，連已知都嫌太多；不是探勘未來、尋求出路、試圖把人類的邊界再往外推出去，而是刪除掉那些、以最簡單最方便和最舒適為判準、把生活一樣一樣化為遊戲。直接被替換掉的當然是個人電腦，這過往一直被視為是這場電子革命的真正核心之物，是人類邁向未來的「原型機」（由此，接下來是更輕快的電子眼鏡或手錶呢），但原來人們並不需要、也不想要比現有PC會做更多事情的「工具」，遑論某個更未知更厲害的如神如魔東西；PC看來已是辦公配備而非愉悅的生活經常夥伴。我總是記得太多不必要的事、不必要的昂揚話語、不必要的一張張臉和其熱切表情，我完全知道這是我自己人生屢屢變得很糟糕的原因之一，才沒幾年前，當時這場電子革命猶在摸索前行方向、仍處於盍各言爾志的美好時刻，我那些用心高貴的朋友啊，讀書的希望結果是個搜羅古今、存留人類全部思維好東西的大圖書館；關心民主自由進程的希望這是眼前既有權力機制的瓦解，帶來真正的、不容歷史再次逆轉的解放；一輩子從事社運工作的看著的則是串聯起全世界的大網絡成形，簡直馬上就可以拿來革命了；還有憂心世界末日的甚至相信趕在地球毀滅之前，依此科技進展速度，人類是有機會逃出去的（當然沒說能逃去哪裡），凡此。我始終是不相信的，以至於像是那種該死抗拒一切進步事物的倒行逆施之人。我自始至終簡單相信這兩件事，以我過去從事的出版業為例：首先，有如此強大好用穿透全世界的工具在手，這些企業不會如此浪費拿來幫我們賣書、建構大圖書館，他們當然賣比較高單價、利得較豐的東西這還用說嗎；最根本的，人們不會「忽然」喜歡看書的，真正的閱讀者人數就是那些，這才是基本事實。人數太少的夢想，當然是不具經濟效益的夢想，你得自己想辦法、不會有人幫你實現的夢想。

我要說的是，人其實相當「恆定」，人能做的事包括其種類以及其廣度深度往往取決於人數規格變化。一個人幾乎什麼都可能也無從預測，人所有可能最深刻的思維，人的無限之夢從來都只在孤獨的個人發生（「清明、悲傷、深思的目光，試圖穿透，接近本質」；昆德拉）；有意義的、可持續的討論一般很難超過三五人，再多就叫開會了；十人以上大概就只剩吃喝玩樂，就連結夥旅行都只能是旅行團式的；至於百人千人萬人以上，那能做的事就很少很少了，找餐館都不容易，所以，那就唱歌跳舞吧。也就是說，起著急劇變化的倒不是人自身，而是這個世界運作的有效人數規格，這個世界承認的人數規格，願意的話我們幾乎可以詳細列表，就像配合氣溫變化穿衣脫衣那樣，有效人數規格每上修一次，我們就少掉哪些事可做，依其刻度剝落掉多少可能。

說真的，在我自己已超過半個世紀的人生之中，這個世界的確從沒任何一刻唱歌跳舞如此重要過、無所不在過而且經濟效益如此鉅大過（騎馬舞的韓國大叔賺了多少呢），唱歌跳舞不成才考慮回去劍橋哈佛念書；而在此同時，這卻也是音樂和舞蹈自身的進展和發現幾乎全面停滯的年代。舞蹈受限於筋骨肌肉也許早已用盡可能抵達右牆（西藏《愛經》告訴我們，人的性愛姿勢「只有」四十幾種，其中絕大多數是得長時間苦練的、不把人當人的），音樂應該還有機會的不是嗎？但大作曲家，如昆德拉一講再講的，長時間就停在了史特拉汶斯基和荀白克。有一支賣電腦的電視廣告講「創新」我一直印象深刻，畫面上出現的是一名那種茱麗亞學院的小提琴女孩，創新是什麼？創新是她把一支小提琴染成通體亮黃色，改用更簡單輕快沒變化的舞曲節奏，就這樣，沒更多了。這確實是我們這個時代所謂的創新方式，文化創意產業腦子裡成天所想的東西。

iPhone、iPad，以全球千萬人為基本單位，成為大遊戲機想來理所當然，但最有意思的毋甯是，賈伯斯回轉小孩的樣式（他因此進天堂了嗎），悍然取消了鍵盤、滑鼠和筆，要大家改用手指頭（食指與中指），人們基本上也欣然接受；幼態持續的賈伯斯尤其痛恨筆這一人類最輕巧近乎完美的工具——雙手萬能，但這純粹是就生物演化、人和其他物種尤其是靈長類的猿猴黑猩猩來比，其中人類大拇指的單獨脫離、岔生、可對握是此一演化的決定性大事，不是因此變得更強有力，而是可操持更複雜精密的工具（讓工具的發明有了生物基礎。古生物學者相信，人手的解放進一步刺激了人腦的發展），偏偏iPhone、iPad用到的並不是這一根或說因之而來的可能；就人類的歷史進展、人類文明的經常性事務而言，正如李維-史陀說的：「難道不知道人手相對於人腦仍是相當粗陋的工具嗎？」我們還可以多補這一句：「難道不知道影像相對於文字仍是相當初級的載體嗎？」是的，手指仍是粗大的、極不精準的，往往觸不到「那一個點」，光禿禿的手指能做的事不多，精細精微的東西非得舍去不可，所以，依我們這代人的原來記憶，「手指+圖像」基本上只用於一處地方，那就是學齡前小孩唱歌跳舞的幼稚園。

人類歷史，偶爾會奇妙的進入到某種遊戲時間，當然只能是局部的、一部分人的。像是東晉一干豪奢人士，因為門閥世家關係豈止是衣食無虞不事生產而已，但偏偏北方故國是回不去了而且此生無望，家國天下卡在江東一地無事可做，長日漫漫幹些什麼好呢？玩命，把人生命的一切、可以不可以的全都拿來玩。便是在這代人手上，把老莊的美麗思維化為一場遊戲，從「清明、悲傷、深思」的哲人拉直壓扁為沒人稍微認真在想事情做事情的神仙，中國的神仙便是這些大遊戲者一路昇級到最後的極致模樣；或像唐宋時的詩人文人，那個「致君堯舜上能使風俗淳」的歷史大夢已不得不承認是不實的、此路不通的或至少已然一去不返，人的全部生命準備一下子落空了，這一整套才能和訓練，包括書寫、論辯乃至於書畫琴棋屠龍之技般（沒有龍可殺了）無處可去，一時又還來不及找到新目標或說自身的目標及其路徑（文學的、藝術的），上不去（君王）又下不來（真正的生命現場），遂只能悉數化為精緻聰慧怡人的遊戲，一種插在生與死遊戲中的豁達遊戲，就連策論書寫都化為毋甯是談古說書指指戳戳的筆墨遊戲——人並非只在死亡近於咫尺之處時才顯得悠閑無事，重點不是死亡，而是未來的截斷和取消，人感覺自己是無效的無謂的，做什麼都撼動不了已提前揭示、已事實一樣攤在那裡的結果，且樂生前一杯酒，何須身後萬古名，如此如此這般這般。也因此，就我們所能看到的，當遊戲不再只是某種必要的生命調節和補償，當遊戲泛溢出來不再只是周末假日才做的事，當遊戲在某一些人、某個場域、某一門行當和學問成為經常性之事，成為主調，我們便可由此察知，我們已經觸到了某個極限，或更提前的，我們已抵達了某個盡頭，如昆德拉所說的，此地或者此事，「已經沒有任何『更遠之處』了。」

行到水窮處，坐看雲起時——

最近，台灣出來了一份調查報告和一則追蹤報導，儘管都只是小事，但非常實在而且很有說服力，不是那種「據美國××大學科學研究顯示，所得較低的家庭通常有營業不良的情況發生」——

一是二〇一三年一月四日當天才辦了一場轟轟烈烈的集體婚禮，當然是取其「愛你一生一世」的諧音（諧音字遊戲在台灣早已玩爛掉了，聰明點的人早已退開，正式由一群笨蛋接手），一星期之後，居然有高達三對新人離婚不玩了；另一是詢問你最討厭的節日，調查報告清清楚楚顯示，情人節以壓倒性的比例獲勝，是啊，還每年兩回，過得所有人（連非熱戀中的無辜之人都被無端捲入）疲憊不堪、傾家蕩產而且莫名其妙生出一堆疑神疑鬼的情感罪名來。

這裡，我們大可一樣一樣描述，如今人的情感如何化為遊戲，事關重大、事關眾人幸福的政治尤其是民主選舉如何化為遊戲，追究事實並傳遞基本知識的大眾傳媒如何化為遊戲，人的價值信念之事、人生命志業所繫的每日工作如何化為遊戲云云。這原是本來的書寫意圖，但我很快發現，我對這樣的描述、證實和說服一點興趣也沒有（也就是說，有人不信也沒關係），面對這樣一個大遊戲時代，我自己真正關懷的、長在心頭的，還是波赫士所講那些，「加利利的雨」「木匠間的清香」「天上從此再未見過的某個東西」，以及「令人懷念的星空」。

只是我發現，這些離我們遠去的、不容易再見到的東西，往往並非單純的失去，而是被替換。由於並不特別感覺失去、察覺出空白，因此人們並不見得會時時懷念，甚至不會有那種掉落某物的荒失遺忘之感，「遺忘並非確切的字眼」——這極可能也正是遊戲的一部分。

所謂二十世紀的十八個天才

「遺忘並非確切的字眼」，這句話出自昆德拉的一篇短文〈貝托爾特，你還剩下什麼？〉。這也正是我們接下去要看的，它原來是一紙十八人名單，昆德拉這麼開頭——

「一九九九年四月，一份巴黎的週刊（最嚴肅的週刊之一）刊登了一個『世紀天才』的專題。名單上有十八人：香奈兒、瑪麗亞・卡拉絲、西蒙・佛洛伊德、居禮夫人、伊夫・聖羅蘭、科比意、亞歷山大・佛萊明、羅伯・歐本海默、洛克菲勒、史丹利・庫伯力克、比爾・蓋茲、畢卡索、福特、愛因斯坦、羅伯・諾宜斯、艾德華・泰勒、愛迪生、摩根。也就是說，沒有任何小說家、詩人、劇作家；沒有任何哲學家；只有一個建築師；只有一個畫家，可是有兩個時裝設計師；沒有任何作曲家，有一個歌劇女高音；只有一個導演（巴黎的記者沒選艾森斯坦、卓別林、柏格曼、費里尼，他們比較喜歡庫伯力克）。這份名單不是一些無知的人拼湊出來的，它極清楚的宣示了一個現實的改變：歐洲與文學、哲學、藝術的新關係。」

我們曉得，諸如此類的名單其實非常多（比方，想不想知道台灣才出爐的三大意見領袖名單是哪三個破爛名字？），我只保留這一張有幾個簡單理由：一是我對歐洲人的思維保有較高或說較起碼的敬意，尤其較之於美國和我自己身在的亞洲；二是這分名單擬於世紀之交的特殊歷史時點，瞻前顧後，人總是會因此稍稍認真一些，努力恢復平日並沒有的某種視野某些記憶，而認真，正是這個世紀，尤其是大眾傳媒，損失最快處境最困難的東西；三、當然是因為不在此一世紀天才行列中的昆德拉留下了他的感想，這是這張名單最為珍貴的部分。

也就是說，這其實已經是盡可能不壞的名單了，但也就只能做到這樣。我自己的意見半點不重要，或者說我的意見總是在「另一邊」，已敗陣、已被替換的那另一邊，這十八人，我自己只會留下愛因斯坦和畢卡索兩個。

「屬於文化的大人物（昆德拉舉例：葛林、海明威、布萊希特、海德格……），我們遺忘了嗎？遺忘並非確切的字眼。……要排除這些文化的天才，人們毫不遲疑；喜歡香奈兒輕鬆得多，她的衣服天真無邪，不會讓人有壓力，好過那些文化泰斗，一個個都和世紀之惡、墮落、罪行有所牽聯。」這裡，正像是只一個畫家卻有兩個時裝設計師、沒作曲家卻有一個歌劇女高音，昆德拉由此指出來一個更深刻的訊息——這不僅僅是一種對比，而是「排除」或說「替換」。我們有理由甚至有夠充分的生命真實經歷相信，這在每一種領域都發生（已發生、正發生、加速發生、以及不可能不發生），而且排除替換的方式方向也全然一致（包括美容整形醫生排除、替換了心臟外科手術醫生，遊戲時代，有一顆好心顯然不敵有一張漂亮的臉），我們該視此為歷史的整個位移，或者說歷史的整體實現。

稍稍回憶自省一下，我們便會發現自己便是在場目擊這一切進行、同時也被順流推動的人、的一代——舉例來說，稍前，家裡若有那種聰明也肯讀書、但要命太敏感太多愁的小孩，通常不是祝福而是一場為期十年二十年的角力展開，從父母、老師到整個社會氛圍（理工才能救國強國富國），拚命的把這小孩推往數學課、物理化學課，推向理工和醫科（稱為甲組和丙組），其結果或隱或顯但總是悲劇，那個年代一個代表性的悲劇名字叫王尚義（記得嗎？），一個鬱鬱寡歡只想寫東西卻念了台大醫學院的不幸早夭之人；如今好多了，有了建築師（隨台灣的房市進展蛻變成完全不同的行業），有了美術設計師和時裝設計師，父母要的、小孩要的都有，大家得其所哉可以喜劇收場了。

唯一比較讓人好奇的是，時裝設計師、建築物究竟排除了替換了什麼？一般會說是美術和藝術，但我以為還應該包括文學和哲學。時裝設計和建築的輸贏關鍵（對了，如今可能還得包括一部分的現代舞蹈，以及那些令人厭煩的所謂行動藝術、裝置藝術），不是在於命名並講出一套禪思的、天人合一什麼的欲言又止蹩腳哲理嗎？一如比爾·蓋茲（以及很快取代他的蘋果賈伯斯），他替代的可能不僅僅是愛因斯坦，而是包括哈伯瑪斯乃至於黑格爾和馬克思，儘管這位年輕鉅富並沒有什麼特殊見的，但仍被看成是代表人類思索未來、定義未來的人。我的出版工作記憶尚存，知道蓋茲和賈伯斯各自那本用後即棄的書賣多少本——替代不必周全完整、不必合理，夠了就行。何苦太認真呢？

此一排除和替換的歷史進行，在昆德拉的前一篇文章〈這不是我的慶典〉毋寧說得更明白無誤（《相遇》一書有意的把這兩篇相隔五年的短文置放一起），此文原是一九九五年昆德拉為電影誕生百年慶典而寫的，只是寫成了悼文。他指出，自從盧米耶兄弟發明出這一「連續動作的照片」，電影的發展便存在著兩種相互衝突的可能走向、兩種可能結局，一個是「作為藝術的影片」，另一個是「作為讓人變笨的行動者的影片」（「廣告片、電影影集：從前的壞文學和這些東西的威力相比，有天壤之別」），端看何者勝出、實現——結果是，「大家都知道結果：作為藝術的影片敗陣了。」

這意味著「作為藝術的影片」可能性的殞沒，不管這一歷史可能是否仍有潛力仍未用盡自身的極限；也意味著這樣的創作者（個體較頑強，不至於立即消亡）從此陷於一種進入消逝時光的孤單和窘迫，這種孤單之感窘迫之感遠比詩人小說家要嚴重，因為電影作為一種創作形式，比詩和小說更需要人群，從工作發生這一端到成果檢驗那一端，這讓它變得遠較脆弱容易屈服，所以昆德拉這麼講：「作為藝術的影片確實存在，但是它的重要性遠低於作為技術的影片，而它的歷史，肯定是所有藝術史當中最短的。我想起二十幾年前在巴黎的一次晚餐，有個聰明又討人喜歡的年輕人以戲謔的輕蔑語氣提起費里尼——他最近的一部片子，他真的覺得很糟。我像被催眠似的望著他。我知道想像力的價值，因此對於費里尼的電影，我始終懷抱謙遜的崇敬之意。在這個聰慧耀眼的年輕人面前，在一九八〇年代初期的法國，我第一次感受到在捷克斯洛伐克（即使是最惡劣的史達林年代）從未有過的感覺——覺得自己處在一個藝術之後的時代，處在一個藝術已經消失的世界，因為對於藝術的渴望、對藝術的感受性、對藝術的愛，都消失了。……歷史性的轉折結束了，費里尼的遺孤們作為盧米耶兄弟的傳承者已經不再有什麼影響力了。費里尼的歐洲被另一個完全不同的歐洲背離了。電影百年？沒錯。可這不是我的慶典。」

我想起來昆德拉曾在別處這樣悄悄的一問：「可是，為什麼人們對於最重要的部分從來不感興趣呢？」

還有另一處，「一門藝術的『整體過去』不僅只包括它所實際創作出來的，應該還要把它『本來可以』創作出來的也算進去。」

總的來說，這一紙十八人天才名單，我自己的感想是——這些人是否都太成功了？當然，成功沒什麼不對沒什麼不好，我們都希望聰慧的創見能被世人聽懂接受，美麗的夢想可以成真，如同好人能在書末獲勝並過著幸福快樂的生活。但正像從此過著幸福快樂的生活總讓我們感覺有些不安、感覺並不真實，原因來自於我們對這個世界、對人性的最基本認識和必要察覺；成功得如此圓滿、如此暴白不留足夠的光影粼粼、如此被所有人馬上看懂並承認，這裡是不是少掉了某些東西？某些不解的、未竟的、耐人尋味的、火花般閃電般讓人也驚異也害怕的東西？我們對所謂的天才人物、對那些最特別的人，不是應該有超出這個世界、感覺上不屬於這個世界的一面嗎？

疲憊的歷史引力

阿諾德・本涅特，據說是最早認出葉慈的人之一，他講過這麼兩句極有趣的話：「葉慈是我們這個時代最偉大的詩人之一，因為半打讀者清楚這一點。」——這也許是正確的，儘管不免有誇大、話說得太聰明之嫌。但這麼講好了，如果有六個人說某人是最偉大的詩人，或有六萬人說某人才是最偉大的詩人，你願意相信何者為真？必也，我建議你相信前者，因為這至少還有可能是對的，至於後面一種是斷無機會的（請試著想想，有六萬人按「讚」都會是些什麼東西），除非這六萬人是歷經千年以上時間緩緩收集、堆積、說服並通過教學和人云亦云來的。

很難否認愛因斯坦是人類歷史上有數的璀燦天才之人，諾貝爾物理獎也認出他給了他，但你知道嗎？諾貝爾給獎的正式理由不是相對論，而是他光電效應研究的另一篇論文，不得不這樣公然瞞天過海——即使在層級依然分明、權威依然明確的物理學高等智性世界，相對論仍是那個讓人且喜且懼、無法完全放心、某處超出這個世界的奇妙東西，「現代物理學家出於美學的理由而傾向於相信普遍相對論的有效性，因為它在數學上如此優美，而且在哲學上如此令人滿意。」

諾貝爾獎，有物理、化學、醫學、經濟、文學以及和平六個獎項，得獎的爭議性大致可分為四個層級，每年，物理化學醫學最平穩不波是一級，經濟OK是一級，文學很尷尬必然不滿聲音不絕是一級（我自己以為最好的、被我視之為楷模的作家很少獲獎），至於和平獎則聲名狼藉近乎亂給又是一級——這每年來一次、而且聲音愈來愈清晰彷彿怕你聽不出來的訊息再明白無誤了，這四個層級，依序就是它們和現實世界的距離遠近關係，和人群的人數多寡關係，由此洋蔥也似感受到這個世界的不對稱衝擊（尤其是二百年前托克維爾神準預言的，沒什麼阻擋得了、一處一處侵入夷平世界的絕對平等原則歷史浪潮，昆德拉所說那個溫馨的萬人塚）。而這裡面較為隱晦的一點是，這四個層級似乎也（倒過來）正是價值信念不同比例的層級排序，所以保持某種真空狀態，盡可能別讓價值信念滲入其中，看來也就對愈來愈來勢洶洶的這個世界較具抵拒力量。某種程度來說，這似乎也一直是人的立身處世之道，好避免受苦，如那些好心的亂世之學努力教導我們的，如道家佛家的根本著眼。

也就是說，這一切不自今日始。我以為我們都已經知道了，人類歷史，浪潮一樣一波又一波，過程也許驚心動魄充滿一切可能，但最終結果總是有點單調乏味，每波大浪過後，真正留存下來、取得現實勝利收割一切成果的，通常就只能是務實的中等之人；我們讀書學劍，對歷史的平與不平，基本上只能在這樣極有限的範疇裡擺盪計較，欣慰一點，中等偏上，沮喪一點，中等偏下，如此而已（台灣幾十年的風起雲湧民主浪潮一場，民進黨、國民黨的各自結果不也是這樣嗎）。人類歷史，也許很瘋狂甚至很惡毒，但最終並不浪漫不冒險，根本上仍是平庸的（希特勒、史大林乃至於毛澤東都只是平庸的人），很多超過的東西對它而言是「多餘」的，包括人，包括視野、主張和夢想。所以漢初的張良溫和但無奈的說，漢王劉邦（他平輩人的只稱之為漢王，從博浪沙那一錐開始，張良其實是抗秦的「前輩」不是嗎）的成功取決於某個更決定性的力量，和他本人的才智能耐完全無關，遂高傲的就此離去不知所終。

波赫士稱此為「疲憊的歷史引力」，負責把整個世界總的拉回來。現實世界有一個堪稱穩定到近乎透明的真相，一個頑強的根本性基礎，一塊「大地」，由全體活著的人所構成並決定。講白一點，這毫無僥倖就是人類總的程度問題，人類的事實真相如此，和個體之人的可飛可跳無可捉摸難以限制不同，人類的總體程度係以一種極其緩慢的、有時看似可疑的、更多時候進進退退五里一徘徊的令人不耐步伐前行；進步也許是確確實實的，但人的思維、人的認知、人的情感處理集體走到哪裡，那一刻歷史能體現的、能予以承認的大致也就到哪裡。

年輕時候的唐・麥克林歌唱文生・梵谷，以這麼一句過於悲憤的話做為結語：「這個世界『不配』擁有一個像你這麼美麗的人。」——我倒覺得還好，人類世界，其實代代不乏某些歷史引力拉不住、動不動從這個現實世界伸頭出去的秀異之人，也許，即使在你我這樣的「正常人」身上，我們也多多少少總有不合適不相容於這個當下世界的某些特殊成分；也就是說，當下現實世界「不配」擁有的東西多了，差別只在於我們如何看待、處置這些多餘的人、多餘的思維和情感。真正奇怪的是，來到我們這樣一個時代，較之人類歷史的任何一個時刻，按理來說，我們有遠較富裕「剩餘」的物質條件，人們對各種思維成果和言論乃至於所謂的異端邪說（目前這類胡言亂語充斥於台灣的黃金時段談話節目之中，因為收視率的緣故）也較為寬容較不畏懼，更何況，我們已擁有人類歷史以來最驚人容量的存留技術和相關配備，偉大的亞歷山大圖書館不過是一塊晶片一張隨身碟不是嗎？我們鉅細靡遺到幾乎半個世界人今天晚餐吃什麼都拍照存證下來不是嗎？怎麼可能會留不住那幾本書、那幾個人？但原來存留不是這個意思，不真正取決於這些外部條件，不是那種大而化之彷彿自動完成的有閑階級主張；真正的存留必須通過人認真、鄭重其事、而且耐心的選擇分辨才得以完成。首先，人必須不屈從於人群，適度的隔絕人群的洶洶聲浪和成功耀眼的強光，讓自己整個人尤其是眼睛耳朵習慣處於、適應於光度較低、聲音較微弱的各個角度，一種微光和低語的世界；其次，這往往是一個長時間的工作，無法興起而來興盡而去，不只因為鑑識和鑑賞是如此精緻耗時的作業而已，更因為鑑識、鑑賞是一種長期養成、最難以獲取還最難以說服人的能力，人不可能認出來他知道太少、距離太遠的東西，擺到他眼前都沒用；也因此，存留還不是一紙清單一次完成，那叫做窖藏，存留的更根本場域在於人的記憶之中、人不絕如縷的言談之中，否則就像愛默生講的，那不過是一個裝著死人和死物的墓穴，或用我們當前的話來說，是一個無謂而浪費的蚊子館而已。

小說家阿城，這些年縱橫出入於人類歷史的各種時代各個現場，對於各種出土文物，只要還力所能及說得上話，阿城總努力促成由官方由國家來收購保存。理由很簡單，他不贊同那種蘇富比富人遊戲的私人收藏，物件無法公開展示，讓人（尤其是對的人）觀看研究談論，只是昂貴寶物而不再是珍稀文物，失去它做為時間信物、可解釋可掌握可具體感受一個時代一則歷史一些人的最重要價值部分，那不過是從一個墓穴移到另一個墓穴而已。真要這樣，還不如就讓它繼續長眠於大地之中如過往千年萬年那樣，這也許還保護得更好，也許還有機會碰上對的人、對的時間。

昆德拉的感慨萬千（覺得自己身在一個藝術之後的時代，歷史性的轉折結束了，人們對於藝術的渴望、感受性和愛都消失了云云），讓我又想起來賈西亞・馬奎茲（也一樣不在十八人天才名單中）動容回憶的那件事，那是法國總統密特朗親頒他文化騎士勳章時講的一句話：「你屬於我熱愛的那個世界」，這句話當場讓賈西亞・馬奎茲熱淚盈眶——也許真正的關鍵變化還是在這裡。一直以來，人們，在更糟糕的生命現場，更危險的思維言論處境中，更簡陋的保存保護工具，而且一樣無法掙開歷史引力讓它成真，仍一直努力相信並聆聽認識，人類有可能擁有一個不同於此的世界，一個我們可傾心熱愛的世界。

於此，波赫士（當然也不屬於十八人名單，而且還沒有諾貝爾獎）說的是：「因為誰也不再去夢想往昔崢嶸歲月向我們回歸，向我們逆轉。」——所以，順此直路一條，我們要不要也順便猜想，再一百年不到，二〇九九年的世紀人類天才名單，又會是怎樣子的一張？

美麗的大理石人

鄧薩尼勳爵是愛爾蘭出身的小說家（愛爾蘭出真多人），他的傳記寫到自己學希臘語的經過，其中有這麼一番話：「當我讀了有關其他神祇的書，我對那些已經無人崇拜的美麗大理石人，同情得幾乎要流淚。我知道我現在還同情。」

是過度悲傷了點，但我以為我知道那種感覺。這也正是我近年來盡量少進書店、盡量減少在書店停留時間的緣故，搶劫犯也似的，拿了就走。最近一次，因為朱天心在誠品信義店有一場文學談話，我「被迫」仔仔細細看了這家美麗的、已成旅遊景點的書店兩個小時之久。誠品信義店，當時我仍在出版社工作，記得這家書店開張時的豪情宣告和自我定位，它希望搜羅完整每一部台灣已出版的書籍至少每種兩本，它不止想成為另一家誠品書店而已，它還想成為一個大圖書館，一座記憶的堅實城堡云云。但這一開始就造成困難，出版社如何可能因為兩本書的訂單，再版（五百本已是極限再版印量）某一本已被市場逐出被人們遺忘的書呢？然後，困難很快落回到誠品信義店本身、書店員工身上，這背反著他們每天的工作要求，他們能忍受這些形容憔悴、且一天憔悴過一天的書在架上站多久呢？

在分類井然有序的書架角落，我仍可以找到某一本書、某一個鄧薩尼勳爵口中的美麗大理石人，無人崇拜——其實不真的是物理空間的角落，這種置身角落之感，是因為它孑然的站在一排其他的書中成為異類，好像和其他所有書籍面朝著不同的方向，想不一樣的事，單獨看向一個不一樣的世界（「我熱愛的那個世界」），它原本當然有同伴，但同伴早已不在了，也許自始至終從未進來過。做為一個多年的編輯和一個尚稱不壞的讀者，我大致還分得出來這一處一處空白是賣出待補還是從此離開。

書店長這麼美、這麼寬敞明亮、而且座落在如此繁華昂貴的地段好嗎？時間稍長，人原初的心志和其種種善意詭計（好吸引更多人云云），本來就很容易被歷史引力給拉扯下來，被日常作業所拆穿，而這樣一個光鮮亮麗的場域，有更沉重的成本負擔和美學負擔，在時間流逝中更難以保持從容，它還能持續歡迎接納那些終究顯得不合時宜衣衫襤褸的書嗎？

其實，人們（包括書店人員）通常、而且愈來愈不會察覺哪裡有空白，這就是我們稍前講過的，替代已一處處完成，人們滿懷善意甚至帶著驕傲、但輕快舒適的讀著那些「假裝是好小說的平庸小說」「假裝是嚴肅討論問題的時尚之書」，凡此。最終，這樣的善意，這些資源（物質的和心智的），這樣的燈火輝煌和動線設計，總是只引領著人們走向這些書。

我們這麼說吧，在台灣，一個編輯知道，一本書成立的數量下限是兩千本左右（一般還認為這太樂觀不實際，台灣某大出版社老板曾對手下編輯宣告：「五千本以下的書不要跟我講。」另一家大出版社總經理則加碼為一萬本），再少你就是拿出版社生存和自己的工作在開玩笑了，這乃是因為受制於成本和銷售兩端僵固難撼的現實出版機制，出版是個成熟的老行業，彈性很小；但不只在台灣，在跨國界的整個文字共和國裡，一個夠好夠認真的書寫者心知肚明，他真正有意義的讀者極可能不會超出比方五十個人（已經比葉慈的半打讀者多好幾倍了），這則是受限於人的程度，受限於那個更長期、更穩定可信的人類集體真相。此一人數落差形成的緊張關係，一直是「書寫／出版」這個行業的宿命。當然，現實世界偶爾星辰排列眾神到齊也會發生些莫名其妙的好事，如同昆德拉《生命中不能承受之輕》居然在小小台灣一地就售出達六位數，或像賈西亞・馬奎茲驚異他的《百年孤寂》一書「賣得跟賣香腸一樣」，一個書寫者怎麼想這樣忽然過度好意的世界、過度善意的讀者、這樣的誤會一場呢？除了滿心感激。我自己的經驗是（連我這樣的書寫者也偶爾會遇見這樣的讀者），還有滿心抱歉，有某種犯罪感。一方面，他可能買錯讀錯這本書了，另一方面，他慷慨的讚語很顯然不該屬我，是另一名書寫者才是，這兩者可能都構成不當侵佔。

人類的書寫歷史遠遠長過出版歷史，我常試著想，之前，像柏拉圖、像司馬遷當時這樣不回頭的寫，除了沉靜專心面對那個他們熱愛的世界，也怎麼想這個疲憊拉不動的現實老世界？柏拉圖的洞窟寓言和司馬遷的名山風雨說法給了我們一些線索（而這也同時顯示他們絕不樂觀、高估這個世界），我的意思是，在很顯然這樣極有數的讀者和這麼鉅大的企圖之間，他們是看到了這個世界哪一點？相信這個世界哪一點？或至少對這個世界猶能「賭自己的迷信」哪一點？還在嗎？我也試著想，日後書寫和出版上下結合起來成為一事，除了帶來這幾個世紀我們已知的、已定論的一切輝煌成果之外（書的普及知識的普及云云），長期來說，是否也至此走上了一道很難再回頭的路？一條數量的路，一條數量構成最低門檻、數量成為每天工作重點、且最終由數量說最後一句話的路。

在出版世界裡，編輯很難不對行銷人員去除敵意，這根本上是一種「古老的敵意」——編輯極可能是全世界最不單純相信，行銷只是幫忙多賣書、行銷如日頭一樣既多賣好書也多賣歹書這種簡單神話的一種人。書寫和出版的結合，編輯繼承的是較古老的那一部分記憶，對他而言書的世界圖像是層級構成的，書不是平等的、一視同仁的；而且由於歷史引力的穩定作用，基本上，此一金字塔形態的層級恰恰好是和數量大小背反的，且愈往上去數量的彈性愈小。是的，理論上行銷人員既賣好書也賣歹書，但實際上發生的總是，行銷的「工具理性」總會把它驅趕向那些銷售彈性大、數量出得來的書，也通常就是接近金字塔底部、不抗拒歷史引力的書，因為這樣他的工作來得容易，而且同樣的行銷資源能創造出較明確即時、較划算的成果。

歐威爾在《動物農莊》裡有這麼一句辛辣嘲諷的話：「如今人人都平等，只是某些人比其他人更平等而已。」而波赫士在他口述的〈不朽〉一文中則柔婉的、不怕冒犯人的告訴我們：「塔西佗認為，個人不朽是專門給予某些人的饋贈：它不屬於平庸之輩，而某些靈魂則是值得永垂不朽的；他認為，除了蘇格拉底談到的『忘川』之外，應該指出哪些人曾是不朽的。歌德發揮了這一思想，他在他的朋友維蘭死後寫道『以為維蘭已無情死去是很可怕的。』他無法認為維蘭沒有留在某個其他地方；他相信維蘭個人不朽，而不相信人人都不朽。這與塔西佗的思想異曲同工：失去肉體並不損害靈魂。我們得出了這樣的觀念：不朽是某些為數不多的偉大人物的特權。」——很顯然，歐威爾和波赫士有著不一樣的憂慮，看向不一樣的世界。歐威爾簡單的（歐威爾一直是簡單的，他只投直球）接受這幾百年來的絕對平等思潮，憂慮的是平等的不足、沒完成以及被架空被偽飾；波赫士則一直站在人類更悠長的智性層級世界裡，人的作為、思想和言論不僅僅是一種權利、一種自在的抒發表述而已，不只是某種長嘯聲音，這是有實質內容的、得持續追究的，人必須認真的分辯出來（「應該指出哪些人曾是不朽的」）。我想，波赫士會這麼解釋，我們通過模仿他的說話語調來學習他的想法——說某人不朽只是一種說法，這可以不是重點也於他本人再也無益，他已經死了不是嗎？說某人不朽，我們便得先知道他想過什麼、說過什麼和做過什麼，我們懷想他同時也進行對他的回憶，如同他仍然活著；而為了指出他值得不朽，我們便得知道更多人想過什麼、說過什麼和做過什麼。

編輯是傾向波赫士的人，也許根本上我們每個人都可以是，只是困難在於——應該由誰、而且如何說服我們哪些人是不朽的。

這一次沒人願意走了

如今，說服的困難愈來愈在聽者這一側，而非說者——我自己以為，這其實是進步的結果，也許還是一種難以避開的結果。簡單講，隨著人類認識認知的緩緩進展，那些比較簡單可信的已一一化為基本知識不再困擾我們（儘管一定還有人相信是太陽繞著地球轉，或地球已存在幾十億年後上帝又花六天創造了世界），如今留下來的，通常已不再能求助於「人人都有的真實無可辯駁的經驗」，無法用人人可聽懂的話語直接講出來，這讓我們想起大物理學者普朗克說的，他曾要求數學方程可獲得的結果都「必須被轉譯為我們的感官世界的語言，如果它們對我們有任何用處的話」，但這其實是一個深深憂慮的、近乎絕望拉不回的最終回呼籲，事實我們都知道，物理學到他、到波爾和海森堡這批了不起的量子論者之後，令人感傷的真相是，感覺及現象的世界和物理學的世界已徹底斷裂開來，物理世界的宇宙，不只是一般語言描述不可能，就連在我們的想像裡都無法是個「模樣」。

這些較困難較深一層的問題，於是對聽者有較大較嚴苛的要求，聽者必須長時間的更專注更富耐心，不只用於當下的傾聽，還包括之前的知識準備和之後的思索消化和做出判斷，判斷尤其令人痛苦；更要命的是，諸神衝突，這些問題可能是並沒最終解答或說不只一個答案（如邱吉爾說的，十個經濟學者給了我十一個答案，凱因斯一個人講了兩個），人起心動念，認真的追隨，卻一再發現自己像參加那種黑心旅行團一樣，被拋棄在一個茫然無依、東西南北都錯亂的陌生之地。《百年孤寂》裡（豈只是國族喻義而已，那是小說讀得不夠好的人講的），人們奮勇追隨老阿加底奧，第一次成功的建造了馬康多，第二次歷盡千辛萬苦卻發現被一大片污濁起泡、灰撲撲的大海給擋住去路「哪裡也去不了」，第三次，就再沒人肯跟老阿加底奧走了，包括他強韌耐磨如一張牛皮的妻子歐蘇拉。

我最近和我從政的老朋友鄭麗文也談到這一個可能的政治趨勢——如今我們該擔心的極可能不再是執政者的長期掌權不下台（這一直是人類政治、尤其是民主思維的核心憂慮之一），而是執政者的動輒替換，像日本那樣已達滿街找人當首相的地步。原因很簡單，政治的經驗也是累積的、進步的、一一化為Sop的，如今留給執政者的，除了經常性的作業之外，通常只剩那些不斷被延擱下來的「50％ VS. 50％」棘手問題。這不出兩回爭議就足以瓦解掉政治領袖人物經年累月而來的權威性和魅力，包括神樣的緬甸翁山蘇姬可能都不免，更何況那堆早該打回原形的裝模作樣政治人物；而我們又知道，有時還非得仰靠這樣的權威和魅力不可（如韋伯所言），這才有機會做那些背反民調、悖於流俗成見和人們當下利益的最困難之事。台灣這二三十年消耗下來，剩誰還有所謂一言九鼎、人們還願意先相信的人物，大體上就剩一個彭總裁了不是嗎？

也許人類看到了他難以擁有的東西，也許漢娜‧鄂蘭講得對，一直以來人們並非被「說服」，不是以前的人比我們聰明有知識聽得懂較困難的話語；而是通過「權威」的服從，也就是，人們至少不是把人數多寡做為凌駕一切、四下侵入的判準，每一個智性的小世界保有它隔離於、獨立於現實唯一世界的存在及其自身之路，在裡面，人數多寡甚至是反向指標，根本上，人必須想辦法躲開自身歷史引力的拉扯，才有機會企及、獲取、留存那些超過自身的東西，溢出這一現實世界之外的東西。這裡，我們多看一下漢娜・鄂蘭的這番話，她說得很認真而且很勇敢——「既然權威總是要求服從，它就常常被誤解為權力或暴力的某種形式。可是權威排除外在強制手段的使用，在使用強力的地方，權威本身就失敗了。另一方面，權威也與說服不相容，說服以平等為預設並通過論辯的程序來進行。而在運用論辯的地方，權威就不起作用了。與說服的平等主義秩序相反，權威秩序總是等級的，如果權威根本上可定義的話，它必定既和暴力的強迫對立，也和經由論辯的說服對立（一方面命令，另一方面服從的權威關係，既不是基於共同理性，也不是基於命令者的權力；等級制本身是命令者和服從者共享的，雙方都認同等級制的正當性和合法性，在等級制中他們都有預先規定好的牢固地位）。」「暴政和權威政府之間的區別，從來都是暴君根據他自己的意志和利益來統治，而最冷酷的權威政府也受法律約束。后者的行為受根本非由人制定的法則（比如自然法、上帝律令或柏拉圖式理念）檢驗，或至少受那些並非由實際掌權者制定的法律檢驗。在權威政府中，權威總是來源於一個外在的、優於它自身權力的力量。」

哈伯瑪斯再正確不過的指出，當前人類世界的大麻煩，正在於由絕對平等原則建構的國家、和由等級制建構的社會，這兩者的難以和解及其無止無休衝突。誰占上風呢？當今的意識形態傾向於前者，後者處於一種只做不說的噤聲狀態——平等自由，以及想辦法讓人活在一個民主的國家裡世界中，做為人類最基礎性的權力和權利，應該沒什麼腦筋正常的人會異議，包括總是講「人們濫用投票箱遊戲」的老波赫士在內，思考者書寫者要求此一權力和權利的幅度弧度，本來就遠多於、高於、深於一般人，人們不感覺受侵犯的部分他往往彆扭的感覺被侵犯（比方納布可夫要求有不被遍地歌聲和夜間大卡車聲音侵犯的自由，比方我相信人有抽菸乃至於自毀自殺的自由）。但有點始料未及的是，如今這樣權力和權利的執行，該說更經常性或說更有效使用，已不在起點而在末端，不在引出看法展開討論，著眼的是個體、少數和異議者，而是廣泛的用來中止討論消滅問題，尤其是那些最複雜最難解難知的問題，直接跳到結論（合法的結論），讓那些人閉嘴。數量是用算的，只需動用眼睛和手指（仍是眼睛和手指），可以不必進入內容不必交待理由，判斷由此也變得輕快起來，個體躲入人群之中如同隱去，判斷的沉重責任負擔和事後的懊悔找不到你，不是有罪各自承擔而是大家一起來。

投票箱是遍在的、隨時的，凡有數字統計處皆是，民調、收視率、臉書的粉絲人數好友人數和按讚人數、電影和演唱會票房、書店排行版、百貨公司周年慶來客數和銷售總額等等可以一路羅列下去——我不是學新聞的，但書架上有關大眾傳播的書籍從理論到實務的操作實踐暨其追蹤反省仍足足佔了兩大排。這個行業銜接著人類的睿智界和常識界，有型塑一整個現實世界、決定每一個人生命樣態的力量，工作的覆蓋層面何其廣大，要想、要認真追究、要小心翼翼取捨、要努力堅持和防範的事何其多何其專業，但如今有了收視率調查替換這一切，這些老書連同它們講的想的憂慮的期待的，便可以安然復歸沉睡，再不必擔心有誰來吵醒它們了。

遊戲時間，人感覺再沒有任何更遠之處了——我們稍前講過，要說人類的每一門行當都同時用完一切可能、同時抵達自身的極限右牆，這是不可思議的，也不會是事實，真那樣也令人無話可說就唱歌跳舞吧。像昆德拉，至少就認為電影做為一種藝術創作形式原本並非再無機會（但大概不會是台灣之光李安講的３Ｄ，李安的此一識見恰好說明他只是個稱職的好萊塢導演，他在另外那邊）；昆德拉也以現役小說家身分很興奮告訴我們，在《簾幕》一書末尾處，小說的書信體仍大有施展空間，想起來令人「目眩神迷」，這些年來我自己也一直耐心在等他這本小說（在寫著吧？）。相對那樣放眼掃視過去、不停於一事一物一人、總是感覺寥落感覺一片空茫的大地盡頭之感，這是一種具體的、實實在在的可能，仍有某物泛著溫柔的微光確確實實出現在某個人每天工作的正前方，好不容易，所以讓人感覺更捨不得放棄，也顧不得是否會冒犯這個世界或不斷被這個世界澆冷水。

中國遊戲神仙的代表呂洞賓，民間有這樣一個故事——相傳他還是個人時，曾試圖追隨某仙人學習點石成金之術。但呂洞賓問了個要命的問題：變成黃金後從此就這樣子嗎？得到的回答是，不，五百年之後它仍會還原為石頭。也許這樣的結果讓呂洞賓感覺很沮喪很不值得，也許呂洞賓當時太年輕了世界只切開成「有」和「沒有」這絕對兩端，遂不學拜謝而去——「去聖邈遠，寶化為石。」《大唐西域記》書裡最讓人難忘的這兩句話，其出處也許就是呂洞賓這個故事。一人西行的玄奘（其實並沒有孫悟空豬八戒和沙僧、沒有滿天神佛妖魔），一路看著風砂掩埋的故國城跡，這都是人辛辛苦苦設想、尋找、搬運、堆疊、整理修築起來的，人也曾一代代生活在這裡連同所有的夢想，去聖邈遠，這說的是時間一到這一切注定得又化為石頭？還是因為人離開了、人因為這樣那樣撐不下去了把它還給了大地？

不是已窮盡一切可能，而是人提前看到了盡頭，就像其實還年紀輕輕的哈姆雷特那樣。不知道是不是這樣？我想，也許人最深的疲憊感、人朝盡頭之處提前看到的，正是這樣不值得不划算的結果（寶化為石），甚至看到的是「並沒有答案」的結果。這早已不是祕密了，每一門學問、每一個志業工作、每一道漫長的思維之路，都通向更多的疑問、更多的不確定、更多難以判斷難以抉擇的衝突和迷茫，是沒錯，都會碰到那個汙濁起泡的大海擋著去路——人類歷史，我們已過了老阿加底奧的第二次出走時期，我們來到了不肯再走的第三次。

但要不要試著說說呢？——這是我確確實實的人生經驗，而且隨著年齡、或者說隨著每日工作的一寸寸進行，愈來愈感覺這樣。每天，面對著書本，面對著空白稿紙，面對著川流不止的世界，想沒人要你想的事，寫沒人要你寫的文字，還不至於不知道「結果」（我曾是編輯，也許比一般書寫者更知道接下來每一個環節會發生什麼事、人是這麼想；此外，我也有充分的自知之明），也確確實實每天困在這些幾乎無解的所謂疑問、不確定、荒謬和茫然之中。我想說的只是，眼睛看著和實際上進入這很不一樣，幾乎是置身於完全不一樣的世界，這些所謂的疑問、不確定、荒謬、茫然云云，在這裡並不是那個意思，不是光禿禿字面上看到、想當然的那樣，對我個人而言，這毋寧只是「怎麼樣都想不清楚」乃至於「也許我永遠都想不清楚」而已；我想指出這裡有一種寧靜，奇妙的、低溫的、近乎透明的甯靜，也許是置身具體世界具體疑問的某種實物般堅實感覺和安定感覺，這包覆著那些想不清楚說不清楚的東西，或者說它平面也似舖在底層，讓這些想不清楚說不清楚的東西彷彿懸浮的微粒。也許仍會讓人感覺憂鬱、懊惱乃至於為期幾天幾個月的心急如焚和自我懷疑，但除非另有原因或人生其他層面出了事，我其實很難想像這會讓人虛空、狂亂或直接跳出某種生命結論；也許年輕時候比較會這樣，生命內容裝載的東西不夠，重量感不足抓地力不足，一陣風就會吹走是吧。我想起波赫士總是說他有的、能告訴大家就只是困惑，人類的思維歷史書寫歷史也許正是一部困惑的歷史，他說他也會想到自殺，卻又說這一切是享受，略帶憂鬱略為辛苦的享受。

波赫士說他不相信年輕的丹麥王子哈姆雷特，正確的話是這樣：「我相信哈姆雷特，但不相信哈姆雷特的遭遇；我相信馬克白，也相信他的故事。」我以為我知道他的意思——這個「做為丹麥王朝服喪帶孝的公子哥」，年紀輕輕就直接跳到生命盡頭處，「不是反覆講著大段大段的獨白，就是難過的擺弄著死者的頭骨」，所有的可能意義（復仇、愛情、治國云云）都被一眼穿透，只剩百無聊賴，死或不死，或正確說，現在就死還是將來再死兩個選項。但哈姆雷特是否更像個時代而非具體的個人呢？我們會把哈姆雷特和唐·吉訶德並列，就像屠格涅夫那篇精采的文章那樣，如同兩種人的兩端極致模樣，如同地球上的兩個對蹠點，但我想，會不會更接近這樣？某種意義來說，人類歷史是從唐·吉訶德走入或說直接跳入哈姆雷特，過度的神聖、過多的意義瓦解成一片虛無虛空，只剩百無聊賴。

認真的悖論

這些年，我自己一直注意著兩個了不起書寫者的有趣變化，一是昆德拉，一是安博托·艾可——這兩人，是我所知最愛也最會講尖銳笑話、最看不得人陷入過度神聖之中、最幫忙清理過多壅塞意義讓清風吹過的書寫者。但如今他們他們改換了一種說話語調，正面、認真、耐心的講道理；幽默當然不會消失，這是一種人生態度、一種看待世界的方式以及洞察力，仍處處在字裡在行間閃著會心的微光，但笑話幾乎都收起來了，除了年歲漸長，他們也感覺到什麼呢？

如果說，他們察覺出世界的清楚變化，我們已來到某個遊戲時代，一個反而是意義太少、價值信念太少、規範不斷被廢棄、界線不斷被穿越塗銷的世界（艾可在《詮釋與過度詮釋》這本書或說這場辯論中，再三強調界線的必要），這樣兩個狐狸般多疑多知的書寫者，怎麼會不同時察覺出如此簡單的悖論——你如何更認真的來說服那些更不認真的人？你如何更耐心更不厭其煩的說服根本不想聽的人？

這其實正是所謂「公共知識分子」消失或說改變成另外一種人的根本原因——公共議題的談論也成為一種遊戲，你心知肚明沒有誰真的想認真討論辯論，就如同英國作家安德魯・蘭的苦澀無可奈何結語：「跟這些人搞對立是很荒唐的，因為他們和我們的藝術品位不盡相同。事實上，他們中的大部分人對書都不感興趣。」更多時候，在你認真思索那幾天（如此事關重大的問題總得想個幾天吧），人們早已忘記了這個議題又翻過幾番了不是嗎？幾年前，中國大陸那邊猶把公共知識分子當正面名詞，也追問台灣的公共知識分子有誰時，我（心中想著難以跟他們解釋的錢永祥）很想老實告訴他們，沒有公共知識分子了，只有表演者遊戲者。這些話，他們現在也完全懂了。

開心啊真是開心，妖怪不必上學也不用考試，妖怪不必上班也不用做事，妖怪還不會生病更不會死亡，這真是開心，大家一齊來唱歌吧——這是喀喀喀的鬼太郎之歌，還算滿有趣的一部漫畫和卡通。只是故事裡的鬼太郎其實挺忙挺辛苦的，他其實是個很認真甚至有點嚴肅的妖怪，時時進行戰鬥還陷入危險之中，好維持妖怪世界和人間世界的平安運行不輟。

大遊戲時代，我也會想，可是這樣不也很好嗎？整個世界變得歡快起來，很多人竭盡所能的努力甚至拚命，不過也就希冀這個世界能更輕鬆更怡然、能讓人唱歌跳舞不是嗎？事實上，這也是一個較坦白、較恢復本來面目、沒有一件一件國王新衣的世界，人是怎樣、走到哪裡，世界就是怎樣，不假裝不勉強。

只可惜我們不真的是卡欽那，不是鬼太郎和他那群妖怪橫丁的朋友。這裡，我指的不是我們仍要上學上班而且仍會生病死亡（當然，這些也一個一個都是沉重的問題），而是人終究比卡欽那和妖怪要複雜而且麻煩，唱歌跳舞很難長時間的進行下去，歡快的另外一面，直接翻過來那一面，其實是百無聊賴——這個哈姆雷特的詛咒，不會因為我們用歡快來取代悲苦、用唱歌跳舞取代喃喃自語可以去除掉的。

技術上來說，把一切化為遊戲，這個世界很快會變得太小。遊戲者其實是火耕者，遊戲只刮過表層無法停駐，他一地耗過一地，很快會用完一切——這兩年，一路快速成長的遊戲業開始停滯並急劇下滑，想新遊戲的人比玩遊戲的人先一步撞牆陷入焦慮，一如我們知道，那些脫口秀以講笑話為職業的人幾乎個個都是重度憂鬱症者。

是不是這樣，我們很快就會知道——我這麼說並沒任何嘲諷風涼的成分，我是認真想知道結果的人。

隨西伯利亞寒流入境的 藍仙子

朱天心剛寫完的小說〈大雪〉用了一個很輕快的開頭，但熟悉她小說的人應該都不可能會上當——

> 這年入冬以來最強的一波西伯利亞寒流來襲，藍仙子隨之入境。
>
> 這位仙子最為人知的傑作就是讓小木偶皮諾喬如願變成一個真正血肉的小男孩。
>
> 這回她照常執行助世人完成神奇心願的勤務，唯島國陌生，她沉吟著該如何切入插手……，那就，「給我含著淚入夢的可憐傢伙吧。」
>
> 她眼前出現近百格畫面，哇，真是個憂傷鬱悶的島嶼啊！她只得再追加關鍵字，「要心有祈願夢想的。」
>
> 只剩三張人臉，A男B婆C女，仙子為之立檔編號。
>
> 仙子掀搧翅膀，輕靈入夢。

仙子給的禮物是二十四小時，「許你回到你生命中最想再過的一天」，但甜蜜的東西就到此為止了，隨著A男B婆C女的一個個完整現身，朱天心很快就露出她的本來面目。這特許的神奇一天，儘管大不相同，但似乎仍呼應著朱天心喜歡的那個布紐爾死後大願——能夠從墳墓的沉睡中醒過來一天，再看一次這個世界。

說真的，藍仙子所選的（或說其實是書寫者選的）這參差不齊、不立即三點構成一平面的三人，並不容易簡單說明，也許也不應該簡單說明。不是因為他們太不尋常，不尋常的反而最好說最好一指就有，只因為這本來就會從眾裡跳出來進入我們眼中；毋甯是這三人太容易被「尋常化」了，以至於他們內心深處僅有的、那一點點微不足道的、不肯被馴服的痴情聲音，很快會被整併入整個時代的大聲音裡去無法完成，而小說家要做的，正是努力把這三個聲音過濾出來、分離出來，不讓時代的解釋中止它們，通過書寫讓它們繼續下去。還記得波赫士叮囑的嗎？要像一個書寫者那樣子寫，而不要像一個時代那樣子寫——

A男是個五十歲出頭的尋常男子，算是事業有成衣食無虞如同島上很大一部分這個年歲的人，他要的二十四小時也看似尋常而且就像他這樣子人的直接、具體、粗暴或粗俗，他只希望妻子還肯理他、肯再理他一次，「我要回到那樣的一日，最尋常的一日，她沒有懷孕、沒有月經，肯跟我做一回的那日。……肯好好跟我幹一回的那日。」A男唯一讓我們感覺不對勁不像他這樣的人、感覺洩露的，是他講這幾句話的方式，不尋常的語調表情把話語整個繃緊起來，他是「噙著淚一字一句說出心願」的。

C女很有意思是三人中唯一不驚異仙子到來的人（C女張開或因淚水反覆沖刷而十分清澈的眼：「你可也來了，我等你好久了。」她怕藍影消失的忙著催促：「我都想好了，立即可以決定。」），她是那種女兒已長大的媽媽，她的問題其實跟這島上（乃至全世界）一堆同樣只生一個小孩、同樣到了小孩離巢年紀的媽媽沒太大兩樣，忽然有一天但永遠不知道究竟發生在哪一天，「換取的孩子」也似的，從溫柔貼心以為此生如此的女兒忽然幻化為一個冷峻關閉的陌生人，從古老生物機制的解釋到現代各種心理學建言，這其實不難想開如家家戶戶。C女要的二十四小時是「回到我女兒最快樂的一天」，是三人中唯一主詞不用我的人，也就是說，她要的不是禮物而是進一步的線索，顯然她並不想和解撫平自己，最不解的、其深度已臨界瘋狂的悲傷化為理性的、冷靜的追索，就像急於回到犯罪現場那樣。

B婆算是唯一有較獨特生命經歷的人，她是二二八受難者（所以有類似不幸荒謬生命一場的人也不算太少），新婚丈夫被抓走槍殺就這樣從此沒有了空白了，事隔六十年，如今她已是九十歲左右、只剩這個冬天可活的老人。她選的二十四小時是空闊的「回到我最舒坦的一天」，要不是聯繫著她傷慟的遙遙往事其中有物恍兮惚兮，這像是請求有一張好床、一張乾淨柔軟的褥墊、一顆止痛藥或可以幫助入睡的安眠藥是吧。

也許我們該倒過來說，或如此切身自問，此事才會更明白：如果也有這樣一個神奇的夢境，也給了我們這一天，我們會怎麼精心挑揀？——所以說，真正獨特不同的不是A男B婆C女這三人（以編號而不給名字，已暗示了某種普遍性、已某個程度「類化」），也不是他們各自的沉重心事（如果不考慮他們的情感深度、不讓他們稍稍完整的把話說完），真正讓我們一驚的是他們居然如此「浪費」，把一生只此一次的機會就這麼耗用於看似如此微不足道的心願上，小說中的藍仙子（以及書寫者自己）也表示驚訝；是這一天，賦予了這三個人、這三件心事非比尋常的位置及其深度，也因此搖撼了我們逐漸規格化的價值排行、我們逐漸趨於一致對所謂重要不重要事情的認知。我們也許可以就直說，眼前這個世界、這個時代，之所以經常顯得如此單調、扁薄而且重複，感覺無話可說再沒有意思的人有意思的事只剩YouTube三分鐘的逗趣小孩小動物影片，先發生的還不是人的改變，而是我們逐漸只剩一種價值排序、一種時間感、一種同孔目的漁網和技術去捕撈它們，我們由此漏失太多或說根本無法等到它們發生（很奇怪，為什麼有人會從網路看出多樣性的進展而不是多樣性的消滅）。為此，朱天心從小說世界假借來這不可能的一天，隔離開這個時代及其聲音，把這三個人，連同他們的心願、故事和生命樣態，調到最前排的位置，慢慢來，讓這些有機會再被看到、聽見。

只是，A男B婆C女並不知道自己會回到哪一天——發生過的事是會忘記的，也通常並不解其意、不知道它在生命中的確實位置，如果人沒有一次一次再重新想過的話。

固定在更遠的某個地方

〈大雪〉是朱天心新小說《南國歲時記》率先寫好的一篇或說其中一章一景。南國歲時，主體是「南國」而不是某人某物某事，顯然這是打算用日月寒暑節令、以時繫事的來完整回想、重新一次一次記憶她所居之地，以及其上人們經常的、往往還是循環性的、固定性的生命活動。但A男B婆C女，我們看這般既有光景，大概不會是一首靜美的田園詩，一幅織錦，一卷清明上河圖那樣人都一樣大小、空間時間全攤平開來的畫軸。而且，正如A男B婆C女的不予命名，我也很懷疑「台灣」這個已灌飽時代特定意義、很難再清洗乾淨的「力道萬鈞」名字會出現。隱去名字在此有其必要，是這樣小說的一個書寫技藝要求。我們先來看昆德拉的這番話——

我想起了一九五八年大江健三郎所寫的短篇小說〈聲音顫抖的族群〉：在一輛夜間公車坐滿

了日本乘客，中途上來了一群醉醺醺的外國士兵。他們開始粗暴的欺負一位乘客，也是一名大學生。他們強迫這名大學生脫掉褲子露出臀部。大學生發現四周的人都快忍俊不住。後來，軍人覺得只欺負一個人不過癮，於是接著強迫車裡一半的乘客做出同樣的動作。公車停下來，士兵下車一哄而散，而這些受辱的人重新穿上褲子。另外那些乘客好像從束手無策的狀態中甦活過來，並且催促那些遭受羞辱的同車旅客趕快前去警察局揭發那些外國士兵的惡劣行徑。有位擔任小學教師的乘客鎖定了那名大學生：小學教師陪對方下車，陪他走回家裡，無論如何要探知他的姓名，以便公諸社會，讓輿論譴責那些外國士兵。但故事只在這兩個人一陣爆發的恨意後落幕。這是一篇引人深思的了不起作品，裡面的主題包括怯懦、害羞以及表面上是愛好正義但私底下卻是虐待狂的心態……我提起這則短篇小說為的是想探討：那些外國士兵是誰？當然，作者指的應該是第二次世界大戰後占領日本的美國士兵。為什麼作者只提到「日本」旅客，卻不指出士兵們的國籍？是政治上的考量？是作者個人風格？不是。我們不妨想像，要是這篇作品裡從頭到尾時時提著「日本」旅客和「美國」士兵發生衝突還得了！如果明示寫出「美國」，那麼這個力道萬鈞的詞便會使這篇作品淪為政治文章，變成指控占領者的文章。只要去掉「美國」二字，那麼文章的政治意味便大大淡化，而重點便集中在引發小說家興趣的主要謎面，「人類存在的謎」。

歷史本身所涵蓋的那些運動、戰爭、革命、反革命、國族承受的羞辱如果做為描述、譴責或者詮釋的標的，那是引不起小說家興趣的。小說家可不是歷史學者的跟班；如果歷史能讓小說家著迷，那是因為歷史像一具探照燈，在人類存有的四周向它投射光芒，照出出人意表的可能性。這些可能性在太平盛世時代，在歷史停滯不前的時代不會實現，因此也就看不出來，不為大家所知。

六月食鬱與薁，七月烹葵及菽，八月剝棗，十月獲稻，為此春酒，以介眉壽。七月食瓜，八月斷壺，九月菽苴，采荼薪樗，食我農夫——這是詩經〈豳風・七月〉的其中一小節。「七月流火，九月授衣」，這首著名的詩不從一月、而是這樣以七月火星（商星、心宿二、天蠍座主星、全天最詭異醒目的一顆二等紅星，不是今天我們說的那顆行星）流走季節更迭開頭，一個詩意的、讓時間隨星空流動起來、冷空氣也開始直沁人體的漂亮非凡開頭，有事發生、有事馬上得做的仔仔細細告訴我們，三千年前中國華北的豳地人們一年裡每個月分別忙些什麼、吃些什麼、著急些什麼忍耐些什麼克服些什麼。由於這些作物的名字全記下來了，梨、葡萄、葫蘆、麻籽等等，這些遠比人更守恆、更與周遭環境穩定聯繫配合的植物實物，提供了進一步的了解可能，依循著它們，我們還能一樣一樣窺知當時當地的可能雨旱狀態、氣溫高低變化、土壤地力、耕作方式及其工具配備、自然和人文景觀等等等等。相較起來，人是變異性最大的，人最難掌握，蕭伯納的說法是：「人不像老獮猴、鱷魚或野豬那樣已屬定型的動物，人只是一頭幼獸。」我們常常得藉助其他物種其他的生命來回頭理解自己。

這樣的東西其實各地都有，歌謠、俗諺、格言、農民曆、以及喋喋不休的老人。這些老東西有時並不合用不準確，如果人們已經歷了遷徙，離開了原先那片土地連同天空。其失誤通常和距離遠近成正比，像古中國的二十四節氣在亞熱帶、四季不明的南國台灣便顯得模糊不具威脅不復忠告意義，白露為霜，我們這裡連隆冬都不結霜不是嗎？所以朱天心的〈大雪〉當天也並不真的下雪，低於大寒流低到零度以下的溫度發生在別處、是別的東西，台灣上一回平地降雪還是在咸豐年間的淡水。如今，時間的流逝是比空間更大更快的遷徙力量，「歷史的加速前進深深改變了個體的存在。過去的幾個世紀，個體的存在從出生到死亡都在同一個歷史時期裡進行，如今卻要橫跨兩個時期，有時還更多。儘管過去歷史前進的速度遠遠慢過人的生命，但如今歷史前進的速度卻快得多。歷史奔跑，逃離人類，導致生命的連續性與一致性四分五裂。」豳地還在不會跑，需要證實此一時間力量的人可考慮去一趟，拿這首詩去現場比對一下，如今當地人的生活安排，還有那些植物。

人年復一年、時間一到就怎麼做怎麼發生的生命活動，我們說，這可以是一種生活經驗的睿智安排，但也可能是某種得已不得已的重複愚行、如同人被當時當地困住了綁住了不是嗎？適應和限制往往是同一件事，就像農民曆的基本體例總是「宜」與「不宜」兩者並舉如鏡，照花前後鏡，今天合適嫁娶、不合適搬家或遠行云云。這邊隆起來堵住了，人流水般自自然然往另一邊流過去，流順了，一代人兩代人之後，人們可能連當地的崎嶇起伏、連所謂的限制都會遺忘，或想成某種心平氣和的東西、某些歡快有趣的東西、乃至於嶙峋崇高供人讚歎想像如神存在的東西（高山、巨巖、大河、飛瀑云云這些擋人去路且一不小心就奪人性命的東西。人很難不把像喜馬拉雅這樣的山看成神）。是的，六月有完熟當令的梨和葡萄可吃，而不是太悲慘了一年怎麼「只有」六月才能吃到梨和葡萄。

這些，關小說家什麼事呢？或者，我們稍微鬆開點來問：如此流水進行，人人都已知曉已近乎透明、再沒波瀾沒奧祕沒恚礙的最基本生命活動，會在何時、讓什麼樣的書寫者產生重新觀看、記錄、存留的興趣？——書寫的實際歷史告訴我們，通常發生在此一世界的前後兩端。一端是啟始處，書寫者是陌生人，外來者，或所謂「火星來的某某學者」，或因初來乍見的驚異或本來就攜帶著此一特殊任務而來，像〈豳風‧七月〉大概就是這樣，玄奘的《大唐西域記》也是這樣（小說家阿城相信，慨然有天下四方之志的唐太宗要這個東西、這些戰略情報）；另一端是結束處，書寫者是離去的人，回憶的人，眷眷不舍的人，或因個人遭遇或因更沉重的歷史變故，他只能通過文字嘗試留存這個一度以為是地老天荒此生不渝的世界，這樣的書寫毋甯更常見，因為這由自身的感情發動無需外來的命令。像著名的《東京夢華錄》便是；台灣四九年後這一時幾乎是散文的全部主題和一大部分小說的主題，直到這些當年離去的人老了、講無可講了、淡忘了、死去了才緩緩停止。

陌生的人和離去的人，不一樣的身分、不一樣的情感狀態和工作要求，但卻也有一致的地方成為書寫啟示——其一，他們關懷的不只是某一個人，而是這個地方，「並非連絡到具體的人物，而是固定在更遠處，在這些人物的生命之上，在後面」；其二，他們都外於這個地方，都站在此地的「遠方」，「得到一個意義」，卡爾維諾這讓這個地方首先有了邊界，成為一個世界或說一個完整的對象，可以觀看還可以思索意義；其三，他們都有一個不同的世界可以和這個世界一一進行比對，相同的、相似的、參差的、變奏的、完全不一樣不相干的、你有我沒有的等等。陌生的人有他來自的另一個世界，離去的人有他當下的另一個世界，是的，沒有比較就沒有了解，甚至不曉得要了解、無由開啟了解。

我們曉得，個別極特殊的人，特殊的思維和行動，可以相當程度成功的揮開當下單獨射向遠方，這樣的人如同奇蹟如同天外飛來，他不限於此時此處，也難以較充分說明此時此處，就像提出相對論的愛因斯坦並不屬於當時德國甚至不怎麼屬於當時的物理學界一樣。依其屬性，我們比較傾向於說他是全世界全人類的，用一個更大更遼遠的時空來置放他，還是感覺裝不下，我們就說他是天才，如同古來中國人每感覺某個人（李白或傾國傾城美人）裝不下時，就說他是謫仙、不屬於我們人間人類，如今好萊塢則改說是外星人，來的地方大致相近，死亡也不稱死亡，而是「我們的說法是他回去了」。愛丁頓爵士當時說服人人一身深仇大恨的英國皇家科學院撥下經費，前往西非普林西比島藉助日蝕「實驗」記錄水星光行是否偏折彎曲（或正確講，依直線前行的光是否通過被重力彎曲的空間），便在於成功的或正確的把愛因斯坦和其相對論拉出彼時的德國、歐陸和瘋狂殺戮的一次世界大戰，「歸還」回去。

也因此，當我們想理解一次大戰或當時德國，通常不會通過愛因斯坦，他有另外的意義指向和用途。愛因斯坦和任何特定的世界以及他者的必要聯繫不足，而且他如此力道萬鈞的名字和太過光耀的作為，輕易的就摧毀掉現代小說書寫必要的那個微光和低語的世界。

在科學的世界裡，一個單獨的、孤立的數據跑出來，科學家也許印象深刻乃至於寢食難安，但他通常不會因此立即有所行動，他甯可先擱置它，除非相同的、相似相關的數字繼續的、重複的出現，這才逐漸構成一個問題，一個研究思索並且需要得到解釋的題目。一般性的、無意識的眼睛容易被偶然的、獨特的某人某事某物給抓住；但對於一種更深思的、包含著調查和證實的目光而言，也許更驚人、更富意義的是人的一致性——為什麼我們老是遇到相同的人物？為什麼這些人總會在相隔遙遠的不同生命現場出現乃至於在不同的時代重生？為什麼悲劇和愚行總一再重複像是人無法戒除？為什麼一用再用的欺瞞仍一直得逞？我們事後那些片刻清明的覺醒和警誡都放哪裡去了或說何以總短瞬宛如清風吹過？是因為人記憶和遺忘的種種奇妙作用呢？還是我們人有某種真相，某種身體的、心智的、精神的根本構成及其彈性和限度，人有某種安適的生命要求如同石頭「喜歡」回到地上？

觀看人「適應／限制」的經常性重複性生命活動，這意味著書寫者不再尋求當下的、沒時間厚度的感官印象，而是人和他所在世界長時間的、穩定可信的聯繫，如此，生長於、開展於一致性主幹之上如同細枝細椏的種種差異變異，於是有機會被抓下來，可以不再是單子般懸浮、單子般無法擊破只能原樣擱置的獨特性，而是一個個有線索有來歷可追溯的微差、是主題的一次一次變奏，若有足夠數量也許還可以讓我們拼湊成某個更為完整具體或說立體的多面樣貌，至少，我們可以分解它，從而察覺出種種外於人的、持續作用於人的力量（「其邊際乃受高深不可見的力量決定。經常這些力量在歷史變異形式中會比歷史實際發生的形式中遠遠更具啟示性。」），這樣書寫的小說，於是有機會穿越過特定的個人，同時呈現著具體的人和他所在具體世界的形貌，進入到人的存有狀態，或者就說，寫出人的處境。

白話來說，小說從不是人物傳記，即使它如此標示像《湯姆．瓊斯》或《高老頭》時、即使某部小說從頭到尾幾乎只寫一個人像《老人與海》或《太過喧囂的孤獨》時都不是。一個虛構人物的詳實傳記是什麼意思呢？要紀念誰？小說的目光從來都是穿透過具體的人而非特定的人（所以湯姆．瓊斯和高老頭其實也只是我們恰好知道他們名字的A男B婆C女而已），固定在更遠的地方。

讓無可比擬的可以比擬

歌德講這個世界並沒有真的只出現一次的東西。歌德這句話的意思可能是，只出現一次的東西是無意義的，也是不可解的，就算真的有我們也可以就當它不存在、沒發生過；也可能是，某種看似全然獨特、絕不重複的形貌，其實仍繫於那個幾乎是無限大的大因果之鍊上頭，只是這幾近無限多因果作用前後高低強弱排列的一種特別的、罕見的結果，是赫爾岑所說歷史同時敲千家萬戶的門先打開來的其中一扇，只是我們暫時還沒成功的分解開它、從而確實認出它來而已。

沒有一致性的保護、不置放在一個人類總體經驗的大世界裡，差異無法分解，差異會像是只出現一次的東西，這是小說書寫的獨特性陷阱。我們說過，本雅明是很早認出此一現代小說書寫陷阱的人，他稱之為「無可比擬的事物」——「小說家則是封閉在孤立的境地之中。小說形成於孤獨個人的內心深處，而這孤獨的個人，不再知道如何對其所最執著的事物作出適合的判斷，其自身已無人給予勸告，更不知道如何勸告他人，寫小說是要以盡可能的方法，寫出生命中無可比擬的事物。甚至在生命的豐饒及其呈現之中，小說也揭示著生命之中深刻的意志消沉。整個文類第一本鉅作是《唐·吉訶德》，而且在一開始便問我們展示一個最高貴的人，他具有雄心、膽識、熱忱，可卻又完全缺乏良好忠告，也不具絲毫智慧。」

於此，本雅明希望把書寫拉回去，拉回古遠的故事世界、聲音話語的世界；故事是這樣一道筆直的大路，每個人都講出自己的故事，也都聽別人講他的故事，由此回到、融解入最直接的、最一般性的集體經驗現場：「任何一位說故事的人，都有聽故事的人在陪伴他：即使讀故事的人也參與著這個小社會。相反的，小說讀者生活於孤寂之中，他比其他所有的讀者更加孤獨。」

其實，小說書寫者（對勁的小說書寫者，不包括那些糟糕的）並不像本雅明講的，是要以盡可能的方法，寫出生命中無可比擬的事物，這是那些獵奇的、表演為業的、一心想嚇唬人並試圖換取注目的書寫者才做的事；恰恰好相反，應該是小說書寫者「碰到」了差異，乃至於某些看來無可比擬的事物，書寫者於是把它置放於小說之中或為此寫成小說（創造出一個可承載它融解它的世界），以盡可能的方法讓它可比擬可被理解。而且愈來，這些難以比擬的東西，和人類的集體生命公約數經驗其聯繫面愈小，聯繫的距離也愈遠愈曲折，愈來愈難化為故事的直接語言講出來，以至於，小說書寫者最終甚至得放棄說故事這道人人舒適歡迎的大路，他必須自己另闢蹊徑，以盡可能的方法重新聯繫。小說的歷史是不是這樣呢？是這樣，我們知道，小說家原先仍努力依循此一故事之路，只是，為了裝下（而非刪除）這些更異質也更細緻的東西，故事必須不斷拉長，而且無可避免的必須講得更複雜更富耐心（於是也就容易更沉悶），直到用盡故事的一切可能，包括它的形式和它的語言。

走各種危險的、沒人試過的小路，這樣的小說當然會失敗，無力成功分解這難以比擬的東西，讓書寫及其成果「封閉於孤立的境地之中」，但本雅明所指控的此一隔絕，更經常的其實是，聽者這一側的喪失耐心，聽者既無能力也無積極意願聽懂，聽者先行離開不再圍擁陪伴，這才是現實世界的真相。本雅明喜歡尼可拉．萊斯可夫這番深情悲傷的話語：「一個遠古的時代，那時地心中的礦石和天空中的星塵，仍在照料人的命運，而不是有如今天，蒼天不語，大地無言，完全不管人的死活。人再聽不到那和他說話的聲音，更別提那些會聽它們命令行事的聲音。……它們和人說話的時代，早已一去不返。」然而蒼天大地亙古如此，這樣聲音話語的消失或者說不再被聽見，當然是來自聽者的拒絕，聽者的不信，以及聽者誰怕誰不再接受「命令行事的聲音」，天地失去了它們的權威位置，失去了人們的敬畏，這使得稍微困難稍微深刻進一步的東西失去了憑依和被接聽理解的機會；本雅明自己所說的：「這就好像，有時候，當我們把目光固定在岩石上的某一定點時，一個人頭或是一隻動物的身體便會浮現出來。」同樣的，如今仍留在現場、仍盯住岩石某一定點的只剩書寫者，只剩仍然相信A男B婆C女仍有某個圖像會浮現出來、A男B婆C女不僅僅只是一塊尋常岩石的小說家。去聖邈遠，人群的離開總是提前一步發生，以至於書寫的成功失敗分辨已變得愈來愈不必要而且愚蠢（認真的蠢事），成功和失敗的小說一樣都「封閉於孤立的境地之中」，這才是真正的問題所在。

本雅明，離開我們已七十年時間了，他活在那樣一個猶急於尋求更清晰歷史通則、概念性大歷史哲學的夕暉年代，或者說他是此一宏大思維的繼承人、最後一個。本雅明總忍不住從微物的、琳琅繽紛多差異的生命現場一個大步就跨入某個終極性的歷史結論乃至於他個人更神祕難言的人類命運及其救贖。最大的跨步方式是詩，他說出自己故事的《柏林童年》因此是一本詩化的失落作品，仍依稀彷彿讓我們看出他恢宏的企圖、他這本書本來想成為的樣子。還有，本雅明這上頭仍是傳統的左派思維，「人民」仍是最後的判準，只是他說得如此詩意，這也許是另一種務實，更深刻的一種務實：不論認知的高低良劣是非對錯，我們現實的、唯一的世界終究是由這樣全體的人所構成，我們的任何作為乃至於希望、救贖仍得由他們同意、決定才能成真（所以說，救贖也許早已來了，已發生了，只是我們不知道，乃至於我們不記得不相信，乃至於我們「拒絕」了）。某種意義而言，人本質化了、原型化了，也大自然化了，天視自我民視，天聽自我民聽，人成為某種明確不疑不變而且單一的東西，成為一切的背景及其前提，成為尺度。這就像天地自然的晴雨寒暑，你跟它吵架講它應不應該下雨、這樣下雨對不對、可不可以下這樣的大雨，這有什麼意思呢？你的所有思維和行動得把它視為基本條件、限制和依據，一開始就納入計算之中，包括人的愚昧、人的可能盲點和錯誤、以及人總是近乎冥頑的惰性這一切。

只是，我們現實的來看，本雅明那個「每個人都講出自己的故事，也聽別人講他的故事」的話語琅琅詩意小社會，如今是什麼模樣？不就是臉書嗎，每個人還講出、拍照存證自己的晚餐，也看別人的晚餐吃什麼，「每個吃晚餐的人都有看晚餐的人在陪伴他」；如今，誰如本雅明所說把人們拉回到說故事的世界？怎麼做？答案當然是好萊塢，以及此一統治之下的全球龐大工業，本雅明根本不必擔心沒人講故事，他應該擔心點別的了，比方昆德拉所說的：「有些作品是無法敘述的，因此也就無法加以改編（像《龐大固埃》、《崔斯川・高第》、《宿命論者雅克和他的主人》、《猶力西士》等等便是）。它們只能以原貌留傳下來或者從此消失。其他作品因為具有故事性，似乎能被敘述（比方《安娜・卡列尼娜》、《白痴》、《審判》等等），因此也就可以改編成電影、電視、戲劇、漫畫。不過這種『不朽』性只是幻象！因為要將一本小說改變成戲劇或是電影，那首先得要拿掉它原來的結構；將它縮成單純的『故事』；等於放棄它的形式。可是，一件藝術作品一旦被剝奪形式之後，還能剩下什麼？大家會想：改編一本偉大小說是延續它生命的理想的做法吧。但是此舉就好比建造一座宏偉的陵寢，但是裡面裡面空空如也，只有大理石上刻著一行小字，指出已不在其中那墓主人的名字。」

我們談過啟動於歐陸的大散文化歷史，談過現代小說的來歷及其企圖——現代小說告別帝王將相，告別英雄神人，告別特殊而鉅大的人，深入到一般人的、尋常人的、是不是那個名字都沒關係的世界，所謂一直存在、只是不被思維納入不被書寫再描述探索的「第二個世界」。在一開始必然發生的過度對抗、挑釁、精妙或粗野嘲諷的姿態底下，其實是一個更完整認識世界的尋求，完整的世界本來就應該包括第一和第二世界，包含所有人。或者我們這麼看，現代小說並不拒絕書寫某個職業是國王或英雄的人，如托爾斯泰仍然寫拿破崙或賈西亞・馬奎茲準備多年之後也開筆寫了大解放者波利瓦爾，而是寫法不同，或更精確的說，書寫方向的調頭，不讓此人繼續朝更獨特的、只發生一次一人、愈不可分解的方向去（這也是說故事傳統的基本方向，聽故事的人喜歡這個方向），而是努力轉回可比較可融入人可理解經驗的方向來。鉅大而特殊的人，認真負責的小說家都知道，這一來不急（他們的故事廣為人知），二來也是比較麻煩的是，由於他們特殊成分較多、牽扯較廣、和我們一般生命經驗聯繫面較小，因此比較難寫難以分解，你甚至得先成功寫出（或創造出）一個可置放他可融解他的較鉅大較特別世界才行。也因此，這樣的小說容易失敗，以及這樣的小說容易成為某些不夠認真負責但野心勃勃小說家的「獵物」，他壓根不想努力讓此人的特殊作為、歷史命運可理解，讓我們由此窺見這個世界不易打開顯露的另一些真相，而是一筆抹去全部差異「他跟我們任何人都一樣」，最簡單常見的方法便是還原為身體還原為生物性，告訴我們此人原來也有性欲而且常常需要上廁所，這原先我們不知道、可增進我們的認識嗎？你去參觀那種偉人故居沒看到設有床鋪和衛浴設備嗎？這樣寫很勇敢嗎？

現代小說和過去的文字書寫傳統，我們說了太多也聽過太多它絕裂、對抗的部分，以至於掩去了它接續、進展的更主體部分——現代小說的書寫想認識更多的人，敲開人更細微更不好捕捉的差異，它偶爾的確得做點必要的清理刪減工作，為的只是校準前行方向。

從主街到小巷子

這裡，我想回頭來說一下希羅多德的歷史書寫，但如何最快而且不失精準的說出他的《歷史九卷》？我令人厭煩的老招式——那就用波赫士來講：

空間是用時間來量的。那時的世界比現在大，希羅多德卻在大約西元前五百年周遊世界。塞薩利和西徐亞人生活過的遼闊草原留下過他的足跡；他乘船沿黑海海岸旅行，到達過第聶伯河畔，又在薩羅利斯通向波斯都城蘇薩的危險旅途中艱苦跋涉；他到過巴比倫和伊阿宋取回金羊毛的喀爾科斯，也到過格拉薩，踏遍群島的每一個小島；在埃及，他和赫菲斯托斯神廟的祭司談話，對希羅多德來說，哪裡的神都一樣，只是在各種語言裡改變了叫法罷了；他沿神聖的尼羅河而上，或許到達最初的瀑布，奇怪的是，他把多瑙河想像成與之流向相反之尼羅河的繼續；他在古戰場上見到被伊納羅打敗的波斯士兵白骨；他也見到過還很年輕的獅身人面像。希羅多德身為希臘人，卻鍾情於埃及——「所有地區中最奇妙的地區」。他在那裡感覺到時間的古老腳步。他對我們講了三百四十一代人、祭司和國王的事情，認為是埃及人把一年分成由十二個神分別掌管的十二個月分。

他有幸生活在伏爾泰以文遙記的伯里克利世紀。

他是索福克勒斯和高爾吉亞的朋友。

西塞羅——他很清楚「歷史」這個詞在希臘語中就是調查和證實的意思——稱希羅多德為「歷史之父」。德・昆西在一八四二年被發表的那篇寫得最成功的文章中，也熱情洋溢的讚美希羅多德（現在一般只對當代作家而不對古代作家作這樣的讚揚），認為他是第一位百科全書編纂者、第一位民族學家和地理學家，稱他為「散文之父」。照柯立芝的說法，散文應比在各國文學中先於其產生的詩歌更讓人驚喜。

德・昆西在上面提到的那篇文章中把《歷史九卷》說成是一個寶庫。

稍前，我們已談過司馬遷和他獨特的一人歷史書寫，尤其是列傳那些之前不被文字納入、不當參與世界的人們，以及提前發生的大散文書寫；這裡，我們更推前一步來看希羅多德。所謂的推前不是基於歷史真實時間，而是書寫方式的時間：一是，司馬遷的歷史書寫體例已有所繼承，史官在中國更早已是個專門的職位和工作，比較起來，希羅多德更像是「第一部歷史著作」以及全然個人書寫，《歷史九卷》有很大一部分更接近更原初的《詩經》國風乃至於《山海經》，他的身後並沒有一個君王也沒被授予不被期待某一個特定使命，他更自在自由的依循自己；二是，由於當下和後來歷史走向的緣故，司馬遷的遊歷及其宏偉成果，最終被視為並沒有越過「國境」，是發生於、並完成一個王國內部的書寫（其實當時的王國和世界接近同一個東西），比較起來，希羅多德遂更像是一整個世界旅行冒險，更像走到天涯海角，走到人竭盡一切所能、彷彿已再無從多前進一步的世界盡頭。

也就是說，從希羅多德這兒，我們有機會更清楚看出來歷史書寫的真正原貌（我個人以為這才是歷史書寫的原意），這個面貌或說真正的書寫召喚、嚮往，後來很容易被國家的介入掩去或替換，變得比較迫促而且狹窄，以及更多功能性的要求——它原先面對的是一整個世界，寫一整個世界，沒要排除掉任何人，沒有什麼第一、第二世界之別，有的只是書寫的人先看到什麼、捕捉到什麼，以及因此而來的「合理」書寫順序。德・昆西說希羅多德是第一位百科全書編纂者、第一位民族學家和地理學家，說他是散文之父；波赫士惟恐我們這裡沒聽清楚，補充告訴我們這樣的讚譽通常只用於現代作家而不用於古代作家，這恰恰好把希羅多德和兩千年後大散文化的、意圖重新發現世界的現代書寫聯繫起來，也和現代小說書寫無接縫聯繫起來。這是同一種或說同一趟書寫，差別只在於人處於不同的認識階段，由此有著某種形式上的、捕捉和呈現技藝的差別。

順便說一下。朱天心的短篇小說〈五月的藍色月亮〉裡的旅行人，那一趟環繞著地中海的埃及、希臘、土耳其現代之旅，「誤入」的便是希羅多德《歷史九卷》裡的世界，或說跟隨著他兩千多年前的話語而打開了這樣一個世界——「空間是用時間來量的。那時的世界比現代大……」，〈五月的藍色月亮〉是《漫遊者》這一奇妙短篇小說系列的書寫開始，由此攜帶著這一整本書進入某個更大的世界、不可思議的世界、連死亡都不讓逸出的世界。《漫遊者》寫的是父親辭世離開、朱天心小說至此為止最哀傷而且難言的心思和疑問，為了不讓它成為親人悼文，為了不讓這個最親密的死亡「尋常化」而消失，朱天心（只能）選擇最不安慰自己的方式如本雅明所說化入集體經驗之中讓哀慟平復，她不回頭的依循時間的古老足跡，一次又一次進出時間層層疊疊的各種可能世界，她需要不同於當下的世界，至少某個連死亡都不會逸出離開的世界，好裝起、留住、檢視並證實全部的悲傷包括原來像是已遺忘已不想的，悲傷是記憶的代價或說無從切割分離的一部分，人為著記得一切便得忍受甚至倒過頭來竭盡可能捕捉所有的悲傷；善意的遺忘被放棄，就連生物性自我保護的自然遺忘也被抵拒，其盡頭之處，是這個死亡彷彿是第一次死亡，還沒被（宗教和各式世故哲語云云）處理過的死亡，原初模樣而且保有著全部疑問乃至於全部荒謬虛無的完整死亡。《漫遊者》是朱天心至此為止最不好讀的一部小說，也是她書寫難度最高屆臨危險的一本書，這不是平行的、各自獨立說話的一個個短篇，而是螺旋形狀（借歌德的說法）不斷深入不斷綳緊的同一趟書寫旅程，我們每每感覺書寫者心裡的某一根弦極細極細的都要隨時綳斷了。

好，我們回來。歷史書寫並非為著書寫帝王將相英雄神人（儘管聽故事的人希望一直停在這裡），而是從帝王將相寫起；帝王將相本來就清楚的顯現著一個順序，而這個順序也正是《史記》本紀、世家、列傳的基本體例層級，希羅多德寫埃及三百四十一代人先講的也是祭司和國王，古之大事惟祀與戎——這道理非常簡單，簡單到所有人都這麼做幾乎是只此一途。旅行的人有一句放諸全世界的格言：主街永遠是對的。你乍乍進入到一個陌生城市，想最短時間看到這城市最多東西，最快弄清楚這城市的基本模樣，當然不能馬上彎入某一條巷子裡。我們知道小巷子裡也許有更生動的東西，更不欺的生活真相，如老京都人講的，真正的京都是藏在那些鰻魚般彎彎曲曲的各條小巷子裡，但這是熟稔、主街走爛、乃至於一輩子住這城市的人講的。我是有些旅行的朋友、書寫的朋友喜歡直接彎進小巷子，逆著來，這個詭計是為著唬人，為著最快從眾人中脫穎而出，造出某種內行的、深度的、好厲害他連這個都曉得（到過、看過、玩過、吃過……）的錯覺。他們的發語辭定場詩，不管你講起什麼，總是：「那你知道嗎……」

當歷史書寫開始得進入到小巷子，進入到列傳，進入到那些並沒高潮迭起故事可講、個人生命作為說不上來對這個世界有何影響撼動的尋常人們，書寫於是困難起來也不划算起來了。這如同提煉那種含金量極小的礦石，除了更耗資源更耗時間，還需要不斷開發出不同以往的新技術——歷史書寫很難放手追逐這些新書寫技藝，它受到各種限制。其中最沉重的限制也許來自於國家的迅速收編，寫史成了「都有被寫的人（其後人或自身）、有權勢的人在陪伴他」、隨時虎視眈眈、甚至得提著腦袋的大事，正經鄭重堂皇云云總之是個「大」，這種size的書寫很難順利開進小巷子裡，無法像莊子的庖丁那把恢恢有餘的薄刃之刀，自由、準確的切進去還能在其間運轉遊動。還有，歷史書寫的根本寫實性要求，也讓它的想像力受到很嚴格的限制（也許並非書寫者沒更富想像力，只是得收起來吞回去），書寫得留在已發生已實現的這個僅有世界裡。諸多原來也可能發生、差一點點就發生的那一個個或說層層疊疊的未實現世界，書寫者只能停步在已實現世界的邊境這頭，遙望、惋惜、講兩句感慨係之的話如小鳥振翼飛過去。歷史書寫沒辦法放手開發這方面的進一步技術，無法對人的失敗、某個世界的殞沒進一步關懷，但最困難的仍是那些連失敗殞沒都談不上、知道名字不知道名字都一樣的尋常人們。因之，歷史記述很容易讓我們感覺某種「勢利」，成功者、實現者占滿著這一書寫舞台。

所以說，當我們講現代小說總是寫人的失敗，以及人成功、生命最豐饒華美一刻底下深刻的意志消沉，原來並不是本雅明講的「停止」，恰恰好相反，這才是追問，在歷史書寫不得不停止時隻身越過現實邊境繼續下去。每一部小說如本雅明說的在其書末畫好句點，寫上「全篇完」的字樣，邀請人（當然先是書寫者自己）至此思索其意義，這是不斷前行者必要的暫停，如打斷時間流水催眠的遺忘（以及遺忘所贈予的安慰和平靜），人重想、重新證實和整理，也就是重頭再仔細回憶一次好記住它，接下來寫的小說需要這個。小說不是只出現一次、一本的東西，一名小說家也不是只寫一部作品，所以昆德拉講，「偉大的小說作品裡彼此有著互相參照，互相襯托彼此價值，而將共同延續小說藝術的光芒；讓這光芒保護彼此，不致被人遺忘。……小說藝術自古以來便熱切關注『當下』這個神祕特質，關注生命一秒鐘工夫裡的須彌世界，關注人生微不足道本質的驚人特性，也惟有熟稔小說這些傳統的人才讀得懂《猶力西士》。如果將《猶力西士》放在小說史的架構外面來看，那麼可能只是一個瘋子心血來潮所寫出來、無人能解的囈語。」

成為此時此地

A男B婆C女，得以回去生命中的某一天，完完整整、一秒不缺不跳過的二十四小時，卻又不能或說無法改變這一天以及之後，好像你回去的不是一整個人，回去的只是你的兩隻眼睛和你的魂魄，彷彿那一天只是多出來一個旁觀者，一個陌生的人或離去的人。這是什麼？我會說這其實就只是回憶，我們任何人不需要藍仙子的入夢恩賜隨時隨地都能做到的事。如此說來我們還需要藍仙子幹什麼？神奇在哪？我會說神奇的事就發生在回憶方式的因此轉動變化。人回想某一天通常花多少時間？一般只能讓自己的心思停駐多久時間不逸去？這裡，通過藍仙子亦即小說的魔法，這一天以二十四小時的原原本本模樣和進行節奏復原了，不只是還原不斷杳遠透明掉的既有記憶重新上色重新裝填內容，這裡，還可以穿越過某個不可能的邊界，「看見」原來錯過的東西、原來不知道要看的東西（「現在我知道要看什麼了」）。小說神奇的修復了人回憶的這一亙古巨大缺憾，給了人再一次的機會，而且把記憶從單純的回想，推進到調查和證實，以及還要再不懈往前的尋找，直到進入全然的未知，直到，如朱天心在她《漫遊者》末章〈遠方的雷聲〉講的，回憶變得愈來愈危險，回憶不知不覺走到某個難以回頭的地方，回憶舉目無親再分不清是實是幻是誰的生命一場誰的夢境……

A男B婆C女，三人中差點「犯規」的是A男，有點令人意外但仔細想來合理，他較堅硬的生命外殼底下可能是三人中最脆弱。在年輕那一天的大學歷史課堂上，他無可扼止的想在筆記本上遺書般寫下來：「於是你拿出鬼畫符過的筆記本，趁著還記得些事時記下，千言萬語乾巴巴的寫下：五十四歲，一兒一女，執政國民黨（唉，還國民黨），總統馬英九，年薪加年終股票分紅近一千萬，媽已死兩年（所以等會兒電影別看，趕快回家擁抱她一下，並堅絕要她此後別省電不開抽油煙機，免得後來死於肺腺癌），啊趕快買張股票、沒有台積電宏達電賈伯斯尚在車庫研發他第一台蘋果的年代只好三商銀什麼的囉（儘管你們連看一場二輪電影也要口袋掏掏湊錢），小雲，不跟我好，已十年了。／你擱下筆，深深看一眼她的側臉，那時都不妝不粉，臉頰一逆光便看得到水蜜桃桃皮才有的茸毛，所以，要牢牢的帶著現在，沒有了現在的悲欣、愛欲、夢想……，回到過去，有什麼意義？」

儘管如此，A男還是繼續奮筆直書下去：兩岸和解開放，蔣經國十年後死去，記得提醒炒房地產的岳父「三張亂葬崗靶場」即後來的信義計畫區獵地（由此A男和B婆再次聯繫起來），還悲慟提醒自己「記得要拔出！！！」他擔心妻子就在今天受孕，妻子婚前墮胎三次，弄壞了子宮……

穿越不可能穿越的時間，這原是小說才被允許開發的特殊書寫技術，在日後被化為各種有聊無聊的怡情遊戲之前，原來有它更正經的來歷，它特殊的詢問並尋求某個在人生現實裡無從獲致的答案——現在無法因這一天的回返而改變，我們說這是人回憶的擴張，人得以撿拾那些被遺棄於無何有之鄉的自己東西如失而復得、如同讓自己恢復「完整」；現在因這一天而改變，讓好事（公共的、私欲的）發生，讓悲劇和死亡可阻止，讓生命走往較好的方向云云，則是來自於人另一個或許更大的亙古遺憾：人在回憶中無可扼止的一再察覺自己也許錯過了接近無限多的其他可能；當時在某個街口向左而不是向右走，當時在某咖啡館多坐五分鐘或某個清晨不順手按掉鬧鐘繼續賴床，你極可能就如卡爾維諾說的做不成現在的自己，或說成為「另外一個自己」。看似如此堅實無法撼動它一分的現在這個人生，原來如此脆弱、偶然、機率低到不可能、彷彿由無限多個不安的浮動的碎粒胡亂湊合起來，人要感覺危險，這最危險到可以瞬間讓眼前這一切完全消失，人要擁有希望，這樣的希望多到如科學家講每天有千萬顆微中子不覺不察穿過我們身體（只有一兩顆會卡在骨頭留下來），如此如此這般這般。

其實，小說書寫穿透過唯一的這個現實世界，具體的一個一個「實現」沒能實現的人生，並不是非動用這個「穿越時間改變未來」的較甜美也較唬人手法不可；我們可以較正確的認定，這幾乎是每一部小說不驚動讀者、不大聲敲鑼打鼓一直默默進行的書寫，像葛林的《一個燒毀的麻瘋病例》，心思寥落吃了太飽早餐的大建築師奎理到達機場，那一刻忽然決定搭上前往非洲的班機，整個故事或說一整個不一樣的世界遂由此展開，我們可以想像，某一天書寫者葛林自己人在機場、百無聊賴看著跳動的飛機班次看板的樣子，宛如天起涼風，葛林想著另一個可能的自己並在日後的書寫跳上這班飛機，溯河到剛果的大痲瘋村，並在那兒找到生之可能旋即挨槍死去。納布可夫的說法是，書寫者在小說中「演化」著各種自我，我是複數的。

一種是所有已經發生過的事，另一種是「本來可以發生」卻沒發生的事，昆德拉以為，這兩者加總起來，才構成「對整體過去的整體認識」，由此，昆德拉說了布朗迪斯《第三位亨利》書中這有趣的一段：「在美國一所大學裡面，有位教授波蘭文學史的波蘭移民老師；他認為反正沒有人知道波蘭文學是什麼，於是出於好玩的心理，便編造出一個想像的波蘭文學史，其中盡是假的作家和假的作品。學年結束了，這位教授卻奇怪的感到失望，因為他發現，這個揑造出來的文學史其實本質上和真的文學不太能夠區分。他並沒有編出任何絕不可能發生的東西，而且他這故弄玄虛反而忠實反映了波蘭文學的特質。」

所以真正的書寫意圖，當然不是為著改變歷史，歷史已成定局誰也奈何它不了，而是每一部小說，一個一個或一次一次持續追蹤「本來可以發生的事」，讓它有頭有尾，讓它完整，如此我們才能真正看清楚它，乃至於知道它的確切意思，或者意義；不停留在只是一種知覺一種概念，而是具體的、多面向的、人的全部感官都可加入可吸收。只看一顆牙齒和看一整隻恐龍畢竟是不一樣的；而從一顆牙「復原」為一隻恐龍當然需要專業技藝。

我們用更專業更莊重的文學討論語言來說是——「從定義的角度看，敘述者陳述過去所發生的。可是每個小事件一旦變成過去就喪失了它的具體特性，然後化為倒影。敘述是種回憶，也就是摘要，是簡化，是抽象。生活的真實面目，生活平凡面的真實面目只能在此時此刻的當下裡去尋覓。那麼，如何敘述過去的事，但同時又重建起它已然喪失的『當下性』、小說藝術在這點上已找到答案：以『場景』的方式來呈現過去的事。『場景』即使是用文法上的過去式來描繪，從本體上來看卻是現在式的：我們看得見它，聽得見它。它在我們眼前展開，此時此地。」

所以，讓過去成為現在，成為場景，這不是時空穿越遊戲，而是小說獨特企圖的、不得不耳的技術。

是以，我想如今小說家很願意把「回到過去改變未來」這一個已太簡單而且甜得令人難受的手法讓給好萊塢，以及通俗小說和電視劇。比起只讓讀者開心，得到好夢成真、但也僅僅是好夢一場葯效持續到上床入睡的安慰，小說家在這裡面看到種種更深刻的東西，也更為無情嚴酷的東西。就算偶爾回頭使用，好的小說家也會朝前多走好幾步，檢視、討論、質疑這樣的改變，甚至直接封閉掉未來被改變的可能；關閉掉虛幻的希望，逼人落回地上老老實實面對事實真相、面對自己，有時還真得這樣才行。像晚年食言復出的壞脾氣小說家馮內果寫的《時間地震》，這部小說冷眼到幸災樂禍地步的藉一次時間地震，慷慨的把所有人（不只特許A男B婆C女三人而已，而且不止一天時間）震回到過去，人類得到再一次的寶貴機會，但馮內果要講的正正是，沒有用的，再來一次還是一模一樣，一樣的愚行，一樣的災難，一樣必然不偏不倚的又走回現在這鬼樣子，只因為這才是人的真相，人的所在世界顯露的正是人的源源本本面貌；人自己就是他全部希望、他所有更好可能的限制，其拋棄者摧毀者遺忘者。鬆一點、更寬廣保留一點如我們談封閉文本和雨果小說《悲慘世界》對滑鐵盧一役的認真回想，人在事後一一看出來各種改變戰役結果、也許還改變歐陸以及世界走向的驚人可能，但小說家追問的正是：這一切何以都沒有發生？就像古代悲劇故事中的英雄，他一路上似乎有逃難這唯一命運的諸多機會卻實際上又不能夠。阻止這一切不讓發生，除了如馮內果所說人的判斷人的選擇人的怯懦無知種種之外，雨果詩意的（也許太過詩意）談到某種歷史如大河般的無可抵拒走向，還談到無人能反對的上帝「走過這裡」。今天，用我們的白話來說是，通過馮內果小說，我們被迫回頭逼視自己；而通過雨果小說，我們則多觸及到人之外的處處現實，人在特定時間中、在特定空間中的位置，人的某種具體「處境」。

在小說中相互替換的你我他

本雅明講，每個人都說出自己的故事（是嗎？），而小說家講的又是誰的故事？

小說家對他書中主體人物的稱謂，乍看似乎無助於解除我們的此一疑問，第一時間只徒然更增混亂——一開始而且較多時候是「他」，或某個虛擬也好假借也好的名字（比方「就叫我以實馬利吧！」擺明了是假的，《白鯨記》），一個有名有姓的他；然後「我」漸漸多起來了，有一段時間似乎隱隱成了定向的趨勢，「他」逐步的改換、陷縮為「我」，小說也靠向一般性的記實散文；這些年來，朱天心則偏好用「你」，小說因此進行得像一場（過度）親密的促膝長談，嚴酷的考驗讀小說人的專注、耐心和體力，凡此。更為混亂的是，我們很快察覺這些你我他都不盡符合一般的界定、使用方式，每種稱謂都一團火也似的騷動不安，你我他的彼此界線變得非常模糊，每個都不斷向別的稱謂試探、滲透，還經常就可以直接替換。事實上，朱天心的這篇〈大雪〉把「你」用得更過分或說更見真相，一開始這似乎是由藍仙子講給我們聽的故事（於是，正常來說「你」就是讀小說的我們），故事中的A男B婆C女都是第三人稱的「他」，但曾幾何時，故事講著講著，A男B婆C女不知不覺居然一個一個都變成了「你」；也就是說，同時有三個姓別、年齡、長相、遭遇、命運和不解心事都完全不相同的「你」，而讀小說被如此誣指的我們，當然敢於發誓，這裡頭沒有任一件事是我做的，正如葛林不止一回的講，這都不是我、沒一個是我的故事，我沒開槍殺過人，沒千里迢迢去加勒比海給一名異國外交官戴綠帽子，沒在地球某角落有私生子，更沒以這種種方式死去我人還活著云云。或者《往事追憶錄》，如果這本書不是小說，我們理所當然可以就認定這裡基本上都是確確實實發生過、發生在「我」身上的事，但正因為是小說，我們警覺到事情並不簡單，所以普魯斯特也（可以、敢於）這麼擺明了講：「在這本小說裡……沒有哪件事不是編造出來的……沒有哪個角色是必須由現實世界的人物去對號入座的。」

相對於「都不是我」這邊，也有「都是我」的另外一邊，兩者似乎難分軒輊，而且妙的是，這兩面的話還可以由同一個書寫者針對他同一部小說中的同一個角色來講——納布可夫的「演化各種自我」，有更直截了當的說法：最有名的一句是福婁拜的「包法利夫人，就是我。」當然，這句日後不斷被引用的文學名言，由於來自轉述而非真的由福婁拜本人白紙黑字寫下，所以昆德拉對此有所質疑並嘲諷；我們也可以換成另一位文學大家卻斯德頓，卻斯德頓的布朗神父探案書裡，有人問布朗神父屢屢神奇破案的訣竅是什麼，布朗神父回答了這整個探案系列最令人印象深刻的一句話：「因為我就是凶手。」

在所有書寫文體之中，似乎只有小說可以、而且愈來愈曖昧不定的使用「你我他」，複雜、多樣多變的手法意味著小說面對的是遠較複雜、微妙的局面；或者說小說有更多的企圖，它不滿足於只是單純說出某一個特定的人的故事。所以，這頂好不要只視為一種特許、一種無約束可以隨便使用的自由，你我他每一種稱謂仍都有它不同的負載力、穿透力及限制，這應該前進一步的理解為一組特殊的書寫技術。

人要成功說出自己的故事有其難度，一是這需要技術，講愈深入愈細膩便愈需要更多技術；另一是聽者是誰，聽者的能力（聽不聽懂）和耐心（願不願意聽）是兩個基本限制。技術的講求另一面也是為著突破這個限制，能否做到讓他願意聽而且聽得懂，往往因此說者得犧牲其長度、深度和細節，所謂的言淺言深考量。所以本雅明的說法我們得詩意的、隱喻的、寬廣的來理解才行才對——現實較無趣的狀況是，長遠的說故事傳統，人們說的其實是他人的故事，而且還是英雄神人帝王將相的故事，比之歷史書寫更甚。這乃是因為故事有其「規格」要求，它是連續性的大路一條，只接受所謂「巨大而簡單」的東西（日後小說家對故事的懷念也是對這些巨大而簡單的東西的懷念），那些太彎曲、太片斷、非連續、沒結果沒收尾的東西編織不進來，偏偏人自身還活著，時間不容易打斷、截取、整理，人自己的故事多是這樣不見頭不見尾的。人在哪裡、以什麼方式說出自己呢？在閑談之中，在街言巷語裡，破破碎碎的說出如同自然發散，也只能以這樣的微粒模樣充斥浮動於當地的空氣之中，很長時間裡之所以不逸失，乃是因為地域的基本封閉性，一個小鄉，一個鎮子，如福克納所說那些從不離開只不斷增多的鬼魂，百年千年下來死人的數量及其事蹟輕易的壓過活人。和本雅明不同，福克納（遠比本雅明對此深情款款）看到的是壅塞、窒息、陰森的另一面，更多時候不是集體智慧而是一成不變的重複愚行，不是安慰建言而是侵犯和彼此怨毒的折磨。於此，福克納的具體意象是「黑屋子」（他《八月之光》和《押沙龍押沙龍》這兩部成熟期的名作，原先的書名都是「黑屋子」，說明這是他心中徘徊不去的基本圖像），直到近代文明社會的進展天光般穿透進來才得著解放。幸運的話，如同奧克斯福小鎮有福克納，在這樣鬼魂開始一一飛走、小鎮拆解改建成現代城市的遺忘時刻，會有好的書寫者、好的小說家以文字記下它們來。

所以契訶夫說「小說應該是沒頭沒尾的」——契訶夫是最早全面記下這些碎粒般的人、碎粒般事物的書寫者，在小說猶奮力做到有頭有尾、我們知道皮耶行刺拿破崙結果、知道卡拉馬助夫兄弟下場、也知道羅亭最終跪倒下來死在巴黎大革命街壘的大小說時代。「小說應該是沒頭沒尾的」這句話的意思同時也是，小說可以、也只有小說最能捕捉那些沒頭沒尾的人和事，那些被故事、乃至於詩和記實散文大量遺棄的東西；小說應該開拓這個書寫，把他們納入自己的書寫關懷，小說有種舍我其誰味道的應該視之為自己更重要的工作。契訶夫是謙懷的人，他大致只會把話說到這個地步。

小說家講的是誰的故事？正確的講當然是廣義的人的故事，為此，小說得先外拓的「收集」更多他人的或他人更多的故事。所以，小說不是本雅明所說「形成於孤獨個人的內心深處」，至少很長一段時日先不是。相反的，現代小說昂揚的、興高采烈的開始，包含在當時人類一個更大的隊伍之中；人想要全面的重新認識世界並且相信自己有著前人未有的新技術新配備可應聲打開它來如萬世一時，而整個世界就完好的、不躲不閃的在你眼前，這有俯拾可得甚至帶點來不及的味道，好像只管一路前行就是，四面八方往哪兒去都對都一無阻攔，一種如昆德拉所說「樂呵呵的冒險旅行」，更好的是，書寫著還不必太認真擔憂懷疑自己的成果如我們現在，總有人殷殷等著他帶回來什麼。今天回想，就某種稍稍深沉點的意思來說，現代小說開始的那段時日，極可能是人類書寫歷史一段特殊的、之前沒有以後也不會再有的「歡樂時光」，彷彿是書寫者自身的如此興奮之情支撐著、貫穿了小說，即使寫的是人的失敗、人陷於最狼狽最孤單無依的景況、人已走到某個變形不復的邊界之處了，小說仍不時有笑聲傳出來。我們看克魯梭・魯濱遜漂到無人荒島上，但整個世界仍在，有時還感覺很近，並不因為只剩一個人而消失、或隔絕封閉化為某種鬼域，以至於魯濱遜的喃喃自語甚至有點「不實」，好像他知道我們一旁聽著，有更多的條理和心滿意足，更像是某種順利進展中的實驗記錄或工作報告；巴赫金講杜斯妥也夫斯基小說的「狂歡性」，確實，在這樣的疾病裡、瘋狂裡、仇恨裡、死亡裡，我們同時也感覺有一雙眼睛堅定清澈的注視著，以至於這又像是一長列戴著誇張變形面具、穿著各式不尋常戲服舞衣的表演隊伍依序走過。《白鯨記》是一齣舊約聖經風的悲劇，一則每個人都死了的故事，但它是如此興高采烈開始的，我十歲出頭第一次讀，這四十幾年來除了「興高采烈」這四字再難找到更對的字詞：「就叫我以實馬利吧，前些年前——且別管究竟是多少年前，我口袋裡只有很少的錢，或者沒有錢，岸上再沒有什麼東西能特別引發我的興趣，我想我可以出去走走，去看看都是水的那樣一塊世界，好調節血脈、舒活筋骨。每當我又忍不住陷入陰鬱，靈魂濕冷得如同十一月天，看到送喪的行列就身不由己跟隨在後頭，有條不紊的把人家頭上的帽子一頂頂打落，這種時候，我就知道我應該出海了……」

小說家孤獨起來是後來的事（「可是我們在喬哀斯和卡夫卡的臉上看不到那種笑容」），但這是一種知性層面上的孤獨，一種必然發生的此一工作後端的孤獨，一種隨著小說書寫進展一步步踩入、增多以至於技術上難以避開的孑然孤獨之感。並不是那種抒情的、「都沒人了解我」的一般性孤獨——我們說，不被了解的孤獨，早已存在每一種書寫之中（在中國，屈原極可能是領先直訴這種孤獨的書寫者，也從此是千年詩人的主題，前不見古人／後不見來者／念天地之悠悠／獨愴然而涕下。），也普遍存在每一種人類的作為中，甚至，我們在那些兩手一攤、什麼事也不做的人身上還看到更多。這不是小說書寫源生的孤獨，也無助於我們多理解小說書寫發生的事及其困境；這讓我們看到的是人的某種命運、某些不幸的境遇，更常是看出來某些人的心性傾向，比方某種較自戀愛照鏡子的人、較習慣於被照顧的人、較習慣拿而不習慣給的人、較容易哭而不容易笑的人云云。這種孤獨之怨，親親也，其背後是人多出來一點的某個欲求。

現代小說書寫仍然從他人的故事開始說起，更大量他人的故事、更多他人不成其為故事的「故事」，為的是擴大對人的認識、對世界的認識。而這一點本雅明講得很對：「如果我們要人給我們一分勸告，那麼我們便先敘說自己的故事。」——小說家要聽懂、並成功重新說出他人的故事，其關鍵便在於如何穿透、溶解掉他人故事中的「異物」，讓它可理解或至少得把它放入某個可建立線索、可開始想的熟悉「世界」裡，這裡，小說家真正的憑藉便只有他自己，他就是這個「世界」；也就是說，在小說家觀看、聽取、並重新整理敘述他人故事的每一階段時間裡，他或不以回憶為名，但事實上始終高速的、激烈的、焦點的進行特殊的自我回憶，也許該說是對自己記憶的翻閱、搜尋、比對、擴張以及再感受再理解，必要時，他還得額外的「補充」記憶，好找出某種「相似性」，找出他者和自己、陌生和熟悉事物的一個一個接觸點交會點，讓兩者聯繫起來。這也就是波赫士說的「作者多多少少會和主人公同化」，而且愈是長篇的小說、或說小說愈是進行到後頭，這樣的同化往往愈明顯或說愈成功。同一部《唐吉訶德》，波赫士的看法於是和本雅明不同，或說不在同一個層次上，波赫士精確的指出來（和他對談的大小說家薩瓦托也完全同意），這部小說的下卷明顯比上卷寫得好，下卷的唐．吉訶德（甚至也包括桑丘．潘扎），也更像塞萬提斯自己。我們可以正確的理解，塞萬提斯緩緩的溶解開這位腦子燒壞掉的拉曼查老騎士，讓他不僅僅只是用來嘲諷、引人發笑的瘋子丑角而已，他和桑丘一高瘦一矮胖走過的也不再只是一幕幕的表演舞台而已，這愈來愈是一趟廣大世界的奇妙旅行，望風追逐，用情於鐵石，問禮於野人，我們不斷看到更多令人動容的東西，包括這趟旅程的盡頭，包括老騎士力竭回到自己莊園，並且一部分回復成鄉紳阿隆索・吉哈德，包括他死去那一場；我們讀小說的人，不知不覺從置身事外的觀眾席走下來，像是實際參加了這趟旅行、這趟說完全不會但誰說哪天或許也發生在我們身上的旅行。波赫士尤其喜歡唐・吉訶德死去那一段，引述過不止一次，昆德拉顯然也是，在故事已完全停止時，在說故事的人聲音已停歇之後，某些東西仍靜靜的往前去，這多出來的、再往前去的部分是換成小說書寫才有的。

昆德拉還幫我們回憶了塞萬提斯這段書寫往事：「塞萬提斯在自己的小說裡曾不厭其煩的列舉出許多騎士作品。他常常只提書名，因為他認為指出作者的姓名並不一直都有必要。在那時代，對於作者以及作者權力的尊重並不是風俗習慣的一部分。／我們回想起來：在他還沒有完成小說的第二冊（即下卷）時，另有一名姓名至今不明的作者搶在他前面，用假名發表了自己版本的唐・吉訶德續集。塞萬提斯的反應和現代作者的反應一模一樣：氣得要命。他言詞犀利的譴責那個剽竊的人，並且驕傲的宣稱：『唐・吉訶德只為我而生，而我也只為他而生，他負責行動，我負責寫。他和我只能視為同體……』」。

再一次，唐・吉訶德究竟是誰的故事？其實已經沒關係了對不對？——他不是、或說不僅僅是當年伊比利半島鄉間某個叫阿隆索・吉哈德或其他名字的可笑之人，儘管塞萬提斯可能以他為原型、從他開始、或者本來只想好好嘲弄此人一番；可也一定不就是塞萬提斯本人，塞萬提斯如波赫士說的清醒、理性、小心翼翼，他始終保持自己和「視為同體」的騎士有一定「距離」，往往我們還感覺他又更像桑丘・潘扎，至少更像經常性的站在那個位置上，不斷觀看著、猜想著、擔憂著、也忍不住出言揭穿奚落他的主人。「在塞萬提斯還沒有出版自己的作品以前，沒有人想像得出來唐・吉訶德；這個角色甚至是『出乎眾人意料之外的』」。唐・吉訶德，尤其是下卷那個新的、有著微妙不同的唐・吉訶德生於「他」和「我」這一犬牙交壤之地，我很想說，就像是相傳美神維納斯誕生在不同海流衝擊交匯的漩渦泡沫裡，最危險致命卻又最精巧透明那一個點，我們都看過那幅誕生圖不是嗎？但還是沒這麼美麗，這麼輕，這麼不耗時不費力忽然站起來如一道神蹟的光，這是日復一日的確確實實工作成果。

最有趣的也最能成為日後小說書寫歷史隱喻的，是塞萬提斯被「逼」寫出更好的下卷這件事——在說故事的時代，誰都可以把別人講的故事接續說下去，我們也可以合理想像，那個非塞萬提斯的、仍依循故事大路的唐・吉訶德，必定只不斷複製原先的瘋言瘋行，旅行只是換舞台換佈景龍套原地踏步，好讓聽故事的人繼續開懷大笑，繼續圍擁著好得到慰藉忘卻憂煩；甚至唐・吉訶德根本不會死，至少在聽者沒厭煩之前如日月循環、或更像電視劇般一地一地表演過去。彼時塞萬提斯沒有著作權可主張，他唯一能上訴的是文字共和國的書寫法庭，適用的法條是這個：「人寫不出來高出他自身太多的東西」。塞萬提斯得想辦法讓事情變難，讓別人無力簡單仿製，讓唐・吉訶德接下去的旅程走向新的、出乎眾人意料之外的、只知故事大路的人無法一路跟隨也永遠抵達不了的地方。這是一個斷點，唐・吉訶德由此打斷了故事的原地循環，切線般單獨離開，日後，包括本雅明在內，很多眼光厲害的人把《唐・吉訶德》看成是現代小說的起點，應該就是這個點。

下卷的唐・吉訶德靠攏向、同化向書寫者塞萬提斯「我」本人，可這不是塞萬提斯忽然心起憂思，自憐自傷的回頭揭露自己，戴起瘋子騎士的假面來講自己的故事，而是「我」有更多、更吃重的事得做——本雅明說的沒錯，故事其實是一條鏈子、一種關係的搭建、一個轉譯，把異物編入、溶解於其中，把他者、把遠方的遠古的世界和此時此地聯繫起來。現代小說不滿意這個、緩緩離開這個，這既意味書寫者放棄原有的聯繫，得一樣一樣重新發現、建造新的關係；也意味著，有更多故事所舍棄不顧的他者、更多和此時此地距離更遙遠聯繫更薄弱隱晦的東西等著他。「我」是搭建關係的人，而「我」同時也是搭建使用的材料。

這個不斷進行的聯繫工作，在卡爾維諾那裡被理解得更宏大迫切，甚至隱隱成為小說書寫的真正主體工作：更多東西不是你我他帶來的，而是稍後才生於你我他的眩目交織之中，如同他嚐試著寫出的那部《命運交織的城堡》。在《給下一輪太平盛世的備忘錄》這終極的文學談話中，卡爾維諾直說以及反覆引述其他書寫者的話語，不斷告訴我們，整個世界是一個結，一團糾纏的紗線；事物和事物之間存有一個無窮的關係網路；而每一樣最微不足道的事物（如A男、B婆、C女……）都可視為關係網路的中心點、做為開始，書寫者不由自主的由此尋索那些關係，繁衍細節。他是這麼談普魯斯特的《回憶往日時光》：「就連馬歇爾．普魯斯特都沒有辦法替他那包羅萬象的小說下結尾，……真正的理由是，這部作品經由本身有機的活力從內部變得越來越稠密。連結一切事物的網路也正是普魯斯特的主題，但是在他的作品中，這張網是由每個人相繼在時空中占據的點所組成，於是造成了時空向度無止無休的繁衍。這世界不斷擴展直到無法被掌握，而知識的追求，對普魯斯特來說，就必須承受這種無可企及所帶來的痛苦才能獲得。從這層意義看來，普魯斯特書中的敘述者對亞伯汀這個角色的妒意正可說明追求知識的典型經驗：『我了解愛所面臨的無可奈何。我們幻想愛有一個對象——一個可置放在我們面前、有軀體的生命。啊！愛就是那生命的擴展，它延伸到時空中所有它已占據或將占據的點。要是我們不能獲得它與某個地方、某個時刻的聯繫，我們就無法擁有那生命。然而，我們無法接觸到所有這些聯繫點，倘若有人能為我們把這些點都指明出來，我們或許可以設法去觸及它們。但我們搜尋，卻無法覓及，而猜疑、妒忌、困擾紛至沓來。我們浪費寶貴的時間在荒謬的線索上，而真相擦身而過卻不屑一顧。』」

於此，朱天心的這篇〈大雪〉可能是個相當不錯的實例——〈大雪〉，同時處理A男B婆C女這三個只能說是參差、找不出明顯秩序、連彼此背反對比都談不上的人，為什麼不是三篇分解的、焦點的、笛卡兒式的來各自追蹤專注尋問（如羅蘭・巴特說的：「為什麼每一個對象不能有一門新科學呢？一門研究單一、而非普遍性的學問？」）？我們可以說，這三個人被初次置放一起，在這篇小說中相遇，正是這篇小說的嘗試、這篇小說（再）書寫的理由（A男B婆C女，顯然都曾以不盡相同的面向和關懷各自現身於朱天心過往的小說中）。這是書寫者再一次的察覺，有一些「不只是這樣而已」的新的可能，躲藏在這未曾發生的關係之中，或者說，只有藉由這一全新的、不可能的聯繫，某些東西才有機會顯露出來；小說不只是孔目更細的網，不只是更盡職的口述歷史書寫，只拾遺補闕的進行地毯式的更仔細撿拾，講出人更多不為人知的故事而已，小說創造某一個不會自然發生的叩問，因為在彎折向每一個「本來可以發生」的世界那裡，都有一扇緊緊關閉的門擋著，只有特別的那一支鑰匙才能打開。而這裡的「某些東西」，可以是A男B婆C女更多的真相或生命向度，但更可能把我們帶往「稍遠的地方」，交織出來某種人的處境，某個卡爾維諾要求的「多樣化、多面向世界景象」（卡爾維諾以為這是文學無可拒絕的任務），某個《南國歲時記》她想要更多知道的這個島嶼此時此際一角。

如此，朱天心那三個「你」、有點蠻橫強迫意味的「你」就變得很有趣了，且技術企圖深濃——A男B婆C女這三個分別的、相異的「他」，代名詞都是他，有時會造成敘述（書寫者）、閱讀（我們讀者）的混亂和狼狽。但我們曉得，有時小說家會狡獪的反而利用此一混淆，好，既然都是他，那就更讓他就是他，如同昆德拉相信賈西亞・馬奎茲的《百年孤寂》一定是故意讓書中每個人的名字都彼此相似，「為的就是要讓那些可以區別他們的輪廓變得模糊不清，讓讀者把這些人物弄混」；往往，這個「都是他」還會偷偷的、局部滲透的換成「我」，讓書中人物的內心活動和書寫者巧妙疊合起來。這樣界線的銷熔抿拭，開發出一大堆幾乎只有小說才擁有的書寫技術，成功的話，每個個體的行動、思維和感情可以不斷的彼此交換，讓小說所創造的這一次神奇的相遇，進一步成為時時的、綿密糾纏的相遇，或用昆德拉更漂亮的說法：「美麗宛如一次多重的相遇。」由此，小說的注意力中心不再是個體，這個奧瑞里亞諾讓我們想起（想著或想成）另一個奧瑞里亞諾，這個阿加底奧通往每一個阿加底奧，「這些個體每一個都是獨特的、無法模仿的，然而他們每一個卻又只是一道陽光映在河面上稍縱即逝的粼粼波光」，書寫者如願的穿透過每一個具體的人，我們便看到了「家庭、子孫、氏族、國家」，拉丁美洲，乃至於還要再更遠處的某些晶瑩東西。

界線抿拭的極致，是這一個個各自獨立的他同時也合為某個大一點鬆一點也遠一點的「他」，乃至於明迷的、總是悲傷的、如夢似幻的匯成某一個「我」。如此，奇妙相遇、彼此交換彼此了解的（原來）便不只是書裡這些人而已，也包含著書寫者本人還有我們讀者，或者說他們來到了我們這裡，在我們的此時此地相遇，「你越過遙遠的距離把手遞給我」；從「他」到「我」，尤其把書寫者以及我們讀者的必要參與（本來是靜默的、隱身的）強調出來並且強化起來。基本上，「他」是書中人物，「我」則是此時此地的書寫者以及緊緊掛在他身上的我們讀者，「你」又是什麼？從「他」而「我」，我們已大致了解了，而從「我」到「你」又是什麼意思？意欲何為？——〈大雪〉這篇小說，朱天心前引了《維摩詰經》這兩句偈語才開始講A男B婆C女的故事：「是身如幻，從顛倒起。」這是她好心給我們留下線索嗎？是的，「你」和「我」一樣都是書寫者本人加我們讀者，只是顛倒了過來而已。「你」是一個出聲的指認，我們讀小說的人難以逃遁的被叫出來，有點彆扭的反而站到了書寫者前面，被要求和「他」、和書中之人直面；也就是說，我們讀小說的人不再只是置身事外、等著看結果的人，我們被要求早早加入，做書寫者一樣的事或一起做事：在每一個有事發生的當口，在每一個陌生的、異樣的東西冒出來時，我們被迫更即時也更激烈的翻搜自己的記憶（也說出自己的故事），被迫也找尋我們和書中之人的相似點接觸點，被迫設身處地，被迫更同情，被迫也「都是我」的去當包法利夫人或冷血的殺人凶手云云。這往往讓小說閱讀變得不舒服起來，兩種層面都有的不舒服：一種毋甯是健康有益的、人得不斷費力工作、工作完會全身疲勞、還得因此面對著更多「不舒服真相」難以逃遁的不舒服（不論成為A男B婆和C女都不是愉快的事）；另一是，我們多少感覺這裡頭有某種文學催眠力量作祟，我們多少被書寫者強加某些東西，感覺被侵犯，或者說你我他一下子靠得太近，過度的親膩也過度的緊張，失去了一點必要的空間云云，這尤其在小說本身、書寫者本身程度不及閱讀者時（不乏此種狀況）會變得特別尷尬特別刺耳。我還記得某次文學評審會上，接連幾篇這樣你得不太好的小說，現場某評審大人實在受不了了，他小心不看我的大聲說：「拜託拜託別再你了好不好！」

小說切線般離開或說隻身前行，這個書寫工作只可能會愈來愈困難，愈來愈容易失敗以及迷途、四下無人——由此，小說書寫遂（不得不）成為最講求書寫技藝、並且技藝開發最淋漓盡致的一種書寫文體，幾百年下來合理不合理的鬼念頭鬼手法好像都有人動過試過，豈止是人能穿越時空而已。一般文學作品尤其是寫實散文，我們只說它好壞良劣，很少動用「失敗」這個沉重的詞，好像就只有小說才有所謂的不成功、不成立、瓦解潰散云云，指的也許正是聯繫的不成關係搭建的不成、某個世界的召喚和再現不成、以及某些異物的溶解不成。本雅明（身處小說書寫，特別是歐陸，已進入高難度的歷史時刻）也許讀到當時太多諸如此類的失敗之作是吧。但我們得說，小說書寫其實也包含著對自身的不斷反省和清理作業，某些看似陷於孤獨、難解、呈現某種單子化狀態的小說、乃至於看似切斷所有聯繫放棄一切的虛無傾向作品。但這有時是小說的彼此相信彼此對話，一部作品因此允許尖銳的、執行特殊任務的去認真處理某個單一異物，拆除或引爆某個炸彈云云；更多時候這則是小說的彼此質疑和駁斥，針對那些它以為是不實的、或膚淺的、或不只此一種乃至於危險的聯繫，讓世界（先）鬆弛開來恢復其正確完整的模樣。像自然主義書寫、現代主義書寫反對的便是之前大敘事小說（承接說故事傳統）的大而化之、過度緊密聯繫，人的命運和整個世界的命運往往太一致甚或完全同步，人的毀滅和世界的毀滅準到同一天晚上、同一時點發生，這在人生現實不是全不可能，但絕大多數時候仍是誣指，更是書寫的草率。這樣的小說，人自身毫無容身之地，只能是一個剪影，一個證物，一個數字零頭；沒有人了，只剩一個世界，一種單一的時代聲音。喬哀斯的《猶力西士》把人的遭遇、人的心思念頭重新偶然化、微中子化，切斷所有和世界的聯繫，但波赫士（他沒那麼喜愛此書，也因此證言更是真誠）提醒我們這部鉅著應該置放在怎麼一種縱橫交錯的哀傷時間狀態、空間狀態來讀才好：「喬哀斯是在最恐怖的一九一四～一九二一年期間完成《猶力西士》創作的。一九〇四年他的母親去世，同年他與加爾威的諾拉·希利小姐結婚。在他自願離開祖國時他發誓要『以我所擁有的三件武器：沉默平靜、離鄉背井和嚴謹細緻去創作一部經典著作。』他花了八年時間以實現自己的誓言。當時的歐洲，地上、空中和海裡無處不在殘殺，也不無英雄悲壯，而喬哀斯——在批改英文作業或者用義大利文為《夜間小談》撰稿的空隙，寫著以都柏林的一天即一九〇四年六月十六日為題材的巨著。《猶力西士》不僅僅是一個人的作品，似乎更像是幾代人的結晶。」

這裡，也許這樣很殺風景，但我仍得做個很拙劣的必要提醒，請多想想「以我所擁有的三件武器：沉默平靜、離鄉背井和嚴謹細緻去創作一部經典著作」這番非常非常讓人動容的誓詞——我們在他的每字每句似乎都可找到另一面，書寫者清楚意識著但背過身來的另一面：「我」背向的也許是一整個當時的世界；「沉默平靜」的也許是彼時人（尤其歐陸）抒情的、放縱的、已屆臨瘋狂的集體喧囂叫嚷；「離鄉背井」背向的也許是民族國家大浪潮已意識形態化、敵我化的家國故土，也許更是人因此理所當然不反思不再正確認識自己，放鬆自己舒服的墜落向野蠻和殘酷；「嚴謹細緻」背向的也許是人的不認真、人無止無休的胡言亂語；「創作一部經典著作」，這恰恰好和中國漢代班超以及日後不斷被合理化神聖化襲用的「投筆從戎」英雄／惡棍行徑背反；而《猶力西士》回到一九〇四年的某一天，正是喬哀斯母親去逝以及他結婚那極特殊一年的某一天，這裡，我們彷彿也找到了並沒有現身的藍仙子、她的神奇應允、還有她設定的「要心有祈願夢想的」——

喬哀斯的三件武器，一直到今天此時此地，我仍相信這是書寫者每個人都該設法擁有的武器。

要說小說書寫真有什麼較難以彌補的失敗，我的看法是，小說不抵抗的直接向「我」陷縮，書寫者收回了他看向稍遠地方的目光，退出了犬牙交錯的崎嶇地帶，沒有真正的他和你，只剩我，沒有比較和限制的我不會被進一步拆解穿透，我就是一整個渾然完好的世界——在小說不得不持續靠攏向我的這愈來愈難寫路上，「我」的確很容易是個陷阱，還是一個很舒服很柔軟順勢就躺進去的陷阱，書寫者稍不堅持稍一鬆手就會這樣。我自然成立，我可以全然抒情的訴說自己，抒情基本上是流水般的情感，連續、豐沛、無處不可去而且流到那裡淹沒到哪裡。在這裡，生命不會有異狀、有縫隙處處，或者說，生命原可進一步察覺的諸多異狀及其處處縫隙，輕易的就被情感所聯通所覆蓋，難以顯露出來。當然，這樣的書寫也是成立的，從來都成立，也可以照樣寫得精采動人（往往還更動人），一如我們都讀過的抒情詩和抒情散文。這裡，我們要說的正是，書寫由此回轉到詩和寫實性散文，小說消失了，連同它進一步的企圖和全部特殊能力；也就是說，失敗的不見得是此一書寫，但失敗的必定是小說本身。

昆德拉講得非常好：「小說家是從自己抒情世界的廢墟上生出來的」，一如喬哀斯，他不說自己的「離鄉背井」的揮別愛爾蘭故土是一種遭遇，一個不幸的命運，而是成為一個書寫武器——我們可簡單的稱之為「離開自己」，有意識的、想方設法的以各種方式離開自己，成為外來的陌生人，或離去回看的人。當小說家看自己時，是站在一定的距離之外，這樣，被觀看的自己便站在某個世界之中（世界出現了或說恢復了），成為一個對象，一個他者，「反抒情的蛻變其實是小說家生命經歷裡最根本的經驗；此時，他遠遠離開自己，從遙遠的地方觀看自己竟然和他想像中的自己很不一樣而感到吃驚。在這種經驗之後，他知道一個人他不像他自己想像中的那樣。同時他也領略，這種認知的誤差是廣泛的、基本的，而且會在人們身上投射滑稽的溫和微光。」

這樣，我們或許也就看出來朱天心由我而你的更積極一面意義：一樣是想方設法離開自己——逼使閱讀者的「你」進入到書寫者的「我」，這同時也是逼迫書寫者自己的「我」進入到閱讀者更多的「你」，這個替換及其約束必定是雙向的、一起發生的；也就是說，在「你」被召喚出來那一刻，一個人的存在限制著另一個人，「我」就不再是唯一的、獨立的、輕身一劍的做什麼說什麼都可以了，我同時離開了自己，站到你們那邊去。而且，「你」當然是複數的，不是一個集合，而是一個一個個別的你，以寡敵眾，所以這對書寫者自己的逼迫和限制是更大的。

我自己沒有也不能寫小說，但這麼多年來，小說在我個人的閱讀中、思維裡、以及書寫都占據著巨大到我自己都不免驚訝的比例。我知道自己如此珍視小說，絕不是因為這是一個生命中失落的祈願，我沒這麼浪漫，最起碼三十歲以後離開抒情的年紀就沒有了，而是因為沒有再一種文體如此逼迫書寫者、也一併逼迫閱讀者（暫時）離開自己。和本雅明講的正好相反，事實上，這正是小說這一文體的基本形式設計，你服膺它，它就把你帶離自己。卡爾維諾的用詞更好，他說逃脫而不說離開（「逃脫個體自我的有限視野」），是因此才得到更大的自由；波赫士常講他厭倦於再當波赫士，這也許比較特殊比較極端，但我們不偶爾也會厭倦於只能是這樣的自己並且心生種種好奇嗎？——「然而，也許我心深處另有其他：設想我們從『自我』之外構思一部作品，這樣的作品會讓我們逃脫個體自我的有限視野，使我們不僅能進入那些與我們相似的自我，還可以將語言賦予那些不會說話的事物：那棲息在陰溝邊緣的鳥兒，以及春天的樹、秋天的樹、石頭、水泥、塑膠、……／這難道不是歐維德談到形體的延續性時所欲達到的目標嗎？當魯克瑞修斯自己認同了一切事物共通的本質時，他所追求的不也是這樣的目標嗎？」

是的沒錯，這其實更是一道認識之路，人有限自我向著世界長寬高展開的持續認識之路，而不僅僅是一種「文體」而已。至少我自己是這麼相信這麼閱讀的——所謂的小說的形式，我們可以更精確、更歷史時間性的把它看成是這一道認識路徑的發現、經歷、記憶和確保，以及其間必要的種種標示和提醒。

沒有遺言的遺產

漢娜・鄂蘭的《過去與未來之間》這本書，是黃錦樹寄給我的，他發現自己重複買了一本，買書常會這樣。鄂蘭的前言標題是「過去與未來之間的裂隙」，指出這一必然的時間裂縫和人必要的聯繫工作，她這麼開頭——

Notre héritage n'est précédé d'aucun testament——「留給我們的珍寶（遺產）沒有任何遺言」，這句話也許是法國詩人兼作家勒內・夏爾突如其來的警語中最奇特的一句，一語道破了四年的抵抗運動時整整一代歐洲作家和文人們來說意味著什麼。

人類歷史不定期的會有暴烈的大事情發生，通常是以某種當下的災變形式，比方一次革命一場戰爭一個瘟疫乃至於像勒內・夏爾他們所經歷二戰期間巴黎的陷落、納粹德國的入侵占領或像日後中國大陸一整代人的文化大革命云云。災難本身當然不是珍寶，這樣說太過分了，珍罕的是人在此期間的經歷，包括他無奈忍受的和他所奮力抵抗突圍的，嚴酷而且往往看不見盡頭的現實（「活在當時的人都以為這道黑暗甬道是沒有盡頭的」），一次一次、也一個一個把人包括情感、思維、行動乃至於身體整個逼向種種不可思議的極限，這是正常太平日子裡難以顯現的，因此才說這樣的特殊歷史同時是一具探照燈，「在人類存有的四周向它投射光芒，照出出人意表的可能性。」但勒內・夏爾，以在場經歷這一切的當事人身分指出來，這些珍罕的東西不自動成為遺產，這裡有個裂縫，得想辦法同時留下遺言或說把這一場轉為遺言才能跨越，否則仍會墜落下遺忘的深淵。由於勒內・夏爾本身就是詩人作家，意思是他自己有口有筆，他即知即行的說出來寫下來不就是了嗎？這是最有趣的地方，也許漢娜・鄂蘭所謂的「奇特」指的就是這裡。

鄂蘭很清楚，我們每個人其實也都曉得，有關於災難過後人愈來愈留不下東西、愈來愈茫然這件事早已不奇特了，我們就以近代歐陸自身為例，從還不是德意志也不是現在這個法蘭西和俄羅斯的普法戰爭、法俄戰爭，到一次大戰，再到二次大戰，豈不是戰爭愈打愈大、人愈死愈多但作品愈來愈萎縮無足輕重，遑論日後的韓戰和越戰。矛盾的是，我們同時也曉得，越接近現代，人類對戰爭各方面資料的存留也愈詳細，戰史愈完整，尤其更即時、更大量的找到實際身陷戰火災難之中的人們，一五一十留下他們目睹的、親身經歷的證詞，不止文字記錄，甚至還有影像，而且拍攝的場景很可能就是第一時間的烽火現場。

當事人的話語不自動等於「遺言」，從證詞到遺言，鄂蘭確認了其間的裂縫和裂縫兩端重新聯繫的必要，這些話語必須順利抵達彼端才成為遺言，從而把那些珍罕的東西帶過來，可以存留，完成繼承。由此，鄂蘭精細的分離出當事人（行為的人）和說出遺言的人（回看的人），這不一定是兩個不同的人（所以沒有所謂的「代言」問題），但這是兩種身分，兩個不一樣的時間位置，「問題的關鍵是『完成』暗示了每個被付諸行動的事件必須最後落實在那些講出這個故事、傳達出其意義的人們心裡：在行動之後沒有這一思考的完成、沒有記憶可實現的清晰闡明，就幾乎沒有故事可講。」

鄂蘭很正確的指出來，當事人原來並不需要多知道什麼，甚至無從多知道什麼，這極可能只是一個突如其來的遭遇，一個命運的毫無預見當下重擊，只是某一天。就像小說家馮內果，二戰期間他以戰俘身分被押送到遙遠易北河邊美麗而且毫無軍事設施和意義的德勒斯登，在這座古城的地底下好幾層屠宰場工作，一夜醒來，走出地面，駭然發現已被盟軍機隊炸成廢墟鬼域，地表上無一人存活（這如天火焚城的可怖一天，多年之後他寫成了《第五號屠宰場》這部小說，也就是說，那一天存活的戰俘中，也只有他成功的堪堪說出遺言）；或像〈大雪〉裡的B婆，她知道的原本只是，新婚尚未滿月的丈夫（猶是某種準陌生人的狀態），這一天正常出門，只是到城內一家腳踏車行當學徒，從此就再沒有回家，凡此。即使像勒內・夏爾他們，積極的投身彼時的抵抗運動，也只是順應一種當下的需要，乃至於一種必然，「被一股彷彿來自真空的力量捲入政治」——這些珍罕東西因此總是失落的，而失落的悲劇，「是從不再有心靈去繼承它、質疑它、思考它和記住它的時候開始的。」也就是說，除非經歷的人自己也順利站到裂縫的這一端來，像某個「他者」，自己重新回看它、質疑它、思考它並經由這樣再一次記住它，否則，遺忘「也臨到那些曾在剎那間把珍寶握在掌中的行動者、見證人、即活著的當事人身上」。事實上，漢娜・鄂蘭毫不留情說的是，當事人極可能就是第一個遺忘者，「結果，最早忘記了這些珍寶像什麼的人，恰恰是那些一度擁有它，卻發現它如此奇特以至於不知何以名之的人們」。

遺忘，不是真不記得了，而是記憶始終保持在「如此奇特以至於不知何以名之」的單子狀態；因此，這裡所說的回憶，也不是人不再去想，而是不去拆解不去闡明不把它勇敢置放於可溶化的時間空間裡，結果只是不斷強化固化它無以名之的單子狀態，直到當事人的死去。

由此，我們便相當程度的多理解了歷史大事件大災難何以愈來愈難以被書寫被記憶這件事——外部來說，所有的災難都高度重複，不幸，不義，殘酷，欺詐，折磨，死亡，哀慟云云，這些在人類歷史的前幾場戰爭就被明明白白的全講出來了，像中國人說兩千多年前猶用拙劣武器殺人、死亡人數理應不超出以千為單位的那些戰爭「春秋無義戰」；人內在的困難是，你要再多知道什麼多說出些什麼，首先便得抗拒或至少想辦法先離開這些「力道萬鈞」的歷史簡明正確結論，更麻煩的可能是如何離開自己當事人受難者同樣「力道萬鈞」的身分。這說來讓人不忍、猶豫，但災難有攫住人的極其強大力量，它不輕易放人離開那個位置、那個時間、那一天；掙脫這個引力需要不凡的認識和意志，還得有技術。沒有時間空間足夠距離的回憶只能是抒情的，「既沒有過去，也沒有將來，只有世界永恆的流轉和生命的生物循環」。被抒情如此包裹起來渾然一團的回憶無法思考、質疑、闡明自己，也拒絕他人的思考、質疑和闡明（包含污蔑的和有意義的），這是我們一再見到的事實如此，最終，是這些珍寶不願遺言被說出來，抗拒被繼承；這些珍寶「私有化」了。

納布可夫不願談論索忍尼辛（如今需不需要解釋他是何人？）的小說，而昆德拉較為無情說的是：「我也想到索忍尼辛。這位偉人是偉大的小說家嗎？我怎麼知道？我從來不曾打開任何一本他的著作。他那引起鉅大迴響的堅定立場（我為他的勇氣鼓掌）讓我相信，我已經預先認識了他所說的一切。」

鄂蘭沒這麼講，可能只是不忍說出來——沒有繼承的珍寶，其悲劇可能不只是單純的失落而已，還可能緩緩轉為某種負債。這些年，中國大陸文革的珍罕記憶、六四的珍罕記憶，不也在當事人、以及所有人身上開始呈現出負債的跡象嗎？

為了說出我們的生命處境

最終，我們再耐心讀一段引文，仍是昆德拉的，老年的昆德拉愈來愈好愈精采，而且很自由，他所說的「晚上的自由」，是我這個年紀書寫者的重要楷模，給了我很多難以言喻但確確實實的希望。這段話，我以為把勒內．夏爾和鄂蘭的話語推遠一點距離，整個景觀便是這樣，而且，所謂的珍寶、所謂的重要大事並非總是以殺聲震天的方式發生——

而我們，在歐洲的我們，究竟是誰？

我想起斐德利須•施雷格爾在十八世紀最末所寫過的話：「法國大革命、歌德的《維廉•邁斯特》和費希特的《科學論》都是我們這時代『最重要的趨勢』。將一本小說和一本哲學著作跟一件重大的政治事件排在一起，這就是歐洲了。它的鼻祖是笛卡兒和塞萬提斯：現代的歐洲。」我們很難想像，打個比方，三十年前會有人寫出：去殖民地化、海德格關於科技的批判，以及費里尼的電影代表了我們這一時代最重要的趨勢。這種思維和現代人的心靈格格不入了。

那今天呢？有誰敢把一件文化的作品（藝術領域的、思想領域的）和（比方）歐洲共產主義崩潰這大事，賦予同等重要的地位？

這種有分量的作品難道不再有了？

或者只是因為我們喪失將它認出來的能力？

這些問題其實沒有意義。施雷格爾的那個現代歐洲已經不存在了。今天我們所處的歐洲已經不在自己的藝術和哲學的鏡子裡尋找自我的認同。

可是鏡子在哪裡呢？哪裡可以觀看我們的面貌？

小說確確實實愈來愈難寫，書寫者常有諸多生不逢辰的感慨，包括說得通和說不通的，包括我們是否生在一個已太安全太明亮的時代，沒戰爭沒災難沒飢餓沒特殊歷史的探照燈幫我們照見人種種出人意表的可能，還再加上城市化，每張臉都一閃而逝，最多如本雅明講的持續到街角拐彎處就消失就斷去了線索，所以連個故事都沒了云云。我們似乎來到了黑格爾所說那個太平無事、十年百年一頁就翻過去的歷史時刻，起碼這些年來在台灣很容易有諸如此類的想法說法——以至於小說家好像成為某種人格幽黯卑劣的人，偷偷的期盼災難重臨這個世界這塊土地也似的，像軍火販子，或那種為了讓革命發生希望有死人的激情革命分子。

我想起一件有趣的事，就在我們提過錢永祥召集的那次文學談話會上——我不是很確定之前話題的進行狀態，可能是我們談太多台灣這一路過來發生的事、說太多已死的和已年老的書寫者及其著作（已死的和已老的現在不容易分辨了），總之現場一位研究生模樣的年輕人顯然急了，他一句話衝口而出：「可是這是我們的時代啊！」現場頓時暮鼓晨鐘的整個靜止下來，我們這些個（人數還真不少）「你們」，這些因為年紀稍大、以至於已不能歸屬於「這個時代」的人只莞爾（也真的帶點愧意）的看著他，客心洗流水餘響入霜鐘不覺碧山暮秋雲暗幾重，這真是非常非常空靈的一刻。

實在不方便再多做解釋了，這些話這裡只用信念式的斷語方式講出來，還好並沒多要說服誰——我一直相信，人的書寫（包括人的思維），真正來說只有一個位置，那就是書寫者的此時此地，一切都從這裡開始；書寫者的工作，是要奮力說出此時此地，也許不能是一整個世界，但至少是我在的、我所經歷這一截時間裡的這個世界。

只是，此時此地是什麼意思？此時此地不是數學平面也似的、不具時間厚度的當下，此時此地是厚墩墩的巨大化石層，堆疊著（也許以更沒秩序的零亂方式）不同時間來歷、不同時間長度和去向的所有東西——我們當然知道這位「這是我們的時代」的年輕人不是這個意思，但終究也仍然就是這個意思：此時此地，當然不是只有他和他以為的那些人活著而已，至少還有A男B婆C女，而且我們輕易的就能說出更多，包括比九十歲左右的B婆更來路迢迢、也更頑強存留的東西，像是某棵樹，某一面紅磚牆，某個懸而未解的思維題目，某些仍然持續折磨人的困境云云。朱天心試圖重看這個島的此時此地、重想這一截時間裡人的具體處境的《南國歲時記》，從A男B婆C女寫起，我以為，這倒不是這三點構成一平面（儘管是很奇特、之前沒人這樣聯起來的三點一平面）的做為一整個時代的完整隱喻，這只是書的一章書的一角，毋甯該說是她「認出」了他們，為著不讓這個時代（所謂「我們的時代」）輕易遺棄他們失落他們，想恰如其分的說出他們這一經歷的「遺言」。

我們看，B婆還有二二八這件台灣歷史大事經歷，A男C女有什麼呢？但在〈大雪〉這篇小說中，他們三人是並置的，平等的不是嗎？

在卡爾維諾總結他文學一生遺言的《給下一輪太平盛世的備忘錄》，我注意到他全書正是這麼開講的：「我從最後第一點談起吧。當年我開始寫作時，每個年輕作家奉為圭臬的使命，就是描寫他所在的時代。我滿懷良善的動機，嘗試去認同那些驅策本世紀歷史的、個人的以及集體的無情動力。探險闖蕩的內在韻律，激勵我創作；而這個狂亂的世界光景，時而高潮迭起，時而光怪陸離——」。於此，我進一步的想法是，這樣的文學心志，年輕時日也許是某種遵從的使命（這一命令聲音毫無疑問在杳逝之中），有某種好的光榮感，好像可以參加一個偉大的行列、一件重要無比的工作；但隨著時間過去，也許不單純是時間流逝而是書寫者「人生經驗豐富的成年人看待世界的方法」，這個書寫工作逐漸逐漸的具體起來厚實起來，更親切臨身但當然也更困難更沒把握，不再像是遠遠的描述一個時代，而是一塊一塊的思索人的（所有人的，而自己就在其中）此時此刻的生命處境；時代加上人，便成為處境。於是，這再不是誰鄭重交付的使命，而是書寫者自身一連串確確實實的疑問和認識，甚至於就是這一書寫工作「本質」的體認。回首看去，彷彿之前的書寫闖蕩探險、書寫的狀似全然隨機自由各有當時目標，都蜿蜿蜒蜒指向這裡，匯集於這裡，不知不覺豐富它填實它，乃至於為此作準備。巴爾扎克的《人間喜劇》和格拉斯《我的世紀》想法也許太過明確，以至於容易被看成只是書寫者一己太聰明的書寫題目選擇和占領，掩遮了此一深沉哀傷的心志；我自己一樣這麼想卡夫卡，想看似袖手旁觀、人躲他作品背後的福婁拜，想看似愈老愈容易掉淚、小說愈寫愈不像小說的大江健三郎云云。本雅明死得太早來不及年老，但還是奮力搶出時間發出了他所謂沉船最後訊息的《歷史的概念》這一斷續遺言。

更重要的可能是時間而不是空間，空間是時間的切片，是書寫的場域所在及其著力點；但空間也會是個障礙，得恰當的懂得離開，否則它將變得無際無垠，變成唯一。進一步的東西存放在時間裡，只有在時間之中才可能串連成線（線索），讓此時此刻得到說明；在時間之中，空間本身便不斷的流逝變異從而可被比認，多出來什麼，少掉了什麼，這東西原來是長這樣子、是這麼過來的云云，如今，隨著歷史時間的不斷加速，這一作用更加明顯，事實上，這一百年乃至於這五十年，整個世界在時間中的「自然」流逝變異已遠遠超過任一場戰爭任一次大災難，我想起最多五十年前的我的童年，那段日子的整個生活樣貌極可能更接近兩千年前的漢朝而非二〇一三年現在——「為什麼我們得降生在此？還有，我們是誰？我們的土地，我們的『吾土』又在何方？如果我們動不動就只拿純粹內省式的回憶去探索認同的謎面，那麼我們最後還是無法理解太多事情。『想要了解就得比較』，這是布洛赫的名言。」

便是這樣，當我們說這些都沒逝世，你可以回去一場兩千年前你並不在場的戰爭，也可以回去你生命中已記憶湮渺的某一天，這些話對書寫者而言極可能比對一般人更真實不欺——古希臘人相信記憶女神是九位繆思女神的母親，意思是，舉凡所有文學藝術都由她而生、由此才成其可能。一般人拒絕回憶，一時來說還不會怎樣；書寫者拒絕記憶，倒不是不孝，而是書寫將失去幾乎所有的支援和材料，書寫勢必變得窘迫無比，書寫真的所剩不多。

我們真的不是活在一個沒大事情發生、沒問題存在的時代，哪有這等好事？有的，只是書寫無可避免的變得很困難，容易認出的、容易聯繫起來的，大致上都有人做了，如此而已。書寫要繼續下去，但書寫不是要「創新」，創新是個太粗糙的用詞，也是個切斷意味太濃厚的用詞，這其實是表演者而不是書寫者的要求，表演者面對的是觀眾而不是讀者（即便到今天，我仍然相信讀者不是所謂的觀眾），當然得每天更換戲碼才行；書寫的要求至多到希冀有所不同，也就是有所進展，我喜歡昆德拉含笑說的：「一再重複真沒面子」。

書寫這個時代、書寫此時此地人的處境，於是可能不是個使命而已，還是某個「解方」——時間持續的更新所有東西，不止更新一場你沒寫過的戰爭，也更新一場看似被寫過、寫盡的戰爭；更新你不常記取的某一天，也更新你反覆回想的某一天。這是當當然然的不同，赫拉克里特式的不同，你站在時間之流的此時此地，再次伸手進去，世紀更迭，萬事發生，但此時此刻，只有你人站這裡，托爾斯泰不在，賈西亞•馬奎茲不在，所有了不起的書寫者誰都不可能在。你的書寫自自然然的可以有所不同，也沒有什麼被書寫殆盡，即使只是耐心的重新講同一件往事，同一段歷史經歷，同一天。我們該不該就說，此時此地就只有你能寫呢？就像《白鯨記》故事的結束之處，既然每個人都死了，誰把故事講出來的呢？

好，揭露一下〈大雪〉的結局，A男B婆C女各自的那一天——「那是我生命中最幸福的時刻，只是當時我並不知道」（帕慕克那一部厚厚的小說，很糟糕我只記得這兩句）。C女回去的是她不在的再尋常不過一天，原來女兒最快樂時正是她不在的時候；B婆回去的則是尋獲丈夫一身彈孔遺體的那天，不知道為什麼這就是她九十年生命中最舒坦的一天；A男則是他大學上課的日子，但只有他這天沒明確的答案，沒有過完，他彷彿從此迷路在是身如幻的這一天裡——大致是這樣。

文學叢書 375

INK PUBLISHING

盡頭

作　　者　唐　諾
總 編 輯　初安民
責任編輯　洪玉盈
美術編輯　黃昶憲
校　　對　洪玉盈　唐　諾

發 行 人　張書銘
出　　版　INK印刻文學生活雜誌出版有限公司
新北市中和區中正路800號13樓之3
電　　話　02-22281626
傳　　眞　02-22281598
e-mail　ink.book@msa.hinet.net
網　　址　舒讀網http://www.sudu.cc

法律顧問　漢廷法律事務所
劉大正律師
總 經 銷　成陽出版股份有限公司
電　　話　03-3589000（代表號）
傳　　眞　03-3556521
郵政劃撥　19000691 成陽出版股份有限公司
印　　刷　海王印刷事業股份有限公司

港澳總經銷　泛華發行代理有限公司
地　　址　香港筲箕灣東旺道3號星島新聞集團大廈3樓
電　　話　852-27982220
傳　　眞　852-27965471
網　　址　www.gccd.com.hk

出版日期　2013年 10 月 31 日　初版
ISBN　978-986-5823-42-9

定　　價　630元

國家圖書館出版品預行編目資料

盡頭／唐諾著；
－－初版，－－新北市中和區：INK印刻文學，
2013.10　面；17×23公分（文學叢書；375）
ISBN 978-986-5823-42-9　（平裝）

855　　102019415